데드키

THE DEAD KEY
by D. M. Pulley

Copyright © 2015 D. M. Pulley
Korean translation copyright © 2018 Woongjin Think Big Co., Ltd.
All rights reserved.
This edition is made possible under a license arrangement originating
with Amazon Publishing, www.apub.com, in collaboration with EYA (Eric Yang Agency).

데드키

The Dead Key

D. M. 풀리 지음 — 하현길 옮김

노블마인

매 순간 나의 손을 잡고 걸어줘서 고마워요, 어브.
당신은 이 말을 가장 멋지게 했어요.
우리의 사랑은 끝없이 이어지는 과정이고
난 그 길에 도취해 달리는 사람이에요.

프롤로그

로비의 거대한 괘종시계가 댕그렁 하고 외로이 울리는 가운데 '클리블랜드 퍼스트뱅크'에 자정이 찾아들었다. 그 둔탁한 종소리는 육중한 문들과 비어 있는 의자들이 놓인, 은행이 있는 층을 꾸물꾸물 지나쳐 복도를 따라 그녀가 숨어 있는 어두운 방까지 흘러들었다. 그녀 자신의 속삭이는 듯한 숨소리 이외에, 한 시간 만에 처음으로 듣는 소리였다. 그것이 신호였다.

그녀는 여자 화장실의 문을 조심스럽게 열고 어둠 속을 유심히 지켜봤다. 컴컴한 복도를 지나 은행 내부를 들여다보니 기다란 그림자가 바닥을 가로지르며 낮에는 친숙하게 느껴졌던 물체들이 무시무시하게 느껴졌다. 야간경비원, 그녀의 상사 등 누군가 지켜보는 느낌이었다. 은행에는 언제나 지켜보는 누군가가 있는 법이었다. 그녀는 잡히면 무슨 일이 벌어질지 잘 알고 있었기 때문에 온몸이 빳빳하게 굳은 채 문간에 서 있었다. 체포되면, 해고될지도 몰랐다. 아예 모든 걸 잃어버릴 수도 있었다. 하지만 그 당시에는 잃어버릴 것도 별로 없었다. **그래서 날 이런 난장판으로 끌어들인 거야.** 그녀는 그런 생각을 하다가 고개를 가로저었다. 자신이 이 일을 하기로 한 것이 믿기지 않았다. 하지만 이미 일은 벌어졌다. 1분 이상 기다린 끝에 그녀는 숨어 있던 장소에서 나왔고, 등 뒤로 문이 닫혔다.

석판 바닥을 밟는 그녀의 나지막한 발소리가 적막을 뚫고 물결처럼 퍼져 나갔다. 움찔하고 놀란 그녀는 까치발로 출납원들이 일하는 칸막이 공간들을 지나 로비로 들어섰다. 그녀가 어둠에 잠긴 외부세계와 자신을 분리해 놓은, 바닥에서 천장까지 이르는 높다란 유리 회전문 옆을 기다시피 지나칠 때 거대한 괘종시계의 초침이 움직이며 똑딱 소리를 냈다. 동쪽 9번 스트리트에서 유클리드 애비뉴로 돌아 들어오는 커다란 세단의 헤드라이트 불빛이 유리를 뚫고 그녀를 감싸 안았다. 그녀는 온몸이 굳어버린 채 세단이 완전히 지나갈 때까지 숨을 쉬지 못했다. 마침내 불빛이 보이지 않자 그녀의 목구멍에서 가느다란 한숨이 새어 나왔다. 마음속으로는 화장실로 되돌아가 아침까지 숨어 있고 싶었지만, 몸은 계속 앞으로 나아갔다. 그가 기다리고 있었다.

누군가를 감시하고 있는 듯한 은행 총재 알리스테어 머서 옹翁의 초상화가 자신의 밑을 미끄러지듯 지나쳐 복도 왼쪽으로 구부러지는 그녀를 노려봤다. 엘리베이터 앞의 데스크에는 경비원이 자리를 지키고 있지 않았다. 그가 장담했던 대로였다.

로비의 유리창을 통해 쏟아져 들어온 거리의 불빛은 그녀가 모퉁이를 돌아 나선계단을 딛고 어둠 속으로 내려가자 점차 희미해졌다. 저 아래 어디에선가 그가 기다리고 있었다. 계단을 하나씩 내려가면서 놋쇠 열쇠를 점점 더 꽉 움켜쥐었고, 결국에는 열쇠가 손바닥에 박힌 것 같은 느낌이 들었다. 그녀는 아무도 알아차리지 못하길 바라며 그 열쇠를 금고에서 빼내 숨겨뒀다. 다행히 아무도 알아차리지 못했다.

그녀가 5시에 다른 사람들과 함께 건물을 나서지 않았다는 것을 알아차린 사람도 없었다. 경비원은 칸막이들의 내부를 확인하지도 않은 채 여자 화장실의 전등을 꺼버렸다. 지금까지는 그의 말대로였다.

그녀가 계단 맨 아래쪽에 도달하자 공기가 한층 더 묵직하게 느껴졌다. 어둠 속에서 전혀 보이지 않았지만, 발바닥에서 전해지는 푹신한 느낌으로 미루어 빨간색 카펫이 여전히 깔려 있는 게 분명했다. 그녀는 금고실의 문을 머릿속으로 그리며 조용히 바닥을 가로질렀다. 플래시가 딸깍 하고 켜지는 소리와 고리에 매달린 열쇠들이 짤랑거리는 소리, 그리고 육중한 발이 내는 둔탁한 발소리가 들리지 않나 귀를 쫑긋 세우자 그녀의 심장 소리가 먼저 귓속에서 쿵쾅거렸다. 아무 소리도 들리지 않았다. 어둠에 천천히 적응한 그녀의 눈에는 한쪽 구석에 놓인 책상만 보일 뿐이었다. 그 책상은 금고실의 입구를 막고 있었다. 그녀는 서둘러 책상을 넘어 카운터 뒤로 들어갔다. 그러고는 가만히 웅크리고 앉아 기다렸다.

아무런 일도 벌어지지 않자 그녀는 책상 왼쪽의 서랍을 살그머니 열고 내부를 더듬었다. 마침내 그녀는 또 다른 열쇠를 찾았다. 그녀가 몸을 일으켜 세우는 순간 커다란 그림자가 그녀를 덮쳤다.

입이 딱 벌어지며 비명이 터져 나오려고 했다. 커다란 손이 그녀의 입을 틀어막았다.

"쉬이잇!"

두툼한 손바닥이 그녀의 입술을 뭉개며 목소리가 새어나오지 못하게 했다. 마구 휘둘러대던 그녀의 두 팔과 주먹을 그림자가 꽉 움켜쥐었다. 그녀는 체포된 듯했다.

"자기야, 나야! 괜찮아. 아무 일도 아니라고. 겁줘서 미안해. 자기, 괜찮아?"

그 목소리를 듣자마자 잔뜩 긴장했던 그녀의 근육이 탁 풀어졌다. 고개를 끄덕인 그녀는 바닥에 주저앉을 뻔했다. 그의 손은 여전히 그녀의 입을 틀어막고 있었다.

"찾았어?" 그가 물었다.

그녀는 또 고개를 끄덕였다.

"좋아." 그는 그녀가 숨을 쉴 수 있도록 손바닥을 치웠다. "나랑 가자."

그는 그녀의 손목을 끌고 원형의 문간을 지나 금고실로 갔다. 그녀의 눈에는 아무것도 보이지 않았지만, 단단한 금속 위를 걷는 발소리가 그들이 어디 있는지 정확하게 알려줬다.

"됐어." 그는 소형 플래시를 켜고 강철 벽에 줄지어 늘어선, 수백 개나 되는 작은 금속 문짝을 싹 훑었다. "545번 금고를 찾아야 해."

작은 금고들로 이뤄진 벽이 둔중하게 어른거렸다. 아직도 심장이 달음박질치는 가운데 그녀는 두 개의 열쇠를 두 손에 하나씩 나누어 쥐고 금고들을 향해 걸음을 옮겼다. 금속 문짝에 새겨진 고딕체의 숫자가 정신이 어지러울 정도로 높아졌다 낮아졌다를 반복하다 마침내 '545'가 나타났다. 그녀는 두 개의 열쇠를 문짝에 꽂고 잠시 기다렸다. 경비원이나 경찰관이 권총을 들고 당장에라도 튀어나올 것만 같았다.

그는 한 팔로 그녀의 허리를 감싸 안으며 두툼한 가슴을 그녀의 등에 밀착했다. 그녀는 두 눈을 꼭 감고 허리를 뒤로 젖혔다. 이대로 그에게 기대어 자신의 집이나 호텔로 갔으면. 이 금고실만 아니라면 어디라도 좋았다. 그의 뜨거운 숨결이 그녀의 목을 어루만졌다.

"어서 해, 자기야. 뭐가 있는지 얼른 보자고."

작은 문짝이 활짝 열리며 안에 있던 기다란 금속 상자가 모습을 드러냈다.

그녀의 목구멍을 타고 쓸쓸한 담즙이 올라왔다. 이건 무단침입이고 중절도다. 적어도 15년에서 20년 형을 받을 중범죄. 그녀는 지금까지 살아오면서 껌 한 통 훔쳐본 적이 없었다. 금고실로 몰래 들어오는 것은 항상 머릿속에만 존재하는 계획일 뿐이었다. 그는 그녀에게 여러 차례 그런 계획이 있다고 설명했었다. 그런데 지금 그녀가 실제로 그 계획을 실행에 옮기는 중이었다…… 맙소사! 그녀는 토할 것만 같았다.

그는 그녀의 얼굴에 떠오른 괴로운 표정에는 관심도 없이 그녀 곁을 지나 대여금고 상자를 꺼냈다. 그리고 탕 소리와 함께 상자를 바닥에 내려놓았다.

그녀는 깜짝 놀라 몸을 움찔했다.

"진정해, 자기야. 찰리는 쉬고 있어. 적어도 한 시간은 지나야 돌아올걸? 내 친구와 데이트를 하고 있거든."

그는 소리를 죽여 껄껄 웃으며 상자 뚜껑을 열었다. 상자 위쪽에는 100달러짜리 지폐 묶음이 수북했다. 지폐 아래쪽에는 커다란 다이아몬드 목걸이가 있었다. 그는 의기양양하게 그녀의 엉덩이를 철썩 후려갈겼다.

"이야! 내가 말했지? 대박이잖아!"

그녀의 두 눈은 엄청난 크기의 다이아몬드들을 보고 왕방울만 해졌다. **이건 이제 어느 누구의 것도 아니야.** 그녀는 그가 여러 차례 했던 말을 조용히 뇌까렸다. **아무도 이걸 애타게 찾지 않는단 말이지. 이게 여기에 있다는 걸 아는 사람조차 없어.** 그녀는 다이아몬드를 만져보기 위해 무릎을 꿇으며 떨리는 손을 뻗었다.

그가 목걸이를 확 잡아채고는 코트 주머니에서 벨벳 자루를 꺼냈다. "그 상자를 열어봐." 그가 지시했다. "반지가 하나 있을 텐데. 엉뚱한 생각은 하지 마, 알았지?"

"엉뚱한 생각이라니?" 그녀는 그 말이 자신의 입에서 튀어나온 후에야 그 뜻을 이해할 수 있었다. 그녀는 작은 상자를 열었다. 커다란 다이아몬드 약혼반지가 놓여 있었다.

"우리 예쁜 자기야, 그건 언젠가 내가 해줄 반지에 비한다면 아무것도 아니라고." 그는 그녀의 옆얼굴을 손가락으로 살며시 어루만지며 윙크했다. 그가 손가락에 끼고 있는 결혼반지가 그녀의 뺨에 차갑게 느껴졌다.

그는 그녀에게서 상자를 낚아채 자루에 쑤셔 넣고 지폐를 세기 시작했다. 현금이 늘어갈수록 미소가 짙어지며 눈가의 주름도 깊어졌다. 두 사람은 어느 정도의 액수면 만족스러울지 얘기한 적이 없었다.

그녀는 그 사람이 바닥에 내팽개친 상자 쪽으로 눈길을 돌렸다. 빛바랜 흑백사진 한 장이 지폐와 보석 밑에 숨겨져 있었다. 사진은 희미한 불빛 속에서 노랗게 번들거렸다. 다이아몬드 목걸이를 걸치고 바닥까지 늘어진 드레스를 입은 아름다운 젊은 여인의 사진이었다. 결혼사진 같았다. 그녀는 그제야 레이스 손수건과 몇 장의 편지가 있다는 걸 알아차렸다. 그녀는 연애편지일 거라고 생각했다. 처음으로 그녀는 그것들을 대여금고에 넣어둔 사람이 누군지 궁금해졌다. 두꺼운 담황색 종이와 사진으로 미루어보아 50년은 됐을 것 같았다. 그녀는 편지 한 통을 집으려고 했다.

"어이! 거기에서 꿈이라도 꾸는 거야? 시간이 없어." 그 말이 떨어지기 무섭게 그는 대여금고 상자의 뚜껑을 닫고 바닥에서 집어들어 원래의 장소에 밀어 넣었다.

철제 문짝이 닫히는 소리에 그녀는 벌떡 일어섰다. 그녀는 순순히 양쪽 열쇠를 돌려 545번 금고를 잠갔다. 그녀는 문짝에 기대서서 기도라도 해야 하지 않을까 생각했다. 이건 마치 장례식 같았다. **그 여자의 사진을 다시 찾는 사람이 있을까? 아니면 그 연애편지들이라도?** 그 대여금고는 수년 동안 열린 적이 없었다. 대여금고의 번호가 그녀를 노려보고 있었다.

"좋아! 이번에는 547번 금고야."

"알았어. 547번." 그녀의 목소리가 아주 멀리서 들리는 듯했다. 이건 정말 괴상하고도 끔찍한 꿈이었다. 이곳은 금고실이 아니라 웅장한 무덤이었다. 그리고 두 사람은 묘지 도굴꾼이었다.

마치 열쇠들이 자신의 의지를 지닌 것처럼 547번 금고를 찾아내 자물쇠를 풀었다. 그는 약탈한 보물들을 자루 안에 쏟아놓고, 강철 벽의 구멍을 잠가버렸다. 두 사람의 끔찍한 비밀과 함께 그녀는 두 개의 열쇠를 뽑았다. 열쇠가 무척이나 무겁게 느껴졌다.

그는 그녀의 좁은 어깨를 잡고 입술에 진하게 키스했다. "자긴 그냥 기다리기만 해! 우린 새로운 인생을 시작하게 될 거야. 이 일을 두어 달만 더 하면, 아무런 걱정근심 없이 세상을 살아갈 수 있다고." 그는 한 번 더 키스를 하고 그녀의 엉덩이를 꽉 움켜쥐었다가 그녀를 살며시 문밖으로 밀어냈다.

그는 그녀를 금고실 밖으로 데리고 나가면서도 그녀가 약간 불룩해진 배를 내려다보는 걸 알아차리지 못했다. 이제 배를 감추기는 어려울 것 같았다. 하지만 두어 달만 더 있으면 함께할 수 있다고 했으니…… 그녀는 생각했다. 새로운 인생을 시작하면 되지. 저 사람이 약속한 것처럼.

그녀는 입구에서 걸음을 멈췄다. 저 어둠 속 어딘가에 545번 금고가 지금도 있을 것이다. 그녀는 누군가를 향해 중얼거렸다. "미안해요."

그러고는 금고실의 무거운 원형 문이 닫혔다.

1장
1998년 8월 8일 토요일

아이리스 래치는 깜짝 놀라 벌떡 일어났다. 자명종이 발악하듯 삑삑거리고 있었다. 벌써 오전 8시 45분이었고, 15분 후에는 시내에 있어야 했다. **염병할!** 자명종은 30분 전부터 쭉 소릴 질러댔다. 아파트 벽을 흔들 정도의 커다란 소리였는데도 그녀를 깨우지 못했던 것이다. 그녀는 시트를 걷어차고 욕실로 달려갔다.

샤워할 시간은 없었다. 그냥 얼굴에 찬물을 끼얹고는 칫솔을 몇 번 놀려 지저분한 재떨이 같은 입안의 악취를 씻어냈다. 헝클어진 갈색 머리카락은 빗질도 하지 않은 채 고무줄로 잡아맸다. 티셔츠와 청바지를 입고 허겁지겁 문밖으로 달려 나갔다. 기분이 좋은 날이라면 큰 키에 머리를 길게 늘어뜨린 호리호리한 그녀의 모습, 특히나 주눅들지 말자는 결심을 제대로 기억하고 있는 그녀의 모습이라면 대단히 매력적으로 보였을 것이다. 하지만 이날은 좋은 날이 아니었다.

아침 햇살이 취조실의 불빛처럼 그녀의 눈을 파고들었다. 네, 저 여자는 어젯밤에 술을 진탕 마셨어요, 경관님. 네, 저 여자는 머리가 깨질 듯이 아프답니다. 아니요, 저 여자는 눈이 멀 듯한 밝은 햇살 아래에서 가장 죄질이 나쁜 스물세 살짜리는 아니죠. 저 여자를 변호하자면, 토요일에 일을 해야 한다는 게 모든 걸 엉망으로 만든 겁니다. 어느 누구도 주말의 이 시간에는 침대 밖으로 나와서는 안 되는 거잖아요? 불행히도 저 여자는 그 지랄 같은 일에 자원했다네요.

주초에 휠러 씨가 아이리스를 자신의 사무실로 불렀다. 휠러 씨는 그녀가 근무하는 부서의 장이자 회사의 공동경영자였기에 아이리스를 그 자리에서 해고할 수도 있었다. 이건 마치 벌을 받으러 교장에게 불려가는 것과 다름이 없었다.

"아이리스 양, 오늘까지 WRE(휠러 리스 엘리엇 건축사)에서 근무해보니 어때요?"

"음, 좋았어요." 아이리스는 나쁜 감정이 그대로 드러나지 않도록 조심했다. "아주 많은 걸 배웠고요." 그녀는 처음 면접을 봤을 때처럼 상냥한 목소리로 덧붙였다.

아이리스는 WRE에서 자신이 하는 일이 정말 싫었다. 그렇다고 이 사람에게 그대로 털어놓을 수는 없었다. 그녀가 매일 하는 일이라고는 빨간색 펜으로 청사진에 표시를 하는 것뿐이었다. 아주 작은 콘크리트 보강용 강철봉 같은 것도 수백 장이나 되는 관련 서류를 일일이 확인해야 했다. 아주 지루하고 정신이 멍해지는 일이었다. 그녀에게는 이런 것보다 훨씬 더 중요한 일을 할 자격이 있는데. 아이리스는 '케이스 웨스턴 리저브 대학교'를 최우등으로 졸업했다. 그녀는 '최첨단' 구조 디자인 프로젝트에 투입될 것이라는 약속을 받았지만, 3개월이 지난 지금은 그저 서류에 표식이나 끄적거리는 단순한 일이나 하고 있었다. 아이리스는 자포자기한 심정으로 그 주의 월요일에 자신의 멘토인 브래드에게 불만을 털어놓았다. 그랬더니 바로 그다음 날, 휠러의 맞은편에 앉게 되었다. 곤혹스러웠다. 브래드가 그녀를 배신한 게 분명했다. 이러다 해고되는 게 아닐까? 신경질적인 나비들이 요동치는 것처럼 그녀의 배속이 뒤틀렸다.

"음, 브래드 말로는 자네 머리가 아주 좋다더군. 자네는 좀 더 급한 일을 해도 되겠어." 휠러가 으레 습관적으로 짓는 미소를 보여주었다.

"음, 무슨 말씀인지……?"

"우리가 특이한 프로젝트에 착수했다네. 내 동료들은 자네가 그일에 적합할 거라고 생각하더군. 현장조사도 포함해서."

현장조사를 한다면 지긋지긋한 칸막이 사무실을 벗어날 수 있다는 뜻이었다. "정말인가요? 아주 흥미로운 일 같은데요."

"그렇게 생각해주니 다행이군. 자세한 설명은 브래드가 해줄 걸세. 이 프로젝트는 약간 민감한 면이 있네. 고객이 프로젝트를 비밀로 해줬으면 해서 말일세. 자네들 두 사람이 초과근무를 해주면 정말 고맙겠네. 그럼 다른 사람들이 눈치채지 못하겠지."

휠러는 아이리스의 등을 두드리고는 자신의 사무실 문을 닫았다. 아이리스의 입가에서 슬며시 미소가 사라졌다. 뭔가 함정이 있는 것 같았다. 나중에 브래드가 주말에도 일해야 한다고 설명해주었다. 그것도 공짜로.

아이리스는 운전대 앞으로 몸을 던지고 잔뜩 녹슨 베이지색 마쓰다 승용차의 가속페달을 바닥까지 밟았다. 그렇게 거리를 달리며 '이건 정말 말도 안 돼'라고 생각했다. 빨간불 앞에서 차를 세운 그녀는 난장판인 자동차 바닥을 뒤적거려 반쯤 빈 다이어트 콜라캔을 집어 들고 담배 한 개비를 입에 물었다. 하지만 휠러에게 그때 뭐라고 말했어야 했지? 싫다고 말했어야 했나?

시내에 거의 접어들 때쯤에야 아이리스는 목적지를 전혀 모른다는 사실을 깨달았다. 이전에 끄적거려 놓았던 주소를 찾으려고 핸드백을 뒤적거렸다. 담배, 라이터, 립스틱, 영수증…… 그녀는 한쪽 눈으로 도로를 보면서 핸드백의 내용물들을 조수석으로 집어 던졌다.

갑자기 경적 소리가 크게 울려 퍼졌다. 아이리스는 얼른 고개를 들고 간신히 운전대를 틀어 청소차와의 충돌을 피했다. 브레이크를 밟자, 끼익 하는 소리와 함께 차가 멈춰 섰다.

"빌어먹을!"

조수석에 쌓여 있던 온갖 잡동사니들이 차 바닥으로 쏟아졌다. 그토록 찾아 헤맸던 종이 쪼가리가 맨 위에 올라앉아 있었다. 그걸 얼른 낚아채 읽었다.

유클리드 애비뉴 1010번지
클리블랜드 퍼스트뱅크
뒤편에 주차할 것

동쪽 12번 스트리트와 유클리드 애비뉴가 만나는 지점에 도착하자 계기판의 시계가 오전 9시 15분을 가리키고 있었다. 브래드는 문 앞에서 자신의 세이코 시계를 연신 들여다보며 이 현장 임무에 유별난 신입사원 계집애를 추천한 것을 후회하고 있을 게 뻔했다. 빨간불이 영원히 바뀌지 않을 것처럼 계속 켜져 있는 동안, 아이리스는 바닥에 떨어진 것들을 핸드백에 쑤셔 넣었다.

유클리드 애비뉴 1010번지의 건물이 아이리스가 모는 차창에 돌과 유리의 잔상을 남기며 순식간에 지나쳤다. **빌어먹을!** 그녀의 차는 노란색 불빛이 깜빡거리는데도 좌회전하여 동쪽 9번 스트리트로 접어들었다가 다시 좌회전하여 휴런 스트리트로 접어들었다. 분명히 1010번지 건물의 뒤편이 나와야 하는데 눈앞에는 '주차금지' 표지밖에 없었다. 아이리스는 공포에 사로잡혔다. 이 길로 접어들면 동쪽 14번 스트리트까지 가야만 다시 차를 돌릴 수 있었다. 그럴 시간이 없었다. 사무실을 벗어난 첫 번째 임무에서 이미 잔뜩 늦은 상태였다.

아이리스는 좁은 진입로로 접어들었다. 닫혀 있는 차고 문에서 진입로는 끝이 났다. 길을 따라 늘어선 휑뎅그렁한 다른 건물들의 입구와 다를 바가 없었다. 양쪽 인도는 텅 비어 있고, 길거리는 쥐죽은 듯이 조용했다. 클리블랜드의 대부분은 주말이면 완전히 유령의 도시로 변했다. 머리 위쪽에는 매연으로 얼룩진 15층짜리 건물이 하늘 높이 치솟아 있었다. 절반쯤 되는 창문들이 썩은 널빤지로 덮여 있고, 끝없이 줄지어 선 벽돌들이 아른거렸다. 이게 바로 그 건물인가? 한껏 치켜든 머리가 목에서 굴러떨어질 것만 같았다.

숙취가 나중에야 말썽을 부리는 경우도 가끔은 있는 법이다. 아이리스는 두 눈을 꼭 감고 서서히 숨을 내쉬었다. 매일 밤 남학생클럽에서 파티를 벌이는 것처럼 술을 마시는 건 그만둬야 했다. 대학교를 졸업한 지가 언젠데?

어젯밤의 일들이 끊어진 필름처럼 눈앞을 스쳐 지나갔다. 그녀는 직장 동료들과 함께 플래츠에 새로 생긴 술집에 갔다. 테킬라 잔이 거듭될수록 밤은 점점 몽롱해져갔다.

닉도 그곳에 있었다. 귀엽게 생긴 인테리어 디자이너인 닉은 입사 이래 내내 시시덕거리는 사이였다. 닉은 아이리스의 책상으로 잠시 다가와 잡담하는 걸 좋아했다. 아이리스가 우아한 척하는 비서처럼 의자에 앉아 빨간색 펜으로 시공도에 표시나 하는 지겨운 일에서 잠시 숨을 돌릴 수 있는 시간이었다. 닉이 무슨 생각으로 접근했는지 누가 알겠는가? 아이리스는 그의 농담에 웃어댔고, 얼굴을 붉히곤 했다. 아이리스가 '남자를 유혹하는' 기술은 그게 전부였다.

닉이 술을 몇 잔 샀다. 그는 아이리스의 어깨에 팔을 두른 채 그녀의 귀에 뭔가를 속삭였다. 아이리스는 귀청이 떨어져라 울려대는 음악 소리 때문에 그의 말을 거의 알아들을 수 없었다. 다음으로 기억나는 건, 그녀의 차를 몰고 그녀의 집으로 바래다주는 닉의 모습이었다. 닉이 아이리스에게 키스하자 온 세상이 빙글빙글 소용돌이치며 눈앞이 캄캄해졌다. 그 후에 기억나는 거라고는 그녀를 질질 끌어다 침대에 눕히고는 좀 쉬라고 말한 것뿐이었다. 아이리스는 닉이 신사답게 행동해준 것에 고마워해야 하는 것 아닌가 생각했다. 하지만 이런 생각도 들었다. 내가 키스를 얼마나 못 하기에 날 건드리지도 않는 거야?

뭔가가 삑삑 하며 큰 소리를 냈다. 아이리스는 깜짝 놀라 눈을 크게 떴다. 덩달아 차까지 갑작스럽게 앞으로 튀어나가려 했다. 돌돌 말려 올라가는 앞쪽의 롤링식 차고 문을 들이받지 않기 위해 브레이크를 밟았다. 브래드가 밖으로 걸어 나오며 손을 흔들었다.

"굿모닝, 아이리스!"

"브래드! 하이." 아이리스의 목소리는 차창에 가로막혀 밖으로 나가지 않았다. **이런, 바보 같으니.** 그녀는 차창을 수동으로 돌려 내리고는 다시 말했다. "하이! 선배는 어떻게 그 안으로 들어간 거죠?"

"방법이 있지." 브래드는 한쪽 눈썹을 치켜세웠다. "아, 농담이야, 농담! 경비원이 길을 가르쳐줬어."

빳빳한 J. C. 페니 셔츠와 깨끗하게 다림질한 헐렁한 바지를 입은 브래드는 엔지니어인데도 모델 같았다. 그는 헬스장에 들러 운동을 하고, 샤워를 마친 후, 네 코스짜리 거창한 아침 식사까지 먹고 온 것처럼 보였다. 그에 비해 아이리스는 샤워실의 배수구에서 끌려나온 것처럼 보였다.

"여기에 주차해도 되나요?"

"그래, 날 따라와."

아이리스의 차는 브래드를 따라 지하 감옥 같은 실내로 들어갔다. 그곳은 하역장이었다. 트럭을 대는 지저분한 구역이 두 군데 있었고, 승용차 석 대를 충분히 주차할 만한 구역이 있었다. 콘크리트가 깨져 나가기는 했지만. 아이리스는 자신의 털털거리는 차를 브래드의 것일 수밖에 없는, 티 하나 없이 깔끔한 혼다 어코드 옆에 세웠다. 벽에는 '단기 주차, 배달 차량만 가능'이라는 표지판이 붙어 있었다. 아이리스의 뒤쪽에서 작은 차고 문이 돌돌 내려왔다. 차고 문이 닫히자 하역장은 한층 더 어두워졌다. 썩은 고기와 토사물에서 나는 듯한 끔찍한 냄새가 코로 밀려들자 아이리스는 한쪽 구석으로 달려가 토할 뻔했다. 구석에는 잔뜩 녹슨 커다란 쓰레기통이 있었다.

"냄새 끝내주지, 응?" 브래드가 놀렸다. 그는 인적이 끊긴 경비실 바로 옆의 벽에 붙어 있는 빨간색 버튼을 가리켰다. "들어오고 나서 차고 문 닫는 걸 잊지 말고."

"당연히 그래야죠. 그런데 선배가 안 계실 때는 어떻게 들어오죠?" 아이리스가 입과 코를 손으로 가리며 물었다.

"바깥쪽 차고 문 옆에 인터폰이 있어. 레이먼이 안으로 들여보내 줄 거야."

아이리스는 고개를 끄덕이며 주위를 둘러봤다. 하지만 눈에 들어오는 사람은 없었다.

"좋아. 그럼 시작해보자고." 브래드는 깔끔한 어코드의 트렁크에서 커다란 현장가방을 꺼냈다.

아이리스는 현장가방은커녕 클립보드조차 가지고 오지 않았음을 기억해냈다. 그녀는 재빨리 머리를 굴려서 특대 사이즈의 핸드백을 꺼내 어깨에 둘렀다. 립스틱과 담배 같은 것만 들어 있지 않은 것처럼.

"좋아요."

브래드는 아이리스를 데리고 기다란 직원용 복도를 지나 어두컴컴한 복도로 들어갔다. 두 사람은 앞쪽에서 희미하게 빛나는 아침 햇살을 따라 놋쇠 색의 엘리베이터 문들을 지나 클리블랜드 퍼스트뱅크의 메인 로비에 도달했다.

아이리스는 높이가 4.5미터나 되는 격자무늬의 천장을 멍하니 올려다봤다. 벽에 박힌 상감무늬의 나무판들로부터 여닫이 창문의 놋쇠 창틀과 입구의 오래된 거대한 괘종시계까지 모두 수공예품 같았다. 바닥에 깔린 아르데코풍의 아주 작은 타일들은 중앙에서 장미꽃 무늬를 만들었다. 고풍스러운 두 개의 놋쇠 회전문이 유클리드 애비뉴와 얼굴을 맞대고 있었다. 녹슨 쇠사슬과 그 끝의 맹꽁이 자물통이 그 회전문을 조롱하는 것 같았다. 다른 방으로 통하는 두 개의 굳건한 철문 위쪽 벽에 '클리블랜드 퍼스트뱅크 1903년도 설립'이라고 새겨진 글이 희미하게 빛났다. 소용돌이무늬의 놋쇠 손잡이가 달린 그 문들은 닫혀 있었다.

"몇 년도에 건설된 거죠?" 아이리스가 머리 위쪽의 금박 입힌 시계를 찬찬히 살펴보며 물었다. 연도를 가리키는 시계의 숫자는 여러 해 전에 멈춰 선 상태였다.

"대공황 이전일 거야. 이런 형태의 수공예품은 전후에 건설된 건물들에는 없을걸?"

"이 건물은 언제 비워진 거죠?" 아이리스가 물었다.

"확실히는 모르겠어. 거래원장에 뭔가가 적혀 있을 거야." 브래드가 현장가방에서 파일을 꺼내 뒤적거렸다. "클리블랜드 퍼스트뱅크는 1978년 12월 29일에 문을 닫았어."

"그 이유가 궁금하군요." 아이리스가 큰 소리로 말했다.

벽에는 검은색 벨벳이 줄지어 늘어선 싸구려 게시판이 붙어 있었다. 벨벳에는 적어도 스무 명쯤 되는 사람들의 이름과 사무실 번호가 흰 글자로 듬성듬성 적혀 있었다. 반대쪽 벽에는 액자가 걸려 있었다. 아이리스가 액자에 찍힌 '알리스테어 머서 총재'라는 글자를 조용히 읊조리는 동안 액자 속에서 눈가를 붉힌 무서운 노인이 아이리스를 노려보았다.

"시 정부가 채무불이행을 선언했을 때, 수많은 사업장이 문을 닫고, 수많은 사람이 직장을 잃었지. 다행히도 우리는 많은 일거리를 얻게 됐지만."

아이리스는 격자무늬의 천장과 수백 개의 작은 그림과 금박을 입힌 가느다란 선을 노려봤다. 정말 안된 일이었다. 예전에 은행에서 무슨 일이 있었는지는 모르겠지만, 거의 20년 동안이나 이 건물을 폐쇄하고 버려둬서는 안 되었다.

놋쇠 회전문으로 들어온 따스한 산들바람이 휘파람 소리를 내며 지나갔다. 아이리스는 트위드 정장 차림의 남자들과 하이힐을 신은 비서들이 하나둘씩 로비로 들어오는 모습을 그렸다. 매일 수백 명의 사람들이 로비를 스쳐 지나갔을 것이다. 그중 한 명이라도 천장을 올려다보았을까 하는 의문이 들었다.

2장
1978년 11월 2일 목요일

베아트리스 베이커는 클리블랜드 퍼스트뱅크 건물로 들어서는 순간 바짝 얼어붙었다. 그러고는 당장이라도 머리 위로 떨어져 내릴 것 같은 어마어마한 천장을 올려다봤다. 지금껏 이보다 웅장하고 위압적인 것을 본 적이 없었다. 그 압도적인 모습에 그만 건물 밖으로까지 밀려나갈 뻔했다. 스리피스 정장을 차려입고 무성한 구레나룻을 정성스레 다듬은 남자가 회전문을 빠져나가기 전에 베아트리스에게 살짝 고개를 끄덕였다. 내가 여기서 근무한다고 생각하는구나. 베아트리스는 이렇게 깨닫고는 애써 미소를 지으려고 했다.

9층에서 톰슨은 그녀의 입사지원서를 훑어보고 책상 위에 내려놓았다. "베이커 양, 자기 소개 좀 해봐요." 그는 가죽의자에 기대며 회색으로 변해가는 숱 많은 눈썹을 치켜세웠다.

베아트리스는 배운 대로 의자 끝에 엉덩이를 붙이고 두 발목을 꼬았다. "전 작년 봄에 클리블랜드 하이츠 고등학교를 졸업했어요.

그때부터 머레이 힐 편의점에서 근무했고요."

그건 베아트리스와 도리스 이모가 여러 주 동안 연습했던 각본이었다. 그녀는 단어 하나하나를 천천히, 또박또박 발음했다. 고데를 하고 머리끈으로 단정히 묶은 금발을 귀 뒤로 쓸어 넘겼다.

"편의점에서 정확히 무슨 일을 했기에 클리블랜드 퍼스트뱅크의 비서직에 응모해도 된다고 생각한 거죠?"

"음, 잠깐만요……." 베아트리스는 말소리가 떨리거나 작아지지 않도록 잠시 말을 멈췄다. 이모는 자신감 있게 큰 소리로 말하라고 가르쳤다. "전화와 주문을 받고, 매일 회계장부의 결산을 했었죠."

"타이프를 칠 줄 알아요?"

"1분에 85단어를 칩니다!" 이건 이력서에 적은 대로 사실이었다. 도리스 이모의 낡은 레밍턴 타자기로 여러 달 동안 타이핑 연습을 했었다.

톰슨은 엄격한 눈길로 그녀를 쳐다봤다. 베아트리스는 겁먹지 않으려고 애썼다. "불안해 보이거나 반항적으로 보여서는 안 돼." 이모가 경고했었다. "숨길 게 하나도 없는 정직한 여자처럼만 보이면 되지."

베아트리스는 아담한 체격에, 금발과 푸른 눈을 지닌 단정하고 아름다운 여자였다. 회사원에게 필요한 모든 걸 갖췄다고 도리스 이모가 말했었다. 베아트리스가 입고 있는 트위드 스커트와 니트 블라우스는 몸에 잘 맞지 않았다. 신발은 싸구려였다. 말투에 희미하게 사투리가 남았지만, 이모는 애팔래치아 말투가 오히려 매력을 돋보이게 한다고 단언했다. 열여섯 살인 베아트리스는 회사원이 되기에는 너무 어렸지만, 이력서에는 나이를 비롯한 여러 가지를 거짓으로 적어놓았다.

톰슨의 눈길이 단추를 풀어 젖무덤이 약간 드러나는 블라우스에 머물렀다. 베아트리스가 나이 들어 보이도록 도리스 이모가 브라 안쪽을 화장지로 채워놓은 것을 톰슨은 몰랐다.

베아트리스가 불안한 듯 몸을 움찔거리자 톰슨의 눈길이 다시 그녀의 얼굴로 올라왔다. "이렇게 면접 기회를 주셔서 감사합니다. 클리블랜드 퍼스트뱅크에서 일하게 된다면 저로서는 정말 영광일 거예요."

"그래요? 그건 왜죠?"

이모가 어젯밤에 이미 이야기해줬다. "은행에서 일하는 사람들은 너의 인생사를 알고 싶어 하지 않아. 그저 네가 타이핑을 하는지, 일하는 모습이 예쁜지만 알고 싶어 하지."

베아트리스는 이어지는 이모의 말에 입을 딱 벌렸다.

"넌 뭐라고 대답할 거야? 중요한 건, 네 아름다움을 충분히 드러내는 거야. 충분히 아름답고 어리고 상큼하면 돼. 어느 누구도 과거가 있는 사람을 고용하고 싶어 하지 않아." 이모는 소파에 몸을 파묻고는 술을 한잔 더 마셨다. "우리처럼 부자인 아버지도 없고, 화려한 학력도 없고, 남편도 없는 가난한 여자들은 펼쳐 보일 카드가 거의 없는 셈이지. 넌 그래도 얼굴이 그럴듯하고, 이름이 그럴듯하잖아? 가진 것은 그게 전부니까 함부로 낭비하지 마. 귀여운 아가씨야, 카드를 잘못 뽑으면 나처럼 누군가에게 이용만 당하다 끝난다고."

베아트리스는 도리스의 붉어진 뺨과 거칠어진 손을 쳐다봤다. "무슨 일이 있었던 거죠, 이모? 왜 은행에서 일하지 않으세요?"

"네가 그걸 궁금해할 필요는 없어. 모두 과거의 일이니까. 그러니 면접자가 은행에서 일하는 게 어째서 네게 영광인지 물어보면 뭐라고 대답할 거야?" 도리스는 베아트리스를 다그쳤다.

"클리블랜드 퍼스트뱅크는 20년 전에 저의 부모님에게 주택담보대출을 해줘서 그때부터 우린 단골이 되었거든요." 베아트리스는 톰슨에게 거짓말을 하면서 미소를 지었다. 당장이라도 얼굴이 박살 날 것 같은 느낌이었다.

톰슨은 뭔가 의심스럽다는 표정을 지으며 팔짱을 꼈다. 이 사람은 날 꿰뚫어볼 수 있어. 베아트리스는 확신했다. 그녀는 움찔하지 않고 톰슨의 날카로운 눈길을 받아내려고 했다. 그의 눈길이 다시 그녀의 가슴께로 내려갔다.

"음, 우리는 가족 기업을 지향해요. 그런데 이 말을 꼭 해야겠어요. 당신 같은 젊은 여자를 고용하는 건 약간 걱정이 되는군요. 뭐, 다 아는 이야기겠지만, 이직률이 너무 높거든요. 시간을 들여 다 가르쳐놓으면 짐을 싸서 훌쩍 떠나버리니, 원. 그리고는 결혼을 해버린단 말이죠." 톰슨은 만년필로 책상 위의 압지를 툭툭 두들겼다. "우리는 가족 기업을 지향하지만, 그래도 기본은 지켜야죠. 당신을 채용하는 게 우리에게 도움이 된다는 걸 어떻게 알 수 있죠, 베아트리스?"

"음……." 베아트리스는 목청을 가다듬었다. "저는 결혼할 계획이 전혀 없어요, 톰슨 씨. 저는…… 저는 오랫동안 근무할 직업을 원하고요."

"떠나간 여직원들도 다들 그렇게 말했어요."

"하지만 제 말은 사실이에요!" 베아트리스는 다시 차분해지기 위해 크게 숨을 들이쉬었다. "저는 하루 종일 요리하고 집을 청소하고 싶지 않아요."

"아이들은 어떡하고요?"

베아트리스의 얼굴에서 핏기가 사라졌다. "아이들이라니요?"

"맞아요, 아이들. 당신은 아이를 가질 계획이 있나요?"

베아트리스의 눈에 눈물이 맺히더니, 그녀의 무릎 위로 뚝뚝 떨어졌다. 베아트리스는 손바닥에 손톱이 파묻히도록 주먹을 꽉 쥐었다. 이처럼 사적이고 지독한 질문을 받았다는 게 믿어지지 않았다. "아니요."

"정말로요? 당신처럼 아름다운 여자가요? 정말 믿기 어렵군요." 톰슨은 압지 위에 만년필을 내려놓았다.

면접에서 떨어졌나 보다. 그렇게 여러 달 동안 도리스 이모와 함께 준비했는데. 아무 말이라도 해야 할 것 같았다.

"전 다섯 명의 남자 형제와 네 명의 여자 형제들을 돌보며 자랐습니다. 따라서 아이에게는 아무런 관심도 없습니다. 저는 단 1분도 무릎까지 쌓이는 기저귀를 빨며 보내고 싶지 않습니다! 결단코요! 그보다는 훨씬 더 나은 일을 하고 싶습니다. 그러기 위해 제가 어떤 일을 해왔는지 상상도 하지 못하실 겁니다. 저는 이 일을 원합니다!" 베아트리스는 거의 고함치듯 말을 쏟아내다가 자신의 큰 목소리에 놀라 몸을 움찔했다.

톰슨이 큰 소리로 웃었다. "자, 진정해요, 베이커 양. 그렇게 안 봤는데 여러모로 놀라운 사람이로군요. 우리가 찾는 게 바로 그런 헌신적인 노력이에요. 입사를 축하해요."

베아트리스가 눈을 깜빡였다. "정말인가요?"

"월요일 아침 9시 정각까지 출근하세요. 3층에 있는 인사부의 린다에게 보고하세요."

베아트리스는 아드레날린이 잔뜩 분출되어 윙윙거리는 귀로 그의 말을 알아들으려고 애썼다. 월요일에 린다에게 뭐 어쩌라는 이야기였는데…….

"감사합니다, 톰슨 씨. 절 뽑은 걸 후회하지 않으실 거예요."

건물 모퉁이에 자리 잡은 톰슨의 사무실은 톰슨의 무례한 질문과 베아트리스의 대담한 답변으로 어수선했다. 이제 톰슨은 자리에서 일어나 베아트리스를 사무실 밖으로 안내했다. 베아트리스는 마호가니 책장들과 벽의 크리스털 촛대들을 지나 톰슨의 사무실 밖으로 나왔다. 남자 형제 다섯과 여자 형제 넷이라니…… 어디서 그런 생각이 떠올랐던 거지? 그렇게 많은 준비를 했는데, 결국 베아트리스가 임신을 할 것인가 말 것인가로 결론이 나고 말았다. 도대체 웃어야 할지, 울어야 할지 알 수가 없었다.

베아트리스는 톰슨의 사무실 앞에서 톰슨이 악수하자고 손을 내밀기를 기다렸다. 도리스 이모는 누군가가 먼저 어떤 행동을 하면 그에 대응하는 법을 가르쳤다.

그런데 톰슨은 손을 내미는 대신 베아트리스의 어깨를 두들겼다. "이제 끝났어요, 베이커 양."

3장
1998년 8월 8일 토요일

"여기서 정확히 뭘 하는 거죠?" 아이리스는 예전에 은행이었던 곳의 쇠사슬이 걸린 문들로부터 얼굴을 돌렸다.

"우리는 이곳의 개보수 가능성을 알아봐야 해. 군청이 이곳의 매수를 고민 중이라는 말을 들었어." 브래드는 줄자와 클립보드를 꺼내 들었다.

"개보수 가능성 검사라……." 아이리스는 그 말이 무슨 뜻인지를 정확히 아는 것처럼 되풀이했다.

"맞아. 평소보다 좀 더 오래 걸릴 거야. '건물관리청'의 기록보관실이 물이 새는 수도관 아래에 있었어. 그 바람에 이 건물의 청사진을 판독할 수 없게 됐어. 모든 게 물에 젖었거든." 브래드는 공무원들의 우매한 행태에 고개를 살래살래 저었다. 그는 줄자를 잡아 빼서 그 끝을 아이리스에게 건넸다. "우린 이 건물의 재사용 가능성을 보여주는 설계도를 마련해야 해."

아이리스는 이대로 계속 브래드의 말을 이해하는 척할지 말지를 고민하며 잠시 그를 쏘아봤다. 그녀는 줄자의 끝을 잡고 반대쪽 구석까지 걸어갔다. "좋아요, 졌어요. 그게 정확히 무슨 뜻이죠?"

"우린 이곳의 현재 소유자인 클리블랜드 부동산 지주회사에 고용됐어. 그들은 건물을 새로운 사무실과 상점으로 개조한 평면도를 작성하여 입주 가능성이 있는 사람들에게 보여주려고 해. 그러면 수년 동안 이 건물을 통해 받아왔던 세금감면보다 훨씬 높은 수익을 올릴 수 있다고 판단한 것 같아." 브래드는 수치를 적으면서 아이리스에게 반대쪽 벽 끝까지 줄자를 끌고 가라고 손짓했다.

"세금감면이라뇨?"

"러스트 벨트*의 도시들은 여러 해 동안 세금 천국이었어. 건물을 크게 할인받아 구입한 다음 큰 손실을 감수한 채 텅 비워두는 거야. 그게 세금을 낼 때 회사의 대차대조표에 큰 도움을 주거든. 특히 회사가 다른 곳에서 크게 한몫을 잡았을 경우에는."

아이리스는 얼굴에 드러난 혼란을 감추기 위해 바닥의 타일을 내려다봤다. "그런데 이제 그들이 이 건물을 팔려고 한단 말이죠? 그래서 휠러 씨가 기밀이라고 하셨던 건가요?"

브래드는 수치 몇 개를 더 적어 넣고, 줄자를 말았다. "군청은 군청을 중심가로 옮기려고 해. 따라서 우리가 만드는 설계 계획서가 이 건물을 군청에 팔아먹는 데 도움이 된다고 보는 거지. 이 건물의 소유주는 다른 건물주들과 건물을 팔기 위해 경쟁하고 있고, 군청은 자신들의 계획을 공표하지 않고 있단 말이야."

* Rust Belt, 1970년대까지 미국을 대표하는 공업지대였으나 제조업의 쇠퇴로 몰락했다. 펜실베이니아, 웨스트버지니아, 오하이오, 인디애나, 일리노이 등이 해당된다.

아이리스는 고개를 끄덕이며 브래드의 모눈종이를 힐끗 쳐다봤다. 브래드는 이미 1층의 윤곽을 대충 스케치하고 각각의 수치를 깔끔하게 채워 넣고 있었다.

"내 생각에 군청은 이곳을 완전히 해체해야 할 거야. 이곳에 묻혀 있는 석면과 납 같은 것 때문에." 브래드는 우아한 천장을 손으로 가리켰다. "뭐든 하려면 상당한 자금이 들어가야겠지."

아이리스는 전면의 로비로부터 육중한 놋쇠 문들을 지나 앞장서 가는 브래드에게 이의를 제기할 수 없었다. 은행이 차지한 반대쪽 부분은 면적이 엄청난 데다가, 동굴 같은 방의 중앙에 늘어선 창구 직원들의 자리를 끼고 두 개의 높다란 대리석 카운터가 양쪽 벽에 자리하고 있었다. 창구 직원들은 서류를 주고받는, 우편물 투입구 크기의 구멍만 있는 좁은 놋쇠 창살 뒤쪽의 작은 칸막이에 서서 근무해야 했다.

아이리스는 좁디좁은 칸막이 안을 슬쩍 들여다봤다. 작은 계산대와 구식 계산기가 있을 뿐, 몸을 돌리기도 쉽지 않을 것 같았다. 폐소 공포증을 유발하기에 딱 좋은 곳이었다. 이곳에 서 있어야 했던 여자가 불쌍하게 느껴졌다. 아이리스는 돌아서서 빽빽한 창살 뒤쪽에서 창구 직원이 봤을 방의 모습을 상상해보았다.

모자이크 같은 타일, 마호가니, 놋쇠…… 이 모든 게 먼지로 푹 덮여 있었다. 적어도 5미터 높이가 됨직한 천장에는 퀴퀴한 공기와 딱딱한 구두창이 바닥에 부딪히는 소리, 그리고 열쇠들의 짤랑거리는 소리만 채워져 있었다. 모든 곳이 스러져가는 흑백사진 같았다.

브래드가 말한 대로라면 이것들은 모두 분해될 것이다. 아이리스는 기이한 애수에 사로잡혔다. **이곳을 주차장으로 만들어버릴 수도 있어.** 그녀는 매몰된 무덤 속에 서 있는 듯한 느낌을 털어버리려고 애썼다.

　"오늘은 뭘 할 계획인가요?" 아이리스는 줄자나 잡는 것보다는 좀 더 그럴듯한 일을 기대했다.

　"먼저, 세로 격자무늬를 그리고 전체적인 치수를 구해야 해. 부지 측량은 다른 건축기사에게 맡길 거야. 그런 다음에 기준층 평면도와 각 층의 설계도만 만들면 돼."

　이것이야말로 아이리스가 하고 싶어 했던 일과 가장 비슷한 일이었다. 이 건물은 바닥 면적이 가로 30미터에, 세로 45미터에 달하는 15층짜리 고층건물이었다. 1층 바닥을 격자무늬로 구분하여 측정하는 데만도 오전의 상당 시간을 보낸 터였다. 1층에는 아직도 하역장과 화장실들, 두 개의 계단이 남아 있었다. 아이리스는 기다란 대리석 석판과 연철 난간으로 치장된 웅장한 계단통을 지나 하역장에서는 보이지 않는 두 번째 계단으로 걸어갔다. 낡아빠진 '출구' 표지판이 문에 걸려 있었다. 안쪽으로 들어서니, 비상투광조명 속에서 차가운 콘크리트 디딤판과 콘크리트 블록 벽들이 모습을 드러냈다. 탁한 공기 중에는 시큼한 소변 냄새 같은 것이 풍겼다. 아이리스는 재빨리 치수를 재고는 문을 쾅 닫았다.

　점심 시간이 찾아왔다 훌쩍 지나갔다. 아이리스는 혈당이 급격히 떨어지자 머리가 어지러웠다. 1시가 되자 당장 정신을 잃을 것만 같았다.

아이리스는 줄자의 끝부분을 떨어뜨렸다. "배고파 죽겠어요."

"아, 나도 그래. 잠시 쉬지." 브래드는 손에 들고 있는 모눈종이에 푹 빠져서 오전 내내 거의 말을 하지 않았다.

"어디서 점심이라도 간단히 먹어요." 아이리스는 경련이 이는 두 손을 쫙 폈다.

"아, 난 점심을 싸왔어."

당연히 싸왔겠지. 아이리스는 짜증이 났다. **보이스카우트는 항상 준비를 하는 법이니까.**

"이런! 난 왜 그런 생각을 못했지? 저는 식사를 하고 와야겠어요. 혹시 뭐 사다드릴 것 없어요? 음료수라도?"

"아니, 괜찮아." 브래드는 그렇게 말하며 갈색 종이봉투를 꺼냈다. "얼른 식사를 마치고 일을 계속할 거야. 식사를 하고 이곳으로 와."

"그거 좋은 생각이네요!" 아이리스는 전혀 짜증나지 않는 듯 밝은 목소리로 대꾸했다. 토요일이라 울어도 시원찮을 판에 점심 먹을 시간도 아깝다는 거야 뭐야? 아이리스는 속으로 불평을 터뜨리며 기억을 더듬어 앞쪽 계단을 내려갔다. 그리고 메인 로비와 직원용 복도를 지나 하역장 뒤편으로 나갔다.

30분 후, 식사를 마치고 돌아온 아이리스는 차고 문 앞에 차를 세웠다. 그리고 까만 인터폰의 버튼을 누르고 기다렸다. 아무런 일도 벌어지지 않았다. 버튼을 다시 누르고 텅 비어 있는 도로와 인도를 훑어봤다. 등에 식은땀이 흘러내렸다. 그냥 집으로 가버릴까 하는 순간 인터폰이 생명을 되찾은 듯 틱틱 소리를 내더니 문이 올라가기 시작했다.

지저분한 하역장에서 레이먼의 모습을 찾아볼 수는 없었다. 하지만 문을 열어주는 것을 보면 이곳 어딘가에 있는 게 분명했다. 섬뜩한 생각이 들었다. 아이리스는 마지막으로 담배를 한 모금 더 빨고는 무거운 엉덩이를 들어 차 밖으로 나왔다. 정말 싫기는 했지만 뒤쪽 계단을 통해 2층으로 올라가는 것이 브래드에게로 돌아가는 가장 빠른 방법 같았다.

아이리스는 악취를 가득 품은 공기를 최대한 들이마시지 않으면서 비상계단을 통해 2층으로 허겁지겁 올라갔다. 여전히 야외화장실 같은 악취가 났다. '2층'이라고 표시된 문 앞에 간신히 도착했더니 문이 잠겨 있었다. **빌어먹을!** 아이리스는 문을 두드렸다. "브래드! 문이 잠겨 있어요! 어딨어요?"

이제 어떡한다? 아이리스는 양쪽 방향으로 이어지는 나선 계단에서 올라갈 것인지, 내려갈 것인지 고민했다. 올라가는 계단은 끝이 보이지 않았다. 난간 너머로 몸을 내밀고 올려다보니 악취를 깜박 잊어버릴 정도로 매력적이었다.

구두를 질질 끄는 듯한 소리가 약간 위쪽의 계단에서 들렸다.

"여보세요? ……브래드인가요? ……레이먼이에요?" 아이리스의 목소리가 거대한 탑 안에서 울려 퍼졌다.

꼭대기 근처에서 문이 쾅 닫히고, 적막이 흘러내렸다.

"여보세요!" 아이리스가 소리쳤다. "대체 뭐예요?"

그때 뒤쪽 문이 활짝 열렸다. 브래드였다. "네가 시끄럽게 소리쳤나?"

"맞아요. 그런데 제가 소리 지르는 동안 선배는 안쪽에 쭉 계셨던 거예요?" 아이리스는 인상을 쓰며 계단을 다시 올려다봤다.

"현관에 내려가 있었어." 브래드가 어깨를 으쓱하며 문을 열어주었다.

아이리스는 계단으로 이루어진 탑을 벗어나 안으로 들어가며 계단통에 있던 사람은 레이먼일 거라고 생각했다. 그는 귀가 좀 어두운 모양이었다. "제가 없는 동안 뭘 하셨어요?"

"뭐, 별로 많지 않아. 아이리스, 돌아와서 기뻐. 이곳은 뭔가 오싹한 면이 있거든!"

그건 나도 마찬가지네요. 아이리스가 생각했다. 두 사람은 오렌지색 플라스틱 의자와 식탁만이 즐비한 널찍한 구내식당으로 들어섰다. 몇몇 식탁에는 노랗게 변한 냅킨들로 가득한 냅킨 케이스가 그대로 놓여 있었다.

"점심 먹기에 아주 좋은 장소를 찾으셨네요." 아이리스가 식탁을 가리켰다. "이것들이 아직도 남아 있는 게 좀 기이하지 않아요?"

"내 말도 들어봐. 이런 것은 이상한 축에도 들지 않아."

아이리스는 양쪽 눈썹을 치켜세우고 브래드를 따라 석 대의 자판기가 놓인, 벽이 움푹 패인 곳으로 걸어갔다. 자판기에는 여전히 전기가 들어와 있고, 윙윙 소리도 났다. 자판기에는 5센트짜리 커피, 마스바*, 캔 음료수를 판매한다는 문구가 붙어 있었다.

---

* Mars bar, 초코바의 일종.

"이거, 장난이죠?"

"장난이라니? 한번 봐봐."

브래드는 주머니에서 5센트짜리 동전을 꺼내 자판기에 넣었다. 종이 컵이 튀어나오더니 여러 해 동안 자판기 안에 들어 있었을 까만 액체가 컵을 채우기 시작했다. 아이리스의 입이 딱 벌어졌다.

"어때, 커피 좀 마시겠어?"

"천만에요, 사양하겠어요!"

아이리스는 뒷걸음쳤다. 그녀는 식탁, 컵 보관대, 반쯤 채워진 쓰레기통을 차례로 보았다. "마치 핵폭발 이후 방사선이 이곳으로 밀려 들어와 사람들이 모두 죽고, 가구만 남은 것 같네요." 아이리스는 붉은색과 녹색의 타일이 깔린 바닥을 내려다보고, 수북한 먼지 속에 찍힌 자신의 발자국을 확인했다. 그건 1978년 이래 두 사람만이 이곳을 찾은 살아 있는 생명체였다는 의미였다.

4장

오후 5시가 되자 브래드가 줄자를 접었다. "오늘은 이쯤 해도 되 겠어."

"좋은 생각이에요." 아이리스는 벌떡 일어서서 하역장으로 달려 갈 뻔했다. 두 사람은 불과 두 개 층의 평면도를 그렸을 뿐이지만, 아이리스는 전혀 신경 쓰지 않았다.

"내일 아침 일찍 이곳으로 왔으면 해."

아이리스는 하마터면 넘어질 뻔했다. 일요일까지 일할 거라고는 생각도 못 했다. **빌어먹을!** "음, 알았어요. 몇 시에요?"

"뭐, 무리하게 일할 필요는 없으니까 오늘처럼 오전 9시면 좋겠 어. 괜찮지?"

"물론이죠!" 아이리스는 속으로 이를 갈았다. 브래드는 숨을 들 이쉬었다.

집으로 돌아오는 길에 아이리스는 술이 간절했다. 어쨌거나 토 요일 저녁이고, 일도 충분히 했으니까. 딱 한 잔이면 족했다. 집에 가봤자 지저분한 세탁물과 더러운 식기들만 기다리고 있을 뿐이었다.

이틀 전에도 찾았던 단골 술집 '클럽 일루전(환상 클럽)'의 붉은색 벽과 얼룩진 천장이 아이리스를 반겨주었다. 엘리는 그곳에서 그냥 먹고 자는 것처럼 여전히 카운터 뒤에 서 있었다. 까맣게 염색한 머리카락과 코의 피어싱 그리고 문신들을 보면 아이리스와 전혀 다른 사람 같았지만, 그래도 아이리스는 그녀를 가장 절친한 친구라고 생각했다. 뭐, 술집 밖에서는 거의 만나지 않는 사이였지만. 두 사람은 2년 전, 아이리스가 주말 아르바이트를 하던 '클럽 1'에서 처음 만났다.

맥주와 담배를 제외하면 두 사람 사이에 공통점은 거의 없었다. 아이리스는 더는 생각나는 공통점이 없어서 슬펐다. 그리고 이런 처지가 정말 싫었다. 아이리스에게는 여자 친구가 많지 않았다. 아니, 거의 없었다. 토목공학 학교에 다닐 때는 여학생이 거의 없거나 아예 없었다. 여학생이 있다고 하더라도 극도로 예민하거나 안쓰러울 정도로 말이 없었다. 아예 둘 다인 경우도 있었다. 심지어 지루하기까지 했다. 여학생들은 좋은 집안 출신이었다. 매너도 아주 좋았다. 아주 멋진 애들이기까지 했다. 그 애들은 욕을 하지 않고, 담배도 피우지 않고, 침도 뱉지 않았다. 아이리스는 정말 인정하기 싫었지만, 자신도 그런 애들 중 하나였다. 수업에 한 번도 빠지지 않았고 과제는 꼬박꼬박 제출했다. 해야 하는 일은 곧잘 따라서 했다.

아이리스는 평소처럼 스툴에 털썩 주저앉았다. 엘리는 두 잔의 위스키 사워*를 부어놓고, 재떨이를 끌어왔다. 단골손님들은 아직 보이지 않고, 남자 대학생들은 여전히 여름방학을 즐기고 있었다. 두 사람에게 자신들만의 장소가 생긴 셈이었다.

"그 암울한 곳에서의 생활은 어때?"

엘리는 아이리스가 매일 사무실에 앉아 있는 것을 재미있어했다. 엘리는 온 세상 사람들이 자신을 어떻게 생각하든 아무런 신경도 쓰지 않았다. 엘리는 졸업할 계획도 없이 미술대학을 6년째 다니고 있었다. 부모님이나 교수들을 기쁘게 하겠다는 생각은 눈곱만큼도 없었다. 그녀는 자유인이었고, 적어도 그렇게 보였다.

아이리스는 쓴웃음을 지으며 위스키를 쭉 들이켰다. "그럭저럭. 팁은 잘 줘?"

"팁은 무슨? 팁으로 먹고사는데 다들 손이 작아서. 아무래도 진짜 직업을 잡아야 할까 봐."

엘리가 직장 생활을 할 리 없었다.

"문신, 멋지네. 새로 했어?"

엘리의 왼쪽 팔을 타고 내려가는 복잡한 문신들에 새로이 더해진 것은 뼈만 남은 손에 쥐여진 두 개의 흑백 주사위였다.

"응. 오늘 아침에 붕대를 풀었어. 니체의 말을 묘사한 거야. '위기와 위험에 맞닥뜨리고, 죽음을 걸고 주사위를 하는 것이야말로 가장 위대한 헌신이다.'"

"와우!" 아이리스는 뼈들을 둘러싸고 있는, 시뻘겋게 성난 피부

---

* 위스키에 레몬 또는 라임 주스를 혼합한 것.

에서 시선을 피하며 고개를 끄덕였다. 아이리스는 자신이 지울 수 없는 뭔가를 몸에 적어 넣을 배짱이 없었다. 아주 아플 것 같았다.

"무슨 일 있었어?" 엘리가 물었다.

아이리스는 재미있는 이야깃거리가 생겨서 가슴이 설렜다. 자신에게 접근하는 공학계의 괴짜들에게 별로 관심이 없다거나 간신히 참아내고 있다는 사실을 엘리가 알게 되면 어떤 반응을 보일까. "내가 오늘 어디에 있었는지 알면 깜짝 놀랄걸. 오늘 온종일 시내의 텅 빈 건물에 있었어. 정말 미칠 뻔했다니까."

아이리스는 대참사 이후의 모습 같았던 구내식당을 자세히 설명했다.

"그 커피를 마셨으면 대박이었을 텐데!" 엘리가 폭소를 터뜨렸다. "어떤 건물인데?"

"클리블랜드 퍼스트뱅크야. 70년대에 문을 닫았다던데. 들어본 적 있어?"

"아니."

"시청이 파산했을 즈음에 문을 닫았나 봐. 그런데 어떻게 시청이 파산할 수 있지?" 아이리스는 술잔에 담긴 위스키를 한입에 털어 넣었다.

"그 문제에 관해선 다들 중구난방으로 떠들어댔어. 우리 아버지는 시청에서 뭔가 음모를 꾸몄다고 생각했어. 아, 물론 '불타는 강'*

---

* The river catching fire, 클리블랜드는 1880년대부터 주요 공업도시였고 수많은 공장들이 폐기물을 강으로 방류하여 오염이 심했다. 1969년, 그곳에 있던 쿠야호가강에 큰불이 났다. 이 불로 인해 1972년, 수질보호법이 통과됐다.

도 음모라고 확신하지만."

아이리스는 고개를 끄덕였다. 그곳에 5년간 살면서 클리블랜드 약자들의 음모론을 귀가 닳도록 들어왔었다.

"한 잔 더?"

빈 잔을 들여다보는 아이리스의 눈앞에 오늘 밤에 일어날 일들이 그려졌다. 자신은 엘리와 온갖 소문들을 조잘댈 것이고…… 술집은 술꾼들로 채워질 것이다. 어떤 사내가 아이리스의 옆에 앉아 말을 걸 것이고…… 한두 시간이 훌쩍 흘러가면, 아이리스는 그가 만났던 여자들 중에 가장 매혹적인 여자가 되어 있을 것이다. 아이리스가 농담을 할 때마다 그는 웃어댈 것이고, 그녀의 말 한마디 한마디에 귀를 기울일 것이다. 오늘 밤이 끝날 때쯤 두 사람은 가장 가까운 친구가 되어 있을 테지만, 그녀는 몇 마디 쫑알거리고는 혼자서 집으로 비틀비틀 돌아갈 것이다. 아이리스는 남자들이 집에 데려다주는 걸 원치 않았다. 닉을 떠올리며 한숨을 내쉬었다.

"오늘 밤에는 그만해야겠어. 이런 말도 안 되는 일을 믿을지는 모르겠지만, 나, 내일 일해야 해."

"무슨 일인데 그래?" 엘리는 자신의 잔에 칵테일을 좀 더 부었다.

"조금 전에 말했던 그 은행에서 괴상한 일을 해야 한단 말이야. 잔업 형식으로."

"그런데도 하겠다고 했어?"

아이리스는 고개를 저었다. "내게 선택권이나 있겠어? 상사의 지시인데?"

"이런! 그럼 네가 못 하겠다고 했으면 해고당했을 거란 말이야?"

"모르겠어. 설마 그러기야 하겠어? 하지만 이 일은 나의 가치를 보여주고, 앞으로 더 나은 일을 맡을 기회 같았어."

"네 가치라고? 맙소사, 아이리스! 직업을 그런 식으로 보지 말라고! 알았어? 회사 사람들을 믿어서는 안 된단 말이야. 그들은 돈이 된다면 널 잘근잘근 씹어 뱉어버릴 거야. 뒷일을 전혀 생각지도 않고. 엿들이나 먹으라고 해! 네가 원하는 일을 하란 말이야."

아이리스는 스툴에서 일어서며 고개를 끄덕였다. 그 말에 동의한다는 뜻이었다.

5장

시내의 동쪽에 걸려 있는 저녁 해는 마치 오렌지색 태양등 같았다. 자신의 차에 올라타는 아이리스의 귓가에는 여전히 엘리의 말이 맴돌았다. 아이리스는 상사에게 이따위 일은 하기 싫으니 해고하든 말든 마음대로 하라고 소리칠 수 없었다. 그녀는 현실 세계에 살고 있었다. 현실 세계란 사람들이 일하러 나가는 곳이지, 하루 종일 술집에 죽치고 앉아 이번에는 어떤 문신을 할까 고르는 곳이 아니었다. **'죽음을 걸고 주사위를 하라?' 그게 대체 무슨 뜻이냐고?**

아마 자신의 아버지라면 선뜻 동의했으리라. 심지어 그 말을 외치는 아버지의 목소리가 들리는 듯했다. 아이리스는 항의의 표시로 담배를 피워 물었다. 그녀는 빈둥빈둥 시간을 잡아먹고, 밀기울 시리얼을 먹으며 '운명의 수레바퀴'라는 TV 프로그램이나 보는 그녀의 부모처럼 되고 싶지 않았다. 식료 잡화점에서 파는 싸구려 애정소설을 읽고, 자신을 무시하는 남편에게 스테이크를 구워 바치고, 빨래건조기에다 자신의 생각을 웅얼거리는 어머니처럼 되고 싶지 않았다. 아이리스는 자신이 무엇을 원하는지 몰랐다. 하지만 어머니처럼 되고 싶지 않은 건 확실했다. 그렇게 무의미하기 짝이 없는 삶은 아니었다.

아이리스는 '클럽 일루전'에서 뒷길을 타고 리틀 이탈리아에 있는 황폐한 자신의 아파트로 돌아갔다. 메이필드 로드 쪽의 구멍가게들은 프랭크 시나트라와 딘 마틴의 노래를 시끄럽게 틀어 두었다. 아이리스는 자신의 아파트가 있는 블록으로 접어들었다. 도로 표지판에 적힌 '랜덤 로드(마구잡이 도로)'라는 말이 도로 상태를 아주 잘 보여주었다. 대학생 시절에는 이 말이 재미있었지만, 지금은 그저 슬프기만 했다. 월 500달러로 살아가야 했던 학창 시절에는 임대료가 싸다는 것이 가장 중요했다. 연봉 3만 3천 달러를 받는 지금은 훨씬 나은 곳에서 지낼 수 있었다.

아이리스는 도로변에 차를 세우고 진입로를 걸어 올라갔다. 좁은 부지에 다 허물어져 가는 세 채의 집이 앞뒤로 다닥다닥 붙어 있었다. 그 조잡한 집들은 훨씬 더 조잡한 아파트들로 개조되었다. 그녀의 이웃은 여느 때와 마찬가지로 건물 입구를 차지하고 있었다.

"안녕하세요, 카프레타 부인?" 아이리스는 재빨리 그녀 곁을 지나치며 명랑한 목소리로 인사했다. 그런데 그런 서툰 수작으로는 그녀를 절대 피할 수 없었다. 늙은 여자의 얼굴은 항상 찌푸려져 있었다. 두터운 안경알이 박힌 안경테의 코 받침은 살이 잔뜩 찐 그녀의 피부 속에 파묻혀 있었다. 아이리스는 카프레타 부인이 한 번이라도 안경테를 밀어올린 적이 있는지 늘 궁금했다.

"약사 녀석이 오늘 날 속이려고 했지 뭐야." 카프레타 부인이 종 알거렸다. "길 저쪽 상점에 가지 마. 눈을 뻔히 뜨고 있는데도 코 베어 먹을 놈들이라니까!"

"조심할게요. 고마워요!" 카프레타 부인 곁에서 3년을 살아온 아이리스는 논쟁을 벌이거나 질문을 하는 게 어리석은 짓임을 잘 알고 있었다.

아이리스는 다른 이웃들의 이름은 몰랐다. 뒷집에는 대학원생 커플이 살고 있고, 자신의 아래층에는 네 명의 인디언 가족이 살고 있었다. 인디언 가족은 진입로에서 마주칠 때마다 미소를 지으며 머리를 약간 숙이곤 했다.

아이리스는 우편물을 집어 들고 뒤틀린 계단을 통해 2층으로 올라갔다. 그곳에 곧 주저앉을 것만 같은 그녀의 집이 있었다. 현관 문을 열자마자 자그마한 웅덩이가 그녀를 반겼다. 천장이 또 새고 있었다. 그녀는 그곳을 살짝 비켜 지나치며 내일 아침에 악덕 집주인에게 전화해야겠다고 생각했다.

먼지를 뒤집어쓴 자동응답기의 불빛이 깜빡거렸다.

"아이리스니? 아이리스, 내 말 들려? 엄마다. 전화 좀 해줘, 알겠지? 너무 오랫동안 소식이 없었잖니. 걱정돼서 그래. 사랑한다! 잘 있어."

지난주에도 통화했는데…… 아이리스는 한숨을 쉬고 수화기를 들었다.

"여보세요?"

49

"엄마, 저예요."

"아이리스, 너로구나! 네 목소리를 들으니 정말 좋다. 어떻게 지내니?"

"잘 지내요. 지금 좀 피곤한데……." 아이리스는 벌써 발을 가볍게 두드리고 있었다. 그녀의 어머니는 자기만의 삶을 살아본 적이 없었다. 항상 집에만 있던 전업주부라서 아이리스가 집을 떠난 이후로는 자신이 뭘 해야 할지 몰랐다.

"직장은 어때?"

"엄청 바빠요. 얼마 전에 특별 임무를 맡아서 기분이 좋아요." 아이리스는 우편물을 뒤적거렸다. 광고물에, 광고물에, 학자금대출 청구서…….

"정말 신나겠구나! 이제 직장에서 널 눈여겨볼 때도 됐지! 너, 엄청 똑똑하잖니. 네 아버지에게도 그랬어. 네가 정말 쓸모가 있을 거라고. 너처럼 똑똑한 애에게 서류작업이나 시키다니, 얼마나 웃기는……."

"엄마! 그만해요. 전 지금 제대로 실력을 발휘하고 있다고요, 아셨어요? 제가 하는 일이 우스운 것도 아니고요."

아이리스는 눈에 뻔히 보이는 모욕을 무시하려고 애썼다. 그녀의 부모는 그녀가 선택한 직장에 약간 실망했었다. 그녀의 아버지는 토목공학이란 유기화학을 잘 모르는, 좀 덜떨어진 학생들이 배우는 것이라 여겼다. 사실 아이리스는 모든 과목에서 좋은 학점을 받았었다. 과학이나 수학처럼 복잡한 방정식의 옳은 답을 찾는 과목들에 아무런 문제가 없었다. 다만 질문들이 지겨울 정도로 무의

미했다. 아이리스는 어떤 기체의 확산율 따위에는 정말 관심이 없었다. 하지만 어떤 건물이 붕괴될 것인지의 여부를 알아내는 일은 정말 의미 있어 보였다. 아이리스는 다리와 댐을 건설하는 것이 화학회사에 취직해 집을 칠할 페인트의 새로운 공식을 개발하는 것보다 훨씬 더 중요하다고 몇 번이나 아버지를 설득하려고 했다. 아이리스가 아버지의 조언에 따라 공학을 전공으로 택한 것만으로는 충분하지 않았다. 아버지는 더 많은 것을 기대했다.

"그야 물론이지, 우리 딸. 이곳에서는 졸업식 답사를 읽은 네가 지금 어떤 일을 하고 있는지 다들 궁금해한단다. 얼마 전에 존슨 선생님을 우연히 만났어. 그 선생님은 네가 뇌외과 의사가 될 거라고 확신하더라니까!"

"존슨 선생님은 가정을 가르치신다고요, 엄마." 아이리스는 눈을 희번덕거렸다. 그러고는 학자금대출 청구서가 들어 있는 봉투를 뜯었다. 앞으로 15년간 매달 574달러 73센트를 갚으라는 청구서가 들어 있었다. 징역형을 선고받은 것과 다를 바가 없었다. "아무 일 없으니 걱정 마세요. 엄마, 그만 끊어야겠어요. 오늘 하루 종일 일했더니 피곤해 죽겠어요."

"알았다, 애야. 전화해줘서 고맙구나. 가끔씩 네 목소리라도 듣고 싶단다."

"알았어요. 아빠께 사랑한다고 전해주세요. 아셨죠?"

"그래. 사랑한다, 애야. 잘 있어."

전화가 끊겼다.

"존슨 선생님이 뭐라고 생각하든 내가 신경이나 쓸 것 같아요,

엄마? 맙소사!" 아이리스는 전화기에 대고 악을 썼다.

헐렁한 운동복 바지를 걸치고, 차디찬 피자 두 조각을 먹고, 맥주 한 병으로 입가심을 하고 나서 중고로 산 소파에 털썩 주저앉았다. VCR의 시계가 오후 8시 30분임을 알리며 깜박거렸다. 아이리스는 손톱을 물어뜯었다. 뭔가 할 일을 찾아 좁은 아파트 내부를 훑어보았다. 대학 교재들로 가득한 책꽂이 하나가 한쪽 구석에 있었다. 반대쪽에는 먼지가 쌓인 이젤 위에 빈 캔버스가 놓여 있었다. 그녀가 이곳으로 이사 와서 그곳을 아틀리에로 정한 이후 그 캔버스가 물감과 붓들과 함께 자리를 굳게 지키고 있었다. 그게 벌써 3년 전의 일이었다.

아이리스는 소파에서 일어나 그곳으로 걸어갔다. 손가락으로 캔버스를 쿡쿡 찔러보고 그동안 버려뒀던 도구들을 살펴봤다. 지금은 다 우습게 보였다. 이렇게 버려뒀다고 흉볼 사람도 없었다. 화가도 아닌데, 뭘. 아이리스가 학교에 다닐 때는 그림 그릴 시간이 없었다. 하지만 지금은 시간이 있었다. 숙제가 사라졌기 때문이다. 밤에 따로 아르바이트를 하지도 않았고, 엘리와 함께 술을 마시는 것 이외에는 따로 사교생활을 하지도 않았다. 대학 때의 친구들은 대부분 졸업 후에 이곳을 떠났다. 일부는 고향으로 돌아갔고, 또 일부는 더 크고 더 좋은 직장을 찾아 더 크고 더 좋은 도시로 옮겨갔다.

아이리스는 커피 테이블 위의 라이터로 담배에 불을 붙였다. 왜 나도 떠나지 않았을까? 아이리스는 담배 연기를 내뿜으며 캔버스를 곁눈질했다. 뭔가 그럴듯한 대답이 떠오르지 않았다.

임시로 하는 일일 뿐이야. 아이리스는 생각했다. 내년에 대학원에 진학할지도 몰랐다. 몇 년 후에는, 뉴욕에 있는 굴지의 건축회사에 이력서를 보낼지도 몰랐다. 그녀는 머리가 좋기 때문에 2~3년 동안 업계에서 경험을 쌓으며 도약을 준비하는 중이라고 생각하고 싶었다. 아이리스가 졸업 후에 뭘 해야 할지 모르겠다고 실토했을 때 진로상담사가 그렇게 조언했다. 그 당시에는 그게 합당한 것처럼 보였다. 자신에게 건축기사가 되고 싶은 생각이 전혀 없는 것은 아닌가 1년 이상 속으로 끙끙 앓은 뒤에는 특히나 그랬다.

그딴 생각을 했다는 것 자체가 우스웠다. 학교를 5년이나 다녔는데 이제 와서 포기하겠다고? 직장에 다닌 지 석 달밖에 되지 않았는데 이 일이 좋은지 싫은지 어떻게 알 수 있지? 아이리스는 냉장고에서 맥주 한 병을 더 꺼냈다. 이런 일을 결정하는 데는 시간이 걸리기 마련이다. 일단 기회는 줘야 하지 않나? 이제 그녀의 아버지가 머릿속에서 외치고 있었다. 게다가 학자금대출은 저절로 갚아지는 게 아니었다.

자정이 다 되어서야 아이리스는 침대로 기어들어 갔다.

6장

아이리스는 잠이 덜 깬 상태로 오래된 은행의 차고 앞에 차를 세웠다. 10분이나 지각했지만, 너무나 피곤해서 신경도 쓰지 않았다. 아이리스에게 힘든 일을 시키려면 브래드도 이 정도는 감수해야 했다. 정신이 멀쩡한 사람이 일요일에 일하는 법은 없으니까. '엿이나 먹으라고 해!'라고 말하는 엘리의 목소리가 계속 들렸지만 별로 도움이 되지 않았다.

"별로 좋아 보이지 않네?" 아이리스가 차에서 간신히 내리자 브래드가 말했다.

"괜찮아요." 아이리스는 억지로 미소를 지었다. 이건 경력을 쌓을 정말 좋은 기회야. 아이리스는 속으로 몇 번이고 이 말을 되뇌었다. 브래드가 이 일에 그녀를 추천했으니 적극적으로 나서야 했다. 이 일이 더 크고 더 좋은 일로 이어질 수도 있지만, 아이리스가 지금 당장 짜낼 수 있는 감정은 약간의 불쾌감뿐이었다.

아이리스는 뒷좌석에서 더플백을 꺼냈다. 오늘 현장에서 사용할

도구들을 꾸려오기는 했다. 심지어 줄자까지 챙겨왔다.

"일찍 와줘서 고마워. 듣자 하니 프로젝트가 빠르게 진행될 모양이야. 월요일부터 시작한대."

"어머? 그렇다면 어제는 느긋하게 진행되는 일이라서 그렇게 서두른 건가요?" 아이리스는 약간 빈정거리는 투로 물었다.

"그런 건 아니고…… 휠러 씨가 월요일 퇴근 전까지 개략적인 평면도를 보고 싶어 하나 봐. 그러니 디자인개발팀과 일정을 맞추려면 최소한 하루에 한 층을 작업해야 하거든."

브래드는 아이리스와 하역장을 올라가 엘리베이터가 다니는 수직 공간 뒤쪽의 직원용 복도를 지나쳤다. 두 사람은 메인 로비로 들어가는 입구를 지나 베이지색 복도를 걸었다. 머리 위쪽에 줄지어 늘어선 형광등이 낮은 소리로 웅웅거렸다.

토요일에 한 층과 또 한 층의 절반을 끝내는 데 여덟 시간이 걸렸다. 아이리스는 얼른 머릿속으로 계산해봤다. 사무실에서 정상근무를 하고 퇴근 후에 현장 작업을 이어간다면 쉴 틈이 전혀 없을 것이다.

"그렇다면 우린 매일 새벽 2시까지 일을 해야 하나요?" 아이리스는 의도치 않게 거친 목소리로 브래드의 대답을 요구했다. **아, 이런! 이게 아닌데.** 아이리스는 지금 직장인의 불문율을 깨뜨렸던 것이다. 아무리 힘들어도 불평하고 끙끙대지 마라! 아이리스는 얼른 나긋나긋한 목소리로 말했다. "제 말은 다른 사람의 도움 없이 어떻게 그 일을 해내냐는 뜻이었어요."

브래드는 무표정하게 아이리스를 돌아봤다. "이 직장에 계속 다니고 싶은 것 맞지?"

아이리스의 얼굴에서 핏기가 가셨다. "그거야, 당…… 당연하죠!" 고작 3개월 일하고 쫓겨날 수는 없었다. 이력서에 먹칠할 게 뻔했다. 이게 휠러에게 보고한다는 위협일까? 잠깐만! 이 작자가 웃고 있잖아?

"농담이야, 아이리스!" 브래드는 껄껄 웃었다. "휠러 씨가 내일부터 근무 시간 내내 여기서 일하라고 했어."

아이리스는 자신을 놀려먹은 브래드의 머리통을 더플백으로 갈겨주고 싶었다. 그러다가 조금 전에 브래드가 한 말에 정신이 번쩍들었다. "그러니까 사무실이 아니라 여기서 일하라는 뜻인가요?"

"맞아. 하! 자네를 한 방에 보내버렸잖아!"

"그러네요, 나쁜 사람! 선배가 그런 장난꾸러기일 줄은 몰랐어요."

"음, 앞으로는 조용한 남자를 과소평가하지 말라고." 브래드는 씩 웃으며 홀 끝의 문을 열었다. 아이리스는 그를 따라 그 문을 통과해 어두컴컴한 계단통을 내려갔다.

아이리스의 등 뒤에서 육중한 문이 둔탁한 소리를 내며 닫혔다. 계단통은 거의 아무것도 보이지 않을 정도로 어두웠고, 두 사람이 향하는 어디에선가 차가운 바람이 불어왔다.

"선배도 이곳에서 일하실 건가요?"

"난 여기서 할 일이 별로 없어." 브래드가 소형 플래시를 켰다. "난 사무실에서 다른 작업을 하며 이곳 작업을 감독하면 되거든."

아이리스는 모두가 들여다보는 어항 같은 사무실에서 휴가를 받

56

은 것과 다를 바가 없었다. 이곳에서 일하는 동안 아무도 이래라저
래라 감독하지 않을 것이다. 운동화와 청바지 차림으로 일해도 뭐
라고 할 사람도 없었다. 어둠 속에서 그런 생각을 하며 미소 짓다
가 뭔가가 손을 타고 기어가는 바람에 비명을 지르며 손을 털어댔
다. 난간에 거미줄이 들러붙어 있었다. 아이리스는 얼른 손을 등
뒤로 감추고는 목을 간지럽히는 게 거미는 아닐 거라고 연신 중얼
거렸다. 두 사람이 건물의 창자를 타고 더 깊숙이 내려감에 따라
플래시 불빛이 콘크리트 벽에 그림자를 길게 드리웠다.

두 층을 내려간 뒤에야 너울거리던 불빛이 마침내 움직임을 멈
췄다. 아이리스가 브래드 뒤에 다가섰을 때, 그는 낑낑거리며 무거
운 철문을 밀어대고 있었다. 브래드가 강하게 발길질을 하자 문이
활짝 열리면서 옆벽에 쾅 소리를 내며 부딪쳤다. 계단은 좁은 복도
에서 끝났다. 그리고 그 복도는 두 개의 거대한 원형 문이 달린 커
다란 방으로 이어졌다.

"염병할!"

아이리스는 문 한 짝을 멍하니 쳐다봤다. 욕설에 가까운 탄성은
건축기사에게 어울리지 않았지만 이런 광경 앞에서는 어쩔 수 없
었다. 문 한가운데에 해적선의 조타장치를 연상시키는, 거대한 바
퀴가 달려 있었다. 지름이 2.5미터나 되고 손잡이들까지 달린 바퀴
였다. 아이리스가 바퀴를 돌렸다. 문은 잠겨 있지 않았다. 30센티
미터 두께의 강철문 둘레에는 줄무늬가 새겨진 스프 깡통 크기의
체결 볼트들이 달려 있었다.

브래드는 금고문으로 다가가 폭소를 터뜨렸다. "헤이, 은행을 털

고 싶지 않아?"

"우와!"

아이리스는 금고 안으로 들어갔다. 내부는 폭이 1.5미터 정도밖에 되지 않지만 길이는 6미터가 넘을 듯했다. 천장은 반짝반짝 윤이 나는 놋쇠였다. 양쪽 벽에는 아파트의 우편함처럼 수백 개의 작은 문짝들이 꼭대기에서 바닥까지, 그리고 맨 앞에서 맨 끝까지 줄지어 늘어서 있었다.

"이것들이 다 뭐예요? 은행 돈을 넣어두는 곳이 아닌가 보죠?"

"맞아. 돈을 넣어두는 금고는 저쪽에 있어." 브래드는 대리석 복도 맞은편의 벽을 가리켰다. 벽에는 훨씬 큰 금고 문이 붙어 있었다. 그 문은 워낙 컸기 때문에 열기 쉽도록 앞쪽 바닥을 훨씬 낮게 만들어 놓았다. 아이리스가 서 있는 곳에서도 텅 비어 있는 현금 보관용 금고의 철제 선반들이 보였다.

"그럼 여긴 뭐 하는 곳이에요?"

벽을 따라 늘어선 작은 문들은 고딕체로 각각 다른 번호가 새겨져 있는 것을 제외하면 완전히 같은 모양이었다. 문마다 열쇠구멍이 두 개씩 있었다. 아이리스는 손을 뻗어 문을 만져보았다.

"대여금고들이야. 사람들이 가장 귀중한 물건을 보관하는 곳이지. 혹은 다른 사람들에게 들키고 싶지 않은 물건일 수도 있고."

아이리스는 작은 금속 문들을 일일이 살펴보다가 그중 하나가 열린 것을 발견했다. 그녀는 그곳으로 걸어가서 안쪽을 들여다봤다. 문은 작은 철제 공간을 감추고 있었다. 공간은 비어 있었다. 아이리스는 팔꿈치까지 집어넣었다. 공간의 양쪽 벽은 매끈하고 차가웠다. 아이리스는 손을 빼고 문을 닫았지만 이내 다시 열렸다.

"이걸 잠그려면 열쇠가 있어야 하나?" 아이리스가 혼잣말로 중얼거렸다.

금고 밖으로 나가는 아이리스의 발소리가 놋쇠 바닥에 울려 퍼졌다. 나선형의 둥그런 금속 조각들이 신발에 밟혀 으스러졌다. 그녀가 그중 하나를 집어 들기 위해 허리를 굽히는 순간 구멍이 여러 개 뚫린 대여금고의 문짝이 보였다.

"이건 왜 이런 거지?"

"드릴로 뚫어 열었거든요." 굵고 쉰 목소리가 두 사람 뒤쪽에서 들려왔다. 파란색 경비원 셔츠를 입은, 나이 지긋한 흑인의 목소리였다. 목에는 신분증이 걸려 있고, 허리띠에는 커다란 열쇠 뭉치가 매달려 있었다.

"아, 안녕하세요?" 아이리스가 허리를 폈다. "레이먼이시죠?"

"네, 그래요." 레이먼은 키가 크고, 몸이 호리호리하고, 허리가 약간 구부정했다. 짧은 회색 머리카락과 피곤한 눈을 보면 적어도 쉰 살은 됐겠다고 아이리스는 짐작했다. 레이먼의 짙은 갈색 피부는 금고실의 바닥만큼이나 메말라 보였다.

"전 아이리스예요. 앞으로 2~3주 동안은 저랑 함께 붙어 지내셔야겠네요."

레이먼은 검은색 운동화를 신었기에 금고실 바닥을 밟으면서도 아무런 소리를 내지 않고 아이리스에게로 다가왔다. 그는 악수를 청했다. 악수 자체는 아주 정중했지만, 그의 손바닥은 마치 사포처럼 껄끄러웠다.

"만나서 반가워요. 이 아가씨에게도 열쇠를 드려야 하나요?" 레이먼이 브래드에게 물었다.

"아니요, 제 걸 주면 되죠." 브래드가 말했다.

레이먼은 일이 원만하게 해결되어 기분이 좋은 것 같았다. 그는 대여금고를 흘낏 쳐다보고는 아이리스에게 얼굴을 돌렸다. "두 분은 이곳에 처음 내려오셨나요?"

"네. 마치 관 안에 들어온 것 같네요!" 브래드가 대꾸했다. 브래드는 금고실의 바깥쪽 벽을 걷어차고는 모퉁이를 돌아갔다. "아시겠지만, 이 금고실은 강철로 만들어졌죠. 벽들은 두께가 1미터는 되고요. 요즘은 이런 금고실을 만들지 않아요."

아이리스가 고개를 끄덕였다. 브래드가 줄자를 가지고 홀을 어슬렁거리는 걸 보면서 아이리스는 목소리를 낮췄다. "드릴로 뚫어 열었다니 무슨 뜻인가요?"

"대여금고는요." 레이먼은 하루에 담배 세 갑을 피우는 사람만이 낼 수 있는 바리톤으로 말했다. "자신의 물건을 찾으려는 사람이 나타날 때마다 드릴로 뚫어 문을 열어야 해요. 오하이오주 정부에 신청서를 제출하고 영장을 발부받은 후에요."

"무슨 말인지 이해가 안 되는데요. 열쇠가 있잖아요?"

"맞아요, 어딘가에는 있겠죠. 하지만 그곳이 어딘지를 아무도 몰라요."

"그게 무슨 뜻이죠? 이곳에 물건을 넣어둔 사람들은 열쇠를 가지고 있지 않나요?"

"항상 그런 건 아니죠. 물건을 넣어둔 사람이 죽고 나서, 아무도 열쇠를 찾아내지 못할 때도 있으니까요. 하지만 그건 문제가 아니죠." 레이먼은 마치 우리끼리만 아는 농담을 하는 것처럼 씩 웃었다.

"그럼 뭐가 문제죠?"

"문제는, 은행이 문을 닫으면서 워낙 순식간에 모든 직원들을 해고하는 바람에 마스터키를 잃어버렸다는 거죠!"

"마스터키라고요?"

"맞아요."

레이먼은 문짝을 가리켰다. "보시다시피 대여금고를 열려면 두 개의 열쇠가 필요하죠. 은행이 대여금고를 빌린 사람에게 주는 열쇠와 은행 측의 마스터키가요."

아이리스는 두 개의 열쇠구멍을 빤히 쳐다보다가 한쪽 구멍이 다른 쪽보다 훨씬 크다는 걸 알아차렸다. 그녀는 다시 레이먼 쪽으로 눈길을 돌렸다. 레이먼은 대여금고에 대해서 무척이나 많은 걸 알고 있는 듯했다.

레이먼은 1143번 금고를 가리켰다. "마침 이걸 드릴로 뚫을 때 지켜봤거든요. 드릴을 꽂을 자리를 찾는데 끔찍하도록 오랜 시간이 걸리더라고요. 이곳의 주인인 키 작은 노인은 화가 나서 숨이 넘어갈 지경이었고요. 모든 서류를 승인받기까지 2년이나 걸렸다고 하더라고요." 레이먼은 마치 어제 일이었던 것처럼 귀에 거슬리는 목소리로 배를 잡고 웃었다.

"그게 언제 일어난 일인데요?"

"10년이나 15년 전이었을 거예요. 오랫동안 이곳에 내려온 사람이 없었거든요."

금고실 내부에는 수많은 문들이 줄 맞춰 늘어서 있었다. 레이먼의 말을 되새기던 아이리스의 눈이 커졌다. "그럼 대여금고들 안에 지금도 물건들이 들어 있다는 건가요?"

"네, 그중 일부는요. 몇 개나 되는지는 잘 모르겠고요. 어쨌거나 현재까지는 분명히 남아 있죠." 그는 문짝 하나를 톡톡 두드렸다.

"그게 무슨 뜻인가요?" 아이리스가 물었다.

"음, 제가 듣기로는 이 건물의 소유주가 대여금고를 몽땅 들어내고 건물을 팔 거라고 하더군요. 그 내용물을 어떻게 할지는 모르겠지만, 시간이 별로 없어요." 레이먼은 대여금고를 없애버리는 게 기쁘기라도 하듯 양쪽 벽을 향해 손을 흔들었다. 두 손과 구부러진 등을 보건대 레이먼은 이 건물에 수십 년 동안 붙어 지낸 게 분명했다.

"원래 주인들이 자기 물건을 돌려받으려고 하지 않을까요?"

"그건 모르겠네요." 레이먼이 어깨를 으쓱했다. "그들 중 상당수는 오래전에 사라졌을 겁니다. 죽거나 이사를 갔겠죠. 전 이곳에서 일하게 된 후로 쭉 커피 깡통에 돈을 모으고 있답니다."

아이리스는 강제로 열린 문들을 다시 바라봤다. 모두 열 개였다. 나머지 문짝들을 재빨리 훑어봤다. 양쪽 벽에 각각 세로 스무 줄, 가로 서른 줄의 대여금고들이 있었다. 대여금고가 적어도 1,200개 이상은 되는 셈이고, 그중 열 개만 드릴로 뚫은 것이다. 수백 개의 대여금고에는 지금도 신만이 아는 무엇인가가 들어 있을지 모른다.

브래드가 줄자를 들고 모퉁이를 돌아 나왔다. "아이리스, 오늘 이 지하실을 모두 재야지."

아이리스는 브래드의 목소리에 짜증이 묻어나는 걸 알아차렸다. 그녀는 얼른 정신을 차리고 클립보드를 집어 들었다. 그녀는 몇 걸음 걸어가다 슬쩍 뒤를 돌아봤다. 레이먼이 여전히 대여금고를 바라보며 금고실에 서 있었다.

7장
1978년 11월 6일 월요일

　인사과장이 베아트리스를 이끌고 엘리베이터를 탔다. 그리고 9층에서 내리더니 커다란 방으로 들어갔다. 여덟 개의 책상이 두 개씩 짝을 이루어 네 줄로 놓여 있었다. 책상들은 삼 면이 사무실 문들로 둘러싸여 있었다. 창문은 하나도 없었다. 실내는 전류음을 내는 형광등으로만 불이 밝혀져 있고, 책상 위의 녹색 전등이 가끔 켜질 뿐이었다.

　"커닝햄 부인이 당신 상관이에요." 폴리에스테르 정장을 걸친 여자가 설명했다.

　"아, 저는 톰슨 씨를 모시는 줄 알았어요." 베아트리스는 각자의 책상에 앉은 일곱 명의 여직원들을 훑어봤다.

　"이것 봐요, 여기에 있는 여직원들은 모두 톰슨 씨를 모시고 있어요. 그분이 우리 부서의 책임자니까요." 인사과장이 눈알을 희번덕거렸다. "아, 커닝햄 부인이 오시는군요."

　화장을 덕지덕지 한 술통 같은 여자가 다가왔다. 키마저 작은 그

64

녀가 걸음을 옮길 때마다 스타킹이 비벼지는 소리가 났다. 눈동자
엔 화난 듯한 기색이 어려 있고, 머리카락 사이에 몽당연필이 꽂혀
있었다.

"새로 왔다는 애인가요?"

"맞아요, 베이커 양이에요." 인사과장이 베아트리스 쪽으로 눈길
을 돌렸다. "커닝햄 부인이 할 일을 가르쳐주실 거예요. 문제가 있
으면 내게 말해줘요."

커닝햄 부인이 고개를 끄덕이고는 당당하게 자신의 사무실로 되
돌아갔다. 베아트리스는 그녀를 따라잡기 위해 종종걸음을 쳐야
했다.

커닝햄 부인은 베아트리스에게 의자를 가리키고는 자신의 거구
를 책상 뒤로 구겨 넣었다. "출신지가 어딘가요, 베이커 양?"

"매리에타가 고향입니다." 베아트리스는 이것이 자신의 과거를
묻는 마지막 질문이기를 기원했다.

"클리블랜드에는 뭘 하러 왔죠?"

"2년 전에 클리블랜드 하이츠에 살고 있는 이모님 댁에 살게 되
었습니다."

"그것 참 흥미롭군요."

커닝햄 부인은 베아트리스를 빤히 쳐다봤다. 적어도 예순 살은
되어 보였지만 할머니 같은 푸근한 구석은 눈곱만큼도 보이지 않
았다. 이게 진짜 취업면접인 게 분명했다.

"집은 왜 나온 건가요, 베이커 양?"

"아버지가 돌아가시고 어머니는……." 베아트리스가 잠시 말을

멈췄다가 갈라진 목소리로 말을 이었다. "어머니가 몹시…… 아프셨거든요." 베아트리스는 어머니의 정신병이 부끄럽다는 듯 바닥을 내려다보았다. "달리 갈 곳이 없었어요."

도리스 이모는 면접관을 만족시키려면 뭔가 끔찍한, 심지어 창피한 이야기를 늘어놓아야 한다고 강조했었다. 베아트리스가 살짝 눈을 들어보니 커닝햄 부인의 눈길이 부드러워져 있었다.

"타이핑을 할 줄 아나요?" 커닝햄 부인이 물었다.

"분당 85단어를 칠 수 있습니다."

"아주 좋아요. 조언 한마디 할게요, 베이커 양. 난 이 부서에서 발생하는 모든 일에 대해 책임이 있어요. 따라서 무슨 걱정이 있거나, 우리 은행의 명성에 해가 되는 어떤 일을 목격했을 때는 즉시 알려주세요." 커닝햄 부인은 베아트리스를 빤히 쳐다보다가 미소를 지었다. "가서 일을 시작하세요."

한 시간 후에 베아트리스는 비서들이 우글거리는 사무실의 세 번째 줄에 있는 자신의 자그마한 철제 책상에 앉아 앞에 놓인 반짝거리는 신형 전동타자기를 노려보고 있었다. **이거 되게 비싸겠는데.** 그녀는 스위치를 켤 때마다 웅웅거리며 되살아나는 희미한 모터 소리에 정신이 팔렸다. 부드럽게 반응하는 버튼 키들을 살짝 눌러봤다. 기다란 발톱 같은 도리스 이모의 낡은 레밍턴의 키들에 비하면 마치 우주선의 제어반처럼 느껴졌다.

표준형 스테이플러, 테이프 홀더, 속기장, 연필, 볼펜, 페이퍼클립, 바인더클립, 가위들이 포장지에 싸인 채 형광등 불빛을 받아 반짝거렸다. 아직 커닝햄 부인으로부터 어떤 지시도 받지 못했기에 베아트리스는 포장지를 천천히 벗기고 사무용품들을 살폈다. 책상 서랍을 하나씩 열어 안쪽을 들여다보고 모든 물건들을 적절한 자리에 조심스럽게 내려놓았다.

여러 해 전에 인형의 집을 정리했을 때도 이런 현기증 나는 만족감이 들었었다. 여기저기서 긁어모은 작은 의자와 협탁은 짝이 맞지 않았고, 모두 부서지거나 더러웠다. 그래도 베아트리스는 그것들을 깨끗이 씻어서 완벽하게 배치했었다. 어머니는 베아트리스가 자신이 살고 있는 집보다, 길이가 1미터도 되지 않는 자그마한 인형의 집에 신경을 더 많이 쓴다고 흉을 보곤 했었다. 하지만 그 집은 베아트리스의 집이 아니었다. 그녀는 그저 그 집에 사는 손님일 뿐이라고, 어머니는 말하곤 했었다. 그리고 인형의 집도 그녀의 것이 아니었다. 베아트리스가 열세 살이던 어느 날, 학교에 다녀오니 인형의 집이 사라져버렸다.

베아트리스가 연필들을 가지런히 늘어놓고 있을 때 광택이 도는, 책상 위의 검은색 전화기가 울렸다. 그 소리에 깜짝 놀란 그녀는 잠시 동안 멍하니 전화기를 쳐다보고만 있었다. 어느 누구도 베아트리스에게 전화받는 방법을 가르쳐주지 않았다. 이게 새 직장에서의 첫 번째 테스트였다. 그녀는 의자에서 등을 쭉 펴고 수화기를 들어 최대한 격식을 차린 목소리로 말했다. "안녕하세요, 클리블랜드 퍼스트뱅크입니다."

"긴장 풀어요. 당신 목소리를 들으니 내가 다 떨리네요." 귓가에 웬 여자의 목소리가 들려왔다.

베아트리스는 잠시 동안 눈을 껌벅이며 전화 다이얼을 멍하니 쳐다봤다. "뭐라……? 그게 무슨 뜻인가요?"

"오늘이 근무 첫날이니까 서두르지 말라고요. 그렇게 미친 듯이 정돈을 하니 우리들이 지저분한 사람들 같잖아요."

베아트리스는 이 방에 있는 다른 비서에게서 걸려온 전화라는 걸 간신히 알아차렸다. 그녀는 귀에 대고 있던 수화기를 조금 떼어내고 옆에 있는 책상들을 훑어봤다. 바로 곁에 앉아 있는 나이 든 여자는 빠르게 타이핑을 하고 있었다. 이름이 프랜신이라고 했다. 처음 소개를 받을 때도 프랜신은 일을 하면서 눈만 살짝 들고 고개를 까딱했었다. 뿔테 안경에 앙다문 입술의 그녀는 나이 든 여선생을 연상시켰다. 어쨌든 프랜신은 아니었다.

베아트리스는 앞쪽에 앉아 있는 여자들을 슬쩍 훔쳐봤다. 바로 앞줄에는 엄마처럼 후덕하게 생긴 뚱뚱한 여자 두 명이 나란히 앉아 조용히 서류를 정리하고 있었다. 두 줄 앞에는 상당히 나이가 많은 여자가 쌀쌀맞게 전화를 받으면서 서류 파일을 깔끔하게 쌓아올리고 있었다. "아니요, 내겐 C-3 양식이 없어요. C-44 양식을 보냈으니 그걸로 충분할……."

잔뜩 화난 할머니 같은 여자 곁에는 스무 살이 채 되지 않은 듯한 아름다운 여자가 앉아 있었다. 그녀는 타이프라이터의 롤러에 낀 여러 장의 종이를 강제로 빼내고 있었다. 그중 한 장이 찢어지자 조용히 욕설을 퍼붓는 그녀의 목소리가 베아트리스의 귀에 들렸다. 앞줄의 여자들 중에는 전화를 건 사람이 없었다.

베아트리스는 전화의 목소리를 찾기 위해 뒤를 돌아볼 수밖에 없었다. 그녀는 근무 구역을 둘러싸고 있는 일련의 닫혀 있는 문들을 조심스럽게 훑어봤다. 그중 몇몇 문 뒤에서 틀어막은 듯한 목소리가 흘러나왔다. 로스스타인은 전화를 받고 있었다. 할로란의 사무실을 가린 젖빛 유리판 너머로는 큰 키의 실루엣이 움직이고 있었다. 베아트리스는 사무실 문마다 붙어 있는 작은 네임카드를 보고 이름을 알았다. 주변에는 의심스러운 사람이 없으니 천천히 의자를 돌려 뒤쪽을 바라봤다.

마지막 줄에 두 명의 여자가 앉아 있었다. 한 명은 머리를 숙인채 타이핑하고 있었다. 다른 한 명은 수화기를 들고 있었다. 베아트리스의 수화기에서 "빙고!"라는 말이 흘러나왔다. "5분 후에 화장실에서 만나요." 그녀는 베아트리스가 뭐라고 하기도 전에 수화기를 내려놓았다.

베아트리스가 재빨리 고개를 돌리는 바람에 의문의 여자가 놋쇠빛이 도는 금발이라는 것과 빨간색 립스틱을 발랐다는 것만 간신히 알아볼 수 있었다.

커닝햄 부인은 비서실에서 수다를 떠는 것이 눈살을 찌푸릴 일이라고 콕 집어 말하지는 않았다. 하지만 베아트리스는 지금까지 비서들이 서로 친근하게 대화하는 소리를 들어보지 못했다. 오로지 업무를 볼 때만 큰 소리로 말하는 듯했다.

방 앞쪽에 걸린 커다란 괘종시계가 1분마다 한 번씩 똑딱거리며 5분이 흘렀다. 가슴 졸이던 베아트리스는 자리에서 일어나 주위를 둘러봤다. 커닝햄 부인은 의자에 앉은 뒤로는 거의 문을 열어보지 않았다. 주위를 둘러싸고 있는 사무실 문들은 지금도 꽉 닫혀 있고, 다른 비서들은 머리를 숙인 채 일을 하고 있었다. 베아트리스는 허락을 받고 화장실에 가야 하는지 고민하다가 너무 부끄러워 묻지 않기로 마음먹었다. 그녀는 까치발로 비서실을 나가 여자 화장실로 향했다. 베아트리스의 작은 발은 황록색 카펫 위에서 아무런 소리도 내지 않았다. 그러다 홀에서는 리놀륨 타일을 밟을 때마다 신발에서 찰칵거리는 소리가 크게 났다. 그녀는 화들짝 놀란 고양이처럼 재빨리 화장실로 뛰어 들어갔다.

"맙소사! 왜 이리 신경이 곤두섰어요?"

베아트리스는 돌아서서 의문의 여자와 얼굴을 마주했다. 그녀는 영화배우처럼 굉장한 미인이었다. 연한 푸른색 눈은 인조 속눈썹과 아이라인으로 꾸며져 있었다. 빠글빠글하게 파마한 금발은 프렌치 트위스트*를 하고 있었다. 블라우스는 가슴께가 깊이 파였고, 스커트는 보통 여자들이 입는 것보다 약 3센티미터가 짧아 야해 보였다.

"음, 좀 긴장됐나 봐요." 베아트리스는 불안한 표정을 짓지 않으려고 애쓰면서 화장실을 둘러봤다. 떨리는 다리를 감추려고 세면대에 기댔다.

의문의 여자는 창문으로 천천히 걸어가더니 창틀의 대리석 한 조각을 들어 올렸다. 그러더니 그 아래에서 담배와 라이터를 꺼냈다. 그녀는 베아트리스의 어리둥절한 모습을 즐기는 게 분명했다. 그녀가 담배에 불을 붙이며 설명했다. "커닝햄 할망구가 작년에 비서실에서의 흡연을 금지했어요. 불이 날 위험이 있다나 뭐라나. 참,

---

* French twist, 머리를 뒤로 묶어 원기둥 모양으로 감아올린 여성의 헤어 스타일.

이름이 뭐예요?"

"베아트리스요."

"난 맥신이에요. 그런데 맥스라고 불러요. 너무 겁먹지 말아요. 커닝햄이 깐깐하기는 하지만, 사람은 괜찮아요. 근무 첫날에 당신을 자르거나 하지는 않을 거라고요." 맥스는 말을 멈추고 틈이 벌어진 창문 사이로 연기를 불어내고는 베아트리스를 위아래로 훑어봤다. "도대체 무슨 수로 이 일을 잡은 거예요? 열여섯 살도 간신히 되었겠는데."

베아트리스는 맥스의 정확한 추측에 몸이 바싹 굳어버렸다. 그녀는 떨지 않기 위해 맥스가 손에 들고 있는 버지니아 슬림에 찍힌 선명한 붉은색 립스틱 자국을 쳐다봤다. "사실은 열여덟 살이에요. 당연히 이력서를 내고 들어왔고요."

"빌이 면접을 하던가요?" 맥스가 한쪽 눈썹을 치켜세웠다.

"빌이요?"

"톰슨 씨 말이에요."

"맞아요, 톰슨 씨가 면접을 봤어요." 베아트리스는 자신이 왜 책상에 앉아 일을 하는 대신 화장실에서 담배 피우는 맥스를 지켜보고 있는지 의문이 들었다. "그런데 그게 무슨 상관이죠?"

"상관은 없지만, 이제 이해가 되네요. 사실, 톰슨 씨는 어린 여자라면 사족을 못 쓰거든요."

베아트리스의 입이 벌어졌다.

"항상 거들을 단단히 챙겨 입어요! 빌이 정숙한 걸스카우트에게까지 치근거리지는 않으니까요." 맥스는 베아트리스가 쉽게 놀라

71

는 것이 재미있는지 능글맞게 웃었다. "아니, 그는 젊은 여자애들을 쉽게 뽑아준다는 말이에요. 그는 몇 년 전에 날 뽑았어요. 무슨 뜻인지 알겠죠? 호색한인 로스스타인이 아니라 빌을 만난 걸 다행으로 알라고요. 로스스타인은 커닝햄을 비롯해서 나이 많은 풍만한 여자들을 선발했어요. 로스스타인이었다면 당신을 집에 있는 엄마에게로 돌려보냈을 거라고요!" 맥스가 웃었다.

베아트리스는 화제를 바꿨다. "화장실에 가고 싶을 때 허락을 받지 않아도 되나요?"

"물론이죠. 하지만 5분 이상 자리를 비우려면 아주 좋은 변명거리가 있어야 해요. 당신 전임자였던 가엾은 여자애는 화장실에 계속 드나들다가 잘렸어요. 어쩌면 그 애에게는 그게 나았을지도 모르겠네요."

"왜요?"

"그 애에게는 가족 문제가 있었거든요."

베아트리스는 무슨 뜻인지 모르겠다는 듯 고개를 가로저었다.

"당신도 무슨 의미인지 알 걸요." 맥스는 자신의 배를 가리켰다.

"그런 이유 때문에 해고했다고요?" 베아트리스의 눈이 크게 떠졌다. 그녀는 말을 멈추고는 가엾은 여자가 변기 앞에 무릎을 꿇고 입덧하는 모습을 그려보았다. 바닥의 타일이 그지없이 냉랭해 보였다.

"물론이죠! 클리블랜드 퍼스트뱅크는 가족 기업이거든요. 역설적이지 않아요? 그저 머리를 푹 숙이고 두 귀만 활짝 열어놓으면 이곳에서 일들이 어떻게 돌아가는지 감을 잡을 거예요. 게다가 이제 요령을 알려줄 친구도 생겼고요."

"와우, 정말 고마워요!" 베아트리스는 가슴이 파인 옷을 입고 속 눈썹도 길게 붙인 맥스가 어떻게 가족 기업에 붙어 있는지 의문스러웠다.

맥스는 담배를 창턱에 문질러 껐다. "내 말 잘 들어요. 오후 5시에 앞쪽 로비에서 만나요. 내가 술을 한잔 사면서 모두 이야기해줄 테니까요."

이번에도 베아트리스가 뭐라고 대답하기도 전에 맥스가 화장실 밖으로 나가 딱딱 소리를 내며 홀을 걸어갔다.

8장

오후 5시 1분. 베아트리스는 로비에서 맥스를 만나 육중한 회전문 밖으로 나갔다. 오늘은 늦는다고 이모에게 전화로 알리고 싶었지만, 지금 자신의 팔을 잡고 걷고 있는 맥스에게 어린아이처럼 꾸중을 듣고 싶지 않았다.

유클리드 애비뉴 1010번지에서 동쪽 9번 스트리트로 가고 있는 그녀들의 다리를 습하고 차가운 바람이 후려갈겼다. 거리는 뷰익과 링컨, 그리고 이따금씩 등장하는 버스들로 꽉 막혀 있었다. 깔끔하게 손질한 머리에 긴 코트를 걸친 사람들이 인도에 넘쳐났다. 대부분의 사람들은 머리를 숙이고는 점포 앞에 붙어 있는 '세 놓습니다'라는 표지판을 바쁘 지나쳤다. 앞서가기 위해 옆 사람의 어깨를 스치고도 아무도 미소 짓지 않았다. 일자리를 잡기가 점점 힘들어서 그런 것이라고 도리스 이모가 말했었다.

두어 블록을 더 걸어간 다음, 맥스는 모퉁이를 돌아 옆길로 접어들었다. 그러고는 계단 세 개를 내려가 '씨애트리컬 그릴'이라고 적힌 문을 열고 들어갔다. 술집 안은 어둡고 눅눅했다. 월요일 저녁이라 그런지 거의 비어 있었다.

시커멓고 무성한 콧수염을 기른 뚱뚱한 남자가 양팔을 활짝 벌리고 카운터 뒤에서 걸어 나왔다. "와우, 맥시! 벨라(미녀)! 오늘 밤은 기분이 어떠신지?" 그는 깨끗하게 손질된 맥스의 손을 들어 올려 손등에 다소 과장되게 키스했다. "아름다운 친구분은 누구신지?"

"어휴, 장난치지 말아요, 카마이클!" 맥스가 그를 찰싹 때렸다. "이쪽은 베아트리스예요."

"베아트리스, 제 펍에 오신 걸 환영합니다. 아름다운 숙녀분들께 뭘 대접해드리나…… 첫 번째 잔은 제가 대접하죠." 카마이클의 눈에 어린 기쁨과 발그레한 뺨은 베아트리스에게 오랫동안 잊고 지냈던 아저씨를 생각나게 했다. 베아트리스는 저절로 미소 짓게 되었다.

"난 스팅어*로 할게. 너는?" 맥스가 베아트리스를 쳐다봤다.

"나?" 베아트리스는 새된 소리로 물었다. 그녀는 지금까지 술집에 와본 적이 없었다. "나도 스팅어가 괜찮은 것 같아."

다행히도 카마이클은 베아트리스의 나이를 확인하지 않았다. 그저 정중히 인사를 하고 카운터 뒤로 사라졌다.

"오늘 처음 근무해보니 어땠어?" 맥스는 부스로 미끄러지듯 들어가 담배를 물었다.

---

* Stinger, 브랜디를 베이스로 만든 페퍼민트 향의 칵테일.

"엄청나게 좋았어."

"엄청나게 좋았다고? 에이, 솔직하게 말해."

"그래. 엄청 따분했어." 하루 종일 아무런 일도 일어나지 않았다. 커닝햄 부인은 아예 베아트리스를 잊어버린 것 같았고, 누구도 그녀에게 도와달라고 하지 않았다. "내가 아직 무엇을 해야 하는지 몰라서 그런 것 같아."

"커닝햄 할망구가 중간간부 한 사람을 보조하는 일을 맡기면 지금보다 훨씬 바빠질 거야."

맥스가 자신들의 상관을 할망구라고 부르자 베아트리스는 얼굴이 붉어졌다. 그래도 베아트리스는 마음의 평정을 잃지 않았다.

"중간간부라니?"

"응, 빌 밑에서 일하는 조무래기들. 사무실에 있는 작자들 말이야. 그들이 뭘 하는지는 아무도 몰라. 그저 사무실에 틀어박혀서 전화질을 해대는데, 가끔씩 뭔가를 타이핑해달라고 할 거야. 은행에서 잘리고 싶지 않다면 너를 좋아하는 사람을 찾아내서 그에게 딱 달라붙어야 해."

"너는 누구를 위해 일하는데?"

"음, 7년 전에 처음 취직했을 때는 마이너라는 쥐새끼 같은 작자를 위해 일했어. 그 작자는 주변을 바삐 쏘다니며 탐욕이 넘실거리는 쪼그만 눈으로 날 훔쳐보곤 했어. 그러다가 4년 전에 해고당했지, 뭐." 카마이클이 술을 가져오자 맥스는 말을 멈췄다. 세로로 줄이 들어간 운두가 높은 잔에는 거품이 이는 핑크색 액체가 가득 차 있고, 맨 위에는 체리 한 알이 올려져 있었다. "아이고, 반가워라."

맥스는 웃으며 술잔에 입술을 댔다. 그러고는 체리를 입안으로 빨아들여 탁 터뜨렸다.

"고마워요." 베아트리스는 카마이클에게 인사를 하고 그가 사라질 때까지 기다렸다가 다시 맥스에게 얼굴을 돌렸다. "마이너가 해고된 뒤에는 어땠어?"

"음, 커닝햄 할망구가 나도 자르려고 했지만, 빌이 날 특별임무에 투입할 거라고 설득했어. 그 후로는 쭉 빌을 위해 일하고 있고."

"특별임무라고?"

"내 입으로는 그걸 떠벌릴 수 없어." 맥스가 손사래를 쳤다.

"그가 자기를 빌이라고 부르라고 했어?" 베아트리스는 그 '임무'라는 것에 대해서 더 물어볼까 말까 고민했다. 맥스는 아주 멋진 여자 같았지만, 몸에 들러붙은 블라우스의 파인 가슴팍을 보면 자신의 판단이 잘못된 것은 아닌지 의문이 들었다.

"에이 설마! 절대 아니지!" 맥스가 큰 소리로 웃음을 터뜨렸다. "하지만 그가 아무것도 모르고 있으니 마음 상할 일도 없지. 그렇지 않아?"

맥스는 담배를 깊숙이 빨아들이고는 베아트리스에게 직장의 온갖 소문을 들려주었다. 쌀쌀맞은 프랜신은 톰슨의 조카이고 미혼이었다. 뚱뚱한 아주머니들 중 한 명은 이혼녀이고, 다른 한 명은 미망인이었다. 맥스가 '우울한 자매'라고 부르는 그녀들은 모든 걸 함께했다. "같이 먹고, 같이 일하고. 화장실도 함께 간다니까! 그런데 좀 그렇지 않아?" 맥스가 능글맞게 웃으며 살짝 윙크했다.

베아트리스는 입안에 있던 술을 내뿜을 뻔했다. "이 은행은 가족 기업이라며?"

"물론이지. 하지만 가족 기업치고 비밀이 없는 곳이 있겠어?" 맥스의 눈이 반짝반짝 빛났다. "그건 그렇고, 너는 어때, 꼬마 아가씨? 뭔가 숨긴 건 아냐?"

베아트리스는 자신의 술잔으로 눈을 돌리고는 잠시 뜸을 들이며 달콤한 거품을 천천히 들이켰다. 가십을 좋아하는 이 친구를 얼마나 믿어야 할지 아직 감을 잡지 못했다. 잔이 비도록 무엇을 어떻게 말해야 할지 여전히 고민하고 있었다.

"갸르송(바텐더 씨)! 한 잔 더요!" 맥스는 카운터 뒤쪽을 향해 소리쳤다. 그러고는 살피는 듯한 커다란 눈을 베아트리스에게 돌렸다. "우선, 너는 어디 출신이야?"

"매리에타야." 그건 쉬운 질문이었다.

"클리블랜드에는 얼마나 있었어?"

"2년쯤 됐어. 이모와 함께 살러 왔지." 베아트리스는 도리스라는 이름을 말하지 않으려고 했고, 맥스도 더는 묻지 않았다. 이제는 거짓말이 익숙해서 베아트리스 자신도 그걸 믿을 뻔했다. 맥스는 그런 토막정보만으로도 모든 것을 추리할 수 있는 듯했다. 그녀는 작은 마을에서 태어난 소녀에게 무슨 일이 일어났는지 또 어떻게 고향을 떠나게 됐는지 모두 이해한 것처럼 고개를 끄덕였다.

두 번째 술잔이 나왔다. 맥스는 자그만 빨간색 빨대로 자신의 술을 휘젓고, 빨대를 깨물었다. 베아트리스는 달콤한 액체를 단숨에 들이켰다. 머리가 약간 들뜨며 뱅뱅 돌기 시작했다.

"난 클리블랜드에서 태어나 지금까지 살고 있어. 웨스트사이드에서 자랐지. 우리 아버지는 경찰관이었어." 맥스는 술을 한 모금 마시고 화제를 바꿨다. "너는 랜디 할로란이랑 일하는 게 좋겠어. 전에 그와 일했던 여자애는 그를 위해 무엇이든 했어. 그는 지금 뭔가 허전할 게 뻔해."

"자기가 화장실에서 말했던 그……?" 베아트리스는 자신의 배를 가리켰다.

"맞아. 널 소개할 방법을 찾아볼게. 하지만 조심해, 꼬마 아가씨. 그는 '상어'거든."

"상어라니?"

"그의 손을 잘 지켜봐야 해. 특히 점심 식사를 느긋하게 하고 난 뒤에는. 술버릇이 좀 좋지 않아."

"술주정뱅이란 말이야? 근무 중에 술을 마시면 해고해야지."

"그럴 리가 없지. 그의 아버지가 은행 부총재인데!" 맥스가 웃음을 터뜨렸다. "평생직장을 보장받은 사람이라고."

"그건 공정하지 않아!"

"무엇에 대해 공정하지 않다는 거야?" 맥스의 눈이 실룩거렸다. "부잣집 자식들은 이스트사이드의 맨션에서 자라고, 사립학교에 다니고, 평생 특권을 누리며, 하루 벌어 하루 먹고살 일도 없는데! 게다가 랜디가 널 좋아하게 되면 해고될 일은 없을 거야."

술집을 나설 무렵, 베아트리스는 술에 많이 취해 있었다. 머리가 약간 어지러운 정도가 아니었다. 회끈거리는 뺨에 와 닿는 차가운 바람이 좋았다. 밤 8시밖에 되지 않았는데도, 클리블랜드의 거리는 몽땅 비어 있었다. 택시조차도 눈에 띄지 않았다. 두 사람은 모퉁이에 있는 버스정류장까지 걸어가 벤치에 앉았다. 빈 종이봉투가 바람에 날려 정류장 앞에 쌓인 더러운 눈 위에 떨어졌다.

맥스는 다시 담배를 물었다. 그녀는 종이봉투를 멍하니 바라보다가 텅 빈 거리를 둘러보았다. "휴, 이 도시는 죽어버렸군! 난 뉴욕이나 시카고 같은, 진짜 도시 같은 곳에서 살고 싶어."

"가면 되지, 왜 안 가고 있어?" 베아트리스가 보기에 맥스는 무엇이든 할 수 있는 여자였다.

"언젠가는 이 쓰레기 같은 곳을 떠나고 말 거야." 맥스는 가로등에 들러붙은, 공장 굴뚝에서 나온 매연을 노려봤다.

맥스는 베아트리스가 안전하게 버스에 올라탈 때까지 기다렸다. "혼자 가도 괜찮겠어?" 베아트리스는 새로 사귄 아름다운 친구를 바라보고 텅 빈 인도를 둘러보았다.

"아까 말했잖아. 난 평생 이곳에서 살았다고." 맥스는 미소를 지어 보이고는 '터미널 타워'를 향해 어슬렁어슬렁 걸어갔다.

9장

"베아트리스? 메모 좀 해주겠어?" 할로란이 점심 시간 후에 자신의 사무실에서 머리를 쏙 내밀었다. 맥스가 소개를 잘했는지 베아트리스가 할로란을 위해 일하게 된 지도 거의 2주나 되었다. 할로란은 베아트리스가 사무실 안에 들어서자마자 한 손으로 그녀의 등을 밀며 책상 쪽으로 데려갔다. 베아트리스의 몸 주위에서 맴도는 그의 손과 눈길을 그대로 두기가 점점 힘들어졌다.

"뭔가 달라졌는데?" 할로란이 살짝 미소를 지으며 말했다. 숨결에서 보드카 냄새가 풍겼다.

"그래요? 아, 블라우스를 새로 샀어요."

베아트리스는 지난주에 맥스와 쇼핑을 했다. "벼룩이 물어뜯고 지나간 듯한 너의 서글픈 옷가지를 단 1분도 못 봐주겠어!" 맥스가 웃으며 베아트리스가 월급으로 받은 수표를 낚아챘다. "쇼핑하러 가는 거야!"

"쇼핑? 하지만……." 베아트리스는 자신에게 너무나 큰 체크무늬 스커트와 한사코 감추려고 애썼던 낡은 팬티스타킹을 생각하며 이마를 찌푸렸다. 맵시 있게 나풀거리는 바지와 몸에 딱 달라붙는 블라우스를 걸친 맥스 옆에 서면 베아트리스는 아주 우스꽝스러워 보였다.

"무슨 문제 있어? 이모가 외출을 막는 거야?"

베아트리스는 어깨를 으쓱했다. 그녀는 다시는 맥스와 함께 돌아다니지 않으려고 매일 퇴근 시간보다 1~2분 먼저 건물을 빠져나오곤 했다. 2주 전에 술에 취해 집에 들어갔을 때, 이모가 펄펄 뛰며 성을 냈기 때문이다.

"이거 왜 이래, 베아트리스! 넌 다 큰 여자라고. 이모가 이래라저래라 하게 내버려둬서는 안 돼."

"하지만 쇼핑할 돈이 없단 말이야."

맥스가 베아트리스의 눈앞에서 수표를 흔들었다.

"수표가 있으면 뭘 해? 난 은행 계좌도 없는데."

"그런 것쯤이야 누워서 떡 먹기지!"

맥스는 베아트리스의 손을 잡고 메인 로비로 돌아가 은행 업무를 보는 층으로 올라갔다. 은행원들이 막 퇴근하려는 순간이었다. 맥스는 베아트리스를 끌며 창구로 갔다.

"이모에게는 뭐라고 말해? 월급으로 받은 수표를 집에 가져오라고 했단 말이야."

"나랑 농담하자는 거야?" 맥스가 다그쳤다. "이모에게 얼마나 착취당하려는 거야?"

"아, 이모는 이걸 빼앗으려는 것이 아냐. 내가 펑펑 써버리지 않기를 바라는 거지. 이모가 그렇게 말했어. 언젠가 내가 살 집을 마련할 수 있도록 저축했으면 한다고."

"음, 좋은 생각이기는 하네. 하지만 언제일지 모를 날을 기다리며 인생을 보류할 수는 없잖아? 그런 날이 오지 않는다면 너에게 뭐가 남겠어?"

"이모에게는 뭐라고 말씀드리지?"

"음…… 은행이 '투자자의 신뢰를 증진'시키기 위해 모든 은행원들에게 보통예금 계좌를 만들게 했다고 하면 되지."

맥스는 천재였다. 이건 마치 할로란이나 다른 임원이 말하는 것 같았다. 이모와의 문제는 해결된 셈이었다.

베아트리스는 새 니트 블라우스의 접힌 옷깃을 폈다. 작은 페이즐리* 무늬들로 덮인 블라우스는 갈비뼈들을 살포시 껴안는 느낌이 들 정도로 몸에 딱 맞았다.

"내 맘에도 드는군." 할로란이 씩 웃었다. 불편한 시간이 좀 흐른 후, 할로란은 자신이 하려던 일을 기억해내고 책상 쪽으로 돌아섰다. "의자에 앉아. 편지를 받아써줘야겠어."

베아트리스는 고분고분 속기장을 펼쳤다. 거의 매일 버스를 타고 출퇴근하는 동안 '그레그 속기법' 교본을 보고 연습한 덕분에 엉성하게나마 속기법을 마스터했다. 이제는 정말 전문가 같은 느낌이 들기 시작했다.

"연방준비위원회의 브루스 맥스턴 씨에게." 할로란은 창밖에 펼

---

* Paisley, 다채롭고 섬세한 곡선 무늬.

쳐진 클리블랜드의 스카이라인을 노려봤다. "우리 은행이 최근에 행한 거래 활동에 대한 위원님의 관심은 충분히 이해합니다. 하지만 1934년에 제정된 '금 준비법The Gold Reserve Act'이 폐지되었음을 상기시켜드리고자 합니다……." 베아트리스는 할로란이 수취인에게 따지는 말을 내내 받아 적었다. 휙휙 지나가는 글자의 행들을 받아 적기에 바빠서 내용은 기억나지 않았다. 그래도 거의 빠짐없이 속기를 할 수는 있었다. 할로란은 다음의 말로 편지를 끝맺었다. "닉슨 대통령은 인플레이션이 심한데도 나라를 그대로 놔두려고 했습니다. 하지만 우리 은행은 금을 굳게 믿고 있습니다. 우리는 이번 조사에 대해 대법원까지 갈 각오로 투쟁할 생각입니다."

그 문장을 받아 적는 베아트리스의 눈이 휘둥그레졌다. "누군가가 은행을 조사하고 있나요?"

"응? 뭐라고?" 할로란은 베아트리스를 잊고 있었던 것처럼 대꾸했다. "아, 아니야, 베아트리스. 그건 형식적인 절차일 뿐이지. 내가 평소에 사용하는 문장으로 편지를 끝맺고, 타이핑을 해줘."

"네, 알겠습니다." 베아트리스가 의자에서 일어섰다.

"잠깐 기다려봐, 베아트리스. 상의할 다른 일이 있으니까."

베아트리스는 의자에 다시 앉았다. "무슨 일이죠?"

"내가 지금 하는 말은 이 방 밖으로 나가서는 안 돼. 무슨 말인지 알겠지? 비밀을 지킬 수 있겠어?"

베아트리스는 침을 꿀꺽 삼켰다. "네."

"우린 이곳 클리블랜드 퍼스트뱅크에 '두더지'가 있다고 의심하고 있어. 내부에서 은행을 파괴하려고 하는 누군가가."

"두더지요?"

"스파이 말이야." 할로란의 눈이 음침하게 가라앉았다.

베아트리스는 할로란의 말을 기다렸다. 방금 받아썼던 편지에 의하면, 연방준비위원회가 은행을 조사한다고 했다. 두더지가 그것과 관계 있는 것일까? 침묵이 길어지자 베아트리스가 입을 열었다. "그게 저와 관련이 있나요?"

"맥신 맥도넬과 친구지? 그렇지?"

"네, 물론이죠."

"그녀가 톰슨 씨와 함께한다는 특별프로젝트가 뭔지 알아봐줘."

"맥스가 이 일과 관련이 있다고 생각하시나요?" 베아트리스는 심장이 툭 떨어지는 듯한 느낌을 받았다.

"맥신이? 아니야." 할로란이 손을 저었다. "그냥 톰슨 씨와 그의 팀이 무슨 일을 하고 있는지 알고 싶을 따름이야."

"그리고 맥스가 그걸 제게 말해줄 거라고 생각하시는 거고요?"

"맥신은 너와 이야기하는 걸 훨씬 편안하게 느낄 거야. 여자들끼리의 대화라는 것이 있잖나? 너도 알겠지만……." 할로란은 베아트리스에게 윙크했다. "아, 물론, 이 이야기는 우리 둘 사이의 비밀이야! 맥신은 네가 날 위해 일한다는 걸 모를 테니까."

할로란은 베아트리스에게 걸어와 그녀의 손을 잡았다. 그녀를 빤히 내려다보는 그의 미소가 점점 환해졌다. 반면 눈동자는 한층 어두워졌다. "믿어도 되겠나, 베아트리스? 충성심은 충분히 보상받을 거야."

베아트리스는 할로란이 자신을 굽어보며 서 있다가 그대로 허리를 굽히고 키스를 하는 것은 아닐까 하는 생각에 겁을 집어 먹었다. 그녀는 의자에서 벌떡 일어나 문 쪽으로 한 걸음 걸어나갔다. "물론이죠, 할로란 씨."

"랜디라고 불러줘." 할로란은 상체를 더욱 앞으로 내밀었다. 베아트리스의 손을 여전히 붙잡은 채.

베아트리스는 손을 세게 흔들어 빼냈다. 마치 속기장을 정리하려는 것처럼. "그렇게 하죠, 랜디. 노력해볼게요."

"훌륭해. 2주 후에 보고서를 제출해줘."

베아트리스는 고개를 끄덕이고 급히 문으로 걸어갔다. "알겠습니다. 추수감사절 잘 지내세요!"

"베아트리스도 추수감사절 잘 보내."

자신의 책상으로 돌아온 베아트리스는 제때 몸을 사리지 않았으면 어떤 일이 벌어졌을지를 생각하며 온몸을 부르르 떨었다. 맥스가 '그는 상어'라고 말했었다. 그리고 지금 그 상어는 자신의 유일한 친구로부터 정보를 빼내주기를 원했다.

그 상어와 협상을 하고 악수까지 했다. 정당방위라고 항변할 수는 있겠지만, 이제 완전히 함정에 빠진 꼴이었다. 랜디가 원하는 것을 손에 넣느냐에 자신의 일자리가 달렸을 수도 있다……. 그런데 비밀 프로젝트에 관해 물어보면 맥스는 당장 의심을 품을 게 뻔했다.

"헤이!"

베아트리스는 숨을 들이쉬었다. 맥스가 무슨 신호라도 받은 것처럼 책상 옆에 모습을 드러냈다. 베아트리스는 머리를 살살 흔들며 아무 일도 없는 것처럼 웃어 보이려고 했다. "아이고, 깜짝이야! 몰래 다가와 놀랐잖아." 베아트리스는 스파이의 자질이 없었다.

"뭔가에 넋을 팔고 있던데? 술을 한잔해야겠어!" 그 말이 떨어지기 무섭게 맥스는 베아트리스의 팔꿈치를 붙잡고 사무실 밖으로 나가 씨애트리컬 그릴로 향했다. "축젯날인 내일 밤에는 뭘 할 거지?"

"아, 이모는 아마 일하러 나가실 거야. 휴일마다 항상 일을 하셨거든." 지난주에 이모는 추수감사절마다 한밤중에 간이식당으로 쳐들어오는 주정뱅이들에 대해 불평했었다. 그들은 친척들과 함께 지내기 싫어서 그렇게 밖으로 도망 나오는 것이었다.

"그럼 너는 매리에타로 돌아갈 거야?"

"아니, 엄마와 난 잘……." 베아트리스는 말끝을 흐렸다.

눈썹연필로 칠한 맥스의 양쪽 눈썹이 치켜올라갔지만, 두 눈은 여전히 상냥했다. "까칠한 가족은 잊어버리고 내일 우리 집으로 올래?"

"내가 가도 네 가족들이 좋아할까?" 베아트리스는 다정한 초대에 당황했다. 특히나 친구라는 자신이 못된 짓을 해도 이런 초대를 해줄까 하는 의문이 들었다.

"농담인 줄 알아? 난 아일랜드계의 가톨릭 가정에서 태어났단 말이야. 우리 가족은 네가 있다는 것조차 알지 못할걸?"

맥스는 씨애트리컬 안으로 들어갔다.

카마이클이 카운터에서 손을 흔들더니 그녀들 곁으로 득달같이 달려왔다. "미녀분들! 오늘은 무엇을 대접해드릴까요?"

맥스가 카마이클의 뺨에 키스했다. "스크루드라이버* 두 잔이면 좋겠어요. 우린 어쨌거나 직장 여성이니까 그런 도구도 필요하거 든요!"

* 보드카와 오렌지주스를 섞은 칵테일. 작업도구인 드라이버의 의미도 있다.

10장

추수감사절 아침, 베아트리스는 아무도 없는 아파트에서 잠이 깼다. 도리스 이모는 어젯밤 늦게 집에 돌아왔다가, 아침 일찍 나간 모양이었다. 베아트리스는 며칠간 이모를 보거나 대화를 나누지 않았다는 것을 깨닫고 걱정이 되었다. 맥스와 씨애트리컬에서 한잔하고도 야근을 했다고 거짓말을 하지 않아도 된다는 점이 마음 놓이긴 했지만, 집에 살그머니 드나드는 건 전혀 이모답지 않았다.

베아트리스는 소파 팔걸이 너머로 이모의 방을 훔쳐봤다. 문이 활짝 열려 있고, 침대가 잘 정돈되어 있었다. 베아트리스는 이모의 침실에 들어가 본 적이 없었다. 그녀가 이곳에 온 이후로 쭉 접근 금지 지역이었다. 이모가 집에 없을 때도 베아트리스는 그 규칙을 위반하지 않았다.

"네 공간을 청결하게 하고 내 공간에는 접근하지 않는다는 두 가지 규칙을 지킨다면 이곳에서 살아도 좋아." 이모는 미소를 짓고 베아트리스의 등을 두드리며 말했다. 골칫거리 조카를 맡는 것이 이모에게는 무척이나 신경 쓰이는 일이었을 거라고 베아트리스는 생각했었다. 이모는 가족에게 거의 관심을 보이지 않고 언제나 홀로 살아왔었다. 적어도 가족은 도리스 이모에게 거의 관심을 갖지 않았다. 베아트리스의 어머니는 이모의 이름조차 언급한 적이 없었다.

베아트리스는 소파에서 일어나 기지개를 켰다. 울퉁불퉁한 쿠션 때문에 아침마다 기분이 엉망이었다. 그녀는 손으로 짠 슬리퍼를 신고 차디찬 바닥을 가로질러 아담한 갈색 냉장고로 걸어갔다. 유리잔에 오렌지주스를 채우고, 아침으로 먹을 만한 것이 있는지 냉장고 안을 뒤졌다. 냉장고 안에는 맥주 여섯 개들이 팩과 먹다 남은 피자가 항상 들어 있었지만, 오늘 아침에는 거의 비어 있었다. 맥주 한 병과 치즈 몇 조각이 전부였다. 냉장고 문을 닫은 순간, 포마이카 조리대 위에 놓인 작은 쪽지가 눈에 들어왔다.

어여쁜 베아트리스, 이모는 오늘 밤 늦게까지 일해야 한단다. 식당에 들러 이모에게 행복한 추수감사절이 되라고 빌어주렴. 사랑한다. 도리스.

행복한 추수감사절이라……. 베아트리스는 텅 빈 방 안을 둘러보았다. 그녀는 당연히 고마워해야 한다고 다짐하면서도 이내 쓸쓸한 분위기에 젖어들었다. 익숙한 분위기였다. 명절이 행복했던 것은 아주 오래전의 일이었다. 어머니의 일자형 부엌에서 풍겨 나오는 칠면조와 베이컨 냄새에 대한 기억은 희미해지긴 했지만, 완전히 사라진 건 아니었다. 아버지가 베아트리스의 턱을 간지럽히고 어머니가 활짝 웃던 때가 있었다. 베아트리스가 어릴 때였다. 목이 막히는 기분이 들었다. 올해는 뭔가 다를 것 같았다. 베아트리스는 눈물이 마를 때까지 주스가 들어 있는 잔을 꽉 움켜쥐었다.

베아트리스는 평소처럼 얇은 꽃무늬 침대시트를 깔끔하게 접어 수납장에 베개와 함께 집어넣었다. 소파로 돌아온 그녀는 또다시 이모의 침실을 살짝 훔쳐봤다.

침실은 아주 좁아서 퀸 사이즈 침대와 페인트칠된 침대 머리판이 간신히 들어갈 정도였다. 머리판은 철제 꽃과 줄기로 장식되어 있었지만, 칠은 갈라지고 벗겨졌다. 남루한 누비이불이 매트리스를 덮고 있었다. 침대는 비뚤어진 창문이 있는 안쪽 벽에 딱 붙어 있었고, 녹슨 커튼봉에 매달린 노랗게 변한 천들 틈으로 벽돌 진입로가 보였다. 베아트리스는 조금씩 침실 안쪽으로 들어갔다.

자그마한 화장대가 문 옆의 벽을 차지하고 있었다. 화장대와 침대 사이는 닳아빠진 나무 바닥이 간신히 보일 정도로 좁았다. 그 틈새는 좁아터진 옷장 문으로 이어졌다. 조금 열린 옷장 문틈으로 이모의 플란넬 잠옷 자락이 흔들리는 것 같았다. 먼지가 덮인 자질구레한 장신구들이 화장대 위를 가득 채우고 있었다. 한쪽 구석에 놓인 도자기 고양이에 여러 개의 목걸이가 매달려 있었다. 베아트리스는 이모가 보석으로 치장한 모습을 한 번도 본 적이 없었다. 보석이 비싼 것이든 싼 것이든 간에. 베아트리스는 성큼 걸어 들어가 금목걸이와 구슬들을 어루만졌다.

화장대의 반대쪽 구석에서는 흑백사진에 박힌 젊은 여자 두 명이 베아트리스를 올려다보며 미소 짓고 있었다. 여자들은 이상할 정도로 닮은꼴이었다. 눈을 크게 뜨고 행복과 희망에 부푼 얼굴들은 기껏 해야 열여덟 살 정도로 보였다. 어머니 아이린이었다. 어린 시절 베아트리스가 낡은 사진에서 처음 알아봤던 어머니의 모습 그대로였다. 다른 한 명은 도리스 이모가 분명했다. 베아트리스는 도저히 믿기 힘들어서 사진을 낚아챘다. 이모는 무척이나 아름다웠다. 젊은 시절 이모의 모습은 지금 같은 뚱뚱하고 지친 모습이 아니었다. 깔끔하게 곱슬거리는 머리카락은 단발이었다. 그녀는 하이힐을 신고 드레스를 입고 있었다.

드레스를 입은 이모의 모습에 몹시 심란해지긴 했지만, 결국 베아트리스는 어머니의 눈을 노려보고 있었다. 아이린은 액자 속에서 딸을 올려다보며 순진한 미소를 짓고 있었다. 사진 속의 어린 여자가 자신을 키운 여자라는 것이 믿기 힘들었다. 눈물 때문에 사진이 흐릿하게 보였다. 베아트리스는 먼지가 쌓인 원래의 자리에 사진을 조심스럽게 내려놓았다.

베아트리스는 옷장을 향해 기어갔다. 문에 손을 대자 차가운 공포가 등뼈를 타고 스멀스멀 기어 올라왔다. 베아트리스는 어깨 너머를 얼른 돌아보았다. 이렇게 엿보는 것을 들키면 이모가 어떤 반응을 보일지 알 수 없었다. 마치 등짝을 세게 얻어맞은 것처럼 얼굴을 찌푸리며 옷장 문을 열어젖혔다.

빽빽하게 채워진 옷가지들이 당장에라도 쏟아져 내릴 것만 같았다. 옷장 안에 20년 동안 쑤셔 넣으면 이런 상태가 되지 않을까. 여러 벌의 코트, 정장, 드레스, 블라우스, 천 가방이 길이가 1미터도 되지 않는 봉에 꾸역꾸역 매달려 있었다. 철사 옷걸이가 겹쳐 있었다. 바닥과 봉 위쪽의 선반은 신발 상자로 채워져 있었다.

베아트리스는 도리스 이모가 이 옷들을 걸친 모습을 한 번도 보지 못했다. 옷을 하나라도 꺼내 자세히 살펴보고 싶었지만, 이런 난장판 속으로 다시 집어넣는 것은 절대로 불가능해 보였다. 옷장 뒤쪽에서 살짝 보이는 밍크코트가 얼른 입어보라고 베아트리스를 유혹했다. 무릎까지 올라오고 8센티미터짜리 굽이 달린 가죽 고고 부츠*가 약간 앞으로 수그러져 있었다.

베아트리스가 알고 있는 도리스 이모는 간호사들이나 출납원들이 즐겨 신는, 바닥이 두터운 가죽 편상화를 신었다. 이모는 매일 폴리에스테르 바지와 흰색 셔츠를 입고 출근했다. 베아트리스는 다른 옷을 입은 이모를 본 적이 없었다. 옷장을 통틀어서 문 안쪽의 못에 걸려 있는 잠옷을 제외하고는 도리스 이모의 흔적이 전혀 없었다.

베아트리스는 조심스럽게 옷장 문을 닫고 화장대로 다가갔다. 왜 이리 조심하는지 이유를 알 수 없었다. 이모는 몇 시간 동안 돌아오지 않을 텐데, 숨을 죽이며 맨 위의 서랍을 여는 것이 우스울 정도였다.

할머니 스타일의 속옷과 양말이 반듯하게 개어져 있었다. 베아트리스는 얼른 눈길을 돌리고 서랍을 닫았다. 겁을 집어먹고 침실

* 무릎까지 올라오는 여성용 장화.

문을 돌아봤다. 아무도 없었다. 이번에는 가운뎃서랍을 열었다. 다섯 벌의 폴리에스테르 바지와 일곱 벌의 셔츠가 들어 있었다. 이것이야말로 베아트리스가 알고 있고 사랑하고 있는, 아니 어떻게든 사랑하려고 애쓰는 도리스 이모의 모습이었다. 이제 맨 아래쪽 서랍만 남았다. 그 서랍은 빡빡해서 쉽게 열리지 않았다. 서랍 앞면은 평범한 소나무 재질이고, 중앙에 작은 꽃이 새겨져 있었다. 베아트리스는 계속 서랍을 잡아당기면서 우아한 장미를 노려봤다. 서랍이 갑자기 열리는 바람에 베아트리스는 엉덩방아를 찧었다.

누렇게 변해가는 서류 뭉치가 서랍 안에 흩어져 있었다. 베아트리스는 두께가 8센티미터나 되는 파일의 맨 윗장을 집어 들었다. 윗머리에 '클리블랜드 퍼스트뱅크'라고 인쇄된 편지지였다. 어떤 고객에게 대여금고에 관해 알리는 공지문이었다. 베아트리스는 이마를 찌푸리며 자세히 들여다봤다. 카본지에 복사한 것이었다. 활자 주변을 둘러싼 깃털 모양의 잉크로 복사본이라는 것을 알아챘다. 편지에는 '회계 담당 이사 윌리엄 S. 톰슨'이라고 사인이 되어 있었다. 톰슨의 이름 아래에 'DED'라는 타이피스트의 머리글자가 적혀 있었다. 도리스인가? 이모가 이 메모를 타이핑했던 것일까? 어안이 벙벙해진 베아트리스가 서류를 손에 쥐고 그대로 주저앉았다. 이모도 은행에서 일을 했단 말이야?

베아트리스는 편지를 서랍 안에 내려놓았다. 이모는 과거에 관한 질문을 끔찍이도 싫어했다. 이모는 여러 해 전에 매리에타를 떠난 이유도, 자신의 언니인 아이린과 서로 증오하는 이유도 설명해준 적이 없었다. 그리고 은행에서 근무했다는 것도 이야기한 적이 전혀 없었다.

베아트리스는 어떤 설명이라도 있을까 해서 좀 더 훑어보았다. 수많은 은행 편지지를 지나 서랍 바닥에 가까워질 무렵 전혀 다른 형태의 종이가 나타났다. 천 조각처럼 부드러운 베이지색 종이였다. 베아트리스는 그 양피지 같은 종이를 좀 더 잘 보기 위해 은행 편지지 뭉치를 높이 들어 올렸다. 그 종이에는 매우 아름다운 흘림체의 잉크 글자가 적혀 있었다.

진정으로 사랑하는 도리스

당신 없이 보내는 밤들은 죽도록 외롭구려. 얼른 다시 만나고 싶소. 끔찍한 이 일과 내 집사람을 잊어주오. 우리 사랑을 제외한 모든 것을 잊어주오. 내가 매번……

그 편지를 서랍에서 꺼내야 나머지도 읽을 수 있을 것 같았다. 하지만 감히 그 편지를 꺼내지 못했다. 물건이 흐트러져 있으면, 이모가 눈치챌 수도 있으니까. 베아트리스는 다른 종이들이 흐트러지지 않도록 조심스레 서랍을 닫고, 까치발로 이모의 침실을 빠져나왔다.

베아트리스는 어리둥절해하며 소파에 앉았다. 도리스 이모는 누군가와 사랑에 빠져 있었다. 아니, 누군가가 이모와 사랑에 빠져 있었다고 말하는 편이 옳았다. 그런데 그 누군가에게는 아내가 있었다. 베아트리스의 머릿속이 팽팽 돌았다. 이모가 은행에서 일하는 동안 연애사건이 일어났던 걸까? 그 남자는 할로란처럼 탐욕스

러운 사람이었을까? 그래서 이모가 직장에서 해고됐던 걸까? 베아
트리스는 이모의 침실을 흘끗 쳐다봤다.

도리스 이모는 비밀을 가지고 있었다. 한 번도 입어본 적이 없는
화려한 옷이 가득한 옷장과 편지들이 들어 있는 서랍을 가지고 있
었다. 화장대 위의 액자에 들어앉은 흑백사진 속에서는 젊은 이모
가 미소를 짓고 있었다.

11장
1998년 8월 10일 월요일

아이리스는 오전 7시 50분에 침대에서 일어나지 않았다. 몇 분 늦는다고 문제될 것이 없었다. 버려진 건물에서 확인할 사람도 없으니……. 화장할 필요도, 근무복을 입을 필요도 없었다. 평소의 근무복은 캐주얼하긴 해도 편한 느낌이 없었다. 그녀는 낡은 티셔츠에 청바지를 입고 야구 모자를 썼다. 그동안 억지로 지어내야 했던 숙련된 건축기사의 모습이 아니라 원래의 자신으로 돌아갔다. 출근하는 것 같지도 않았다.

아이리스의 털털거리는 차는 오전 8시 41분에야 오래된 은행의 뒤편에 있는, 롤링식 차고 문 앞에 멈춰 섰다. 아이리스는 차에서 내려 느긋하게 몸을 풀었다. 한 블록 떨어진 인도에서 정장 차림의 젊은 여자가 한 손에는 커피 잔을, 다른 손에는 서류가방을 들고 다급하게 걸어가고 있었다. 아이리스는 그 모습을 즐기며 하역장 입구 옆에 있는 흰색 버튼을 눌렀다. 안쪽 어디에선가 레이먼이 벨소리를 듣고 문을 열었다. 아이리스는 차량 석 대를 주차할 자리에 혼자 널찍하게 차를 세웠다. 그러고는 담배를 마저 피우고 커피를 완전히 비운 다음, 줄자를 가지고 클리블랜드 퍼스트뱅크를 싸돌아다니는, 또 하루의 여정에 나섰다.

오전 내내 아이리스는 3층 엘리베이터들을 둘러싸고 있는 복도를 오가며 대략의 평면도를 스케치했다. 그녀는 '인사부'라고 적혀 있는 문 앞에서 걸음을 멈추고, 문을 열었다. 이곳도 낮은 천장과 싸구려 카펫, 아보카도색 가구들이 들어찬 1970년대의 허접한 사무실이었다. 깨진 유리창을 판자로 막아놓아 아이리스는 전등을 켰다. 그녀는 책상과 의자들을 지나 접수부원의 책상 뒤쪽으로 걸어갔다. 서랍이 몽땅 열려 있고, 서류들이 곳곳에 흩어져 있었다. 서류함 속에 네임카드 하나가 엎어져 있었다. 뒤집어보니 '수전 페플린스키'라고 적혀 있었다. 아이리스는 수전이 곧 돌아올 것처럼 네임카드를 책상 위에 올려놓았다. 책상의 가운뎃서랍에는 아직도 한 줌의 클립과 포장을 뜯지도 않은 볼펜 박스가 들어 있었다.

"무슨 일이 있었어요, 수전? 당신은 급하게 떠났나요?" 아이리스는 농담을 던지며 서랍을 닫았다. 재미있다는 생각보다는 오싹한 느낌이 강했다.

아이리스는 발소리를 크게 내며 책상 뒤쪽의 사무실로 들어갔다. 문에는 '인사부장 린다 할로란'이라고 적혀 있었다. 방 중앙의 책상에는 아무것도 놓여 있지 않았다. 서랍들을 열어보았지만, 다들 텅 비어 있었다. 책상 뒤쪽의 서가는 황량하기 짝이 없었다. 어디에도 린다의 흔적은 남아 있지 않았다. 아이리스는 줄자를 잡아당기고 책상 위에 클립보드를 내려놓았다. 방의 모든 치수를 재고 스케치에 표시하는 데는 5분이 걸렸다. 클립보드를 다시 집어 들었을 때, 책상 위를 두텁게 덮고 있는 먼지에 손가락 자국이 남았다. 아이리스는 자신의 지문 옆에 '날 좀 깨끗이 청소해줘'라는 글을 남기고, 손을 청바지에 문질렀다.

아이리스는 린다의 사무실을 나와 좁다란 서류보관실로 다가갔다. 가로 2미터에 세로 4.5미터임을 확인하고 모눈종이에 그 수치를 적어 넣었다. 한쪽 벽에 열 개의 서류 캐비닛이 줄지어 있었다. 캐비닛마다 손잡이에 누렇게 변해가는 분류 표시가 아직도 붙어 있었다. 아이리스는 분류 표시들을 빤히 쳐다봤다. 클립보드를 바닥에 내려놓고 서랍 하나를 잡아 뺐다. 아직도 마닐라 폴더들이 가득 차 있었다. 폴더 하나를 펼치자 손 글씨로 적힌 소득공제서가 모습을 드러냈다.

"이게 대체 무슨 일이지?" 아이리스가 속삭이듯 말했다.

은행이 문을 닫았을 당시의 기록을 고스란히 남겨놓은 것이었다. 늘어선 캐비닛들을 내려다보면서, 아이리스는 저 안에 은행에서 일했던 모든 사람들의 정보가 들어 있을 수도 있다는 것을 깨달았다. 그녀는 텅 비어 있는 린다의 사무실을 어깨 너머로 흘낏 쳐다보고는 서랍 하나를 잡아 뺐다. 하스Haas, 하버Haber, 홀Hall, 할록Hallock…… 할로란Halloran에 관한 파일은 없었다. 한 번 더 살펴봐도 아무것도 나오지 않았다. 린다는 은행이 폐쇄되기 오래전에 은행을 그만둔 것인지도 모른다.

"수전, 당신은 어떤가요? 이 안에 있나요?"

페플린스키Peplinski의 파일은 페플스Peples와 페플로우스키Peplowski

사이에 있었다. 아이리스는 서랍에서 그녀의 파일을 꺼내 펼쳤다. 누렇게 변한 조그만 사진 속에서 사십 대 후반의 여자가 치열이 고르지 못한 이를 살짝 보이며 미소를 짓고 있었다. 첨부된 양식에는 수전의 생년월일, 주소, 사회보장번호가 나열되어 있었다. 아이리스는 다시 사진이 있는 곳으로 페이지를 넘겼다. 나비넥타이가 붙어 있는 바둑판 무늬의 블라우스와 짧은 곱슬머리만 아니었다면 수전은 나름대로 예뻐 보였을 것 같았다. 깜빡거리는 형광등 불빛 때문인지는 몰라도 아이리스는 사진 속의 여자가 자신을 빤히 쳐다보는 듯한 느낌을 받았다. 그녀는 얼른 파일을 덮었다.

가엾은 수전. 아이리스는 생각했다. **타이프라이터 앞에서 근무하다가 불시에 해고되다니.** 수전은 선량한 일벌처럼 매일 정시에 출근했을 가능성이 높았다. 그런데도 무슨 꼴을 당했는지 보라. 어쩌면 친구인 바텐더 엘리의 말이 맞을지도 몰랐다. 회사 사람들은 아이리스를 적당히 씹어 돌리다가 자신들이 필요하다고 생각할 때 그냥 뱉어버릴 거라고 했었다.

아이리스는 서류보관실을 나와 수전의 자리에 털썩 주저앉았다. 의자가 푹신하긴 했지만, 편안하진 않았다. 롤로덱스*의 바퀴를 돌려봤다. 나풀거리는 먼지가 인조목 책상에 흩어져 있는 종이들 위로 쏟아져 내렸다.

책상의 한쪽 귀퉁이에는 머그잔이 재떨이 옆에 놓여 있었다. **수전이 마침내 자신의 책상에서 담배를 피워도 된다는 허락을 받았**

---

* 미국 롤로덱스사의 회전식 탁상 카드 파일.

구나. 아이리스는 그렇게 생각하며 자신의 현장가방에서 담배를 꺼냈다. 그러고는 담배에 불을 붙이기 전에 연기감지기가 작동되고 있는지 천장을 확인했다. 작업 중에 담배를 피우는 것은 사소한 반항에 불과했지만, 그래도 들킬 것 같다는 느낌을 지울 수 없었다. 프로에게 걸맞은 행동은 아니었다.

"엿이나 먹으라고 해." 아이리스는 말은 그렇게 하면서도 문을 주의 깊게 살펴보며 담배를 한 모금 빨아들였다.

가운뎃서랍에 들어 있는 볼펜 박스가 눈길을 끌었다. 수전보다는 아이리스가 볼펜을 사용할 가능성이 높았다. 아이리스는 박스를 집어 들어 살살 흔들었다. 쨍그렁 하는 소리와 함께 뭔가가 서랍 바닥에 떨어졌다. 놋쇠 열쇠였다.

"이게 대체······?" 아이리스는 열쇠를 집어 들었다. 한쪽 면에 '547'이라는 숫자가 각인되어 있었다. '클리블랜드 퍼스트뱅크'라는 작은 글자들이 숫자를 둥글게 둘러싸고 있었다.

아이리스는 열쇠를 돌려보며 담배를 빨아들였다. 오랫동안 살펴볼수록 이 열쇠가 지하의 금고실에 있는 대여금고의 열쇠라는 생각이 강해졌다. 문 열쇠라기에는 너무 작은 데다, 숫자까지 있었기 때문이다. 아이리스는 담배를 재떨이에 비벼 끄고, 서랍을 잡아당겼다. 레이먼은 은행이 팔렸을 때 모든 금고실의 열쇠가 사라졌다고 말했었다. 어쩌면 그동안 수전의 책상에 틀어박혀 있었는지도 몰랐다.

아이리스는 가운뎃서랍의 클립과 형광펜들을 한쪽으로 밀었지만 아무것도 나오지 않았다. 다른 서랍들도 하나씩 잡아 빼고는 종

101

이와 파일 폴더들을 뒤적거렸다. 모든 열쇠를 찾아내면 휠러나 고객, 혹은 누군가가 몹시 기뻐할 게 뻔했다. 그저 주어진 일이나 열심히 해야 할 건축기사가 능력 이상을 발휘한 덕분에 20년이나 묵은 미스터리가 깨끗이 해결될 판이었다. 어쩌면 아이리스에게 대여금고 하나를 여는 영광을 줄지도 모른다. 그리고 그 정당한 소유주를 철저히 조사하겠지? 상냥하게 생긴 아담한 몸집의 나이 든 여인이 행운의 주인공일 수도 있었다.

아이리스가 클리블랜드 도로들을 따라 벌이는 영웅의 행진을 상상하기도 전에 수색은 수포로 돌아가고 말았다. 그녀는 손에 열쇠 하나만을 들고 의자에 힘없이 주저앉았다. 아직 포기할 필요는 없어. 아이리스는 더 많은 열쇠들이 건물 어딘가에 숨어 있을지 모른다고 생각했다. 게다가 547번 열쇠를 서랍에 다시 넣어두고 이곳을 나가버릴 수는 없었다. 그럼 작은 몸집의 나이 든 여인은 어떡하라고? 어쩌면 그 나이 든 여인이 수전 페플린스키일 수도 있었다. 어쨌거나 이 열쇠가 그녀의 책상 서랍에 있었으니까.

아이리스는 버려진 사무실을 매섭게 둘러봤다. 만약 이 열쇠를 가져가면 절도가 아닐까? 하지만 나 자신을 위해 가져가는 게 아니잖아? 아이리스는 그 열쇠를 청바지 뒷주머니에 집어넣었다.

12장

 아이리스는 그 열쇠를 뒷주머니에 넣은 채로 밤늦게 은행을 나섰다. 술 생각이 절실했다. 하역장 밖에서는 8월의 찌는 듯한 열기가 기다리고 있었지만, 그래도 공기가 먼지로 꽉 차 있지는 않았다. 그녀는 담배 한 대를 피워 물고 동쪽 9번 스트리트를 걸어가 WRE가 9층을 차지하고 있는 사무실용 건물을 지나쳤다. 술집이 눈에 들어오지 않았다. 동쪽 9번 스트리트는 몇 블록을 가도 인적이 드물었다. 아이리스는 술집이 나올 때까지 '플랫츠' 지역을 마냥 걸어가고 싶지는 않았다. 혼자서는 절대로! 그녀가 다시 돌아가려는 순간, 빈센트 애비뉴 쪽에서 '엘라의 펍'이라는 작은 간판이 보였다.
 문을 열자마자 연기가 자욱한 눅눅한 공기가 아이리스를 맞았다. 길고 좁은 펍 내부는 통로 한쪽이 기다란 카운터였고, 반대쪽에는 일곱 개의 부스가 있었다. 바텐더와 카운터의 맨 안쪽 스툴에 고꾸라져 있는 다른 사내를 제외하면 아무도 없었다. 아이리스는 무거운 가방을 비어 있는 부스에 밀어 넣고, 자신도 가방 옆에 앉았다. 한 손에 클립보드를 들고 다른 손에 볼펜을 쥔 채 하루 종일 걸었던 터라 등과 손가락이 아팠다. 아무 도움도 될 것 같지 않았지만, 그래도 다시 한번 스트레칭을 하고 담배를 물고는 두 눈을 감았다.

"오늘 하루 힘들었어요?" 아이리스 곁에서 말소리가 들렸다. 카운터 뒤에 서 있는 키 작은 노인은 술집에 갇혀 50년은 살아온 것처럼 보였다. 노인은 머리부터 발끝까지 온통 쭈글쭈글하고 연기로 얼룩져 있었다. 무성한 눈썹이 미소와 함께 치켜올라갔다.

"힘들어 죽을 뻔했어요." 아이리스는 노인의 벌게진 주먹코와 엄청나게 큰 귀를 보며 미소 지었다. 산타의 장난꾸러기 요정 한 명이 클리블랜드로 추방된 것처럼 보였다. 그녀는 거의 옷깃에 닿을 정도로 늘어진 노인의 귓불을 뚫어져라 보지 않으려고 무진장 애를 썼다.

"뭘 드릴까요?"

"기네스요. 혹시 음식도 파시나요?"

"아, 지금도 팔았으면 좋겠다고 생각은 하지만…… 스낵이 있긴 해요. 땅콩, 좋아해요?"

"좋아해요. 고마워요."

"오히려 내가 고맙죠. 그리고…… 카마이클이라고 불러줘요." 노인은 살짝 허리를 굽혀 인사를 하고는 그녀가 주문한 맥주와 땅콩을 가지러 갔다.

아이리스는 뒷주머니에서 열쇠를 꺼내 이리저리 돌려봤다. 수전이 나이가 들긴 했지만, 은행에 제출한 사진을 보면 그렇게 늙은 건 아니었다. 여전히 살아 있을 가능성이 높았다. 적어도 예순 살은 됐겠지만, 벌써 죽어 땅에 묻혔을 리는 거의 없었다.

아이리스는 카마이클이 다가오는 것을 언뜻 보고는 주먹을 쥐어 열쇠를 숨겼다. 카마이클은 5성급 호텔의 웨이터처럼 멋지게 맥주잔과 땅콩 그릇을 내려놓았다.

"고마워요, 카마이클."

"필요한 게 있으면 언제든지 불러줘요." 카마이클은 윙크를 하고 자신의 자리로 돌아갔다. 한쪽 구석의 작은 흑백 TV에서 야구 경기가 중계되고 있었다. 카마이클과 사내는 아무런 말도 없이 TV 화면을 멍하니 쳐다보았다.

아이리스는 맥주를 한 모금 마시고 손바닥을 펴서 열쇠를 다시 살펴보았다. 엄밀히 말하면, 그녀는 이걸 훔친 셈이었다. 하지만 정당한 주인에게 돌려주려는 것이라고 마음속으로 항변했다. 도대체 주인이 누구일까? 살아 있을 수도, 혹은 죽었을 수도 있는 수전이 가장 가능성이 높았다. 그리고 그다음으로는, 브래드에게서 들은 말이긴 하지만, 아주 헐값에 그 건물을 사들인 부동산 지주회사가 주인일 수도 있었다. 지주회사는 건물에 아무런 관심이 없었다. 그저 대손상각*을 위한 것이었다. 클리블랜드 퍼스트뱅크는 20년 전에 파일과 가구들을 그대로 남겨두고 폐업했다. 그것들은 야만적인 시설파괴자들에게 버려진 게 아니었다. 문마다 쇠사슬이 채워

* 貸損償却, 특정 채권의 회수가 불가능할 때 이 채권을 회계상 손실로 처리하는 것.

져 있고, 건물에는 경비원이 있었다. 소유주가 지금도 수전의 책상에 관심을 가졌을 수도 있고, 아니면 건물을 팔아치우면서 모든 것을 대형 쓰레기통에 처박아 넣었을 수도 있었다. 수전이야말로 이 열쇠의 주인을 알고 있을 유일한 사람일지도 모른다고 아이리스는 단정했다.

땅콩을 씹으며 실내를 찬찬히 살펴보고 있자니 맥주가 목구멍으로 술술 넘어갔다. 오래된 은행처럼 이곳도 시간이 멈춰 있었다. 모든 맥주 광고판과 음악 포스터들은 적어도 15년 이상은 되어 보였다.

카마이클은 아이리스가 이곳저곳 둘러보는 것을 알아차리고 손을 흔들었다. 아이리스가 자신의 맥주잔을 가리키자 그가 고개를 끄덕였다. 카마이클이 두 번째 잔을 가져왔다. 그가 야구경기를 보러 돌아가려는 순간, 아이리스는 이야기를 해봐야겠다고 마음먹었다.

"여기는 아주 재미있는 곳이군요."

"마음에 들어요?" 카마이클이 미소 지었다.

아이리스가 고개를 끄덕였다. "이곳에 얼마나 오랫동안 있었어요?"

"아, 내가 이곳을 사들인 것이 30년 전이었을 겁니다." 카마이클은 주석 타일로 덮인 천장을 올려다보았다. "그때는 이름이 달랐어요. 우린 이곳을 '씨애트리컬 그릴'이라고 불렀죠. 들어본 적 있어요?"

아이리스는 고개를 저었다.

"한때는 손님이 앉아 있는 바로 그곳에서 유명한 재즈밴드가 라이브로 연주를 했었죠. 시내에서 가장 열기 있는 곳이었어요. 엘라 피츠제럴드가 바로 저쪽에서 노래를 불렀고요." 카마이클은 한쪽 귀퉁이를 가리켰다. "난 그때 어린애였지만, 정말 끝내주더라고요."

아이리스는 한쪽 눈썹을 치켜세우고 좁은 귀퉁이에 틀어박혀 있는 밴드를 머릿속으로 그려보려고 했다. "그런데 어떻게 된 건가요?"

카마이클이 두 손을 들어 보였다. "시대가 변했죠. 음악도 변하고요. 도시조차도 이곳처럼 낡고 녹슬었어요. 40년 전에는 이 부근의 '쇼트 빈센트'가 가장 핫한 구역이었어요. 20년 전에는 '슈트'가 그랬고요. 지금은 신도 끔찍하게 여길 댄스 음악을 들으러 다들 '플랫츠'로 몰려가죠. 난 그런 음악은 골치가 지끈지끈 아파서 참고 견딜 수가 없더라고요. 손님 같은 젊은 여자분들은 그런 음악을 좋아하겠죠?"

"그렇게 좋아하지는 않아요." 아이리스는 거짓말을 했다. "여러해 동안 많은 걸 보셨겠네요."

"손님은 그 절반도 모르실 겁니다." 카마이클은 껄껄 웃으며 고개를 저었다.

아이리스는 시대에 뒤떨어진 실내장식을 슬쩍 훔쳐보고는 좀 더 사적인 주제로 파고들어가야겠다고 마음먹었다. "혹시 클리블랜드 퍼스트뱅크를 기억하세요?"

카마이클은 이마를 찌푸리며 숱이 적어져가는 머리카락을 쓸어 넘겼다. "물론이죠! 불과 두어 블록밖에 떨어져 있지 않은 곳이잖아요. 오후 5시가 지나면 온갖 사람들이 이곳으로 쏟아져 들어왔거든요." 카마이클은 부스 안으로 들어와 맞은편에 앉았다. "앉아도 되겠죠? 등이 엄청 아파서요."

"편하게 앉으세요." 아이리스는 맥주잔을 들어 한 모금 시원하게 들이켰다. "그 은행이 문을 닫은 이유를 알고 계세요?"

"은행을 팔아치웠다던데, 확실치는 않아요. 정말 괴상하기 짝이 없었다니까요. 어느 날 그곳에 있다가, 다음 날 사라져버렸으니까요. 문들은 쇠사슬로 채우고, 창문은 판자로 가려놓은 채로요. 심지어 한밤중에 간판까지 떼어냈다니까요." 카마이클이 인상을 쓰자 이마에 도로 지도 같은 것이 깊숙이 새겨졌다.

"설마! 농담이죠?"

"정말 끔찍했어요. 아침에 출근했던 모든 사람이 자신의 직장이 사라졌다는 걸 알게 됐으니까요. 그들 대부분은 그런 사실도 모르고 건물 문을 열려고 했대요. 몇몇 사람들은 돈도 많이 잃었대요." 카마이클의 두 눈이 침울해지고, 어깨가 축 처졌다. "그중 몇 명이 이곳에 왔는데, 난장판도 그런 난장판이 없었죠⋯⋯."

아이리스는 고개를 끄덕였다. 그녀도 그런 식으로 해고당하면 당장 가장 가까운 술집으로 달려갈 게 뻔했다. 그 이야기가 카마이클의 기분을 잡치게 하는 것 같았다.

"아, 이런." 카마이클은 손을 흔들어 과거의 일을 털어버리고 아이리스에게로 눈을 돌렸다. "손님 같은 젊은 아가씨가 뭣 때문에 망해버린 은행에 관해서 묻는 거죠? 적어도 15년은 된 것 같은

데!"

"실제로는 20년 전의 일이죠." 아이리스는 맥주를 다시 길게 들이켰다. "믿으실지 모르겠지만, 전 지금 그 망해버린 은행에서 일하고 있어요."

카마이클의 미소가 조금 작아졌다. "믿을 수가 없는데요. 그게 무슨 뜻이죠?"

아, 이런 멍청이! 아이리스가 은행에서 작업한다는 것은 기밀이었다. 휠러가 직접 말했다. 군청은 그 건물을 어떻게 활용할지를 아무에게도 알리고 싶어 하지 않았다. "아, 잘 아실 텐데요? 건물의 주인은 그…… 정기적인 검사를 실시하잖아요. 전 건축회사에서 일하고 있어요." 아이리스는 재빨리 변명거리를 생각해낸 자신에게 감사하듯 맥주를 길게 들이켰다. 빌어먹을! 바텐더가 군청의 계획에 관심이 있겠어? "전 그 건물을 측량하고 있어요. 그런데 말씀 드리기가 좀 꺼려지지만 괴상한 곳이더라고요."

아이리스는 아무것도 놓여 있지 않은 식탁들과 구닥다리 자판기들이 있는 구내식당의 모습을 묘사했다. 지금도 칠판에 메모들이 붙어 있는 회의실에 대해서도 말해줬다. 그러고는 거기서 말을 멈췄다. 인사 파일들과 대여금고는 자신만이 아는 비밀로 남겨두어야 할 것 같아서였다. 그녀 혼자 그 큰 건물에서 일하고 있다는 사실도. 게다가 카마이클의 시선이 점점 더 불편하게 느껴졌다.

"그럼 그때부터 지금까지 아무도 그 안에 들어가지 않았다는 뜻인가요? 놀랍네요!" 카마이클은 씩 웃으며 탁자를 손바닥으로 내리쳤지만, 두 눈은 여전히 아이리스에게서 떨어져나가지 않았다.

그는 아이리스의 맥주잔을 가리켰다. "한 잔 더 갖다드리죠."

빈 속에 마신 맥주 두 잔에 머리가 핑 돌았고, 뭔가 스멀스멀 등을 타고 올라오는 듯한 기분도 들었다. 아이리스는 고개를 저었다. "아니, 말씀은 고맙지만 이만 가봐야겠어요!"

노인은 고개를 끄덕이고 손으로 7달러라고 쓴 계산서를 메모장에서 뜯어냈다. 아이리스는 거스름돈을 기다리며 클립보드의 스케치를 훑어봤다. 모눈종이의 맨 위쪽에는 '휠러 리스 엘리엇 건축사, LLC(유한회사)'라고 인쇄되어 있었다. 또렷한 회사 로고 옆에 적힌 아이리스의 조잡한 글씨체는 마치 3학년생의 글씨 같았다. 그녀는 자신이 그린 그림을 살펴보며 한숨을 내쉬었다. 회의에 제출하기 전에 깔끔하게 정리해야 할 것 같았다. 모눈종이를 들여다보는데 뭔가가 자꾸 신경에 거슬렸다. 2층의 평면도가 나올 때까지 파일을 뒤적거렸다. 2층과 3층의 스케치를 비교해보다가 둘이 서로 합치되지 않는 걸 발견했다. 무슨 이유에서인지 3층의 교각과 교각 사이의 기둥 하나를 통째로 빼먹어버렸다. 자신이 그린 평면도가 3미터나 짧았다. 아이리스는 손바닥으로 자신의 머리를 찰싹 때렸다. 그녀는 두 장의 평면도를 나란히 놓고 검토했다. 그러다가 모르겠다는 듯 두 손을 들어 올리고, 도면들을 가방에 쑤셔 넣었다. 은행의 3층으로 돌아가 자신이 무엇을 놓쳤는지 확인해야 했다. 15분이면 충분할 것이라 생각하고, 담배를 피워 물었다. 어쨌거나 차를 가지러 은행으로 돌아가야 했다.

카마이클이 거스름돈을 건넸다. "정말 반가웠어요, 아가씨."

아이리스는 부스에서 일어나 카마이클과 악수했다. "전 아이리스라고 해요. 저도 만나서 반가웠어요, 카마이클."

아이리스는 문을 향해 걷다가 바로 멈춰 섰다.

카마이클은 카운터 뒤에서 술잔을 닦고 있었다. 그가 무성한 눈썹을 들어 올리며 물었다. "뭐 잊으신 거라도 있어요?"

"네, 그런 셈이죠. 폐업한 은행에 관해 묻고 싶은 것이 있었는데 깜박했어요. 혹시 수전 페플린스키라는 여자를 아세요? 그 은행에서 일했던 것으로 알고 있는데요."

"모르는 이름인데요. 손님의 친구였나요?"

"아니요, 그녀의 것일지도 모를 뭔가를 찾아내서요." 아이리스는 어깨를 으쓱하고 손을 흔들어 작별인사를 대신했다.

카마이클의 목소리가 그녀를 멈춰 세웠다. "뭔가를 찾아냈다고요?"

아이리스는 대답하지 않았다.

"내 고향에는 이런 말이 있어요, 벨라. 묘지에서 절대로 훔치지 마라. 귀신들의 잠을 깨울 수도 있으니까."

13장

폐업한 은행 뒤쪽에서 아이리스는 닳아빠진 인터폰의 흰색 버튼을 누르고 기다렸다. 밖은 이제 어두컴컴했고, 거리는 텅 비어 있었다. '귀신들의 잠을 깨울 수도 있다'는 말이 귓가에 윙윙거리는 바람에 한 번 더 버튼을 눌렀다. 아이리스는 낡아빠진 시커먼 인터폰이 마치 비디오카메라인 것처럼, 그래서 레이먼이 지켜보고 있는 것처럼 뚫어져라 쳐다봤다. 하지만 레이먼은 그녀를 지켜보고 있지 않았다.

아이리스는 버튼을 다시 눌렀다. 그녀의 차는 철문 뒤에 갇혀 있었다. 2분이 흐르고도 아무 대답이 없었다. 아이리스는 차고 문을 걷어차고는 사람의 흔적이 있는 창문을 찾기 위해 건물 앞쪽으로 무거운 발걸음을 옮겼다.

가로등 불빛이 노란 안개처럼 유클리드 애비뉴를 채우고 있었다. 아이리스는 회전문 옆의 유리판에 코를 대고 메인 로비를 들여다봤다. 그림자만 음산하게 아른거릴 뿐, 레이먼은 보이지 않았다.

그녀는 유리판을 마구 두들겼다.

"빌어먹을!" 아이리스는 콧김을 세게 내뿜었다.

그녀는 한 걸음 뒤로 물러섰다. 건물의 전면은 거칠게 잘라낸 화강암 블록으로 덮여 있었다. 번지수인 1010이 인도 위쪽으로 드러난 주춧돌에 깊숙이 각인되어 있었다. 원래 그 옆에는 커다란 볼트로 조여진 장식판이 있었지만 지금은 공허한 공간만 남아 있었다. 아이리스는 한밤중에 제거되었다는 클리블랜드 퍼스트뱅크의 간판이 바로 저곳에 달려 있었을 거라고 추측했다. 암나사들이 또 다른 간판이 붙기를 기다리듯 여전히 석판에 꽂혀 있었다.

아이리스는 목을 뒤로 젖혔다. 붉은색 벽돌과 사암이 오렌지색으로 물든 하늘로 치솟아 있었다. 작은 창문들은 모두 돌로 만든 왕관들을 쓰고 있고, 전부 다 컴컴했다. 지붕선을 이루는 코니스*는 인도 위쪽에 멈춰 있었다. 주위가 거의 보이지 않을 정도로 컴컴한데도 화려한 받침대와 돌로 만든 꽃들은 장엄하기 그지없었다.

세 블록 떨어진 곳에서 헤드라이트 불빛이 반짝거렸다. 아이리스는 클리블랜드 거리를 홀로 걷기에는 너무 늦은 시간이라는 걸 다시 한번 느꼈다. 동쪽 9번 스트리트와 유클리드 애비뉴의 신호등이 녹색으로 바뀌었지만, 교차로에는 차량이 한 대도 없었다. 뚱뚱한 여자가 모퉁이의 버스 정류장에서 버스를 기다리고 있었다.

"빌어먹을 버스를 타고 집에 가야 하다니 믿을 수가 없어." 아이리스는 정류장으로 가기 위해 텅 비어 있는 5차선 도로를 가로지

* Cornice, 장식용 처마 돌림띠.

르며 중얼거렸다. 그녀는 돌아서서 다시 은행 건물을 쳐다보았다. 불빛은 전혀 보이지 않았다. "왜 하필 그때 맥주를 마시고 싶었을까? 정말 끝내주는 생각이었다, 아이리스."

아이리스가 다시 돌아서서 버스 정류장으로 향하려는 순간, 깜빡이는 불빛이 눈가를 스쳤다. 눈을 가늘게 뜨고 15층을 올려다보니 이번에도 불빛이 깜박거렸다. 플래시 불빛이었다. 레이먼에게 도와달라고 목청껏 소리를 지르고 싶었지만, 시간낭비일 뿐이었다. 레이먼이 듣지 못할 것이 뻔했다. 거기까지 돌멩이를 던질 방법도 없었다.

차 한 대가 곁을 스치고 지나갔다. 아이리스는 자신이 아직도 유클리드 애비뉴 한가운데에 서 있다는 걸 깨달았다. 그녀는 휴런 스트리트에 있는 롤링식 차고 문까지 달려갔다. 인터폰 앞에 도달했을 때는 담배 연기에 찌든 폐에서 불이 나는 것 같았다. 흰색 버튼을 연거푸 세 번 두들겨댔다. 마치 대기라도 하고 있었던 것처럼 문이 말려 올라갔다. 아이리스는 마음을 놓으며 눈을 감았다. **하느님, 감사합니다.** 오늘 밤에 집으로 돌아갈 수 있었다. 눈을 뜨자, 레이먼의 얼굴이 바로 앞에 있었다.

"아이, 깜짝이야!" 아이리스가 소리를 질렀다.

레이먼은 그녀를 노려보기만 했다. 사실, 인터폰 버튼을 연달아 눌러대면 엄청 화를 돋을 수도 있었다.

"레이먼! 깜짝 놀라 죽을 뻔했단 말이에요!"

"다른 사람이 나타나기를 기대했던 건가요?" 레이먼은 흡연자 특유의 쉰 목소리로 으르렁거렸다. "다시는 버튼을 그렇게 두들겨

패지 마세요, 알았죠?"

"미안해요. 난 그저…… 그런데 어떻게 이렇게 빨리 내려온 거죠?"

"난 저쪽 모퉁이에 있었어요."

"아니에요, 난 당신이 15층에 있는 걸 봤단 말이에요."

"도대체 무슨 말입니까?" 레이먼은 아이리스가 마약이라도 했는지 의심하는 눈초리로 쳐다봤다.

"플래시를 들고, 15층에 있었잖아요. 창문으로 흘러나오는 불빛을 봤단 말이에요."

레이먼의 눈길이 날카로워졌다. "확실해요?"

"그렇다니까요. 분명히 플래시 불빛이 그곳에서 움직이고 있었어요."

"저곳에 꼼짝 말고 있어요." 레이먼은 아이리스의 차를 가리키며 말했다. "내가 가서 확인해볼 테니까요." 그는 허리띠에 매달린, 터무니없이 큰 플래시를 움켜쥐었다. 플래시 옆의 총집에 들어 있는 시커먼 권총을 보니 아이리스는 약간 마음이 놓였다. 그녀는 허둥지둥 차로 달려가 레이먼이 직원용 복도로 사라지는 것을 백미러로 지켜봤다.

아이리스는 차문을 잠그고, 의자를 뒤로 눕혔다. 몸을 숨기기 위해서였다. 귀신들의 잠을 깨울 수도 있다는 카마이클의 목소리가 귓가에서 맴돌았다. "입 닥쳐요, 카마이클!" 아이리스는 속삭이듯 말했다.

처음 몇 분 동안 아이리스는 안달하면서 바싹 얼어붙어 있었다.

그러다가 손톱을 물어뜯었다. 차 천장에 생긴 담뱃자국을 세다가 결국 몸을 움찔거리며 담배를 피워 물었다. 창문을 내리고 귀를 기울였다. 총소리도 나지 않았고, 플래시로 누군가의 머리를 후려치는 소리도 들리지 않았다. 계기판의 디지털시계가 9시 1분을 가리켰다. 5분만 기다렸다가 이곳을 빠져나가야겠다고 마음먹었다.

아이리스는 침입자가 누구일지 생각해봤지만, 아무도 떠오르지 않았다. 은행이 문을 닫은 지 20년이 흘렀다. 왜 이제야 누군가가 몰래 숨어들겠는가? 레이먼의 여자 친구가 서둘러 바지를 입고 있었던 건지도 모른다. 아이리스는 낄낄거렸다. 하지만 백발이 성성한 경비원의 태도로 봐서는 지난 10여 년 동안 섹스 같은 걸 해봤을 리가 없었다.

담배가 너무나 짧아져서 거의 손을 델 뻔했다. 한 대 더 태우고 싶다는 욕구를 물리치기 위해 아이리스는 가방에서 2층과 3층의 평면도를 꺼내 다시 검토했다. 북쪽에서 남쪽으로 기둥마다 똑같은 숫자들이 나열되어 있고, 엘리베이터들도 똑같은 지점에 위치해 있었다. 하지만 직원용 복도 부근에 뭔가가 모자랐다. 오늘 밤 어둠 속에서 홀로 그곳에 올라갈 방법이 없었다. 시계는 9시 4분을 가리켰다. 2분만 기다렸다가 경찰서로 차를 몰아야 할 판이었다.

아이리스가 차의 시동을 걸려는 순간, 레이먼이 무거운 발걸음으로 하역장의 계단을 내려오는 모습이 백미러에 들어왔다.

"누군지 모르지만 도망쳤나 봐요." 레이먼은 화나고 지쳐 보였다.

"그런데 누가 그곳에 있을 수 있죠?" 아이리스가 물었다. 레이먼은 너무 태평했다. 경비원으로는 아주 꽝이었다. 폭동진압용 장비

같은 거라도 착용하고 있어야 하지 않나?

"아주 가끔이기는 하지만 노숙자가 건물로 들어오곤 해요. 나쁜 사람들은 아니에요. 그저 잠잘 곳을 찾는 거니까요."

레이먼은 종이성냥으로 필터 없는 담배에 불을 붙였다. 레이먼이 별로 대단한 경비원은 아닐지 모르지만, 배짱만은 대단했다.

"그런데 노숙자들은 어떻게 들어오는 거죠?" 아이리스는 건물에서 깨진 유리창이나 벽에 생긴 커다란 구멍을 보지 못했었다.

"당신은 깜짝 놀랄걸요? 노숙자들은 쥐새끼 같아요. 길을 잘도 찾아내거든요. 배관, 뚜껑, 터널……."

"터널이요?"

"난반용 증기가 이동하던 낡은 터널들 말이에요. 그것들은 시내의 수많은 건물과 연결되어 있죠. 이 건물만 해도 이 블록 전체와 연결되어 있다니까요."

"우리는 지하실을 몽땅 살펴봤어요. 그런데 터널은 하나도 보지 못했어요."

"내일 터널을 보여드리죠. 얼른 집으로 돌아가야 하지 않아요?"

아이리스는 고개를 끄덕이다가 갑자기 생각난 듯 물었다. "당신은요? 집에 돌아가지 않아요?"

"몇 주에 한 번씩 돌아가기는 하죠. 난 상근 경비원이에요. 그러니까 여기에서 잠도 자야 해요."

"그것 참 끔찍한 소리네요." 아이리스가 곧바로 대꾸했다. 자신이 그럴 입장은 아니었지만, 대형 쓰레기통과 음산한 정적 속에서 지내야 하는 레이먼이 불쌍하게 느껴졌다.

"아, 보수가 아주 짭짤하다니까요."

"걱정되지는 않아요? 그…… 침입자가?"

"누가요? 내가요?" 레이먼은 아이리스의 걱정에 깜짝 놀란 것 같았다. "아, 이런, 난 이곳에 30년이나 있었어요. 무슨 일이 일어날 거면 진작 일어났겠죠."

레이먼은 아이리스가 나갈 수 있도록 하역장 문을 열어주었다. 그러고는 다시 문을 내린 뒤 발소리를 내며 건물 안으로 들어갔다.

14장
1978년 11월 23일 목요일

베아트리스는 간이식당으로 도리스 이모를 보러 가기로 했다. 그녀가 아파트를 나서려는 순간, 문에서 노크 소리가 들렸다. 베아트리스는 바짝 얼어붙고 말았다. 그동안 그들의 아파트 문을 두드린 사람은 없었다.

"누구…… 누구세요?" 베아트리스가 뒷걸음치며 물었다. 아파트 안을 두리번거리다가 식칼에서 눈길이 멈췄다.

"나야, 맥스."

베아트리스는 아파트 문에 뚫린 구멍으로 쏜살같이 달렸다. 맥스는 두 발을 톡톡 두들기며 계단통에 서 있었다. "맥스! 여기서 뭐 하는 거야? 내 말은, 어떻게 날 찾아냈느냐는 거야."

"우리 꼬마 아가씨를 찾아내기가 쉽지 않더군. 문이나 열어."

"하지만……." 베아트리스가 이마를 찌푸렸다. 맥스를 집으로 데려온 적이 없고, 직장에는 가짜 주소를 제출했던 터였다. 베아트리스는 빗장을 벗겼다.

"그래, '서쪽의 사악한 마녀'*는 집에 계신가?" 맥스는 아파트 현관으로 들어서며 물었다.

"아니, 이모는 일하러 가셨어."

"아파트가 멋지네?"

"고마워. 뭐, 굉장하지는 않지만……." 베아트리스는 자신이 집이라고 부르는, 방 하나짜리 소형 아파트를 둘러보았다.

"어디 보자, 그렇게 입을 거야?" 맥스가 물었다.

베아트리스는 나팔 청바지와 허리에서 질끈 동여맨 오버사이즈 셔츠를 내려다보며 어깨를 으쓱했다. "무슨 말이야?"

"우리 집에서 추수감사절을 보내기로 했잖아, 기억해?"

베아트리스는 시계를 쳐다봤다. 낮 12시 30분이었다. "좀 이른 것 아냐?"

"우리 집에서는 낮 1시에 추수감사절 만찬을 즐긴다고. 일찍 시작하지 않으면 오늘 안에 식사를 끝내지 못할 테니까." 맥스가 폭소를 터뜨렸다.

베아트리스는 이모를 생각하며 잠시 망설였다. 그러다 식당에는 돌아오는 길에 들르기로 했다. "알았어. 옷을 어떻게 입어야 해?"

한 시간 뒤, 두 사람은 노동자 계급이 모여 사는 클리블랜드 서쪽 교외의 작은 주택단지인 레이크우드에 도착했다. 맥도넬 가의 집은 남쪽에 커다란 현관이 있었다. 현관 한쪽에는 그네 의자가 매

*『오즈의 마법사』에 나오는 인물.

달려 있고 다른 한쪽에는 두 개의 흔들의자가 놓여 있었다. 석조 계단은 수백만 개의 발자국으로 인해 움푹 패어 있었다. 맥스가 문을 활짝 열자 수다를 떠는 사람들의 목소리가 흘러나왔다. 아담한 실내에는 사람들이 꽉 들어차 있고, 칠면조와 바삭하게 구운 호박의 따스한 내음이 공기 중에 감돌았다.

맥스는 베아트리스를 질질 끌고 사람들 틈으로 파고들었다. 수많은 이름과 얼굴들이 순식간에 지나갔다. 로다, 리키, 메리, 티미, 숀, 패트릭 등등…… 맥스가 빠른 말투로 서로를 소개시켰고, 베아트리스는 열 명이 넘는 순간 맥스를 따라잡지 못하고 포기해버렸다. 새로이 등장하는 얼굴들은 모두 미소를 지으며 고개를 끄덕였다. 어린애들은 길고 좁은 거실을 가득 채우고 있는 남자들의 바지와 여자들의 팬티스타킹 사이를 휘젓고 다녔다. 우는 아기들은 업어서 달랬다. 맥스는 베아트리스의 손을 잡고 부엌까지 진출했다.

보온기구와 포일에 감싸인 프라이팬들이 조리대의 이쪽 끝부터 저쪽 끝까지 뒤덮고 있었다. 싱크대 옆에는 일회용 종이접시가 50센티미터 높이로 쌓여 있고, 여자 두 명이 분주히 식사를 준비하고 있었다.

"더는 요리사가 들어올 자리가 없어!" 둘 중 좀 더 나이 든 여자가 얼굴도 들지 않은 채 즐거운 목소리로 말했다.

"아, 엄마. 소개해줄 사람이 있어요."

맥스의 어머니가 커다란 냄비를 지켜보다가 살짝 눈을 들었다. 그녀의 얼굴은 갸름하고 야위었지만, 파란 눈은 딸과 판박이였다. 회색으로 변해가는 머리카락은 맥스가 종종 했던, 일명 소라 머리라고 불리는 프렌치 트위스트를 하고 있었다. 진주 목걸이에 앞치마를 걸친 모습은 마치 1950년대의《행복이 가득한 집》이라는 잡지에서 튀어나온 듯했다.

"베아트리스구나. 이야기는 많이 들었어요. 난 에벌린 맥도넬이에요."

"만나서 반갑습니다." 베아트리스는 수줍게 인사하며 밀가루로 덮인 그녀의 손을 잡았다.

"안녕, 베아트리스! 난 달린이야." 달린의 헐렁한 셔츠에는 음식물 자국이 나 있었고, 곱실거리는 붉은 머리카락은 까치집을 짓고 있었다.

"안녕!" 베아트리스도 손을 흔들어 인사했다. 그러고는 두 사람 모두에게 말했다. "만찬에 초대해주셔서 감사합니다."

"오히려 우리가 감사하지!" 에벌린이 환하게 웃으며 말했다.

베아트리스는 조리대 위에 끝없이 펼쳐진 음식에 감탄했다. 또한 에벌린이 냄비를 휘젓고 오븐에서 밀봉된 프라이팬을 꺼내며 평온한 미소를 짓는 것에 감동받았다.

"맥신, 10분 뒤에 식사가 시작된다고 모두에게 알려주겠니? 그리고 아빠에게는 칠면조를 자르라고 말씀드리렴."

"여기 있어." 맥스는 베아트리스에게 이렇게 말하고는 사람들 틈을 헤치며 앞으로 나아갔다.

베아트리스는 한쪽 구석에서 두 손을 어색하게 비볐다. 좁은 부엌에는 앉을 데가 없었다. 에벌린은 오븐에서 선사시대의 독수리처럼 보이는 뭔가를 꺼내 부엌 한가운데의 조리대에 내려놓았다. 베아트리스가 지금까지 한 번도 본 적이 없었던 거대한 칠면조였다. 에벌린처럼 작은 여자가 그걸 들어 올리다니 놀라울 따름이었다.

"제가 도울 일이 있나요?" 베아트리스는 자신이 쓸모 없는 사람처럼 느껴졌다.

"아, 아무것도 없어요! 아가씨는 손님이잖아. 드디어 맥신의 친구를 만나게 되어 얼마나 기쁜지 몰라요."

"그러게요. 걔는 늙은 남자들이랑만 어울리니까요." 맥스의 언니가 코웃음을 쳤다.

에벌린의 눈이 가늘어졌다. "달린, 지하저장실에 가서 냅킨을 좀더 가져와."

달린은 무슨 말을 하려고 입을 뻥긋거리다가 남자 같은 걸음걸이로 성큼성큼 부엌을 빠져나갔다.

"달린을 용서해줘요." 에벌린은 오븐용 장갑을 낀 손을 흔들었다. "쟤는 동생을 항상 시기했거든요."

베아트리스는 아무 일도 아니라는 듯 미소를 지어 보였다. "맥스는 정말 좋은 친구예요. 은행에서 제가 잘못되지 않도록 도움을 많이 주죠."

"음, 걔는 그곳에서 꽤나 오랫동안 근무했어요." 에벌린이 거대한 칠면조 위에 은박지를 올려놓았다. 그러고는 서랍에서 칼을 꺼냈다. "그 사람들이 끝까지 진실을 파헤쳤으면 좋겠어요. 스캔들도 그런 스캔들이 없었다니까요!"

"스캔들이요?"

에벌린은 숫돌에 칼을 갈며 고개를 끄덕였다. "도대체 어떤 은행이 예금 기록도 보관하지 않겠어요? 정말 미친 짓이라고요. 경찰이 나서지 않으면 다행인 거죠."

베아트리스는 '경찰'이라는 말에 깜짝 놀랐다.

"누가 나를 불렀나요?" 낮고 굵은 목소리가 들렸다.

베아트리스가 돌아보니 젊은 남자가 경쾌한 발걸음으로 부엌으로 들어왔다.

"아, 앤서니구나. 바보 같은 소리 하지 마라." 에벌린이 미소를 지으며 꾸짖었다.

앤서니는 허리를 굽혀 그녀의 이마에 키스했다.

"엄마, 안녕? 여기 이 친구는 누구죠?" 앤서니가 베아트리스를 가리켰다. 널찍한 어깨와 사각턱 그리고 짙은 눈썹을 지닌 어른인데도 매력적인 파란 눈과 보조개 덕분에 소년 같은 모습이 아직 남아 있었다.

"이쪽은 베아트리스란다." 에벌린은 칼을 행주로 닦으면서 말했다. "맥스와 함께 은행에서 일하고 있어. 우린 그곳의 미친 듯한 혼란에 관해서 이야기하고 있었어."

"내 친구를 괴롭히고 있는 거야, 토니?" 맥스가 문간에서 물었다.

토니*가 다시 활짝 웃는 얼굴로 돌아섰다. "앤서니 맥도넬 형사가 하는 일이 그렇지 뭐!"

"우리 오빠는 신경 쓰지 마, 베아트리스. 작년에 형사가 되고는 아주 꼴 보기 싫은 일만 골라서 한다니까. 엄마, 아빠가 보이지 않

---

* 앤서니 맥도넬 형사의 애칭.

아요. 사람들의 허기가 하늘을 찌를 것 같은데도요."

"아, 차고에서 담배를 피우시나 보다. 내가 모셔올게. 앤서니, 칠
면조 좀 썰어다오." 맥스가 베아트리스를 부엌 밖으로 끌어냈다.
"신선한 공기를 마시러 가자."

두 사람은 현관으로 가기 위해 사람들이 가득한 거실에서 허우
적거렸다. 그 와중에 맥스는 어디에선가 술잔 두 개를 낚아챘다.
그녀는 술잔 하나를 베아트리스에게 건네고 그네에 털썩 주저앉아
담배를 물었다.

"엄마가 참 좋으시네." 베아트리스가 입을 열었다.

"맞아, 정말 놀라운 분이야. 이걸 어떻게 다 하시는지 모르겠어.
난 절대 못 할 것 같아. 하고 싶지도 않고."

"나도 그래." 베아트리스는 유리창으로 눈길을 돌렸다. 아장아장
걷는 발간 얼굴의 아기가 엄마의 머리카락을 잡아당기고 있었다.
"어머님이 말씀하신 은행의 스캔들이 뭐야?"

담배를 뻑뻑 빨아대던 맥스가 가만히 눈썹을 치켜올렸다. "무슨
말인지 모르겠는데? 엄마가 뭐라고 하셨는데?"

베아트리스는 에벌린이 들려준 은행과 경찰에 관한 이야기를 털
어놓았다. 할로란에게 친구를 염탐하라는 지시를 받았다는 사실이
들통나지 않게 조심하면서.

"오, 맙소사!" 맥스는 화난 표정으로 고개를 가로저었다. 그녀는
칵테일을 내려놓고 담배를 뻑뻑 빨았다. "우리 엄마는 바보야! 사
기 사건도 아니고 경찰 수사도 없는데, 왜 그런 말을 했지? 은행에
서 일부 기록이 없어져서 그걸 복구하는 걸 돕고 있을 뿐인데."

"그게 톰슨 씨와 함께하고 있다는 특별 프로젝트야?"

맥스가 베아트리스의 얼굴을 찬찬히 살폈다. "맞아. 난 2~3년 전에 어떤 고객의 전화를 받았어. 은행에서 자신의 대여금고가 사라졌다면서 엄청 화를 내더라고. 톰슨 씨에게 그 말을 전했더니, 나보고 조사해보라고 했어. 빌은 사무실에 이러쿵저러쿵 소문이 떠돌지 않기를 바랐기에 그 프로젝트는 비밀리에 추진됐지."

베아트리스는 맥스의 말이 전혀 이해되지 않았음에도 고개를 끄덕였다. 먼저, 할로란은 어째서 대여금고의 회계감사에 관심을 가지는 것일까? 그리고 그 일이 비밀 프로젝트라면 맥스의 어머니는 어떻게 그렇게 자세히 알고 있단 말인가?

맥스는 베아트리스의 찌푸린 얼굴을 보고 한숨을 쉬었다. "우리 엄마는 야근이 잦은 것을 보고는 내가 무슨 나쁜 짓이라도 하는 줄 알고 걱정했어. 엄마가 날 수녀원에 처박아버리기 전에 뭔가 변명을 해야 했어. 이렇게 떠버린 줄 알았더라면 콱 죽어버렸을 텐데……. 넌 비밀을 지켜줄 거지? 빌은 내가 사무실에 떠벌렸다고 생각할 거야. 그러면 난 당장 해고당할지도 몰라. 이 일을 제대로 끝내면 승진할지도 모르고."

"그거야 당연하지!" 베아트리스는 맥스의 눈을 똑바로 쳐다보지 못했다.

맥신은 일어서서 담배꽁초를 현관 옆에 쌓아올린 눈 더미로 던졌다. 그러고는 베아트리스와 팔짱을 꼈다. "좋았어! 얼른 가자! 배고파 죽겠어!"

15장

베아트리스는 지금까지 살아오면서 이처럼 많은 음식을 먹어본 적이 없었다. 석 잔의 와인과 네 가지 요리로 구성된 만찬을 즐긴 터라 배가 당장이라도 터질 것만 같았다. 술잔과 은 식기들이 쨍그랑거리며 합창을 하는 가운데 베아트리스는 메이 숙모의 장미 정원과 달린 언니의 고양이, 조카의 사소한 습관들까지 알게 되었다. 계속 미소를 짓느라 얼굴 피부가 당겼고, 연신 고개를 끄덕이느라 목이 뻣뻣했다. 그녀는 맥스에게 귓속말로 집에 가야겠다고 속삭이고 의자에서 일어섰다.

베아트리스는 사람들이 가득한 네 개의 식탁을 간신히 지나쳐 문으로 갔다. 현관 밖의 공기는 축복을 받은 듯 차갑고 평온했다. 그녀는 몸 안에 쌓여 있던 열기를 길게 뿜어냈다. 파티 도중에 우아하게 벗어날 방법이 있어야 했다. 하도 떠들어대서 진이 다 빠진 듯했다. 게다가 도리스 이모가 식당에서 애타게 기다리고 있을지도 몰랐다. 이모에게 묻고 싶은 게 엄청 많았다.

맥스의 오빠 토니가 시가를 피우며 그네 의자에 걸터앉아 있었다. "좋은 밤이네요."

"그렇군요."

"여기에 앉고 싶어요?"

"고맙기는 하지만 사양하겠어요. 계속 앉아 있었잖아요."

"무슨 뜻인지 알겠어요." 토니가 씩 웃었다. "당신이 맥도넬 대가족 모두와 대면할 정도로 용감한 것에 감명받았어요. 그걸 어떻게 참아낸 거죠?"

"난, 즐거웠어요." 베아트리스는 말을 하면서 맥스를 찾기 위해 김이 서린 창문을 힐끔 쳐다봤다.

"맥시는 당신을 정말 좋아하나 봐요. 지금까지 친구를 집에 데려온 적이 없었거든요." 토니는 시가를 현관 난간에 비벼 껐다. "이 근처에 가족이 있나요?"

"이스트사이드에서 이모와 살고 있어요. 사실 곧 돌아가야 해요. 이모는 지금 직장에서 일하고 계세요. 추수감사절 인사를 드리지 못하면 기분이 찜찜할 것 같거든요."

"그럼 아주 난처해지겠군요. 그렇죠?" 앤서니의 보조개가 깊어졌다. "그런데 아직 디저트가 남았는데."

"맙소사. 예의를 지키려면 디저트까지 먹어야 하는데……." 베아트리스는 절망감에 뒷골이 쑤시는 듯했다. 해가 집 뒤로 떨어지기 시작했다.

"당신은 어떤지 모르겠지만, 난 이제 한 입도 먹을 수가 없어요." 토니는 전혀 부풀어 오르지 않은 자신의 배를 탁탁 두드렸다. 그러더니 벌떡 일어섰다. "여길 빠져나가면 어떨까요?"

"그게 무슨 뜻이죠?"

"내게 맡겨줘요." 토니는 베아트리스에게 현관문을 열어주며 속삭였다. "내가 말할게요."

5분 뒤, 베아트리스는 토니의 포드 LTD를 타고서 계기판 위쪽에 놓인 흐릿한 붉은색 비상등을 멍하니 바라보았다. 맥스가 두 사람이 떠나는 것에 불평했지만, 아무도 토니와는 말다툼을 하고 싶지 않은 듯했다. 가족은 토니의 말을 순순히 들었다. 베아트리스는 월요일에 맥스에게 사과해야겠다고 생각했다.

두 사람이 탄 차가 구부러진 강을 가로질러 눈을 헤치며 달려갔다. 그때 카세트 플레이어 아래쪽에 있는 무전기가 작게 웅웅거렸다.

토니는 베아트리스가 계기판에 홀딱 빠진 모습을 보고 기분이 좋은 것 같았다. "경찰차 타본 적 있어요?"

베아트리스가 고개를 저었다.

"난 경찰에 발을 들여놓기 전에도 많이 타봤어요. 그래서 차라리 경찰이 되자고 생각했죠." 토니가 웃는 모습이 맥스를 생각나게 했다. "흠, 난 맥스가 은행에서 당신을 곤경에 빠뜨리지 않기를 바라고 있어요."

"곤경이요?" 베아트리스는 이마를 찌푸렸다. "그게 무슨 뜻이죠?"

"아, 맥스는 모든 일에 참견하기 좋아하잖아요. 잘 아는 사람이 아니었더라면, 형사가 되라고 말했을 거예요."

"사라진 기록을 말하는 건가요?" 베아트리스는 그냥 지나가는 말처럼 물어보았다.

"그것 말고도 수많은 음모들을요. 맥스는 시내의 부유한 집안과 은행의 관계에 대해 끊임없이 음모론을 제기하고 있어요. 클리블랜드 퍼스트뱅크는 오하이오주 북동부에서 가장 많은 예금을 수탁하는 은행이에요. 당신은 그곳에서 일하는 걸 자랑스러워해도 좋아요." 토니는 고속도로를 벗어나 '리틀 이탈리아'를 향해 남쪽으로 달렸다. "메이필드에 살고 있죠? 맞죠?"

베아트리스는 눈을 깜빡거리다가 어디로 가야 할지 토니에게 말하지 않았다는 걸 깨달았다. "음, 맞아요. 내가 어디에 사는지 맥스가 말해줬어요?"

"꼭 그런 건 아니에요. 그저 논의된 적이 있다고만 해두죠."

"논의가 됐다고요?"

"맥스는 은행 인사기록에 잘못 기재된 당신의 주소를 바로잡았어요. 당신도 보고 싶을지 모르겠네요. 당신 기록은 오류투성이 같대요. 기록상, 당신은 레스토랑 같은 곳에 살고 있는 것으로 되어 있대요."

베아트리스는 입을 벌리고 토니를 쳐다봤다. 맥스는 베아트리스가 제출한 인사기록에서 거짓을 발견한 것이다.

"맥스가 참견하기 좋아한다고 했죠? 나더러 경찰기록에 당신에 관한 것이 있는지 알아보라고 했다니까요." 토니는 안심시키려는 듯 환한 미소를 지었다. "걱정하지 말아요. 당신은 경찰기록에 없었어요."

"그게 합법적인 건가요? 맥스는 왜 그랬는데요?" 베아트리스의 목소리가 날카로웠다.

"음, 공식적인 기록만 봤으니까요. 물론 난 접근하기에 훨씬 좋은 위치에 있었지만. 뭐라고 해야 하나……? 난 귀염둥이 여동생에게 호구인 셈이죠."

베아트리스는 뭐라고 말을 하려고 했지만, 아무런 말도 흘러나오지 않았다. 토니는 정지 신호에 차를 세우고 베아트리스 쪽으로 얼굴을 돌렸다. "너무 걱정하지 말아요. 맥스는 당신을 정말로 좋아하거든요. 게다가 당신은 숨길 것도 없잖아요?" 토니는 이걸로 모든 문제가 해결됐다는 듯 그녀의 무릎을 다독거렸다.

베아트리스는 어색하게 미소 지었다. "저기 저 식당에서 내려주실래요? 이모가 일하시는 곳이거든요."

토니는 차의 속력을 줄였고, 베아트리스는 마음을 가라앉혔다. 맥스가 엿보며 다니는 것은 정말로 악의가 없는 행동일 수도 있었다. 어쨌거나 추수감사절이라고 집에까지 초대하지 않았던가! 맥스는 어쩌면 그냥 참견하기를 좋아하는 사람일 수도 있었다. 베아트리스는 화제를 바꿔야겠다고 마음먹었다.

"방금 은행이 시내의 모든 부유한 집안과 연결되어 있다고 했었죠?"

"네, 카네기부터 록펠러 집안까지 다들 클리블랜드 퍼스트뱅크를 선호하는 것 같거든요. 그중 절반은 실제로 이사회의 일원으로 앉아 있고요. 브로딩어, 스웨드, 마티아스, 왜컬리, 할로란……."

베아트리스는 록펠러라는 이름은 들어봤다. 하지만 할로란이 나오기 전까지의 다른 이름들은 들어본 적이 없었다.

"코벨리 집안도 은행과 이해관계가 얽혀 있다는 추측까지 나오고 있어요."

"누구요?"

"리틀 이탈리아에 살면서 코벨리 집안을 들어본 적이 없다고요?" 토니는 한쪽 눈썹을 치켜올렸다.

베아트리스의 표정은 무심하기만 했다.

"그들은 시칠리아와 여전히 연결되어 있는 마지막 집안이죠. 경찰만 그렇게 생각하는지 모르겠지만."

베아트리스는 토니의 말을 정확히 이해하지 못했지만, 그래도 고개를 끄덕였다. 차가 점점 속도를 늦추다가 도리스 이모가 2교대로 일하는 식당 앞에 멈췄다. 토니는 차에서 내려 베아트리스를 식당 앞문까지 바래다주었다.

"만나서 정말 반가웠어요, 베아트리스. 혹시 필요한 게 있으면……" 그는 모직 오버코트의 주머니에서 명함 한 장을 꺼내 베아트리스에게 건넸다. "전화해줘요."

베아트리스는 명함을 받았다. 거기에는 '클리블랜드 경찰서 앤서니 맥도넬 형사'라고 적혀 있었다. 경찰로서 베아트리스를 보호해주겠다는 것인지 그냥 호감을 표현하는 것인지 확실하지 않았다. "고마워요, 형사님." 그녀는 수줍게 말했다.

토니가 그녀의 뺨을 토닥거렸다. "즐거운 추수감사절 되세요, 베아트리스."

베아트리스가 명함을 손에 쥐고 제자리에 서 있는 동안, 아무런 표식이 없는 경찰차가 눈 위에 바퀴자국을 남기며 멀어져갔다.

16장

베아트리스는 기름기가 밴 열기를 헤치고 식당으로 걸어 들어가며 도리스 이모를 찾았다. 밝은 전등 불빛이 오히려 모든 것을 약간 음침하게 만들었다. 대부분이 노인들인 뜨내기 손님들이 식당 여기저기에 앉아 커피를 홀짝거리거나 파이를 먹고 있었다. 식당은 겉보기에 극소수의 직원만으로 운영되는 것 같았다. 뒤쪽에 요리사가 있고, 웨이트리스 홀로 블랙커피가 담긴 포트를 들고 절름절름 돌아다녔다.

베아트리스는 웨이트리스에게 손을 흔들었다. "하이, 글래디스. 행복한 추수감사절 되세요. 우리 이모 계시죠?"

"정말 잘 왔다!" 나이 든 여자가 새카맣게 그을린 커피포트를 카운터 위에 내려놓았다. "큰일 났어, 베아트리스!"

베아트리스의 미소가 사라졌다.

글래디스는 베아트리스의 손을 잡고 의자로 데려갔다. "너에게 어떻게 연락해야 할지 걱정이 태산이었어. 도리스가 지금 병원에 있단다."

"뭐라고요? 무슨 일인데요?" 베아트리스는 얼굴에서 핏기가 사라지는 걸 느꼈다.

"아, 얘야." 글래디스가 베아트리스의 손등을 다독거렸다. "무슨 일이 있었는지 나도 정확히 몰라. 분명히 조금 전까지 멀쩡하던 도리스가 바닥에 쓰러져 있지 뭐야. 앰뷸런스가 이모를 '대학병원'으로 실어 갔단다. 믹이 따라갔어. 그게 두 시간 전의 일이야."

글래디스의 목소리는 점점 멀어지는 듯했고 베아트리스의 몸이 힘없이 가라앉았다.

"내가 택시를 불러주마." 글래디스가 베아트리스의 손등을 다독거렸다.

베아트리스는 고개를 끄덕였는지 어땠는지 기억나지 않았다. 글래디스가 베아트리스의 팔을 부축하여 택시에 태우고 응급실까지 데려다 달라며 택시기사에게 돈을 지불할 때까지 얼마나 오랫동안 멍하니 바닥을 보고 있었는지도 생각나지 않았다. 식당 밖의 얼음처럼 차가운 공기 때문에 베아트리스는 저도 모르게 눈을 깜빡거렸다.

그녀는 글래디스에게 고개를 돌리고 기어들어 가는 목소리로 간신히 말했다. "고마워요."

응급실은 아수라장이었다. 의자란 의자는 사람들이 전부 차지하고 있었다. 벽에 기대고 서거나 앉아 있는 사람도 많았다. 어디에선가 아기 울음소리가 들려왔다. 여자 한 명은 시뻘겋게 물든 젖은 수건으로 손을 누르고 있었다. 남자 한 명은 무릎 사이에 머리를 처박고 앉아 있었다. 다섯 사람이 접수대 앞에 줄지어 있었다. 베아트리스는 차례를 기다리며 발만 내려다보았다.

마침내 베아트리스 차례가 되었을 때, 간호사가 클립보드에 뭔가를 바삐 적고 있었다. "음, 실례지만, 도리스 데이비스를 찾고 있어요. 앰뷸런스에 실려 왔을 거예요."

"입원한 건가요?" 간호사는 얼굴도 들지 않았다.

"잘 모르겠어요. 앰뷸런스에 태워졌다는 말만 들어서요."

"그럼 입원이 됐는지 확인해봐야 해요. 저 문으로 나가서 두 블록 올라가세요." 간호사는 연필로 길을 가리키며 말했다. "다음!"

베아트리스는 좀 더 물어보려고 했지만, 눈물이 앞을 가렸다. 그녀는 접수대에서 물러나 대기실 밖으로 달려갔다. 밖으로 나오니, 억눌렀던 눈물이 흐느낌으로 바뀌었다. 그녀는 가로등에 기대어 어깨를 들썩거렸다.

"괜찮아요, 아가씨?" 걱정스러워하는 목소리가 들렸다.

베아트리스는 누가 말을 걸었는지 굳이 올려다보지 않았다. 그녀는 손을 흔들어 그 사람을 쫓아버리고는 비틀비틀 걸으며 떨리는 두 손으로 눈물에 젖은 얼굴을 닦았다.

도리스는 중환자실에 있었다. 접수대 뒤의 여자가 죽 늘어선 엘리베이터를 가리켰다. 베아트리스는 5층으로 올라가 또 다른 접수대 쪽으로 걸어갔다.

"제…… 제 이모가 앰뷸런스에 실려 이곳으로 이송됐어요. 근무 중에 쓰러지셔서요."

베아트리스의 빨개진 눈과 짓이겨진 마스카라를 올려다본 야간 당직간호사의 눈길이 약간 부드러워졌다. "환자분 이름이 어떻게 되죠?"

"도리스 데이비스예요."

"찾아볼게요." 간호사는 베아트리스를 중환자실 로비에 홀로 남겨둔 채 멀어져갔다. 접수대 바로 너머에서 아주 작게 기계음이 들려왔다. 공기 중에 세제와 오줌 냄새 같은 것이 떠다녔다. 이모가 밤새 이곳에 있어야 한다는 생각에 베아트리스는 속이 메슥거렸다. 그녀는 쓰러질 듯 의자에 앉아 몸을 앞뒤로 흔들었다.

베아트리스는 나지막이 콧노래를 불렀다. **"자장자장…… 울지 마라……. 우리 아기 잘도 잔다……. 자고 나면 넌…… 작고 예쁜 말들을 다 가질 수 있단다."**

누가 불러줬는지는 모르지만, 베아트리스가 듣고 자랐던 자장가였다. 자신이 몇 살 때부터 혼자 불렀는지는 기억나지 않았다.

간호사가 마침내 손에 뭔가를 들고 로비로 돌아왔다. 도리스 이모의 지갑이었다. 간호사는 지갑을 접수대 위에 내려놓고 그 뒤로 들어갔다. 베아트리스는 숨을 멈췄다. 이모가 돌아가신 게 분명하다고 생각했다.

"이모님은 뇌졸중에 걸리셨어요."

잘 소독된 접수대 위에 놓인 지갑은 모든 희망을 잘라버리는 신호였다. 베아트리스는 몸이 가라앉는 듯한 느낌을 받았다.

"지금은 혼수상태고요." 간호사의 말이 이어졌다. "매카퍼티 선생님은 퇴근하셨어요. 내일 출근하시면 질문들에 대해 다 대답해주실 거예요."

혼수상태…… 그 말이 천천히 인식되기 시작했다. 베아트리스는 숨을 들이쉬었다. 이모는 돌아가신 게 아니었다. "지금 이모를 볼 수 있나요?"

간호사는 양옆으로 유리문이 늘어선 좁은 복도로 안내했다. 복도 끝의 오른쪽 문 앞에 도달하자 간호사는 그 문을 살짝 열었다. 그 안쪽에는 여자 한 명이 황량할 정도로 하얀 침대 위에 꼼짝도 하지 않고 누워 있었다. 튜브들이 환자의 코와 오른팔을 수놓고 있었다. 베아트리스는 바퀴 달린 침대 위에 누워 있는 사람이 누구인지 알아보기 힘들었지만, 도리스 이모인 게 분명했다. 베아트리스는 열린 문으로부터 뒷걸음쳐 손으로 자신의 입을 가린 채 비틀거리며 로비로 향했다. 엘리베이터가 있는 곳에 거의 도달했을 때 간호사의 말이 그녀의 발길을 붙잡았다.

"잠깐만요. 이모님 지갑 가져가세요!" 간호사는 큰 소리로 말하며 갈색 가방을 베아트리스에게 갖다주었다. "우리는 개인 물품을 여기에 놓아두지 말라고 권하고 있어요. 그런 것들을 책임질 수 없어서요."

베아트리스는 지갑을 꽉 움켜쥔 채 병원에서 집까지 800미터나 되는 거리를 홀로 걸었다. 언덕을 올라가자 차가운 바람이 코트 속으로 파고들었지만, 아무런 느낌도 들지 않았다. 마침내 아파트에 도착하자 도리스 이모의 지갑을 여전히 움켜쥔 채 소파에 무너져 내렸다. 닳아빠진 소파의 가죽이 부드러웠다.

베아트리스는 방 안을 둘러보았다. 이제 어떡하지? 이제는 뭘 어떡해야 할까? 그녀는 앞에 놓인 커피 테이블 위에 지갑을 던졌다. 지갑이 떨어지면서 모든 것을 쏟아냈다. 지폐 7달러와 회색 머리카락이 엉킨 머리빗이 있었다. 절반을 피운, 찌그러진 '쿨스' 담뱃갑이 있었다. 베아트리스는 담뱃갑을 코에 대고 냄새를 맡았다. 두눈에 다시 눈물이 고이기 시작했다.

베아트리스는 이모의 손을 어루만지듯 이모의 열쇠고리를 손바닥에 놓고 살살 흔들었다. 병원에서는 이모의 손을 만지지 못했다. 대신, 도망쳐 나오고 말았다.

베아트리스는 손이 아플 때까지 열쇠고리를 움켜쥐었다. 아파트 열쇠와 지하 세탁실의 열쇠는 금세 알아봤다. 식당에서 사용하는 듯한 또 다른 열쇠가 있었다. 그런데 맨 마지막 열쇠는 좀 이상했다. 다른 열쇠들보다 크기가 훨씬 작고, 훨씬 정교했다. 더 오래되어 보이기도 하고. 열쇠를 살펴보던 베아트리스는 숫자를 발견했다. '547'이었다. 그녀는 눈물로 부어오른 눈이 저절로 닫힐 때까지 숫자를 빤히 쳐다봤다.

17장

월요일. 베아트리스는 여전히 망연자실한 채 사무실로 걸어 들어갔다. 의사는 혈관 파열, 흡연, 불운 등에 대해 길게 설명했다. 하지만 도리스 이모가 깨어나지 못할 수도 있다는 말밖에 알아듣지 못했다.

"꼴이 말이 아닌데!" 맥스가 놀리듯이 말했다. "어젯밤 늦게까지 술을 퍼마셨던 거야?"

베아트리스는 입을 열기가 무서웠다. 눈물로 눈가가 붉어졌다. 직장에서 통곡할 수는 없었다. 이런 시기에 직장을 잃을 수는 없었다. 이제는 아파트 임대료, 공과금, 식비를 혼자 감당해야 했다. 혼자! 눈물이 뺨을 타고 흘러내렸다.

"화장실로 가자. 지금 당장." 맥스가 말했다.

베아트리스는 화장실로 가서 주저앉았다. 마지막으로 식사한 것이 언제인지 기억도 나지 않았다.

맥스가 급하게 들어왔다. "무슨 일이야?"

"이모가 병원에 입원했어. 뇌졸중이래. 난…… 난 그 일에 관해 말하고 싶지 않아."

"언제 그랬는데?"

"추수감사절에. 네 오빠가 날 데려다준 뒤에 알게 됐어."

"맙소사! 정말 안됐네. 내가 도울 일은 없어?"

맥스의 얼굴에는 진심으로 걱정하는 기색이 역력했다. 그 모습에 베아트리스는 흐느끼기 시작했다. 도리스 이모가 쓰러진 후 처음으로 도와주겠다는 사람이 나타났다. 간호사들은 냉정했다. 의사는 이모가 마치 고장 난 차인 것처럼 말했다. 베아트리스는 양손에 머리를 파묻었다.

맥스가 눈물을 닦으라고 휴지를 건넸다. "널 밖으로 빼내야겠어. 엘리베이터를 타고 로비로 내려가. 난 5분 뒤에 내려갈게."

"하지만 일은 어떡하고?"

"커닝햄은 내게 맡겨. 그 할망구에게 이런 모습을 보일 수는 없잖아. 걱정 말고 내려가."

베아트리스가 고개를 끄덕였다. 떨리는 다리로 간신히 일어서서 빨갛게 부어오른 자신의 얼굴을 거울로 살짝 훔쳐봤다. 맥스의 말이 옳았다. 이런 모습으로 사무실에 돌아갈 수는 없었다.

5분 후, 맥스가 웃으며 엘리베이터에서 걸어 나왔다. "커니 할망구가 오늘은 아주 관대하던데? 집안의 비극을 겪은 너를 도와주라며 나까지 쉬어도 좋다지 뭐야. 내 이야기를 듣고 당장이라도 눈물을 흘릴 것 같았다니까. 한잔할까? 너는 술이 필요해 보여."

베아트리스는 혼자만 아니라면 어디를 가든 상관없었다. 그녀는 맥스를 따라 펍을 향해 걸어갔다.

맥스가 유리문을 두들겼을 때, 카마이클은 카운터 뒤쪽에서 영업 준비를 하고 있었다. 문은 잠겨 있었다. 씨애트리컬 그릴은 오전 11시가 되어야 문을 열었다. "미녀분들!" 카마이클이 문 뒤에서 큰 소리로 외쳤다. "무엇을 도와드릴까요?"

"문이나 열어요, 카마이클! 비상상황이라고요." 맥스가 고함을 질렀다.

"영업은 11시부터예요. 잘 알잖아요. 경찰이 꼬치꼬치 따지며 골치 아프게 할 거예요."

"우리 오빠와 아버지가 강제로 열게 했다고 해요. 우리 오빠는 경찰이라고요." 맥스는 술집으로 밀고 들어갔다. "진 리키* 두 잔이요."

카마이클은 손익을 따져보다가 결국 고개를 끄덕였다. 맥스는 베아트리스를 부스 안에 앉혔다. "모든 걸 말해줘."

카마이클이 곧바로 칵테일을 내오자, 맥스는 한 잔을 베아트리스에게 밀어주었다. 베아트리스는 천천히, 한 모금 마셨다. 목구멍을 태우는 액체 때문에 흑 하는 소리를 작게 냈다. 그녀는 한 모금을 더 마시고 나서 토니의 차를 탔던 일에서부터 병원의 기계소리까지 모든 것에 대해 털어놓았다. 맥스는 귀를 기울이며 이따금 화장지를 건넸다.

"그러더니 이모의 지갑을 그곳에 두면 잃어버릴 거라면서 집에

---

* Gin Rickey, 얼음을 가득 채운 잔에 진, 라임주스, 소다수를 넣고 잘 저은 칵테일.

가지고 가랬어. 지갑은 가져가고 이모는 병원에 남겨두래. 이모는 나의 전부인데. 지갑이 사람보다 중요한 건 아니잖아?" 베아트리스가 코를 훌쩍거렸다. 다시 눈물이 나기 시작했다.

"그거야 당연하지." 맥스가 베아트리스의 손을 토닥거렸다. 그녀는 술잔을 비우고 카마이클에게 한 잔 더 달라고 손짓했다. "그래, 거기서 흥미로운 거라도 발견했어?"

"어디 말이야?"

"지갑 말이야." 맥스가 씩 웃었다.

베아트리스는 의심이 가득한 눈길로 맥스를 멍하니 쳐다봤다. 이런 상황에 어울리지 않는 질문이었고, 심지어 불쾌하기까지 했다. 하지만 한 시간이나 울다가 들은 엉뚱한 농담 한마디에 베아트리스는 살짝 실소를 터뜨렸다.

"있지, 사실 재미있는 뭔가를 발견하기는 했어." 베아트리스는 이모의 열쇠고리를 핸드백에서 꺼내 테이블에 올려놓았다. "진짜 수상한 열쇠가 있더라고."

"이건 대여금고의 열쇠야."

"어떻게 알아?" 베아트리스는 열쇠를 집어 들고 다시 찬찬히 살폈다.

"금고의 번호가 있고, 우리 은행 것이거든. 여기 봐봐, '클리블랜드 퍼스트뱅크'라고 적혀 있잖아."

"도리스 이모가 무슨 이유로 대여금고를 가지고 있는 걸까?" 베아트리스는 눈을 가늘게 뜨고 작은 글씨를 읽었다. 그녀가 정말로 알고 싶은 것은, 이 열쇠가 이모의 화장대 서랍에서 찾아냈던 이상한 편지와 어떤 관련이 있느냐 하는 점이었다.

"오, 깜짝 놀랐나 봐? 사람들은 온갖 것들을 금고 안에 넣어둔다고. 돈, 보석, 법률 서류 등등 뭐든지 말이야."

"어떤 법률 서류를?" 베아트리스는 이모에게 돈이나 보석이 없다고 확신했다.

"나도 몰라. 유언장, 출생증명서, 서명한 증서, 진료기록 같은 것들이겠지." 맥스는 어깨를 으쓱했다. "내가 빌과 함께 조사하고 있는 것도 바로 그거야."

베아트리스는 고개를 저었다. 자신이 모르는 일이 너무도 많았다.

맥스가 담배 한 개비를 물었다. "대여금고. 어떤 대여금고 주인들은 사용료를 내지 않아. 그것에 대해 잊어버렸거나 병에 걸렸거나 세상을 떠난 거지. 그러면 은행이 그들의 물건을 떠안게 돼."

"그럼 은행은 그 물건들을 어떻게 처리해?"

"법적으로는 은행이 5년 동안 보관하게 되어 있어. 그 후에도 누군가가 나타나 대여금고의 내용물에 대한 소유권을 주장하지 않으면 은행이 모든 것을 주 정부에 넘기도록 되어 있어."

"주 정부는 그걸 어떻게 처리하는데?"

"경매에 부쳐 현금화하지. 아마 가장 가까운 친척이 나타날 경우에 대비해 기록도 보관하고 있겠지. 하지만 친척이 나타나는 경우는 거의 없다고 봐야지. 엄청 수지맞는 장사겠지!"

"정말 소름 끼치는 일이네!" 베아트리스는 술집의 냅킨으로 코를 풀었다. 그리고 덧붙였다.

"주인이 물건을 돌려달라고 하면?"

"몇 년 전에 그런 일이 있었어!" 맥스가 눈을 크게 떴다. "아마 4년 전이었을 거야. 자그마한 체구의 할머니가 내 번호로 전화를 걸었어. 자기 아들이 아기 때 신었던 신발과 다른 물건들이 어떻게 되었는지 알고 싶어 했어. 아주 한참 후에야 빌에게서 솔직한 대답을 얻어냈다니까! 나는 그 할머니에게 주 정부가 몽땅 처분했다고 말해줬어. 할머니가 펄쩍 뛰더라고. 2~3주 후에 은행으로 찾아와서 문을 닫게 해주겠다고 협박까지 했어. 오하이오주 정부에 문의했더니, 할머니나 할머니의 대여금고에 관해서는 들어본 적도 없다고 했다는 거야. 할머니는 신문에 다 까발리겠다고 했어. 너도 그 광경을 봤어야 하는데! 할머니가 빌의 사무실에서 뭐라고 소리를 지르는지 다들 똑똑히 들었다니까!"

"그래서 어떻게 됐는데?"

"아무 일도 없었어." 맥스는 빨간색 빨대로 칵테일을 휘저었다. "우리는 그 할머니를 다시는 보지 못했어. 난 정말 궁금했어. 그래서 할머니를 찾아보기로 했지."

베아트리스는 말이 이어지기를 기다리다가 결국 먼저 물었다. "할머니를 찾아냈어?"

"죽었더라고. 자동차 사고로." 맥스는 담배 연기를 뿜어냈다. "기분이 별로 좋지 않았어. 사고는 할머니가 은행으로 쳐들어오고 이틀 후에 발생했어. 아주 이상하더라고. 난 토니에게 수사를 해보라고 했어. 그런데 오빠가 날 바보 취급하더라니까! 물론 오빠도 그땐 정식 형사가 아니었지만."

"뭐라고? 그럼 너는 은행이 자동차 사고와 관련이 있다고 생각했던 거야?" 술집 안이 텅 비어 있음에도 베아트리스의 목소리는 거의 속삭이고 있었다. 맥스는 어깨를 으쓱이며 자신의 곱실거리는 금발을 세게 잡아당겼다.

"그 할머니가 은행을 나가고 사무실이 정말 조용했어. 그렇게 조용한 것은 한 번도 본 적이 없었어. 온갖 회의가 열렸지. 부총재가 빌의 사무실에서 여러 시간을 보냈어. 부총재의 안색은 마치 유령과 마주친 사람 같았다니까! 토니는 모두 내 상상이라고 했지만."

"그러면 빌에게 말해봤어?"

"맙소사, 내가 왜? 여러 가지 물어보기는 했지. 빌은 내가 '독창적'이라면서 바로 다음 날부터 새로운 프로젝트에 참여시켰어. 그때부터 난 대여금고의 회계감사를 담당하게 되었어." 베아트리스가 멍하니 쳐다보자 맥스가 덧붙였다. "에, 그러니까 대여금고 주인들에게 전화하고 기록을 확인하는, 그런 일을 하고 있다고."

"그런 일을 왜 비밀리에 하는 거지? 당연히 해야 할 일처럼 들리는데?"

"대여금고를 담당하는 부서가 회계감사를 받고 있다는 사실을 몰라야 한다고 빌이 그랬거든." 맥스는 잠시 말을 멈추었다가 더 작은 목소리로 덧붙였다. "게다가 일부 기록이 없어진 경우도 있더라고."

베아트리스가 고개를 끄덕였다. 맥스의 어머니가 추수감사절에 사라진 기록에 관해 말했었다. 베아트리스는 도리스 이모가 어떤 식으로든 이 모든 일에 관련되어 있다는 느낌을 떨쳐버릴 수 없었다. 그녀가 찾아낸 편지에는 대여금고에 대해 적혀 있었다. 그러다가 맥스의 오빠가 했던 말을 떠올렸다. 맥스가 형사가 되었어야 했다는 말을! "이모의 대여금고 안에 무엇이 들어 있는지 알아볼 방법이 없을까?" 베아트리스는 그 말이 이상하게 들릴 거라는 사실을 깨달았다. "그 안에서 뭘 훔치려는 생각은 전혀 없어. 하지만 유언장이나…… 이모에게 필요한 물건이 있을 수도 있어서……."

"안 돼. 법적으로는. 이모께서 살아 계시는 동안에는 불가능해." 맥스는 말을 멈췄다가 씩 웃었다. "하지만 규칙이라는 것도 때로는 깨지는 법이니까."

18장

1998년 8월 10일 월요일

아이리스는 등 뒤로 아파트 문을 닫고 머리를 기댔다. 빌어먹게 도 기나긴 하루였다. 바닥에 가방을 떨어뜨리고 먹을 것이 있는지 주방으로 들어갔다. 남아 있던 중국 음식의 포장을 뜯고서야 자동 응답기를 확인해볼 정신이 들었다. 눈을 크게 뜨고 버튼을 누르며 중얼거렸다. "이번에는 뭔가요, 엄마?"

"아이리스니? 이제 기분은 나아졌니, 애야? 전화 좀 해다오. 걱 정돼서 그래."

삭제.

아이리스는 한숨을 쉬고 먼지로 뒤덮인 옷을 벗어던지다가 뭔가 가 바닥에 철컥 하며 떨어지는 소리를 들었다. 그건 버려진 비서의 책상에서 가져온 열쇠였다. 아니, 버려진 것은 아니었다. 수전 페플 린스키와 다른 직장 동료들은 아무런 통고 없이 건물 밖으로 쫓겨 났으니까.

아이리스는 열쇠를 집어 들고 손바닥 위에서 튕겨보았다. 1천

개도 넘는 작은 문들이 들어선 기다란 금고실이 머릿속을 스치고
지나갔다. 그 문들은 모두 잠겨 있었다. 레이먼은 20년 전에 은행
이 팔렸을 때 마스터키를 잃어버렸기 때문에 아직도 많은 대여금
고에 물건들이 들어 있을 거라고 했다. 그런데 어떻게 그럴 수가
있지? 어떻게 금고실 전체의 열쇠를 잃어버리냐고. 물건의 주인들
이 대여금고를 드릴로 뚫어달라고 하지 않았을까? 아이리스는 열
쇠를 이리저리 돌려보며 속옷 차림으로 소파 깊숙이 몸을 묻었다.
이 열쇠의 주인이 누구든 간에 547번 금고에 넣어둔 귀중한 무엇
인가를 잃어버렸다. 자신의 소중한 일부분이 금고 안에 영원히 갇
혀버린 셈이었다.

어쩌면 아무도 뭘 잃어버렸는지조차 기억하지 못하는 것일지도
몰랐다. 아이리스는 열쇠의 톱니 부분을 쓰다듬으며 열쇠가 어디
에 맞는지를 모르면 아무런 쓸모가 없다고 생각했다. 그러다가 아
주 오래전 아버지의 책상 서랍에서 발견했던, 열쇠로 가득한 낡은
가죽 지갑을 떠올렸다. 아이리스는 수개월간 그 열쇠들이 어디에
맞는 것인지를 알아내려고 했다. 그 어떤 열쇠도 집이나 차에는 맞
지 않았다. 아버지는 일하러 나갈 때 열쇠들을 가져간 적도 없었
다. 일 때문에 여러 주 동안 집을 비울 때도 열쇠들은 서랍을 벗어
난 적이 없었다. 여덟 살이었던 아이리스는 그 열쇠들을 설명하기
위해 비밀의 방이나 보물상자 같은 100가지도 넘는 시나리오를 만
들어냈다. 하지만 끝내 그 열쇠들로 열리는 자물쇠를 찾아내지 못
했다. 하지만 아버지의 책상을 몰래 뒤졌다는 것을 인정하고 열쇠
들에 관해 물어볼 배짱은 없었다. 결국 아이리스는 모든 걸 포기

148

했지만, 아버지를 예전과 같은 눈으로 쳐다볼 수 없었다. 아버지는 뭔가를 숨기고 자물쇠로 채워뒀던 것이다. 그녀가 아무리 애를 써도 보거나 만질 수 없는 무엇인가를.

아이리스는 547번 열쇠를 손가락 사이로 이리저리 굴렸다. 이 열쇠는 뭔가 비밀을 갖고 있었다. 대여금고 열쇠를 서랍 속에 던져넣고 잊어버리는 사람은 없다. 열쇠가 중요하지 않다면, 아예 대여금고를 빌리지 않았을 테니까. 이건 건물 안에 묻어버리라고 만든 게 아니었다. 아니, 건물이 아니라 묘지지. 아이리스는 생각했다. 카마이클이 그 건물은 묘지라고 했으니까…….

문득 건물 안을 방랑하던 플래시 불빛이 생각났다. 아이리스는 열쇠를 커피 테이블에 던지고 담배를 새로 피워 물었다. 어쨌든 간에 자신이 상관할 일은 아니었다. 그녀의 눈길은 먼지투성이인 TV 화면으로부터 한쪽 구석의 텅 빈 캔버스를 지나 다시 테이블 위의 열쇠로 돌아왔다.

"네가 하고 싶은 일을 해." 엘리의 충고였다.

빌어먹을! 아이리스는 열쇠를 다시 집어 들고 전화번호부를 찾아 주방으로 걸어갔다. 전화번호부는 찬장 뒤쪽의, 그녀가 한 번도 사용한 적이 없는 스프 냄비 아래에 있었다. 두툼한 전화번호부를 꺼내 탁 소리와 함께 바닥에 내려놓았다. 수전 페플린스키는 유령이 아니었다.

전화번호부에는 마이클, 로버트, S.라는 세 명의 페플린스키가 올라 있었다. 아이리스는 스토브에 달린 시계를 힐끔 쳐다보았다. 밤 10시가 거의 다 되었다. 그녀의 어머니라면 그 시간에 전화를 건다고 화를 잔뜩 내겠지만, 어쨌든 전화를 걸어보기로 했다.

아이리스는 수화기를 들고 S. 페플린스키의 번호를 돌렸다. 벨소리가 세 번 울리더니 젊은 여자가 전화를 받았다.

"여보세요?"

아이리스는 무슨 말을 할지 생각해두지 않았다는 걸 깨닫고 목청을 가다듬었다. "음, 여보세요? ……수전을 찾고 있어요. 수전 페플린스키요. 혹시 아는 분인가요?"

"네, 우리 이모세요."

"그분과 연락할 방법을 알려주시겠어요?" 아이리스는 최대한 상냥하게 물었다. 심장이 뜀박질했다. 실제로 수전을 찾아낸 셈이었다. **이것 보라고요, 카마이클.** 아이리스는 생각했다. 유령은 없잖아요.

"무슨 일이시죠?" 여자의 목소리에는 화난 기색이 역력했다.

"그분의 물건을 찾아냈거든요." 아이리스는 말을 하다가 좀 더 많은 정보를 줘야 한다는 걸 깨달았다. "그분의 지갑이요." 그녀는 거짓말을 하는 것이 정말 싫었지만, 왠지 열쇠에 관해서는 수전을 제외한 어느 누구에게도 말하고 싶지 않았다. 어쩌면 열쇠를 잃어버렸다고 수전이 자책하고 있을지도 몰랐다. 다른 사람에게는 말도 못 한 채로…….

"잠깐만 기다리세요." 그 여자가 수화기를 내려놓고, 누군가에게 외치는 소리가 들렸다. "수지 이모! 혹시 지갑 잃어버렸어요? ……**이모 지갑이요!**" 수지는 잘 듣지 못하는 것 같았다. 잠시 후에 잔뜩 화난 목소리가 수화기에서 흘러나왔다. "저기요, 이모와 직접 말해보세요. 괜찮죠?"

나이가 훨씬 많이 든 새된 목소리가 전화선을 타고 건너왔다. "여보세요?"

"수전이신가요? 수전 페플린스키요?" 아이리스는 수화기에 대고 고함을 질렀다.

수화기 너머에서 고음의 삐 소리가 들려왔다. "빌어먹을 보청기 같으니라고!" 수전은 수화기에서 입을 떼고 중얼거렸다. 그러고는 수화기에다 말했다. "네, 수전이에요. 무슨 일이죠? 이렇게 늦은 시간에 전화를 걸다니!"

"죄송합니다, 아주머니. 늦은 시간이기는 하지만, 아주머니의 물건을 찾아낸 것 같아서요." 아이리스는 말을 멈추고 뭐라고 할지 고민하다가 마침내 말했다. "혹시 클리블랜드 퍼스트뱅크에서 일하셨나요?"

잠시 침묵이 흘렀다. "그래요……. 그런데 아가씨는 그걸 어떻게 알았죠?"

"죄송합니다. 제가 상관할 일이 아니라는 것은 잘 알고 있습니다. 하지만 아주머니께서 알고 계시는, 유클리드 애비뉴 1010번지의 낡은 건물에서 작업하다가 좀 이상한 걸 발견했거든요." 아이리스는 잠시 멈췄다가 다시 말했다. "아주머니의 책상에서요." 수전은 전혀 모르는 사람이 자신의 물건을 뒤졌다는 것이 꽤나 언짢을 것이다.

"좀 이상한 거라니요?" 수전은 이렇게 묻고, 잔기침을 몇 번 했다. "대체 무슨 말이에요?"

151

"열쇠 하나를 발견했어요. 전 그게 아주머니 거라고 생각했고요. 혹시 은행에서 대여금고를 빌리신 적이 있나요?"

"대여금고요? 농담하는 건가요? 난 그 당시에 은행계좌도 없었다고요. 그런 내가 무슨 이유로 대여금고를 빌렸겠어요?" 오랜 침묵이 이어지다가 수전이 중얼거렸다. "이것 봐요, 그 여자애가 아가씨에게 뭐라고 말했는지 모르겠지만, 난 대여금고를 빌린 적이 없어요."

아이리스의 눈이 튀어나올 듯 커졌다. "뭐라고요? 어떤 여자애요?"

"그 애에게 했던 말을 아가씨에게도 들려줘야겠군요. 난 내 돈을 그런 사기꾼들에게 맡길 생각이 전혀 없었다고요!" 수화기 너머로 담배 연기를 내뿜는 소리가 들렸다. "그리고 내 생각이 옳았어요. 그 자식들은 한밤중에 모든 문을 쇠사슬로 묶어버렸다고요. 그곳에서 일하던 사람들은 자신의 책상에서 개인 물건이라도 가지고 나오게 해달라고 연방정부에 청원을 넣어야 했어요! 알리스테어와 그 사기꾼들은 제대로 벌을 받은 거죠!"

아이리스는 잡동사니 서랍에서 볼펜을 집어 들고 기한이 만료된 피자 쿠폰에 휘갈겨 쓰기 시작했다.

어떤 여자애? 알리스테어가 벌을 받았다. 연방정부에 청원.

"아주머니께서도 물건을 찾으러 들어가셨나요?" 아이리스는 볼펜 끝을 씹으며 물었다.

"뭣 때문에요? 아까도 말했지만, 난 은행에 아무것도 두지 않았다고요."

그렇다면 이 열쇠는 수전의 것이 아닐지도 모른다.

"죄송합니다. 이 일에 관해서 다른 사람에게도 말씀하셨나요?"

"더는 할 말이 없어요. 그 애는 미쳤어요. 그렇게 늦은 시간에 전화를 하다니!"

반대쪽 전화기 너머에서 누군가 다그치는 목소리가 들렸다. 아이리스에게는 시간이 별로 남지 않았다.

"한밤중에 누가 전화를 했는데요? 혹시 기억나세요?"

"당연히 기억하죠. 난 미치지 않았으니까요." 다시 수화기에 담배 연기를 내뿜는 소리가 들렸다.

"당연히 미치지 않으셨죠. 그 여자애가 누구였죠? 역시 은행에서 일하던 사람이었나요?" 아이리스가 재촉했다.

"회계감사부에서 일하던 조그만 애였어요. 베아트리스, 베아트리스 베이커라고요. 그런데 그 애가 하는 말은 하나도 믿지 말아요. 아주 거짓말쟁이니까."

19장

수전의 쉰 목소리가 밤새 그녀의 귓가에 맴돌았다. 어쩌면 수전은 그 열쇠에 관해서 아무것도 모를 수도 있었다. 하지만 아이리스가 열쇠에 관해 물어보는 순간, 마치 편집증에 걸린 미치광이처럼 굴었다. 아이리스는 밤새 침대에서 뒤척이며 곰곰이 생각해보았다. 마침내 한 가지 의문만 남았다. 베아트리스 베이커가 누구일까?

다음 날, 아이리스는 거의 정각에 유클리드 애비뉴 1010번지의 뒷문에 도착했다. 그녀는 버튼을 누르고는 제대로 쉬지 못한 머리를 석벽에 기댔다. 플래시 불빛, 열쇠들, 대여금고들에 관한 한밤중의 드라마가 아침 햇살 속에서는 모두 어리석은 짓처럼 보였다. 문, 인도, 거리는 모두 완전히 정상적으로 보였다.

여느 때처럼 레이먼은 얼굴도 내보이지 않고 문을 열었다. 아이리스는 차를 세우고 담배를 피우며 먼저 무엇을 할지 생각했다. 당장 15층으로 달려 올라가 어젯밤 어디에서 플래시 불빛이 돌아다녔는지 알아보고 싶었다. 하지만 자신에게 그럴 배짱이 있을까. 그리고 기둥과 기둥 사이에서 사라진 3층의 공간 문제가 있었다. 그 문제부터 해결해야 하지만 레이먼이 말했던 지하실의 터널에 자꾸 관심이 갔다. 그런 면에서 레이먼은 흥미로운 인물이었다. 아이리스는 이 경비원이 텅 빈 건물 어디에서 지내는지조차 아직 모르고 있었다.

아이리스 대신 결정을 내린 것은 머릿속에서 들려오는 아버지의 목소리였다. 레이먼과 건물이 아무리 호기심을 자극해도 지금은 해야 할 일이 있었다. 그녀는 한숨을 내쉬고는 변변치 못한 도구들이 담긴 낡은 헬스장 가방에서 3층의 평면도를 꺼내고 그 위에 클립보드를 내려놓았다. 브래드는 월요일까지 아래쪽 일곱 개 층의 개략도가 필요하다고 했었다. 아이리스는 하역장 계단을 올라가 직원용 복도를 걸었다.

아이리스는 3층으로 들어가는 문을 활짝 열어젖히고 자신이 온 길로 되돌아갔다. 그녀는 동쪽 벽에서부터 서쪽으로 이동하며 기둥의 개수를 세었다. 기둥의 숫자는 딱 맞았고, 창문의 개수도 딱 맞아떨어졌다.

하지만 도서관에서 모든 게 어긋났다. 3층의 서쪽 구역을 차지하고 있는 길고 좁은 도서관은 폭이 7.6미터에 불과했다. 아이리스는 도서관을 다시 쟀다. 아래층과 맞아떨어지려면 폭이 10.6미터가 되어야 했다. 은행 건물은 서쪽으로 둥근 지붕의 건물과 딱 붙어 있어 도서관에는 창문이 없었다. 이른바 '공유벽'이었다. 아이리스는 가방에서 2층 평면도를 찾아냈다. 자신이 그린 스케치에 의하면, 아래층의 외벽은 자신이 기대고 있는 벽보다 3미터나 더

서쪽으로 나가 있어야 했다.

아이리스는 그림 속의 수치를 읽으며 연필로 벽을 톡톡 두들겼다. 속이 비어 있었다. 주먹으로 세게 두들겼다. 옛날 방식대로 윗가지*와 회반죽으로 지은 벽은 분명히 아니었다. 샛기둥**에 박은 석고보드 벽 같은 소리였다. 그녀는 벽을 위아래로 훑어보았다. 이음매가 없었다. 황갈색으로 칠해진 벽에는 백인 노인들의 커다란 초상화가 줄지어 걸려 있었다. 왜컬리, 브로딩어, 마티아스……. 3미터마다 작은 황금판에 이름이 적힌 초상화가 자리 잡고 있었다. 아이리스가 서쪽 벽을 따라 오갈 때마다 초상화 속 인물들의 눈길이 그녀를 따라다녔다. 책들이 늘어서 있을 뿐, 문이나 창문, 판벽널 같은 것은 전혀 없었다.

아이리스는 도서관을 포기하고 린다 할로란의 책상이 있는, 북서쪽 귀퉁이의 사무실로 향했다. 창문의 개수를 세고, 자신의 스케치를 확인했다. 창문 하나가 모자랐다. 다시 셌다. 아이리스는 사무실의 서쪽 벽으로 가서 두들겨보았다. 도서관의 벽과 똑같은 소리를 냈다. 조잡한 나무 판넬들로 덮여 있었지만, 이음매는 없었다. 한쪽 모서리에 커다란 책장이 있었다. 높이 2.4미터에 폭이 1.2미터였다.

아이리스는 책장으로 걸어가 발로 밀어보았다. 꿈쩍도 하지 않았다. **떡갈나무 원목일 거야.** 책장과 벽 사이의 좁은 공간을 살짝 들여다봤지만 그림자만 어른거렸다. 아이리스는 보풀이 일어난 녹

* 지붕이나 벽에 흙을 바르기 위해 엮어 넣는 가느다란 나뭇가지.
** 건물을 지을 때 벽의 뼈대로 사용하는 수직 구조재.

156

색 카펫을 내려다보고, 다시 책장을 올려다봤다. 책장을 끌어낼 방법이 없었다. 텅 비어 있는 목재 선반들을 찬찬히 살펴보며 재빨리 머릿속으로 계산했다. 육중한 목재 책상이 있고, 그 앞에 가죽 의자 두 개가 있었다. 모두 엄청 비싸 보였다. 아이리스는 잠시 망설이다 책상 뒤로 돌아가 의자들을 끌어냈다.

거대한 빈 책장은 무방비하게 벽에 기대어 있었다. **아무도 널 그리워하지 않겠지.** 아이리스가 생각했다. 눈을 거의 감을 듯이 가늘게 뜨고, 손을 최대한 위로 뻗어 책장을 잡았다. 그리고 한 발을 벽에 대고 잡아끌었다. 거대한 책장이 삐걱거리는 소리와 함께 기울어지기 시작했다. 괴물 같은 책장은 가장자리로 간신히 버티고 있다가 결국 무너지듯 엎어졌다. 나무가 깨지고 갈라졌다. 책장이 책상 모서리에 부딪혔다가 비스듬히 바닥으로 떨어지는 순간 바닥이 부르르 떨리는 것 같았다. 아이리스는 나무 파편을 막기 위해 두 팔을 들어 올려 얼굴을 가린 채 그대로 웅크리고 앉았다. 레이먼이 권총을 뽑아들고 당장이라도 달려올 것만 같았다. 하지만 아무런 일도 일어나지 않자 아이리스는 신경질적으로 낄낄 웃으며 옷에 묻은 먼지를 털어냈다.

아이리스가 돌아섰다. 그녀가 찾아내고 싶었던 바로 그것이 있었다. 바로 문이었다. 어두운 색조의 나무는 주변을 둘러싼 나무 패널들과 색깔이 똑같았다. 작은 놋쇠 손잡이를 돌려봤지만, 문은 잠겨 있었다. 아이리스는 며칠 전에 브래드에게 받았던 곁쇠*를 주

---

* 여러 자물쇠에 쓸 수 있는 열쇠.

머니에서 꺼내 자물쇠 속으로 밀어 넣었다. 꼼짝도 하지 않았다. 열쇠를 한 번 더 돌려봤다. 마찬가지였다.

어디엔가 열쇠가 있어야 했다. 아이리스는 린다의 서랍을 다시 뒤져봐야겠다고 마음먹었다. 그녀는 열쇠를 찾기 위해 서랍들을 구석구석 수색했다. 클립 두 개와 압정 한 개뿐이었다. 서랍들을 닫고 힘없이 린다의 의자에 주저앉았다. 부서진 책장의 선반들을 노려보다가 다시 책상으로 눈길을 돌렸다. 책장과 충돌했던 윗부분에 상처가 생겼다. 하지만 자꾸 신경 쓰이는 것은 따로 있었다. 책상은 어제 봤던 그대로 크고, 육중하고, 비어 있었다. 아이리스는 어제처럼 책상 위에 글을 쓰려다가 뭔가 잘못됐다는 걸 깨닫고 등골이 오싹해졌다. 먼지가 한 점도 없었던 것이다. 자신이 '날 좀 깨끗이 청소해줘'라고 썼던 곳을 뚫어져라 쳐다봤다. 그녀의 글은 깔끔하게 지워져 있었다. 이 책상은 이 방에서 유일하게 먼지로 뒤덮여 있지 않았다.

아이리스는 펄쩍 뛰며 의자에서 일어났다. 누군가가 이곳에 왔던 것이다. 누군가가 먼지 속에 남겨놓은 그녀의 글을 봤던 것이다. 범인이 먼지투성이 누더기를 걸치고 여전히 그곳에 서 있는 것처럼 아이리스는 허둥지둥 사무실을 벗어나 복도로 내달렸다. 그러고는 멈춰 서서 숨을 죽이고 정적 속에 귀를 기울였다. 15층을 떠돌아다니던 플래시 불빛이 자신을 비웃는 것 같았다.

아마 레이먼일 거야. 아이리스는 생각했다. 천천히 숨을 세 번 들이쉬고 내쉬었다. 건물 내부를 돌아다니는 것이 그의 일이니까. 뭔가를 마음대로 닦을 수도 있었다. 레이먼은 강박관념에 사로잡힌 사람일 수도 있고, 미친 사람일 수도 있었다.

"여보세요?" 아이리스가 홀 쪽으로 고함을 질렀다. "레이먼이에요?"

대답이 없었다. 발소리나 미치광이의 숨소리가 들리는지 귀를 쫑긋 세웠다. 누군가가 같은 층에 있으면 뭔가 소리가 들릴 것이었다. 무거운 적막이 모든 걸 휘감아버렸다.

아이리스는 린다의 사무실로 돌아가 비밀 문으로 다가갔다. 적어도 사라진 공간을 찾아낸 셈이었다. 3층 평면도에 폭 3미터, 길이 15미터의 빈 방을 그리고, 린다의 책장 뒤에 숨어 있던 문과 실종된 창문의 위치를 표시했다.

이 방은 도서관만큼 길고, 비상계단과 붙어 있었다. 아이리스는 평면도를 뚫어져라 내려다봤다. 문을 숨기고 있는 책장이라니 말도 되지 않았다. 책장은 비어 있는데도 무게가 거의 1톤 가까이 나갔다. 린다가 이에 대해 알고 있었을지 의문이 들었다. 아이리스는 눈을 가늘게 뜨고 비밀의 방과 계단이 만나는 곳에 초점을 맞추었다. 어쩌면 뭔가를 놓치고 있는지도 몰랐다.

레이먼은 이 신비한 방의 열쇠를 가지고 있을지 모른다. 또한 그가 먼지를 털었는지도 물어보고 싶었다. 하지만 어떻게 그 사람을 찾아낼 수 있는지를 전혀 모르고 있었다. 수전의 책상 위에 전화기가 놓여 있었다. 수화기를 집어 들었지만, 전화는 죽어 있었다. 뭐, 놀라운 일도 아니었다.

아이리스는 깨진 머그잔을 들고 이걸로 커피를 마시곤 했던 여자와의 대화를 머릿속에 떠올렸다. 어떤 여자애가 한밤중에 전화를 걸어 대여금고에 관해 물어봤다. 그 여자애의 이름은 베아트리스 베이커라고 했다.

아이리스는 의자에서 벌떡 일어나 파일 보관실로 달려갔다. 'Ba-Br'이라고 표시된 서랍에 베아트리스 베이커의 파일이 얌전히 들어 있었다. 아이리스는 마닐라 폴더를 꺼내 얼른 펼쳤다. 첫 번째 페이지는 손으로 그린 수백 개의 체크 표시와 소용돌이무늬로 가득 채워져 있었다. 아이리스는 한 번도 본 적이 없는 일종의 필기법 같았다. 수많은 페이지들이 모두 그런 형태였다. "염병할! 뭐가 이래?" 그녀는 속삭이듯 욕설을 퍼부었다. 파일을 아무리 뒤져도 증명사진도, 고용계약서도, 베아트리스의 서명도 나오지 않았다.

"여기에서 뭘 하고 있어요?" 나지막한 목소리가 들렸다.

아이리스는 목청껏 비명을 질렀다. 그 바람에 한쪽 팔이 열려 있던 서랍에 세게 부딪혔다. 그녀는 매그넘 플래시를 머리 위로 쳐들어 던질 준비를 하며 목소리가 들리는 곳을 향해 돌아섰다. 레이먼이었다.

"맙소사, 레이먼! 뒤에서 몰래 다가오면 어떡해요!" 아이리스는 베아트리스의 파일을 겨드랑이에 끼며 소리쳤다. "무슨 일이에요?"

"여기에서 뭘 하고 있는 거요? 이곳을 때려 부수는 듯한 소리가 들리던데. 죽은 사람들까지 깨울 정도로 시끄러웠다고요!"

아이리스는 '죽은 사람들'이라는 말에 침을 꿀꺽 삼켰다. 그러고는 그가 몇 분 전에 책장을 쓰러뜨린 일에 관해 이야기한다는 걸 깨달았다. "아, 책장을 움직여야 했거든요." 그녀는 별일 아니었다는 듯 손사래를 쳤다. 레이먼이 툴툴거렸다. 아이리스는 재빨리 그를 지나친 후에 화제를 바꾸었다. 클립보드를 집어 들고 베아트리스의 파일을 자연스럽게 메모장 아래로 쑤셔 넣었다. "여기로 와줘서 정말 고마워요. 문을 하나 열어야 하거든요. 이쪽이에요."

레이먼은 아이리스를 따라 수전의 책상을 지나쳤다. 그리고 아이리스가 만들어낸 파괴의 현장인 린다의 사무실로 들어갔다.

"내게 도와달라고 하지 그랬어요?" 레이먼은 엎어진 책장을 노려보다가 아이리스를 봤다.

아이리스는 얼굴을 찌푸리며 두 손을 들어 올렸다. "음, 아무도 신경 쓰지 않을 거라고 생각했거든요."

레이먼은 고개를 절레절레 저었다. 아이리스는 미안한 기색이 역력한 어색한 미소를 지었다. 다행히 레이먼은 아이리스가 문서 보관실을 기웃거리거나 폴더를 훔친 일에 관해서는 추궁하지 않을 것이다. 베아트리스 베이커라는 이름이 아이리스의 메모장 밑에서 고개를 살짝 내밀고 있었다. 그녀는 그 폴더를 감추기 위해 얼른 평면도를 정리했다. 먼지 하나 없는 책상이 눈에 들어오자 심장이 다시 두방망이질하기 시작했다. 이제 그 일에 대해 물어볼 수가 없었다. 그런 질문은 미친 소리처럼 들리기 십상이었다. 그러지 않아도 레이먼은 이미 아이리스를 괴상한 여자라고 생각할 것이다. 아이리스는 질문을 하는 대신 문을 손으로 가리켰다. "저 안에 뭐가 있는지 궁금해 죽겠어요."

"왜요? 그저 단순한 화장실인데요." 레이먼은 열쇠뭉치를 더듬었다.

"화장실이요?"

"모퉁이의 사무실에는 모두 화장실이 딸려 있어요. '임원용 화장실'이죠. 덕분에 임원은 일반 사원들과 함께 손을 씻을 일이 없었죠." 레이먼은 커다란 열쇠고리에서 열쇠 하나를 빼내 문손잡이에 찔러 넣었다. 하지만 맞지 않았다. 두어 개의 다른 열쇠로도 시도해봤지만, 결과는 마찬가지였다.

"그런데 왜 문 앞에 책장을 두었을까요?"

"그걸 누가 알겠어요? 망가진 문을 고치지 않고 막아버린 건지도 모르죠." 레이먼은 열쇠 하나를 더 꽂아보고는 뒤로 물러섰다. "맞는 열쇠가 없어요. 화장실을 폐쇄하고 자물쇠를 바꿨나 봐요. 열쇠 같은 작은 것들은 이리저리 자리를 바꾸는 와중에 없어지곤 하니까요."

아이리스는 3층의 평면도를 다시 살펴보며 이마를 찌푸렸다. 그녀가 레이먼에게 평면도를 보여주었다. "이런 큰 공간이 어떻게 몽땅 화장실일 수 있죠?"

"그렇지 않아요." 레이먼이 평면도를 가리켰다. "여기가 화장실이죠. 여기는 전선과 수도관들이 들어 있는 덕트설비*고요. 여기는 환풍구죠." 레이먼은 손끝으로 각기 다른 곳을 짚었다.

아이리스는 자괴감을 느끼며 고개를 끄덕였다. 건축기사라는 사람이 배관을 생각하지 못하다니! 레이먼은 건물이 어떻게 구성되어 있는지를 아이리스보다 잘 알고 있었다.

---

* Ductwork, 냉난방 설비 등의 배관.

"바로 위층에 있는 화장실을 둘러보고 싶어요? 아마 똑같을 겁니다."

"아니에요. 어차피 그쪽에도 가니까요. 고마워요, 레이먼." 아이리스는 아마추어 탐정 노릇은 그만두고 평범한 건축기사로 돌아가야겠다고 맹세했다. 레이먼은 하루 종일 지내는 어딘가로 돌아가기 위해 걸음을 옮겼다. "저…… 레이먼?"

그가 돌아서며 눈썹을 치켜올렸다.

"혹시…… 책상을 닦았어요?"

아이리스가 나지막이 물었다. 너무나 멍청한 소리 같았다. 그렇지 않아도 그녀는 이미 충분히 바보 같다고 느끼고 있었다. "별일 아니니 신경 쓰지 마세요."

레이먼은 고개를 가로저으며 홀 쪽으로 나갔다. 아이리스는 레이먼의 발소리를 세며 귀를 기울였다. 비상계단 문이 삐걱 하는 요란한 소리와 함께 닫힐 때까지.

아이리스는 오전 내내 4층의 코어* 도면을 그렸다. 외벽, 복도, 엘리베이터실, 휴게실, 건축법에 의해 규격이 정해진 넓은 계단, 남서쪽 귀퉁이의 비상계단을 신중하게 그려 넣었다. 그녀는 이제 실수를 저지르지 않기로 굳게 결심했던 것이다. 기둥의 숫자를 두 번이나 세었다. 3층과 딱 맞아떨어졌다. 하나도 빠진 부분이 없다는 것에 만족한 아이리스는 일을 멈추고 기지개를 켰다.

---

* Core, 건물의 일부분에 계단, 엘리베이터실, 덕트설비 등이 집약된 형태로 존재하는 것.

설계도가 완벽히 그려지기는 하겠지만, 모두 쓸데없는 짓 같았다. 브래드는 이 건물이 내부에 숨어 있는 모든 수수께끼와 함께 철거될 거라고 했다. 실제로 무슨 일이 있었는지 아무도 모르게 덮일 가능성이 높았다. 547번 대여금고의 열쇠를 잃어버린, 몸집이 작은 할머니는 이미 죽었을 수도 있었다.

아이리스는 린다의 사무실 바로 위쪽의 사무실로 가기 위해 기나긴 홀을 따라 북서쪽 귀퉁이로 걸어갔다. 홀의 마지막 문에는 '기록관 사무실'이라고 적혀 있었다. 아래층의 인사부와 유사한, 잘 정돈된 사무 공간이었다. 두텁게 쌓인 먼지와 한쪽 귀퉁이에 죽어 있는 식물이 아니었더라면, 직원들이 아직 출근하지 않은 평범한 사무실로 보였을 것이다.

아이리스는 접수 직원의 책상에서 걸음을 멈췄다. 볼펜이 가득 꽂힌 컵과 격자형으로 배치된 가족사진이 있었다. 누렇게 변해가는 얼굴들이 금박 액자 속에서 아이리스를 쳐다보았다. **귀신들의 잠을 깨우면 안 돼.** 아이리스는 서랍을 열며 중얼거렸다. 커다란 고무도장들이 가득 들어 있었다. 그중 하나에는 '파일'이라고 새겨져 있었다. 다른 하나는 다이얼을 돌려 날짜를 맞출 수 있는 도서관용 도장이었다. 날짜는 1978년 12월 28일에 맞춰져 있었다. 아이리스는 도장 하나를 집어 들었다. 빨간색 잉크가 말라붙어 있었고, '접근 제한'이라는 글자가 반대로 새겨져 있었다. 그녀는 도장을 내려놓고 모퉁이의 사무실을 보았다.

'존 스미스'라고 적힌 작은 네임카드가 문에 매달려 있었다. 아이리스는 문을 활짝 열고 안쪽을 살짝 들여다봤다. 블라인드가 쳐져 있어 내부는 컴컴했다. 전등 스위치를 켜봤지만, 전구가 나간 상태였다. 아이리스는 더듬더듬 창문으로 다가가 블라인드를 열었다. 20년 묵은 파편이 머리 위로 쏟아졌다. 그녀는 재채기를 하고, 옷을 털었다. 서류함으로 가득 찬 실내의 정경이 드러났다. 벽마다 줄지어 늘어선 서류함들이 방 중앙으로 달려드는 듯했다. 아이리스는 머리 주위에서 팔락거리는 먼지 틈으로 파일들의 미로를 보며 눈을 깜빡거렸다.

"도대체 이게 다 뭐람?" 아이리스는 속삭였다.

표시가 되어 있는 서랍은 단 하나도 없었다. 서랍 하나를 잡아당겨 열었다. 서랍은 마닐라 폴더들로 터져나갈 듯했다. 폴더에는 기이한 기호가 적힌 색인표만 붙어 있었다. 그중 몇 개를 읽어봤다. "!!@%," "!!@^," "!!@&." 아이리스는 '!!#%'라고 표시된 폴더를 뽑아 펼쳤다. 안쪽의 종이들은 누렇게 변색되었고, 회계상의 숫자들로 뒤덮여 있었다. 각 페이지마다 상단 오른쪽 귀퉁이에 'KLWCYR'이라고 타이핑되어 있었다. 하단 오른쪽 귀퉁이에는 '!!#%'라고 타이핑되어 있었다.

아이리스는 파일을 억지로 밀어 넣고, 쾅 소리가 나도록 서랍을 닫았다. '내게는 해야 할 일이 있어'라고 기억을 되살리면서. 더는 시간을 낭비할 수 없었다. 그녀는 줄자를 꺼내 실내를 스케치했다. 뒤쪽 모퉁이로 다가서면서, 커다란 서류함이 임원용 화장실의 문을 막고 있지 않은 것에 안도했다. 오늘은 충분히 가구를 때려 부쉈으니까. 린다의 인사부에 있는 문과 똑같은 문의 자그마한 놋쇠 손잡이를 돌렸다. 손잡이는 순순히 돌아갔다.

안쪽의 흰색 대리석 바닥이 북쪽 창문에서 쏟아져 들어오는 햇살에 반짝거렸다. 금박을 입힌 거대한 거울이 도자기 세면대 위쪽에 붙어 있었다. 꽃들과 천사들이 골동품 거울의 테두리를 장식하고 있었다. 아이리스는 온수 손잡이를 돌려보았다. 아무것도 흘러나오지 않았다. 변기를 들여다봤지만, 뽀송뽀송하게 말라 있었다. 샤워실 바닥은 여러 해 전에 수도꼭지에서 새어 나왔을 물로 인해 부식되어 있었다.

아이리스는 화장실의 치수를 쟀다. 폭은 당연히 3미터였다. 그런데 길이도 3미터밖에 되지 않았다. 레이먼이 설명해줬던 덕트설비에 맞붙어 있는 벽에는 타일이 붙어 있었고, 변기 옆의 바닥 가까이에는 커다란 격자형 판이 있었다. 아이리스는 판 옆에 쭈그리고 앉아 플래시로 안쪽을 비춰보았다. 숭숭 뚫린 구멍들 속에서 얇은 금속판이 둔중하게 반짝거렸다. 냉각을 위한 환풍구 같았다. 아이리스는 평면도에 그대로 기록했다.

아이리스가 존 스미스의 사무실 문을 닫으려는 순간, 수전의 목소리가 불쑥 머릿속에 떠올랐다. '그 자식들은 한밤중에 모든 문을 쇠사슬로 묶어버렸다고요.'

그 작자들이 누구였든 간에, 오래전에 사라져버렸다.

20장

아이리스는 건물 밖으로 나왔다. 주변 건물에서 다른 일벌들도 쏟아져 나와 동쪽 9번 스트리트는 뜨겁고 혼잡했다. 그들은 점심을 먹기 위해 여기저기에 흩어져 있는 간이식당과 레스토랑으로 몰려갔다. 아이리스는 당연한 듯 담배를 피워 물고, 열기가 솟아오르는 인도를 두 블록이나 걸어 파니니 가게로 갔다. 속이 터지도록 채워 넣은 파스트라미 샌드위치를 주문한 그녀는 몰려 서 있는 사람들을 팔꿈치로 밀치며 계산대로 나아가 종이 냅킨과 소스를 집었다. 그리고 창문 가까이에서 빈 의자를 발견하고 얼른 엉덩이를 걸쳤다.

"어이, 거기 아가씨!" 가게 맞은편에서 누군가의 목소리가 들렸다. 닉이었다.

아이리스는 재빨리 냅킨 한 장을 집어 들고, 턱에 묻은 겨자를 닦았다. 그의 부드러운 미소에 아이리스의 배 속이 마구 울렁거렸다. 나흘 전, 닉은 퇴근 후 술을 함께 마시고 그녀를 집까지 차로 바래다줬었다. 아이리스는 술을 잘 마시지 못했고, 닉에게도 엉성한 키스로 감사의 표시를 했었다. 그때 닉은 무덤덤해 보였다. 그가 사람들을 헤치며 다가오자 아이리스의 뺨이 발그레하게 달아올랐다.

"하이, 아이리스. 그동안 어디에 있었어?"

"안녕, 닉?" 닉은 아이리스가 출근하지 않은 것까지 알고 있었다. 아이리스는 기분이 좋아졌다. "휠러 씨의 지시로 외근 중이야. 도로 저쪽에 있는 낡은 은행 건물에서."

닉은 자신의 식판을 그녀의 식판 옆에 내려놓았다. 곱슬곱슬한 머리카락과 구김이 있는 카키색 상의를 걸친 그는 짜증날 정도로 멋있었다. "우와, 어떻게 그런 자유로운 일을 얻어냈어?"

"브래드가 추천해줬어. 날 도와주고 싶었나 봐." 아이리스는 자신도 모르게 허리를 좀 더 꼿꼿이 세웠다. 좀 더 세련된 옷을 입었으면 좋았을 거라는 생각을 하면서. **빌어먹을! 겨자 자국인가?** 그녀는 얼룩을 감추려고 팔짱을 꼈다.

"당신의 뭘 도와주고 싶었다는 거야?" 닉이 능글맞게 웃었다.

"응? 아, 내가 미치지 않게 했다고."

"그게 도와주는 거야?" 닉은 양쪽 눈썹을 치켜올리며 씩 웃었다. 아이리스는 따스했던 그의 입술이 아직도 느껴졌다.

"음, 그렇다고 봐야지." 아이리스는 자신의 샌드위치만 쳐다봤다. 정말로 자신을 미치게 하는 것은 따로 있었다. 그날 닉은 왜 키스만 하고 그냥 가버렸을까?

"안녕? 같이 앉아도 돼?" 아름다운 금발이 약간의 샐러드를 들고 그들 쪽으로 걸어왔다. 아이리스는 그녀가 회사 동료임을 알아봤다.

"안녕, 아만다? 여기 앉아." 닉이 자기 옆자리를 탁탁 두들겼다. 아만다는 실크 블라우스와 엉덩이에 꽉 끼는 하얀 스커트 차림이었다. 아이리스는 흰색 옷을 입을 수가 없었다. 흰색 옷을 입으면 몇 분이 지나기도 전에 케첩이 떨어진 곳에 털썩 주저앉거나 차 문짝의 기름투성이 걸쇠에 스치곤 했다. 흰색 스커트는 도저히 감당이 되지 않았다.

"아이리스 알지?" 닉이 물었다.

"물론이지. 토목공사 쪽에 근무하잖아. 맞지?"

"맞아." 아이리스는 대답을 하면서 자신의 이에 시금치가 끼어 있다고 확신했다.

"당신과 이야기하려고 일부러 온 거야." 아만다가 달콤한 미소를 지으며 말했다.

"정말?" 아이리스는 어리둥절했다. 아만다는 설계기사였지만, 하는 일이라고는 모델처럼 엉덩이를 흔들며 돌아다니는 것뿐인데…….

"무슨 이야기를?"

"아만다는 직원 연락관이야." 닉은 로스트비프를 한입 가득 물고 말했다.

"누구에게 연락하는데?" 아이리스는 이마를 찌푸렸다.

"바로 그거야. 자기도 봤지, 닉? 갓 입사한 직원들은 누가 이 회사를 운영하는지조차 몰라."

"음, 그게 아니라……." 아이리스는 말을 꺼내지도 못했다.

아만다의 말이 끊임없이 이어졌다. "젊은 직원들은 이 회사의 미래야. 그리고 우리가 우리의 목표를 세워야 한다고. 공동경영자들은 우리에게서 뭔가가 더 나오기를 진심으로 바라고 있고."

"'더'라고……?" 아이리스는 분노가 드러나지 않도록 조심하며 아만다의 말을 따라 했다. 주말 내내 무급으로 일했는데 뭘 더하란 말이야? 그들은 뭘 더 하기를 원하는 걸까?

'공동경영자들'이란 하루 종일 자신의 사무실에 앉아 창문 밖의 경치를 즐기는 노인들이었다. 아이리스가 이야기를 해본 공동경영자는 휠러뿐이었다. 그러다 두어 주 전에 정장을 걸친 회색 머리카락의 또 다른 공동경영자와 이야기를 나눈 적이 있다는 것을 깨달았다. 아이리스는 자신의 책상으로 살금살금 가다가 복도에서 그와 마주쳤다.

"좋은 아침이에요, 아이리스." 그가 으스스한 미소를 지으며 말했다.

"아…… 안녕하세요!" 아이리스는 그의 이름을 알지 못해 그냥 인사만 했다. 그날 그녀는 숙취에 시달리며 15분이나 지각했다.

"음, 이곳 WRE에 잘 적응하고 있나요?"

정당한 질문이었다. 하지만 아이리스는 그가 쭈뼛대는 자신을 지켜보며 즐긴다는 생각을 지울 수 없었다.

"음…… 정말 굉장한 곳이에요." 아이리스는 억지로 미소를 지었다. "정말로 흥미로운 프로젝트들을 진행하고 있거든요."

"그런데 지금은 일을 하고 있지 않잖아요?" 그는 일그러진 미소

170

로 아이리스에게 무안을 주었다. "바로 일을 시작해야겠죠, 응?"

그러고는 사무실 맞은편의 닫혀 있는 문 안으로 돌아갔다. 아이리스는 말싸움을 벌이지 않고 잘 참아냈다. 하지만 그 후로는 공동 경영자들과 마주치지 않도록 무의식적으로 애썼다.

아만다는 근무 시간 연장과 스톡옵션*에 관해서 계속 떠들었다. 아이리스는 열심히 듣는 척하면서 어떻게 해야 커다란 샌드위치를 깨끗하게 베어물 수 있는지를 고민했다. 닉이 바로 옆에 앉아 있어서 신경이 쓰였던 것이다. 여자답게 다소곳이 샌드위치를 먹을 방법은 없었다. 게다가 장기 근무자에게 주는 스톡옵션을 받을 만큼 WRE에서 오랫동안 근무하고 싶지도 않았다. 닉과 아만다는 이곳을 평생직장처럼 여기는 듯했다. 아이리스는 우울해졌다. 두 사람은 좀 더 행복해질 것이 분명했다.

점심 식사 후, 사무실로 돌아가면서도 아만다는 계속 조잘거렸다. 아이리스는 조금 뒤떨어져 따라갔다. 그러지 않으면 수다스러운 아만다를 달려오는 차 앞으로 밀어버릴지도 모르니까. 마침내 기회를 잡은 아이리스는 그들에게 잘 가라고 손을 흔들어주고는 총총걸음으로 동쪽 9번 스트리트를 가로질러 은행으로 향했다. 20분 내내 아만다의 수다에 고문을 당했던 터라 담배 생각이 간절했다.

"아이리스, 기다려!" 닉이 뒤에서 소리쳤다. 그는 천천히 그녀 곁으로 달려왔다. 아이리스는 담뱃갑을 얼른 가방 안에 쑤셔 넣었다.

---

* Stock option, 주식인수권, 회사의 임원이나 직원이 일정한 가격으로 회사의 주식을 살 수 있는 권리.

직장에서는 그녀가 담배를 피운다는 걸 모르고 있었다. 알면 눈살을 찌푸릴 일이었다.

"왜 그래?"

"난 폐쇄된 은행 내부를 조사해야 하거든. 좀 보여주겠어?" 닉이 수상한 표정을 지으며 머리를 한쪽으로 기울인 채 아이리스를 쳐다봤다. 햇살에 눈이 부신가? 아이리스는 그 이유를 몰랐다.

"정말로? 왜?"

"인테리어가 따로 보관할 만한 역사적인 가치가 있는지 휠러 씨가 확인해보라고 했어. 매각되더라도 그것들을 복원하라고 군청에 조언해야 할지 모르니까." 닉은 커다란 카메라 가방을 들어 보였다. 아이리스는 그가 가방을 들고 있는지도 몰랐었다.

아이리스가 고개를 끄덕였다. "물론이지. 함께 가."

휠러는 이 프로젝트에 정말 관심을 가진 것 같았다. 어쩌면 아이리스가 열심히 일한 것도 인정해줄지 몰랐다. **아, 이런 빌어먹을!** 그 사람은 '인테리어'를 건지려고 하는데, 난 조금 전에 책장을 박살 내버렸으니…… 그래도 의자들이 멀쩡해서 다행인가?

아이리스는 건물 뒷길로 닉을 끌고 갔다. 버튼을 누르자 레이먼이 문을 열어주었다. 아이리스는 닉을 데리고 하역장을 지나 메인 로비로 갔다. 아이리스는 어색한 침묵을 깨려고 시시콜콜한 이야기를 떠들어댔다.

"클리블랜드 퍼스트뱅크는 1978년에 문을 닫았어. 믿기 힘들겠지만, 이 모든 것을 그대로 두고 한밤중에 모든 문에 쇠사슬을 채웠대. 가구, 머그잔, 그림, 서류들을 몽땅 남겨두고. 그것들은 다 완벽하게 보존되어 있어. 20년 동안 아무도 그것들을 몽땅 털어가지 않은 게 신기할 정도야. 누군가가 이곳에 정말 신경을 쓰고 있는 게 분명해. 그렇지 않으면, 누가 텅 빈 건물에 무장경비원을 두겠어? 누군가가 그것들을 훔쳐 갈까 봐 걱정하는 것이 분명해. 이런 것들을 누가 훔쳐가고 싶어 하는지는 모르겠지만."

날 제외하고 말이야. 아이리스는 생각했다. 그녀는 그날 아침 베아트리스의 파일을 가져갔다. 그리고 보니 수전의 열쇠도 있었다. 이건 훔친 게 아냐. 그녀는 속으로 항변했다. 그저 자그마한 할머니가 자신의 물건을 돌려받을 수 있도록 도와주려는 거지. 대여금고실의 작은 철문들이 머릿속을 스쳐 지나가더니 15층을 오가던 플래시 불빛도 눈앞에 아른거렸다.

아이리스는 자신이 말을 한마디도 하지 않고 있다는 걸 퍼뜩 깨달았다. "뭐, 그렇다는 거지. 특별히 보고 싶은 게 있어?"

아이리스가 신경질적으로 쏟아내는 말이 재미있는지 닉의 포근한 갈색 눈이 반짝반짝 빛났다. "어떤 가구를 비치하고 어떻게 인테리어를 마감했는지 대충 감이라도 잡으려면 대표적인 근무 구역을 봐야겠지."

아이리스는 지나치게 오랫동안 닉과 눈을 마주치고 있었다. 뺨이 달아올랐다. 그녀는 눈을 돌리며 벽에 붙은 촛대를 가리켰다. "이런 장식물 본 적 있어?"

"정말 아름다운데." 닉이 아이리스의 뒤에 서서 말했다.

아이리스가 어깨 너머로 슬쩍 훔쳐보니 닉은 벽을 보고 있지 않았다. 아이리스를 쳐다보고 있었다. **빌어먹을! 이 사람은 왜 이렇**

173

게 매력적인 거야?

"사실은 위층들을 보고 싶어."

"알았어. 아직 4층도 끝내지 못했지만, 두어 개의 사무실은 봐두었어."

아이리스는 비상계단 대신에 넓은 주± 계단을 통해 닉을 위층으로 안내했다. 계단통은 똑바로 뻗어 있지 않았지만, 대리석과 연철로 치장되어 훨씬 더 아름다웠다. 그녀는 앞장서서 계단을 올라가며 자신이 평소보다 심하게 엉덩이를 흔들어댄다고 느꼈다.

두 사람은 한 시간 이상 4층을 꼼꼼히 살폈다. 아이리스가 클립보드에 수치와 주의사항을 적어 넣는 동안 닉은 사진을 여러 장 찍었다. 4층에는 문에 '예금'과 '대출'이라고 적혀 있는 서류보관실이 주로 있었다. 아이리스는 잠시 닉의 존재를 잊고 있다가 그의 고함 소리를 들었다. "도대체 여기는 왜 이런 거야?"

아이리스는 닉의 목소리를 따라 서류 캐비닛이 가득 찬 존 스미스의 사무실로 들어갔다. "나도 모르겠어. 서류를 보관할 공간이 더 필요했나 보지, 뭐."

"휴우……. 지금도 캐비닛마다 서류가 꽉 차 있는 건가?"

"섬뜩하지, 그렇지?" 아이리스는 닉이 사진을 많이 찍지 않는 것을 보고는 자신이 잘못 데려온 것은 아닌가 걱정되기 시작했다. "이쪽으로 와서 여기 좀 봐봐."

아이리스는 서류 캐비닛들 뒤의 멋들어진 화장실로 닉을 안내했다. "여긴 '임원용 화장실'이야. 끝내주지?" 그녀는 금박을 입힌 거울과 대리석 샤워실을 가리켰다.

닉은 화장실 안을 찬찬히 둘러보며 고개를 저었다.

"좀 엉망이긴 하지만 멋지잖아. 부자는 너저분한 대중과는 다르다는 걸 보여주는 것처럼." 아이리스가 또다시 조잘거렸다.

닉은 사진 두 장을 찍었다.

"좋았어. 그럼 난……." 아이리스는 말을 멈췄다. 문으로 가려면 닉 옆으로 비집고 나가야 했기 때문이다. 닉이 좁은 방의 한가운데에 서 있었던 것이다. 그녀는 닉이 눈치채주기 바라면서 어색한 걸음으로 그를 향해 다가갔다. "도면을 그리러 가야겠어."

닉은 조금도 움직이지 않고 그냥 세면대에 기대어 있었다. 그는 사진을 찍지도 않고 즐겁다는 듯 웃으며 그녀를 지켜보고 있었다. 닉을 지나치려면 정말로 몸을 꼭 맞대어야 했다. 어쩌면 닉은 그런 생각을 하고 있을지도 몰랐다. 그의 눈이 아이리스에게 너무나 오랫동안 머물렀다.

"음, 좀 비켜……." 아이리스는 '……줄래'라는 말이 입 밖으로 나오지 않았다. 닉의 미소가 사라지고 그의 눈길이 아이리스의 입술로 내려왔기 때문이다. 화장실 안이 순식간에 아주 작아지고 뜨거워졌다. 지금 이곳에는 그들 두 사람뿐이었다. 두 사람이 텅 빈 고층건물에 있다는 것, 아니 두 사람이 함께 있다는 사실조차 아는 사람이 없었다.

닉의 눈길은 아이리스의 티셔츠로 내려왔다. 아이리스는 자신의 티셔츠가 왠지 너무 꼭 낀다고 생각했다. 아이리스의 맥박이 펄떡펄떡 요동쳤다. 이것은 단순히 추파를 던지거나 농담을 하는 것과는 차원이 달랐다. **빌어먹을!** 아이리스는 한 걸음 뒤로 물러서다가 하마터면 뒤쪽의 샤워실로 고꾸라질 뻔했다. 닉이 얼른 그녀의 허리를 잡았다.

"아, 이런! 고마워, 난…… 난 가봐야겠어." 아이리스의 목소리가 속삭이는 것처럼 낮아졌다.

"내 생각은 다른데?" 닉은 아이리스를 꼭 끌어안고 그녀의 입술에 키스했다. 그녀의 입술은 자신만의 의지가 있는 것처럼 그의 키스를 적극적으로 받아들였다. 숨이 차서 입술을 떼었을 때, 아이리스는 마치 술에 취한 것처럼 머리가 어지러웠다. 그녀가 건네려던 말조차 입안에서만 맴돌 뿐, 입 밖으로 나오지 않았다. 닉이 더 강렬하게 키스하자 아이리스는 무릎이 풀렸다. **하느님, 맙소사!** 그녀는 간신히 몸을 비틀어 빼냈다. 아이리스에게는 엄격한 규칙이 있었다. 술집에서 남자를 집으로 데려가지 않는다. 처음 데이트한 남자와는 잠자리를 갖지 않는다.

"잠깐만, 닉. 우리 지금 뭐 하는 거야?"

"저번에 내가 했어야 했던 그 무엇이지." 닉은 숨을 거칠게 몰아쉬며, 아이리스를 끌어당겨 다시 키스했다. 키스는 더욱 농밀해졌다. 아이리스는 머리에서 빠져나간 피가 온몸으로 미친 듯이 내달리는 것을 느꼈다. 이렇게 멋진 키스는 처음이었다.

아이리스는 닉의 품에서 간신히 벗어났다. "뭐라고? 하지만 그럴 수는 없어."

"아니, 그럴 수 있어. 이걸 누가 알겠어?" 닉은 다시 키스하면서 그녀의 가슴 윤곽을 따라 손가락을 움직였다. 그녀의 몸 안에서 열기가 밀물처럼 솟구쳤다.

"닉, 난······." 하지만 닉의 입술이 목덜미로 찾아들면서, 그녀는 말을 맺지 못했다.

그녀의 무릎이 풀리는 순간 온몸에 새겨져 있던 규칙들도 녹아내렸다. 모든 것이 순식간이라서 두 가지 생각을 하나로 엮을 수 없었다. 두 사람은 바닥에 누웠다. 닉의 손과 입술이 아이리스의 옷가지와 함께 그녀의 방어막을 하나씩 벗겨냈다. 아이리스의 맨살에 닿은 그의 맨살이 뜨거웠다. 닉은 아이리스의 머릿속에 있던 모든 생각이 수백만 개의 눈먼 조각들로 박살 날 때까지 가차 없이 밀어붙였다.

아이리스가 다시 정신을 차렸을 때 두 사람은 가쁘게 숨을 몰아쉬며 나란히 누워 있었다. 아이리스는 한쪽 팔꿈치로 바닥을 짚고 상체를 일으켜 세웠다. 두 사람의 옷가지는 마치 폭격이라도 맞은 것처럼 먼지투성이의 바닥에 흩어져 있었다. 가랑이가 여전히 후들후들 떨렸다. **맙소사!** 이렇게 격렬한 정사는 처음이었다. 대학에서 사귀었던 세 명의 남자친구는 이런 쾌락을 주지 못했다. 아이리스는 퍼뜩 정신을 차리고 당황했다. 얼른 옷을 입어야 하는데······. 직장의 누군가가 이런 모습을 보게 된다면? 레이먼이 이런 모습을 보게 된다면? 레이먼이 환희에 찬 우리의 목소리를 들었다면? 어쩌면 내가 비명을 질렀을 수도 있는데······. 아이리스는 아무것도 기억나지 않았다. 뺨으로 피가 치솟아 올랐다. 그녀는 곧 히스테리 발작이라도 일으킬 것처럼 신경질적인 웃음을 터뜨렸다.

"뭐가 그리 재미있어?" 닉은 눈을 감고 태평스럽게 누운 채로 물었다.

아이리스는 아무 말이라도 둘러대야 했다. "아, 회사 경영진이 젊은 직원들에게 '시너지' 효과를 기대한다고 했다면서? 그들이 말하는 시너지가 이런 것이 아닐까 생각했어."

"우리가 제안해볼까? 이제야 진정한 한 팀이라는 느낌이 들거든." 닉은 브라를 입으려는 아이리스의 등을 손가락으로 느긋하게 긁어내렸다. **이 건물에 들어오는 순간부터 이럴 계획이었던 걸까?** 아이리스는 그의 손을 찰싹 때렸다.

두 사람은 바닥에서 일어나 옷가지를 집어 들었다. 아이리스는 단추를 채우던 손을 멈추고 닉을 슬쩍 훔쳐보았다. 그는 아이리스보다 적어도 다섯 살은 많았다. 분명히 이런 일이 처음은 아닐 것이다. 아이리스의 시선을 느낀 닉이 엉망인 그녀의 머리카락을 손으로 헝클어뜨렸다. 오빠가 여동생에게 할 만한 행동이었다. 아이리스는 청바지 안으로 셔츠를 쑤셔 넣는 닉을 잠시 노려봤다. **당연히 전에도 해봤겠지.** 아이리스는 바닥에 떨어진 콘돔 포장지를 바라보았다. 이 사람은 지갑 안에 아예 콘돔을 넣고 다닐 정도였다. 닉은 아이리스에게 새로운 경험을 하게 해주었다. 그는 어른이었다. 그리고 아이리스는 갑자기 멍청한 어린 소녀가 된 듯한 기분이 들었다.

"왜 그래?" 닉이 물었다.

"내가 어때서?"

"화난 것 같아."

"난…… 음…… 이런 건 처음이야."

"나도 마찬가지야." 닉은 윙크하며 아이리스의 뺨에 키스했다.

거짓말쟁이.

아이리스는 금박 입힌 거울로 걸어가 머리카락을 쓸어내렸다. 황금색의 작은 천사들이 그녀를 내려다보고 있었다. 그들은 모든 걸 지켜본 셈이었다. 아이리스는 돌아서면서 얼마나 많은 여자들이, 어떤 상황에서 이 화장실에 들어왔을지 궁금해졌다.

21장

1978년 11월 27일 월요일

맥스와 베아트리스는 씨애트리컬을 나와 겨울 햇살 속으로 들어섰다. 낮 12시가 지난 시간이었다. 눈이 양옆으로 치워진 기다란 진창길에 새로 내린 눈이 눈부시게 반짝거렸다. 베아트리스는 두 눈으로 쏟아져 들어오는 햇빛에 몸을 움찔했다.

"잠시 너희 집에 가 있자." 맥스가 베아트리스를 모퉁이의 버스 정류장으로 이끌며 말했다. "오늘 밤에 사무실로 가서 네 이모의 대여금고에 관해 알아보고."

베아트리스는 생각이 달랐지만, 술에 너무 취해 말을 할 수 없었다. 그녀도 도리스 이모가 왜 은행에서 온 편지들을 가지고 있는지, 547번 대여금고 안에 무엇이 들어 있는지 알아보고 싶은 마음은 굴뚝같았지만, 그게 옳은 일이 아니라는 것도 확실히 알고 있었다. 이모는 절대 용서하지 않을 것이다. 베아트리스는 맥스에게 그러지 말자고 말해야 했지만, 지금은 좋은 때가 아니었다.

두 사람이 방 하나짜리 아파트에 도착했을 때, 베아트리스는 녹초가 되어 있었다. 그녀는 핸드백을 문가에 떨어뜨리고 소파에 쓰러졌다. 이모가 병원에 입원한 뒤, 거의 잠을 자지 못했기 때문이다. 밤중에 아파트에 홀로 있다가 조그만 소리가 들릴 때마다 섬뜩해졌다. 마지막으로 기억나는 건, 냉장고에 있던 맥주를 맥스에게 건넨 것이었다.

베아트리스가 눈을 떴을 때, 아파트는 컴컴하고 아주 조용했다. 스토브의 시계가 오후 5시 10분을 알리고 있었다. 베아트리스는 종이가 부스럭거리는 소리를 듣고 정신이 번쩍 들었다. 그녀는 잔뜩 경계하며 소파에서 일어섰다.

"거기, 누구세요?" 베아트리스는 어두운 침실을 향해 속삭였다.

아파트 문은 닫혀 있었다. 주방의 불은 꺼져 있었다. 불빛이라고는 서랍에서 종이를 빼내는 소리와 함께 이모의 침실에서 새어 나오는 불빛만이 유일했다.

베아트리스는 이모의 침실로 달려갔다. 옷장 문이 열려 있고, 화장대 맨 아래쪽 서랍은 텅 비어 있었다. 맥스는 서류 더미에 둘러싸인 채 이모의 침대에 앉아 있었다.

"지금 뭐 하는 거야?" 베아트리스가 새된 목소리로 물었다.

맥스는 읽고 있던 종이를 내려놓았다.

"누가 여기 들어오라고 했어?" 베아트리스는 이모의 옷장으로 재빨리 달려가 문을 닫았다. 그러고는 뒤돌아서서 침대 위에 무더기로 쌓여 있는 서류 더미부터 텅 빈 서랍까지 모두 훑어보았다. 베아트리스는 그 방을 원래대로 정리할 자신이 없었다. 손톱만큼도. "어떻게 이럴 수가 있어? 어떻게 이럴 수 있냐고!"

"미안해. 난 그저…… 피해를 줄 생각은 전혀 없었어." 맥스가 말을 더듬었다. "네가 잠이 들고 심심하기에."

"나도 이 방에는 못 들어온단 말이야!" 베아트리스는 목청껏 소리를 질렀다. "모두 이모 거잖아! 어떻게 이모 물건에 손을 댈 수 있어? 당장 나가!"

"진정해, 베아." 맥스는 침대에서 내려와 변명을 하려고 했다.

"농담인 줄 알아? 나가! 당장 나가라고!"

맥스는 재빨리 침실에서 나가 핸드백을 집어 들었다. 그녀는 핸드백을 어깨에 걸치고 현관문을 열고는 베아트리스를 돌아봤다. "미안해. 정말로 피해를 주려던 것은 아냐. 네가 이렇게까지……." 맥스는 무슨 말을 하려다가 말았다. 그녀는 추운 복도로 발을 내딛고 조용히 문을 닫았다.

베아트리스가 움켜쥐었던 주먹을 펴고 뜨거운 물로 샤워를 끝낼 때까지 한 시간이 넘게 걸렸다. 정수리가 빨개질 때까지 머리카락을 빗질하고, 가장 좋은 스웨터와 모직 바지를 걸쳤다. 이모를 만나야 했다.

베아트리스는 고개를 푹 숙인 채 살균 소독된 병원의 복도와 엘리베이터를 빠져나가 도리스 이모의 작은 병실로 찾아갔다. 침대에 누워 있는 여자는 예전의 이모 같지 않았다.

"죄송해요." 베아트리스가 속삭였다.

그녀는 침대 곁에 서서 이모의 숨소리에 어떤 변화가 있기를 기다리며 이모의 가슴에서 규칙적으로 오르내리는 기계를 지켜봤다. 이모가 뇌졸중으로 쓰러진 뒤 이모에게 말을 거는 것은 처음이었다. 하지만 아무런 변화도 일어나지 않았다.

"걔가 이모의 물건을 뒤질 줄은 몰랐어요."

베아트리스는 이모의 얼굴이 분노로 일그러지지 않을까 희망을 품었다. 이모의 회색 얼굴에는 광대뼈가 튀어나와 있고, 검은 눈 주위는 푹 꺼져 있었다. 목에는 목살이 늘어져 있었다. 머리카락도 숱이 적어진 것 같았다. 이제 입원한 지 불과 닷새밖에 되지 않았는데, 자신이 알고 있던 이모의 모습은 이미 사라져버렸다. 차가운 이모의 손을 잡았지만 아무런 움직임도 없었다.

"친구를 갖는다는 건 멋진 일이잖아요? 전 친구가 필요했어요. 이모도 아시겠지만, 제겐 친구들이 있었어요. 예전에는요. 고향에서요." 울음을 참느라 목소리가 갈라졌다. "이모가 어떻게 하라고 말씀해주시면 얼마나 좋을까요?"

베아트리스는 의자에서 일어나 눈물을 닦았다. 도리스 이모는 베아트리스가 우는 것을 정말 싫어했다. 그녀는 간신히 침착함을 되찾고는 또렷하고 강한 목소리로 말을 건넸다.

"내일 다시 올게요."

베아트리스가 엘리베이터를 기다리는데 프런트데스크에 앉아 있던 간호사가 손짓했다.

"조금 전에 이모부가 왔다 가셨어요!"

"이모부요?" 베아트리스가 뭔가 오해가 있다고 말하려는데 간호사가 먼저 입을 열었다.

"네, 5분도 지나지 않았어요. 서두르면 로비에서 만날 수 있을 거예요. 다른 분도 문병을 와서 우리가 얼마나 안도했는지 몰라요.”

베아트리스는 이마를 찌푸렸다.

“아가씨가 너무 어려 보이는 데다 항상 혼자여서 걱정되었거든
요. 하마터면 아동복지사를 부를 뻔했어요.” 간호사가 껄껄 웃었다.

베아트리스는 피가 얼어붙는 것 같았다. 아동복지사라니…….
그녀는 바로 이 순간까지도 자신이 미성년자라는 걸, 그것도 보호
자가 없는 미성년자라는 걸 잊고 있었다. 베아트리스는 침을 꿀꺽
삼키며 고개를 끄덕였다.

“정말 잘되었어요. 이모부가 오신 것 말이에요. 아가씨 이모가
이런 경우에 어떻게 해주기를 원하셨는지 가장 가까운 가족과 이
야기를 나눠봐야 하거든요.” 하얀 유니폼을 걸친 여자가 베아트리
스의 얼굴을 올려다봤다. “아, 걱정하지 말아요, 아가씨. 아가씨는
아가씨만 챙기면 돼요. 힘내요, 알았죠? 이모부가 모든 일을 처리
하실 테니까요.”

“이모부라고요?” 베아트리스는 비명을 지르고 싶었다. 하지만
너무나 무서워서 단 1분도 이곳에 있을 수 없었다. 엘리베이터가
베아트리스를 로비에 내려주었다. 그녀는 혹시라도 ‘이모부’라는
사람을 훔쳐볼 수 있지 않을까 하는 생각에 로비 쪽으로 뛰어갔다.
희망과 두려움이 섞인 복잡한 심정이었다. 그러나 휠체어를 탄 할
머니 외에, 다른 사람은 보이지 않았다. 베아트리스는 눈물이 쏟아
졌다.

베아트리스는 이모의 아파트까지 거의 뛰다시피 했다. 이모는
결혼한 적이 없었다. 적어도 그녀가 아는 한은. 병원은 이모부라는

184

사람의 결혼증명서라도 확인한 것일까? 베아트리스에게는 매일 방명록에 기록하라고 하더니…… 아, 방명록! 그녀는 문득 깨달았다. '이모부'라는 사람도 방명록에 서명했을 게 분명했다.

마침내 아파트로 들어선 베아트리스는 자신도 치료를 받아야 하는 것이 아닌가 생각했다. '이모부'와 아동복지사라는 대목에서 하마터면 심장마비를 일으킬 뻔했으니까. 그녀는 지갑을 조리대 위에 내려놓고 자그마한 냉장고의 문을 열었다. 지난 며칠 동안 아무것도 먹지 못했다. 언제 음식을 먹었는지 기억도 나지 않았다. 냉장고에는 캔맥주가 하나 있었다. 케첩, 빵 조각, 오렌지주스도 있었다. 베아트리스는 주스를 집어 들었다. 이모부라는 사람은 대체 누구지?

당분이 급하게 몸 안으로 흘러들면서 최근에 이모가 밤늦게 귀가했던 날들이 떠올랐다. 도리스 이모는 누군가를 만나고 왔을 수도 있었다. 바로 그가 병원으로 이모를 찾아갔을 수도 있었다. 이모 침실의 전등이 아직도 켜져 있었다. 침대 위에는 여전히 서류 더미가 쌓여 있었다. 베아트리스는 침실로 들어가 맥스가 앉았던 곳에 앉아 서류 더미를 둘러보았다.

한 무더기에는 모두 '클리블랜드 퍼스트뱅크'라는 이름이 편지지 윗부분에 타이핑되어 있었다. 그것들은 복사지로 복사된 것들이었다. 베아트리스도 직장에서 복사지와 종이를 겹겹이 쌓아놓고 힘들게 타이핑했다. 그녀는 맨 위에 놓인 편지를 집어 들었다. 날짜가 1962년 1월 5일로 되어 있었다.

호웰 부인께

대여금고 815번 계정의 입금이 지연되고 있음을 알려드리게 되어 정말 유감입니다. 입금을 계속 미루시면, 클리블랜드 퍼스트뱅크는 부인의 계정을 폐쇄할 수밖에 없습니다. 주인 없는 소유물은 오하이오주 정부의 관할로 넘어갑니다. 기한까지 15일이 남았습니다.

이만 줄입니다.

회계 담당 이사, 윌리엄 S. 톰슨

베아트리스는 편지를 빤히 쳐다보며 양쪽 눈썹을 치켜올렸다. 맥스가 조금 전에 술을 마시면서 이것에 관해 이야기했었다. 베아트리스는 편지 더미를 대충 넘겨보았다. 모두 비슷했다. 몇 장인지 세어보니 모두 스물여섯 장이었다. 편지 더미를 내려놓고 생각해보았다. 이모가 왜 이런 복사본들을 여러 해가 지난 지금까지도 소중히 보관하고 있는지 이해되지 않았다.

맨 위의 편지들에는 타이피스트의 이름이 'DED'로 서명되어 있었지만, 그 뒤로는 서명이 다른 이름으로 바뀌었다. 무더기를 들출수록 날짜는 점점 더 현재와 가까워졌다. 가장 최근의 편지에는 1977년 1월 12일 날짜가 찍혀 있었다. 모든 편지에는 빌 톰슨의 이름이 서명되어 있었다. 타이피스트의 이름은 MRM이었다. 베아트리스는 얼굴을 찌푸렸다. 맥스일까?

베아트리스는 다른 무더기로 눈길을 돌렸다. 그건 속기장들이었다. 베아트리스는 눈을 가늘게 뜨고 맨 윗장을 들여다봤다. 하지만 이모의 글씨체가 워낙 엉성해서 두어 글자마다 띄엄띄엄 '판매', '잠긴', '황금', '클리블랜드' 같은 글자들만 간신히 알아볼 수 있었다.

베아트리스는 속기장들을 옆으로 치워놓고 손으로 쓴 편지 무더기를 살펴보았다. 항의의 표시인지 등 근육이 움찔거렸다. 이건 이모의 사생활을 침해하는 것이지만, 베아트리스의 눈은 자신의 의지를 배신하고 있었다.

> 내가 가장 사랑하는 도리스
>
> 당신이 떠난 뒤 모든 게 변한 것 같소. 직장과 집에서 아무 일도 없었던 것처럼 가장하려니 죽을 지경이라오. 무슨 일이 생기든 옥상으로 올라가 큰 소리로 나의 사랑을 외치고만 싶을 뿐이오. 매일 밤을 당신과 함께하고 싶소. 곧 우린 함께하게 되고, 모든 거짓은 끝날 거요. 살금살금 돌아다니는 것도. 그저 얌전히 참고 기다려주오, 내 사랑. 우리의 계획을 기억해주오. 내가 얼마나 당신을 사랑하는지도. 우리의 아지트에서 토요일에 만납시다.
>
> 영원한 연인, 빌

마지막 줄을 읽는 순간 베아트리스의 눈이 튀어나올 뻔했다. 빌이라는 남자가 도리스 이모와 바람을 피우고 있었던 것이다. 틀림없었다. 그녀는 편지를 한 장 한 장 넘기며 확인했다. 똑같은 필체의 편지에는 모두 빌이라고 서명되어 있었다. 편지는 쉰 장이 넘었다. 베아트리스의 눈은 다시 윌리엄 S. 톰슨이라고 서명된 은행 편지로 되돌아갔다. 그녀는 은행 편지를 집어 들어 손에 들고 있던 연애편지와 비교했다. 필체가 딱 맞아떨어졌다.

베아트리스의 손에서 편지들이 떨어져 내렸다. 한때 이모는 빌 톰슨과 불륜을 저질렀던 것이다. 병원으로 이모를 찾아간 의문의 남자는 빌이었을 가능성이 높았다. 베아트리스는 멍하니 침실 밖으로 걸어 나왔다. 냉장고에 남아 있던 마지막 캔맥주를 꺼내 뚜껑을 땄다. 맛이 끔찍했다.

도리스 이모는 침실에 오래된 은행 기록을 무더기로 보관했을 뿐만 아니라 대여금고에 관한 증거도 하나 갖고 있었다. 어쩌면 이런 말이 되지 않는 상황을 설명해줄 뭔가가 547번 대여금고에 들어 있을 수도 있었다. 베아트리스는 지갑에서 이모의 열쇠고리를 끄집어냈다. 손바닥에 열쇠고리를 펼쳐놓고, 열쇠를 찾아보았다. 맥주 깡통이 바닥에 떨어졌다. 547번 열쇠가 사라져버렸다.

22장

화요일 아침, 베아트리스는 싸울 각오를 하며 사무실로 당당하게 걸어 들어갔다. 이번 일은 맥스의 지나친 행동이 문제였다. 베아트리스는 맥스가 자신을 돕기 위해, 대여금고 열쇠를 가져갔을 거라고 스스로를 설득해보았지만, 소용없었다. 어떻게 남의 열쇠를 집어갈 수 있지? 베아트리스의 배 속은 불편하기만 했다.

하지만 맥스는 어디에도 없었다. 그녀는 항상 늦게 출근했다. 베아트리스는 이전에는 그런 것이 짜증나지 않았다. 하지만 오늘은 달랐다. 누구는 정시에 출근해야 하고 누구는 지각해도 되는 불평등한 상황에 갑자기 화가 솟구쳤다. 쭈글쭈글한 '우울한 자매'를 쳐다보고, 항상 말없이 앉아 있는 프랜신을 쳐다봤다. 프랜신은 타이프라이터를 부지런히 두들기고 있었다. 그녀들은 항상 머리를 숙이고 열심히 일했다. 화장실에서 몰래 담배를 피우지도 않고, 두 시간씩 지각하는 법도 없었다.

마치 무슨 신호라도 받은 듯이 프랜신이 고개를 끄덕이며 아는 체를 했다.

"좋은 아침이에요, 프랜신." 베아트리스도 인사를 했다.

베아트리스는 로스스타인이 부탁한 서류들을 정리하며 바쁜 척해보았지만, 사실은 오전 내내 어깨 너머로 맥스가 들어오는지만 살피고 있었다. 점심 시간이 끝나고도 맥스가 보이지 않자 베아트리스는 더욱더 화가 났다. 맥스가 자신을 피하는 걸까? 몸이라도 아픈 걸까? 베아트리스는 초조하게 발로 바닥을 두드렸다. 그 소리가 귀에 거슬렸는지 프랜신이 베아트리스를 노려봤다. 베아트리스는 화난 표정으로 벌떡 일어섰다.

베아트리스는 화장실에서 거울을 들여다보며 머리와 화장을 고치다가 손을 멈췄다. 이모가 갑작스럽게 쓰러지면서 베아트리스도 늙어버린 것일까? 거울 속에서 베아트리스가 기억하고 있는 것보다 훨씬 더 나이 들어 보이는 여자가 그녀를 마주 보고 있었다. 금발을 위로 올려 묶고, 맥스처럼 빨간 립스틱을 바른 모습이 마음에 들지 않았다. 베아트리스는 화장지를 뜯어 원래 입술색인 핑크색이 드러날 때까지 입술을 문질렀다.

베아트리스가 다시 책상으로 돌아와 멍하니 앉아 있는데 할로란이 사무실 문을 열고 그녀에게 손짓했다. 그녀는 메모장을 집어 들면서 심장이 약간 내려앉는 듯했다. 할로란은 항상 문 앞을 막고 서 있어서 사무실로 들어가려면 서로의 몸을 비비며 틈을 비집어야만 했다.

"베아트리스, 내가 지시했던 특별임무는 잘 수행하고 있겠지?" 할로란은 베아트리스의 다리를 멍하니 바라보며 물었다.

그녀는 무릎과 발목을 꽉 붙였다. "뭐라고 하셨죠?"

"톰슨 씨의 프로젝트에 관해 알아낸 게 있나?" 할로란이 깨끗하게 손질된 기다란 손가락으로 가죽 압지의 모서리를 부드럽게 어루만졌다. 그의 눈은 베아트리스의 목선을 더듬고 있었다. 눈꼬리가 처진 것을 보면 또다시 술을 퍼마시고 온 게 분명했다.

베아트리스는 목청을 가다듬고 의자에 앉아 불편한 듯 몸을 꼼지락거렸다. 잠시 머뭇거리던 그녀는 맥스와의 우정을 더는 지킬 필요가 없다고 생각했다. 맥스는 도둑이었다. "음, 톰슨 씨는 대여 금고에 대해 비밀 감사를 하고 있는 것 같아요. 맥신 맥도넬이 기록을 살펴보고 고객들에게 전화를 걸고 있다고 했어요."

이제 할로란은 베아트리스의 목을 멍하니 바라보지 않았다. "그런 거였어?"

"네…… 그런데 몇몇 기록이 분실됐다고 하더라고요."

"분실됐다고?" 할로란이 양쪽 눈썹을 치켜올렸다.

베아트리스는 자신이 너무 많은 말을 한 것은 아닌지 걱정했다. 하지만 이미 일은 벌어졌다. "수년 전에 어떤 고객이 오하이오주 정부로부터 그녀의 대여금고를 환수한 기록을 가지고 있지 않다는 답변을 받았답니다. 그때 회계감사가 시작됐고요."

할로란의 얼굴에 환한 미소가 번져나갔다. "잘했어, 베아트리스. 당신은 정말 귀중한 인재야. 내가 커닝햄 부인에게 잘 얘기해주지. 지금부터 내 업무는 모두 당신에게 주겠어."

베아트리스는 웃어야 할지 찡그려야 할지 몰라 그냥 어정쩡한 표정을 지었다. 상황이 좋아진 것인지 나빠진 것인지 모르겠지만,

어쨌든 그녀는 할로란의 일을 전담하게 되었다. 맥스의 말이 사실이라면, 베아트리스는 은행에서 자기 자리를 확실이 보장받은 셈이었다.

할로란은 자리에서 일어서 커다란 서류 뭉치를 집어 들었다. "이건 접근이 제한되어 있는 아주 민감한 기록들이야. 각주脚註에 따라 정리하고 다시 철해줬으면 해. 오늘 퇴근 전까지 끝낼 수 있겠어?"

할로란이 무거운 서류철을 그녀의 두 팔에 내려놓자 블라우스의 옷깃이 한쪽으로 밀려났다. "물론이죠, 할로란 씨."

그가 베아트리스를 문 쪽으로 데려갔다. "베아트리스, 제발 날랜디라고 불러줘."

책상으로 돌아온 베아트리스는 첫 번째 파일을 열었다가 타이핑된 서류를 보고 곤혹스러운 표정을 지었다. 달러 총액과 날짜가 늘어선 서류는 모두 숫자로만 되어 있었다. 머리말은 'STHM', 꼬리말은 '%$%'였다. 베아트리스는 할로란의 지시대로 각 페이지의 맨 밑에 있는 부호에 따라 서류들을 정리하기 시작했다. 몇 분도 지나지 않아 그녀의 책상은 서류로 뒤덮였고, 사람들의 시선도 베아트리스와 민감한 문서에 쏠렸다. 베아트리스는 서류들을 모아 자신의 파일 서랍에 있던 빈 마닐라 폴더에 쓸어 넣었다.

한 시간 후, 베아트리스는 서류 뭉치를 들고 할로란의 사무실로 갔다. 문을 조용히 두드렸지만 아무런 반응이 없었다. 그녀는 문손잡이를 돌리고 안쪽을 살짝 훔쳐봤다. 할로란의 책상은 비어 있었다. 어색하게 얼굴을 마주치지 않아도 된다는 생각에 안도의 한숨을 내쉬고는 할로란의 책상 모서리에 서류 뭉치를 내려놓았다. 그의 책상 뒤쪽으로 좁은 문이 열려 있었다. 베아트리스는 그곳에 그런 문이 있는 줄도 몰랐다. 희미하게 빛나는 흰색 타일이 보였다.

베아트리스는 좀 더 잘 들여다보려고 목을 뺐다. 커다란 석조 세면대와 샤워실이 있었다. 좀 더 자세히 보기 위해 두어 걸음 앞으로 다가갔다.

"아주 구식이지, 응?" 할로란의 뜨거운 숨결이 베아트리스의 목을 뒤덮었다. 베아트리스는 그의 발소리를 전혀 듣지 못했다.

베아트리스는 깜짝 놀라 펄쩍 뛰었다. "아, 정말 죄송해요, 할로란 씨. 전 파일을 놓아두려고……."

"랜디라고 부르라니까." 그가 음흉하게 미소 지으며 그녀에게로 다가섰다.

베아트리스는 본능적으로 뒷걸음쳤다. "정말 죄송해요, 랜디. 파일을 갖다 놓으려다가 문이 열려 있는 것을 봤어요. 정말 무례한 짓이었어요."

랜디는 불편할 정도로 가까이 다가왔다. 베아트리스는 한 걸음 뒤로 물러섰다.

"이런 방들을 만드는 것은 프라이버시를 보장하기 위해서지. 프라이버시는 아주 중요한 것이잖아, 안 그래?" 랜디는 손가락 하나로 그녀의 팔을 주욱 긁어내렸다.

베아트리스의 내면에서 공포심이 부풀어 올랐다. 그녀는 랜디의 개인용 화장실로 뒷걸음쳤다. 사무실 문이 닫혔다. 랜디는 베아트리스의 턱을 들어 올려 얼굴을 마주 보았다. 랜디가 베아트리스의 입술을 찬찬히 살펴보는 순간, 그녀의 머릿속은 곤경에서 벗어날 방법을 찾아 팽팽 돌아갔다. 랜디의 아랫도리를 걷어차고 비명을 지르며 달려 나가면 곧장 해고당할 것이다. 그녀는 머뭇거리며 눈을 깜빡거렸다. **이 자식, 정말 상어잖아. 맥스라면 어떻게 했을까?** 그 순간 해결책이 떠올랐다.

베아트리스는 몸을 앞으로 숙이고 허리를 랜디의 허리에 바짝 붙였다. 그러고는 가장 매력적인 목소리로 중얼거렸다. "랜디, 지금 이럴 시간이 없잖아요?"

베아트리스의 말과 행동이 랜디의 의표를 찔렀다. 그가 반응하기 전에, 베아트리스는 슬그머니 궁지에서 벗어났다. 그리고 화장실을 벗어나 자신의 책상으로 되돌아갔다. 너무나 겁이 나서 뒤를 돌아볼 엄두가 나지 않았다.

의자에 앉자 무릎이 덜덜 떨렸다. 한 줄 뒤의 맥스 책상은 여전히 비어 있었다.

23장

금요일 아침에도 맥스의 모습이 보이지 않자 베아트리스는 걱정되기 시작했다. 맥스는 마치 허공으로 증발해버린 것 같았다. 베아트리스는 맥스가 미안하다고 사과하거나, 적어도 전화나 편지로 도리스 이모의 안부를 물을 거라고 기대했었다. 하지만 아무런 소식이 없었다. 며칠이 지나도 맥스의 책상은 비어 있었다.

베아트리스는 할로란의 서류를 정리하느라 바빴다. 정리가 끝난 서류는 커닝햄 부인의 사무실 앞에 있는 우편함에 넣어두곤 했다. 그의 사무실에는 들어가지 않으려고 애썼다. 할로란은 무엇 때문인지 사무실에 거의 없는 것 같았다. 점심 시간이 점점 길어지더니, 어떤 날에는 아예 사무실에 들어오지 않았다. 베아트리스에게는 좋은 일이었다.

이제 베아트리스는 맥스를 모른 척할 수 없었다. 점심 시간이 끝나고 커닝햄 부인의 사무실로 갔다.

문 안쪽에서 목소리가 흘러나왔다. "시간이 더 필요하다고요,

데일! 30개의 계좌를 하룻밤 사이에 어떻게 추적하라는 거예요? ……물론 시간 제약이 있다는 것은 잘 알고 있어요. 그 여자는 회의에 나오지 않았어요……. 그 여자를 찾아내지 못하면 진술을 받아낼 수 없죠……. 맞아요, 예금은 지금도 그대로 있어요……."

베아트리스는 문을 두드렸다. 카펫 위를 걷는 무거운 발소리가 둔탁하게 들리더니 문이 열렸다. 늙은 커닝햄이 문간을 가로막고 서 있었다. "내 도움이 필요해?"

"죄송해요, 커닝햄 부인. 하지만 걱정되는 게 있어서……." 베아트리스는 입술을 깨물었다.

"그래? 뭔데?" 상사의 쌀쌀맞은 목소리와 조금 전에 살짝 엿들은 이상한 대화 때문에 자신이 하려던 말을 잊어버릴 뻔했다.

"음…… 혹시 맥신 맥도넬이 어떻게 되었는지 아세요?" 베아트리스는 그런 질문에 뭔가 타당한 이유를 덧붙여야 한다고 느꼈다. "할로란 씨가 맥신에게 질문할 것이 있다고 하셔서요."

"맥신은 화요일 오전에 사직했어."

베아트리스의 입이 벌어졌다. 맥스가 은행을 그만뒀다고? 톰슨이 비밀리에 진행했던 회계감사를 무사히 마치고 승진을 기대하던 맥스가? 그건 말이 되지 않았다.

"그게 전부야? 나도 당장 해야 할 일이 있어서……."

"시간 내주셔서 감사합니다." 베아트리스는 정말 믿을 수가 없었다. 맥스가 가버리다니. 작별인사도 없이. 그리고 맥스는 지금도 도리스 이모의 열쇠를 가지고 있었다.

"아 참, 지금 생각났는데." 커닝햄 부인이 말했다. "너는 수시로 톰슨 씨에게 도움이 필요한지 확인하고 도와드려. 맥신이 사직하는 바람에 일손이 부족해."

그 말과 함께 커닝햄 부인이 문을 닫았다.

베아트리스는 홀 건너편에 있는 톰슨의 사무실을 흘낏 쳐다봤다. 베아트리스는 면접 이후 그를 한 번도 보지 못했다. 도리스 이모에게 보낸 그의 연애편지를 읽은 지금, 그의 눈을 똑바로 바라볼 자신이 없었다.

톰슨의 사무실 문은 닫혀 있었다. 조용히 문을 두드렸지만, 대답이 없었다. 그녀는 그가 사무실에 없기를 바랐다. 좀 더 세게 문을 두드리고 기다렸다. 베아트리스가 자신의 자리로 돌아서려는 순간, 문이 활짝 열렸다. 그녀의 인생에서 중요한 여자들에게 '빌'이라고 불리는 사람과 얼굴을 마주하게 되었다.

"무슨 일이지, 베서니?"

베아트리스는 자신의 이름을 굳이 바로잡고 싶지 않았다. "혹시 도움이 필요하신지, 커닝햄 부인이 수시로 확인해보라고 하셨거든요."

"아, 두 사람 다 아주 친절하군. 지금은 별로 바쁘지 않지만, 도움이 필요하면 알려주지." 톰슨은 문을 닫으려다가 갑자기 무슨 생각이 떠오른 것 같았다. "아, 커닝햄 부인에게 전해줄 것이 있는데."

베아트리스는 빌의 뒤를 따라 그의 사무실로 들어갔다. 그의 사무실은 그녀가 기억하고 있던 것과 다름이 없었다. 아름다운 여자와 미소 짓는 두 명의 여자애들이 찍힌 사진 한 장이 서가에 놓여 있었다. 그는 이모에게 이런 가족을 버리겠다고 약속했었다. 베아트리스는 가족사진을 보고 기분이 나빠졌다.

빌은 베아트리스에게 서류 뭉치를 건넸다. "고마워, 베서니. 주말 잘 보내."

"감사합니다." 베아트리스는 정말 하고 싶은 말을 내뱉을 수 없었다. 아무리 봐도 이 남자는 한 여인을 불륜에 빠뜨릴 만한 그런 남자가 못되었다. 톰슨은 머리카락이 반백인 데다 올챙이처럼 배가 튀어나왔다. 게다가 친절한 눈과 따스한 미소는 마치 할아버지 같았다. 베아트리스에게 지나가듯 자연스럽게 주말을 잘 보내라고 했지만 사실은 그녀의 이름조차 제대로 모르고 있었다.

24장

베아트리스는 자신의 자리로 가다가 맥스의 책상을 지나쳤다. 그러다 걸음을 멈췄다. 책상 위의 스테이플러를 보면서, 맥스가 더 많은 것들을 남겨뒀을지 모른다고 생각했다. 어쩌면 도리스 이모의 열쇠가 책상에 있을 수도 있었다. 편지 같은 것을 남겨놓았을지도 모르고.

맥스는 멋대로 굴었지만 아무도 그것에 대해서 언급하지 않았다. 베아트리스는 이제 걱정은 그만두자고 생각했다. 직속 상사는 자신의 이름조차 모르고 있었다. 커닝햄 부인은 사무실 내의 모든 일은 자기 책임이라고 했지만, 사무실 밖으로 거의 나오지도 않았다. 다른 비서들은 베아트리스를 무시했다. 베아트리스가 누구인지, 무엇을 하는지 아무도 관심을 갖지 않았다. 지금이 그녀가 하고 싶은 일을 해야 할 때인지도 몰랐다. 우선은 도리스 이모의 열쇠를 돌려받고 싶었다.

오후 5시, 베아트리스는 어깨에 핸드백을 걸치고 다른 여자들을 따라 홀에 있는 코트걸이로 갔다. 그녀는 다른 비서들 곁에 서서 자신의 코트와 모자와 장갑을 착용하고, 엘리베이터로 걸어갔다. 다들 엘리베이터에 탔을 때, 마침 어떤 생각이 떠오른 것처럼 뒤로 돌아서서 여자 화장실로 갔다. 아무도 그녀를 눈여겨보지 않았다.

화장실은 비어 있고 어두웠다. 머리 위의 전구는 꺼져 있었다. 베아트리스는 눈을 가늘게 뜨고는 맥스가 담배 연기를 불어내곤 하던 창문을 통해 들어오는 희미한 햇빛을 바라봤다. 그녀는 칸막이 안으로 들어가 변기에 앉았다.

베아트리스는 꿈짝도 하지 않고 한 시간 이상 앉아 있었다. 모든 사람이 퇴근할 때까지. 오늘은 금요일이라서 야근을 좋아하는 부장들도 제때 퇴근했을 것이다. 휴일이 다가오고 있었다. 크리스마스 선물도 사야 하고 가족도 만나야 한다. 모든 사람이 일하지 않아도 되는 한 주를 간절히 기다리고 있었다. 정류장에 앉아 집으로 데려다줄 82번 버스를 기다릴 때면 이른 저녁부터 거리들이 텅 빈 것 같았다.

베아트리스는 만날 사람도 할 일도 없었다. 그저 병원에 가서 날마다 쇠약해지는 이모의 몸에 공기를 실어 나르는 기계를 지켜보는 일밖에. 베아트리스는 어둑어둑해진 화장실 거울에 비친, 변기에 앉아 있는 자신의 모습을 힐끔 쳐다봤다. 눈이 퀭하고 안색이 창백한 게 마치 유령 같았다.

거리의 소음이 점차 잦아들었다. 홀의 엘리베이터가 윙 소리를 냈다. 베아트리스는 10분쯤 기다리다가 천천히 화장실에서 걸어 나왔다. 부츠 바닥이 타일에 부딪히는 소리가 벽을 타고 울려 퍼졌다. 화장실 문 옆에서 부츠를 벗고 스타킹만 신은 발로 홀을 사뿐 사뿐 걸어갔다.

수화기에 대고 조잘거리거나 서류를 뒤적거리는 사람은 없었다. 그 층은 텅 비어 있었다. 쥐 죽은 듯 조용해서 자신의 흉곽을 두드리는 심상 소리를 누군가 듣지 않을까 걱정됐다. 복도에는 여전히 불이 켜져 있지만, 늘어선 책상 위에 매달린 커다란 형광등은 꺼져 있었다. 베아트리스가 일하는 곳을 빙 둘러싼 문들은 모두 컴컴했다. 거리로부터 올라오는 희미한 노란색 불빛만이 젖빛 유리창을 통해 스며들고 있었다.

베아트리스가 맥스의 책상에 앉아 가운뎃서랍을 열고 그 안을 살펴보기에는 홀에서 비치는 희미한 불빛만으로도 충분했다. 서랍에는 볼펜과 클립 같은 사무용품 대신에 종이들만 뿔뿔이 흩어져 있었다. 종이 뭉치를 더듬어봤지만, 이모의 열쇠는 잡히지 않았다. 베아트리스는 종이 한 장을 집어 들고 희미한 불빛 속에서 읽어보려고 했다. 종이는 속기로 뒤덮여 있었다. 베아트리스가 눈을 가늘게 뜨고 들여다봐도 글자가 보이지 않아 결국 책상 모서리에 놓인 작은 탁상등을 켰다. 맥스도 베아트리스만큼이나 속기가 깔끔하지 못했지만, 그래도 체크 표시와 소용돌이무늬 가운데서 몇 개의 단어를 간신히 알아볼 수 있었다.

304번 금고 – 지불 지연, 1978년 6월 7일에 통지, 테일러 커밍스, 1978년 6월 19일 환수; 305번 금고 – 비용 체납, 1978년 6월 6일 접촉 시도, 메리언 델라니, 전송 주소 없음, 1978년 6월

19일 환수

회계감사 기록이었다. 그런데 고작 이런 내용을 속기로 기록했다는 것이 이상했다. 내용 자체가 워낙 간단한 데다, 맥스가 아닌 누군가가 받아 적은 것도 아닌 듯했다. 비서가 아니라면 톰슨을 비롯해서 이 일과 관련된 사람들조차 해석할 수 없기 때문이었다. 이건 맥스가 베아트리스를 위해 남겨놓은 기록이 확실했다. 베아트리스는 아래쪽을 훑어보다가 다음과 같은 기록이 나오자 양쪽 눈썹을 치켜올렸다.

오하이오주 정부의 재무부 접촉 78년 6월 25일, 환수 기록 없음. 사라진 내용물은 설명 불가.

맥스는 대여금고의 내용물이 환수되었는지 확인하려고 주 정부에 전화를 걸었던 것이다. 여러 페이지에 걸친 대여금고의 회계감사 기록은 모두 주 정부가 금고의 내용물을 소유한 기록이 없다는 것으로 끝나고 있었다. 베아트리스는 서류를 보며 뒤통수를 얻어맞은 기분이 들었다. 100개도 넘는 대여금고의 내용물이 공식적으로 사라져버린 것이다. 맥스는 사라진 계정을 확인하고, 아무도 읽을 수 없도록 속기로 기록해두었다.

도리스 이모도 대여금고의 기록을 보관하고 있었다. 베아트리스는 모든 서류를 차곡차곡 쌓았다. 마닐라 폴더를 찾기 위해 훨씬 큰 서류함 서랍을 열었다가 뭔가가 바닥에서 덜커덕 하고 부딪히는 소리를 들었다. 절반쯤 비워진 위스키 병이었다. 서랍을 뒤져서 작은 '올드 그랜드-대드'* 병을 끄집어내고, 맥스에게 질렸다는 듯 고개를 가로저었다.

화가 나기는 했지만, 술병을 손에 들고 있으니 맥스와 함께했던 과거가 새록새록 떠올랐다. 친구 없이 일하는 건 예전 같지 않을 것이다. 베아트리스는 술병의 마개를 열고 맥스에게 경의를 표하며 한 모금 마셨다. 위스키는 목구멍을 태우며 넘어갔다. 그녀는 술병을 내려놓고, 서류함을 계속 뒤졌다. 결국 이모의 열쇠는 나오지 않았다. 베아트리스는 맥스의 괴상한 메모들을 집어넣을 빈 폴더를 꺼내고 서랍을 닫았다.

큰 서랍 바로 위쪽의 작은 서랍을 열자 머리빗 하나와 작은 화장품 가방이 나왔다. 위스키는 그렇다 쳐도 화장품을 두고 간 것은 이상하기 짝이 없었다. 실크 가방은 꽤나 무거웠다. 동전들이 무더기로 들어 있는 것처럼 짤랑거렸다. 베아트리스는 잠시 망설이다 어깨를 으쓱했다. 맥스도 거리낌 없이 이모의 지갑을 뒤졌는데, 뭐. 그녀는 가방을 열고 손을 집어넣었다.

홀 어딘가에서 문이 닫히는 소리가 났다.

베아트리스의 심장이 멎을 뻔했다. 뒤쪽에서 발소리가 다가오자 얼른 화장품 가방의 지퍼를 올렸다. 그러고는 얼른 돌아섰다. 유니폼 차림의 키 큰 경비원이 눈앞에 모습을 드러냈다. 홀 저쪽으로 도망치려다가 괜히 의심을 받을 것 같아 포기했다. 경비원의 엉덩

* 알코올 도수 57도로 버번 중에서 가장 독한 위스키. 마일드한 풍미와 향기가 매우 독특하다.

이에 매달린 권총집에 권총이 들어 있었다. 이제 그녀가 이곳에 있는 게 당연하게 보이기만을 바랄 뿐이었다.

베아트리스는 양쪽 어깨를 편안하게 내리고 미소 지었다. "좋은 밤이네요!"

"이런 밤늦은 시간에 여기에서 뭘 하고 있나요, 아가씨?"

비난하는 목소리는 아니었다. 아직까지는.

"아, 화장품 가방을 깜박했거든요." 베아트리스는 지퍼로 채워진 작은 가방을 들어 보였다. "난 정말 멍청하다니까요!"

베아트리스는 화장품 가방을 핸드백 안에 넣고는 책상에서 맥스의 기록이 담긴 폴더를 집어 들었다. 경비원의 유니폼에는 '레이먼'이라는 이름이 새겨져 있었다. 그녀는 경비원의 시선을 피하려고 이름의 철자만 뚫어져라 쳐다봤다.

"이곳은 폐쇄됐어요. 얼른 집으로 갈 시간이라고요."

레이먼이 엘리베이터 쪽으로 앞장서서 걸었다. 베아트리스는 신발을 신지 않았다는 걸 들키지 않기 위해 멀찌감치 떨어져 뒤따라갔다. 그녀의 부츠는 지금도 화장실 문 옆에 놓여 있었다. 스타킹만 신은 채 눈 속으로 걸어 나갈 수는 없었다.

"아, 이런! 어떡하지? 미안한데, 화장실 좀 갔다올게요. 잠시만 실례할게요."

베아트리스는 경비원이 다가오기 전에 허겁지겁 화장실로 달렸다. 등 뒤로 문을 닫고는 부츠에 발을 넣고 맥스의 기록을 핸드백에 쑤셔 넣었다. 화장품 가방을 다시 꺼내 도리스 이모의 열쇠를 찾아봤다. 그러나 그곳에는 머리핀들과 잔돈뿐이었다. 맥스의 책상에는 아직 열어보지 못한 서랍이 하나 더 있었다. 아직 시간 여유가 있을지도 몰라. 베아트리스는 생각했다. 어쩌면 이런 기회를 또다시 잡지 못할 수도 있었다.

베아트리스는 초저녁에 몸을 숨기고 있던 칸막이 안으로 들어가 경비원에게 들리도록 변기의 물을 내렸다. 세면대에 물이 차는 소리를 들으며 창문을 멍하니 쳐다보았다. 어쩐지 맥스가 그곳에 서 있는 듯한 기분이 들었다. 맥스는 느슨해진 타일 속에 숨겨두었던 담배를 꺼내고는 들킬까 봐 초조해하는 베아트리스에게 능글맞게 웃곤 했었다. 갑자기 어떤 생각이 머릿속을 스쳐 지나갔다.

베아트리스는 수도꼭지를 잠그고 창턱으로 걸어갔다. 맥스가 담배를 감춰두었던 느슨한 타일 조각을 들어 올렸다. 점토 타일의 안은 비어 있었다. 베아트리스는 손을 집어넣었다. 뭔가 단단한 금속이 손가락 끝에 스쳤다.

그건 커다란 열쇠고리였다. 베아트리스는 은닉처에서 그걸 꺼내 쫙 펼쳤다. 각양각색의 열쇠들이 서른 개쯤 되었다. 커다란 철제 열쇠들은 사무실 열쇠 같았다. 열쇠고리에 좀 더 작은 열쇠고리가 달려 있었다. 그곳에는 열세 개의 작은 놋쇠 열쇠가 매달려 있었다. 그중 하나를 집어든 베아트리스의 심장이 두방망이질했다. 한쪽 면에는 'D'라는 문자가 새겨져 있고, '클리블랜드 퍼스트뱅크'라는 글자가 그 둘레에 새겨져 있었다. 이모의 열쇠처럼. 다른 열쇠들을 이리저리 뒤집어 보았다. 문자가 하나씩 새겨져 있었지만, 547번 열쇠는 아니었다.

문에서 노크 소리가 들렸다. 베아트리스는 깜짝 놀랐다.

"이제 가야죠." 경비원이 큰 소리로 말했다.

베아트리스는 열쇠고리를 핸드백 안에 던져 넣고, 느슨한 타일 조각을 원래 자리에 조심스럽게 끼웠다. 그녀가 홀로 되돌아왔을 때, 레이먼의 얼굴에는 화난 기색이 역력했다. 그는 열려 있는 엘리베이터 문을 손으로 가리켰다.

베아트리스는 자신이 막무가내라는 것을 알았지만, 그래도 이모의 열쇠를 꼭 찾아야 했다. "어떡하죠? 뭔가를 잊어버리고 왔어요. 집에 가져가서 주말 내내 검토해야 할 문서가 있는데…… 내가 이렇게 멍청하다니까! 얼른 가서 가져올게요."

베아트리스가 맥스의 책상으로 달려가는 동안, 레이먼은 뒤쪽에서 연신 툴툴거렸다. 그녀는 1분만 기다려 달라고 손가락 하나를 들어 보이고는 마지막 서류함 서랍을 열었다. 서류가 빽빽하게 들어차 있었다. 서류들을 한쪽으로 밀어붙이고, 바닥을 더듬었다. 연필 깎은 부스러기만 한 줌이 나왔을 뿐, 열쇠는 나오지 않았다. 그녀는 아무 서류나 집어 들고 서랍을 쾅 하고 닫았다.

"이제 다 찾았어요?" 레이먼의 나지막한 목소리가 바로 어깨 너머에서 들렸다.

베아트리스는 간신히 비명을 참았다. 레이먼이 뒤따라오는 소리를 전혀 듣지 못했었다. "네, 그래요. 고마워요."

"이제는 가도 되겠군요. 그런데 이름이……?"

레이먼은 베아트리스를 떠보고 있었다. 그녀가 맥스인 척하면서 맥스의 책상에 서 있는데도 이름을 물어보는 것이었다. 베아트리스는 못 들은 척했다. "뭐라고요?"

"아가씨 이름이 어떻게 되느냐고요."

"아……." 베아트리스는 침을 꿀꺽 삼켰다. "맥신이에요. 맥신 맥도넬…… 이제는 정말 가야겠네요." 그 말과 함께 최대한 빨리 걸었다. 엘리베이터를 향해 달려가고 싶은 마음을 억누르면서. 그녀는 문을 열고 기다리는 엘리베이터 안으로 들어가 로비 버튼을 눌렀다.

다행히도 경비원은 뒤따라오지 않았다. 그는 맥스의 책상 옆에서 꼼짝도 하지 않았다. 그는 생각에 잠긴 채 맥스의 책상을 뚫어져라 내려다보았다. 경비원은 마침내 고개를 들어 엘리베이터 안에 서 있는 베아트리스를 쳐다봤다.

"좋은 밤 되시오, 아가씨." 경비원이 우울한 얼굴로 인사했고, 엘리베이터 문이 닫혔다.

25장
1998년 8월 15일 토요일

아이리스는 자신이 매춘부 같아 그 주 내내 자책했다. 키스 몇 번에 바닥으로 무너지다니. 그녀는 어쩔 수 없는 일이었다고 스스로에게 변명했다. 그건 닉이 마음을 훔치는 키스를 퍼부은 탓이지 그녀 자신의 잘못이 아니었다. 닉과 관계를 갖기 전까지 불과 몇 번밖에 해보지 않았던 섹스가 뜨뜻미지근했던 탓이지 그녀 자신의 잘못이 아니었다. 닉과는 이전에 키스를 한 번밖에 해보지 않았다. 서로 추파를 던진 적도 있긴 했다. 데이트는 아니었지만, 그래도 뭔가 특별하긴 했다고 스스로를 설득했다. 게다가 성인 여성이 좋아하는 남자와 섹스를 한다고 해서 헤픈 여자라는 낙인이 찍히거나 벌을 받을 이유는 없었다.

하지만 아이리스는 벌을 받고 있었다. 닉이 전화를 하지 않았던 것이다.

토요일 정오가 되자 그가 전화하지 않을 게 분명해졌다. 닉은 그녀를 갖고 놀았던 것이다. 아이리스와 진지하게 사귈 마음이 없는 게 뻔했다. 밀폐된 아파트 벽들 때문에 땀이 줄줄 흘렀다. 밖으로 나가 바람이라도 쏘여야 했다.

밖은 더욱 더웠다. 아이리스는 고개를 푹 숙인 채 카프레타 부인의 흔들의자 옆을 터벅터벅 지나갔다.

"음, 아가씨도 이럴 거야? 요즘은 사람들이 이웃에게 인사조차 건네지 않으니, 원. 위층의 동양인들이나 그런 줄 알았더니 아가씨까지 이럴 줄은 몰랐네."

"죄송해요, 카프레타 부인. 오늘은 기분이 어떠세요?" 아이리스는 시선을 피하면서 한숨을 내쉬었다.

"보기보다는 훨씬 좋아. 그런데 무슨 일 있었수? 남자 문젠가?" 좀먹은 실내복을 걸친 카프레타 부인이 의자를 흔들었다.

"비슷해요."

"아가씨 같은 직장 여성들은 모두 머리를 쓸 줄 모른다니까. 우리 때는 남자를 어떻게 다루어야 하는지 다들 알고 있었는데……. 조언 좀 해줄까?"

별로 듣고 싶지 않네요.

"요리하는 법을 배우고, 가랑이를 함부로 벌리지 마! 그게 남편을 얻는 방법이지."

아이리스가 눈을 번득였다.

"아가씨는 자기가 결혼하기에는 너무 아깝다고 생각하지? 아직 스물세 살이니까 당연히 그럴 수 있지. 그렇게 서른세 살, 마흔세 살이 되도록 기다려봐. 그때 직장에서 얼마나 출세했는지 보자고. 하!"

"말씀 감사합니다." 그녀는 속이 뒤틀릴 것만 같았다.

카프레타 부인이 아이리스의 등 뒤에서 외쳤다. "아가씨도 알다시피, 우리 벳시가 그렇게 됐다니까. 좋은 기회들을 다 놓쳐버리고, 지금은 홀로 살고……."

아이리스가 그곳을 벗어나면서 대화도 그것으로 끝이었다. 그녀는 가장 좋아하는 커피숍인 칼라브리아의 가게가 있는 거리로 터벅터벅 걸어갔다. 커피와 《프리 타임스》와 《어라운드 타운 매거진》을 집어 들고, 에어컨이 잘 나오는 구석자리로 갔다. 주간지와 잡지에 실려 있는 동부의 임대아파트들을 대강 훑어보고, 닉이 살고 있는 트레몬트 지역의 임대목록을 강박적으로 읽기 시작했다. 그는 최근에 링컨 파크 근처에 콘도를 사고는 그곳의 사진을 지금까지도 자랑했다. 그의 콘도 가까이로 이사 가면 스토킹 따위를 할 필요가 없을 것이다.

아이리스는 한숨을 내쉬며 페이지를 넘겼다. 어쩌면 카프레타 부인의 말이 맞을지도 몰랐다. 가랑이를 붙이고 있어야 했는데……. 베이글을 우적우적 씹어 먹는데, 《어라운드 타운 매거진》의 표지가 눈을 사로잡았다. 잡지를 펼치자 '데니스! 그리고 1978년의 디폴트 선언'이라는 제목이 나왔다. 그녀의 시선을 끌고 잡지를 펼치게 한 것은 바로 그 년도였다. 클리블랜드 퍼스트뱅크가 문을 닫은 것이 대략 그때쯤이었다. 아이리스는 시내를 뒤덮다시피 했던 '데니스!'라는 후보의 깃발을 본 적이 있었다. 오는 가을에 선거가 있었던 것이다.

기사의 내용은 이랬다. 쿠치니크 하원의원이 지저분한 과거를 집요하게 파헤치는 공화당 후보의 도전을 받고 있었다. 기사에 의하면 클리블랜드시가 여러 은행의 채무를 지불하지 못하게 됐을 당시, 데니스 쿠치니크가 서른두 살의 한창 나이로 시장에 당선되었다고 한다. 그때는 시 역사상 최악의 재정상태였고, 몇 년 전에 있었던 쿠야호가강의 화재도 해결되지 않았었다. 클리블랜드는 미국 전역의 웃음거리가 되었고, '러스트 벨트'를 상징하는 인물도 부정부패에 찌들어 있었다. 한때 위대한 대도시였던 클리블랜드가 '호수의 실수'*로 전락하고 말았다. 아이리스는 이전에 단편적인 이야기들을 들었을 뿐, 자세한 부분까지는 모르고 있었다. 그녀는 기사를 계속 읽었다.

정치가들이 예산을 늘리되, '증세는 하지 않는다'고 약속하면서 시청은 더 많은 부채를 떠안게 되었다. 시청의 부채는 이자가 엄청나게 저렴한 몇몇 지역 은행들로부터 빌린 차입금으로 충당되었다. 기사에 나온 채권 은행들 가운데 클리블랜드 퍼스트뱅크가 최대 채권자인 것을 보고 아이리스의 눈이 휘둥그레졌다.

쿠치니크 행정부의 자신만만한 젊은 고문들은 전력사업을 민영화하는 대신 낡은 사업장들을 매각했다. 1978년 12월 5일, 사채 만기일이 돌아오자 지역 은행들은 시청과 기한을 재교섭하지 않기로 했다. 클리블랜드 퍼스트뱅크는 사채의 차환**을 거부한 여섯 개의 은행 중 하나였다. 은행의 이사진은 클리블랜드에서 가장 영향

---

* 이리 호수의 남쪽 지역에 있는 오하이오주의 클리블랜드를 경멸적으로 일컫는 용어. '호숫가의 실수(The Mistake by the Lake)'라고도 불린다.
** 借換. 공사채의 상환 기한이 되기 전에 신규 공사채를 발행하여 상환하는 일.

력이 큰 사업가들로 구성되어 있었다. 손꼽히는 부호들로는 시어도어 할로란, 새뮤얼 왜컬리, 알리스테어 머서 등이 포함되어 있었다고 한다.

오래된 은행의 도서관에 걸려 있던 초상화가 아이리스의 머릿속에 아련히 떠올랐다. 적어도 열두 명의 노인들이 책을 노려보고 있었다. 은행과 은행 이사회에 관한 기사가 있는지 샅샅이 살펴봤지만, 더는 나오지 않았다. 기사는 쿠치니크가 하원에서 행한 투표 기록을 서술하고 있었다. 대항마인 제임스 스톤은 클리블랜드시를 말아먹은 전직 시장인 데니스 쿠치니크가 하원의원에 재선된다면 나라를 말아먹을 게 뻔하다고 주장했다고 한다. 아이리스는 잡지를 접어 핸드백에 쑤셔 넣었다.

아이리스는 한낮의 열기를 듬뿍 받으며 집으로 걸어갔다. 통상적인 사업체가 아닌 은행을 폐쇄했다면 더 많은 이야깃거리가 있어야 했다. 버려진 서류들, 사무용품이 가득한 책상들, 죽은 식물들……. 모두 범죄현장의 증거물처럼 보였다. 게다가 아직도 상당히 괜찮아 보이는 15층짜리 건물이 20년 동안 텅 비어 있었던 것은 무슨 이유 때문이었을까? 아이리스는 이전에도 클리블랜드 시내에서 버려진 건물들을 본 적이 있었다. 매일 차를 몰고 그 건물들을 지나쳤다. 쓸 만한 것들이 모조리 털린 건물들은 셔터가 내려져 있었다. 깨진 유리창 너머로 남은 게 거의 없다는 걸 확인할 수 있었다. 그런데 왜 유클리드 애비뉴 1010번지의 건물은 무장경비원까지 배치하여 마치 타임캡슐에 넣어놓은 것처럼 완벽하게 보존한 것일까? 그녀의 생각은 계속해서 금고실로 되돌아갔다.

아이리스가 후끈후끈한 아파트 안으로 들어가자 자동응답기의 불빛이 깜빡거렸다. 그녀는 핸드백을 한쪽에 내팽개치고 검은색 전화기로 달려갔다. 어쩌면 닉이 전화를 걸어 데이트를 신청한 것일지도 몰랐다. 하지만 어머니의 전화였다. 이번에도 또.

"아이리스니? 엄마는 슬슬 걱정이 되는구나. 집으로 전화해주렴."

"알았어요, 알았다고요." 원래 전화를 해야 하는 날보다 2~3일밖에 늦지 않았는데……. 아이리스는 수화기를 집어 들고는 다이얼도 보지 않고 집 전화번호를 돌렸다. 집 전화번호는 23년 동안 바뀐 적이 없었다. "엄마, 저예요!"

"아이리스구나! 전화가 좀 늦었네? 정말 걱정하고 있었는데. 너, 괜찮은 거지?"

"죄송해요, 엄마." 아이리스는 불쌍한 엄마에게 걱정을 끼칠 생각은 전혀 없었다. "정말 바빴거든요."

"그래도 전화는 해줬어야지. 네가 어른이라고 해도 난 여전히 네 엄마잖니." 전화선 저편에서 엄마가 한숨을 내쉬었다. "그래, 새로 맡은 일거리는 어때? 재미있어?"

"물론이죠! 여기 있는 오래된 건물에서 일하고 있어요. 얼마나 재미있다고요! 회사의 대표인 휠러 씨가 절 현장조사 책임자로 뽑았다니까요." 아이리스는 자신의 연봉이 가장 낮아 뽑힌 것이 아닌가 의심했지만, 그래도 허풍을 떨었다.

"오, 그것 정말 잘됐구나! 일이 재미있다니 정말 기쁘다!"

아이리스는 미소를 지었다. "아빠는 어떠세요?"

"응? 아, 아빠는 괜찮아." 엄마는 말을 멈췄다. "적응을 잘하고 있어."

"적응이라뇨?"

"아, 내가 말하지 않았니? 아빠가 다니던 회사가 구조 조정을 했단다. 요즘은 다들 그러는 모양이더라. 아빠는 괜찮으니까, 걱정하지 마라. 아빠는 차고에서 일하는 시간이 늘어나서 정말 좋아하고 있단다."

아빠는 해고된 것이었다. 엄마가 좋게 이야기하려고 애쓰는 바람에 오히려 상황이 심각하게 느껴졌다. "엄마! 언제 그렇게 됐어요?"

"지난주였단다."

"아빠는 정말 괜찮으세요?" 아이리스는 솔직한 대답을 들을 수 없다는 걸 알면서도 물어보지 않을 수 없었다.

"아빠는 정말 잘 지낸다니까! 아빠는 직장 일로 지쳐 있었단 말이야. 갈 데까지 간 거지. 이제는 다른 일을 해봐야 하지 않겠니?" 엄마의 열변이 아이리스의 신경을 건드렸다.

"아빠와 얘기 좀 할 수 있어요?"

"지금은 안 돼. 주무시고 있거든. 아빠더러 전화하라고 할까?"

"네, 그렇게 해주세요. 고마워요, 엄마." 아빠는 절대로 전화하지 않을 것이다. 아빠는 전화 통화를 극도로 싫어했다. 아이리스가 왜 전화하지 않는지 따지자, 아빠가 그렇게 대답했었다. 아빠의 진짜 속마음은 모르겠지만. 그녀는 아빠의 말을 기분 나빠하지 않고, 어른처럼 혹은 아빠가 존경할지도 모르는 누군가처럼 받아들이려고

214

했다. "저, 이만 끊어야겠어요."

"오늘 뭘 할 거니?" 모든 통화는 긍정적으로 끝나야 했다.

"새로 이사할 아파트를 찾아야 해요."

"오, 정말 신나겠다! 얼른 보고 싶다. 이사에 도움이 필요하면 언제든 전화하렴."

"고마워요, 엄마."

"사랑한다!"

"저도 사랑해요…… 엄마?"

"왜 그러니?"

아이리스는 왠지 낯선 기분에 휩싸여 말을 멈췄다. 갑자기 부모님을 보호해야 한다는 느낌이 들었던 것이다. 그녀는 부모님에게 예금이 있는지도 몰랐다. 아빠가 퇴직금을 받았는지도 모르고. 부모님은 집 안에서 돈 이야기를 하지 않는 것을 원칙으로 삼고 있었다. "뭐든지 필요하면 전화주세요. 알았죠?"

"우리는 걱정하지 마라. 우리는 괜찮을 거야."

26장

아이리스의 아버지는 자동차 회사에서 공정 관리자로 주당 50시간 이상 일하며 25년을 근무했다. 그는 성실한 근로자였다. 아침 일찍 회사에 출근하면 저녁 늦게까지 퇴근하지 않았다. 초과근무를 하느라 아이리스의 축구 경기에 한 번도 오지 못했다. 뭣 때문에요? 그런 질문에 아빠는 기계공학의 미덕에 관해, 그리고 초과근무가 어떻게 안정적인 직장을 보장하는지에 관해 몇 시간이나 설명을 늘어놓았다. 이제 아빠는 해고되었고, 아이리스는 빌어먹을 라이터가 어디에 있는지 찾을 수 없었다. 그녀는 결국 스토브에 담배를 대고 불을 붙였다.

엘리가 말한 대로 그들은 아빠를 씹다가 제멋대로 뱉어버린 것이었다. 담배를 다섯 개비나 피우고 나자, 방 안을 서성거리는 것도 싫증이 났다. 아파트 내부는 찜통 같았다. 이 아파트가 죽도록 싫었다. 카레 냄새와 불쑥불쑥 나타나는 바퀴벌레와 카프레타 부인의 정신이상과 더불어 3년 내내 이곳에 살았다. 아이리스는 겨드랑이에 임대아파트 목록을 끼고 진입로로 내려갔다. 그녀는 허리를 숙이고 카프레타 부인의 창문 앞을 몰래 지나갔다. 그 집의 싱크대에서 물 흐르는 소리가 들렸다.

트레몬트 거리는 최근에 리모델링한 집과 황폐한 집들이 뒤섞여 있었다. 아파트 목록에 실린 집들을 찬찬히 살펴보며 돌아다니는 동안에도 닉의 콘도에 너무 다가가지 않도록 최대한 주의를 기울였다. 거의 30분마다 한 번꼴로 초인종을 누르며 집 안을 구경했다.

오후 4시. 개미잡이 덫과 침전물로 뒤덮인 조리대는 모두 둘러보았다. 목록에는 한 곳밖에 남지 않았다. 아이리스는 일방통행로로 접어들어 아담한 집으로 다가섰다. 새로 리모델링한 집이었다. 전기제품들은 싸구려였지만, 한 번도 사용된 적이 없는 새것들이었다. 이쪽 벽에서 저쪽 벽까지 베르베르 카펫이 깔렸고, 개미잡이 덫은 하나도 눈에 띄지 않았다. **됐어.** 아이리스는 그날 오후 계약서에 서명했다.

이제는 축하할 차례였다. 새로 입주할 아파트 정문으로부터 반 블록을 걸어가 모퉁이에 있는 라바 라운지로 들어갔다. 마티니를 찍은 번들거리는 사진들이 보라색 벽들에 매달려 있었다. 이쑤시개에 꽂힌 녹색의 올리브들이 유리잔 속에서 작고 동그란 스트리퍼들처럼 이리저리 춤을 추고 있었다. 아이리스는 텅 빈 카운터에 털썩 주저앉아 보드카 마티니를 주문했다. **새로운 출발을 위하여.** 그녀는 우아한 잔을 들어 올리며 생각했다. 술이 넘어가며 목구멍을 지져대는 것 같아 몸서리가 쳐졌다.

"칵테일 괜찮아요?" 사십 대로 보이는 바텐더가 아이리스를 느끼한 눈길로 훑어보며 물었다.

아이리스는 바텐더를 쫓아버리려고 핸드백에서 신문을 꺼냈다. 광고란은 집을 찾으려던 그녀의 낙서로 덮여 있었다. 1면으로 돌아가 헤드라인을 다시 읽었다. '데니스! 그리고 1978년의 디폴트 선언……' 아이리스는 보드카를 홀짝거리며 기사를 다시 읽었다. 시청은 1978년 12월 15일에 채무를 이행하지 못하겠다면서 디폴트를 선언했다. 그녀는 날짜를 뚫어져라 쳐다봤다. 클리블랜드 퍼스트뱅크가 폐쇄되기 2주 전이었다.

아이리스 자신도 모르는 사이에 술잔이 비었고, 머리가 제대로 가누어지지 않았다. 지금 당장 이곳을 나가지 않으면, 차를 몰고 집으로 돌아가지 못할 게 뻔했다. 숨이 막힐 듯한 열기 속으로 걸어 나오니 새로 얻은 아파트에는 중앙 집중식 냉방시설이 갖춰져 있다는 게 떠올랐다. 아이리스는 온도가 조절되는 집에서 살아본 적이 없었다. 출세한 셈이었다. 자신의 차로 다가갈 때도 술에 취한 쾌감이 계속되고 있었다. 이런 좋은 소식을 엄마가 아닌 다른 누군가와 축하하고 싶다는 열망이 너무나 강해 닉을 떠올리지 않을 수 없었다. 그녀는 닉의 타운하우스(연립주택)와 불과 세 블록밖에 떨어져 있지 않은 아파트를 이제 막 임대했다. 두 사람은 이웃이나 다름없었다. 얼마 전에 버려진 건물에서 우연히 섹스를 했지만, 그래도 여전히 친구였다.

그 문제는 그렇게 간단히 해결되었다. 시동 키는 두 번 만에 제자리를 찾았고, 그녀의 차는 좁은 도로를 슬슬 굴러갔다. 마침내 닉의 책상 위에 놓인 사진 속의 정문이 나왔다. 적어도 그녀는 이곳이 맞다고 확신했다. 춤추듯 계단을 걸어 올라가 "어이, 이웃 친구!"라고 큰 소리로 외치고 두 팔로 닉을 껴안을 준비를 했다. 모두 보드카의 힘을 빌린 계획이었다.

그녀가 노크를 하려는 순간, 집 안에서 웃음소리가 새어나왔다. 여자의 목소리였다. 그것도 그냥 여자가 아니라 '직원 연락관'이라는 아만다였다.

"그래, 이걸로 벽을 보수한다는 거지? 어떻게 반죽하는지 보여줘. 난 이런 게 있다는 걸 읽어만 봤거든."

닉이 뭐라고 대답하는데, 똑똑히 들리지 않았다.

"이 망할 자식이!" 아이리스는 비틀비틀 계단을 내려와 식식대며 차를 세워둔 곳으로 갔다. 헤픈 웃음을 지으며 멋대로 그녀의 어깨에 팔을 두르던 사무실의 카사노바 닉이 다음 여자에게로 옮겨간 것이었다. 아이리스는 이마를 세게 때렸다. 이 작자는 자기에게 전혀 관심이 없었다. 아이리스는 차 문이 떨어져라 세게 잡아당겼다. 닉은 쉽게 손이 닿는, 낮은 곳에 매달린 열매를 따먹었을 뿐이었다. 그렇게 단물만 쪽쪽 빨아먹었던 것이다. 아이리스는 차 문을 쾅 하고 닫았다.

아이리스는 무서운 속도로 차를 몰아 시내를 가로질러서는 한증탕 같은 이층집으로 돌아왔다. 도대체 뭘 기대했던 거지? 그녀는 현관문을 쾅 닫았다. 닉, 그 자식은 그녀 같은 멍청한 여자를 필요로 하지 않는, 적어도 더는 필요로 하지 않는 스물여덟 살의 남자였다.

아이리스는 담배를 피워 물고 소파에 털썩 주저앉았다. 자동응답기의 불빛이 반짝거렸다. 닉의 전화가 아니었다. 그녀는 더는 닉일 거라는 희망을 품지 않기로 했다. 아이리스는 1분이 지나도록 불빛을 노려보다가 결국 무거운 발걸음으로 다가가 버튼을 눌렀다.

"여보세요? 난 수전 페플린스키예요. 뭔가가 기억나면 전화해달라고 했었죠? 음……." 응답기에 녹음된 쉰 목소리가 거의 속삭이듯 작아졌다. "나랑 만나는 게 좋겠어요."

아이리스는 녹음된 메시지를 다시 틀었다. 그리고 동전 지갑에서 547번 대여금고의 열쇠를 꺼내 이리저리 살폈다. 누군가가 이걸 비서의 책상에 남겨두었다. 베아트리스라는 이름의 젊은 여자가 20년 전 한밤중에 대여금고에 대해 물어보려고 수전에게 전화를 했었다.

"염병할! 누가 신경이나 쓴대? 이미 할 만큼 했다고!" 아이리스는 투덜거리며 냉장고에서 맥주를 꺼냈다. 547번 열쇠를 잃어버린 게 몸집이 작은 할머니건 누구건 간에 스스로 알아서 열쇠를 찾아봤겠지, 뭐.

아이리스는 오랫동안 샤워를 하고는 술에 취한 채로 침대로 올라갔다. 닉과 아만다의 웃음소리가 머릿속에서 울려 퍼지는 바람에 얼굴을 베개로 가렸다. 두 사람은 몸매도 완벽하고, 옷차림도 완벽하고, 살아가는 방식도 완벽해서 아주 잘 어울려 보였다.

아이리스가 가진 것이라고는 오싹한 건물을 혼자서 조사하게 하는, 개똥 같은 직장뿐이었다. 그 일조차 잘하지 못해 평면도상의 기둥과 기둥 사이를 놓치고, 툭하면 곁길로 빠지고 말았다. 휠러는 그녀가 지시를 따를 뿐, 질문을 하지 않을 정도로 멍청하다는 사실만으로 현장업무에 투입했던 것이다.

아이리스는 그런 생각이 떠오르자마자 침대에서 벌떡 일어나 앉았다. 그 낡은 건물은 제발 물어봐달라고 애원하는 질문들로 가득한 곳이었다. 베아트리스 베이커의 인사서류는 기이한 메모들로 가득 채워져 있었다. 은행은 클리블랜드시가 파산하고 딱 2주 뒤에 문을 닫았다. 직원들은 자신의 책상을 비울 기회조차 얻지 못했다. 열쇠는 분실되었다. 대여금고는 버려졌고, 건물에는 20년 동안 자물쇠가 채워졌다. 휠러가 가장 젊은 직원에게 이 일을 맡긴 데는 뭔가 이유가 있을 수도 있었다. 그는 아무도 질문하는 것을 바라지 않았다.

아이리스가 머리를 흔들자 지금까지 마셨던 맥주와 보드카 때문에 방 안이 무너져 내리는 듯했다. 어리석은 생각일까? 휠러는 단지 비용을 아끼기 위해 아이리스만 그 건물로 보냈을 수도 있었다. 15층을 돌아다녔던 플래시 불빛이 어질어질한 머릿속에서 되살아났다. 누군가가 그곳에서 뭔가를 찾고 있었던 것이다.

시계의 글자판에 밤 11시 30분이라고 찍혀 있었다. 수전에게 전화를 걸기에는 너무 늦은 시각이었다.

27장

일요일 아침, 아이리스는 숙취에 시달리며 소파에서 잠을 깼다. "어이구!" 그녀는 끙끙 앓았다. 보이지 않는 큰 망치가 머리를 내려치는 것 같았다. 아무런 소용이 없는 것을 알면서도 고통을 줄여보기 위해 두 손으로 머리를 감쌌다. 그러고는 두 번째로 밀려오는 메스꺼움이 지나갈 때까지 가만히 앉아 있었다.

수전의 열쇠가 보이지 않았다. 손바닥에 남아 있는 빨간 자국을 보면 그걸 손에 쥐고 정신을 잃은 것이 분명한데……. 아이리스는 안간힘을 쓰며 일어섰다. 열쇠는 커피 테이블에도, 소파 위에도 없었다. 소파 아래쪽, 바닥 깔개, 쿠션까지 탈탈 털어보았다.

"빌어먹을!" 아이리스는 담배를 피워 물고, 소파에 털썩 주저앉았다. 열쇠가 그냥 사라지지는 않는다. 잔뜩 짜증이 치밀어 팔짱을 끼다가 뭔가가 가슴을 찌르는 걸 느꼈다. 염병할 언더와이어*가 또

* 가슴 모양을 유지하기 위해 브래지어의 컵 밑에 꿰매 넣은 철사.

말썽이네. 그녀는 툴툴거리면서 브라의 고리를 풀었다. 뭔가가 바닥에 떨어지며 소리를 냈다. 열쇠였다.

"여기 있었네!" 아이리스는 열쇠를 집어 들고, 547이라는 번호를 뚫어지게 쳐다봤다. "도대체 넌 누구 거니?"

열쇠는 대답하지 않았다. 열쇠가 대답을 하면 얼마나 좋을까 하는 생각이 들었다. 아이리스는 열쇠를 내려놓았다.

아이리스는 쓰린 배 속에 한 잔의 커피를 부어 넣고는 수화기를 들고 수전의 전화번호를 돌렸다.

"여보세요?" 신경질적인 목소리가 들려왔다.

"수전이신가요?"

"맞아요."

"전 아이리스입니다. 어젯밤에 전화하셨죠?"

"물론이에요, 아이리스. 아가씨는 당장 날 만나러 와야 해요. 우리 조카가 낮 12시까지는 성당에 있을 거예요."

"무슨 일인지 말씀해주실 수 있나요?"

"이야기를 하고 싶으면, 레이크우드의 주니퍼 드라이브 13321번지로 오세요. 기다리고 있을 테니까요." 수전은 기침을 하더니 전화를 끊었다.

"알았어, 이 미친 여자야. 당장 그곳으로 가주지." 아이리스가 수화기에 대고 말했다. 긁어 부스럼이군! 그녀는 생각했다. 하지만 정당한 주인을 찾아주기 위해 열쇠를 가지고 있으니 어쩔 수가 없었다. 어젯밤 술에 취해 어떤 생각을 했던 간에, 이제는 그녀가 책임질 일은 책임져야 했다. 아이리스는 브라의 고리를 다시 채우고,

열쇠를 바지 뒷주머니에 밀어 넣었다.

주니퍼 드라이브는 트레몬트의 서쪽으로 100블록 떨어진 레이크우드의 길고 붐비는 도로였다. 아이리스는 따닥따닥 붙어 있는 방갈로를 헤치고 나아가다 주소를 찾아냈다. 그곳은 알루미늄 차일을 치고 현관에 방충망을 설치한 작은 상자 같은 벽돌집이었다. 녹슨 방충망 안쪽의 흔들의자에 나이 든 여자가 앉아 있었다.

아이리스는 눈을 가늘게 뜨고 현관 안쪽을 들여다봤다. "수전이세요?"

"아가씨가 아이리스겠군요. 들어와요, 어서. 조카가 금방 미사를 마치고 돌아올 테니까." 수전은 옆문으로 들어오라고 손짓했다. 비좁은 현관에는 녹색 비닐 카펫이 깔려 있고, 버들고리로 세공한 소파 하나와 수전의 흔들의자가 놓여 있었다.

"안녕하세요?" 아이리스는 삐걱거리는 소파에 살며시 걸터앉았다. "음, 초대해주셔서 감사해요."

수전의 얼굴은 볕에 잔뜩 그을리고 쭈글쭈글했다. 지난 20년 동안 일광욕 베드에 누워 줄곧 담배를 비워댄 것처럼. 인사서류에 실린 사진과 조금이라도 닮은 곳은 치아뿐이었다.

"아가씨의 전화를 받고 생각해봤어요⋯⋯." 수전은 빨간색 가죽 담배 케이스에서 기다란 박하향 담배를 꺼내 반짝반짝 빛나는 금도금 라이터로 불을 붙였다. "은행에 관해서요. 전화로는 언급하지 않았지만, 아가씨도 알다시피 이것저것 조사가 이뤄졌어요. 은행이 폐쇄되기 전에 경찰 수사가 있었단 말이에요."

"정말로요? 왜요?"

"나도 잘 모르겠어요. 경찰이 우리 모두를 심문했어요. 서류에 관해 온갖 이상한 질문을 했다니까요. 나야 당연히 그딴 것들을 몰랐어요. 하지만 도대체 무슨 일인지 궁금해서 친구인 진에게 슬쩍 물어봤죠. 그랬더니 걔가 이상한 일이 벌어졌다고 하더라고요."

"어떤 일들이요?"

"예금부에서 서류들이 사라졌대요. 그리고 열쇠들도요……."

"어디 열쇠가요?"

"하필이면 대여금고 열쇠가요." 수전은 담배 연기를 짙게 내뿜었다.

"고객들에게는 은행이 '콜럼버스 신탁회사'에 매각되고 신탁회사가 문들을 쇠사슬로 채웠을 때 분실됐다고 했지만, 실제로는 그보다 두어 주 전에 분실되었다는 거예요. 그리고 은행이 폐쇄되는 날까지 마녀사냥을 하는 것처럼 모든 부서를 탈탈 털었던 거라고 했어요."

"친구분은 그걸 경찰에 진술했나요?" 아이리스는 소파에서 상체를 앞으로 쑥 내밀며 가죽처럼 쭈글쭈글한 수전의 얼굴을 뚫어져라 쳐다봤다. 수전의 연한 파란색 눈동자는 담배를 멍하니 바라보고 있었다.

"아뇨. 진술하지 않았어요."

"왜요?"

"협박이 있었어요." 수전은 그게 당연한 것처럼 딱 잘라 말했다. 아이리스는 더 많은 정보가 쏟아져 나오기를 기다렸지만, 수전은 생각에 잠겨 있었다. 수전은 두 무릎에 걸쳐놓은 크리스털 재떨이에 5센티미터 길이로 길게 자란 담뱃재를 털었다. 굵직한 파란색 핏줄이 바싹 여윈 종아리에 툭 불거져 있었다.

아이리스는 이 말라빠진 무 쪼가리 같은 늙은 여자가 모든 걸 꾸며낸 것은 아닌가 하는 의심이 들었다. 관심받는 걸 좋아하는 여자 같았다.

결국 아이리스는 이렇게 물어야 했다. "어떤 형태의 협박이요?"

"은행이 폐쇄되기 일주일 전, 한밤중에 전화를 받았어요." 수전은 낡은 방충망을 통해 앞쪽의 잔디밭에 듬성듬성 남아 있는 갈색 잔디를 멍하니 바라봤다. "그 남자는 은행에서 벌어지는 이상한 일들에 대해 떠벌리지 않으면 무사할 거라고 했어요. 경찰에 협조는 하되 입을 다물고 있으라고 했고요."

"그러지 않으면 어떻게 된다고 하던가요?"

"그런 말은 하지 않았지만, 충분히 짐작할 수는 있었어요. 그때쯤에 두어 명이 사라져버렸거든요."

"사라져요? 누가요?"

"우선, 베아트리스라는 그 여자애가요. 어느 늦은 밤에 대여금고에 관해 묻고 싶다고 전화한 애 말이에요. 그때는 그것에 관해 별로 생각하지 않았죠. 하지만 있잖아요, 괜히 신경이 쓰이더라고요. 계속 생각나지 뭐예요? 그래서 그 애를 만나러 갔죠. 며칠 후에 그 애를 찾으러 9층까지 올라갔단 말이에요. 그런데 그 애가 없더라고요. 아무도 그 애가 어디에 있는지 몰랐어요. 내가 듣기로는 그 후에도 영영 돌아오지 않았대요."

"그 여자에게 무슨 일이 생겼다고 생각하시나요?"

"생각이고 뭐고 할 수가 있어야죠." 수전은 담배를 재떨이에 비벼 껐다.

"왜 그 여자가 거짓말쟁이라고 하셨던 거죠?"

"한 번도 만난 적이 없는 여자애가 전화해서 내가 은행에 대여금고를 가지고 있다고 했으니까요. 그런 거짓말이 어디 있어요! 그 애가 어떤 사람들에게 그런 말도 안 되는 소리를 지껄여댔는지 누가 알겠어요? 이런 일에는 아무리 신중해도 지나치지 않은 법이죠. 적어도 난 그래요."

수전은 겁을 먹고 있었던 것이다. 어떤 남자가 한밤중에 전화를 걸어 협박한다면 아이리스도 똑같이 반응했을 것이다. 하지만 이런 것들은 그녀가 레이크우드까지 찾아온 이유와는 관련이 없었다. 아이리스는 열쇠를 뒷주머니에서 꺼내 수전에게 보여주었다.

"이게 당신 건가요?"

수전의 눈이 가늘어졌다. 그녀는 담배를 한 대 더 피워 물고, 진한 연기를 내뿜었다. "내가 말했잖아요. 난 대여금고를 가져본 적이 없다고."

"그럼 이게 누구 것인지 알고 있나요?" 아이리스는 이 열쇠를 수전의 책상에서 가져왔다는 걸 밝히지 않았다. "어쩌면 베아트리스라는 여자의 것일 수도 있겠네요."

"정말 모르겠다니까요."

빌어먹을! 아이리스는 열쇠를 다시 뒷주머니에 찔러 넣었다. "그럼…… 경찰 수사로 뭔가가 드러났나요?"

"아무것도요. 으레 그런가 봐요. 어느 날에는 경찰이 모든 사람들을 불러 모아 여기저기 마구 찔러보다가 다음 날에는 아무 일도 없었던 것처럼 입을 싹 닦는 게."

"저번에 어떤 사람들은 응당 받을 걸 받았다고 하셨잖아요?무슨 뜻이었죠?" 아이리스가 물었다.

"부유한 두 가문이 파산했어요. 뉴스에서 엄청 떠들어댔죠. 할로란 집안과 왜컬리 집안이요. 머서 노인은 세상을 떠났고요. 교통사고였다고 하더군요." 수전은 어깨를 으쓱했다. "어쩌면 그게 사실일 수도 있고요."

왠지 할로란이라는 이름이 귀에 익숙했다. 아이리스는 곰곰이 생각하다가 3층에 있던 린다를 떠올렸다. 린다의 성이 할로란이었다. 아이리스는 린다와 수전과 베아트리스와 은행 사이의 관계를 털어버리려고 머리를 가로저었다. 수전의 이야기는 말이 되지 않았다. 정말로 머리가 약간 이상한 건지도 몰랐다.

"클리블랜드 퍼스트뱅크에 관해 물을 때는 조심하는 게 좋을 거예요." 수전은 뼈만 남은 갈색 손가락으로 아이리스를 가리켰다. "그렇게 오랫동안 그 건물에 손을 대지 않았던 데는 이유가 있어요."

"바로 그런 이유로 저에게 전화를 하신 건가요? 조심하라는 말을 해주시려고?"

"음, 말해주고 자시고 할 것도 없었어요. 하지만 아가씨 목소리를 들어보니 아주 좋은 사람 같더라고요. 아가씨 때문에 양심의 가책을 받고 싶지 않았거든요." 수전은 담배를 한 대 더 피워 물었다.

"감사합니다. 그런데 정확히 어떤 일이 일어날 거라고 생각하세요? 제 말은, 지금까지도 누군가 오래된 은행에 관심을 가지고 있을까 하는 거예요." 아이리스는 담배 연기를 곁눈질하며 자신도 한 대 피울까 고민했다.

"당시의 거물 은행가들이 여전히 주변에 남아 있는 것을 알면 당신도 놀랄 거예요." 수전은 마치 죽은 사람 같은 눈길로 아이리스를 쳐다봤다. "집에 있는 내게 전화해 대여금고에 관해 마지막으로 물어본 사람은 실종됐어요. 아가씨도 그 점을 알아야 한다고 생각했어요."

수전의 팔목에 있는 뭔가가 햇살을 받아 눈부시게 반짝거렸다. 마치 다이아몬드처럼 휘황찬란했다. 아이리스는 눈을 가늘게 뜨고 쳐다봤다. 팔찌였다. 그것에 관해 물어보려는 순간, 스테이션왜건이 굉음을 내며 진입로로 접어들었다. 예쁘장한 젊은 여자가 차에서 내리더니 뒷좌석에서 어린 여자애를 안아 내렸다.

"셰릴!" 수전은 젊은 여자에게 손을 흔들었다. "이리 와서 이르마를 만나보렴. 굉장히 멋진 백과사전을 사라고 하는구나."

"뭐라고요?" 아이리스가 수전을 노려봤다.

"맙소사!" 셰릴은 가만히 한숨을 내쉬었다. "아가씨, 우리 이모의 말은 그냥 듣고 흘려버려요. 이모는 아가씨가 팔려는 것에는 관심이 없어요. 그냥 이야기를 하고 싶은 거지. 이제 그만 가보세요." 셰릴은 딸을 현관문 안에 내려놓고, 아이리스에게 진입로를 손가락으로 가리켰다.

"하지만……." 아이리스는 아직도 물어볼 말이 많았지만, 이미

229

늦은 것 같았다. 그녀는 소파에서 일어나 수전의 말에 맞장구를 쳤다. "시간 내주셔서 감사합니다, 페플린스키 부인. 백과사전에 관한 생각이 바뀌시면 제게 연락하세요."

아이리스는 진입로를 내려가 자신의 차로 걸어갔다. 잔뜩 녹슨 미국산 차들이 늘어선 거리를 훑어보며, 수전의 말을 곰곰이 생각했다. 나이 든 미친 여자가 열쇠의 주인을 모른다고 강변했다. 베아트리스 베이커가 어떤 대여금고에 관해 전화로 물어본 뒤, 실종되었다. 그리고 수전은 그런 일이 또 생길까 봐 노심초사하고 있었다.

"정말 미친 여자인가 보네." 아이리스는 그렇게 말하면서도, 불편한 느낌이 들었다. 누군가가 버려진 서류들과 여전히 잠겨 있는 금고실이 있는 건물을 지키기 위해 레이먼을 고용하고 있었다. 금고에 무엇이 들어 있는지도 모르는데 말이다.

현관 쪽을 돌아보니 수전은 여전히 흔들의자에서 담배를 피우고 있었다. 아이리스가 차를 출발시키자 수전이 손을 흔들었다.

28장
1978년 12월 1일 금요일

심야버스가 도리스 이모의 아파트가 있는 거리의 끝에 베아트리스를 내려줬다. 맥스의 파일과 열쇠들이 들어 있는 그녀의 핸드백은 몹시 무거웠다. **이제는 누가 도둑이지?** 이모의 열쇠와 맞바꿀 뭔가를 가지고 있다는 게 조금은 위안이 되었다. 물론 맥스를 다시 만난다는 전제하에.

베아트리스는 발을 헛딛지 않도록 눈으로 확인하며 삐뚤어진 계단을 올라갔다. 계단을 거의 다 올라가고 나서야 이모의 아파트 문이 열린 것을 알아차렸다. 한 가닥의 빛줄기가 새어 나왔다. 베아트리스는 얼어붙고 말았다. 자물쇠는 한 번도 빠짐없이 채웠고, 전등은 항상 껐었다. 한 손으로 입을 가리며 무릎을 꿇었다. 벽들이 종잇장처럼 얇고 아파트가 너무 작아서였다. 그녀는 숨을 참으며 귀를 쫑긋 세웠다. 움직이는 그림자가 있는지 문간을 쳐다보는데, 심장이 두방망이질하듯 쿵쾅거렸다.

몇 분 후에, 베아트리스는 남아 있는 계단 세 개를 손과 무릎으로 기어 올라가 문을 활짝 열었다. 그녀가 잠을 잤던 실내는 난장판이었다. 소파 위의 쿠션들은 바닥에 내팽개쳐져 있었다. 부엌의 서랍들은 뽑혀 나와 바닥에 나뒹굴고 있었다. 냉장고 문은 활짝 열려 있었다. 휴지, 냄비, 프라이팬, 은 식기들이 바닥을 뒤덮고 있었다.

베아트리스는 깜짝 놀라 벌떡 일어섰다. 그녀의 옷들은 옷걸이에서 난폭하게 벗겨져 라디에이터 옆에 쌓여 있었다. 도리스 이모의 침대는 벽 쪽으로 집어 던져져 있고, 매트리스를 덮고 있던 낡아빠진 퀼트와 침대 시트는 벗겨져 있었다.

화장대의 서랍들은 박살 난 채 방 안에 흩어져 있었다. 이모의 짓밟힌 속옷들이 바닥을 덮고 있었다. 옷장 문은 활짝 열린 채 내용물을 모조리 토해낸 것처럼 보였다. 밍크코트와 트위드 정장, 모자 상자, 고고 부츠가 침대 옆에 무릎 높이로 쌓여 있었다.

베아트리스는 얼른 밍크코트를 집어 들고 망가진 곳이 있는지 확인했다. 도둑이라면 밍크코트를 가져가지 않을 리가 없었다. 이건 말이 되지 않았다. 바닥에 떨어진 젊은 시절의 도리스와 아이린의 사진 액자를 집어 들었다. 액자 유리는 박살 나버렸다. 베아트리스는 무릎을 꿇으며 사진 액자와 밍크코트를 꼭 끌어안았다.

텅 빈 화장대 서랍이 그녀 옆의 바닥에 박살 난 채 널브러져 있었다. 눈물이 앞을 가려 아무것도 보이지 않을 때까지 넋을 잃고 서랍을 쳐다봤다. **누가 이런 짓을 했을까? 그리고 왜?** 그러다가 갑자기 어떤 생각이 머릿속을 스쳤다. 이모의 편지와 은행 서류들이 사라져버렸다. 벽에 기대어 있는 매트리스 뒤쪽과 바닥을 다 둘러보았다. 어디에도 없었다. 그것들을 한눈에 보이는 침대 위에 쌓아뒀는데…….

베아트리스는 이모의 침실에서 나왔다. 부엌 서랍, 화장실의 약품수납장은 모두 비워졌고, 내용물은 바닥에 떨어져 있었다. 누군가가 뭔가를 찾고 있었던 게 분명했다. 도리스 이모의 지갑이 소파의 팔걸이에 널려 있었다. 안감은 찢겨나갔고, 솔기는 갈라져 있었다. 심지어 이모의 담뱃갑조차도 찢어발겨져 있었다. 그러다가 베아트리스는 이모의 열쇠고리가 없어졌다는 것을 알아차렸다. 맥스가 훔쳐간 대여금고 열쇠가 머릿속을 스치고 지나갔다.

베아트리스는 이곳에 있을 수 없었다. 누군가가 이모의 열쇠들을 가지고 있었다. 그들이 다시 올지도 몰랐다. 이모가 혼자 살지 않았음을 알아차렸을 수도 있었다. 베아트리스는 자신의 낡은 여행가방을 바닥에서 낚아챘다. 가방에 옷가지와 화장품들을 쑤셔 넣었다. 간신히 가방을 잠그고, 열려 있는 문으로 질질 끌고 갔다. 바깥의 차디찬 공기가 방 안을 채우기 시작했지만, 베아트리스는 아무것도 느끼지 못했다. 배불뚝이가 된 가방을 끌고 계단을 내려가 눈이 쌓인 길로 나갔다. 허둥지둥 다시 계단을 올라가 난장판이 된 아파트 내부를 한 번 더 둘러보고 문을 닫았다.

눈 위에 여행가방이 끌린 흔적을 길게 남기며 그녀는 중심가 끝까지 갔다. 도리스 이모가 일했던 칼라브리아 식당은 아직 영업 중이었다. 아무리 머리를 굴려도 그곳 외에 갈 곳이 없었다. 무겁기 짝이 없는 여행가방을 들고, 식당까지 반 블록을 침착하게 걸어갔다.

식당 문을 열자 훈훈한 공기와 맛있는 음식 냄새가 몰려왔다. 식당은 절반쯤 손님들로 채워져 있었다. 베아트리스는 부스로 들어가서 터질 듯이 부풀어 오른 여행가방을 테이블 밑으로 밀어 넣었다. 의자에 털썩 주저앉아 커피로 얼룩진 포마이카에 머리를 처박았다.

2~3분쯤 지났을까? 교정용 신발을 신은 사람이 베아트리스의 곁으로 걸어왔다. 글래디스였다.

"베아트리스, 어떻게 지냈니? 이모는 잘 견디고 있지?"

베아트리스는 머리를 들고, 억지로 미소를 지었다.

나이 든 여자는 고개를 끄덕이고, 베아트리스의 어깨에 손을 올렸다. "뭘 좀 갖다줄까? 내가 대접할게."

"수프를 좀……."

"즉시 대령할게." 글래디스는 베아트리스의 어깨를 꽉 잡아주고, 부스에서 걸어 나갔다.

베아트리스 주변은 굉장한 냄새와 소리와 웅웅대는 노란 불빛으로 인해 일그러져 보였다. 토할 것 같아서 얼른 두 손에 머리를 파묻었다. 경찰에 신고할 수는 없었다. 뭐라고 말해야 할지 몰라서였다. 집이 털리기는 했지만, 도둑이 가져간 것이라고는 오래된 연애편지와 열쇠들뿐이었다. 게다가 그녀가 그곳에 살고 있다는 증거가 전혀 없었다. 임대차 계약서에 기재되어 있지 않았던 것이다. 더욱 문제가 되는 것은, 베아트리스의 취업이 불법이라는 점이었다. 그녀는 아직도 법적으로는 미성년자였다. 경찰은 그녀를 위탁가정이나 그보다 열악한 곳에 처박을 수도 있었다. 눈물이 흐르지 않도록 손바닥으로 눈을 틀어막았다.

음식 냄새에 눈을 다시 떴다. 글래디스가 수프와 프라이드치킨과 샐러드와 코카콜라를 가져왔다. 진수성찬이었다.

"우리가 도울 일이 있으면 언제든지 말해야 해. 알았지?" 상냥한 노인이 베아트리스의 손등을 다독거렸다.

베아트리스는 말을 하면 울음이 터져나올까 봐 그냥 고개만 끄덕였다.

식사를 하는 동안, 그녀의 머릿속에서는 생각의 수레바퀴가 천천히 돌기 시작했다. 뭔가를 해야 했다. 어머니에게는 전화할 수 없었다. 맥스에게도 전화할 생각이 없었다. 암울한 생각만 머릿속을 가득 채우던 중에 갑자기 희미한 불빛이 깜빡거렸다. 코트 주머니에 손을 넣어 명함을 꺼냈다. '앤서니 맥도넬 형사'라고 적힌 명함이었다. 토니는 다른 전화번호를 뒤편에 적어주었다. 카운터 위에 걸려 있는 시계는 오후 8시 16분을 가리키고 있었다.

"더 필요한 게 있니, 베아트리스?" 글래디스가 어기적거리며 다가왔다.

"여기에 공중전화가 있나요?"

29장

　맥스의 오빠 토니는 벨이 여섯 번 울린 후에 전화를 받았다. "여
보세요?"

　"맥도넬 형사님이죠? 난 베아트리스라고…… 맥스의 친구예요."

　"알아요, 베아트리스." 전화기 너머로 토니의 미소가 보이는 것
같았다. "별일 없죠?"

　"음, 그게 그렇지가 않아요." 그녀의 목소리가 조금 갈라졌다.
"칼라브리아 식당에서 나랑 만나주실 수 있어요?"

　"20분 내로 갈게요. 기다릴 수 있죠?"

　"네, 기다릴게요." 베아트리스는 토니가 꼬치꼬치 캐묻지 않아
마음이 놓였다. 뭐라고 말할지 아직 결심이 서지 않았던 것이다.

　베아트리스는 다시 치킨과 수프가 기다리는 곳으로 돌아와, 더
이상 들어가지 않을 때까지 게걸스럽게 먹었다. 샐러드를 한 입씩
먹어가며 토니에게 뭐라고 말할까 고민했다. 도움이 절대적으로
필요했다. 달리 전화할 사람이 없었지만 맥스의 오빠를 믿어야 할

지 확신할 수 없었다. 맥스가 이모의 열쇠를 훔쳤으니…….

베아트리스는 맥스의 책상에서 가져온 것들로 꽉 채워져 있는 자신의 핸드백을 슬쩍 내려다봤다. 커다란 열쇠고리가 밑바닥에 놓여 있었다. 남이 알아보지 못하도록 속기로 적어놓은 메모장들과 경비원이 발소리를 내며 다가온 마지막 순간에 맥스의 책상에서 끄집어낸 또 다른 서류도 있었다.

그녀는 의문의 폴더를 꺼내 라벨을 살폈다. '447번 대여금고'라고 적혀 있었다. 안쪽에 클리블랜드 퍼스트뱅크라고 찍힌 용지에 타이핑된 양식이 들어 있었다. 수신인은 '오하이오주 정부'였다. 제목은 '보관품 이전'이었다. 양식에는 대여금고의 소유주가 '베벌리 러너'로 기록되어 있었다. 그녀의 마지막 주소와 사회보장번호도 적혀 있었다. 환수일은 1973년 6월 16일로 기재되어 있었다. 내용물의 목록이 쭉 나열되어 있었다. 목록을 훑어본 베아트리스는 447번 대여금고에 출생증명서, 유언장, 그리고 열네 개의 다이아몬드가 들어 있었다는 걸 알게 되었다. 그녀의 눈은 '다이아몬드'라는 글자에 꽂혔다. 다이아몬드마다 캐럿으로 크기가 적혀 있었는데, 가장 큰 것이 6캐럿이었다. 447번 대여금고는 한때 큰 재산을 품고 있었다.

베아트리스는 맥스가 속기로 적어놓은 메모장을 꺼내 447번 대여금고가 나올 때까지 뒤적거렸다. 맥스는 6월 1일 베벌리와 통화하려고 했지만, 연락이 되지 않았다. 전화가 끊긴 상태였던 것이다. 맥스가 그 페이지의 맨 밑에 속기로 적어놓은 것은 '주 정부에 환수 기록 없음'이었다.

베아트리스는 은행에서 사용하는 편지지로 다시 눈을 돌렸다. 대여금고의 내용물을 보관하다가 '보유 혹은 경매'를 위해 주 정부로 넘긴다는 법적인 주의사항이 좀 더 작은 글씨로 인쇄되어 있었다. 그 편지에는 '회계감사 담당 이사, 윌리엄 S. 톰슨'의 서명이 들어 있었다. 그녀는 손가락으로 그 서명을 따라 그려보았다. 그러다가 이 서명이 일정한 형식을 갖춘 편지지에 도장으로 찍은 것이라는 사실을 깨달았다. 편지 작성자의 머리글자를 확인하려고 편지 아랫부분을 훑어보다가 왼쪽 귀퉁이에서 'DED'라는 글자를 발견했다. 도리스 이모일까?

베아트리스는 '파일로 철하여 관리'라고 표시된 종이도 한 장 발견했다. 그건 맥스가 베벌리에게 전화를 걸었다는 기록을 타이핑한 것이었다. 마지막 메모는 '고객의 응답이 없음'이었다. 페이지 아래쪽의 머리글자는 'MRM'이었다. 맥스가 이 기록을 타이핑했던 것이다.

베아트리스는 의자 깊숙이 몸을 파묻고 빨대를 질겅질겅 씹었다. 맥스는 어떤 고객이 자신의 대여금고가 부당하게 환수되었다며 분노하는 바람에 대여금고를 감사하게 되었다고 했었다. 맥스는 주로 대여금고 사용료를 연체하거나 대여금고에 대한 권리를 회복한 사람들에게 전화를 걸어 그들의 주소와 권리를 확인했었다. 맥스는 환수 사실을 정리한 서류로 서랍 하나를 가득 채워두었다. 잔뜩 화난 고객이 자신의 물건을 내놓으라고 하자 맥스는 은행 쪽이 뭔가를 잘못했다는 걸 확신하게 되었던 것이다. 그녀는 심지어 토니에게 수사를 제안하기까지 했었다. 맥스는 좀 더 조사한 끝에 주 정부는 대여금고 안의 내용물에 관한 어떤 기록도 가지고 있지 않다는 걸 알게 되었다. 재산이 허공으로 사라진 것이었다. 이제 맥스도 실종되어버렸다. 맥스는 베아트리스가 술에 곯아떨어졌다가 정신을 차리는 사이에 도리스 이모의 열쇠를 훔쳤고, 그다음 날 은행을 그만두었다.

"뭔가 생각할 것이 있나 보네요." 허스키한 목소리가 테이블 맞은편에서 들려왔다. 토니가 맞은편 의자에 엉덩이를 걸쳤다.

"아, 안녕하세요?" 베아트리스는 시간이 얼마나 흘렀는지 감을 잡을 수가 없었다. 토니가 오기 전까지 모든 것을 깨끗이 치우려고 했는데…….

"이게 다 뭡니까?" 토니가 서류 뭉치를 바라보며 물었다.

"아, 은행에서 하던 일이었어요." 베아트리스가 고개를 저으며 별거 아니라는 듯 서류를 주섬주섬 긁어모았다. "일이 밀렸거든요. 이모가 입원하셔서요."

베아트리스는 도리스 이모를 변명거리로 이용하는 게 정말 싫었다. 동정심은 아무런 도움도 되지 않을 게 뻔했다. 이모가 아프다는 말을 듣고 토니의 눈이 안됐다는 듯 부드러워졌는지 아닌지 확인하고 싶지도 않았다. 최대한 빨리 서류를 긁어모아 핸드백에 쑤셔 넣고만 있었다. 베아트리스가 얼굴을 들었을 때, 토니는 커피포트를 들고 있는 글래디스에게 손을 흔들었다.

"이모가 그렇게 되셨다니 정말 안됐네요."

"고마워요. 이모는 대학병원에 입원하셨어요. 의식이 돌아오지 않을 것 같아요." 베아트리스는 입술을 잘근잘근 씹었다. 생각만

하고 있던 말을 입 밖으로 꺼낸 것은 처음이었다. 눈가에 눈물이 고였다.

토니가 테이블 위로 손을 뻗어 베아트리스의 손을 가볍게 토닥거렸다. "정말 유감이에요."

거북한 적막이 테이블 위에 자리 잡았다. 토니의 손은 그녀의 손보다 거의 두 배쯤 컸다. 커피가 나오자 그는 손을 치우고, 크림과 설탕으로 커피 맛을 순화시켰다. 베아트리스는 토니가 세 번이나 설탕을 듬뿍 떠서 커피에 넣는 것을 보고 웃음을 터뜨렸다.

"뭐라고 설명할 도리가 없네요. 내가 달콤한 것을 좋아해서요." 토니는 베아트리스에게 윙크했다. "그래, 뭘 어떻게 도와줄까요, 베아트리스?"

베아트리스는 드디어 대답해야 할 때가 왔다는 걸 깨달았다. 그래도 잃어버린 열쇠와 은행 고지문에 관해 어떻게 말해야 할지 여전히 확신이 서지 않아 천천히 말을 꺼냈다. "우리 이모 집에 도둑이 들었어요."

토니의 얼굴에서 웃음기가 빠져나갔다. "다치지 않았어요? 당신이 집에 있었을 때였어요?"

"아니요, 난 직장에 있었어요."

어쩌면 베아트리스의 안전이 너무 걱정되어 많은 질문을 하지 않을 수도 있었다. 토니는 작은 수첩과 볼펜을 꺼냈다. 어쩌면 더 많은 질문을 해댈지도 모르고…….

"주소가 어떻게 되죠?"

베아트리스는 이모의 주소를 말했다.

"이모님의 이름은요?"

"도리스 데이비스예요."

"잃어버린 게 있나요?"

"음…… 없는 것 같아요." 베아트리스는 침을 꿀꺽 삼켰다. 토니에게 연애편지와 은행에서 가지고 나온 서류들에 대해서 말하고 싶지 않았다. 애초에 이모의 침실을 기웃거리지 말았어야 했다. 그랬다면 그것들을 찾아내지 못했을 텐데.

"혹시 당신이 모르고 있던 귀중품을 가지고 계셨을까요? 현금이나 보석 같은……?"

베아트리스는 즉시 대여금고 열쇠를 떠올렸다. 이모가 귀중품을 가지고 있었다면, 그것들은 클리블랜드 퍼스트뱅크의 금고실에 감춰져 있을 것이다. 이모를 제외하고 그 열쇠에 대해 아는 사람은 맥스뿐이었다. "그렇지는 않은 것 같아요. 밍크코트 한 벌과 TV……."

"그것들을 훔쳐 갔던가요?"

"아니요." 높은 테이블 때문에 왜소하게 보이던 베아트리스가 형사의 매서운 눈길에 점점 더 쪼그라드는 것 같았다. 그녀는 길을 잃어버린 열두 살짜리 애처럼 보이고 싶지 않아서 허리를 곧추세우고 똑바로 앉았다. 일부러 더 강한 목소리로 대꾸했다. "말이 되지 않죠, 그렇죠?"

"그럼요." 토니는 수첩에 뭐라고 간단히 적으면서 말했다. "당연히 말이 되지 않죠."

"그래서 형사님에게 전화했던 거예요. 일반적인 도둑질 같지 않았거든요."

토니는 베아트리스를 신중한 눈길로 쳐다봤다. 베아트리스는 토니가 여동생의 친구인 자신의 말을 좀 믿어주기를 바랐다. 베아트리스는 살짝 윙크했다. 약간 연애하는 분위기를 잡는다고 해도 나쁘지 않을 것 같았다. 어쩐지 토니의 눈길이 부드러워졌다.

그녀는 참고 있던 숨을 내쉬었다. "날 만나러 와줘서 정말 고마워요, 토니. 맥스는 어떻게 지내요?"

토니는 화제가 바뀌자 수첩을 덮고, 달콤한 커피를 홀짝거렸다.

"며칠 동안 맥스와 이야기해보지 못했어요. 휴가를 떠났거든요." 토니는 그렇게 말하다가 잠시 말을 멈췄다. "당신도 알고 있을 줄 알았어요. 두 사람은 아주 친한 친구라면서요?"

"휴가요?" 베아트리스는 이마를 찌푸렸다. "아니, 몰랐어요. 어디로 갔는데요?"

"칸쿤으로요." 토니는 그녀를 날카로운 눈으로 쳐다봤다. "혹시 두 사람이 싸웠나요?"

"아뇨. 아…… 그걸 싸움이라고도 할 수 있겠네요." 베아트리스는 말을 더듬거렸다. "그런데 칸쿤이 어디에 있는 건가요?"

"멕시코요. 2주 정도 있을 거라던데요. 잠시 몸을 피할 필요가 있다나 어쨌다나……. 아 참, 지금 생각난 건데, 당신을 만나면 이걸 전해주라고 하더군요." 토니가 지갑에서 작은 열쇠를 꺼냈다.

베아트리스의 눈이 튀어나올 뻔했다. 그건 '547'이라고 각인된 열쇠였다. 토니는 그 열쇠를 그녀의 손바닥에 떨어뜨렸다.

"그런데 그게 어디에 맞는 건가요?"

베아트리스는 얼굴에서 경악하는 표정을 지웠다. "아, 이거요? ……직장의 사물함 열쇠예요. 잃어버렸다고 생각했는데!"

"맥스는 내가 왜 당신을 만날 거라고 생각했을까요? 동생은 괴짜라니까요. 하지만 당신도 맥스에 대해 잘 알죠? 맥스는 원하는 건 무슨 수를 써서라도 손에 넣는다는 걸."

양심의 가책을 느꼈는지 맥스는 도리스 이모의 열쇠를 돌려주었다. 어쨌거나 맥스는 친구인 것 같았다. 어쩌면 베아트리스 자신이 믿지 못할 사람인지도 몰랐다. 맥스의 물건을 몰래 뒤져봤고, 열쇠고리를 통째로 훔쳤으니까……. 게다가 할로란에게 맥스의 프로젝트를 일러바치기까지 했다.

"이모님 집에 대해서는 즉시 조사해볼게요. 하지만 분실물이 없으면, 수사가 쉽지 않아요. 클리블랜드는 많은 문제를 가지고 있는 거대한 도시거든요. 대부분의 주거침입에는 경찰력이 투입될 여력이 없어요."

"오늘 집에 돌아가도 안전할까요?"

"안전하지 않아요. 게다가 도둑놈이 당신과 이모님이 집에 없다는 걸 알게 되면 다시 돌아올 수도 있고, 심지어 그곳에 주저앉을 수도 있죠. 마약중독자들은 공짜로 머물 수 있는 자유로운 공간을 좋아하거든요. 범인을 붙잡을 최고의 기회가 될 수도 있어요. 내가 다음 주부터 두어 번 그곳을 둘러볼게요. 뭔가 알아내면 연락할게요. 머물 곳은 있나요?" 토니는 베아트리스가 열여섯 살밖에 되지 않았다는 것을 아는 것처럼 한쪽 눈썹을 치켜올렸다.

"나요? 물론이죠! 당연히 있죠. 2~3일간 사촌 집에 머물 거예요." 베아트리스는 허둥지둥 고개를 끄덕였다. 왜 그렇게 대답했는지 자신도 알 수 없었다. 그 말이 그냥 입 밖으로 튀어나왔고, 이제는 주워 담을 수 없었다. 거짓말이 제2의 천성이 되어가고 있었다.

"어디로 연락하면 되죠?"

"음…… 은행으로 전화해줘요. 사실 그곳에 살고 있는 거와 다름이 없으니까요." 베아트리스는 토니에게 자신의 구내번호를 알려주었다.

토니는 뭔가를 결심하려는 것처럼 마지막으로 그녀의 얼굴을 빤히 쳐다보았다. 이번에야말로 베아트리스에게 사실을 밝히고 그녀를 보호시설로 데려갈 절호의 기회였다. 하지만 토니는 그냥 고개를 끄덕이고 자리에서 일어났다.

"몸조심해요, 베아트리스."

30장

베아트리스는 무거운 여행가방을 눈밭에 질질 끌며 병원까지 걸어갔다. 이곳을 드나들며 환자의 가족들이 대기실에서 자는 것을 지켜보았었다. 그녀가 밤을 지새우기에 최고의 장소였다. 이모가 일주일 넘게 누워 있는 중환자실로 올라갔다. 지난 일주일이 몇 년처럼 느껴졌다. 베아트리스가 여행가방을 질질 끌며 이모의 입원실로 들어가는데도 간호사는 얼굴을 들지 않았다. 환자의 개인 물품을 보관할 수 있는 작은 수납장이 한쪽 귀퉁이에 있었다. 그녀는 여행가방을 안에 쑤셔 넣고, 억지로 문을 닫았다. 밤새 지내려면 이럴 수밖에 없었다.

베아트리스는 이모의 베개 옆에 놓인 딱딱한 플라스틱 의자에 쓰러질 듯 몸을 던지고, 침대 가장자리에 엎드렸다.

"누군가가 아파트에 침입했어요." 베아트리스는 어둠 속에서 속삭였다.

혹시 이모가 충격을 받고 깨어날지도 모른다는 희망을 품고, 그녀는 모든 사실을 털어놓았다. 아파트며, 편지며, 분실된 서류며, 맥스가 멕시코로 달아난 것까지 모조리. 하지만 이모는 꼼짝도 하지 않았다.

새벽 1시가 지났을 무렵, 요란하게 삐삐거리는 소리가 베아트리스를 깨웠다. 비상신호에 깜짝 놀란 그녀는 얼른 이모의 손을 잡았다. 여전히 산소가 이모의 입에 삽입된 튜브를 타고 쉭쉭 소리를 내며 드나들었다. 이모의 축 처진 가슴도 여전히 오르락내리락하고 있었다. 간호사가 조용히 병실로 들어왔다. 간호사는 비상신호를 끄고, 침상 위쪽의 고리에 매달린 식염수 팩을 교체했다.

"아가씨, 면회시간이 끝났어요." 이제는 베아트리스도 익숙해진 병원 특유의 꾸짖는 듯한 목소리로 간호사가 말했다.

베아트리스가 엘리베이터를 타고 메인 로비로 내려오자, 어떤 노인이 의자에 몸을 파묻고 코를 골고 있었다. 그녀는 핸드백을 베개 삼아 딱딱한 의자에 몸을 움츠리고 누웠다. 뜬눈으로 밤을 새우다시피 했다. 새벽 5시가 지났을까? 그녀는 경계를 풀고 잠 속으로 빠져들었다. 두 시간 후 의사와 간호사들이 분주하게 교대할 때까지.

베아트리스는 주말을 병원에서 숨어 지냈다. 구내식당에서 먹고, 공중화장실에서 씻고, 몸을 누일 수 있는 곳이면 어디서든 눈을 붙였다. 형광등 불빛과 낮게 속삭이는 목소리가 눈과 귀를 어지럽혔다. 대부분의 시간을 이모 옆에 앉아 다음에 할 일을 궁리하며 보냈다. 결국 의자에 앉은 채 잠에 곯아떨어졌다. 너무 피곤해서 생각할 힘도 없었던 것이다.

일요일 오후, 흰색 가운을 걸친 나이 든 남자가 어깨를 두드리는 바람에 베아트리스는 잠에서 깨어났다. "아가씨? 아가씨? 괜찮아요?"

"으응?" 베아트리스는 졸린 목소리로 대답했다.

"난 매카퍼티예요. 아가씨 이모님의 주치의죠. 아가씨가…… 이곳에 너무 오래 머문다고 들었어요. 다른 가족이 있나요?"

"가족이요?" 베아트리스는 정신을 바짝 차리고 허리를 꼿꼿이 폈다. 아동복지사에게 연락하려고 했다는 간호사의 말이 귓가에 울려 퍼졌다. "물론이죠. 이모부가 계세요. 벌써 만나보시지 않았나요?"

"만나보기는 했지만. 그분이 지금 아가씨와 함께 있나요?"

"아뇨. 이모부는…… 주말에 일을 하시거든요. 제게 이모 곁을 지켜달라고 하셨어요."

"그랬군요." 의사가 고개를 끄덕였다. 그는 이모의 침대 발치에 매달려 있는 차트를 확인하고 뒤로 돌아서서 병실을 나가려고 했다. 베아트리스는 의사가 두 가지 질문만 던진 것에 안도했다. 그녀는 자신이 걱정하는 문제를 물어보기로 했다.

"이모는…… 나아지실까요?"

"최선을 다하고 있어요. 그 점은 이모부님과 이야기해보는 게 좋겠네요."

의사가 병실을 나가자, 베아트리스는 벌떡 일어나 침대 발치에 매달린 차트를 집어 들었다. 이모의 상태를 알아볼 수 있는 단서가 있는지 필사적으로 차트를 훑어보았다. 그곳에 적혀 있는 모든 숫

자와 약자, 그리고 부호를 이해할 수는 없었다. 그러나 한 가지만
은 유별나게 도드라져 있었다. 화난 듯한 시뻘건 잉크로 페이지 아
래쪽에 크게 휘갈겨놓은 글씨였다. 'DNR'*, 그녀는 무슨 뜻인지도
모르면서 그 글씨를 읽고 또 읽었다.

* Do Not Resuscitate, 심폐소생 거부. 호전 가능성이 희박한 환자가 병원에서 억지로 인공호흡기나
독한 약물 등을 사용하여 인위적으로 생명 유지나 생명 연장을 하지 않는 것에 동의하는 것.

31장
1998년 8월 17일 월요일

아이리스는 기한인 월요일을 간신히 맞추었다. 오전 8시 정각, 브래드가 하역장에 나타나 1층부터 7층까지의 평면도를 요구했다. 아이리스는 조사를 끝맺기 위해 새벽 4시에 침대 밖으로 나왔다. 화요일에 닉과 화장실 바닥에서 뒹구는 바람에 소중한 두 시간을 날렸다. 그녀의 자존심까지. 그것 때문에 직장까지 잃는다면 욕이 튀어나올 게 뻔했다.

아이리스는 완벽한 주석이 달린 평면도를 브래드의 손바닥에 자신 있게 내려놓았다. 그는 평면도를 훑어보고 마닐라 폴더에 집어넣었다. "아주 잘된 것 같은데? 평면도에 약간 변경이 생겼어. 두어 주 동안 누군가가 직접 그리게 될 거야."

"직접 그린다고요?" 아이리스는 머릿속에 떠오른 물음표가 소리가 되어 입 밖으로 튀어나오지 않도록 조심했다. 그의 말이 전혀 이해되지 않았지만, 고개를 끄덕일 수밖에 없었다.

"이곳에 워크스테이션을 가져다줄 거야. 오토캐드는 사용할 줄

249

아는 거지?"

"물론이죠." 그녀는 학교에서 제도용 소프트웨어인 오토캐드를 사용했었다.

"평면도 양식을 한 부 복사해왔어." 브래드가 가방에서 바인더를 꺼냈다. "가장 중요한 건, 척도에 맞게 그려야 하고, 적절한 층을 두어야 한다는 거야."

아이리스는 그제야 그의 말을 이해하기 시작했다. 임원들은 그녀가 손으로 그린 개략도를 다른 사람들이 옮겨 그릴 필요가 없도록 이 건물에서 컴퓨터로 직접 평면도를 그리기를 원했던 것이다.

"제 스케치가 다른 사람들이 이해하기 어려울 정도로 엉망이었나요?"

브래드가 껄껄 웃었다. "아니, 그렇지는 않았어. 범위가 좀 확장되고 일정이 빡빡해서 이러는 거지. 휠러 씨는 우리가 사무실에서 이곳까지 오가며 시간을 낭비하지 않기를 바라는 거야."

"범위가 확장되다니요?"

"맞아, 우리는 이 일에 전력을 쏟아부어야 해. 누군가가 이 낡은 벽돌 더미를 매입하기로 했나 봐. 건물 목록이 만들어졌어. 유클리드 1010번지와 낡은 힉비 빌딩 사이에 있는 것들이지. 매입자들은 구조, 설비, 전기, 배관 등을 모두 포함한 평면도를 원하고 있어. 다들 미쳤나 봐!"

그들은 어쨌든 간에 건물을 살리려는 것이었다. 대리석 계단과 대성당에 걸맞은 천장까지도. 더욱 중요한 것은, 아이리스가 여러 주 동안, 아니 어쩌면 여러 달 동안 기계적인 일만 반복되는 사무실 밖에서 일할 수도 있다는 점이었다. 아이리스는 웃음을 참을 수 없었다. 휠러와 브래드는 그녀를 믿고 정말 엄청난 작업을 맡긴 것이었다.

"아이리스가 건물의 1차 설계자가 되는 거지." 브래드의 말이 이어졌다. "다음 주에 설비기술자들과 double-Es가 투입될 거고."

"선배도 여기에 계실 건가요?" 아이리스는 생각만 해도 끔찍했지만 그런 감정은 애써 감췄다. 브래드가 이 건물을 오가면 자유분방한 청바지와 티셔츠 차림은 끝장날 판이었다. 직장동료와 화장실 바닥에서 섹스하는 건 말할 것도 없고. 브래드는 가르마가 있는 갈색 머리카락부터 반들반들한 가죽구두까지 전형적인 직장인의 모습이었다.

"아니." 브래드는 그런 소리를 듣는 게 약간 실망스러운 모양이었다. "난 현장에서 종일 설계도나 그리기에는 몸값이 너무 비싸다고. 그런 일은 몸값이 싼 젊은 직원들에게 주어지는 특권이지."

아이리스는 간신히 웃음을 참으며, 이건 모욕이 아니라고, 그러니 자신에게 아무런 상처도 되지 않는다고 속으로 타일렀다.

브래드는 아이리스가 좀 전까지 그렸던 평면도에 대한 설명을 들으며 오전 내내 그녀가 받은 임무의 세세한 일정에 대해 논의했다. 그는 아이리스의 작업이 정확한지 확인하기 위해 무작위로 몇 군데를 골라 직접 치수를 쟀다. 두 사람은 린다의 인사부에서 발걸음을 멈췄다. 아이리스는 박살 난 책장을 가리기 위해 그 앞에 버티고 섰다. 다행히 브래드는 가구보다는 문 뒤에 숨겨진 공간에 더 많은 관심을 보였다.

"여기에 '화장실', '환풍구', '덕트설비'라고 표시한 공간을 확인한 건가?"

"음…… 접근할 방법이 없었어요." 아이리스는 변명했다. "문이 잠겨 있었거든요. 그리고 레이먼도 열쇠를 가지고 있지 않았고요."

"그런데 어떻게 그 공간들의 용도를 결정한 거지?"

"레이먼이 그렇게 말해줬고…… 4층과 일치해서요."

"문을 제거하고, 벽을 일부 뚫어 확인해봐야겠군." 브래드가 평면도에 표시하면서 말했다. 그러고는 찌푸린 얼굴로 아이리스를 올려다보며 덧붙였다. "걱정하지 마. 장비 없이 할 수 있는 일이 아니었으니까. 2주 안에 도급업자를 시켜 구멍을 몇 개 뚫어줄게."

아이리스는 고개를 끄덕였다. 하지만 그녀의 내부에서 꿈틀거리는, 학창 시절에 모든 과목에서 A를 맞았던 완벽주의자의 자존심에 약간 금이 갔다. 브래드는 그녀의 평면도에 대해 B를 주었다. 그녀가 이 직업에 몸담은 이후 받은 평가와 유사했다. 아이리스는 브래드를 따라 하역장으로 내려가면서 자꾸 인상이 찌푸려졌다.

"잘했어. 전적으로 믿고 맡겨도 되겠는데? 금요일에 와서 진전 상황을 확인할게. 주말에 워크스테이션이 들어올 거야."

브래드가 롤링식 문밖으로 걸어 나가자, 아이리스는 하역장에 또다시 홀로 남았다. 레이먼은 평소처럼 어디에서도 보이지 않았다. 희미하게 불이 밝혀진 동굴 같은 곳을 둘러보다가 습기와 악취가 떠도는 공기 속에서 몸을 부르르 떨었다. 수전의 말이 머릿속에서 울려 퍼졌다. "그렇게 오랫동안 그 건물에 손을 대지 않았던 데는 이유가 있어요."

그 건물에 손을 대지 않은 이유는 지금까지 아무도 매입하려고 하지 않았기 때문이지. 아이리스가 속으로 항변했다. 중심가에는 비어 있는 건물들이 즐비했다. 부동산 투자회사는 그런 건물을 세금 감면의 수단으로 사들였다. 그러고는 건물을 그대로 내버려두었다. 그게 바로 중요한 점이었다. 건물 내부에 음침한 비밀이 파묻혀 있다면 부동산 투자회사가 군청에 건물을 팔려는 계획을 세우지 않았을 것이다. 아이리스는 미친 늙은 여자와 이야기하러 돌아다니는 짓을 그만두어야 했다.

아이리스는 하역장 계단을 올라가 하역설비 바로 뒤쪽에 있는 직원용 엘리베이터로 갔다. 엘리베이터가 아직도 작동하기를 바라면서. 버튼을 누르자 놀랍게도 문이 열렸다. 안으로 들어가 6층 버튼을 눌렀다. 버튼을 다시 눌렀지만 아무 일도 없었다. **빌어먹을!** 이제는 레이먼을 찾아야 했다.

레이먼의 사무실이 그리 멀지 않을 텐데, 지금까지 한 번도 사무실을 본 적이 없었다. 브래드와 함께 있었던 첫날, 어디에선가 레이먼이 불쑥 모습을 드러냈을 때는 지하실에 있는 금고실까지 내려갔었다. 어쩌면 사무실은 지하실에 있을지도 몰랐다.

아이리스는 건물 뒤쪽에 숨겨져 있는 기다란 직원용 복도를 따라 걸었다. 매그넘 플래시를 켜고 지하실로 가는 계단통이 있는 무거운 문을 열었다. 하얀 광선이 시커먼 벽에 쏟아졌다. 차가운 석조 바닥으로 물방울 떨어지는 소리가 울려 퍼졌다. 그녀는 플래시를 무기처럼 움켜쥐고 콘크리트 계단을 기다시피 내려갔다.

계단을 다 내려갔을 때, 문 반대쪽에서 금속 같은 것이 바닥에 떨어지는 소리가 났다. 아이리스는 쨍그랑 소리에 놀라 걸음을 멈추었다. 무언가에 눌린 듯한 레이먼의 굵고 쉰 목소리가 들려왔다. 그는 욕설을 퍼붓고 있었다. 아이리스가 조심스럽게 문을 조금 열자, 레이먼의 모습이 살짝 보였다. 그는 등을 문 쪽으로 향한 채 금고실 안쪽에 쪼그리고 앉아 있었다. 바닥에 놓아둔 불빛에 철제 연장들이 둔중하게 빛났다. 레이먼은 도구 하나를 바닥에 내던지며 "염병할!"이라고 크게 소리쳤다. 그는 아이리스 쪽으로 돌아앉으며 대여금고로 이루어진 벽에 뒤통수를 기댔다. 자물쇠를 따려나 보다. 아이리스는 생각했다.

레이먼은 담배를 피워 물고는 가늘고 긴 송곳을 정나미 떨어지는 표정으로 노려봤다. 그러다가 눈을 들어 아이리스가 있는 쪽을 쳐다봤다. 그녀는 문 뒤로 얼른 몸을 숨겼고, 문은 쾅 소리를 내며 닫혔다. **빌어먹을.**

머리를 재빨리 굴린 아이리스는 문손잡이를 비틀고 잡아당기며 문을 걷어찼다. 귀가 떨어질 듯한 큰 소리가 났다. "염병할 문 같으니라고!" 그녀는 철문을 두드리며 소리쳤다. "레이먼? 레이먼, 그 안에 있어요? 이 멍청한 걸 좀 해결해줘요!"

아이리스는 어깨로 문을 떠밀다가 레이먼이 문을 여는 바람에 바닥에 고꾸라질 뻔했다.

"대체 무슨 짓이에요?" 레이먼이 고함을 질렀다. 핏발 선 눈에는 분노가 번뜩였다.

아이리스는 레이먼이 속아주기를 바라면서 자신의 연극을 그대로 밀고 나가기로 했다. "이 빌어먹을 문에 손이 박살 날 뻔했다니까요! 이곳은 지랄 맞은 죽음의 함정이 분명해요!"

레이먼은 고개를 가로저었다. 그의 표정은 약간 화난 정도로 부드러워졌다. "지금은 좋은 때가 아니에요. 오늘은 터널을 보여줄 수 없다고요."

아이리스는 눈을 끔뻑거렸다. 터널에 관해서는 까맣게 잊고 있었다. "사실은 엘리베이터 때문에 도움이 필요해요. 움직이지 않더라고요." 그녀는 의지할 데 없는 소녀처럼 두 손을 들어 올렸다.

"열쇠가 있어야 해요." 레이먼은 여전히 화를 풀지 않고 투덜댔다. 커다란 열쇠고리를 꺼내더니 열쇠 하나를 그녀에게 건넸다. 'E'라고 표시되어 있었다.

레이먼의 연장 세트는 금고실 바닥에서 자취를 감추어버렸다. 레이먼의 피곤하고 지친 눈빛을 보면, 대여금고의 자물쇠를 따려는 시도는 성공을 거둔 적이 없는 것 같았다. 하지만 그가 먼지만 날리는 묘지 같은 건물에 기꺼이 머물려고 하는 이유는 충분히 설명되었다. 어쩌면 그는 이것을 자신의 퇴직연금으로 여기는지도 몰랐다.

"고마워요!" 아이리스는 돌아서서 계단을 올라갔다.

"엘리베이터는 저기에 있어요." 레이먼은 금고실 너머에 있는 모퉁이를 가리켰다.

"아! 고마워요! 저게 더 빠르겠네요. 이놈의 계단은 정말 질색이야!" 아이리스는 레이먼의 곁을 지나 그의 시야 밖으로 사라졌다.

모퉁이를 돌아선 아이리스는 숨을 내쉬었다. 엘리베이터를 발견하고 버튼을 눌렀다. 불과 1미터 정도 떨어진 곳에, 아무런 표시도 없는 문이 열려 있었다. 그녀는 뒤를 슬쩍 돌아보고, 살금살금 그곳으로 걸어갔다. 벽장 크기의 아주 작은 방이었다. 내부는 야전침대, 의자, 소형 TV, TV 받침대로 꽉 채워져 있었다. 베이지색 벽에 알전구가 매달린 그 방은 처량하기 짝이 없었다. **그래, 여기가 레이먼이 사는 곳이구나.** 아이리스는 생각했다. **아무도 이런 방에서는 살고 싶지 않겠는데?** 레이먼이 대여금고 한두 개를 열었으면 하는 바람이 저절로 생겨났다. 시간이 얼마 남지 않은 게 안타까웠다.

흑백사진이 들어 있는 액자가 야전침대 옆의 TV 받침대 위에 놓여 있었다. 사진 속의 아름다운 여자는 피부색이 짙고 흰색 모자를 쓰고 있었다. **레이먼의 어머니일까?** 액자의 한쪽 귀퉁이에 좀 더 최근에 찍은 컬러사진이 끼워져 있었다. 금발의 아름다운 젊은 여자의 사진이었다. 그 사진을 유심히 바라보는데, 누군가 뒤쪽에서 지켜보는 것이 느껴졌다. 삐걱 소리가 나도록 재빨리 얼굴을 돌렸지만, 뒤쪽에는 아무도 없었다.

아이리스는 다시 고개를 돌리고, 컬러사진을 찬찬히 들여다봤다. 여자는 깃이 높은 블라우스를 입고, 밝은 빨간색 립스틱을 발랐다. 머리카락은 비틀어 위로 올렸다. 아이리스는 더는 이 방에서 꾸물거릴 수가 없었다. 레이먼이 멀지 않은 곳에 있었다. 아이리스는 급하게 엘리베이터로 걸어갔다.

32장

엘리베이터 안에서 아이리스는 숫자가 새겨진 버튼을 응시했다. 이제 8층의 평면도를 그릴 차례라고 확신했지만, 그래도 가방에서 클립보드를 꺼내 확인해야만 했다. 가방을 뒤지다가 세 개의 파일이 떨어지면서 종이가 사방으로 흩어졌다.

"아, 이런!"

엘리베이터 문이 스르르 닫혔다. 한 번에 서너 장씩 종이들을 파일에 쑤셔 넣는데, 무언가가 눈을 끌었다. 소용돌이무늬와 체크 표시를 가득 그려 넣은 종이였다. 아이리스는 그 종이를 집어 들어 찬찬히 들여다봤다. 베아트리스의 인사서류에 있던 것들이었다. 그녀는 한 장씩 집어 들어 아무 의미도 없는 표시들을 쭉 훑어내렸다. 그러다 어떤 페이지에서 547이라는 숫자가 튀어나왔다.

수전의 열쇠에 새겨진 것과 똑같은 숫자였다. 아이리스는 더 많은 페이지를 훌훌 넘기다가, 또다시 그 숫자를 찾아냈다. 그 숫자는 더 있었다. '547'은 베아트리스 베이커가 남긴 모든 메모에 적혀 있었다. **이건 절대로 우연일 수 없어.** 베아트리스는 대여금고에 관해 묻기 위해 수전에게 전화를 했었다. 547번 열쇠는 수전의 책상에 있었고, 이제 그 숫자는 인사서류에 숨어 있던 이상한 메모에서 모습을 드러냈다. 어쩌면 그 열쇠는 베아트리스의 것일 수도 있었다.

아이리스는 일어서서 '8'이라고 적힌 버튼을 누르려다가 머뭇거렸다. 수전이 베아트리스 베이커는 9층에서 일했다고 말했었다. 한번 둘러보기로 했다. 게다가 그녀가 모든 층을 순서대로 조사해야 한다는 규칙도 없었다. 그녀가 '9' 버튼을 누르자 엘리베이터는 움직였다.

직원용 엘리베이터를 나와 길고 좁다란 복도를 걸었다. 복도는 쌍여닫이문이 열려 있는 9층의 북서쪽 모퉁이로 이어졌다. 나무판에 '회계감사부'라는 금색 글자가 박혀 있었다. **그래, 여기야.** 아이리스는 이렇게 생각하며 안으로 들어갔다.

여덟 개의 타이피스트 책상으로 빡빡하게 채워진 커다란 방이었다. 줄줄이 이어지는 사무실 문들이 삼면에서 타이프라이터들을 둘러싸고 있었다. 아이리스는 문 옆에 걸린 네임카드를 읽으며 그곳을 빙 둘러 걸어갔다. 세 번째 네임카드에 '랜달 할로란'이란 이름이 찍혀 있었다. 아이리스는 걸음을 멈추었다. 수전은 할로란 집안이 파산했다고 했었다. 아이리스는 할로란의 사무실 문을 활짝 열었다. 사무실은 다른 사무실들과 흡사했다. 목재가 좀 더 어두운 색상이고, 책상이 조금 더 컸을 뿐이었다. 등이 높은, 술 달린 의자가 뒤쪽으로 밀려나 있었다.

아이리스는 책상 위에 놓인 엄청나게 큰 압지 뒤에 앉았다. 가운 뎃서랍을 열었다. 텅 비어 있었다. 할로란이 누구인지, 그가 왜 파산했는지를 알려줄 단서를 찾기 위해 서랍을 차례로 열었다. 편지를 개봉하는 은제 칼과 말라붙은 만년필만이 남아 있었다. 인사부의 린다와 마찬가지로 할로란도 자신의 책상을 깨끗이 청소하고 떠났던 것이다. 그녀 뒤쪽의 책장도 텅 비어 있었다. 아이리스는 화장실 안을 슬쩍 들여다보며 닉을 생각하지 않으려고 애썼다. 금박 거울 옆에 오래된 애프터셰이브 병이 놓여 있었다. 냄새가 끔찍했다.

베아트리스는 아마도 비서였을 거야. 아이리스는 할로란의 사무실을 빠져나오며 생각했다. 수전은 그녀를 '젊은 여자애'라고 불렀다. 수전 같은 접수 직원이 문이 있는 별도의 사무실에서 근무하는 누군가를 찾기 위해 태연하게 돌아다니지는 못했을 테니까. 아이리스라도 그렇게는 하지 않았을 것이다. 아이리스는 회사의 윗사람들과 이야기할 때면 거북한 느낌이 들었기 때문이다. 그들은 홀에서 마주치면 고개를 끄덕이고 지나갈 테지만, 어느 누구도 그녀의 이름조차 모를 것이다. 어쩌면 휠러는 예외일지 모르지만.

방 중앙에 있는 여덟 개의 비서 자리에는 이름표가 붙어 있지 않았다. 그들은 익명의 존재였던 것이다. "어디에 있는 거야, 베아트리스?" 아이리스가 속삭였다.

아이리스는 가장 가까운 책상에 털썩 주저앉았다. 가장 큰 서랍 속에 어질러진 서류들을 뒤적거렸다. 종이 쪼가리, 타이프라이터 리본, 바인더클립 같은 것들뿐이었다. 서랍들을 모두 열어봐도 관심을 끌 만한 것도, '베아트리스'임을 알려줄 만한 것도 나오지 않았다.

서랍을 닫을 때 탕 소리가 들렸다. 아이리스는 눈썹을 치켜올리고는, 다시 서랍을 열었다. 서류 아래쪽에서 작은 술병 하나가 내용물을 출렁거리며 모습을 드러냈다. 라벨에는 '올드 그랜드-대드'라고 적혀 있었다. 그녀는 텅 빈 방을 힐끔 둘러보고 술병 뚜껑을 열었다. 평범한 위스키 냄새가 났다. 위스키는 상하지 않을걸? 아이리스는 조금 마셔봤다. 시큼한 위스키가 목구멍을 타고 내려가는 내내 목에 구멍이라도 뚫릴 것처럼 뜨거웠다.

"으휴! 당신은 어째 나이를 먹어도 나아지는 게 없네요, 그랜드-대드." 아이리스는 얼굴을 찡그렸다.

다른 책상들에서도 사무용품과 녹아서 엉겨 붙은, 기침을 멎게 하는 드롭스 같은 것들만 나왔다. 아이리스는 먼지가 뒤덮인 마지막 자리에 엉덩이를 무겁게 내려놓았다.

타이프라이터 앞에서 바라보는 광경은 답답해서 숨이 막힐 듯했다. 공중에 늘어뜨린 장식용 천장이 머리 위로 낮게 드리워져 있었다. 이건 손으로 칠한 화려한 천장을 보호하고, 직원들이 자신의 일에만 시선을 고정하도록 1960년대의 어느 때인가 이렇게 보수되었을 것이다. 맞은편 벽에 걸려 있는 커다란 원형시계는 이미 오래전에 죽었지만, 비서석에 앉아 있는 아이리스는 똑딱 소리가 들리는 듯했다. 어떤 가엾은 여자가 그 시계를 마주 보며 하루에 여덟 시간을 보냈던 것이다. 아이리스는 그게 어떤 기분일지 확실히 알 것만 같았다. 이 책상은 아이리스의 사무실에 있는 좁아터진 자리와 별반 다를 바가 없었기 때문이다. 그녀는 창문이 없는 사무실에서, 감시하는 남자들의 눈길에 둘러싸여 있었다. 화려한 학력에도 그녀의 근무 환경이 비서의 근무환경과 너무나 흡사해서 기분이 울적해졌다.

아이리스는 서랍을 하나씩 열어보았지만, 서랍이 하나만 남을 때까지 아무것도 찾아내지 못했다. 마지막 서랍에는 녹색 명함 폴더들이 작은 금속 고리에 줄지어 매달려 있었다. 그녀는 카드를 섞듯이 손톱으로 쭉 넘겨보았다. 서랍을 닫으려는 순간, 바닥에 놓인 뭔가가 눈길을 끌었다. 아이리스는 명함 폴더들을 한쪽으로 밀쳐냈다. 조그마한 회색 책이었다. 그녀는 그 책을 집어 들고 제목을 읽었다. **간단한 그레그 속기법 교본.** 중간쯤을 열어본 순간, 이상한 필적을 즉시 알아볼 수 있었다. 이건 베아트리스의 인사서류에서 나왔던 메모의 필적과 완전히 똑같았다.

첫 번째 페이지에는 이런 글귀가 적혀 있었다. '사랑하는 베아트리스, 끊임없는 연습으로 완벽해진단다. 사랑을 담아, 도리스 이모가.' 바로 이게 베아트리스의 책상이었다. 아이리스는 마치 이 책에 자신이 은행에 관하여 품고 있는 모든 의문에 대한 해답이 들어 있기라도 하듯 한 페이지 한 페이지 넘겨보았다. 하지만 속기법에 관한 설명이 들어 있을 뿐이었다. 마지막 페이지에 또 다른 메모가 있었다. '연습은 너만의 시간에 하라고, 아가야. 사랑을 담아, 맥스.'

아이리스는 '사랑을 담아, 맥스'라는 글을 다시 읽고, 사무실을 빙 둘러보았다. 문 옆의 이름표에는 맥스라는 이름이 없었다. 두 사람은 사랑하는 사이였을까? 아이리스는 그런 의문을 품은 채 책을 다시 훑어보았다. 어쩌면 맥스는 베아트리스의 상사였을 수도 있었다. 당시에는 성희롱이 범죄로 인식되지도 않았다. 아이리스는 젊은 비서가 머리를 숙이고 책상에 앉아 있는 모습이 눈앞에 보이는 듯했다. 남들의 눈에 띄지 않으려고 애쓰면서. 그러다 은행이 폐쇄될 당시 책상에 이름표도 없던 비서 하나가 실종됐다는 이야기가 믿기 힘들 정도로 괴상하다는 생각이 머릿속을 스쳐 지나갔다. 왜 그녀가?

아이리스는 속기법 교본을 덮었다. 잠시 주저한 끝에 그 책을 자신의 현장가방에 집어넣었다. 없어지는 건 아니니까. 그녀는 속으로 변명했다. 게다가 오늘 밤에 TV의 재방송 프로그램을 시청하느니 차라리 베아트리스가 자신의 인사서류에 남긴 괴상한 메모를 해독하는 것이 훨씬 더 재미있을 것 같았다. 어쩌면 그것이 547번 열쇠를 어떻게 처리할지를 판단하는 데 도움이 될지 모른다.

거의 정오가 다 되었다. 한 시간 이상이나 베아트리스를 찾아 헤맨 셈이었다. 남은 5일 동안 여덟 개나 되는 층의 평면도를 그리려면 당장 일을 시작해야 했다. 아이리스는 가방에서 줄자와 클립보드를 꺼내 베아트리스의 책상 위에 내려놓았다.

33장

아이리스는 4층을 토대로 30분이 채 지나기도 전에 회의실과 화장실과 수납장들을 그려 넣었다. 그러고는 회계감사부로 돌아와 배치도를 그리기 시작했다. 사무실 문을 하나씩 열어가며 창문과 칸막이를 표시했다. '조지프 로스스타인'의 사무실에 도달했을 무렵에는, 클립보드를 쥐고 있는 손이 아팠다. 그녀는 클립보드를 로스스타인의 책상 위에 내려놓고 기지개를 켰다.

로스스타인의 오래된 사무실은 난장판이었다. 그의 책상에는 서류와 책이 높다랗게 쌓여 있고, 선반에는 바인더가 빽빽이 꽂혀 있으며, 바닥에는 참조설명서가 무더기를 이루고 있었다. 로스스타인은 전용화장실도 없었고 사무실도 그리 크지 않았지만, 정말로 열심히 일했거나 아니면 적어도 그렇게 보이기 위해 많은 시간을 보낸 게 분명했다.

책장에는 『지급준비율 100퍼센트 은행 업무』, 『거시경제학 1권』, 『금본위제金本位制』 같은 두툼한 책들이 놓여 있었다. 책상에는 아이리스가 필기할 공간조차 없었다. 그녀는 스프링 노트 더미를 옆으로 밀쳐냈다. 로스스타인의 1978년 12월 달력이 파묻혀 있었다.

아이리스는 누렇게 변한 종이에 흐릿해진 잉크로 각인된 약속과 메모를 훑어보았다. 대부분은 읽기 힘들었다. 12월 달력에서 가장 중요한 메모가 무엇인지 보기 위해 달력을 가린 또 다른 노트를 치웠다. 은행이 폐쇄된 날인 12월 29일에 조지프는 휴가를 떠난 것으로 보였다. '버뮤다'라는 단어에 원이 그려진 것을 보면 아마도 그곳이 휴가지일 것이다. 가엾은 로스스타인은 열대지방에서 휴가를 보내고 돌아와 직장을 잃었다는 사실을 알았을 것이다.

아이리스는 갑자기 다른 사람의 사생활을 침해한 듯한 느낌이 들었다. 남자의 삶을 자세히 알 필요는 없었다. 달력을 다시 덮으려는데 작게 쓴 빨간 글씨가 눈길을 끌었다. '형사 맥----6.555.----' 글자는 커피 얼룩으로 뭉개져 있었지만, 바로 그 밑에 적힌 'FBI'라는 글자는 지금도 선명했다.

은행가들은 FBI와 자주 연락을 했던 걸까? 아이리스는 의문을 품은 채 눈을 들었다. 책상 맞은편 벽에 매달린 커다란 게시판은 도표와 그래프, 딱딱한 금융 용어로 뒤덮여 있었다. 바로 그때, 그녀의 머릿속에 커다란 그림자를 드리우는 뭔가를 발견했다. 그건 물음표였다. '클리블랜드 부동산 지주회사?'라는 글자가 작은 종이쪽지에 적혀 있었다. 그녀는 그 이름을 어디선가 본 적이 있었지만, 그게 어딘지 꼭 집어낼 수 없었다. 그래프들 사이 여기저기에 '클리블랜드 도시 성장 재단?', '새로운 클리블랜드 연맹?', '쿠야호가 연합?' 같은 글들이 적힌 작은 메모지들이 압정으로 박혀 있었다.

뭔가가 더 있어야 했다. 아이리스는 로스스타인의 달력에 박힌 작은 날짜들을 하나씩 살피며 또 다른 실마리를 찾았다. 하지만 얼룩진 악필이라 전혀 가능성이 없었다. 검은색과 파란색 잉크는 흐릿해졌지만, 빨간색 잉크로 적힌 FBI에 관한 메모와 압지 위로 삐져나온 뭔가는 그렇지 않았다. 그녀는 검은색 가죽 압지 밑에서 종이를 뽑아냈다. '돈은 어디에 있지?'라는 글귀가 새빨간 잉크로 적혀 있었다. 다시 읽어봤지만, 무슨 뜻인지 알 수 없었다.

손목시계를 내려다보는 순간, 정말로 일을 해야 한다는 생각이 들었다. 아이리스는 분노 어린 한숨을 내쉬며 줄자를 집어 들고 그 방의 치수를 쟀다. 그녀는 로스스타인의 사무실에서 나와 아직도 측정하지 못한 방들의 개수를 세어보았다. 이 일이 사무실의 책상에 앉아 있는 것보다 1천 배는 더 좋았지만, 점점 더 지루해지기는 했다. 아이리스가 정말로 하고 싶은 것은 어딘가에 편안하게 앉아 베아트리스 베이커의 메모를 읽는 것이었다.

아이리스는 먼지투성이인 녹색 카펫을 밟고 다음 사무실로 이동했다. 뭔가 잘못된 것처럼 보였다. 그녀는 걸음을 늦추었다. 그 사무실은 발칵 뒤집혀 있었다. 누군가가 오리털 베개를 찢어발긴 것처럼 종잇장들이 바닥을 뒤덮고 있었다. 서랍이란 서랍은 모두 책상에서 빠져나와 배를 바닥에 대고 엎어져 있었다. 마호가니 붙박이 책장에 있었을 책들도 대부분 내팽개쳐져 있었다. 종이, 책, 볼펜, 클립들뿐만 아니라 박살 난 액자 두어 개까지 대리석 바닥을 뒤덮고 있었다. 먼지가 모든 것을 뒤덮었고, 비뚤게 걸린 블라인드로 들어온 햇빛이 종이를 누렇게 변색시켰다.

아이리스는 사진을 집어 들었다. 가족사진이었다. 뚱뚱한 중년 사내가 송곳처럼 빼빼 마른 아내와 여드름투성이인 두 딸과 함께 아이리스에게 활짝 웃고 있었다. 가족은 모두 날염된 폴리에스테르 옷을 입고 있었다. 사진 속의 남자는 아버지의 골프 친구를 연상시켰다. 그는 자신의 책상을 치울 기회가 전혀 없었던 것이다. 난장판을 보고 있자니 서랍들이 박살 나고 책들이 떨어지는 소리가 들리는 듯했다. 누군가가 잔뜩 열 받은 게 분명했다.

아이리스는 잔해를 헤쳐가며 간신히 측량을 마쳤다. 사무실 밖으로 나오다가 깨진 머그잔을 밟고 발목을 접질릴 뻔했다. 머그잔에는 양손 엄지를 치켜세운 녹색 외계인과 함께 '지구상에서 가장 좋은 아빠'라는 문구가 새겨져 있었다. 그녀는 그 머그잔을 책장으로 차서 박살내버렸다.

문짝에 붙어 있는 놋쇠 이름표에는 '회계감사 담당 이사 윌리엄 S. 톰슨'이라고 적혀 있었다. 누군가가 지켜보는 것처럼 뒤통수가 끊임없이 쿡쿡 쑤셨다. 텅 비어 있는 건물에서 그녀 혼자 돌아다니다 보니 이제는 익숙해진 느낌이었다. 하지만 이따금 누군가가 쫓아오는 것 같아 도망치고 싶은 충동을 느끼기도 했다. 그녀의 상상력이 그녀를 압도하고 있었다. 뒤쪽에는 아무도 없었다.

아이리스는 이미 많은 시간을 허비했다. 그녀는 자신의 물건을 챙기기 위해 베아트리스의 책상으로 걸어갔다. 걸음이 점점 느려졌다. 현장가방에 들어 있던 것들이 책상 위에 뒤엉켜 있었다. 베아트리스의 책도 펼쳐져 있었다.

아이리스는 자신의 물건들을 그렇게 쏟아두지 않았다. 그건 확실했다. 누군가 뒤쪽에 서 있는 게 분명했다. 그녀가 재빨리 뒤로 돌아섰지만 역시 아무도 없었다. 하지만 그녀가 이 책상에 앉았던 때부터 톰슨의 사무실에서 나왔을 때까지 누군가가 그녀의 물건을 뒤진 것이다. 아이리스는 레이먼의 발소리를 떠올리면서 숨을 죽이고 귀를 기울였다. 아무 소리도 들리지 않았다.

"여보세요?" 아이리스의 목소리가 텅 빈 사무실에 울려 퍼졌다. "누구 있어요? 레이먼이에요?"

아무도 대답하지 않았다. 어쩌면 플래시를 가지고 15층으로 들어온 침입자인지도 몰랐다. 레이먼은 그게 노숙자일 거라고 말했었다. 아이리스는 자신의 볼펜, 계산기, 담배, 드라이버, 박스용 커터 칼 등을 훑어보았다. 없어진 건 없었다. 어쩌면 자신이 미쳐가는 건지도 몰랐다. 누군가가 그곳에 있다면 소리가 들렸어야 하지 않느냐고 생각하면서도 커터 칼을 집어 들었다.

베아트리스의 책은 맥스라는 사내가 메모를 남긴 페이지가 펼쳐져 있었다. 아이리스는 그 책을 낚아채서 다른 것들과 함께 가방 속으로 던져 넣었다. 커터 칼만 제외하고.

면도날처럼 날카로운 칼날을 뽑아내고 천천히 복도로 걸어 나갔다. 아무도 없었다. 보이는 거라고는 먼지 속에 찍힌 발자국들뿐이었다. 아이리스는 가방에서 플래시를 꺼내 발자국을 비추었다. 모두 자신의 것처럼 보였다. 아이리스는 플래시를 껐다. 빌어먹게도 그녀가 미친 게 분명했다. 그녀가 자신의 가방을 쏟아놓고도 베아트리스 베이커와 로스스타인에게 사로잡혀 기억하지 못하는 게 분명했다. 얼른 커터 칼을 집어넣었다.

퇴근한 아이리스는 신경이 곤두서다 못해 바짝 튀겨질 정도였다. 집 안에서 무슨 소리가 들릴 때마다 펄쩍 뛰곤 했다. 그녀는 집 안의 전등을 모두 켜고는 소파에 무너지듯 주저앉았다. 캔맥주 하나를 비우고 담배 두 대를 다 피울 때까지 곤두섰던 목덜미의 털이 가라앉지 않았다. 그러고 나서도 누군가가 뒤따라온다는 느낌은 사라지지 않았다. 그녀는 소파에서 일어나 현관문을 이중으로 잠갔다.

생각을 다른 곳으로 돌리기 위해 아이리스는 현장가방에서 베아트리스의 파일을 꺼냈다. 괴상한 글씨들을 힐끔 쳐다보면서, 가방에서 속기법 교본을 찾아냈다. 1장의 몇 페이지를 대충 훑어봤지만, 내용이 한데 얽혀 뒤죽박죽이었다. 쉽게 이해되는 부분은 어디에도 없었다. 이걸 배우려면 꽤나 시간이 걸릴 것 같았다.

아이리스는 베아트리스의 인사서류를 속기법 교본 옆에 내려놓았다. 모든 소용돌이무늬는 그게 그것처럼 보였다. 이 속기법은 이런 무늬들이 어떻게 조합되는지에 달려 있는 것 같았다. 20분이나 해독했는데도 나온 것이라고는 '빌어먹을, 시ﳲ, 뇌물'이라는 단어뿐이었다. 옳은 해석일 리가 없었다. **염병할!** 어쩌면 아이리스가 엿 같은 것을 해독하는 데는 소질이 없는 것일 수도 있었다. 그녀는 책을 덮어 어질러진 커피 테이블 위로 살짝 던졌다.

현장가방의 내용물들이 책상 위에 뒤엉켜 있던 모습이 머릿속에서 스멀스멀 떠올랐다. 정말 내가 가방을 쏟았던 것일까? 그게 아니라면, 레이먼이든 다른 누구든 그녀의 가방에서 도대체 뭘 찾았던 것일까?

건물에서 가지고 나온 속기법 교본, 베아트리스의 인사서류, 547번 열쇠가 커피 테이블에서 아이리스를 비난하듯 올려다보았다. 그녀가 그것들을 가지고 나온 것은 아무도 모르고, 아무도 신경 쓰지 않을 가능성이 높았다. 그녀는 미쳐가고 있었다. 그럴 만도 했다. 협박과 경찰 수사에 관한 수전의 헛소리가 아이리스의 뇌 속으로 파고들었던 것이다. 며칠 전, 늙은 바텐더와 나눈 대화가 아무런 도움이 되지 못했던 것이다.

"내 고향에는 이런 말이 있어요." 아이리스는 이탈리아 억양을 흉내 내며 담배 한 대를 피워 물었다. "묘지에서 절대로 훔치지 마라. 귀신들의 잠을 깨울 수도 있으니까."

그건 그냥 웃기는 소리가 아니었다.

34장
1978년 12월 4일 월요일

　대학병원의 메인 로비가 사람들의 목소리로 채워질 때, 햇살이 베아트리스의 눈꺼풀 너머로 들어왔다. 의사들이 출근하고 있었다. 빛바랜 환자복을 걸친 환자들이 자신의 수액 걸이대를 밀며 구내식당으로 향하고 있었다. 그녀는 지친 몸을 비틀고 기지개를 켜며, 바늘로 찌르는 듯한 햇살에 눈을 연신 깜박거렸다. 오늘은 월요일이었다. 벌떡 일어나 앉아 벽에 걸린 시계를 보았다. 오전 7시였다. 출근하기에는 너무 일렀다.

　엘리베이터가 베아트리스를 중환자실의 안내데스크 앞에 내려주었다. 데스크는 비어 있었다. 오전 근무교대 시간인 모양이었다. 베아트리스는 클립보드 앞으로 걸어가서 평소처럼 서명했다. 그러다가 '이모부'라는 사람도 이렇게 서명을 했을 것이라는 생각이 떠올랐다. 서둘러 페이지를 넘겨봤지만 이전 날짜의 기록들은 없었다. 다시 베아트리스 자신이 서명한 페이지로 돌아와 문병객들의 이름을 훑어봤다. 지난 24시간 동안 그 층을 찾아왔던 방문자들의 이름을 살펴봤지만 톰슨이나 친척들의 흔적은 없었다. 그러다가 아는 이름 하나가 튀어나왔다. 오후 9시 이후에 'R. T. 할로란'이 찾아온 것으로 되어 있었다.

할로란이 방문한 환자의 이름은 빈칸으로 남아 있었다. 중환자실에는 스무 개의 병실이 있었다. 베아트리스는 뻣뻣해진 다리를 풀기 위해 거의 매일 밤마다 그 병실 앞을 걸어다녔다. 할로란은 그중 한 곳을 찾아온 것일 수도 있었다. R. T.는 랜디가 아닐 수도 있었다. 그래도 여전히 뭔가가 걸렸다. R. T. 할로란이 이곳으로 올라왔을 때, 베아트리스는 도리스 이모 옆의 의자에서 자고 있었다. 랜디가 그녀의 자는 모습을 지켜봤을 거라는 생각에 몸이 덜덜 떨렸다.

베아트리스는 문병객 명단에서 물러섰다. 여행가방을 숨겨둔 곳이 안전하지 않다는 생각이 들었다. 그녀는 이모의 병실로 득달같이 달려가 이모의 얼굴에는 눈길도 주지 않은 채 수납장의 문을 활짝 열었다.

여행가방이 발등으로 쓰러졌을 때야 그녀는 끙 소리를 내며 참았던 숨을 내뱉었다. 발등에서 느껴지는 욱신거리는 아픔이 고마울 따름이었다. 적어도 아직 옷들은 그대로 있는 셈이었다. 베아트리스는 무거운 가방을 발등에서 들어 올렸다. 계속 이렇게 살아갈 수는 없었다.

베아트리스가 공중화장실에서 세수를 하고, 옷을 갈아입고, 시내에 도착했을 때는 겨우 오전 8시 15분밖에 되지 않았다. 은행은 오전 9시가 되어야 문을 열기 때문에 메인로비 경비원 한 명이 외롭게 자리를 지키고 있을 뿐, 텅 비어 있었다. 다행이었다. 터질 듯이 부풀어 오른 여행가방을 끌고 가면서도 남들의 시선을 받지 않아도 되었다. 이제는 여행가방을 병원 수납장에 넣어둘 수 없었다. 가방에는 그녀가 가진 모든 것뿐만 아니라 맥스의 이상한 메모장과 이모의 열쇠까지 들어 있었다.

책상에 앉아 있는 경비원은 사흘 전날 밤 맥스의 책상을 뒤지다가 마주친 바로 그 사람이었다. 베아트리스는 가방을 끌고 로비를 지나가며 경비원에게 고개를 끄덕였다. 그러면서 셔츠의 이름표에 적혀 있는 '레이먼'이라는 이름을 힐끗 훔쳐봤다. 다행히도 경비원은 엘리베이터들이 있는 곳으로 서둘러 사라지는 그녀에게 아무런 질문도 던지지 않았다.

베아트리스는 엘리베이터를 기다리며 닳아빠진 가죽 여행가방을 내려다봤다. 너무 커서 그녀의 책상 아래에는 들어가지 않을 것 같았다. 다른 일곱 명의 비서들과 세 명의 회계사들과 함께 사용하는 코트 수납장에는 이걸 숨길 곳이 없었다. 15층이나 되는 건물에는 분명히 이걸 넣어둘 만한 곳이 있을 것이다. 엘리베이터가 로비로 내려오면서 각 층을 나타내는 숫자마다 불이 켜졌다. 베아트리스는 그 숫자를 지켜보다가 맥스의 말을 떠올렸다. 11층부터 14층까지의 사무실들이 비어 있다는 말이었다. 수년 전에, 동쪽 9번 스트리트의 교통시설이 확장되면서 입주자들이 나갔다고 했다.

베아트리스는 엘리베이터 안으로 들어가 '12층'을 눌렀다. 불이 들어오지 않았다. 이번에는 '10층'부터 '15층'까지의 버튼을 모조리 눌렀다. 아무것도 불이 들어오지 않았다. 그녀는 '9층'을 눌렀고, 엘리베이터의 문이 스르르 닫혔다. 그녀는 이마를 찌푸리며 다른 숫자들을 노려봤다. 제어반에 작은 열쇠구멍이 있었다. 손톱 끝으로 구멍을 만졌다. 열쇠 하나로 모든 층을 열고 잠글 수 있는 것일까? 그 열쇠구멍은 문 열쇠가 들어가지 않을 정도로 작았다. 베아트리스는 열쇠구멍을 자세히 살펴보다가 여행가방을 뒤져서 맥스가 숨겨놓았던 열쇠고리를 꺼냈다.

베아트리스가 열쇠를 살펴보는 동안, 엘리베이터가 9층에 도착해 문이 열렸다. 그녀가 재빨리 '2'를 누르자 다시 문이 닫혔다. 시간이 좀 더 필요했다. 베아트리스는 열쇠 하나하나를 신중히 살폈다. 열쇠마다 '11S', 'TR', 'WC' 같은 작은 글자와 숫자가 새겨져 있었다. 그녀는 좀 더 작은 열쇠에서 손을 멈추었다. 'E'라고 새겨져 있었다.

"혹시 엘리베이터?" 베아트리스가 속삭였다.

그녀는 그 열쇠를 제어반으로 밀어 넣었다. 딱 맞았다. 2층의 구내식당 앞에서 엘리베이터 문이 열리는 순간, 열쇠를 돌렸다. 주방에서 일하는 직원들이 배달받은 물건들을 나르며 분주히 움직이고 있었다. 그들에게 들키지 않기 위해 엘리베이터 벽으로 몸을 움츠리며 '12'를 눌렀다. 그 숫자에 불이 들어오고, 문이 다시 닫혔다.

12층은 온통 벌거벗고 있었다. 알몸을 드러낸 기둥들이 성긴 숲처럼 방을 둘러싸고 있었고, 형광등은 피복이 벗겨진 전선에 매달려 있었다. 아무런 가림막이 없는 창문으로 햇빛이 쏟아져 들어왔다. 여행가방을 숨길 만한 장소가 없었다. 가방에 발이 걸린 경비원이 화가 나서 집어던져버리거나 그게 그녀의 것임을 밝혀낼 가능성이 높았다. 바닥의 리놀륨에 쌓인 먼지를 보면 여러 해 동안 아무도 발을 들여놓지 않은 것 같았지만, 위험을 무릅쓸 수는 없었다. 베아트리스는 뒷걸음쳐서 엘리베이터로 들어가 '11층'을 눌렀다.

11층은 입주자가 나간 이후 아무도 건드린 사람이 없는 것처럼 보였다. 엘리베이터 맞은편의 사무실 문에는 '골드스타인 앤드 스택 사무변호사'라는 글자가 금박으로 박혀 있었다. 베아트리스는 엘리베이터에서 내려 문을 열어보았다. 잠겨 있지 않았다.

사무실은 베아트리스가 일하는 곳과 거의 흡사했지만 가구는 하나도 없었다. 홀에는 공중화장실과 코트 수납장, 보조직원들이 일하는 열린 구역이 있었다. 열린 구역에는 녹색 카펫 위에 놓였던 책상들의 흔적과 둥글게 배치된 개인사무실들이 있었다. 모든 사무실의 문이 열려 있고, 사무실은 텅 비어 있었다.

베아트리스는 이 사무실 저 사무실로 돌아다니며 가방을 숨기기에 좋은 곳을 찾다가 모퉁이에 있는 가장 큰 사무실에 도달했다. 그곳은 랜디의 사무실보다 두 배나 컸다. 베아트리스는 방 안에 펼쳐진 광경에 걸음을 멈추고 입을 딱 벌렸다. 값비싼 나무 판재로 벽이 덮여 있고, 털이 긴 두터운 카펫이 깔려 있었다. 천장 중앙에는 반라의 그리스 여신이 그려져 있었고 그 주위는 금박으로 장식되어 있었다. 베아트리스는 발끝으로 부드러운 카펫을 가로질러 대표 변호사의 개인화장실로 들어갔다. 얇은 먼지 층이 사방을 뒤덮고 있었다. 커다란 도기 세면대에는 두 개의 고풍스러운 놋쇠 수도꼭지가 달려 있었다. 하나는 온수용이고, 하나는 냉수용이었다.

베아트리스는 수도꼭지 하나를 돌려보았다. 쿨럭거리며 갈색 물이 쏟아지다가 이내 깨끗한 물이 흘러나왔다. 그녀는 변기와 샤워기를 눈여겨보며 머리를 굴렸다. 그녀는 벌써 며칠째 샤워를 하지 못했던 것이다.

먼지를 보건대 청소부나 경비원은 적어도 몇 달은 이 방에 들어오지 않은 듯했다. 그녀 뒤쪽의 엘리베이터가 윙 하는 소리와 함께 움직였다. 지금쯤이면 아래쪽의 로비가 사람들로 바글거릴 것이다. 이제는 시간이 별로 없었다.

베아트리스는 엘리베이터 앞에 있는 여행가방으로 쏜살같이 달려갔다. 마침 홀 한쪽에 청소도구실이 있었다. 그녀는 가방을 질질 끌고 가서 그 안에 밀어 넣었다. 그러고는 다시 엘리베이터로 달려갔다. 핸드백에 들어 있는 맥스의 무거운 열쇠고리가 철렁거렸다. 그녀는 엘리베이터 버튼을 눌렀다. 그러다가 엘리베이터에 어떤 임원이라도 타고 있다면 엘리베이터 문이 열리는 순간 그곳에 서 있는 그녀를 발견하고 심각한 질문 공세를 퍼부을 수도 있다는 생각이 퍼뜩 머릿속을 스쳤다. 하지만 이미 늦어버렸다. 엘리베이터의 문이 열릴 때까지 그녀는 도망칠 것인지, 아니면 숨을 것인지 고민하고 있었다. 다행히도 엘리베이터 안에는 아무도 없었다.

여덟 시간 후, 베아트리스는 9층의 어두운 화장실로 되돌아와서 모두가 퇴근하기를 기다렸다. 북적거리는 퇴근 시간, 여행가방을 끌고 로비를 지나다가는 수많은 사람들의 시선을 받을 것이 뻔했다. 게다가 다른 사람들에게 들키지 않고 11층으로 되돌아가려면 사무실이 빌 때까지 기다릴 수밖에 없었다. 병원에 가느니, 여기 칸막이 화장실에서 자는 편이 나았다. 적어도 조용할 테니까.

화장실 문 틈새로 들어오던 밝은 빛이 사라졌다. 베아트리스는 10분 이상 흐른 후에 엘리베이터 쪽으로 살금살금 나와 주변을 둘러보았다. 아무도 없었다. 엘리베이터 버튼을 누르고 기다렸다.

11층은 어둡고 황량했다. 베아트리스는 더듬더듬 청소도구실로 가서 여행가방을 꺼냈다. 가방은 그대로 있었다. 먼지가 쌓이긴 했지만 사치스러운 화장실이 있는, 모퉁이의 커다란 방으로 가방을 질질 끌고 갔다. 작은 창문에 비친 오렌지색의 밤하늘 덕분에 하얀 도자기 세면대의 으스스한 윤곽을 알아볼 수 있었다.

여행가방이 다른 방의 부드러운 하얀 카펫 위에 시커먼 그림자를 드리웠다. 베아트리스는 카펫을 만져봤다. 이 부드러운 카펫이 딱딱한 나무 의자보다는 훨씬 더 안락할 것이다. 훨씬 더 안전하기도 하고. 지낼 만한 장소를 찾기까지 며칠만 버티면 된다고 그녀는 생각했다.

베아트리스는 모퉁이 사무실의 무거운 나무문을 닫고 자물쇠를 채웠다. 그러고는 끔찍한 실수를 저지르지 않았기를 작은 소리로 기도했다. 실내는 사물이 분간되지 않을 정도로 어두웠다. 결국 불을 켜기로 했다. 건물 안에 있는 사람은 아무도 알아차리지 못할 것이고, 거리를 오가는 사람은 아무도 신경 쓰지 않을 거라고 생각하면서.

머리 위의 전등이 딸깍 하고 켜지며 밝은 빛을 뿌리자 베아트리스의 눈이 가늘어졌다. 카펫은 먼지투성이였지만, 벌레나 쥐의 흔적은 보이지 않았다. 창문에는 지금도 나무 블라인드가 드리워져 있었다. 그녀는 창문으로 걸어가 블라인드를 빈틈 없이 닫았다.

베아트리스는 화장실의 블라인드도 치고 세면대 위쪽의 전등을 켰다. 거울에 비친 얼굴에 화들짝 놀랐다. 눈에는 핏발이 서 있었다. 눈 주위의 화장이 뭉개져 눈이 머릿속으로 쑥 들어간 것 같았다. 머리카락은 축 늘어지고 끈적끈적했다. 얼굴은 마르고 퀭해 보였다. 또다시 저녁 식사를 잊어버린 탓이었다. 내일은 좀 더 나은 계획을 세워야 했다.

수도꼭지에 약간 녹이 슬기는 했지만, 결국 샤워실로 돌아갔다. 말라붙은 피 같은 갈색과 붉은색의 물이 쏟아졌다. 하얀 대리석에 떨어지는 물을 보고 있자니 속이 메스꺼웠다. 베아트리스는 눈을 꼭 감고 기다렸다. 깨끗한 물이 나오기를, 뜨거운 물이 11층까지 올라와 샤워실이 수증기로 가득 차기를.

샤워를 마친 베아트리스는 자신의 모습을 되찾은 기분이었다. 잠옷을 입은 다음, 겨울 코트를 꺼내 두툼한 카펫 위에 슬리핑백처럼 깔았다. 스웨터를 베개처럼 돌돌 말고는 바닥에 웅크리고 누웠다. 2~3분이 지나기도 전에 꿈나라로 빠져들었다.

35장

새벽부터 바깥쪽 도로에서 경찰차의 사이렌 소리가 울려 퍼졌다. 잠에서 깨어난 베아트리스는 얼른 옷을 입고, 출근 준비를 했다. 밤새 숙면한 덕분에 몸은 가뿐했지만, 미치도록 배가 고팠다. 잠잔 흔적을 하나도 빠짐 없이 치운 다음, 경비원이 순찰할 경우에 대비해 여행가방을 다시 청소도구실에 갖다놓았다.

베아트리스는 아침 식사를 하기 위해 엘리베이터를 타고 구내식당으로 내려갔다. 문득 이 건물에서 며칠이나 숨어 지낼 수 있을까 하는 의문이 들었다.

매일 저녁 직원들이 모두 퇴근할 때까지 여자 화장실에서 기다려야 한다면 도리스 이모를 찾아가지 못할 수밖에 없었다. 한밤중에 건물로 들어갈 방법이 없었다. 정문은 오후 7시에 자물쇠가 채워져 다음 날 오전 7시까지는 열리지 않았다.

베아트리스는 오전 내내 자신이 겪고 있는 곤란한 상황에 대해 생각했다. 점심 시간에 길모퉁이에 있는 식품 판매점 델리에서 햄 샌드위치와 프루트 컵*을 사서 핸드백에 숨겨두었다.

동쪽 12번 스트리트로 돌아오다가 높이 솟아오른 '웨스털리 암스 아파트'에 눈길이 가서 걸음을 멈췄다. 아파트 건물의 로비는 작았지만 깨끗했다. 접수대에 있는 벨을 누르자 키가 작은 노인이 나타났다. 노인은 알이 두꺼운 대모테** 안경을 갈고리처럼 길게 휘어진 코끝에 걸치고 있었다.

"뭘 도와드릴까, 아가씨?"

"음…… 아파트를 빌리고 싶은데요."

노인은 카운터 안에서 서류를 꺼내며 커다란 안경 너머로 베아트리스를 의심스러운 눈초리로 훑어보았다.

"아가씨 혼자 살 거요?"

"네."

"아가씨도 잘 알겠지만, 여기는 클리블랜드 시내요. 젊은 아가씨 혼자 살기에는 별로 안전하지 않은데……. 임대료는 확실히 지불할 수 있는 거요?"

"문제없을 거예요. 월세가 어떻게 되죠?"

"원룸이 한 달에 300달러라오." 노인이 담담하게 말했다. "침실이 따로 있으면 더 비싸고."

베아트리스는 고개를 끄덕였다. 월급의 3분의 1밖에 되지 않는 금액이라 충분히 치를 수 있었다.

"이 서류를 작성해야 해요. 그리고 아가씨의 직업을 증명해줄 두

---

* 잘게 썬 여러 가지 과일을 컵에 담은 것으로, 디저트로 나오거나 식사 전에 나온다.
** 거북의 일종인 대모의 등판으로 가공한 안경테.

가지 증명서도 필요하고. 운전면허증이나 출생증명서 사본도 필요하다오. 시간은 2주쯤 걸릴 거요." 노인은 서류를 건넸다.

베아트리스의 심장이 덜컥 내려앉았다. 사회보장번호, 이전 주소, 직장 정보…… 그녀는 서류의 빈칸들을 훑어보며 그것들을 채우기는 어렵다는 걸 깨달았다. 베아트리스는 노인에게 고맙다고 인사하고, 사무실로 돌아왔다. 도리스 이모가 입사지원서를 날조해주었지만, 지금은 그럴 수 없었다. 설상가상으로 은행에 입사할 때 이모가 날조해주었던 운전면허증이나 출생증명서 사본도 없었다. 베아트리스는 자신의 가짜 신분을 증명해줄 서류가 아무것도 없었다. 심지어 자신의 출생증명서를 본 적조차 없었다.

베아트리스는 자리로 돌아와 타이핑에 집중하려고 했다. 할로란은 며칠째 사무실을 비웠지만, 다른 임원들이 회계 적요서*를 여러 장 타이핑하게 했다. 덕분에 그녀는 계속 바빴다. 끊임없이 찰칵거리는 타이프라이터 소리에 당장 최면에라도 걸릴 것 같아, 정신을 바짝 차리려고 안간힘을 썼다.

베아트리스의 전화벨이 울렸다.

"안녕하세요, 회계감사부입니다."

"베아트리스? 맞아요?"

"토니?"

"당신과 만나야겠어요. 오늘 밤에 괜찮아요?" 그의 목소리는 지친 듯했다.

* 摘要書, 사안의 요점을 적은 글.

"별일 없죠?" 베아트리스는 의자에서 허리를 쭉 펴며 물었다. 이모의 아파트에 침입한 도둑을 잡은 걸까? 그녀는 희망에 찬 생각을 했다. 이제 집으로 갈 수 있는 걸까?

"전화로는 이야기할 수 없어요. 오늘 밤에 만날 수 있나요?"

"오…… 오늘 밤은 안 돼요." 베아트리스는 밤에 화장실에 숨어 있다가 비어 있는 사무실에서 자야 한다는 이야기를 할 수 없었다. "내일 점심 식사를 함께하면 어때요?"

"씨애트리컬 그릴에서 만나죠. 11시 30분까지 갈게요."

그날 밤도 전날 밤과 똑같았다. 먼저 베아트리스는 9층의 직원들이 다 퇴근할 때까지 여자 화장실에서 끈기 있게 기다렸다. 어둠 속에서 샌드위치와 프루트 컵으로 저녁을 때우고, 창문으로 흘러드는 햇빛이 점점 더 희미해지는 걸 지켜보았다. 화장실이 칠흑처럼 어두워지자 엘리베이터로 달려가 11층으로 올라갔다. 부드러운 카펫 위에 누운 그녀는 주머니에서 도리스 이모의 열쇠를 꺼내 이리저리 돌려보았다. 이모가 왜 대여금고를 가지고 있는지는 여전히 의문이었다. 그녀는 맥스의 메모 위에 열쇠를 올려놓고 잠에 곯아떨어졌다.

목소리가 들렸다. 베아트리스는 처음에는 그게 꿈속에서 들리는 것이라고 생각하며 옆으로 돌아누웠다. 그러다가 목소리가 점차 커지자 머릿속에서 경고 신호가 울려 퍼졌다. 그녀는 소스라치게 놀라 얼른 일어나 앉았다. 그녀가 숨어 있는 모퉁이 사무실로부터 6미터도 떨어져 있지 않은 홀에서 두 사람의 목소리가 들려왔다.

베아트리스는 문을 잠그고 전등을 껐다. 하지만 발각된 것이 분명했다. 그녀는 숨을 꾹 참고 바짝 얼어붙은 채 앉아 있었다. 숨을 곳을 찾아 방 안을 둘러보던 그녀는 그 남자들이 자신을 찾는 것이 아님을 알아차렸다. 두 사람은 말다툼 중이었다.

베아트리스는 화난 목소리들이 뭐라고 말하는지 들어보려고 귀를 쫑긋 세운 채 조용히 문 쪽으로 기어갔다. 두 사람의 목소리는 귀에 익지 않았다.

"그건 너무 나갔어." 한 목소리가 말했다. "난 이사회가 하는 말에는 신경 쓰지 않아. 이런 짓은 계속될 수 없어. 연방요원들이 벌써 쑤시고 다닌다고. 몰라?"

"구멍은 처리했어." 좀 더 굵은 목소리가 말했다. "연방요원들이 우리를 의심할 단서는 없어. 설마 겁이 나는 거야?"

"연방요원들이 문제가 아니라면 왜 여기서 만나자고 한 건데?"

"조심해서 나쁠 것은 없잖아."

"내 말이 그거라고!"

"연방요원들이 아무리 들쑤시고 다녀도 우리를 의심할 단서를 전혀 가지고 있지 않단 말일세. 도대체 배짱은 어디로 사라진 건가, 짐? 돈을 버는 건 더러운 일이라며. 당신이 그랬잖아?"

"내 말은 시청을 화나게 하지 말라는 거야. 시청이 채무불이행을 선언하는 순간, 우리를 지탱해주던 모든 정치적 배경도 물거품처럼 사라질 거란 말일세."

"애송이 시장과 그의 따까리가 무서운 거야? 이 클리블랜드를 엉망진창으로 만들어버리면 누가 그 녀석의 말에 귀를 기울이겠어? 녀석은 아무것도 아니야! 별 볼 일 없는 녀석이란 말이야! 우리 은행이, 우리 이사회가 이 빌어먹을 도시를 굴리고 있다고! 그들이 그 빌어먹을 녀석을 여기서 쫓아낼 거란 말이야!"

"그들이 그걸로 만족할 것 같아? 역사를 공부한 적이 있지, 테디? 우리 같은 은행가들이 정의를 실현한답시고 횃불을 치켜들어서 잘된 적이 있어? 누군가가 반드시 화상을 입기 마련이지. 시의회가 대대적으로 개혁되면 연방요원들은 문젯거리도 아닐걸? 고위직에 있는 우리 친구들도 자리를 지키기에 급급할 테고. 아무리 뇌물을 많이 처먹인다고 해도 클리블랜드 경찰청이 쳐들어오는 건 막을 수 없을 걸세!"

"자네 정말 약해졌군. 이곳을 파헤치려고 아무리 기를 써도 어디로도 연결되지 않는 서류 외에는 찾아낼 게 없을 거야. 사람들이 미쳐 날뛸지라도 난 신경 쓰지 않아. 이건 원칙의 문제라고. 시장 놈은 엿이나 먹으라지!"

"시장을 엿 먹인다고? 그게 자네의 계획인가?"

베아트리스는 잔뜩 긴장한 채 손톱을 물어뜯으며, 더욱 귀를 기울였다. 문설주에 귀를 대자 문짝 아래로 스며든 시가 냄새가 났다.

"시장 녀석은 협조를 거부한 순간, 스스로 엿을 처먹은 셈이지. 아무도 녀석의 말을 진지하게 듣지 않을 테니까."

"난 모르겠어. 그리고 자네는 다른 사소한 문제를 잊은 것 같군."

"빌 말인가? 녀석은 아무 해도 끼칠 수 없는 사람이야. 게다가 우리가 녀석의 약점을 쥐고 있잖아."

"녀석이 유죄를 인정하고 형량 거래를 하면 어떡할 건가? 연방사건의 증인은 확실히 형량을 줄여주거든. 심지어 무죄 선고를 받아낼지도 몰라."

"잘 감시하고 있으니까 걱정 마. 게다가 빌은 은행이 도산하는 순간, 자신의 소심한 사기도 끝장난다는 걸 잘 알고 있어. 설마 황금알을 낳는 거위를 잡지는 않겠지." 테디가 껄껄 웃었다. 오랫동안 적막이 흐르다가 그가 다시 입을 열었다. "때가 되면 녀석은 엄청난 죄를 뒤집어쓰겠지. 그렇지 않나?"

"녀석이 그렇게 어리석은지는 모르겠군."

"하! 녀석과 밥이나 한번 먹어봐. 그럼 걱정이 싹 가실 테니까. 그나저나 자네는 그 빌어먹을 걸 끝냈나?"

목소리가 점차 희미해지다가 어느 순간, 완전히 사라졌다.

베아트리스는 두 사람이 떠난 후에도 오랫동안 어둠 속을 노려보았다. 은행은 할로란이 슬쩍 언급했던 대로 연방경찰의 수사를 받고 있었다. 조금 전 두 사람은 뇌물에 관해 떠들어댔다. 시의회에 친구들도 있었다. 시장을 어떻게 할지에 대해 서로 말다툼도 했다. 그녀는 너무나 많은 걸 알게 됐지만, 그래도 그들이 누구인지, 혹은 그들이 무슨 짓을 하는지는 정확히 몰랐다. 그녀의 생각은 계속해서 '빌'이라는 사람에게로 되돌아갔다. 어떤 사기를 저지르고 있는 빌에게로. 베아트리스는 적어도 의심해볼 만한 사람을 알고 있었다.

마침내 아침 햇살이 블라인드의 아래쪽으로 스며들었다.

36장

  그날 오전에는 시곗바늘이 유난히도 느릿느릿 움직였다. 베아트리스는 서류를 정리하며 억지로라도 바쁘게 일하려고 했다. 페이지 사이사이에 지난 밤중에 엿들었던 대화 내용을 메모해야겠다고 마음먹었다. 속기장을 꺼내 세세히 적기 시작했다. 여성스러운 필체로 적힌 네 단어를 내려다보다가 손을 멈췄다. 이모의 아파트에 침입자가 다녀갔다. 정말 조심해야 했다. 메모한 내용을 핸드백 안에 쑤셔 넣었다. 속기장을 다시 쳐다보며 맥스를 떠올렸다.

  베아트리스는 속기로 끄적거리기 시작했다. 비서를 제외한 누구도 해독할 수 없는 체크마크와 소용돌이무늬로 엿들었던 대화 내용을 기록하니 순식간에 세 페이지가 채워졌다.

  시계가 마침내 오전 11시 20분을 알렸다. 이제는 토니를 만날 시간이었다. 베아트리스는 조용히 일어서서, 엄청나게 부풀어 오른 핸드백을 옆구리에 매단 채 엘리베이터로 급하게 걸어갔다.

  아직 점심 시간 전이라 씨애트리컬 그릴은 비어 있었다. 어두운 실내는 주크박스에서 흘러나오는 블루스 음악으로 채워졌다. 눈이 어둠에 익숙해지기까지 약간 시간이 걸렸다. 카마이클이 카운터 뒤에서 신문을 읽고 있었다.

문소리에 고개를 세운 그는 스툴에서 벌떡 일어나며 베아트리스를 반갑게 맞이했다. "어서 오세요, 아가씨! 오늘 어때요?"

"좋아요." 베아트리스는 정말 궁금한 것을 물어보았다. "카마이클, 요즘 맥스를 본 적이 있어요?"

"맥시요? 아니요. 그러고 보니 못 본 지가 꽤 됐네요! 오늘 맥시를 만나기로 했나요?" 카마이클은 그러기를 바라는 듯 양쪽 눈썹을 치켜올렸다.

"음…… 다른 사람을 만날 거예요." 베아트리스는 아무도 없는 카운터와 죽 늘어선 붉은색의 부스들을 둘러봤다. 형사는 아직 오지 않았다. 그녀는 벽에 걸린 '올드 스타일' 시계를 보고는, 자신이 5분 늦었음을 알았다. "혹시 어떤 남자가 오지 않았어요?"

카마이클이 이번에도 눈썹을 치켜올렸다. "남자요? 없었어요. 하지만 아가씨와 만나기로 한 남자라면 그냥 가버릴 리가 없죠." 그가 윙크했다. "그 사람은 곧 올 거예요. 내가 장담하죠. 기다리는 동안 술이라도 마실래요?"

"커피 되나요?"

카마이클은 실망한 표정으로 고개를 끄덕이고 카운터 뒤로 가서 커피포트를 켰다. 베아트리스는 가운데쯤의 부스에 앉아, 문을 바라보았다. 2~3분이 지나자 카마이클이 머그잔을 가져왔다. "최근에 맥시가 어디로 갔나 보죠? 이렇게 오랫동안 이곳에 오지 않는 건 그녀답지 않아서요."

베아트리스는 뭐라고 대답할지 고민하느라 커피만 홀짝거렸다. 맛이 지독했지만, 그래도 억지로 미소 지었다. "지금도 휴가 중인가 봐요."

"사랑스러운 맥시에게 내 안부를 전해줘요. 알았죠?"

베아트리스가 자리에서 일어나려는 순간, 토니가 문을 밀치며 들어왔다. "늦어서 미안해요." 그가 맞은편에 엉덩이를 밀어 넣으며 말했다.

카마이클이 커피가 담긴 머그잔과 설탕통을 들고 그들에게 다가왔다. 카마이클과 토니는 이미 아는 사이 같았다. 형사는 잔에 설탕을 몇 숟가락이나 듬뿍 넣었다. 베아트리스는 그가 무슨 말을 할지를 참을성 있게 기다렸다.

마침내 토니가 머그잔에서 눈을 떼고 얼굴을 들었다. 베아트리스는 그의 얼굴을 보고 소스라치게 놀랐다. 그는 며칠 동안 잠을 자지 못한 것 같았다. 소년의 분위기를 풍기던 눈가의 주름은 나이든 사람의 불룩한 주머니로 바뀌어 있었다. 턱은 수염으로 뒤덮여 있었다.

"맥스가 실종됐어요." 토니는 베아트리스가 여동생의 행방을 알지도 모른다는 듯 똑바로 쳐다봤다.

"뭐라고요?" 베아트리스는 숨이 막히는 듯했다. "휴가 갔다면서요?"

"나도 그렇게 알고 있었어요. 내게 빌려간 물건을 찾으려고 부모님 댁에 있는 맥스의 방에 갔어요. 그런데 뭔가 이상하더군요. 옷도 거의 그대로 있는 데다 물놀이용품도 그냥 상자 안에 들어 있었어요. 그래서 공항에 확인해봤는데, 맥스는 멕시코행 비행기에 탑승하지 않았더라고요. 그리고 일주일이 넘도록 전화 한 통 없었고요."

"은행에서는 맥스가 퇴직했다고 하던데요?" 베아트리스가 무심결에 뱉어냈다.

"뭐라고요?" 토니의 눈이 무섭게 번뜩였다. "언제요?"

"지난 화요일에요." 베아트리스는 눈을 깔았다. "진작 말했어야 했는데, 미안해요. 맥스가 곤란해질까 봐 그랬어요."

토니는 그녀를 매섭게 노려보다가 결국 눈에서 힘을 빼고 고통스러운 표정으로 이마를 찌푸렸다.

"너무 갑작스러운 일이었어요. 맥스는 짐도 정리하지 않았더라고요. 그녀의 물건이 여전히 은행에 있어요."

그 말을 하는 순간, 베아트리스는 바로 후회했다. 이제 그녀는 어떻게 그런 사실을 알게 되었는지뿐만 아니라 그보다 더한 것까지 설명해야 할 판이었다. 그녀는 혀를 깨물고 테이블을 멍하니 바라봤다. 말해야 할 것이 너무 많았다. 어젯밤에 엿들었던 대화가 머릿속에서 재생됐다. 테디는 구멍이 처리됐다고 말했다. 그게 무슨 뜻인지 생각하다가 잠깐 동안 심장이 멎을 뻔했다. 그 말은 맥스의 실종과 관련이 있는 것 같았다.

"베아트리스." 토니는 신중한 목소리로 말했다. "내게 모든 걸 말해주면 좋겠어요." 그는 얇은 입술을 꽉 다물었다. 그의 몸에 밴 경찰관 기질이 그녀에게 모든 것을 털어놓으라고 압박하고 있었다. 게다가 베아트리스는 그의 눈길에서 여동생을 보호하려는 분노를 느꼈다.

베아트리스는 토니를 믿어도 되는지 여전히 확신이 서지 않았지만, 지금은 다른 선택지가 없었다. "은행에서 무슨 일인가 벌어지고 있어요. 뭔가 불법적인 일이고, 맥스도 어떤 식으로든 관련이 있는 것 같아요."

토니가 험상궂은 표정을 지으며 고개를 끄덕이더니 공책을 꺼내 뭔가를 적기 시작했다. 베아트리스는 내용물이 사라져버린 대여금고에 관해 이야기했다. 맥스가 맡았던 특별임무와 어젯밤에 엿들었던 대화에 관해서도. 자신이 사무실 바닥에서 자다가 한밤중에 그 대화를 엿들었다는 사실은 슬쩍 다르게 얘기했다. 그리고 클리블랜드 퍼스트뱅크의 모든 문을 열 수 있는 열쇠들이 매달린 열쇠고리를 가지고 있다는 사실과, 맥스가 물건을 숨겨두곤 했던 여자 화장실의 비밀 장소에서 그 열쇠고리를 훔쳤다는 것은 털어놓지 않았다. 맥스의 메모를 찾아냈다는 것과 그것들을 읽어보았다는 점은 털어놓았다.

베아트리스가 자신의 입장에서 살을 붙이거나 뺀 진실을 모두 이야기하고 나자, 토니가 형사 특유의 눈길로 그녀를 바라보았다. 그녀는 이게 쉽게 끝날 일이 아님을 직감했다. "당신의 도리스 이모는 이 일과 무슨 관련이 있는 거죠?"

베아트리스는 이모와 열쇠와 연애편지에 관해서 입도 뻥긋한 적이 없었다. 깜짝 놀라 눈알이 튀어나올 뻔했다. "그게…… 그게 무슨 뜻이죠?"

"당신 이모님 아파트에 들어간 도둑은 무단침입의 전형적인 양상에 들어맞지 않았어요. 그래서 내가 조사를 좀 해봤죠. 도리스 데이비스는 예전에 클리블랜드 퍼스트뱅크에서 근무한 적이 있더군요, 그렇죠?"

베아트리스는 잠시 가만히 있다가 비참한 심정으로 고개를 끄덕였다. 가엾은 이모를 이런 추잡한 일에 끌어들이고 싶지 않았는데……

"베아트리스, 내게 모든 걸 솔직히 말해줘야 해요. 당신이 생각하는 것보다 난 훨씬 더 많은 걸 알고 있어요."

토니는 그 말을 하면서 베아트리스를 매서운 눈길로 오랫동안 쳐다봤고, 그녀는 모든 게 끝났음을 깨달았다. 토니는 그녀의 신분을 확인했던 것이다. 얼마나 알아냈는지는 알 수 없었지만, 토니를 적으로 돌릴 수는 없었다.

"도리스 이모는 오래전에 은행에서 일했어요. 얼마 동안 근무했는지는 몰라요. 이모가 뇌졸중으로 쓰러졌을 때." 베아트리스의 눈에 눈물이 글썽거렸다. 그녀는 아랫입술이 파르르 떨리지 않도록 안간힘을 썼다. "이모의 물건을 살펴보다가 편지 몇 장을 발견했죠. 빌 톰슨이라는 사람과 불륜관계였던 것 같아요. 그 사람이 쓴 연애편지를 찾아냈거든요. 이모도 몇 가지 기록을 가지고 계셨어요. 대여금고에 관한 것이었죠. 내가 잠든 동안, 맥스가 그 편지들을 찾아내 읽었고요. 그러고는 내가 도리스 이모의 핸드백에서 발견한 대여금고 열쇠를 훔쳐갔어요. 그때 맥스를 마지막으로 봤어요."

"언제였죠?"

"지난주였어요." 베아트리스는 눈물을 훔쳤다. "맥스는 그날 이후 출근하지 않았어요."

"도둑이 당신 이모님 아파트에서 무엇을 훔쳐갔죠?"

"편지요. 그리고 다른 뭔가도 찾았던 것 같아요."

"당신 말이 맞을 겁니다. 난 그 아파트를 2~3일간 감시했어요." 토니는 그렇게 말하며 몇 가지를 더 공책에 적어 넣었다. "도둑이 무엇을 찾고 있었는지 혹시 짐작 가는 거라도 있어요?"

"모르겠어요. 어쩌면 그 열쇠일 수도 있어요. 하지만 맥스가 이미 그것을 가져가 버렸으니까요." 베아트리스는 맥스가 도둑질 용의자라는 말은 하지 않았다. 마음속으로는 그렇게 생각했지만.

토니는 이마를 문지르며 공책을 들여다봤다. "맥스가 몇 년 전에 이런 미친 이야기를 해주었죠. 누군가가 대여금고를 훔치고 있다는. 동생은 이게 커다란 음모라고 하더군요. 여기저기 기웃거리며 '증거를 수집'하고 있다고도 했고요." 토니는 말을 멈췄다. 베아트리스는 그의 얼굴이 죄책감에 뒤틀리는 걸 보았다.

"맥스는 지난주에 날 찾아와서 마침내 자신의 가설을 '부인할 수 없는 증거'를 찾았다고 했어요. 동생은 화가 나서 어쩔 줄 몰랐어요. 내가 전에도 몇 번씩 했던 말을 되풀이했거든요. 우리 부서의 어느 누구도 클리블랜드 퍼스트뱅크 수사에 관심을 보이지 않는다고요. 론다 휘트모어라는 여자가 자신의 대여금고가 불법적으로 몰수됐다고 주장했을 때 난 수사를 시작하려고 했어요. 맥스의 가설을 듣고 나서, 론다의 진술을 받았거든요. 론다는 대여금고 사용료를 한 번도 빠지지 않고 제때 지불했다고 했어요. 그런데 어느 날 유언장을 고치기 위해 은행에 갔더니 자신의 대여금고가 몰수 되었다며 주 정부에 알아보라고 했다는 거예요. 그래서 주 정부에 전화했더니 자신의 이름이나 대여금고에 대해서 전혀 들어본 적이 없다고 하더랍니다. 5만 달러의 가치가 있는 채권이 그냥 공중으로 사라져버린 거죠. 뭔가 이상하지 않아요?"

베아트리스도 맥스에게 그런 이야기를 들었던 게 기억났다. "그래서 어떻게 됐는데요?"

"아무런 조치도 취해지지 않았어요. 서장님은 추측만으로 수사를 시작할 수는 없다고 하더라고요. 아무런 증거도 없이 윌리엄 톰슨 같은 유명한 사업가를 욕보일 수는 없다고 하면서요. 질문이라도 해보겠다고 했지만 딱 잘라 안 된다고 하더라고요." 토니는 사흘 정도 자란 턱수염을 손으로 문질렀다. "얼마 후 그 가엾은 여자는 차에 치였어요. 사건은 뺑소니사고로 정리되고 말았고요. 맥스는 내게 배짱도 없다며 놀려댔죠. 그래서 내 나름대로 수사를 시작해야 했어요. 그러다가 하마터면 잘릴 뻔했고요. 다시는 경찰서 내에서 그 은행에 대해 언급할 수 없게 됐어요."

"정말로 뇌물이 오가고 있다고 생각하세요?" 베아트리스가 조용히 물었다.

토니는 이마를 찌푸리며 커피를 휘저었다. "그건 불가능하다고 말하고 싶지만, 지금은 아주 어려운 때라서요. 나와 함께 일하는 많은 동료들이 두 건 이상의 대출을 받았고 이제는 갚아야 하니…… 나도 모르겠어요."

"어젯밤에 대화를 나누었던 그 사람들은 연방요원들이 쑤시고 다닌다고 했어요. 또한 구멍이 '처리됐다'고도 했고요."

"그게 맥스 이야기라고 생각하는군요."

"맥스가 연방요원들을 찾아갔을까요?"

"맥스라면 충분히 그러고도 남을 거예요. 그리고 맥스가 FBI에 협조하고 있다면, FBI는 지금쯤 동생을 꽁꽁 숨겨뒀을 거고요. 뭔가 있는지 알아봐야겠네요." 토니는 말을 멈추고, 베아트리스를 어떻게 처리할까 고민하는 것처럼 그녀를 빤히 쳐다보았다. "항상 조심해요, 베아트리스. 지금 어디에 머물고 있나요?"

"무슨 뜻이죠?" 베아트리스는 바짝 경계하고 있는 속마음이 드러나지 않게 했다. 어쩌면 토니는 그동안 날 계속 미행했을지도 몰라⋯⋯.

"최근에 직장 밖에서 당신 흔적을 찾을 수가 없었거든요."

토니는 정말로 베아트리스를 미행하고 있었다!

베아트리스는 침을 꿀꺽 삼켰다. "요즘 밤늦게까지 일했으니까요."

"그건 나도 마찬가지였어요."

토니는 베아트리스를 믿지 않는 것이 분명했다. 만약 토니가 베아트리스를 미행하고 있었다면, 그녀가 병원에서 잤다는 걸 알고 있었을 것이다. 베아트리스는 테이블 아래쪽에서 두 손을 깍지 끼고는 체포하겠다는 말이 나오기를 기다렸다.

숨이 막힐 듯한 침묵이 이어지다가 결국 토니가 입을 열었다. "당신은 지금도 은행에서 일하고 있잖아요? 그러니 테드와 짐이 누구인지 알아봐줄 수 있나요?"

"하…… 할 수 있어요." 베아트리스는 자신이 거의 없음에도 그렇게 대답했다. 테디와 짐은 건물 어디에선가 일하고 있을 것이다. 인사부의 모습이 머릿속을 스치고 지나갔다. 거기 어딘가에 인명부가 있을 게 분명했다.

"그런 부탁을 하기는 정말 싫지만, 그 은행에 관해서는 정보원이 전혀 없거든요. 다음 주에 여기서 만나 무엇을 알아냈는지 알려줘요. 맥스에게서 연락이 오거나 무엇이든 필요한 일이 있으면 바로 내게 전화해줘요." 토니가 자리에서 일어났다. 베아트리스를 내려다보는 그의 눈길에 언뜻 애정이 비쳤다. "베아트리스?"

"네?" 그녀가 몸을 움츠리며 대답했다.

"위험해지면 바로 은행을 빠져나와요."

37장
1998년 8월 18일 화요일

화요일 아침 소파에서 잠이 깬 아이리스는 온몸이 뻣뻣하고 여기저기 쑤셨다. 와글거리는 TV 속에는 어떤 열혈 주부가 쓰레기를 우승컵처럼 들고 서 있었다. **딸깍.**

베아트리스의 메모 더미가 커피 테이블을 덮고 있었다. 그 아래 어딘가에 열쇠 하나와 교본 한 권이 숨어 있을 것이다. 아이리스는 베개에 머리를 파묻었다. 10분 후에 엉덩이를 들고 일어나 20년 전의 실종 사건을 속기법 교본 한 권으로 해결해보려 했던, 자신의 멍청하고 미친 짓에 관한 증거를 몽땅 쓸어 모았다. 그러고는 그 쓰레기를 온갖 잡동사니를 넣어두는 부엌 서랍에 쑤셔 넣었다. 직장에는 이미 지각한 상태였다. 또다시.

낡은 은행 건물에 차를 세우려던 아이리스는 롤링식 차고 문 앞에 서 있는 닉을 보고 충격을 받았다. 그는 한 손에 카메라를, 다른 손에 클립보드를 들고 그녀를 기다리는 듯했다. 그녀는 얼른 브레이크를 밟았다. 저 자식을 확 받아버릴까? 그러면 피가 줄줄 흐르는 몸뚱이가 앞 유리창을 때리겠지? 잠시 그런 생각이 들었던 것이다. 하지만 그녀는 닉을 들이받는 대신 차를 세우고 밖으로 내렸다.

"여기서 뭐 해?" 아이리스가 따지듯이 물었다.

"일하러 왔지." 닉이 클립보드를 들어 올렸다. 짓궂은 미소가 얼굴 전체로 퍼져나갔다. "그러니 음흉한 상상은 하지 말라고."

맞는 말이기는 하네. 아이리스는 그 말을 똑똑히 기억해두었다. 이 자식은 자신이 아만다와 시시덕거리는 장면을 아이리스가 목격했다는 걸 전혀 모르고 있었다. 화가 잔뜩 치민 아이리스의 눈이 가늘어졌다. "그딴 건 전혀 걱정하지 마. 진심이야."

아이리스는 닉을 스치고 지나가 호출 버튼을 눌렀다. 그러고는 자신의 차에 올라탔다. 그녀는 닉에게 먼지를 뿜으며 하역장으로 차를 몰고 들어갔다.

"무슨 문제라도 있어?" 급하게 따라온 닉이 아이리스와 나란히 하역장 계단에 섰다.

"문제라고? 내가 왜 문제가 있어야 해? 난 여기에 일하러 왔을 뿐인데."

아이리스는 엘리베이터 버튼을 누르고, 문을 노려보았다.

"무슨 이유로 화가 났는지는 모르겠지만……. 그런데 너는 화내는 모습이 정말 귀여워."

정말 못 들어주겠네. 아이리스는 분노가 활활 타오르는 눈길로 닉을 쳐다보았다. "그따위 말은 잘 넣어두었다가 다른 년에게나 들려주지 그래? 단물만 빼먹었으면 됐지, 뭘 더 바라는 거야?"

아이리스는 엘리베이터에 올라타 11층을 누르고 열쇠를 돌렸다. 잔뜩 찡그린 닉의 얼굴 앞에서 엘리베이터 문이 닫혔다. 엘리베이터가 올라가는 동안 아이리스는 저 자식은 알아서 올라오겠지, 라고 생각했다.

아이리스는 엉뚱한 층의 버튼을 눌렀지만, 전혀 개의치 않았다. 그녀는 평소처럼 기계적으로 개략도를 그리기 시작했다. 닉이 자신의 귀중한 시간을 단 1초라도 훔쳐가는 것은 싫었다. 모눈종이를 분노에 찬 선들로 채워갔다. 닉은 이보다 가치가 떨어졌다. 섹스조차도 이보다 좋지는 않았다. 물론 거짓말이었지만, 그래도 기분은 좋아졌다.

복도 저쪽의 유리문에 '골드스타인 앤드 스택 사무변호사'라고 적혀 있었다. 그들은 은행으로부터 그곳을 임차한 게 분명했다. 기둥, 벽, 홀을 붉은색 잉크로 지워나갔다. 그녀는 모퉁이의 사무실로 걸어갔다. 문이 닫혀 있었다. 그녀가 발로 걸어차자 문이 열렸다. **닉 녀석과의 진한 키스 따위는 엿이나 먹어라.**

아이리스는 비틀거리며 뒷걸음쳤다. 두툼한 카펫 위에 침대시트가 깔려 있고, 방 한가운데에는 잡동사니가 무더기로 쌓여 있었다.

음식물 포장지와 부스러기들이 무더기 주변에 널려 있었다. 실내는 쓰레기통 같은 악취를 풍겼다. 아이리스는 손으로 코와 입을 가렸다. 맨 안쪽 모퉁이의 문이 열려 있었다. 아이리스는 그 문이 화장실로 통한다는 걸 알고 있었다. 바닥에서 잠을 잤던 사람이 그 안에 숨어 있을 거라는 생각이 머릿속을 스치자 두려움이 몰려오며 배가 칼에 찔린 듯 아팠다. 그녀는 숨을 참으며 귀를 기울였다.

발소리나 포장지가 바스락거리는 소리, 혹은 잭나이프의 칼날이 튀어나오는 소리가 들리지 않는지.

"여보세요?" 아이리스는 방 안에 대고 속삭였다.

아무런 반응이 없었다. 그녀는 머뭇머뭇 두터운 카펫 위에 발을 올려놓았고, 가운데 있는 쓰레기 더미를 돌아 화장실 문으로 다가 갔다. 두 다리는 언제든 도망칠 준비를 하고 있었다. 변기 앞에는 더 많은 포장지들이 떨어져 있었다. 샤워실 앞의 타일에 찍힌 진흙 투성이의 발자국을 간신히 알아볼 수 있었다.

그 순간 누군가 아이리스의 어깨에 손을 올렸다.

아이리스는 비명을 내질렀다. 그녀는 단숨에 돌아서며 온 힘을 다해 현장가방을 휘둘렀다. 3킬로그램 가까운 장비가 습격자의 머리를 후려갈겼다. 누군가가 그녀의 뒤쪽에서 비틀거렸다. 하지만 그녀는 쳐다보지도 않고 비명을 지르며 방 밖으로 허둥지둥 나갔 다. 아이리스는 직원용 엘리베이터로 달려가 버튼을 눌러댔다. 엘 리베이터는 지하에 있었다. 기다릴 여유가 없었다. 홀을 달려가 비 상계단으로 갔다. 문을 어깨로 치받고 열한 층의 계단을 날듯이 달 려 내려가려는 순간, 뒤쪽의 복도에서 누군가의 목소리가 들렸다.

"아이리스…… 아이리스! 나야. 이 빌어먹을 사이코야!"

닉이었다. 아이리스는 닉의 머리를 후려갈겼던 것이다. 그녀는 돌아서서 얼굴을 찌푸렸다. 닉은 손으로 자신의 얼굴을 가리고 있 었다.

"닉?" 아이리스는 조심스럽게 닉에게 다가갔다. "이런 제길, 괜 찮아? 상처를 봐야겠어. 밝은 곳으로 가자."

아이리스는 부상이 얼마나 심한지 보기 위해 빈 사무실로 닉을 데려갔다. 다행히 피를 흘리지는 않았지만 얼마 후면 눈에 시커먼 멍이 올라올 것이다.

"도대체 왜 이러는 거야?"

"미안해. 네가 살금살금 다가오는 바람에 간이 떨어질 뻔했다니까!" 아이리스는 열심히 변명했다. "여기서는 그러지 마. 여기에는 유령이 득시글거리는 것 같단 말이야! 그리고 잠자리가 있어. 뭔가가…… 누군가가 여기서 잠을 잔단 말이야……. 이리 와봐."

아이리스는 닉의 팔을 끌고는 바닥에 시트가 깔려 있던 방으로 되돌아갔다.

"무단으로 거주하는 사람이 있나 본데?"

"맞아. 난 네가 그 사람인 줄 알았어." 아이리스는 멍이 든 닉의 얼굴을 보고, 쭈뼛쭈뼛 눈길을 돌렸다. 닉의 말대로 아이리스는 '빌어먹을 사이코'일지 몰랐다.

"이봐." 닉이 손가락으로 아이리스의 턱을 들어 올렸다. 그의 눈은 부드러웠다. 마치 인기척을 내지 않아 미안하다고 말하는 듯했다. 어쩌면 닉은 그녀에게 어떻게 말을 걸어야 할지 고민하는 것일 수도 있었다. 아이리스는 닉과 시선을 맞추며, 그를 용서해줄 이유를 찾고 있었다.

아이리스는 그의 손길을 피해 돌아섰다. 이렇게 쉽게 무너질 수는 없으니까. 또다시 그렇게는.

"여기서 뭘 하고 있었던 거지?"

"널 찾아다녔지." 닉이 아이리스의 팔을 잡았다. "문제가 뭔데?"

"날 그냥 내버려둬." 아이리스는 팔을 힘껏 잡아뺐다.

그녀는 현장가방이 있는 비상계단 쪽으로 터벅터벅 걸어갔다. 닉이 그녀의 팔목을 잡았다. 아이리스는 돌아서면서 나머지 눈에도 시커먼 멍을 만들어주려고 했다. 하지만 닉이 나머지 팔목까지 굳게 틀어쥔 채 그녀의 얼굴을 살폈다.

"아이리스, 도대체 왜 이러는지 꼭 말해줘야겠어."

"뭣 때문에 이러는지 알잖아! 우린 함께 잤어. 그런데 내게 전화도 하지 않았잖아. 아만다와 함께 있느라고……." 아이리스는 더는 말이 쏟아져 나오지 않도록 혀를 깨물었다.

"아만다?" 닉이 태연하게 말했다. "내가 아만다와 있었다고? 무슨 말이야?"

"뭐라고 변명해도 소용없어! 난 셋집을 알아보러 트레몬트에 갔었어. 그러다가 자기 집 앞을 우연히 지나가게 되었지. 그곳에서 아만다와 함께 있는 걸 목격했고." 아이리스는 두 손을 비틀어 빼내고, 뒤돌아 걸어갔다.

"아만다는 그냥 친구야."

"헛소리하고 있네! 얼마나 많은 사무실 여자들과 놀아난 거야?"

"아만다는 그냥 잠깐 들렀던 거라고. 맥주를 좀 마셨고. 그런 다음 그녀를 집에 바래다줬어. 그러고는 난 잠자리에 들었지……. 자기를 만났다면 더 많은 걸 했겠지만." 닉은 음흉한 미소를 지으며 그녀에게 한 발 다가왔다.

아이리스는 닉의 얼굴에 어린 욕망을 알아차리고 뒤로 물러섰다. "그렇다면 왜 내게 전화하지 않았어?"

닉은 어깨를 으쓱했다. "전화번호도 알려주지 않았잖아? 그래서 오늘 만나면 되겠다고 생각했지."

"난 몰랐어!" 아이리스는 자신이 바보 같다는 생각에 소리를 질렀다. 닉에게 전화번호도 알려주지 않았다니! 전화번호도 모르는 사람이 전화해주기를 기다리며 전화기 옆에 붙어 앉아 있었다니!

"이제 알았으면 됐어. 난 그런 것도 모르고. 네가 이렇게나 마음 고생을 하는 줄은 몰랐어." 닉의 시선이 아이리스의 입술로 향했고 그의 상체가 그녀에게 다가왔다.

아이리스의 몸이 바르르 떨렸다. 그녀는 닉이 키스를 하기 전에 얼른 피했다. "서두르지 마."

"알았어." 닉이 웃었다. "서두르지 않을게. 금요일 저녁에 밥이나 먹을까?"

아이리스가 고개를 끄덕였다. 그러고는 그가 또다시 자신을 유혹하기 전에, 그리고 자신의 얼굴에 피어나는 멍청하고도 환한 미소를 알아차리기 전에 이 자리를 벗어나야겠다고 마음먹었다. 그녀는 서둘러 자신이 일하던 곳으로 돌아갔다.

"마감이 코앞이야. 휠러 씨가 금요일에 15층까지의 개략도를 보고 싶다고 했거든. 나중에 연락할게." 아이리스가 어깨 너머로 소리쳤다.

닉은 한 손으로 한쪽 눈을 가린 채 텅 빈 복도에 서 있었다.

38장

  아이리스는 흠칫 놀라며 잠에서 깨어났다. 여기가 어디인지 몰라도, 자신의 집이 아닌 것만은 분명했다. 그녀는 낯선 매트리스 위에 누워 있었다. 머리가 바이스에 끼여 으깨지는 것 같았고, 방 안이 모두 출렁거리는 듯했다. 눈을 깜빡거리며 상자들과 빈 벽들을 바라보다가 마침내 기억해냈다. 그녀가 새 아파트로 이사 왔다는 걸.

  어젯밤의 기억이 쏟아져 들어왔다. 아이리스가 오래된 은행 건물의 9층과 10층 개략도를 그리고 나서 엘리와 그녀의 남자친구가 아이리스의 이사를 도와주었다. 세 사람은 도로 한쪽 옆에 있는 라바 라운지에서 마티니를 마시며 아이리스가 랜덤 로드를 벗어난 것을 축하했다. 아이리스는 어떻게 집으로 돌아왔는지 거의 기억이 나지 않았다. 방 안이 빙빙 돌았다. 그녀는 다시 바닥에 누웠다. 하지만 소용없었다. 담요를 머리 위까지 끌어올리고 다시 잠을 청했다. 머리가 욱신거리면서 열두 시간 전에 떠들어댔던 대화의 단편들이 뒤틀린 소리로 귓가에서 재생되었다.

"안녕히 계세요, 카프레타 부인!" 아이리스는 픽업트럭의 뒤편에 실린 초라한 소파 옆에서 손을 흔들었다.

"그래, 아가씨는 여기서 이사 나가면 모든 게 더 나아질 거라고 생각하는 거지, 응? 아이리스, 이건 명심하라고. 아무리 크고 좋은 집을 구했다고 하더라도 아가씨는 여전히 혼자라는 걸. 무슨 말인지 알겠어? 아무리 돈을 쏟아부어도 그런 상황에서 빠져나올 방법을 살 수는 없……." 트럭이 멀어짐에 따라 그녀의 목소리도 차츰 잦아들었다.

카프레타 부인을 떠나면서 아이리스는 생각했다. **작별 선물로 준 지혜가 고맙네요.**

그 후 바에서 아이리스는 닉에 관해 떠들었다. "내가 전화번호를 알려주지 않아 전화를 못 했다는 거야! 난 어쩜 이리 멍청이일까!"

엘리가 새로 피어싱한 눈썹을 치켜올렸다. "그 남자는 전화번호 안내 서비스는 모른대? 그 남자가 멍청한 것 같은데?"

아이리스는 반박하고 싶었지만, 뭐라고 할 말이 없었다. 엘리의 말이 옳았으니까. 닉이 그녀의 번호를 알아내는 건 그리 어렵지 않았을 것이다. 아이리스는 칵테일을 입안으로 털어넣으며 어리석은 생각을 떨쳐버렸다. "금요일 밤에 만나기로 했어! 진짜로 데이트를 하는 거라고!"

아이리스는 돌아누우며 머리 양쪽을 붙잡았다. 목구멍에서 신물이 올라왔지만, 억지로 눌러 삼켰다. 엘리의 냉혹한 의견이 여전히 신경 쓰였다. 나머지 대화도 기억해내려고 머리를 쥐어짰지만,

토막토막만 생각날 뿐이었다.

그 후 한 잔? 아니면 두세 잔의 칵테일을 더 마시고 마침내 닉과 화장실 바닥에서 섹스했다는 사실을 털어놓았다. 이 자그마한 이야깃거리가 모든 사람의 호기심을 불러일으켰다.

"나도 알아! 내가 그렇게 쉬운 여자라는 걸!" 아이리스는 웃어대다가 하마터면 스툴에서 떨어질 뻔했다. 몇 잔의 술을 더 들이켠 뒤, 그녀는 테이블을 멍하니 바라보며 끊임없이 베아트리스 베이커의 유령에 관해 중얼거렸다. "그게 날 괴롭히고 있어. 그 건물에서 날 따라다니고 있다고. 증거는 없지만, 확실해. 이상한 일들이 계속 일어나고 있거든. 책상, 서류, 내 가방……. 그 열쇠를…… 가지고 나오지 말았어야……."

"이제 그만하고 집에 가자." 엘리의 목소리가 멀리서 들려왔다.

아이리스는 꿈틀꿈틀 옆으로 돌아누웠다. 거지 같은 일을 떠들어대고, 떡이 되도록 술을 마시고…… 그런 멍청이가 된 자신이 정말 싫었다. 빌어먹게도 자신은 어엿한 직장인인데. 이제는 어른처럼 행동해야 했다.

"아, 미치겠네. 이것 좀 멈춰줘." 아이리스는 베개에 얼굴을 파묻고 하소연했다.

아이리스가 다시 정신을 차린 건 느지막한 오전이었다. 몇 시인지 전혀 감을 잡을 수 없었지만 햇살이 아무것도 걸려 있지 않은 창문을 통해 쏟아지고 있었다. 머리가 흔들리지 않게 조심하면서 간신히 일어났다. 눈을 비비다가 갑자기 공포에 빠져들었다. 지각이었다. 늦어도 보통 늦은 게 아니었다. 이미 목요일이었고, 내일 오전까지 끝내야 할 일이 산더미처럼 많았다. 브래드는 확실한 결과를 기대하고 있었다.

아이리스는 어제 입었던 옷을 그대로 입고 있었지만, 그런 건 신경도 쓰지 않았다. 열쇠들과 핸드백을 찾아 비틀거리며 문밖으로 나서서 차에 올라탔다. 양치질을 하거나 머리를 빗지도 않았다. 시간이 없었다. 계기판의 시계는 11시 15분을 가리켰다.

아이리스는 방금 주류 판매점을 턴 도둑처럼 유클리드 애비뉴로 차를 매섭게 몰았다. 시내를 절반쯤 지났을 때, 탈수증으로 정신을 잃으면 마감시한도 끝장이라는 생각이 들었다. 드라이브스루에 들러 프렌치프라이와 하이씨*를 샀다. 그리고 신호등에 걸리자 음식물을 입안으로 쓸어 넣었다. 차고 문 앞에 차를 세웠을 때에야 겨우 제정신이 들었다.

엘리베이터는 11층까지 아이리스를 사정없이 끌고 올라갔다. 11층은 이틀 전에 닉의 머리를 후려갈겼던 바로 그곳이었다. 엘리베이터가 정지하기 위해 속도를 줄이는 순간, 위가 갈비뼈에 부딪히며 내용물을 바닥에 몽땅 쏟아낼 뻔했다. 그녀는 잔혹한 금속 상자 안에서 간신히 빠져나와 후들거리는 다리로 버티고 서서 심호흡을 서너 번 하고는 주위를 둘러보았다. 모퉁이 사무실에는 지금도 노숙자의 쓰레기 더미가 쌓여 있었다. 이제 최대한 빨리 일을 시작하고 끝내야 했다.

아이리스는 장비를 내려놓고 이 건물에 살고 있는 어떤 방랑자

---

* Hi-C, 코카콜라의 브랜드인 미닛메이드에서 만들어 판매하는 과일주스.

의 흔적이 있던 곳으로 비틀거리며 걸어갔다. 화요일에 보았던 것과 별반 달라진 점은 없었다. 레이먼이 아주 오래전에 이 무단 거주자를 쫓아냈을 것이다. 그러고는 계속 순찰을 돌았을 것이다. 그녀는 조용히, 그리고 재빨리 그 방의 치수를 쟀다. 임시 잠자리를 밟고 숨을 참으며 작업했다. 아이리스는 코를 틀어막고 화장실로 들어갔다. 변기는 그런대로 깨끗했는데, 세면대에 남성용 면도날이 놓여 있었다. 줄자로 얼른 가로와 세로만 재고 급히 화장실을 빠져나왔다.

서둘러 사무실을 나오자 두 손이 축축했다. 이 일을 아이리스 혼자 한다는 건 바보 같은 짓이었다. 어쩌면 위험할지도 몰랐다. 그 구체적인 증거가 나왔다면, 레이먼에게 보여줬을 텐데. 식은땀이 이마에 송골송골 맺혔다. 숙취가 하루 종일 지속될 것 같았다. 홀에 있는 거울을 살짝 곁눈질했다. 얼굴색이 녹색처럼 보였다. 상사가 없어서 천만다행이었다. 그랬다면 당장 해고됐을지도 몰랐다. 엘리가 이렇게 묻는 소리가 들리는 듯했다. "그래, 해고되는 것보다 죽도록 혹사당하는 게 낫다는 거야?"

아이리스는 절대 그렇게 되지 않을 거라고 속으로 항변했다. 브래드는 이 일을 아이리스 혼자 충분히 할 수 있다고 생각한 모양이었다. 그녀는 다음 사무실로 이동했다. 브래드가 틀렸음을 증명하고 싶지는 않았다. 여자애처럼 비명을 지르며 이 건물에서 도망칠 수는 없었다. 그것도 숙취에 시달리는 여자애 꼴로는.

11층의 다른 곳들은 평범했다. 엘리베이터 가까이에 있는, 아무 표시도 없는 문으로 다가갔다. 이미 아래층에서도 봤기 때문에 문 안쪽이 어떤 곳인지는 알고 있었다. 수채통과 청소도구들이 있을 것이다. 관리직원들이 보고 즐기는《플레이보이》모델 사진이 벽에 핀으로 꽂혀 있을 것이고. 그렇다, 이곳은 청소도구를 넣어두는 곳이었다.

아이리스는 그곳의 치수를 재빨리 재고 불을 껐다. 그리고 문을 닫기 위해 돌아서는 순간, 구두 바닥에 뭔가가 부딪히며 탁 소리를 냈다. 불을 다시 켰다. 갈색 가죽 여행가방이 벽에 기대져 있었다. 먼지와 거미줄로 뒤덮인 채. 가방 손잡이는 닳아서 반들반들했다.

"거기에서 뭘 하고 있니?" 아이리스가 가방에게 물었다.

그녀는 여행가방을 끌어내 홀 바닥에 뉘었다. 가방에는 옷이 가득했다. 여자 옷이었지만, 아이리스가 입기에는 너무 작았다. 그녀는 톨 사이즈* 8을 입는 반면 가방 안의 옷은 모두 프티 사이즈** 4였다.

블라우스를 한 장 펼쳐보았다. 열두 살짜리 여자애에게나 맞을 듯했다. 여행가방의 주인은 몸집이 작은 게 분명했다. 아이리스는 베아트리스를 떠올렸다. 수전은 베아트리스를 '조그만 애'라고 불렀다. 아이리스는 블라우스를 펜슬 스커트*** 옆에 내려놓고, 젊은 여자가 그것들을 입는 모습을 상상했다. 아이리스는 다시 청소도구실로 되돌아가 이마를 찌푸렸다. 여행가방은 그곳에 여러 해 동안 숨겨져 있었다. 홀로.

---

* Tall size, 키가 168~175센티미터인 여성을 대상으로 하는 사이즈.
** Petite size, 키가 162센티미터 이하인 여성을 대상으로 하는 사이즈.
*** Pencil skirt, 무릎까지 몸에 딱 붙는 스커트로, 실루엣의 형태가 연필 모양이다.

옷가지 아래쪽에는 두 개의 서류 파일이 있었다. 하나는 베아트리스의 인사서류에서 발견된 것과 같은, 닭발로 긁어놓은 듯한 상형문자로 채워져 있었다. 다른 하나는 클리블랜드 퍼스트뱅크라는 회사명이 인쇄된 편지지 더미였다.

아이리스는 편지 한 장을 집어 들었다. 대여금고의 내용물을 주정부에 넘길 계획임을 알리는 통지문이었다. 그녀는 청소도구실에 숨어 있는 젊은 여자의 모습을 머릿속에서 지우려고 했다. 뭔가 무서운 일이 벌어진 게 분명했다. 아무도 여행가방을 두고 떠나지는 않는다. 어쩌면 이 여자는 자신의 옷과 이 서류들을 싸 들고 도망치려고 했는지도 모른다. 누군가가 이 여자를 막았을 수도 있었다. 수전은 베아트리스가 반짝 등장했다가 갑자기 사라졌다고 했다.

그게 나랑 무슨 상관이야? 아이리스는 생각했다. 벌써 20년 전의 일이었다. 베아트리스는, 아니 이 여행가방의 주인은, 이미 사라진 지 오래였다. 아이리스의 시선은 다시 블라우스로 돌아갔다. 블라우스는 작은 페이즐리 무늬로 덮여 있었다. 베아트리스는 그 무늬를 좋아했던 것 같았다.

"베아트리스." 아이리스가 속삭였다. "당신은 왜 도망치고 있었나요?"

옷이 보수적인 디자인인 것을 보면, 베아트리스는 조용한 성품이었을 것이다. **그녀는 나처럼 혼자 살았을까?** 아이리스는 궁금해졌다. **누군가 그녀를 찾았을까?** 여행가방은 베아트리스, 혹은 누군가가 버려둔 뒤로 손이 닿은 흔적이 없었다.

아이리스는 폴더들을 현장가방에 쑤셔 넣었다. 이 여자의 모든 흔적을 청소도구실에 남겨두고 그대로 문을 잠가버릴 수는 없었다. 이 여자는 이미 죽었을 수도 있다. 그렇다면 이 서류들이 그 이유를 설명해줄지 모른다. 이제는 아무도 그녀에게 관심을 갖고 있지 않을 수도 있었다. 어쩌면 그 당시에도. 하지만 이대로 덮을 수는 없었다. 아이리스는 가방의 지퍼를 채운 다음 가방을 원래 자리로 밀어 넣었다.

여행가방을 멍하니 내려다보는 동안, 아이리스의 마음 한구석에도 우울한 생각이 피어났다. 만약 어느 날 내가 사라진다면, 누가 나를 찾아줄까?

39장

 예정보다 작업이 너무 늦어지면서 주인 잃은 여행가방에 관해 더 생각해볼 시간이 없었다. 심지어 저녁밥을 먹을 시간도 없었다. 아이리스가 내일 오전까지 조사를 마치려면 계속 일을 해야 했다. 계단을 밟고 12층으로 올라가니, 텅 빈 동굴이 그녀를 반겼다. 발을 뗄 때마다 속살을 드러낸 콘크리트 바닥에서 소리가 울려 퍼졌다. 이곳에는 헐벗은 기둥들뿐이었다. 심지어 공중에 늘어뜨린 장식용 천장도 자취를 감추어버렸다. 통풍관, 각종 전선, 1918년에 발랐던 푸슬푸슬 갈라진 회반죽이 머리 위에 위험하게 매달려 있었다. 한 편의 건축공학적 부검剖檢 같았다. 바닥은 모든 게 제거되어 있었다.

 철 기둥에는 50센트 동전 크기의 크고 둥근 리벳*들이 박혀 있었다. 아이리스는 기둥 하나를 만져보았다. 마치 색칠한 뼈다귀 같은

---

* Rivet, 빌딩이나 철교에 쓰이는 둥글고 두툼한 버섯 모양의 굵은 못.

느낌이 났다. 흥분한 아이리스는 클립보드의 구조에 관해 자세히 적기 시작했다. 기둥들을 연결하는 판들도 그려 넣었다. 브래드가 자랑스러워할 것이다.

한 시간 후, 아이리스는 썩어가는 나무 창문 밖을 슬쩍 내다봤다. 아래쪽의 시내 거리는 보행자와 차들로 꽉 막혀 있었다. 다른 사람들의 근무 시간은 끝나가고 있었지만, 그녀는 아직 가야 할 길이 멀었다.

하늘에 낮게 걸린 태양이 콘크리트 바닥 위로 기다란 그림자를 드리웠다. 아이리스는 비상계단을 통해 다음 층으로 올라갔다. 그러다 문득 문에 '13'이 아닌 '14'라고 표시되어 있음을 알아차렸다. 메모를 확인하고 평면도를 세어본 뒤에 아래층으로 다시 내려가 숫자를 확인했다. 13이 없었다. 이상했다.

다행히도 14층은 아래층과 완전히 똑같아서 15분 만에 작업을 끝냈다.

맨 꼭대기 층에 도달하자 배가 당겼다. 15층은 지난주 아래쪽 거리에서 홀로 떠돌아다니는 플래시 불빛을 목격했던 곳이었다. 그냥 돌아갈까. 아이리스는 고민했다. 숫자 '15'가 베이지색 방화 철문에 박혀 있었다. 아이리스의 윗입술에 맺혀 있던 땀방울이 굴러 떨어졌다. 이곳의 온도는 섭씨 38도를 훌쩍 넘는 것 같았다.

아이리스는 맨 아래까지 이어지는 나선계단을 훑어보았다. 소용돌이치며 밑으로, 밑으로 내려가는 난간과 계단들을 바라보니, 정신을 잃고 떨어질 것만 같았다. 그녀는 난간을 움켜쥐고 심호흡을 했다. 계단통은 지하실의 찬 공기를 끌어올려 아래층에 공급하고,

뇌를 튀길 듯한 열기를 위쪽으로 올려보내는 굴뚝이었다.

숨이 막힐 듯한 열기가 마침내 아이리스의 두려움을 몰아냈다. 그녀는 천천히 문을 열었다. 너무 어두워서 아무것도 보이지 않았다. 태양은 완전히 떨어졌고, 가로등 불빛은 너무 아래쪽에 있어서 꼭대기 층까지 올라오지 못했다. 아이리스는 경찰관이나 사용함직한 매그넘 플래시를 꺼내 곤봉처럼 움켜쥐었다.

리놀륨 바닥의 먼지는 얼마 전에 그녀가 다녀간 뒤로 뭉개져 있었다. 진흙 발자국들도 보였지만, 그런 발자국이 찍힌 이유는 명확하지 않았다. 어쩌면 침입자가 저곳에 서 있었을지 모른다. 아이리스는 온몸을 부르르 떨었다.

그녀는 계단통을 벗어나 안으로 들어섰다. 그녀의 등 뒤에서 문이 조용히 닫혔다. 플래시 불빛에 의지한 채 홀 쪽으로 조금씩 나아갔다. 길은 화물용 엘리베이터를 지나 로비로 이어졌다. 계단통의 열기를 전혀 벗어나지 못했는지, 아이리스의 셔츠는 곧 땀으로 흠뻑 젖어버렸다. 마침내 그녀는 로비에 도달했다. 알리스테어 머서 총재의 거대한 초상화가 그녀를 반겨주었다. 그의 머리 위에 '클리블랜드 퍼스트뱅크 중역실'이라고 커다란 놋쇠 글자가 박혀 있었다.

그 글자들은 바닥부터 천장까지 뻗어 있는 거대한 대리석판에 볼트로 죄어져 있었다. 대리석판 뒤쪽에는 접수 직원의 커다란 책상과 대기실이 있었다. 천장에 커다란 상들리에가 매달려 있었지만, 전구는 모두 나간 상태였다. 벽에 붙어 있는 두 군데의 스위치를 다 켜봤지만, 불은 들어오지 않았다. 그녀는 플래시를 들고 복도를 가로질러 갔다. 플래시 불빛에 크리스털과 놋쇠가 반짝거렸다.

놋쇠와 상감象嵌 세공한 흑단黑檀으로 장식된 두 짝의 육중한 유리 문에는 명패가 달려 있지 않았지만, 은행 총재실이 분명했다. 아니면 오즈의 마법사의 사무실이거나. 유리문 안쪽의 사무실은 웬만한 소형 아파트의 한 층만큼이나 컸다. 얼마나 큰지 플래시 불빛이 방 맞은편에 도달하지도 못했다. 아이리스는 소파 곁의 작은 유리 탁자와 키 큰 놋쇠 전기스탠드를 플래시로 비추며 조심스럽게 사무실 안으로 들어섰다. 그녀의 눈은 어느새 손으로 짠 양탄자부터 높직한 천장화까지 정신없이 살펴보고 있었다. 그 바람에 그녀는 골동품 커피 테이블에 정강이를 부딪히고 기다란 가죽소파로 넘어지고 말았다. 플래시가 소파 밑으로 굴러 들어갔다. **빌어먹을!**

아이리스는 무릎을 꿇고 소파 아래를 들여다보았다. 똘똘 뭉쳐진 종이 뒤쪽에 플래시가 떨어져 있었다. 그녀는 소파 아래에서 종이 뭉치를 꺼냈다. 그건 그냥 종이가 아니라 포장지였다. 음식물 포장지와 구겨진 담뱃갑, 그리고 다른 쓰레기였다. 아이리스는 바닥에서 펄쩍 뛰어올라 플래시로 소파 쪽을 비췄다. 한쪽 끝에 임시로 만든 너덜너덜한 베개가 있었다. 그녀는 한 손으로 입을 틀어막았다. 누군가가 저곳에서 잠을 잤던 것이다.

더위와 두 배로 빨리 뛰는 심장 때문에 눈앞이 캄캄해지기 시작했다. 곧 정신을 잃을 것만 같았다.

소파에서 멀리 떨어진 곳에 커다란 침대 크기의 의자가 보였다. 방 안에 혼자뿐이라는, 적어도 지금은 그렇다는 확신이 들 때까지 플래시로 이곳저곳을 비추었다. 아이리스는 베개가 놓인 소파를 돌아보았다. 포장지 두어 장과 셔츠 같은 것이 커피 테이블 위에 흩어져 있었다. 배 속에서 공포가 출렁댔다.

아이리스는 당장 그곳을 벗어나 집으로 가려고 했다. 노숙자가 어디 있을지도 모르는데 어둠 속을 돌아다니는 것은 그녀의 일이 아니었다. 브래드도 이해해줄 것이다.

아이리스는 정신을 차리고는 거대한 사무실을 가로질러 직원용 엘리베이터 쪽으로 간신히 걸어갔다. 대리석판 뒤에서 걸음을 멈추고 복도에서 발소리가 들리는지 귀를 기울였다. 조용했다.

그러다 찰칵 하고 문이 닫히는 소리가 들렸다. 심장이 오그라드는 듯했다. 그 소리는 비상계단 쪽에서 들려왔다. 지금 아이리스가 내려가야 할 그곳에서.

다가오는 발소리에 아이리스는 얼른 무릎을 꿇고 플래시를 더듬어 불을 껐다. 발소리가 점점 가까워졌다. 아이리스는 대리석 타일에 납작 엎드려 가구들 사이를 기었고, 어느 지점에서 벽을 만났다. 이제 그녀는 발소리를 피해 벽을 따라 움직였다. 그리고 열려 있는 첫 번째 문 안으로 들어갔다.

더듬거리며 사무실을 가로지르다가 소파 쿠션들과 쏟아져 나온 베갯속, 그리고 돌돌 말린 카펫을 넘어갔다. 이 방은 마구 헤집어져 있었다. 이제 그녀는 커다란 액자 위를 기어갔다. 그녀의 두 손이 뭔가의 갈라진 틈을 짚었다. 아마도 액자에 담긴 커다란 그림이었을 것이다. 뒤를 돌아보니, 문 너머에서 연신 움직이는 플래시 불빛이 보였다. 숨을 곳이 필요했다. 그녀는 50센티미터 앞도 보이지 않는 상태에서 곳곳에 널린 파편들 위를 기어다녔다. 책상이 뒤집어져 있었다. 책상의 곡선형 다리 하나가 산산조각 난 채 바닥에 흩어져 있었다. 아이리스는 도망칠 수 있는 다른 문이 보일 때까지 눈을 찡그리고 어둠 속을 주시했다. 그녀는 쓰러진 의자를 돌아 임원용 화장실로 들어갔다.

그러다 바닥에 흩뿌려져 있던 깨진 유리 조각들에 손바닥을 베었다. 그녀는 작게 비명을 터뜨리며 벌떡 일어섰다. 뒤쪽의 플래시 불빛이 멀어지고 있었다. 그녀는 조용히 화장실 문을 닫고, 뒤로 물러섰다. 화장실 안이 칠흑처럼 어두워졌다.

아이리스는 어둠 속에서 벌벌 떨며 간신히 숨을 쉬었다. 현장가방과 플래시와 자동차 열쇠를 모두 바깥쪽에 있는 접수 직원의 책상 옆에 두고 왔는데…….

지랄맞은! 염병할! 아이리스는 이마를 찌푸리며 깨진 유리 조각에 베인 손바닥을 더듬었다. 피가 흐르는 듯했다. 그녀는 바깥쪽의 사무실에서 발소리가 들리는지 귀를 쫑긋 세웠다. 어쩌면 저들은 그녀가 이 안에 있다는 걸 모를 수도 있었다. 그는 그저 잠을 자기 위해 알리스테어의 사무실에 있는 안락한 소파로 되돌아가던 길일지 모른다. 조금 기다리다 보면 이곳을 몰래 빠져나갈 수 있을 것이다.

아이리스의 눈이 점차 어둠에 적응했다. 클리블랜드 하늘을 밝히는 오렌지색 달빛이 화장실 창문으로 스며들었다. 세면대와 샤워기의 모습만 간신히 보였다. 뜨거운 공기가 질척질척한 침전물처럼 그녀의 폐를 드나들었다. 화장실에는 산소가 없는 것 같았다. 눈앞에서 보라색 반점들이 춤을 추었다. 그녀는 변기 위로 무너지듯 쓰러져서 무릎 사이로 고개를 떨어뜨렸다.

괜찮아질 거야, 아이리스. 그녀는 생각했다. **숨이나 쉬고 있어.**

한 줄기 차가운 공기가 아이리스의 팔 위로 불었다. 그녀는 한 손을 들어 올렸다. 다시 차가운 공기가 느껴졌다. 산들바람이 불고 있었다. 아이리스는 찬바람이 들어오는 곳을 향해 손을 뻗었다. 변기 옆쪽 벽에 커다란 환풍구가 있었다. **환풍구가 있어, 이 환풍구는 지붕까지 이어져 있을 거야.** 아이리스는 환풍구에 얼굴을 들이밀고 밤하늘을 조금이라도 보려고 발버둥 쳤다. 시커멓기만 했다. 그래도 신선한 공기는 신의 선물이었다. 그녀는 땀으로 흠뻑 젖은 머리를 환풍구에 대고 쉬었다.

아이리스는 침입자의 기척에 귀를 기울였다. 바깥쪽 바닥에는 온갖 잡동사니가 깔려 있어 누군가가 가까이 다가오면 확실히 알아차릴 수 있을 것이다. 어쩌면 그 노숙자는 정신을 잃고 쓰러졌을지 모른다. 그러면 그 기회를 틈타 도망칠 수 있을 것이다. **현장가방과 평면도는 알게 뭐야!** 아이리스는 무사히 집으로 돌아가고만 싶었다. 그녀는 다시 귀를 기울였다.

아이리스는 숨을 참고 있는데도 여전히 숨소리가 들렸다. 그녀는 환풍구에서 머리를 뗐다. 숨소리가 더욱 크게 들렸다. 환풍구에서 들려오는 소리였다. 깜짝 놀란 아이리스는 스프링처럼 벌떡 일어섰다. 깨진 유리 조각이 밟히며 바스러지는 소리가 났다.

격자문 뒤쪽에서 속삭이는 목소리가 들려왔다.

누군가 심장을 쥐어짜는 듯했다.

목소리가 또다시 들렸다. "아이리스……."

아이리스는 비명을 지르며 화장실 문을 박차고 나갔다. 비틀비틀 달리던 그녀는 발을 헛디뎌 세게 넘어졌지만, 허겁지겁 다시 일어섰다. 그러고는 무턱대고 사무실 밖으로 나가 복도를 달려갔다.

그녀의 귓가에는 그녀의 이름을 반복해서 속삭이는 목소리만 들릴 뿐이었다. 엘리베이터에 거의 도착해서야 그게 레이먼의 목소리라는 걸 깨달았다. 아이리스는 발을 멈췄다.

"아이리스!" 레이먼이 다시 고함을 질렀다.

"레이먼?" 아이리스가 울먹이는 목소리로 말했다.

"도대체 뭘 하고 있는 거예요?" 플래시 불빛이 그녀를 향해 빠르게 다가왔다. 레이먼이었다.

"당신이었어요? 플래시를 들고 돌아다녔던 사람이? 당신이었냐고요?"

"나 아니면 누구겠어요? 머리가 어떻게 된 거 아니요?"

"난…… 난……." 아이리스의 얼굴이 일그러지며 눈물이 쏟아졌다. "모르겠어요. 미쳤는지도 몰라요! 미쳐가는 게 틀림없다고요!"

"이봐요, 그만 진정해요. 다 괜찮으니까." 레이먼은 아이리스를 부축하여 홀 쪽으로 돌아갔다.

아까 넘어지면서 생긴 혹이 커다랗게 부풀어 올랐다. 레이먼은 그녀를 접수 직원의 의자에 앉혔다. 그러고는 바닥에서 현장가방을 들어 올려 그녀에게 건넸다.

"고마워요." 아이리스는 간신히 인사를 전하고, 셔츠로 눈물범벅이 된 얼굴을 닦았다. 머리를 가누기 힘들었다.

"살금살금 등 뒤로 다가가서 미안해요. 하역장에 아가씨 차가 주차되어 있기에, 걱정이 됐거든요."

"내가 죄송하죠. 미리 말했어야 했는데……. 내일까지 마감 시한을 맞추려면 늦게까지 작업해야 한다고."

"다음번에는 미리 알려줘야 해요." 레이먼의 눈은 무척 피곤해 보였다.

"물론이죠. 한 층을 마저 해치우려고 했는데. 너무 더운 데다 전등도 들어오지 않고 침대까지 있어서……."

"침대라고요?"

"진짜 침대는 아니에요. 누군가가 커다란 사무실의 소파에서 잠을 자나 봐요." 아이리스가 손가락으로 그곳을 가리켰다. "그러고는 발소리가 들려서…… 나도 모르겠어요. 그만 정신이 나가버렸나 봐요."

"너무 자책하지 말아요. 이곳은 아가씨에게 정말 짜증나는 곳일 테니까요. 내가 잘 알아요, 정말이에요." 아스팔트처럼 거친 레이먼의 목소리가 아이리스의 마음을 진정시켰다.

그런데도 환풍구에서 사람 목소리를 들었다고 하면 정말 미치광이처럼 보일 것이다. 그녀의 상상력이 이 모든 걸 불러냈을 가능성이 높았다. 그놈의 더위 때문에…… 그리고 숙취도 문제였다.

레이먼은 플래시로 홀 쪽을 비췄다. "이제 집에 가지 그래요?"

"알았어요. 물건을 챙겨야 하니까 1분만 기다려줘요." 아이리스는 마음을 좀 더 진정시키기 위해 수다라도 떨어야겠다고 생각했다. "홀 저쪽의 사무실에서 무슨 일이 있었던 거죠?"

"무슨 뜻인가요?"

"난장판이던데요." 아이리스는 일어서서 현장가방을 어깨에 걸쳤다. "보여드릴게요."

아이리스는 불빛 속에서 다시 그곳을 보면 머릿속에서 들려오는 속삭임이 지워지지 않을까 하는 생각에 레이먼을 문제의 사무실로 안내했다. 그녀는 자신의 플래시를 켜고 안쪽을 비추었다.

그곳은 9층에 있는 윌리엄 S. 톰슨의 사무실보다 더 엉망이었다. 모든 가구가 박살 나 있었다. 안쪽 벽에 설치된 철제 금고는 문이 활짝 열려 있었다. 줄곧 햇살을 받아온 벽지에는 액자의 윤곽이 새겨져 있었다. 금고는 텅 비어 있었다. 그녀의 플래시는 화장실 문을 계속 비추고 있었다. 아이리스는 숨소리가 다시 들려올까 싶어 귀를 기울였다.

"빌어먹을 뽕쟁이들!" 레이먼이 뒤에서 투덜거렸다. "그 녀석들은 뭔가 팔아먹을 것이 있나 싶어서 이곳으로 올라오곤 하죠. 그중 한 명이 엄청나게 짜증을 냈나 보군요."

"그럴 거라고 짐작했어요." 아이리스가 중얼거렸다. 그녀는 화장실 문으로 다가가느라 사실 레이먼의 말에는 신경 쓰지 않았다.

아이리스는 문으로 들어서자마자 아직도 그곳에 있을지 모를 누군가를, 혹은 무엇인가를 향해 플래시를 휘둘렀다. 화장실은 텅 비어 있었다. 그녀는 다시 둘러본 뒤에야 참았던 숨을 길게 내쉬었다. 사람의 흔적은 전혀 없었다. 아이리스는 누군가의 숨소리가 들렸던 환풍구 안쪽을 비추었다. 불빛이 비추지 못하는 곳까지 쭉 이어져 있는, 둔중한 색깔의 철판만 보일 뿐이었다. 맨 안쪽에 뭔가의 그림자가 있었다. 사다리 같았다.

"뭐 찾아요?" 뒤쪽에서 레이먼의 쉰 목소리가 들렸다.

"혹시 저 안으로……." 아이리스는 미친 소리처럼 들리지 않을 단어를 머릿속에서 검색했다. "사람이 들어갈 방법이 있나요?"

"잘 모르겠는데요. 왜요?"

"나도 잘 모르지만, 뭔가 고장 나면 수리하는 사람이 저 안으로 들어가야 하지 않을까요?"

"그럴지도 모르죠. 하지만 내가 이곳에 근무한 후로는 그런 일이 없었어요. 하여튼 지금은 너무 늦었고, 아가씨는 어떤지 모르지만 난 무척 피곤하네요."

아이리스는 고개를 끄덕이고, 레이먼을 따라 홀로 나갔다. 그녀는 걸음을 멈추고, 온통 뒤집어진 사무실 문에 붙어 있는 이름을 메모했다. 그러고는 레이먼을 따라잡기 위해 종종걸음을 쳤다.

"아, 나를 찾아와줘서 고마워요. 그런데 밤에는 이곳에서 뭘 하세요?"

"독서를 하죠." 레이먼은 그렇게 대답하고, 직원용 엘리베이터 버튼을 눌렀다.

아이리스가 기대했던 만큼 재미있는 대답은 아니었다. 저번에 금고실에서 자물쇠를 따려던 일에 대해 물어보고 싶었지만, 오늘은 그냥 넘어가는 것이 낫겠다고 생각했다. 두 사람은 엘리베이터에 탔고, 아이리스는 층을 나타내는 버튼을 뚫어져라 쳐다보았다.

"이 건물에는 왜 13층이 없는 거죠?"

"나도 여러 해 전에 똑같은 질문을 했어요. 다들 뭐라고 했는지 알아요?"

"뭐라고 했는데요?"

"13이라는 숫자가 불운하대요. 시내에는 13층이 없는 건물이 수두룩하고요. 좀 별나지 않아요? 그래도 그것이 이 건물에는 도움이 됐을지도 모르죠."

"나도 누구 못지않게 미신을 믿는 사람이지만, 그래도 13층을 없앤 건 좀 미친 짓 같네요."

"내가 목격했던 일들에 비하면 이건 아무것도 아니에요."

아이리스는 오늘 밤에 자신이 벌인 일도 레이먼의 '미친 짓 목록'에 올라갈 거라고 확신했다.

"나도 괴상한 것을 봤어요." 아이리스가 말했다.

"뭐를요?"

"오늘 11층에서 꽤나 이상한 걸 찾아냈다니까요. 여행가방이요. 누군가가 청소도구실에 버려둔. 혹시 그것에 관해 알아요?"

레이먼의 눈동자에서 작은 불꽃이 번쩍거리다가 사라졌다. "난 여기저기 들여다보지는 않으니까요. 아가씨도 그걸 그냥 두는 편이 좋을 거예요."

이상한 경고였다. 아이리스는 다시 질문을 하려다가 말았다. 그러는 편이 낫겠다고 생각했다.

5분 후, 아이리스는 운전석에 무너지듯 주저앉아 담배를 피워 물었다. 연달아 세 번이나 담배 연기를 빨아들인 후에야 클립보드 뒤쪽을 힐끗 쳐다보고 시동키를 돌렸다.

클립보드의 한쪽 귀퉁이에 떨리는 손으로 갈겨썼던 글자가 있었다. '재정 담당 부총재, R. 시어도어 할로란.'

40장
1978년 12월 7일 목요일

"레이먼, 우리 여기서 뭘 하고 있는 거지? 여기는 몽땅 비어 있는 층인데."

홀의 전등 하나에 깜박깜박 불이 들어왔다. 문틈으로 불빛이 새어들자 깜짝 놀란 베아트리스가 벌떡 일어나 앉았다. 그녀는 버려진 사무실에 마련한 침상 속으로 방금 기어들어 간 참이었다. 그들이 다가오면서 발소리가 점점 더 커졌다. 문은 잠겨 있지만, 경비원들에게는 열쇠가 있었다. 열쇠가 짤랑거리는 소리가 들렸다.

"요즘 엘리베이터들이 정말 웃기게 작동하더라고." 굵직한 목소리가 대답했다.

그 목소리는 첫 번째 목소리보다 가까이에서 들렸다. 담배 연기가 아래쪽 문틈으로 스며들었다. 베아트리스는 목소리에 쫓기듯 후다닥 몸을 일으키고 어두운 화장실로 들어갔다. 슬그머니 화장실 문을 닫을 때도 여전히 두 사람의 목소리가 들렸다.

"'웃기다'니 무슨 뜻인가?"

"무슨 뜻인 것 같아? 지난 며칠 동안 엘리베이터가 밤새 이곳으로 올라오더라니까."

"그래서? 연방요원들이 수색을 했나 보지, 뭐. 이놈의 쓰레기 같은 건물 안에서는 모든 것이 웃기게 움직인다니까. 어제 그랬지? 감시카메라가 몽땅 작동되다 안 되다 한다고. 얼른 돌아가서 포커나 계속 치자고."

"내 셔츠에 뭐라고 적혀 있는데? '카드 딜러'라고 적혀 있나?" 쉰 목소리가 투덜거렸다. "아니, 그렇지 않잖아. '경비'라고 적혀 있지. 난 내 일을 하러 올라온 거라고."

"'이달의 직원'인가 뭔가로 뽑히고 싶은 건가? 여기에는 아무도 없다고, 레이먼."

발소리가 점차 희미해졌다. 맞은편 사무실들의 문이 열렸다 닫히는 소리가 들렸다. 베아트리스는 엘리베이터에서 땡 하는 소리가 나고 목소리가 들리지 않을 때까지 숨을 쉬지 않았다.

그녀는 화장실의 전등을 켜고 찬물을 얼굴에 끼얹었다. 그러고는 손가락 마디가 하얗게 변할 때까지 세면대를 움켜쥐고 있었다. 경비원들은 그녀가 엘리베이터를 사용한다는 걸 알아차렸다. 앞으로는 좀 더 조심해야 했다. 베아트리스는 환한 불빛 가운데서 화장실을 둘러보고는 발각되지 않도록 숨을 만한 장소가 없다는 걸 깨달았다. 특히 경비원들이 다른 방의 바닥에 놓아둔 자신의 물건들을 발견했을 때에는. 전등을 끄면서, 변기 옆의 환풍구를 막고 있는 커다란 격자문을 힐끗 쳐다봤다. 그러다가 실내가 컴컴해지자 온몸을 부르르 떨었다.

그 뒤로는 9층의 여자 화장실에서 나와 비상계단을 타고 잠자리가 있는 곳까지 올라오는 여정은 심장이 멎을 듯한 고난의 길이었다. 모퉁이를 돌 때마다 레이먼이나 그의 동료가 어둠 속에서 튀어나올 것만 같았다. 밤중에는 비밀의 침실 밖으로 감히 발을 내딛지 못했다.

설상가상 짐이나 테드가 누구인지 알아보는 것도 여의치 않았다. 그날 한밤중에 문밖에서 들려오던 두 사람의 목소리는 귓가에 계속 맴돌았지만, 이후 그들의 목소리는 들려오지 않았다. 토니는 그들의 이름을 알아봐달라고 했다. 토니와 다시 만날 날이 멀지 않았다.

"위험해지면 바로 은행을 빠져나와요." 베아트리스는 어둠 속에서 발소리가 들리는 것 같을 때마다 형사의 말을 머릿속에 떠올렸다. 좋은 충고지만, 달리 갈 곳이 없는 게 문제였다. 아파트 임차 서류를 작성하기는 했지만, 선뜻 낼 수 없었다. 필요한 증빙 서류가 없었기 때문이다. 게다가 토니는 맥스를 찾고, 은행에 대한 수사를 재개하기 위해 그녀의 도움을 필요로 했다. 베아트리스는 위험을 무릅쓰고라도 뭔가를 알아내야 했다.

토요일 이른 아침, 건물은 쥐 죽은 듯 조용했다. 베아트리스는 먼지가 잔뜩 낀 블라인드를 통해 유클리드 애비뉴를 내려다보고 있었다. 거리는 텅 비어 있었다. 도로 맞은편 고층건물의 유리창에 반사된 화사한 햇살이 버려진 사무실을 더욱 음울하게 했다. 그녀는 며칠째 햇빛을 쬐지 못했다. 점심 시간에도 해는 두터운 겨울 구름에 가려져 있었다.

베아트리스는 어젯밤 이 건물을 나갔어야 했다. 하지만 또다시 병원 로비를 방황하며 주말을 보낼 수는 없었다. 중환자실 방명록에 적혀 있던 R. T. 할로란이라는 이름이 지금도 그녀의 머릿속에서 아련히 떠올랐다.

30미터 아래쪽에서 짙은 색상의 코트와 모자를 걸친 남자가 유클리드 애비뉴를 가로질러 은행 정문으로 걸어왔다. 베아트리스는 그를 지켜보며 이마를 찌푸렸다. 몇 분 후, 복도의 엘리베이터가 윙 하는 소리와 함께 살아났다. 이 건물은 토요일인데도 비어 있지 않았다.

하늘이 어두워졌다. 마침내 베아트리스는 용기를 내서 3층 인사부로 내려가 보기로 했다. 테드와 짐에 관한 서류를 찾아보려는 것이었다. 비상계단에는 각 층으로 들어가는 문마다 희미한 투과조명등이 빛을 밝히고 있었다. 11층부터 3층까지 소용돌이치는 난간과 계단이 끝없이 이어졌다. 시커멓고 깊은 구렁을 내려다보는 순간, 발길을 돌리고 싶은 마음이 간절했다. 하지만 맥스가 생각나서 그럴 수 없었다. 맥스는 지금 실종되었고, 테드와 짐이 그 이유를 알지도 몰랐다. 베아트리스는 난간을 꽉 쥐고, 스타킹만 신은 발로 계단을 내려가기 시작했다.

마침내 '3'이라고 적힌 베이지색 문에 도달했을 때, 베아트리스는 목소리가 들리는지 차가운 철문에 귀를 바짝 갖다 댔다. 2~3분 후, 홀에 아무도 없는 것을 확인한 그녀는 조용히 문을 잡아당겼다. 경첩이 삐걱거리는 소리에 가슴이 철렁했다. 그녀는 벌어진 틈새로 빠져나간 다음, 문이 조용히 닫히도록 내버려두었다.

베아트리스는 그곳이 비었는지 다시 확인하기 위해 어두운 한쪽 귀퉁이에서 좀 더 기다렸다. 그러고는 홀을 더듬거리며 나아가기 시작했다. 인사부는 엘리베이터 로비를 사이에 두고 맞은편에 있었다. 이곳에 출근한 첫날 이후로는 그곳에 가본 적이 없었지만, 그래도 머릿속에 생생히 그릴 수 있었다. 인사부까지 가는 내내 벽에 등을 붙이고 움직였다. 문은 잠겨 있었다.

묵직한 맥스의 열쇠고리가 베아트리스의 주머니에 있었다. 그녀는 열쇠를 하나하나 자물쇠 구멍에 집어넣었다. 마침내 문이 활짝 열렸다. 미끄러지듯 사무실로 들어가 문을 조용히 닫았다. 어두운 사무실 안으로 세 걸음 들어가다가 둔중하게 땡그랑거리는 소리와 함께 스타킹만 신은 발이 쓰레기통에 부딪혔다. 발가락으로부터 불 같은 고통이 퍼져나갔다. 그녀는 작게 비명을 질렀다. "아우! 아야! 아얏!"

절뚝거리며 의자들과 커피 테이블을 지나 접수 직원의 책상으로 다가가던 베아트리스는 자신이 정확히 어디로 가야 할지 모른다는 생각에 정신이 아찔해졌다. 테디와 짐이라는, 전혀 모르는 두 사람을 찾기 위해 인사부에 무턱대고 들어온 것이었다. 가슴이 철렁 내려앉았다. 계획을 제대로 세우지도 않고 도둑질을 하러 오다니. 인사서류가 접수 직원의 책상에 얌전히 놓여 있을 것 같지는 않았다. 너무 겁이 나서 불을 켤 수도 없었다.

홀을 따라 희미한 발소리가 들렸다. 베아트리스는 몸이 바짝 굳어버렸다. 발소리가 점점 커졌고, 목소리도 들렸다.

"빌, 그만해! 당신, 정말 못됐어!" 여자가 낄낄거렸다.

베아트리스는 뒷걸음쳤다. 숨을 곳을 찾아 어두운 사무실 안을 이리저리 살폈다.

"이곳에서는 안 돼. 누가 볼 수도 있다고." 그 여자가 숨을 헐떡거리며 말했다.

베아트리스가 조금 전에 열쇠를 꽂았던 자물쇠 구멍으로 열쇠가 미끄러져 들어왔다. 젖빛 유리 너머로 커다란 그림자 하나가 보였다. 문이 활짝 열리기 직전, 그녀는 가장 가까운 곳에 열려 있는 문으로 달려가 등 뒤로 문을 닫았다.

발소리가 들리고, 쓰레기통을 걷어차는 소리가 들리더니 문이 쾅 하고 닫혔다. 책상에 무거운 뭔가가 부딪히는 소리에 베아트리스의 가느다란 숨소리가 지워졌다. 뭔가에 막힌 듯한 두 사람의 목소리가 베아트리스의 은신처 바로 밖에서 들렸다. 그녀는 귀를 기울였다가 축축한 키스 소리와 거친 숨소리에 얼굴을 붉히며 방 안쪽으로 몸을 피했다.

베아트리스는 다섯 걸음을 물러서다가 뭔가 단단한 금속 물체에 부딪혔다. 서류 캐비닛이었다. 어둠 속에서 캐비닛 가장자리를 더듬다가 다른 캐비닛을 두 개 더 찾아냈다. 그녀는 서류보관실에 들어와 있었다. 베아트리스는 서류 캐비닛의 개수를 세면서 밖에서 들려오는 숨넘어갈 듯 헉헉거리는 소리와 금속이 삐걱거리는 소리를 머릿속에서 몰아냈다. 캐비닛은 모두 열 개였다.

베아트리스는 어둠 속에서 위험을 무릅쓰고 캐비닛 하나를 열어보기로 했다. 작게 찰칵 소리를 내며 캐비닛이 스르르 열렸고, 그녀는 서류들을 손으로 어루만졌다. 서랍은 서류들로 꽉 차 있었다.

베아트리스는 불을 켜고 서류를 읽고 싶었지만, 불빛이 문틈으로 새어나갈 염려가 있었다.

베아트리스는 옆방에서 들려오는 숨소리와 신음 소리 때문에 조그맣게 한숨을 내쉬었다. 점차 커지는 남자의 숨소리와 서류보관실의 칠흑 같은 어둠 때문에 숨이 막힐 것 같았다. 마치 그가 어둠 속에 그녀와 함께 있으면서 숨을 헐떡거리는 것 같았다. 베아트리스는 두 손으로 귀를 막고 머리를 무릎 사이에 파묻고는 몸을 공처럼 둥글게 말았다. 마침내 비명 소리를 끝으로 모든 소리가 멈췄다.

"빌! 이 짐승 같은 인간!" 여자가 헐떡거리며 소리쳤다.

남자가 숨을 거칠게 내쉬며 껄껄 웃었다. 뭔가를 찰싹 때리는 희미한 소리가 들렸다. "수지, 당신이 없었으면 난 어떡할 뻔했어?"

"오, 자기야." 질퍽한 키스 소리가 다시 울려 퍼졌다. "이런 반지까지 선물해줄 줄은 정말 몰랐어! 이런 선물은 필요없는데!"

"이걸 보자마자 당신이 생각나더라고. 사파이어가 당신 눈동자와 잘 어울릴 거야."

여자가 콧소리로 떠드는 소리가 희미하게 들렸다.

"다른 사람들에게 보여주지만 않으면 돼, 알았지? 이건 우리 둘만의 비밀이니까."

"아, 난 비밀에 지쳤어!" 여자가 투덜거렸다.

"나도 마찬가지야. 난 지붕에 올라가 내 사랑이 누구인지 외치고 싶단 말이야. 이렇게 남몰래 만나는 것이 정말 싫어."

도리스 이모의 연애편지에 적혀 있던 말이었다. 이모의 빌이 했던 말. 베아트리스는 이 남자의 말을 똑똑히 들으려고 귀를 쫑긋 세웠다. 자신의 상사인 빌 톰슨의 목소리 같았지만, 감히 문을 열고 확인할 배짱은 없었다.

"나도 자기를 사랑해." 여자는 한숨을 내쉬었다. "근데 이거 정말 예쁘다! 진짜 맞아?"

"내가 무슨 구두쇠처럼 보여? 당연히 진짜지." 잠시 침묵이 이어지다가 빌이 헛기침을 했다. "내가 금요일에 찾아보라고 했던 서류는 손에 넣었어?"

"응? 아, 물론이지. 여기 어딘가에 있을 텐데……." 이제는 어색한 적막 속에서 서랍을 열었다가 닫는 소리가 들렸다. "여기서 만나는 건 정말 싫어. 왜 멋진 곳으로 가지 않는 거야? 내 책상은 바위처럼 딱딱하단 말이야."

빌이 껄껄 웃고 여자가 꺄악 비명을 지르는 소리가 들렸다. "빌, 당신은 정말 만족을 모르는 사람이야! 그만 좀 해!"

"저절로 이렇게 되는 걸 어떡해?"

종이가 바스락거렸다. "여기 있어. 그런데 왜 이러는지 난 지금도 모르겠어."

"우리의 은퇴계획이라고 생각해. 큰일을 꾸미고 있는데, 내 이름을 사용할 수가 없어. 그래서 당신 같은 아름다운 파트너가 필요한 거지. 이걸로 돈이 엄청나게 생길 거야, 수지. 몇 년만 지나면, 우린이 빌어먹을 도시를 떠날 수 있어. 해변 어딘가에 작은 은신처를 마련할 거고. 거기서 마르가리타*를 마시며 편히 지내는 거지." 계

---

* 테킬라와 레몬즙 등의 칵테일.

속 쪽쪽대며 키스하는 소리가 들렸다. "더는 숨을 필요도 없지."

"당신 마누라는 어떡하고?" 수지가 조용히 물었다.

"마누라랑 장인은 엿이나 먹으라지! 난 그놈의 영감탱이가 시키는 대로만 살아왔어. 자기가 없었다면 난 여러 달 전에 총으로 내 머리를 날려버렸을 거야. 하지만 이제 거의 끝났어. 날 믿어줘."

"알았어. 하지만 다음번에는 예전처럼 호텔로 가는 거지?"

"물론이지. 당신이 원하는 대로 다 해줄게."

다시 키스하는 소리가 났다. 얼마 후 옷가지를 주섬주섬 챙기는 소리가 나더니 발소리가 멀어지기 시작했다. 희미한 담배 연기 냄새가 문틈으로 새어 들어왔다.

"그걸 꼭 피워야겠어? 내가 그걸 얼마나 싫어하는지 알잖아." 빌의 목소리가 점차 희미해지고, 문이 닫혔다.

베아트리스는 넌더리를 내고 몸서리를 쳤다. 그녀는 몇 분을 기다리다가 서류보관실의 불을 켰다. 그 방에는 여러 개의 서류 캐비닛과 형광등뿐이었다. 그녀는 서랍 하나를 잡아 뺐다. 성姓의 알파벳 순서대로 정리한 인사서류들이 가득했다. 베아트리스는 이마를 손바닥으로 때렸다. 이런 식으로 짐이나 테디를 찾아내는 건 불가능했다. 방금 열었던 서랍에만도 두 명의 짐이 있었다. 문제는 짐과 테디의 성을 모른다는 것이었다. 인사서류를 뒤지기 위해 필요한 것인데도……. 이번 모험은 완전히 실패였고, 설상가상 빌과 수지의 애정 행각까지 목격해야 했다. 그녀는 서류 캐비닛을 걷어차고 싶었지만 간신히 참았다.

그래도 무엇이라도 건지기 위해, 베아트리스는 이모 '도리스 데이비스Doris Davis'의 기록을 찾아보기로 했다. 그녀는 'Da-Dr'이라고 표시된 서랍으로 걸어갔다. 지금까지 이모의 인사서류가 보관되어 있을 확률은 매우 낮았지만, 그래도 시도해볼 가치는 있었다. 불행히도, 도리스 데이비스의 흔적은 없었다.

그래서 이번에는 맥스의 인사서류를 찾아보았다. 베아트리스는 자신이 모든 것을 알아야 한다고 판단했다. 바로 지금. 베아트리스는 폴더를 꺼내 펼쳤다. 맥신 레이 맥도넬, 1952년 8월 22일생, 1971년부터 근무.

베아트리스는 두 번째 페이지에서 손글씨로 적어놓은 메모를 보았다. '타인의 권리를 침해한 장면이 목격되어 해고됨.' 그 메모 옆에 날짜 도장이 찍혀 있었다. 1978년 11월 28일. 맥스가 도리스 이모의 열쇠를 훔친 바로 다음 날이었다. 베아트리스는 그 폴더를 겨드랑이에 끼고 서랍을 닫았다.

베아트리스는 서류보관실 문을 조금 열었다. 한눈으로 겨우 내다볼 수 있을 만큼. 다행히도 조금 전에 지저분한 일이 벌어졌음에도 책상은 멀쩡해 보였다. 서류 보관실에서 흘러 나가는 불빛으로 책상 한쪽에 놓인 명패를 보았다. '수전 페플린스키'였다. 빌은 그녀를 수지라고 불렀었다.

베아트리스는 불을 껐다.

41장

　빌과 수지의 대화가 여덟 층의 계단을 올라가는 내내, 그리고 밤새 머릿속에서 재생되었다. 빌이 대여금고의 돈을 훔치고 있다는 것은 의심의 여지가 없었다. 그런데 빌은 왜 수지의 도움이 필요한 것일까?

　비밀로 간직할 보석을 선물받은 가엾은 수지는 그 반지가 훔친 물건일 수도 있다는 것은 전혀 모르고 있었다. 빌이 도리스 이모에게도 해변에서 마르가리타를 마시자고 했을까? 이모는 빌의 헛된 약속을 굳게 믿고 얼마나 오랫동안 연기 자욱한 식당에서 일하며 기다렸을까?

　베아트리스는 이모의 열쇠를 꺼내 다시 찬찬히 살폈다. 547번 대여금고는 그 답을 품고 있을 것이다. 그걸 열어볼 방법이 있어야 했다.

　이리저리 뒤척이던 베아트리스는 쌓여만 가는 세탁물 더미에 눈이 갔다. 게다가 돼지처럼 헉헉거리던 빌의 숨소리도 머릿속에서 떨쳐버릴 수 없었다. 결국 잠을 포기하고, 살그머니 계단으로 갔다. 9층은 군데군데 보안등 불빛만 희미할 뿐, 전체적으로 어두웠다. 그녀는 어둑한 곳만 골라 엘리베이터 로비를 지나고 비서들의 근무공간을 거쳐서 톰슨의 사무실로 돌진했다.

문을 열었다. 실내는 칠흑같이 어두웠다. 베아트리스는 나무 패널로 덮인 벽을 더듬으며 방 가운데 놓인 책상으로 갔다. 그녀의 두 손은 가죽 압지와 볼펜 무더기 위를 헤매다가 마침내 한쪽 귀퉁이에 놓인 작은 전등을 찾아냈다. 실내가 노란 불빛으로 채워졌다. 책상 위의 자그마한 크리스털 시계는 오전 2시를 가리키고 있었다. 압지 위에는 종이가 여러 장 흩어져 있었지만, 관심을 끌 만한 것은 없었다.

맨 위 서랍에는 볼펜들과 편지 개봉용 칼, 담배 케이스, 라이터가 들어 있었다. 커다란 서류 서랍은 잠겨 있었다. 두 번이나 힘껏 잡아당겼지만, 꿈쩍도 하지 않았다. 무릎 옆에 있는 열쇠구멍을 들여다보며 주머니에서 맥스의 열쇠고리를 꺼내 이것저것 꽂아보았다. 하지만 맞는 열쇠가 없었다. 맥스는 이곳에 맞는 열쇠를 가지고 있지 않았다.

베아트리스는 톰슨의 거대한 의자 등에 몸을 기대었다. 책장의 책들은 한 번도 펼쳐진 적이 없는 듯했다. 톰슨의 부인과 두 딸의 사진은 선반 위에 놓여 있었다. 빌은 이들 때문에 자신의 머리를 날려버리고 싶은 듯했다. 베아트리스는 사진 속의 그들에게 슬픈 미소를 지었다.

사진 옆에 크리스털 재떨이가 놓여 있었다. 재떨이에는 먼지가 얇게 내려앉아 있었고, 은색 상표도 그대로 붙어 있었다. 톰슨은 담배를 피우지 않았던 것이다. "그걸 꼭 피워야겠어?" 몇 시간 전에 빌은 수지에게 그렇게 물었었다. 베아트리스는 재떨이를 노려보며 조금 전에 책상에서 봤던 뭔가를 떠올렸다.

베아트리스는 작은 서랍을 다시 열었다. 은제 담배 케이스가 여전히 그곳에 놓여 있었다. 그걸 집어 들자, 안에서 덜걱거리는 소리가 났다. 뚜껑을 열었다. 은으로 만든 열쇠가 들어 있었다. 베아트리스가 씩 웃었다. 그건 책상 열쇠였다. 열쇠가 자물쇠 구멍으로 미끄러져 들어가자 서랍이 스르르 열렸다.

책상 안은 파일로 채워져 있고, 각각의 파일에는 이름이 붙어 있었다. 마릴린 커닝햄, 프랜신 카터, 베아트리스 베이커…… 베아트리스는 서랍 안에서 자신의 이름을 발견하고 깜짝 놀랐다. 그녀는 파일을 꺼냈다. 그녀의 업무평가서였다. 그녀의 이력서와 더불어 그녀의 월급과 다음번 평가 날짜가 적힌 여러 장의 서류가 들어 있었다. 서류 여백에 '기한을 엄수하는', '협조적인'과 같은 몇 가지 의견이 휘갈겨져 있었다. 그런데 다음 순간 그녀의 눈이 짧은 메모에 멈췄다. '랜디 할로란을 보조. 주의를 분산시킬 수 있어 환영.' 베아트리스는 '주의를 분산'이라는 말에 눈썹을 치켜올렸다. 모욕적인 말이었다. 하지만 이 건물에서 벌어지는 수많은 부적절한 일들에 비하면 약과였다.

베아트리스는 자신의 파일을 서랍에 다시 넣어두고 손끝으로 다른 것들을 휙휙 넘겼다. 그러다가 온몸이 얼어붙었다. '도리스 데이비스'라는 이름표가 붙은 파일이 캐비닛 뒤쪽에 박혀 있었다. 그녀는 그걸 꺼내 펼쳤다. 업무평가서가 아니라 1962년에 도리스 이모가 서명한 대여금고 임차신청서였다. 번호는 547번이었다. 베아트리스는 이 번호가 이모의 열쇠 번호와 일치한다는 것을 알면서도 주머니에서 열쇠를 꺼냈다. 신청서 뒤에는 환수를 알리는 통고문이 여러 장 붙어 있었다. 이모가 아파트에 보관하고 있던 복사본의 원본이었다.

서랍 뒤쪽에는 또 다른 여자들의 이름이 있었다. 베아트리스는 '셰릴 머피'라는 이름이 붙은 파일을 꺼냈다. 그녀의 이름 뒤에 또 다른 대여금고 임차신청서가 있었다. '다이애나 브루베이커'의 파일도 마찬가지였다. 총 여덟 명의 여자 이름이 있었고, 모두 대여금고를 임차하고 있었다. 맥스를 포함해서.

베아트리스는 '맥신 맥도넬'이라고 적힌 파일을 집어 들며 침을 꿀꺽 삼켰다. 그녀는 업무평가서 외에는 아무것도 나오지 않기를 빌며 파일을 펼쳤다. 맥신의 대여금고 번호는 544였다. 맥신의 이름 뒤에 있는 편지들에는 다이아몬드 목걸이, 약혼반지, 10만 달러 이상의 현금이 환수물로 기록되어 있었다.

베아트리스는 눈물이 흐르지 않도록 눈을 깜빡거리며 도리스와 맥스의 파일을 서랍에 다시 넣었다. 그러고는 쾅 소리가 날 정도로 세게 서랍을 닫았다. 마치 이렇게 하면 이제 막 알게 된 사실이 기억에서 지워지기라도 할 것처럼. 그녀는 열쇠를 담배 케이스에 넣고 전등을 껐다. 어둠 속에 앉은 채로 차라리 이딴 것들을 보지 않았으면 좋았을 거라고 생각했다.

베아트리스는 가슴을 부여잡고 계단통으로 부리나케 달려갔다.

맥스와 도리스 이모는 모두 대여금고를 가지고 있었다. 아마도 그 안에는 각각의 파일에 기재된 물품들이 채워져 있었을 것이다. 이모는 빌과 사랑에 빠져 있었다. 빌은 평생을 함께하자는 약속으로 이모를 유혹했었다. 그리고 그는 똑같은 약속을 수전에게도 했다.

베아트리스는 문을 닫고 자물쇠를 채운 다음, 바닥에 누워 온몸을 잔뜩 웅크렸다. 빌과 이모가, 그리고 빌과 수지가 엉켜 있는 모습과, 빌이 징그럽게 헉헉거리는 소리가 밤새 그녀를 고문했다. 베아트리스는 두 손으로 양쪽 귀를 틀어막고서야 간신히 잠이 들었다.

42장

월요일 아침, 베아트리스는 자신의 책상을 멍하니 바라보고 있었다. 그녀는 일요일 내내 몰래 숨어 있는 방에 틀어박혀 있었다. 창가에 앉아 머릿속을 맴도는 단 한 가지만을 생각하며 거리를 내려다보았다. 맥스는 여전히 실종 상태였다!

맥스는 베아트리스가 잠들어 있는 동안, 도리스 이모의 아파트에서 뭔가를 알아냈다. 맥스는 이모의 대여금고에서 뭔가를 발견하고, 이어 모습을 감췄다. 이게 그저 우연일 리 없었다. 베아트리스는 주머니 속의 열쇠를 만지작거리며, 맥스가 정말로 이모의 대여금고를 열려고 했을까, 하는 의문을 품었다.

만약 맥스가 그 대여금고를 열 수 있었다면, 당연히 베아트리스도 시도해보아야 했다. 어쨌거나 자신이 도리스 이모의 가장 가까운 친척이니까. 자신에게는 그럴 권리가 있었다. 적어도 도리스 이모가 세상을 떠나면 그런 권리가 생길 것이 분명했다. 이모의 죽음을 생각하니 죄책감이 들었다. 벌써 며칠째 이모에게 가지 않았다.

오늘 밤에는 꼭 가야지. 어쩌면, 병원 로비에서 다시 잠을 자야 할지도 몰랐다.

베아트리스는 책상 위에 쌓인 서류 더미를 살펴보기로 했다. 서류들은 아무런 의미도 없는, 단순한 회계 적요서일 뿐이었다. 그러다가 서명을 보고 눈이 번쩍 뜨였다. 서류마다 밑에 'R. 시어도어 할로란'이라고 타이핑되어 있었고, 휘갈겨 쓴 서명은 '테디'로 보였다. 이름을 다시 읽어보고, 심장이 두방망이질 쳤다. 테디는 재정 담당 부총재였다. 베아트리스는 '할로란'이라는 성姓을 뚫어져라 노려보았다. 랜디의 아버지가 은행 부총재라고 맥스가 말해주었었다. 그 아버지가 랜디의 평생직장을 보장해준다고도 했다.

그 메모는 채무를 차환借換해달라는 시장의 요청을 거절하라고 이사회에 권고하는 것이었다. 이건 한밤중에 엿들었던 '시장 녀석, 엿이나 먹으라지!'라는 말보다도 훨씬 더 공식적인 내용이었다. 베아트리스가 그를 찾아낸 것이 분명했다. 베아트리스는 테디와 짐을 확인해볼 또 다른 실마리가 있는지 종이 더미를 쑤셔보았다. 지난 4주 동안 은행이 투자한 내용을 상세히 기록한 회계기록뿐이었다. 클리블랜드 시청이 지불을 연기하고 있는 채무 총액에 잠시 그녀의 눈이 멈췄다. 그녀의 눈이 튀어나올 듯이 커졌다. 클리블랜드 퍼스트뱅크는 시청의 부채 중 2천만 달러 이상의 지불을 연기해주고 있었다.

서류 더미 아래쪽에서 클리블랜드 시청의 공식 문구가 들어간 두꺼운 담황색 용지가 나왔다.

자금 조달 여부가 1978년 12월 15일까지 재협상되지 않으면, 클리블랜드 시청은 채무불이행을 선언할 수도 있습니다. 지불되지 않은 모든 채무는 그 해소를 위해 오하이오주 정부로 이전될 겁니다. 여러분도 아시다시피, 정기적 수입을 회복하는 데는 수년이 걸릴 수도 있습니다. 그게 당신네 은행의 대차대조표에 미칠 영향을 제발 고려해주시기 바랍니다.

그 편지에는 부시장의 서명이 있었다.

베아트리스는 편지의 내용을 이해하려고 안간힘을 썼다. 그녀는 서류를 앞으로 넘기다가 '단기적인 수입 흐름에 미치는 영향은 막강한 예금으로 흡수될 것'이라고 투자자들을 안심시키는, 테디가 서명한 메모를 찾았다. 메모는 다음과 같은 결론으로 끝을 맺었다.

클리블랜드의 부동산 개발과 개량을 위한 재계의 투자를 무능한 시장은 감당하지 못하므로 이러한 형식적인 의사표시는 신뢰할 수 없는 것으로 판단해야 합니다.

베아트리스의 지적 능력으로는 모든 것을 이해할 수 없었다. 그래도 클리블랜드 퍼스트뱅크가 시청과 '치킨 게임'을 하고 있는 것은 분명했다. 그녀는 기나긴 시골길에서 벌어지는 치킨 게임을 본 적이 있었다. 무모한 남자애들이 소리를 질러대는 여자애들을 차에 싣고 서로를 향해 전속력으로 질주하는 그런 게임은 차 한 대가 배수로에 빠지는 것으로 끝이 났다. 베아트리스는 부시장의 편지를 다시 읽었다. 12월 15일은 불과 나흘밖에 남지 않았다.

베아트리스는 속기법 공책을 꺼내 편지의 중요한 부분들을 속기로 기록했다. 그날은 퇴근하는 다른 비서들과 함께 건물을 나섰다. 질척거리는 회색 거리로 나선 후에야 자신이 일주일 동안이나 신선한 밤공기를 들이마시지 못했음을 깨달았다.

버스가 메이필드 로드를 달려 병원으로 향했다. 베아트리스는 병원에 들어서자마자 엘리베이터로 달려갔다. 일주일 만에 찾는 중환자실이었다. 엘리베이터 문이 열리기 직전, 그사이에 도리스 이모가 돌아가셨을지도 모른다는 불길한 생각이 머릿속을 스쳤다. 가슴이 미어졌다.

프런트에서 낯익은 간호사가 고개를 들며 미소를 지었다. "우린 아가씨가 이 도시를 떠난 줄로만 알았어요."

"맙소사. 정말 죄송해요. 일이 너무 바빴거든요." 베아트리스가 얼굴을 붉혔다. 누군가를 병원에 처박아두고 잊어버렸다는 수치심이 다시 몰려왔다. 하지만 간호사의 편안한 미소는 베아트리스가 궁금해했던 것에 분명한 답을 주었다. 도리스 이모는 아직 살아 있었다.

"아, 전혀 걱정하지 말아요, 아가씨. 우린 교대로 쉴 뿐, 항상 환자의 상태를 지켜보고 있으니까요. 게다가 언니도 몇 번 왔었고요."

"뭐라고요?"

"언니가 왔었다고요. 오늘도 왔던데."

유감스럽게도 베아트리스에게는 언니나 여동생이 없었다. "음, 언니가 두 명인데, 어느 쪽인지."

"어디 한번 볼까요?" 간호사가 방명록을 휙휙 넘겼다. "산드라라고 했던가? 무척이나 아름답더군요. 어제 처음 왔는데, 아가씨를 찾는다고 했어요."

베아트리스는 간호사에게 고개를 끄덕이면서 코트 소매 속에서 주먹을 쥐었다. 그녀는 이모의 병실 문을 조심스럽게 열었다. 의문의 '언니'가 그녀를 기다리고 있을지도 몰랐다. 병실은 비어 있었다. 심지어 이모조차도 단조로운 가구처럼 보였다. 살이 빠진 데다가 안색이 창백했다. 베아트리스가 찾아오지 못한 8일 동안 미동도 하지 않은 듯했다. 이모는 점점 살이 빠지고 있었다. 베아트리스는 이모의 뺨을 만졌다. 아직 따스했다.

베아트리스는 이모 곁의 의자에 털썩 주저앉아 침대 가장자리에 이마를 올려놓았다. 이모가 손으로 자신의 머리를 쓰다듬어주기를, 걸걸한 웃음소리를 들려주기를, 그리고 담배 연기를 뿜어주기를 간절히 바랐다. 베아트리스는 묘지 앞에서 대기하는 고아인 셈이었다. 두 눈을 꼭 감았다. 절망의 눈물이 뺨을 타고 흘러내렸다.

"베아트리스." 그녀의 귓가에 차분한 목소리가 들렸다. "베아트리스!"

"으응?" 베아트리스는 졸린 목소리로 중얼거렸다. 잠깐 졸았던 게 분명했다. 누군가가 그녀의 어깨를 흔들고 있었다. 이마를 들어올린 베아트리스의 눈에 굽이 높은 가죽 부츠의 앞코와 기다란 모직코트 자락이 보였다.

맥스였다.

"베아트리스, 얼마나 찾았는지 알아?" 맥스가 낮은 목소리로 말했다.

"맥스! 대체, 여기에서 뭐 하는 거야? 넌 실종됐잖아!"

베아트리스는 숨이 막혔다.

"음, 꼭 그런 건 아니야." 맥스는 불안한 눈길로 시계를 힐끗 쳐다보았다. "시간이 별로 없어."

"네가 내 언니 '산드라'야?"

"앞으로 10분 동안만. 그자들이 이 병실을 감시하고 있거든. 오래 있을 수 없어."

맥스는 무척 불안한 듯했다. 그녀의 모습은 끔찍했다. 파란 눈 아래로 묵직한 살이 늘어졌고, 화장하지 않은 창백한 입술은 메말라 보였다. 금발을 까맣게 물들인 탓에 그렇지 않아도 하얀 피부가 유령처럼 보였다.

"네 오빠가 찾고 있어, 맥스. 대체 무슨 일이야?"

"나도 알고 있어. 설명할 시간이 없어. 토니에게는 날 봤다는 말은 하지 말아줘. 이건 오빠가 감당할 일이 아니니까. 내가 완전히 사라졌다고 생각하는 편이 훨씬 나아." 맥스는 주머니에 손을 넣었다. "이거, 받아줘. 아무에게도 말하지 말고. 이 일이 끝나면 내가 널 찾아갈게."

"이게 뭔데?" 베아트리스는 맥스가 건넨 열쇠를 내려다보았다. 맥스는 입을 다물고 고통스러운 표정을 지었다. "아무것도 아니야. 대답을 찾으려고 하지 마, 베아트리스. 너는 이 일에 연루되고 싶지 않을 거니까."

"난 이미 연루되었어." 베아트리스가 도리스 이모를 턱 끝으로 가리켰다. "우리 이모의 대여금고에서 뭘 찾아냈어? 다이아몬드? 금? 빌 톰슨이 보낸 또 다른 연애편지?"

"쉿! 저들이 네 말을 듣지 못했어야 하는데." 맥스는 베아트리스의 손을 잡고 병실 밖으로 나왔다. 그리고 홀 쪽으로 걸어가다가 비어 있는 중환자실로 들어갔다. 간호사가 지나갈 때는 그늘 속에서 꼼짝도 하지 않았다. 홀에서 인기척이 없어지자 맥스가 낮은 목소리로 소곤거렸다. "빌은 그저 시시한 사기꾼일 뿐이야. 이건 그가 하고 있는 짓과는 비교도 안 되는 엄청난 사건이라고."

"넌 그가 무슨 짓을 하는지 알고 있었어?" 베아트리스가 비난하듯 식식거렸다. "너도 그 사람과 잤던 거야?"

"힘들게 알아냈단 말이야. 범죄를 주도하며 나이를 먹은 나쁜 놈처럼 쉽게 알아낸 게 아니라고. 죽도록 고생해서 진상을 알아냈고, 그때부터 이 난장판에서 벗어날 방법을 찾아다녔어."

"그게 무슨 뜻이야?"

"빌은 자신의 흔적을 덮어버릴 정도로 약삭빨랐어. 모든 걸 내 이름으로 해두었거든. 심지어 그 빌어먹을 대여금고에 관한 문의서까지 말이야. 그 빌어먹을 자식은 주인 없는 대여금고를 알아내기 위해 날 대역으로 내세워 조사하게 했어. 회계감사라면서 말이야. 내게 모든 것을 덮어씌우기 위해. 내가 경찰서에 간다고 해도, 심지어 내 오빠를 찾아간다고 해도, 경찰은 내가 한패라고 생각할거야, 빌어먹을!"

"그래도 토니는 믿어주겠지?"

"내가 항상 모범생이었던 건 아니야, 베아." 맥스는 어쩔 수 없다는 듯 두 손을 들어 올렸다. "난 거친 지역에서 자랐어. 몇 가지 문제도 일으켰고. 그러니까 다들 내게 선입견이 있어. 이번 일은 그들의 선입견을 확인시켜줄 뿐이라고."

맥스의 목소리에 눈물이 배어 있었다. 하지만 실내가 어두워 베아트리스는 그녀의 눈을 볼 수 없었다.

"난 널 믿어, 맥스. 진심이야. 어젯밤에 빌이 수전 페플린스키와 함께 있는 소리를 들었어. 그는 그 여자도 끌어들였어." 베아트리스는 목소리를 낮추며 덧붙였다. "우리 이모도 마찬가지였고."

"이모님은 달랐어." 맥스가 속삭였다. "자신의 열쇠를 가지고 계셨거든."

"무슨 말이야?"

"알려고 하지 마. 상황만 나빠질 테니까. 이제 가봐야겠어. 그 열쇠를 어딘가 안전한 곳에 보관해둬. 절대로 다른 사람에게 들키면 안 돼!"

"넌 어디로 가는데?"

"그건 중요하지 않아. 안전해지면, 널 찾아갈게."

맥스는 베아트리스의 정수리에 입을 맞추고 서둘러 문밖으로 나갔다.

43장
1998년 8월 21일 금요일

아이리스는 잠을 이룰 수 없었다. 눈을 감을 때마다, 누군가의 숨소리가 들리는 듯했다. 15층 환풍구에 숨어 있던 누군가가 그녀의 이름을 속삭였다. 아이리스는 돌아누우며 모든 게 상상일 뿐이라고 스스로를 달래보았다. 숨이 막히도록 더웠고, 숙취로 제정신이 아니었다고도 둘러대보았다. 그때는 노숙자가 깨진 병으로 자신을 공격할 거라는 두려움에 휩싸였지만 사실은 레이먼이 순찰을 도는 것뿐이었다. 숨소리는 바람이 지붕의 환풍관으로 빠져나가는 소리였을 것이다. 속삭임 자체가 없다면 당연히 유령 같은 게 있을 리 없었다.

페이즐리 블라우스와 펜슬 스커트가 머릿속을 떠돌아다녔다. 베아트리스의 모습이 상상되었다. 버려진 여행가방에서 꺼내온 파일들이 지금도 그녀의 현장가방에 들어 있지만, 밖으로 나오려면 좀 더 기다려야 할 것 같았다. 시계는 새벽 2시를 가리키고 있었다. 아이리스는 좀 더 자야 했다. 배를 깔고 엎드리자, 분명히 다른 누군가의 숨소리가 들려왔다. 그녀가 알아차리기도 전에 창문을 통해 들어온 햇살이 방 안을 온통 핏빛으로 물들이고 있었다.

오전 7시, 아이리스는 버려진 은행의 뒤편에 차를 세우고는 커피를 마시고 담배를 피웠다. 이곳을 전혀 떠난 적이 없는 것 같은 기분이 들었다. 몽유병 환자처럼 버튼이 있는 곳으로 걸어갔다. 브래드가 여느 때와 마찬가지로 약속 시간에 맞춰 하역장 안에 서 있었다.

"좋은 아침이야. 잘 잤어?"

아이리스는 다크서클이 턱까지 내려온 눈으로 브래드를 노려보았다. 그는 평소대로 다림질한 양복을 입고 있었다. 그는 매일 새벽 4시에 일어나 다림질을 하는 게 분명했다.

"좋은 아침이네요." 아이리스는 낮은 소리로 꿍얼댔다. "작업은 마쳤어요. 밤을 꼴딱 새우다시피 했지만, 그래도 개략도는 완성했죠."

"잘했어! 이제 날 안내하며 구경을 시켜주었으면 좋겠군." 브래드는 아이리스가 차에서 내리는 걸 지켜보며 덧붙였다. "이런 말을 하기는 정말 싫지만, 월요일 오전까지 저면도*를 그려주었으면 해."

아이리스의 입이 벌어졌다. 브래드는 어깨를 으쓱하며 어설프게 사과했다. 지금쯤이면 당연히 그런 요구가 있으리라고 예상했어야 했는데. 주말에 또 작업해야 한다는 생각에 비명을 지르고 싶었다.

---

* Base drawing, 구조물이나 물체 바닥 부분을 절단하여 위에서 보고 그린 도면.

브래드가 돌아서자 그녀는 그의 등 뒤에다 가운뎃손가락을 치켜 들었다.

쾅쾅 두드리는 소리가 나며 차고 문이 몸부림쳤다. 브래드가 돌아서는 순간, 아이리스는 얼른 손을 내렸다. 그는 하역장 옆에 설치된 수동 버튼 쪽으로 뛰어갔다. 문이 말려 올라갔다. 문밖에는 얼뜨기처럼 생긴 작은 남자가 턱없이 큰 상자를 들고 서 있었다.

"이걸 어디에 들여놓을까요?" 그는 압도적인 무게에 눌린 채 악을 썼다.

"내가 좀 도와줄게요." 브래드가 급하게 그에게 다가갔다. "아이리스, 이걸 어디에 설치할까?"

"으응?" 그녀의 뇌는 졸음이 오는 푸딩에 들러붙은 것 같았다.

"이 워크스테이션을 들여놓을 만한 빈 사무실이 있을까?"

"아, 3층에 있어요. 따라오세요."

아이리스는 두 사람을 엘리베이터에 태워서 3층으로 올라갔다. 아이리스는 이 건물을 자기 집처럼 드나든 덕분에 길을 척척 알아서 찾아갔다. 그녀는 인사부로 가서 수전의 책상을 지나 린다의 사무실로 들어갔다. 박살 난 책장의 파편들이 여전히 바닥에 널려 있었다.

"여기예요. 두 분이 그걸 설치하는 동안, 난 이것들을 깨끗이 치울게요." 누군가가 부서진 책장에 대해 떠들기 전에 그녀가 선수를 쳤다.

아이리스는 책장의 파편을 한쪽 벽으로 밀어붙였다. 몇 군데 깊게 긁힌 자국이 나긴 했어도 책상은 멀쩡했다. 좀 더 멀쩡해 보이라고 셔츠 소매로 책상 위를 재빨리 훔쳤다. 손을 부지런히 움직이다가 손을 대기도 전에 이미 깨끗했다는 생각이 머릿속을 스쳐 지나갔다. 아이리스는 흠칫 놀랐다. 이 사람들은 어떤 미치광이가 청소를 해둔 사무실에 그녀가 사용할 컴퓨터를 설치하려는 참이었다. 어떤 미치광이가 아니라 레이먼일 거야. 아이리스는 생각했다. 어젯밤에 15층으로 올라온 사람은 레이먼뿐이었다. 그가 책상을 닦았을 것이다. 아마도. 아이리스는 이제 술을 그만 마시고 잠을 좀 자야 했다. 기억과 망상을 구분하기가 점점 더 힘들었다.

두 남자가 컴퓨터를 사무실 안으로 힘겹게 들고 들어왔다.

"고마워요, 어니." 브래드가 바닥에 상자를 내려놓고 말했다. "아이리스와 이곳을 돌아보는 동안, 설치 좀 해줄래요?"

야윈 남자가 고개를 끄덕이고는, 판지가 찢어지지 않도록 상자 윗면의 테이프를 신중하게 떼어내기 시작했다.

오전 내내 아이리스는, 빨간 펜을 든 브래드를 건물 구석구석으로 안내했다. 온통 발가벗겨진 12층에 도달했을 때, 아이리스가 물었다. "여기가 몽땅 이렇다는 것을 알고 있었어요?"

"한 달 전에, 급하게 대충 둘러봤어. 여기까지 살펴볼 시간은 없었지. 너무 덥고 어두웠거든. 여러 해 전에 이곳의 전기를 끊었다고 하더라고."

"그런데 왜 하층부에는 지금도 전기가 들어오는 거죠?"

"우리가 이곳을 맡았을 때 나도 그 점을 물어봤어. 건물을 사용하지 않고 오래 보존하려면 대개는 전기를 모두 끊는 법이잖아? 상주 경비원도 두지 않는 게 보통이고."

"그래서 알아낸 게 있나요?"

"그리 많지는 않아. 클리블랜드 부동산 지주회사는 은행 자체가 경매에 붙여지고 사무실들이 비워졌을 즈음에 이 건물을 샀어. 시내의 다른 건물들도 여러 개 소유했지만, 이제는 이 건물 하나뿐이더군."

아이리스의 머릿속에서 경고음이 울렸다. 어디에선가 그 이름을 보았거나 들었던 적이 있었다. 브래드가 앞장서서 걸었다. 아이리스는 그를 따라 종종걸음을 치다가 순간적으로 게시판에 붙어 있던, 누렇게 변한 종이쪽지를 떠올렸다. **그래, 조지프 로스스타인이었어.** 그녀는 그의 사무실에서 그 회사의 이름을 본 적이 있었다.

브래드는 아이리스의 메모를 전적으로 믿지 않고, 자신이 두어 군데를 재빨리 측량하면서도 쉬지 않고 떠들었다. "어쩌면 그들은 처음부터 재개발 가능성이 있다고 보았는지도 몰라. 보험 등급이 낮아 상근 경비원을 두지 않으면 보험에 들지 못했을 수도 있고. 1980년대 클리블랜드에서는 방화를 포함한 보험사기 사건이 엄청나게 많이 벌어졌거든. 그 속을 누가 알겠어?"

브래드는 자신의 줄자를 챙기고, 비상계단 쪽으로 되돌아갔다. 두 사람은 마지막 두 개 층을 걸어 올라가 불타는 지옥 같은 15층에 들어섰다. 아이리스는 그제야 자신이 작업을 완전히 끝내지 못했음을 떠올렸다. 집에서 기억을 떠올리며 개략도를 가짜로 그렸는데, 브래드가 그걸 확인하기 위해 이곳까지 올라온 것이다. **빌어먹을!**

다행히도 브래드는 직원용 복도와 응접실만 재빨리 둘러보았다.

"그래, 이게 다란 말이지?"

"제 생각에는 그래요." 아이리스는 자신의 메모를 뒤적거리며 대답했다. "3층의 잠겨 있는 방을 제외하고는요. 기술적인 용도의 공간이 3층부터 옥상까지 쭉 연결되어 있는 것 같아요. 화장실에 출입구와 커다란 격자문이 있는 것을 보면요. 격자문 하나를 살펴보았는데, 제 생각이 맞는 것 같아요."

"차가운 공기를 받아들이는 환풍구겠군. 또 다른 것도 있나?"

"없는 것 같아요⋯⋯." 아이리스는 이마를 찌푸렸다. **여행가방 안에 갇혀 있는 실종된 비서의 유령과 어떤 미친놈이 환풍구에서 불어대던 숨소리가 있기는 하지.** 15층의 견디기 힘든 열기 때문에 정신이 멍했다.

브래드는 아이리스의 마음을 읽은 듯 직원용 엘리베이터로 걸어갔다.

절반쯤 가다가 먹먹했던 귀가 뚫리자 아이리스가 이전에 들었던 이야기를 떠올리며 말했다. "아, 터널이 있네요!"

"터널이라고?" 브래드가 한쪽 눈썹을 치켜올렸다.

"네. 레이먼이 말해주던데요. 예전의 증기관처럼 다른 건물들과 연결되는 터널이 여러 개 있다고요."

"와우, 끝내주네! 정말 그런지 확인해보자고!"

"그것들을 개략도에 포함시켜야 할까요?"

"아니, 하지만 지미 호파*를 그곳에서 찾아낼 수 있을지도 모르

---

* James Riddle 'Jimmy' Hoffa, 미국의 노동 운동가. 1950~1960년대 중반까지 화물 운송 노조의 지도자로서 막강한 권력을 휘둘렀으나, 마피아와 연관된 비리에 연루되면서 1975년경 실종되었다.

잖아? 재미있겠는데 어서 가보자!"

브래드는 근무 시간에 색다른 뭔가를 하고 싶어 했다. 그가 화장실에서 대마초를 피우자고 하거나 자신의 셔츠를 찢고 커다란 문신을 보여주겠다고 해도 아이리스는 전혀 놀라지 않았을 것이다.

두 사람은 엘리베이터를 타고 지하로 내려갔다. 그리고 엘리베이터에서 복도로 걸어 나가는 순간, 문이 세게 닫히는 듯한 소리가 천둥소리처럼 홀 전체로 울려 퍼졌다. 아이리스는 소리가 들려온 쪽으로 고개를 돌렸다. "레이먼이에요?" 그녀가 큰 소리로 외쳤다.

아이리스는 레이먼의 침실을 지나 모퉁이를 돌아섰다. 금고실들은 비어 있었다. 문을 닫는 소리는 하역장으로 통하는, 거미줄투성이인 계단통의 문에서 들려온 게 분명했다.

"그가 나갔나 보군." 브래드가 아이리스 뒤쪽에서 말했다.

"우리가 찾아봐야겠네요." 아이리스는 기분 나쁜 느낌이 스멀스멀 피어올랐지만 억지로 미소를 지었다.

"그 터널이라는 것들이 이 깊이에 있대?"

"음, 레이먼이 '지하실'이라고 했어요. 그런데 여기가 지하실이잖아요?" 아이리스는 그 말을 하는 순간, 금고실이 전혀 지하실처럼 보이지 않는다는 걸 깨달았다. 지하실이라면 으레 파이프와 보일러가 설치되어 있고, 물이 뚝뚝 떨어져야 했다. 놋쇠와 대리석으로 덮인 금고실을 슬쩍 돌아보다가 은행의 고객들이 자신의 대여금고를 사용하기 위해 저곳을 드나들었을 거라는 생각이 들었다. 값으로 따질 수 없는 귀중품을 지닌 부자들이, 유령이 나올 것 같은 직원용 계단을 이용했을 리 없다. 직원용 엘리베이터도 마찬가지였다. 그럼 그들은 어떻게 저곳으로 내려왔을까?

아이리스는 자신이 그린 평면도를 꺼내 브래드와 함께 그린 지하실 평면도와 비교해보았다. 그녀는 바로 그 순간까지도 브래드와 함께 그린 평면도의 정확성을 의심해본 적이 없었다.

두 사람은 메인 로비 아래의 북쪽 기둥 사이의 한 공간을 놓친 게 분명했다. 아이리스는 손가락으로 동쪽 벽을 우회하는 드넓은 중앙 계단을 따라가 보았다. 그 계단은 로비로부터 내려오는 것이었다. 아이리스는 평면도를 보물지도처럼 들고, 북동쪽으로 걷다가 거대한 금고실 문에 가로막혔다. 천장에서 바닥까지 이어진 커다란 금고실 문은 활짝 열린 채 벽에 기대져 있었다.

"브래드." 그녀가 이름을 불렀지만, 대답이 없었다. "브래드?"

"왜 그래?" 브래드가 직원용 엘리베이터가 있는 곳에서 모퉁이를 돌아 나왔다.

"평면도를 그리면서 우리가 놓친 곳이 있어요. 이 건물은 저쪽으로 6미터가 더 이어져 있어요." 아이리스는 거대한 철문을 가리켰다. 브래드가 평면도를 낚아채서 뚫어지게 들여다보았다.

"정말이네! 잘 봤어!"

"이게 닫히기는 하겠죠?" 아이리스는 앞을 가로막고 있는 거대한 원형의 철문을 가리켰다. 이건 한때 은행이 현금을 보관했던, 거대한 금고실로 가는 문이었다.

"음, 금고실인데, 함부로 손대기가……."

아이리스는 눈을 부라리며 짜증을 내지 않기 위해 안간힘을 썼다. "한번 닫아나 보죠. 지금은 금고 안에 아무것도 없는 것 같으니까요."

아이리스가 힘껏 잡아당겨 봤지만, 문은 꿈쩍도 하지 않았다. 브래드가 다가와 온 힘을 다해 끌어당겼다. 역시 문은 움직이지 않았다.

"이걸 움직일 다른 방법이 있을 거야." 브래드가 원형 문의 주위를 살폈다.

아이리스는 이곳저곳 둘러보다가 맨 안쪽 벽에서 작은 빨간색 버튼을 발견했다. 그녀는 그곳으로 걸어가 버튼을 눌렀다. 온 힘을 다해 문을 끌어당기던 브래드는 문이 갑자기 움직이자 그대로 바닥에 나뒹굴었다. 아이리스는 웃음이 터져 나오지 않게 한 손으로 입을 틀어막았다.

"웃는 거 봤어."

브래드는 일어서서 옷에 묻은 먼지를 털고 문을 닫았다. 원형 문이 닫히면서 다른 방으로 이어지는 둥그런 통로가 모습을 드러냈다.

"이거 상당히 머리를 썼는데?" 브래드가 입구를 지나가며 말했다. "금고실이 열리면, 금고 문이 이 방으로 들어가는 통로를 막는 거지."

아이리스는 고개를 끄덕이고 원형의 출입구로 걸어 들어갔다. 금고실 뒤쪽의 방은 폭 6미터에, 건물 길이만큼 길었다. 아주 멀리서 비치는 희미한 빛을 제외하면, 전체적으로 컴컴했다. 아이리스는 플래시를 켰다. 작은 경비 초소와 접수 직원의 기다란 책상이 있었다. 서쪽 끝에는 작은 부스 세 개가 있었고, 붉은색 벨벳 커튼이 쳐진 각각의 부스 안에는 의자와 작은 테이블이 있었다.

"도대체 이것들은 다 뭐죠?" 아이리스가 커튼을 열며 물었다.

"사람들이 자신의 대여금고를 열어보는 곳이었을 거야." 브래드는 줄자를 꺼내 평면도를 수정했다.

그동안 아이리스는 부드러운 붉은색 카펫을 밟으며 안쪽까지 걸어 들어가 터널로 통하는 곳을 찾아보았다. 로비 아래쪽의 벽들은 위쪽 메인 로비의 것들과 마찬가지로 나무와, 무늬를 박아넣은 놋쇠로 덮여 있었다. 아이리스가 엘리베이터들이 늘어선 곳을 지나 모퉁이를 돌아가자 희미한 빛이 점점 더 밝아졌다. 햇빛이 위쪽의 로비로부터 대리석 계단을 따라 쏟아져 내려왔다.

건물의 계단은 항상 하나의 계단 위에 다른 계단을 쌓아올리는 방식이다. 그런데 여기는 다른 뭔가가 있을 수도 있었다. 아이리스는 계단 밑의 삼각형 벽을 덮고 있는 어두운 색조의 나무판을 더듬다가 결국 그걸 찾아냈다. 위쪽 층계참 바로 밑에 문짝 크기의 나무판이 갈라져 있었다. 주변의 벽과 전혀 구분되지 않을 정도로 높이가 고른 편이었고, 문 가장자리의 틈새가 거의 보이지 않을 정도로 딱 맞았다. 주변을 더듬어봤지만 문손잡이도, 경첩도 만져지지 않았다. 문을 힘껏 누르자 철컥 소리가 들렸다. 나무판이 활짝 열리며 자그마한 작업용 방이 나타났다.

"브래드! 뭔가를 찾아냈어요!" 아이리스가 소리를 지르고는 숨겨진 통로 안으로 걸어 들어갔다. '공급처리시설'이라고 적힌 직원용 철문이 나타났다. 손잡이를 돌려보았지만 문은 잠겨 있었다.

"어이, 셜록! 결국 찾아냈군!" 브래드가 아이리스 곁으로 한달음에 달려오며 말했다.

"잠겨 있어요."

"열쇠가 있잖아."

"아, 맞아요."

아이리스가 현장가방 안을 더듬는 동안, 브래드는 볼펜과 패스트푸드 포장지가 엉망으로 뒤섞인 그녀의 가방을 어깨 너머로 훔쳐보았다. 그녀가 허둥지둥 열쇠를 찾는 모습을 보며 브래드가 능글맞게 웃었다. 브래드가 그녀에게 주었던 열쇠는 옆 주머니의 담배 옆에 파묻혀 있었다. 다섯 번째 열쇠를 꽂았을 때 마침내 문이 열렸다.

"앞장서." 브래드가 팔을 문 쪽으로 휘두르며 허리를 굽혔다. 그는 촌스러운 사람이었다.

아이리스는 아무것도 보이지 않는 상태에서 무턱대고 벽을 더듬다가 작은 전등 스위치를 찾아냈다. 계단 밑에 매달린 알전구에 불이 들어왔다. 쇠창살이 깔린 지하실로 내려가는 계단은 가팔랐다. 아이리스는 불안정하게 출렁거리는 쇠창살을 불안하게 밟고 내려갔다. 마지막 계단에 닿기 직전 거미줄이 얼굴을 덮쳤고 아이리스는 여자애처럼 비명을 지르지 않으려고 안간힘을 썼다. 계단을 내려서자 좁은 통로가 있었다. 머리 위에는 각종 파이프와 도관導管이 좁은 복도를 따라 저 멀리 보이지 않는 곳까지 뻗어 있었다.

"터널이군." 브래드가 아이리스의 뒤에서 말했다.

"맞아요, 저것들이 어디로 통하는지 어떻게 알아보죠?" 아이리스가 어둠 속을 슬쩍 쳐다보며 물었다.

"원래 이곳을 드나들던 사람들이 빵부스러기를 남겨두었군." 브래드는 계단 옆의 벽에 박혀 있는 '클리블랜드 퍼스트뱅크'라는 작은 네임카드를 가리켰다. 그는 자신의 플래시를 켜고 터널로 들어갔다. "이게 어디로 이어지는지 가볼까?"

아이리스는 마지못해 고개를 끄덕이고 브래드를 따라 좁은 공간으로 들어갔다. 머리 위에 엉켜 있는 파이프와 전선에 부딪히지 않으려고 머리를 잔뜩 숙였다. 여러 개의 물웅덩이와 벗겨져 늘어진 절연체와 흔들거리는 전선을 지나 다섯 블록쯤 걸어가자 좀 더 커다란 공간이 나타났다. 모든 벽은 벽돌로 되어 있고, 머리 위쪽의 벽돌 천장은 로마의 수로교*처럼 둥글었다.

"와!" 아이리스가 천장을 올려다보며 감탄했다.

"여기가 합류점이야." 브래드가 말했다. "여러 통로들이 모두 합쳐지는 곳."

동굴에서 여섯 개의 지류支流가 뻗어나갔다. 작은 네임카드들이 각각의 입구 위에 붙어 있었다. '터미널, 아케이드, 동쪽 9번 스트리트……'

"어디로 가지?" 브래드가 물었다.

"동굴 탐험을 계속해야 할까요?" 아이리스는 이미 거미줄과 먼지의 습격을 받은 데다가 멀리서 시궁쥐가 허둥지둥 달리는 소리가 들리는 듯했다. "피곤하기도 하고, 할 일도 산더미처럼 남아 있어서요."

"모험심은 어디로 간 거지?" 브래드가 아이리스의 팔을 살짝 때

---

* 水路橋. 수도, 발전, 관개용수로나 운하 등이 통과하기 위한 다리의 총칭.

렸다.

"다음번에는 제대로 발휘될지도 모르죠." 아이리스는 자신이 너무 가냘픈 여자처럼 느껴졌다. 하지만 지금은 너무 피곤해서 그런 것에는 신경도 쓰이지 않았다. 목소리들이 여전히 머릿속에서 속삭이고 있었다.

"조금만 둘러보고 바로 따라갈게."

아이리스는 뒤돌아서서 철계단과 알전구를 지나 은행 지하실로 들어갔다. 그러고는 신경질적으로 진저리를 치며 거미줄을 손으로 탁탁 걷어냈다. 금고실을 향해 가다가 접수 직원의 책상에서 걸음을 멈췄다. 아마 고객은 이곳에서 신분을 확인받고 자신의 대여금고에 드나들었을 것이다.

레이먼은 은행이 폐쇄될 당시 금고실의 모든 열쇠를 잃어버렸다고 말했었다. 그 열쇠들을 마지막으로 본 사람은 바로 이곳에서 근무하던 사람이었을 가능성이 컸다. 아이리스는 카운터 너머로 몸을 내밀었다. 서랍마다 자물쇠가 있고, 작은 금고 하나가 있었다. 모든 문은 활짝 열려 있고, 내부는 종이 한 장 없이 텅 비어 있었다. 카운터에는 이름표가 없었고, 책상 뒤에는 의자 하나만 놓여 있었다.

브래드는 당장이라도 돌아올 것이고, 아이리스는 이렇게 기웃대는 꼴을 브래드에게 들키고 싶지 않았다. 그녀는 금고실들로 통하는 원형의 입구로 서둘러 돌아갔다. 그런데 그곳에 입구는 없었다. 출입구가 있던 곳에 초승달 모양의 빛이 비치다가 쾅 소리와 함께 그곳이 시커메져버렸다. 누군가가 금고실 문을 활짝 열어 아이리스가 있는 지하실 로비로 통하는 원형의 입구를 막아버린 것이다. 그녀는 꼼짝없이 갇혀버린 셈이었다.

"이봐요! 레이먼! 문 열어요!" 아이리스는 금고실의 철문을 두들기며 소리쳤다. 아무런 대답도 돌아오지 않았다. "정말 이럴 거예요?"

지금 아이리스가 서 있는 지하실 로비에서 금고실로 되돌아가려면 원형의 출입구를 통과해야 했다. 아니면 대리석 계단으로 위쪽의 메인 로비까지 올라간 다음 홀을 지나 건물 뒤쪽으로 가서 직원용 계단을 내려와야 했다. 아이리스는 레이먼에게 따지기 위해 빙돌아가는 길을 미친 듯이 내달렸다. 메모와 현장가방을 원형 문 반대쪽에 내버려둔 채.

아이리스는 금고실로 통하는 직원용 계단통의 문을 세게 닫고들어가며 소리를 질렀다. "이봐요, 레이먼!"

파란색 셔츠가 살짝 보이더니 금고실 복도의 맨 안쪽 모퉁이를 돌아 순식간에 사라졌다.

"레이먼!"

아이리스는 금고실을 지나 레이먼의 좁은 침실로 돌진했다.

"레이먼, 당신 왜……?"

방은 비어 있었다. 직원용 엘리베이터에서 윙 하는 소리가 났다. 레이먼이 다시 몸을 피하는 게 분명했다. "도대체 어쩌자는 거야?" 아이리스는 텅 빈 방을 상대로 중얼거렸다.

아이리스는 자신의 물건을 찾기 위해 금고실로 비틀비틀 되돌아갔다. "아, 정말로 담배를 끊어야겠어." 그녀는 헐떡거리며 말했다.

미친 듯이 내달린 뒤라 양쪽 폐가 홍차 봉지처럼 시커멓게 변했을지 모르겠다는 생각이 들었다. 클립보드를 집어 들기 위해 허리를 굽히는 순간, 반짝이는 뭔가가 눈에 띄었다.

　여러 개의 열쇠가 걸린 열쇠고리가 어떤 대여금고 문짝에 매달려 있었다.

44장

 아이리스는 금고실 안으로 걸어 들어가 249번 대여금고에 꽂혀 있는 열쇠를 어루만졌다. 잠시 숨을 가다듬으며 아무도 없는 복도를 내다보았다. 자신과 브래드가 터널로 내려간 사이에 누군가가 금고실에 들어왔다. 파란색 셔츠를 걸친 누군가가. 레이먼이 분명했다. 그는 항상 파란색 셔츠를 입으니까. 어쩌면 그는 어젯밤에 그녀가 보여준 이상한 행동 때문에 그녀를 피하는 것인지도 몰랐다.
 열쇠를 돌리려는데, 온몸이 으스스했다. 열쇠는 돌아가지 않았다. 더 세게 돌렸다. 그래도 꿈쩍하지 않았다. 열쇠를 뽑기 위해 힘껏 잡아당겼지만, 빠지지 않았다. 열쇠를 비틀어도 보고, 좌우로 흔들어도 보았다. 그러다가 결국 금고에 박혀 있는 열쇠를 고리에서 빼냈다. 이제 열쇠고리에는 똑같이 생긴 열두 개의 놋쇠 열쇠가 매달려 있었다. 앞면에 글자들이 새겨져 있었다. 아이리스는 열쇠들을 훑어보았다. 각각의 열쇠 표면에 'D', 'E', 'O', '클리블랜드 퍼스트뱅크'가 각인되어 있었다.

지하실 로비에서 쾅 하는 커다란 소리가 들려왔다. 금고실 문 반대편에 있는 브래드였다.

"아이리스? 아이리스, 문 열어! 장난치는 거야, 뭐야?"

빌어먹을. 아이리스는 허겁지겁 달려가 붉은색 버튼을 눌렀다. 원형의 철문이 흔들리더니 지하실 로비로 통하는 입구가 드러났다. 열쇠들은 여전히 그녀의 손에 들려 있었다. 아무런 설명 없이 제자리에 돌려놓기에는 너무 늦어버렸다. 아이리스는 주먹 안에 열쇠들을 감추었다. 브래드가 알면 이 열쇠들을 압수해서 휠러에게 넘겨주거나 원래 주인에게 돌려줄 게 뻔했다. 그러면 모두 끝나는 날이었다. 아니면, 레이먼에게 먼저 이야기를 들어보고, 그녀가 원래 주인들에게 돌려줄 수도 있었다. 그래도 별 차이가 없을 것이다. 게다가 브래드는 이런 것이 있는 줄도 몰랐다. 아이리스는 브래드가 달려오는 것을 보고 열쇠들을 자신의 현장가방 주머니에 쑤셔 넣었다.

"대체 무슨 일이야?"

아이리스는 아무것도 없는 두 손을 들어 보였다. "모르겠어요. 문이 닫혀 있어서 난 계단을 달려 올라가 다시 여기까지 내려와야 했어요. 방금 여기 도착했고요. 정말 짜증나네요. 레이먼을 본 것 같기도 한데……."

브래드는 뭐라고 투덜대며 자신의 현장가방을 어깨에 둘러멨다. "컴퓨터가 어떻게 되어가는지 가봐야겠는데?"

아이리스는 자신의 메모를 긁어모았다. "그런데 터널들은 어땠어요?"

"정말 엄청나. 몇 블록이나 이어졌더라고. 합류점은 유클리드 애비뉴 아래쪽에 있는 것 같아."

"지미 호파를 발견했어요?" 아이리스가 홀을 걸어가며 물었다. 그녀는 가방 속의 열쇠들이 쩔렁거리지 않게 주의했다.

"아니, 하지만 좀 이상한 물건들이 있던데. 옷가지와 음식물 포장지 같은…… 누군가가, 혹은 무엇인가가 거기 살고 있는 것 같았어."

"레이먼의 말로는 노숙자가 가끔 터널을 통해 이 건물로 들어오기도 한대요." 아이리스는 머릿속에서 거친 숨소리가 들려오는데도 태연하게 말하기 위해 최선을 다했다. 두 사람은 엘리베이터를 타고 인사부 사무실로 올라갔다.

"노숙자가? 전에는 왜 그런 말을 하지 않았어?" 브래드가 아이리스를 빤히 쳐다보았다. "너 혼자 이곳에 두는 것이 아니었는데."

"난 어른이에요. 레이먼도 있고요."

아이리스는 자신이 일을 하지 못할 정도로 공포에 사로잡혀 있다는 것을 휠러는 물론 어느 누구에게도 알리고 싶지 않았다. 그들은 그녀를 사무실로 복귀시킬지도 몰랐다. 남자라면 이런 문제로 불평하지 않을 거라는 사실을 아이리스는 잘 알고 있었다.

"레이먼이 필요할 경우에 대비해서 이제부터는 무전기를 가지고 다녀, 알겠지?"

"무엇 때문에 내가 필요한가요?" 레이먼이 3층에 있는 린다의 사무실에서 걸어 나오며 물었다.

"문을 열어준다거나…… 도움이 필요한 경우에요. 브래드가 내게 무전기를 가지고 다니라네요." 아이리스가 레이먼의 시선을 피하며 말했다. 열쇠들에 관해 물어보려면 레이먼과 단둘이 있어야 했다.

레이먼은 이것저것 묻지 않았다. "내게 무전기가 있어요. 하나를 가져올게요."

"내가 오늘 레이먼을 무지 바쁘게 하네요." 어니가 커다란 모니터 뒤에서 새된 목소리로 끼어들었다. "전력 공급에 문제가 좀 있어서 옆 사무실에서 전기를 끌어와야 했거든요."

"두 사람은 계속 여기 있었어요?" 아이리스가 경비원 쪽으로 돌아서며 물었다. 그녀는 목소리에 놀란 기색이 드러나지 않기를 바랐다.

"맞아요." 레이먼은 어니 쪽을 슬쩍 쳐다봤다.

"하지만……." 아이리스는 자신이 어른이라며 이미 강한 척을 했기 때문에 더는 말하지 않았다. 브래드를 힐끗 쳐다봤지만, 그는 새 컴퓨터에 오토캐드를 설치하느라 다른 것에는 전혀 관심이 없었다. 아이리스는 홀로 고민에 빠졌다. 금고실에 있던 사람이 레이먼이 아니었다고? 그럼 아이리스가 가져온 은행 열쇠는 어떡하지? 그녀는 침을 꿀꺽 삼켰다. 어쨌든 레이먼은 그녀에게 무전기를 가져다줄 것이다. 아이리스는 그 열쇠들을 도로 가져다놓을 것이고. 그러면 아무런 문제도 없는 것 아닌가? 그것들은 그냥 열쇠에 불과하니까. 부동산 지주회사의 누군가가 여벌의 열쇠를 가지고 있었겠지. 어쨌든 이 건물은 그들의 것이니까. 그런데 말이 되지 않았다. 금고실에서 아이리스와 마주친 그는 왜 도망을 쳤을까? 브래

363

드가 캐드의 사용법을 설명하는 동안, 아이리스의 정신은 다른 곳을 헤매고 있었다.

어느덧 점심 시간이 지나가버렸다. 브래드와 어니와 레이먼은 오후 3시경에야 밝은 모니터 한 대와 쌍방향 무전기 한 대, 그리고 월요일까지 디지털화해야 할, 손으로 그린 스무 장의 스케치를 아이리스에게 남겨두고 3층을 떠났다.

인사부를 뒤덮은 쥐 죽은 듯한 적막을 깨뜨리는 것은 오로지 키보드를 두드리는 소리와 마우스를 클릭하는 소리뿐이었다. 아이리스는 15분마다 무전으로 레이먼의 위치를 확인했다. 그는 짜증을 내기 시작했다. 아이리스는 흥분 상태로 두 시간을 보냈지만, 더는 버틸 수 없었다. 그녀는 현장가방과 레이먼의 무전기를 집어 들고 금고실로 되돌아가기로 했다.

아이리스는 엘리베이터 버튼을 누르고, 이마를 직원용 엘리베이터 문에 기대었다. 그러고는 침입자의 모습을 떠올려보았다. 파란색 셔츠와 거무스레한 머리카락이 확실히 기억났다. 하지만 뒷모습만 봤을 뿐, 얼굴은 보지 못했다.

미친 짓이었다. 침입자는 되돌아올 수도 있었다. 아이리스는 무전기를 움켜쥐고 레이먼에게 연락할지 말지 고민했다. 그에게 어떻게 설명해야 할지 생각이 떠오르지 않았다. 정신없이 생각에 잠겨 있는데, 누군가 어깨에 손을 올렸다.

아이리스는 비명을 질렀다.

"맙소사! 아이리스, 진정해!" 닉이었다. 그는 두 팔을 위로 들어 얼굴을 보호하며 뒷걸음쳤다. 지난번에 아이리스가 만든, 시커먼 멍이 지금도 눈가에 희미하게 남아 있었다.

"닉!" 아이리스가 그의 팔을 찰싹 때렸다. "날 심장마비로 죽이려는 거야? 제발 이러지 좀 마!"

"미안해! 네 말이 옳아." 닉이 너털웃음을 터뜨렸다. "조만간 네가 날 죽일 것 같아."

"여기서 뭐 하는 거야?"

"뭐 하는 것 같아? 당연히 널 찾고 있었지."

닉은 아이리스를 위아래로 훑어보았다.

아이리스는 정말 거지꼴이었다. 머리카락은 말총머리에서 삐져나와 있고, 셔츠는 시커먼 먼지로 뒤덮여 있었다. 이틀 동안이나 잠을 자지 못한 데다가, 깨끗한 속옷을 입고 있는지조차 기억나지 않았다.

"나…… 난 약속 시간이 좀 남았다고 생각했어." 아이리스가 말을 더듬었다. "난 집에 가서 샤워를 해야 하는데."

'샤워'라는 말에 닉이 양쪽 눈썹을 치켜올리고는, 마치 아이리스의 몸 이곳저곳에 비누칠이라도 하려는 것처럼 빤히 쳐다보았다.

아이리스는 닉의 팔을 찰싹 때렸다. "이봐요, 난 진짜로 데이트하는 거라고 생각했어!"

"그야 당연하지! 맥주 있어?"

"뭐라고?"

"너희 집에 맥주 있냐고."

"있어, 왜?"

"음, 네가 준비하는 동안 내가 할 게 있어야 하잖아."

"난······."

엘리베이터 문이 열렸다. 아이리스는 금고실에 열쇠를 가져다놓아야 했지만, 닉에게 그런 이야기를 하고 싶지 않았다. 특히 열쇠를 슬쩍했다고는 절대로 인정하고 싶지 않았다. 비참한 죄의식이 배 속을 갉아먹는 것 같았다. 만약 닉이 이런 사실을 알게 된다면, 일도 느린 데다 작업 현장에서 도둑질까지 했다는 것이 직장에서 문제될 수도 있었다. 닉이 그녀를 위해 기꺼이 비밀을 지켜줄지는 알 수 없었다. 게다가 이 모든 게 너무 멍청한 소리처럼 들렸다.

"알았어."

닉은 자신의 집에서 세 블록 떨어진 아이리스의 새 아파트로 따라갔다. 아이리스는 내내 줄담배를 피워댔다.

"자기도 집에 들러야 하지 않아?" 아이리스는 닉이 차에서 내리자 불안한 목소리로 물었다.

"뭣 때문에? 이야, 좋은 곳이네. 위치가 아주 좋아." 닉은 아이리스에게 윙크를 하고, 아파트 문으로 걸어 올라갔다.

아이리스는 자신의 전신을 훑어보는 닉의 뜨거운 눈길을 느끼며 열쇠를 찾았다. 자신이 닉을 집에 초대하다니 믿을 수 없었다. 그녀는 마음속으로 굳게 다짐했다. 닉이 스테이크라도 사주기 전에는 또다시 침대에 올라가지 않겠다고······. 그건 품위도 없고, 숙녀답지도 못한 일이었다.

"맥주는 냉장고에 있으니, 알아서 마셔." 아이리스는 어깨 너머로 소리치고, 침실로 달려갔다.

"여기 마음에 드네." 닫힌 문을 통해 닉의 목소리가 들렸다. 그가 아직 풀지 못한 상자들을 돌아 냉장고로 다가가는 소리도 들렸다.

닉을 집으로 데려온 것은 실수였다. 이삿짐도 풀지 않은 상태에서…… 집 안은 엉망진창이었다. 침실에서 벌거벗은 그녀는 목욕 타월이 화장실에 있다는 것을 기억해냈다. 아이리스는 가운이 없었다. 혼자 사는 사람에게 목욕 가운이 무슨 필요가 있다고. 이제 아이리스는 벌거벗은 채 침실에 갇힌 셈이었다.

"아직 짐을 풀지 못했어." 아이리스는 벌거벗은 몸을 덮을 만한 뭔가를 찾으면서 큰 소리로 대꾸했다. 종이봉투? 베개 커버? 방 안에는 쓸모없는 물건들만 어수선하게 널려 있었다. 화장실은 침실 문에서 세 걸음밖에 떨어져 있지 않고, 주방은 모퉁이를 돌아 눈길이 미치지 않는 곳에 있었다. 아이리스는 침실 문을 아주 조금만 열고 불청객이 어디에 있는지 훑어보았다. 닉은 주방에서 병따개를 찾고 있었다. 그가 서랍을 열었다가 닫는 소리가 들렸다. 잘됐어. 그녀는 문을 활짝 열어젖히고는 벌거벗은 채 화장실로 뛰었다.

아이리스는 성공적으로 뛰어가 화장실 문을 잠갔다. 자신의 아파트 안에서 홀딱 벗고 달리다니…… 그녀는 웃음이 터져 나왔다.

"뭐가 그렇게 재미있어?" 닉의 목소리가 화장실 바로 밖에서 들렸다.

"아무것도 아니야!" 아이리스는 큰 소리로 외치고는 온수를 틀었다. 더는 닉의 목소리가 들리지 않게 천장의 환풍기까지 켰다. 그러고는 무척 오랜 시간 동안 샤워를 했다. 다리의 털도 밀었다. 머리카락에도 영양제를 듬뿍 발랐다. 샤워실 벽을 빡빡 문질러 닦아야 하나 고민하는데, 문을 두드리는 소리가 들렸다.

"어이! 거기서 빠져 죽은 거야?"

아이리스는 온수와 환풍기를 껐다. 타월로 몸을 감싸고 문을 조금만 열었다. "미안해. 몸이 엄청 더러운 것 같아서……." 그러다가 얼굴을 찡그렸다. "내 말은, 하루 종일 일을 했다는 뜻이야."

닉은 폭소를 터뜨렸다. "더러웠다고? 응? 좀 전에 잠깐 예고편으로 살금살금 빠져나가는 모습을 보여주더니. 그게 엄청 더러운 거였어?"

아이리스는 눈이 튀어나올 뻔했다. 자신이 화장실로 뛰어가는 모습을 닉이 보고 있었을 줄이야……. 닉은 히스테리 발작이 일어난 것처럼 웃음을 멈추지 못했다.

"몰래 훔쳐봤구나!" 아이리스는 온몸이 벌게지도록 항의했다. 그러다가 화장실 문을 활짝 열고 닉의 품으로 뛰어들었다.

"너는 지금 여기에 있으면 안 되는 거잖아. 다른 사람들처럼 차를 몰고 날 데리러 왔어야지. 그게 평범한 데이트 아니야?"

아이리스가 가슴을 때리자 닉은 웃으며 뒷걸음쳤다. 그녀는 닉이 침실로 뒷걸음쳤다는 것을 너무 늦게야 알아차렸다. 머리카락에서는 물이 뚝뚝 떨어졌고, 초라한 타월은 엉덩이도 채 가리지 못했다. 이건 함정이나 다름없었다. 아이리스는 문 쪽으로 한 걸음 물러섰다.

"벌써 도망가면 어떡해?" 닉은 아이리스의 팔을 붙잡고 자신의 따스하고 부드러운 품으로 끌어당겼다. 그는 아이리스를 지그시 내려다보다가 입술에 부드럽게 키스했다. 아이리스도 함께 키스했다. 닉의 손톱이 아이리스의 등에 타오르는 불의 궤적을 남겼다.

닉의 입술이 그녀의 목을 스쳐 지나가자, 아이리스는 자신도 모르게 숨을 헐떡거렸다. 이성을 잃지 않으려고 했지만, 몸에 감고 있던 타월이 이미 바닥에 떨어진 후였다.

45장

다음 날 아침, 아이리스는 텅 빈 아파트에서 깨어났다. 닉이 남겨놓은 것이라고는 텅 빈 피자 상자와 맥주병 몇 개뿐이었다. 그녀는 닉을 한밤중에 쫓아냈다. 다음 날 아침에 일을 해야 하는 데다, 계속 유혹을 하는 그의 곁에서 자는 것이 너무나 불편했던 것이다. 그녀는 지저분한 침대 시트 위에서 몸을 굴려 머리를 베개 밑에 파묻었다. 침대가 분명히 불에 타버렸을 것 같았다.

차가 주차된 곳으로 가는 동안, 아이리스는 갑자기 집에서 몰아낸 것에 사과하는 의미로 닉에게 커피와 도넛을 갖다주기로 했다. 말하자면, 평화의 선물인 셈이었다. 하지만 함께 밤을 보낸 닉이 화만 내지는 않을 것 같았다. 적어도 그녀는 그러기를 바랐다.

아이리스는 공원 맞은편에 있는 커피숍에 들렀다가 닉의 아담한 타운하우스까지 세 블록을 차로 달렸다. 멋진 노인 커플이 개를 산책시키고 있었다. 아이리스는 닉의 집 계단을 올라가기 전에 노인들에게 미소를 지어 보였다. 그녀는 노크를 하고, 기다렸다. 커피

두 잔과 프라이드도우*가 들어 있는 봉지를 움켜쥔 채 다시 노크했다. 세 번째로 노크하자, 머리카락이 멋대로 헝클어진 닉이 헐렁한 사각팬티 차림으로 문 앞에 나타났다.

"안녕, 자기!"

닉은 아무 말도 하지 않고 아침 햇살을 정면으로 받으며 눈을 가늘게 떴다.

"깨워서 미안해. 아침거리를 사왔는데……."

"괜찮아? 뭐가 필요한 거야?" 닉은 침대에서 불려 나와 기분이 좋지 않은 듯했다.

"응, 난 괜찮아. 그냥 자기에게 아침 인사를 하고 싶었을 뿐이야." 아이리스는 사랑에 눈먼, 좀 맹하고 매력적인 여자로 보이고 싶었다. 하지만 지금 자신의 모습은 그냥 멍청해 보이기만 하리라는 것을 깨달았다.

닉은 문 앞에서 그녀를 째려보고만 있었다.

아이리스는 그에게 커피와 도넛을 건넸다. "이것 받아. 다시 침대로 들어가. 깨워서 미안해."

아이리스는 차로 돌아갔다. 혼자 연애 감정에 빠진 것이 실수였다. 그녀는 바보가 된 기분으로 차를 몰았다. 시내로 절반쯤 들어섰을 때야 자신의 아침 식사까지 닉에게 건넸다는 사실을 깨달았다. 그와 함께 아침 식사를 하며 처음으로 진정한 대화를 나눠볼 생각이었는데……. 아이리스는 손으로 운전대를 두들겼다.

* Fried dough, 밀가루 반죽을 기름에 튀겨서 슈가파우더, 시나몬 파우더 등을 뿌린 것.

날 유혹하던 그의 눈길과 부드러운 미소가 오늘 아침에는 어디로 가버린 거지? 아이리스는 의문이 들었다. 자신이 원하는 것을 또다시 갖게 되었으니, 나는 아침 식사나 갖다 바치는 바보 정도로 보였던 걸까? 그는 그만큼 의기양양했던 걸까?

어쩌면 잠이 깨지 않아서 그랬을 수도 있어. 아이리스는 스스로를 달랬다. 날 껴안고 멋진 아침 키스를 하기도 전에 내가 도망친 것일 수도 있고. **당연히 그랬을 거야. 그리고 있는 실력, 없는 실력 발휘해가며 우리가 함께했던 열정적인 밤에 관한 사랑의 노래를 쓰느라 밤을 꼴딱 새웠을지도 모르잖아.** 아이리스는 자조적으로 그런 생각까지 했다. 어쩌면 이렇게 멍청하게 굴 수 있지?

아이리스는 뒤차의 요란한 경적 소리를 듣고 운전대에서 얼굴을 들었다. 신호등이 녹색으로 바뀌어 있었다. 하늘은 푸르렀고, 클리블랜드에 있는 어느 누구도 그녀의 애처로운 애정사에 털끝만큼의 관심도 보이지 않았다. 그녀는 담배를 뻑뻑 피우며 낡은 은행 건물까지 달려갔다.

레이먼이 문을 열어주자 아이리스는 건물 안으로 쏜살같이 달려가 엘리베이터 버튼을 눌렀다. 엘리베이터가 당장 내려오지 않자 버튼을 다시 거칠게 두들기고 벽을 발로 찼다.

"와우, 무슨 일 있어요?"

레이먼이었다. 하역장에 한 번도 내려온 적이 없던 레이먼이 하필이면 오늘 이곳에 있었다. 아이리스가 분통을 터뜨리는 모습을 지켜보면서.

"레이먼, 한 가지 물어볼 게 있어요." 아이리스는 자신도 모르게 불쑥 말을 꺼냈다. "멋진 데이트를 즐긴 다음 날 아침에 여자가 당신에게 커피와 도넛을 갖다준다면, 당신은 어떡할 건가요?"

"우리 집 자물쇠를 바꿔야죠."

"뭐라고요?" 아이리스가 비명을 질렀다.

"여자가 데이트를 즐긴 다음 날 아침에 우리 집으로 찾아온다는 건, 그녀가 절박하거나 미쳤다는 뜻이니까요."

아이리스의 눈이 휘둥그레졌다.

레이먼이 폭소를 터뜨렸다. "아, 알겠네요. 그 여자가 당신이죠, 맞죠? 아, 기분 나쁘라고 한 소리는 아니에요." 그는 웃음을 참으려고 했지만, 꽉 다문 입술 사이로 웃음이 비집고 나왔다. 그는 아이리스의 어깨를 다정하게 두드렸다. "그래서 당신은 어느 쪽인가요? 절박한 쪽, 아니면 미친 쪽?"

아이리스는 애써 미소를 지었다. "양쪽 다일지도 몰라요."

어쩌면 레이먼의 말이 맞을지도 몰랐다. 아이리스는 당장 집으로 돌아가 침대 밑으로 기어들어 가고 싶었다. 하지만 그렇게 하지 않고 무전기를 꺼내 배터리 잔량을 확인했다.

"아, 그렇다고 너무 걱정하지는 마세요. 그 남자가 당신을 좋아한다면 전화할 테니까요. 그저 잠시 동안만 괴롭히지 말고 내버려 두세요." 레이먼이 미소를 지었다. "오늘은 5분마다 벨을 눌러서 날 부르지도 말고요. 알았죠?"

아이리스가 고개를 끄덕이고는 레이먼의 능글맞은 웃음을 피해 엘리베이터 안으로 뛰어들었다. 눈물 때문에 눈꺼풀이 따끔거렸다. 내가 얼마나 불쌍해 보일까? 이건 아이리스 스스로 극복해야 할 일이었다. 그녀에게는 닉보다 심각한 문제가 있었고, 도움도 필요했다.

아이리스는 엘리베이터 밖으로 머리를 내밀었다. "이봐요, 레이먼?"

"왜요?"

"어제 금고실에 있었어요? 브래드와 내가 터널로 내려갔을 때요?"

"당신들이 터널에 갔다고요?" 레이먼이 눈썹을 치켜올렸다가 고개를 가로저었다. "난 금고실에 내려가지 않았어요. 그런데 왜 물어보는 거죠?"

"누군가를 봤어요. 파란 셔츠를 입은 누군가를요. 그가 금고실 문을 여는 바람에 우리는 잠깐 갇혀 있었어요." 아이리스는 열쇠에 대해서는 언급하지 않았다. 열쇠들은 아직도 그녀의 현장가방에 들어 있었다.

레이먼의 미소가 사라졌다. "확실해요?"

"음······. 맞아요."

"소유주들 중 한 명이었을 수도 있지만, 보통은 내게 미리 말하고 오는데······ 몇 군데 전화를 해봐야겠어요." 레이먼이 돌아서기 전에 이렇게 덧붙였다. "3층을 벗어날 경우 무전기로 연락해줘요. 알았죠?"

아이리스는 고개를 끄덕이고는 엘리베이터 문이 닫히기 직전 안으로 뛰어들었다.

"물론이죠, 내 걱정은 하지 말아요." 아이리스는 중얼거렸다. "어떤 미친 녀석이 숨소리를 내고, 먼지를 닦아내는 그곳으로 혼자 올라갈 테니까요! 문제될 게 뭐 있어? 내가 그 녀석의 열쇠를 가지고 있어도 신경 쓰지 않겠지, 뭐…… 염병할!" 아이리스는 손바닥에 놓인 무전기를 꽉 움켜쥐고 심호흡을 했다.

인사부 사무실은 어제와 똑같았다. 그녀는 린다의 의자에 털썩 주저앉았다. 손으로 그리고 적어 넣은 스케치를 디지털 청사진으로 변환시키려면 오늘과 내일을 꼬박 쏟아부어야 했다. 마감을 지킬 수 있을지도 의문이었다. 윙 하는 소리와 함께 컴퓨터가 살아났다. 아이리스는 이런 오싹한 사무실에서 어떻게 해야 정신이 나가지 않고 열 시간이나 일할 수 있을까 걱정이 되었다. 당장 금고실로 내려가 열쇠들을 두고 와야 했다. 하지만 어제 닉이 너무나 쉽게 그녀 뒤로 몰래 다가왔기 때문에 혼자 내려가기가 두려웠다. 만약 그 침입자가 부동산회사 사람이 아니라 사이코 살인자였다면…… 아이리스는 더는 생각할 수도 없었다.

아이리스는 레이먼을 부르기 위해 무전기를 들었다가 다시 내려놓았다. 그를 부른다면, 이 열쇠들을 어떻게 손에 넣었고, 또 왜 가져왔는지를 설명해야 했다. 그러면 이 열쇠들이 레이먼의 것이라고 생각했음을 인정해야 했다. 레이먼은 아이리스가 나쁜 목적으로 열쇠를 사용하려 했다고 의심할지도 몰랐다. 레이먼이 실제로 금고실을 털려는 계획을 세우고 있다면 아이리스가 열쇠를 가져간 것을 알고 어떤 짓을 저지를지 몰랐다. 레이먼은 아주 좋은 사람 같았지만, 사실 아이리스는 그에 대해 거의 아는 것이 없었다.

아이리스는 의자에서 벌떡 일어나 사무실을 오가기 시작했다.

덫에 걸린 꼴이었다. 청사진 작업과 레이먼과 열쇠들과 머릿속에서 들려오는 속삭임 사이에서 오갈 곳이 없었다. 브래드나 레이먼, 혹은 누군가에게 솔직히 털어놓지 않고는 빠져나갈 길이 없었다.

눈물이 났다. 그리고 잠이 부족한 머릿속에서는 수많은 생각들이 연기처럼 피어올랐다. 가방 바닥에 들어 있는 열쇠들…… 오늘 아침에 보았던 닉의 시큰둥한 표정…… 레이먼의 폭소…… 절박하거나 미치거나…… 정말 어느 쪽일까? 버려진 건물에서 아무 쓸모도 없는 것들을 훔치고, 자신의 것이 아닌 열쇠들을 가져가고, 목소리를 듣고, 금고실에서 보았던 것을 브래드에게 숨길 정도로 아이리스는 미쳐 있었다. 무엇보다도 닉을 자신의 집에 들일 정도로 미쳐 있었다. 닉에게 아침 식사를 사다주고 땀에 흠뻑 젖은 두어 번의 섹스를 의미 있는 관계로 발전시키려고 할 정도로 절박했다. 오늘 아침 홀로 잠에서 깨어나면서 여느 때와 마찬가지로 공허함을 느꼈다. 수개월 동안 자신이 얼마나 외로웠는지를 깨닫지 못하고 있었다. 아니, 수년 동안…… 남자친구 없이 지낸 게 벌써 2년째였다. 전 남자친구와도 별로 오래 지속되지는 않았지만……. 그러나 닉은 그녀에게 신경도 쓰지 않았다. 그는 아이리스가 아주 쉬운 여자라고 생각했을 뿐이고, 그건 틀린 생각이 아니었다. 아이리스는 절박했던 것이다. 눈물이 뺨을 따라 흘러내렸다. 아이리스는 짜증을 내며 눈물을 닦았다.

"그딴 자식, 엿이나 먹으라고 해!" 아이리스는 주먹으로 책상을 내리쳤다. 차라리 미친 게 나은 것 같았다.

아이리스는 계산기를 벽에 던졌다. 계산기 뒤에서 배터리가 폭발하듯 튕겨 나왔다. **속이 다 시원하다.** 그녀의 눈길이 잠겨 있는 문으로 향했다. 그건 청부업자가 일주일 내로 부술 예정이었다. **빌 어먹을!** 아이리스는 문으로 걸어가 세게 걷어찼다. 문은 쾅 소리를 냈지만, 꿈쩍도 하지 않았다. 아이리스는 더 세게 걷어차고는 낮은 소리로 투덜거렸다. 뭔가 단단한 걸 걷어차니 속이 시원했다. 그녀 는 문을 계속 걷어찼다.

"이따위 염병할 곳은 엿이나 먹어라!"

쾅!

아이리스는 손잡이 옆을 걷어찼다가 문설주가 갈라지고 문짝이 움직이자 깜짝 놀라 몸을 움츠렸다. 문틀 어딘가가 부러진 게 분명 했다. 아이리스는 약 1.5센티미터쯤 벌어진 문설주를 살폈다. 그녀 는 신경질적인 웃음을 터뜨리며 **내가 정말 미쳤는지도 모르겠다**고 생각했다. 그냥 문을 걷어찬 것뿐인데……. 광기가 그녀에게 남자 열 명 몫의 힘을 주었는지도 몰랐다. 문짝은 틀에 매달려 흔들거렸 다. **그냥 끝장을 내는 편이 좋을지도 몰라.** 아이리스는 어깨로 문 짝을 들이받았다. 네 번째로 어깨를 부딪치고 나서야 빌어먹을 문 짝이 떨어져 나갔다.

"야! 이거나 먹어라, 멍청한 문짝아!" 아이리스는 승리의 환호성 을 질렀다.

그녀는 쪼개진 문설주와 깨진 문짝을 멍하니 바라보았다. **빌어 먹을!** 도구도 없이 어떻게 이 문을 열었다고 하지…….

곰팡내가 나는 탁한 공기가 얼굴로 밀어닥쳤다. "악!"

아이리스는 숨겨진 방으로 들어갔다. 레이먼이 말했던 대로 화장실이었다. 훨씬 더럽다는 것을 제외하면 닉이 아이리스를 가지고 놀았던 위층의 화장실과 별반 다르지 않았다. 시커먼 껍질 같은 것이 변기 옆의 바닥을 뒤덮고 있었다. 더러운 때가 내려앉아 있었다. 창문을 통해 들어온 햇살이 먼지와 검댕 때문에 가물거렸다.

아이리스는 한 걸음 더 안으로 들어갔다. 금속성 물건이 바닥에 깔린 타일 위에서 쨍그랑거렸다. 열쇠였다. 아이리스는 열쇠를 집어 들었다. 손에 들고 돌려보니 시커먼 껍질이 떨어져나갔다. 열쇠에는 아무런 표시도 없었다. 그녀는 박살 난 문틀을 흘낏 돌아보며 문 열쇠일지도 모르겠다고 생각했다.

샤워실 입구에 흰색의 싸구려 샤워 커튼이 걸려 있었다. 바짝 당겨진 커튼이 입구를 막고 있었다. 뭔가 잘못됐다는 느낌이 들었다. 다른 화장실에는 샤워 커튼이 없었던 것이다.

누군가가 그녀를 지켜보는 듯한 섬뜩한 느낌이 등골을 타고 스멀스멀 피어올랐다. 아이리스는 커튼에서 눈을 떼지 못하고 크게 목청을 가다듬었다. 커튼은 움직이지 않았다. 그녀의 입과 목구멍을 채운 썩은 공기에서 매캐한 맛이 났다. 아이리스의 이성은 얼른 이곳을 벗어나 작업을 시작하라고 지시했다.

하지만 아이리스는 그 지시를 묵살하고는 샤워실로 한 걸음 더 니아가 떨리는 손을 뻗었다. 손에 닿은 비닐에서 바스락거리는 소리가 났고, 비닐 안쪽에서 희미하게 윙윙거리는 소리가 났다. 아이리스는 눈을 절반쯤 감고, 커튼을 확 잡아챘다.

바로 눈앞에 샤워기 헤드에 매달린 로프가 있었다. 올가미 지어진 로프에는 검붉은 더께가 앉아 있었다. 아이리스는 아래를 내려다보았다. 샤워실 바닥에 죽은 파리 떼가 산더미처럼 쌓여 있었다. 시커먼 총알 같은 작은 사체들이 날개가 떨어져 나간 채 산사태가 난 것처럼 수북이 쌓여 있었다. 사방에 죽은 파리 떼가 있었다. 변기 뒤쪽과 창턱, 바닥 곳곳에도 잔뜩 깔려 있었다.

아이리스의 눈은 샤워기 헤드에 매달린 올가미로부터 샤워실 바닥에 쌓인 죽은 파리 떼 사이를 분주히 오갔다. 은빛이 도는 까만 사체들 사이에 세로로 가느다란 줄이 들어간 회색 양복의 잔해가 보였다. 날개 모양의 코를 가진 검은색 가죽구두 같은 것이 한쪽 귀퉁이에 삐쭉 삐져나와 있었다.

분명 신발이고, 양복이었다. 그것들이 파리 떼 밑에 있었다. 파리 떼가 사람을 뜯어먹고 있었던 것이다. 아이리스는 숨을 쉴 수 없었다. 담즙이 목구멍을 타고 올라왔다. 저것들이 사람을 파먹고 있었어. 아이리스는 샤워 커튼을 꽉 붙잡고 있었다. 팔이 덜덜 떨렸다. 샤워 커튼이 퍼덕거리며 속이 비어 있는 죽은 곤충의 사체들을 이리저리 쓸고 다녔다. 사체들이 그녀의 신발로 쏟아져 내렸지만, 아무런 무게감이 느껴지지 않았다. 겹겹이 쌓인 작은 사체들 밑에서 노랗고 단단한 뭔가가 모습을 드러냈다. 뼈였다.

누군가가 비명을 지르고 있었다. 그건 아이리스였다. 그녀는 샤워 커튼을 붙잡고 있던 손을 확 뿌리쳤다. 죽은 파리들이 공중으로 휘날렸다. 아이리스는 토하려고 변기로 갔다. 변기에도 말라붙은 곤충의 사체들이 가득했다. 세면대로 방향을 돌렸다. 부러진 다리와 날개들이 깔려 있었다. 아이리스는 비틀비틀 뒷걸음쳤다. 입안은 토사물로 가득 차 있었다.

파리 떼는 그녀의 뒤를 쫓아 바닥으로 쏟아져 내렸다. 올가미가 샤워기 헤드에서 대롱거렸다. 아이리스의 신발 아래에서 파리 떼가 으스러졌다. 그녀는 비틀거리며 화장실 문 쪽으로 걸어갔다.

아이리스는 네 발로 몸을 지탱한 채 카펫 위에 토했다. 용수철처럼 상체를 일으키며 화장실 바깥쪽 벽에 등을 세게 갖다 댔다. 보이는 거라고는 파리 떼뿐이었다. 굶주린 파리 떼…….

레이먼의 목소리가 무전기에서 흘러나왔다. "아이리스, 거기에 있어요? 아이리스?"

무전기는 아이리스의 머리 위쪽 책상에 놓여 있었다. 아이리스는 무전기 소음을 간신히 알아들었다. 입이 저절로 열렸다 닫혔다 했다. 하지만 목소리는 나오지 않았다.

"아이리스, 내가 올라가고 있어요." 무전기가 다시 울렸다.

잠시 후, 레이먼이 커다란 몸집을 잔뜩 웅크리고 천천히 부서진 문짝이 있는 곳으로 다가왔다. 그는 권총을 뽑아 들고 있었다. 벽에 등을 기댄 아이리스를 발견하고는 허리를 펴며 권총을 내렸다.

"아이리스, 도대체 무슨 일이죠? 요란한 소리가 들리더라고요." 레이먼은 대답을 기다리며 아이리스를 잠시 노려보았다. 그러다가 그녀가 바닥에 토해놓은 것을 알아차렸다.

아이리스는 고개만 가로저었다.

레이먼은 권총을 다시 들어 올리고 화장실로 들어갔다.

"맙소사!" 그는 작게 한마디 하더니 밖으로 나왔다. "당신이 저 사람을 발견했나요?"

아이리스는 고개를 끄덕이고 두 손으로 입을 틀어막았다. 레이먼이 죽은 파리 떼를 '저 사람'이라고 불러서였다. 그녀는 배 속이 또다시 뒤틀렸지만, 담즙을 토하지 않기 위해 애썼다.

"괜찮아요?"

아이리스는 격렬하게 머리를 가로저었다. 눈가에서 눈물이 솟구쳐 올랐다.

"자, 일단 일어나세요." 레이먼이 아이리스를 일으켜서 린다의 의자에 앉혔다. "경찰에 신고해야겠어요. 1분 정도만 여기 있어요. 그리고 필요한 물건들을 챙겨두는 것이 좋겠네요. 이 빌어먹을 곳은 이제 범죄 현장이 됐으니까요. 경찰이 이곳에 출입하지 못하도록 모든 것을 통제할 겁니다."

레이먼은 밖으로 나가버렸고 아이리스는 멍하니 책상만 바라보았다. 시신은 내내 저곳에 있었다. 바로 옆방에. 그녀가 이 방에서 보냈던 매 순간마다 3미터도 떨어져 있지 않은 곳에서 죽음의 덩어리가 계속 썩고 있었던 것이다. 아이리스는 몸을 부르르 떨었다. 창문 블라인드 바깥에서 나방 한 마리가 나풀거렸다. 아이리스는 그 모습을 멍하니 바라보았다. 마치 몇 시간이 흐른 듯했다.

아래쪽 거리에서 사이렌 소리가 울려 퍼졌다. 아이리스는 눈을 깜빡거렸다. 경찰이 오고 있었다. 레이먼이 필요한 것들을 챙기라고 했는데…… 그녀는 멍한 상태로 책상 위에 널린 것들을 바라보았다. 모두 소홀히 다룰 수 없는 회사의 물건들이었다. 아이리스는 자신이 손으로 그린 평면도를 집어 들었다. 이 작업을 얼마나 열심히 했는데…… 현장가방도 집어 들었다. 2~3분 동안 지갑을 찾아보다가, 차에 두고 왔음을 간신히 기억해냈다. 그런데 차 열쇠는 어디 있지? 집에 가려면 차 열쇠가 있어야 했다.

그녀의 현장가방에는 열쇠가 잔뜩 있었지만, 그녀에게 필요한 열쇠는 없었다. 금고실 열쇠, 이 건물의 열쇠 등이 다 있었지만 모두 소용이 없었다. 집으로 돌아가야 했다. 단 1분도 이곳에 있을 수 없었다. 어떻게든 집으로 가야 했다.

아이리스는 히스테리 발작이 일어나기 직전에 의자에서 튕기듯 일어섰다. 얼굴을 문질러 눈물을 닦으며 차 열쇠를 찾기 위해 책상과 바닥을 헤집었다. 엉덩이가 뭔가에 찔리는 듯한 느낌이 들어서 뒷주머니를 확인해봤다. 차 열쇠가 그곳에 있었다. 주머니에서 꺼낸 열쇠들이 서로 부딪히며 짤랑거렸다. 화장실에서 들었던 금속의 짤랑거리는 소리가 다시 그녀의 귓가에 울려 퍼졌다. 작은 놋쇠 열쇠가 내는 소리였다. 아이리스는 떨리는 두 손을 내려다보았다. 그 열쇠가 없었다.

아이리스는 열려 있는 문 쪽으로 고개를 돌렸다.

남자가 죽어 있는 방 안쪽, 변기 옆의 벽에 설치된 환풍구가 살짝 보였다.

살짝 들뜬 환풍구의 금속 창살이 벽에 박힌 타일에 기이한 그림자를 던지고 있었다. 아이리스는 부서진 문으로 아주 조금 다가섰다. 격자문에 박아넣은 나사가 없어져서 가장자리를 따라 두 개의 구멍이 나 있었다. 환풍구는 충분히 기어다닐 수 있을 정도로 컸다. 환풍구에서 "아이리스……"라고 부르는 소리가 들려오는 듯했다.

닥쳐. 아이리스는 환풍구에서 눈을 떼고 바닥을 훑어보았다. 그**게 어디로 갔지?** 죽은 파리 한 마리가 그녀의 눈길이 미치는 곳으로 흘러 들어왔다. **오, 맙소사.** 아이리스는 다시 토할 뻔했다. 그녀는 벽에 등을 붙이고 흘러내리듯 주저앉아 머리를 무릎 사이에 끼우고 힘들게 숨을 쉬었다. 뭔가 반들거리는 것이 카펫에서 반짝거리고 있었다. 그녀가 토해놓은 곳으로부터 불과 몇 센티미터 떨어진 곳에서. 아이리스는 눈을 꼭 감고, 차가운 금속이 느껴질 때까지 손을 뻗었다.

그녀는 심호흡을 하며 눈을 떴다. 열쇠였다.

46장
1978년 12월 11일 월요일

은행으로 되돌아가기에는 너무 늦어버렸다. 베아트리스는 병원 로비에서 밤을 지새워야 했다. 원무과 바깥의 대기실은 텅 비어 있었다. 베아트리스는 모퉁이에서 의자를 발견하고는 형광등 불빛을 받으며 털썩 주저앉았다. 굳이 눈은 감지 않았다. 맥스를 만난 뒤라 잠이 올 것 같지 않았다. 손바닥에 놓인 작은 놋쇠 열쇠를 쳐다봤다. 어디에도 글씨가 박혀 있지 않았다. 이건 체육관 사물함이나 소형금고, 모텔 방 등의 열쇠일 수도 있었다. 맥스는 어디 열쇠인지 밝히지 않고, 안전하게 보관하라고만 했다.

맥스는 머리카락을 염색하고, 헐렁한 옷을 걸치고 있었다. 몸을 숨기고 있다고 했다. 그리고 병원이 감시당하고 있다고도 했다. 중환자실의 방명록에 적힌 R. T. 할로란이라는 서명이 베아트리스의 머릿속을 스쳤다. '이모부'라는 사람이 지난주에 도리스 이모를 방문했었다.

"이모님은 달랐어……." 맥스는 그렇게 말했었다. "그분은 자신

384

의 열쇠를 가지고 있거든."

엘리베이터가 땡 하는 소리를 내는 순간, 베아트리스는 자신의 지갑에서 대여금고 열쇠를 꺼내고 있었다. 로비의 맞은편 끝에서 반짝거리는 금속 문이 스르르 열리더니 갈색 양복을 입은 사람이 걸어 나왔다. 희끗희끗한 구레나룻과 두툼한 허리통이 빌 톰슨을 연상시켰다. 베아트리스는 지갑으로 얼른 얼굴을 가렸다. 그는 그녀가 있는 곳을 돌아보지 않고 병원 문을 향해 걸어갔다. 베아트리스는 그가 나가는 것을 지켜보며, 빌이 맞는지를 추측해보았다. 하지만 걸음걸이만으로는 확실하지 않았다.

맥스는 그들이 입원실을 감시하고 있다고 했다. 바로 그 순간, 베아트리스는 그들이 자신을 감시하고 있을 수도 있다는 생각이 퍼뜩 떠올랐다. 빌이든 테디든, '그들'이 누구든 간에 지금도 자신을 감시하고 있을 수도 있었다. 베아트리스는 창문으로 둘러싸인 활짝 열린 로비에 맥스의 열쇠를 들고 앉아 있었다.

베아트리스는 몸을 부르르 떨며 벌떡 일어섰다. 그녀는 자신의 물건을 챙겨 병원 밖으로 쏜살같이 달려 나갔다. 택시 한 대가 불을 켜놓은 채 병원 입구 가까운 곳에 서 있었다. 그녀는 뒷좌석에 얼른 올라타고 문을 닫았다.

"대체……?" 운전기사가 깜짝 놀라 잠에서 깨어났다. 그는 목청을 가다듬고 백미러로 베아트리스를 쳐다보았다. "우, 미안해요. 어디로 모실까요, 아가씨?"

베아트리스는 계기판을 멍하니 바라보았다. 계기판의 시계는 새벽 12시 5분을 알리고 있었다. "으음……. 9번 스트리트와 빈센트 애비뉴에 있는 씨애트리컬 그릴이요." 그녀는 아무런 생각 없이 목적지를 불쑥 뱉어냈다. 그 술집은 곧 문을 닫을 텐데, 그 후에는 어떡한다?

택시가 시내를 향해 질주하는 내내 가로등마다 크리스마스 전등이 깜빡거렸다. 베아트리스는 크리스마스가 아주 가까이 다가왔다는 걸 까맣게 잊고 있었다. 택시가 체스터로 방향을 틀어 폐허가 되어버린 '휴' 구역으로 들어서자 불빛이 점차 희미해졌다. 인도나 차도 모두 음침하고 텅 비어 있었다. 사람의 그림자 하나가 차창 밖의 눈길을 가로질러 터벅터벅 걷다가 쇠그물로 엮은 담장 뒤로 사라졌다.

베아트리스가 술집에 도착했을 때, 카마이클은 카운터 뒤에 홀로 앉아 신문을 읽고 있었다. 내부는 월요일 저녁 영업을 마치고 깨끗이 청소되어 있었다. 그는 고개를 들어 문 쪽을 쳐다보더니 시커멓고 무성한 콧수염을 움직이며 활짝 미소 지었다.

"베아트리스! 정말 반가워요." 카마이클은 허풍스럽게 손을 흔들었다.

베아트리스는 수줍게 미소 짓고, 카운터 앞에 주저앉았다. 기운이 빠져버렸다.

"이렇게 늦은 시간에 당신처럼 아름다운 아가씨가 홀로 이곳에서 뭘 하고 있는 건가요?"

베아트리스는 어떻게 대답해야 할지 생각이 나지 않았다. "한두 마디로 끝날 이야기가 아니에요. 홍차 한잔 마실 수 있을까요?"

"물론이죠!" 카마이클은 카운터 뒤에서 머그잔을 찾기 시작했다. "당신처럼 아름다운 아가씨는 좀 더 조심해야 해요."

"당신 말이 맞아요. 음…… 금방 돌아올게요." 베아트리스는 의자에서 일어나 모퉁이에 있는 여자 화장실로 서둘러 갔다. 베아트리스는 문을 잠근 뒤 동전 지갑에서 맥스의 열쇠를 꺼냈다. 아무것도 적혀 있지 않은 열쇠가 물음표처럼 손바닥 위에 놓여 있었다. 맥스는 왜 이걸 자신이 직접 숨기지 않는 걸까? 맥스는 왠지 베아트리스가 이걸 갖고 있기를 원했다. 베아트리스는 화장실 내부를 훑어보았다. 이걸 어디에 숨기면 좋을까?

한숨을 쉰 베아트리스는 자신의 열쇠고리를 꺼내 아무 표식도 없는 열쇠를 이모의 대여금고 열쇠 바로 옆에 끼웠다. 두 개의 열쇠가 부딪히며 짤랑거리자 숨이 멎을 것 같았다. 두 열쇠는 거의 비슷했다. 베아트리스는 두 열쇠를 들어 불빛에 비춰보았다. 크기와 모양이 같았다. 도리스 이모의 열쇠는 은행을 표시하는 각인과 금고 번호가 전체적으로 박혀 있는 반면, 맥스의 열쇠에는 아무것도 없었다. 그런데도 두 열쇠는 딱 들어맞았다. 두 개가 모두 은행의 것이 분명했다. 그녀는 더욱 큰 의문을 품은 채 이마를 찌푸리며 아무 표식도 없는 열쇠를 쳐다봤다.

베아트리스는 열쇠고리를 다시 지갑에 넣고, 오늘 밤 어디서 자야 하는가 하는, 더욱 급한 문제에 집중하려고 했다. 좋은 생각이 떠오르지 않았다.

베아트리스는 화장실에서 뭘 하는 것일까 하는 의심을 받을 만큼 시간이 흐른 후에야 카운터로 돌아가 따끈한 홍차를 마셨다. 고맙다는 표시로 고개를 끄덕였지만 카마이클과 눈을 마주치지 않았다. 그도 그걸 얼른 알아차리고 다시 신문을 읽기 시작했다.

은행으로 돌아갈 수 있으면 좋으련만……. 베아트리스는 깊은 생각에 잠겼다. 뭔가 두고 나왔다고 둘러대기에는 너무 시간이 많이 지나버렸다. 출입문도 다 잠겨 있을 테고……. 그러다가 문득 자신에게 열쇠가 있을 수도 있다는 생각이 들었다.

맥스의 열쇠고리는 아직도 베아트리스의 핸드백 바닥에 숨겨져 있었다. 그 고리에는 적어도 서른 개의 열쇠가 매달려 있었다. 베아트리스는 홍차를 벌컥벌컥 마시고, 홍차 값으로 한 무더기의 동전을 쌓아놓았다.

"고마워요. 정말 잘 마셨어요."

카마이클은 신문의 스포츠 면에서 눈을 들었다. "택시를 불러줄까요?"

"아, 고맙지만 내가 알아서 할게요."

카마이클은 이마를 찌푸리고는, 문밖으로 나가는 베아트리스의 뒷모습을 지켜보았다.

얼음처럼 차가운 바람이 유클리드 애비뉴를 휩쓸며 비명을 질러댔다. 거리에는 인적이 끊겼다. 심지어 노숙자들조차도 밤을 지새울 좀 더 따스한 곳을 찾아 떠났다. 베아트리스가 허겁지겁 텅 빈 도로를 가로지를 때 신호등이 빨간색으로 바뀌었다. 그녀가 일하는, 고층의 은행 건물은 머리 위로 치솟은 그림자에 불과했다. 창문은 맨 꼭대기 층의 두 개를 제외하고 모두 캄캄했다. 베아트리스는 그 외로운 불빛을 응시하며, 이 늦은 시각에 누가 일하고 있는지 궁금해했다.

베아트리스는 은행의 메인 로비로 통하는 세 개의 회전문을 향해 살금살금 걸어갔다. 실내는 어두웠고 경비원은 보이지 않았다. 하지만 그녀는 로비에 아무도 없다는 확신이 들 때까지 멀리서 얼굴을 감추고 있었다. 유클리드 애비뉴 양쪽을 유심히 살폈다. 사람이나 차는 보이지 않고, 크리스마스트리의 전등만 깜빡거렸다. 베아트리스는 옆문의 계단을 올라가 맥스의 열쇠고리를 꺼냈다.

그녀는 무릎을 구부리고 열쇠를 하나씩 열쇠구멍에 맞춰보았다. 기나긴 시간이 흐른 듯했다. 버려진 신문이 바스락거리는 소리를 낼 때마다, 가로등이 끽끽거리는 소리를 낼 때마다 심장이 줄달음쳤다. 맞는 열쇠를 찾기 위해 꽁꽁 얼어붙은 손가락으로 씨름을 하는 동안, 그녀의 뜨거운 숨결이 유리문을 뿌옇게 만들었다. 누군가가 문틈에 부딪히는 열쇠 소리를 듣지는 않는지 가끔 로비를 흘끔흘끔 올려다보았다. 로비는 여전히 텅 비어 있었다.

마침내 열쇠 하나가 자물쇠 속으로 미끄러져 들어갔다. 베아트리스는 숨을 멈추고 살며시 열쇠를 돌렸다. 데드볼트*가 밀리며 문이 열렸다.

베아트리스는 조심스럽게 문을 밀고는 기다렸다. 사이렌 소리는 들리지 않았다. 권총을 든 사람들도 몰려오지 않았다. 등 뒤로 문을 닫고, 자물쇠를 돌렸다. 로비 바닥에는 기다란 그림자들이 드리워져 있었다. 그녀는 그림자 하나에 몸을 숨기고 귀를 기울였다. 부츠를 벗고 스타킹만 신은 발로 엘리베이터 뒤쪽의 대리석 계단

---

* 스프링 작용 없이 열쇠나 손잡이를 돌려야만 움직이는 걸쇠.

으로 달려갔다. 한 손에는 물이 뚝뚝 떨어지는 부츠를 들고, 다른 손에는 짤랑거리는 소리를 내는 핸드백을 들고 한 번에 두 계단씩을 뛰어 올라갔다. 2층을 통과해 탑처럼 솟아 있는 비상계단의 뒤쪽에 도착할 때까지 힘껏 달렸다.

베아트리스는 비상계단의 문을 조용히 닫고는 층계참에 주저앉아 숨을 돌렸다. 심장이 토끼 심장처럼 불규칙하게 뛰고, 다리가 후들후들 떨렸다. 자신이 방금 한 일이 믿기지 않았다. 미친 게 분명했다. 숨이 가빠지지 않도록 머리를 무릎 사이에 끼웠다.

일단 어지러움이 가시자 베아트리스는 끝없이 이어지는 나선계단을 올려다보았다. 그러고는 심호흡을 하고 일어섰다. 아주 오랫동안 올라가야 할 길이었다.

다섯 층을 올라갔는데도 아직 가야 할 길이 멀었다. 다리를 불로 지지는 듯했다. 베아트리스는 난간을 잡고 잠시 숨을 돌렸다.

두어 층 위쪽의 문이 쾅 소리와 함께 닫히면서 계단통 아래로 충격이 전해졌다. 베아트리스는 터져 나오려는 비명을 꿀꺽 삼키며 벽에 등을 댔다. 위쪽에서 희미한 목소리가 들려왔다.

"난 테디가 뭐라고 하든 신경 쓰지 않아. 우린 이제 예금계좌들을 다른 곳으로 옮길 방법을 궁리해야 해. 대여금고는 이제 안전하지 않으니까."

"이건 일시적인 자그마한 결함일 뿐이야. 과민 반응하지 말자고."

"열쇠들이 사라졌는데도? 두더지를 찾아내는 것도 실패했고, 우린 내부 조력자를 잃었어. 이건 자그마한 결함이 아니야. 일이 커지기 전에 예금계좌들을 옮겨야 해."

"그 '일'이라는 게 정확히 뭔데?"

"이사회가 은행의 폐업을 배제하지 않고……."

목소리가 점점 멀어지더니, 또 다른 문이 닫히는 소리가 들렸다. 베아트리스는 꼼짝도 하지 않고 벽에 등을 붙인 채 소리가 들려오는 곳을 올려다보았다. 할로란이 두더지에 관해 말한 적이 있었다. 그가 맥스를 염탐해달라면서, '은행 내부로부터 파괴공작을 하려는 누군가'를 찾고 있다고 했었다. 그런데 이제 두더지 사냥이 실패로 돌아갔다고 했다. 그리고 내부 조력자를 잃었다고도 했고. 그게 무슨 뜻이지? 베아트리스는 천천히 스물까지 숫자를 센 뒤 용기를 내어 계단을 올라갔다.

베아트리스는 몸을 벽에 바짝 붙인 채 나머지 계단을 까치발로 올라가다가 출입구가 나타나면 잽싸게 지나쳤다. 머리 위에서 뱅글뱅글 도는 나선형 계단 때문에 정신이 어질어질해졌다. 그녀는 몸을 가누기 위해 11층 문손잡이를 움켜쥐었다. 문을 잡아당기고, 머리를 복도로 내밀었다. 복도는 칠흑처럼 어둡고 조용했다. 베아트리스는 한숨을 내쉬고는 후들거리는 다리로 자신이 잠을 잤던 모퉁이의 사무실로 갔다. 그녀는 은신처의 문을 밀다가 바닥에 주저앉을 뻔했다.

경비원이 플래시를 들고 바닥에 쭈그리고 앉아 베아트리스의 파일 하나를 보고 있었다. 베아트리스가 작은 비명 소리를 내며 구겨지듯 무릎을 꿇었다. 레이먼이었다.

그녀는 붙잡힌 것이었다.

47장

"맥스를 어떻게 알고 있는 거요?" 경비원은 맥스의 인사서류를 들고 있었다. 베아트리스가 3층에서 슬쩍해온 서류 중 하나였다.

베아트리스의 입에서는 목소리가 나오지 않았다.

경비원의 손에는 맥스의 사진이 들려 있었다. "저번에 당신은 맥스인 척했지만 난 속지 않았어요. 알죠?"

혈관 속의 피가 눈이 아찔할 정도의 속도로 빠르게 흘렀다. 베아트리스는 문손잡이를 부여잡고 문 옆에 계속 쭈그리고 있었다.

"진정해요. 난 여러 날 동안 당신을 지켜봤어요. 당신이 체포되게 할 생각이었다면, 벌써 신고했을 거라고요." 경비원이 마치 오랜 친구라도 되는 것처럼 베아트리스에게 손을 흔들었다.

그녀의 뇌는 경비원의 말을 이해하기 위해 노력했다. 경비원은 그녀가 체포되는 것은 원하지 않는다고 했다. 하지만 한밤중에 단둘이 있는 상황인 데다, 자신은 법을 어겼으니 완전히 이 사람의 처분에 맡길 수밖에 없었다. 베아트리스는 본능적으로 코트를 움켜쥐었다.

"맥스를 어떻게 알고 있는 거죠?" 경비원은 손에 들고 있는 사진을 베아트리스에게 보여주며 다시 물었다.

"맥스는 내…… 친구였어요." 베아트리스는 이제 맥스를 뭐라고 불러야 할지 확신이 들지 않아 느릿느릿 말했다.

"그녀는 내 친구이기도 해요." 레이먼은 그 사진을 파일에 찔러 넣었다. "우린 함께 자랐어요. 그리고 이 일자리를 얻도록 도와주었고요. 적어도 이런 직업이 있다고 말해줬죠……. '발견 즉시 체포'라니…… 그녀는 지금 엄청난 곤경에 처한 게 분명해요."

베아트리스는 고개를 끄덕이면서, 어깨의 긴장이 약간 풀리는 걸 느꼈다. 맥스가 레이먼과 친구라면, 맥스는 이 사람을 신뢰했을 수도 있었다. 하지만 맥스가 한때 빌을 신뢰했다는 게 마음에 걸렸다. 베아트리스는 슬쩍 레이먼의 파란 셔츠와 닳아빠진 신발과 진갈색의 손을 훔쳐보았다. 어머니가 이 사람의 피부색을 보기만 해도 뭐라고 할지 뻔했다. 베아트리스는 레이먼의 눈동자에 자신을 위협하는 뭔가가 있는지 살펴보았지만 그런 것은 전혀 보이지 않았다. 레이먼의 눈동자에는 걱정하는 기색뿐이었다. 이 사람은 맥스를 걱정하고 있었다.

"맥스는 실종됐어요." 베아트리스가 속삭였다.

"맞아요." 레이먼이 담배를 피워 물었다. "난 그녀에게 이 염병할 일에 휘말리지 말라고 했어요. 그런데 내 말을 듣지 않았죠."

"맥스가 무슨 일에 휘말렸는데요?"

"큰돈이요. 아주 큰돈. 그렇게 돈이 많은 사람들은 이길 방법이

393

없으니까요. 그 이야기를 누누이 맥스에게 했죠. 이곳 은행가들도
다른 사람들과 전혀 다를 바가 없어요. 거짓말하고, 속이고, 훔치
죠. 다른 점이 있다면, 잡히지 않는다는 거고요. 은행 시스템을 통
째로 장악하고 있으니까요." 레이먼은 담배를 빡빡 빨아들였다가
짙은 담배 연기를 내뿜었다. "맥스는 그들을 경찰에 신고해 법의
심판대에 세워야 한다고 했어요. 하! 정의가 어디 있다고! 어쨌든
클리블랜드에는 없어요. 아마 다른 곳도 마찬가지일 걸요?"

레이먼의 말이 맞았다. 뇌물에 관해 테디와 짐이 나누었던 대화
가 베아트리스의 머릿속에서 재생되었다. 토니조차 경찰청이 더럽
혀졌을 수도 있음을 인정했다. 부자들은 시의회에 친구들이 있어
서 보호를 받을 수 있을 게 뻔했다.

"맥스는 그들이 자신에게 죄를 뒤집어씌울까 봐 걱정했어요."

"그들이 정확히 어떻게 그러려고 한다던가요?" 레이먼은 베아트
리스를 빤히 쳐다보며 대답을 재촉했다.

베아트리스는 본능적으로 꽁무니를 뺐다. 레이먼이 맥스를 걱정
한다고 해도 그게 화를 내지 않거나 폭력을 휘두르지 않는다는 의
미는 아니었다. 베아트리스는 밀려오는 두려움을 서서히 내쉬었
다. 그는 여러 날 동안 그녀를 지켜보았다고 했다. 마음만 먹었다
면 벌써 그녀를 쉽게 해치우고도 남았을 거라는 의미였다. 이제 이
남자를 믿을 수밖에 없었다.

"맥스 이름으로 빌린 대여금고가 하나 있어요. 누군가가 훔친 돈
과 귀중품들을 그곳에 감춰두었나 봐요. 나도 정확히는 몰라요."
베아트리스는 잠시 말을 끊었다가 다시 말했다. "맥스만이 아니에

요. 내 이모인 도리스에게도 있었던 일이죠."

레이먼은 베아트리스를 꽤 오랫동안 빤히 쳐다보다가 눈을 문질렀다. "망할 자식! 그걸로 몇 가지 일이 설명되는군."

"어떤 일들이요?"

"맥스가 내게 열쇠들을 복제해달라고 했던 거요. 그리고 계속 금고실에 관해 물어봤던 것도요. 저번에는 새벽 3시에 금고실에서 맥스를 잡을 뻔했다니까요." 레이먼은 잠시 말을 멈췄다가 이었다. "맥스는 그게 나인 줄도 모르고 급하게 도망쳤어요. 기를 쓰고 쫓아갔지만, 터널에서 놓치고 말았죠. 그 후로 그녀를 보지 못했어요."

베아트리스는 여자 화장실에서 발견했던 커다란 열쇠고리를 떠올렸다. 어쩌면 맥스는 그걸 훔치지 않았을 수도 있었다. 레이먼이 그 열쇠들을 복제해준 것일지도 몰랐다. "오늘 밤에 맥스를 봤어요. 별 문제는 없는 것 같았어요. 그런데 변장을 하고 있더라고요."

"변장을 했다고요?" 안도의 물결이 레이먼의 온몸을 쓸고 지나가는 듯했다.

"머리카락과 옷이 달라졌어요. 예전보다 얼굴이 상했고요." 베아트리스는 말을 멈추고 레이먼의 말들을 정리해보았다. 맥스가 금고실에 있었단 말이지? "터널 어쩌고 하셨던 것 같은데……."

"그래요, 이 건물 밑에 낡은 증기관들이 있어요. 시내의 모든 곳과 연결된." 레이먼은 딱딱한 눈길로 베아트리스를 찬찬히 살폈다. "이곳에 계속 머물려면 건물을 드나들 다른 방법을 찾아야 해요. 무슨 생각으로 정문을 당당히 사용했는지 모르겠네요."

베아트리스의 작은 입이 벌어졌다. 레이먼은 그녀의 행동을 모두 지켜본 것이 분명했다. 정문도 지켜보고 있었고. "날 좀 도와줄 수 있어요?"

"정확히 뭘 도와달라는 건가요? 당신은 왜 이곳에 있는 거죠?"

"갈 곳이 없거든요." 베아트리스는 눈물을 멈출 수도, 얼굴을 감출 수도 없었다. "내가 맥스를 도울 수 있을지는 모르겠지만, 이모도 관련된 데다가…… 이모가 곧 돌아가실 것 같아 그냥 떠날 수도 없어요. 은행 사람들이 이모의 병실을 감시하고 있고요. 게다가 그들이 이모의 집에도 침입했기 때문에 거기도 갈 수 없어요."

커다란 손이 베아트리스의 어깨를 잡고 살살 흔들었다. "알았어요, 알았다고요. 도와줄게요. 하지만 언제까지나 이곳을 어슬렁거려선 안 돼요. 얼른 계획을 세워야 해요. 영원히 이곳을 벗어날 방법을 찾아야 한다고요."

베아트리스는 고개를 끄덕였고, 레이먼은 그녀를 일으켜주었다. "우선, 당신의 진짜 이름은 뭔가요?"

"베아트리스요." 그녀는 눈물을 닦았다.

"좋아요, 베아트리스. 난 레이먼이에요." 그는 베아트리스와 점잖게 악수했다. "당신이 이 건물을 드나들 방법을 함께 찾아봐요. 당신이 어떻게 맥스의 열쇠를 갖게 됐는지는 물어보지 않을게요. 당신이 이곳에 있다는 것도 아무에게 말하지 않을게요. 하지만 내 말을 명심해요."

"뭔데요?" 베아트리스는 고분고분한 목소리로 물었다.

"돈 많은 놈들 곁에는 가지 말아요. 절대 이길 수 없으니까요."

48장

돈 많은 놈들 곁에는 가지 마라……. 베아트리스는 그날 밤 내내 그 말을 생각했다. 그리고 다음 날에도 타이핑을 하고 서류를 철하면서 그 말을 곱씹었다. 그건 테디와 짐을 내버려두라는 뜻이었다. 그리고 밤이 되면 캄캄한 사무실 바닥에 앉아 문을 멍하니 쳐다보며 그 돈 많은 작자들이 무슨 일을 꾸미는지, 빌과 도리스 이모는 무슨 관계인지를 생각했다.

그때 조용히 문을 노크하는 소리가 들렸다. 베아트리스가 허겁지겁 한쪽 모퉁이로 몸을 숨기자 놋쇠 문손잡이가 돌아가고 문이 천천히 열렸다. 레이먼이었다. 그는 베아트리스의 얼굴에 어린 깜짝 놀란 표정에 미소를 짓더니 그녀에게 밖으로 나오라고 손짓했다. 베아트리스는 레이먼을 따라 직원용 엘리베이터를 타고 건물의 맨 아래층까지 내려갔다.

레이먼은 거대한 원형 철문이 있는 널따란 복도를 지나갔다. "이것들이 금고실 문이에요. 항상 잠겨 있고, 경보장치도 달려 있으니

엉뚱한 생각은 하지 말아요. TV 카메라도 여러 대 설치되어 있어요." 그가 천장을 가리켰다. 검은색 원형 렌즈가 달린 대형 회색 상자가 있었다.

"카메라요?" 베아트리스는 건물 내에 카메라가 있다는 것은 몰랐다.

"감시용이죠. 작년에 금고실에 설치되었어요. 지금도 오류를 수정하고 있지만요. 어쨌든 작은 빨간불이 들어오면 조심해요. 누군가가 지켜보고 있을지도 모르니까요."

베아트리스는 카메라를 응시하며 등골이 서늘해졌다. "누가요?"

"음, 그것도 오류 중의 하나죠. 낮에는 경비원이 지하실 로비에서 모니터를 지켜봐요." 레이먼은 그녀를 데리고 거대한 원형 출입구를 지나 로비로 나갔다. 로비의 책상 한 귀퉁이에 작은 TV가 놓여 있었다. "밤에는 보통 이 빌어먹을 것을 꺼두고요."

"그렇다면 뭐가 오류라는 건가요?"

"저 위층에 있는 작자들이 언제 이것을 꺼놓을지, 그리고 언제 켜놓을지 결정을 못 하고 있다는 거요."

레이먼은 질문과 대답을 주고받지 못할 정도로 빨리 걸었다. 베아트리스는 거의 달리다시피 그를 따라갔다. 그들은 모퉁이를 돌아 메인 로비로 통하는 듯한 널따란 대리석 계단통으로 갔다. 레이먼은 계단 옆에서 걸음을 멈추고 벽을 밀었다. 벽이 활짝 열렸다. 수납장보다 별로 크지 않은 공간에서 베아트리스는 철문을 멍하니 바라보다가 그것이 문임을 알아차렸다.

"증기관으로 통하는 문이에요." 레이먼이 열쇠 하나를 꺼내 자물쇠를 풀었다.

문이 열리더니 어두운 계단통이 모습을 드러냈다. 퀴퀴하고 축축한 공기가 올라왔다.

"'스타우퍼 인(여관)'을 통해 드나드는 것이 가장 좋아요. 그 터널은 하역장과 연결되어 있으니까요. 그곳은 보안이 느슨해요. 누군가가 당신을 보면 얼른 달아나요. 당신 머리를 갈겨서 영원히 골로 보낼 테니까요."

"그들이 뭔가 수상하다고 생각하지 않을까요?" 베아트리스는 배 속의 울렁거림을 느끼며 시커먼 우물 같은 곳을 내려다보았다.

"당신처럼 몸집이 작은 백인 여자를요?" 레이먼이 폭소를 터뜨리며 그녀의 등을 두드렸다. 그는 베아트리스에게 소형 플래시를 건네주며 두 사람의 뒤쪽을 어깨 너머로 돌아보았다. "이제 내려가서 당신이 드나들 방법을 찾아보고 와요. 난 한 바퀴 돌아볼 테니까 내가 보이지 않더라도 걱정하지 말아요."

베아트리스는 고개를 끄덕이고는 손가락 마디가 하얗게 변하도록 플래시를 움켜쥐었다. 가파른 계단을 내려갔다. 벌벌 떨리는 다리로 한 번에 한 계단씩 점점 아래쪽의 어둠 속으로 잠겨들었다. 레이먼이 위쪽 문을 닫자 플래시에서 쏟아지는 작은 빛줄기 외에는 모든 빛이 사라졌다.

빛줄기는 겨우 1~2미터 아래로 팔을 뻗치다가 어둠에 삼켜져버렸다. 심장이 갈빗대를 세게 두들겨댔다. 가끔 천장에서 떨어지는 물소리를 제외하면 심장소리밖에 들리지 않았다. 마치 동굴이나 관 속에 갇힌 것 같았다.

베아트리스는 한 손을 앞으로 뻗은 채 좁은 홀을 따라 살금살금 걸었다. 낮게 매달린 파이프에 머리를 부딪히기도 했지만, 그래도 계속 전진했다. 점점 양쪽 벽이 좁아지고 천장이 낮아졌다. 마구 달리고, 발로 차고, 비명을 지르고 싶은 충동이 뇌간*에서 부풀어 올랐다. 베아트리스는 심호흡을 하고는 자신이 너무나도 잘 아는 노래를 부르기 시작했다.

"자장, 자장, 울지 마라. 우리 아기 잘도 잔다. 자고 나면……. 아름다운 모든 망아지들이…… 풀밭 저쪽에…… 불쌍한 작은 아기가 누워 있네……."

노래에 힘입어 베아트리스는 좀 더 빨리 걷기 시작했다. 이제는 먹을 것 하나 없이 주말 내내 은행에 갇힌 죄수 신세가 아니었다. 어쩌면 마지막으로 한 번 더 이모를 찾아갈 수 있을지 몰랐다.

새롭게 솟아난 그녀의 희망에 동조하듯 터널이 좀 더 커다란 동굴로 이어졌다. 허리를 펴고 설 수 있을 정도였다. 플래시로 주위를 비추었다. 여러 터널들이 텅 빈 공간으로 이어졌다. 그중 하나가 호텔의 하역장으로 이어질 것이다. 한 터널에 '터미널'이라는 네임카드가 붙어 있었다. 이게 바로 그 터널이어야 했다. '스타우퍼 인'은 낡은 터미널 타워 바로 옆에 있었다. 베아트리스는 다시 심호흡을 하고 터널 속을 빠르게 걷기 시작했다.

좁은 통로가 몇 킬로미터나 되는 것처럼 계속 이어졌다. 몇 차례 좌우로 구부러지는 곳이 있기는 했지만, 대부분은 길게 늘어선 직

---

* 腦幹, 근육의 긴장, 운동을 담당할 뿐만 아니라 말초에서의 자극을 대뇌피질로 전달하여 의식의 수준을 유지하는 작용을 한다.

선이었다. 아주 가끔씩 터널이 갈라지곤 했다. '메이 회사'와 같은 작은 네임카드가 붙은 경우도 있고, 그런 것이 전혀 없는 경우도 있었다. 앞으로 나아갈수록 썩어가는 낙엽의 악취가 점점 심해졌다. 공기가 탁해지면서 그녀의 폐 속으로 축축한 찌꺼기가 드나드는 듯한 느낌이 들었다. 베아트리스는 계속해서 노래를 불렀다.

희미하게 바스락거리는 소리가 어둠 속에서 울려 퍼졌다. 깜짝 놀란 베아트리스는 플래시를 떨어뜨렸다. 바스락거리는 소리가 점점 커졌다. 그녀는 손을 더듬으며 플래시를 찾았다. 어디에선가 들려오는 바스락 소리에 허둥지둥 발을 옮기던 베아트리스는 걸음을 늦추었다. 종이 같은 것을 씹고 있는 시궁쥐였다. 그녀는 지금까지 쥐를 보고 마음을 놓을 일이 있으리라고는 한번도 생각해본 적이 없었다. 그녀는 비명을 지른 후 꾹 참았던 숨을 내쉬며 부지런히 걸었다. 얕게 고인 물웅덩이를 철벅철벅 걸어가자 신발의 이음매로 차디찬 물이 스며들었다.

마침내 '클리블랜드 호텔'이라는 명판이 박힌 곳에서 구부러지는 길이 나왔다. 베아트리스는 이곳이 틀림없다고 단정하고 모퉁이를 돌아섰다. 시내의 한 블록을 지나온 후에 통로는 철제 사다리에서 끝이 났다. 사다리는 위쪽으로 4~5미터가량 뻗어 있었다. 베아트리스는 플래시를 허리띠에 찔러 넣고, 사다리를 오르기 시작했다. 손이 점점 떨려왔다.

"아래를 보지 마, 절대로……." 베아트리스는 머리가 철판에 부딪힐 때까지 차갑고 미끄러지는 사다리를 한 칸씩 밟고 올라갔다. 철판은 지하로 통하는 출입문이었다. 위로 밀어보았지만 아주 조금만 들썩거렸다. 또다시 밀어 올리자 조금 더 움직였다. 젖 먹던 힘까지 짜내 힘껏 밀자 철커덩 소리와 함께 문이 열렸다. 그녀의 머리가 옥외 화장실 크기의 공간으로 불쑥 올라왔다. 얼어붙을 듯한 차가운 공기가 얼굴을 후려갈기고, 바람이 휘파람 소리를 내며 헛간의 얇은 벽을 돌아갔다. 베아트리스는 사다리를 기어 올라가 주위를 둘러보았다. 희미하게 문짝의 윤곽만 보일 뿐이었다. 문손잡이는 쉽게 돌아갔다. 그녀는 문 반대쪽에 무엇이 있는지도 모른채 문을 열었다.

베아트리스는 두 개의 높다란 건물들 사이의 골목에 있었다. 둘다 모르는 건물이었다. 탑처럼 높이 솟은 건물들이 그녀의 머리 위에서 맴도는 듯했다. 화재대피용 비상 철제 사다리 여러 개와 차고문 여러 개가 그녀를 둘러싸고 있었다. 베아트리스가 아무 생각도 없이 그것들을 쳐다보는데 출입문이 닫혀버렸다. 얼른 뒤돌아 달려갔지만, 이미 늦고 말았다. 자물쇠가 채워진 듯했다. 손잡이를 돌려봤지만 꿈쩍도 하지 않았다. 베아트리스는 주머니를 만지작거리며, 맥스의 무거운 열쇠고리를 여전히 가지고 있는 것에 위안을 느꼈다. 분명히 그중에 맞는 열쇠가 있을 것이다. 우선은 이곳이 어디인지를 알아내야 했다. 그녀는 두 건물 사이의 좁은 골목을 따라 거리로 나갔다.

길 맞은편 석회암 건물 꼭대기에 '우체국'이라고 큼지막하게 새겨져 있었다. 모퉁이를 돌아서자 '슈피리어 애비뉴'라는 도로 표지가 보였다. 그제야 베아트리스는 자기가 어디에 있는지 알게 되었다. 그녀는 호텔 뒤편에 있었던 것이다. 매서운 바람이 스웨터를 뚫고 들어오자 코트를 입고 있지 않다는 걸 깨달았다. 어디로 가는지도 모르고 레이먼을 따라나섰던 탓이었다. 텅 비어 있는 인도를 얼른 살폈다. 너무 늦은 시각이었다. 불이 밝혀진 창문은 하나도 없었다. 반 블록쯤 떨어진 앞쪽의 인도에서 몸집 큰 사람의 그림자가 시야에 들어왔다. 그가 이쪽으로 오는 것인지는 몰랐지만, 베아트리스는 골목에 있는 문으로 달리기 시작했다. 주머니에서 열쇠고리를 꺼냈다. 어깨 너머로 뒤를 흘끔 돌아보았는데, 그림자가 여전히 눈에 들어왔다. 손가락을 재빨리 움직이며 문 앞에서 맞는 열쇠를 찾았다.

세 번째 열쇠가 스르르 열쇠구멍으로 밀려들어 갔다. 베아트리스는 문을 잡아당기고는 안으로 뛰어들었다. 그림자는 인도를 따라 멀어지고 있었다. 그녀는 한숨을 내쉬고 지하로 들어가는 해치를 열다가 하마터면 5미터 아래의 구멍으로 떨어질 뻔했다. 간신히 균형을 잡은 베아트리스는 허겁지겁 사다리를 내려갔다.

잠을 제대로 자지 못한 날들이 많았기에 신경이 잔뜩 곤두서 있었다. 베아트리스는 자신을 진정시키며 종종걸음으로 터널을 되돌아갔다. 휑뎅그렁한 합류점을 지나 은행으로 올라가는 사다리에 도착했을 무렵 그녀는 레이먼의 갈빗대를 들이받고 말았다.

베아트리스가 비명을 지르자 레이먼이 손으로 그녀의 입을 막았다. "쉬잇! 나예요. 아직 올라갈 수 없어요."

베아트리스가 속삭이듯 물었다. "무슨 뜻이에요?"

"누군가 금고실에 있어요."

레이먼은 허리를 펴고 설 수 있는 휑뎅그렁한 동굴로 그녀를 이

끌었다.

"누군가 금고실에 있다고요? 무슨 뜻이죠?" 벌써 밤 10시가 지난 시각이었다.

"높은 양반이 있다고요. 공식적인 은행 업무라면서 나보고 자리를 비켜달라고 하더군요."

레이먼이 담배를 피워 물었다.

"보통 그렇게 하나요?"

"요즘 들어 그게 정상적인 것으로 되어가고 있어요. 하지만 그들은 열쇠를 갖고 있잖아요?"

"그의 이름을 알고 있나요?"

"젊은 사람이에요. 레지인가 뭐라고 하던데?"

"랜디라고 하지 않았어요? 랜디 할로란?"

"아, 그랬던 것 같아요." 레이먼이 담배 연기를 내뿜었다. "관계자만 금고실의 번호를 가지고 있죠. 번호는 매주 바뀌고요. 만약 그가 금고실을 열 수 있다면, 관계자인 거죠."

베아트리스가 이마를 찌푸렸다. "누가 그 번호를 바꾸는데요?"

"키가 큰 사람인데…… 매주 월요일 오전에 내려와요. 부총재인가 뭔가라고 하더라고요."

"이름은요?"

"난 제임스 스톤이라고 하네." 레이먼은 나이 든 백인이 아랫사람에게 점잔을 빼는 목소리를 흉내 냈다.

베아트리스의 눈이 휘둥그레졌다. 제임스 스톤이야말로 한밤중에 공무원들에게 뇌물을 주는 것에 관해 이야기했던 짐일 수도 있

었다. 레이먼은 시멘트 바닥에 담배꽁초를 튕겼다. "터널은 어땠어
요?"

"그런대로 찾아다닐 수 있겠더라고요."

"맥스에게 말했던 것처럼 이 거지 같은 터널은 정말 위험할 때
만 사용해야 해요. 알았죠? 여기도 안전한 곳은 아니거든요."

베아트리스는 고개를 끄덕이고는 레이먼이 모든 위험이 사라졌
다는 신호를 주기를 기다렸다. 그래야 계단을 올라가 어둠 속을 빠
져나갈 수 있을 테니까.

49장
1998년 8월 22일 토요일

　정복 차림의 경찰관 다섯 명이 장비가 들어 있는 더플백을 들고 실내로 들어왔다. 아이리스가 그렇게 넋이 나가 있지 않았더라면 두 손을 번쩍 들어 항복한다는 표시를 했을 것이다. 경찰관들이 모든 전등을 켜는 동안, 그녀는 화장실 문 바로 옆에 주저앉아 있었다. 경찰관들은 아이리스에게 말을 걸지 않았다. 그들은 화장실로 한 명씩 줄지어 들어갔다. 샤워실에 쌓여 있는 파리 떼가 레드카펫 위의 영화배우라도 되는 것처럼 카메라의 플래시 세례를 받고 있었다.

　스포츠 재킷에 청바지를 입은 사십 대 중반의 남자가 사무실로 들어왔다. 클리블랜드 인디언스팀의 야구모자를 쓰고 있었다. 리틀야구 게임을 보러 가던 중년의 아빠 같았다. 그는 아이리스를 똑바로 쳐다봤다.

　"당신이 아이리스군요."

　그는 성큼 다가와 따스한 미소를 지어 보였다. 아이리스도 미소로 맞이하고 싶었지만, 얼굴 근육이 굳어버렸다.

"난 맥도널 형사입니다. 당신이 시신을 발견했다지요?"

아이리스는 멍한 표정으로 고개를 끄덕였다.

"일단 여기서 나갑시다." 그가 손을 뻗어 아이리스를 일으켜주
려고 했다.

하지만 아이리스는 그가 자신을 때리려고 한다고 생각했는지 몸
을 움츠렸다. 아이리스는 고개를 저어 도움을 거절하고는 손으로
바닥을 짚고 일어섰다. 그리고 현장가방을 어깨에 둘러멨다. 갑자
기 가해진 무게 때문에 하마터면 넘어질 뻔했다. 아이리스가 뒤꿈
치로 비틀비틀 물러서자 형사가 그녀의 어깨를 붙잡았다.

아이리스는 형사의 뒤를 따라 홀로 걸어가서 뒤도 돌아보지 않
고 화물 엘리베이터에 올라탔다. 다시는 뒤돌아보고 싶지 않았다.
마침내 엘리베이터 문이 닫히자 그녀는 몇 시간 만에 처음으로 숨
을 쉬는 것처럼 심호흡을 했다.

아이리스의 눈에 다시 초점이 돌아왔다. "레이먼은 어디 있죠?"

"멘도자 형사에게 심문받고 있어요. 커피 한잔하실래요?"

"술을 한잔하고 싶은데요."

지금은 보드카를 몇 리터라도 퍼마실 수 있을 것 같았다. 파리
떼 밑의 뼈다귀들이 그녀의 머릿속에서 덜거덕덜거덕 소리를 냈
다. 아이리스는 쓰러지지 않기 위해 엘리베이터의 벽을 붙잡았다.
수전은 은행이 영업을 접었을 때 여러 사람이 사라졌다고 말했었
다. 베아트리스의 여행가방은 지금도 11층의 청소도구실에 있었
다. 하지만 그녀가 발견한 시신은 남자였다. 젊은 여자의 시신은

건물 어딘가에 파묻혀 있을지도 몰랐다. 찬 공기가 순환되는 환풍구의 격자문이 눈앞에 어른거렸다. 그 격자문은 고정되어 있지 않았다.

"맥주는 어때요? 내가 좋은 곳을 알고 있는데요."

아이리스는 양쪽 눈썹을 치켜올렸다. 가만히 고개를 끄덕이고는 무슨 경찰이 술집에서 심문을 하지, 라고 생각했다.

두 사람은 엘리베이터에서 내려 하역장으로 나갔다. 그곳에서 레이먼과 몸집 큰 라틴계 여자가 이야기를 하고 있었다. 레이먼은 담배를 피우고 있었다. 아이리스는 공기 중에 떠도는 회색 깃털 같은 담배 연기를 멍하니 바라보았다. 그래, 담배! 그녀의 지갑과 담배가 주차된 그녀의 차 안에서 기다리고 있었다.

"토니, 내가 검시관을 부를까?" 뚱뚱한 여자가 물었다.

"그래." 맥도넬 형사가 대꾸했다. "감식반도 필요하겠어. 난 한 시간 후에 돌아올게."

"음, 죄송한데요……." 아이리스는 레이먼의 입술에 매달린 담배에서 눈을 떼지 않은 채 형사에게 말했다. "이 가방 좀 내려놓으면 안 될까요? 상당히 무겁거든요."

"편한 대로 하세요." 형사는 고개를 끄덕이고는 멘도자 형사와 레이먼이 있는 쪽으로 갔다.

아이리스는 하역장의 계단을 달려 내려가 녹슨 마쓰다로 갔다. 그리고 현장가방을 차 안에 내려놓았다. 바로 그 순간, 죽은 사람의 열쇠가 아직도 자신의 손 안에 있다는 걸 깨달았다. 아이리스는 형사가 서 있는 하역장을 슬쩍 돌아보고 뭔가를 말하기 위해 입을 달싹거렸다. 하지만 아무 말도 나오지 않았다. 이 열쇠를 설명할 수가 없어서였다. 왜 열쇠를 즉시 건네지 않았죠? 형사는 당연히 그렇게 물어볼 것이다. 아이리스는 입술을 잘근잘근 씹었다. 형사가 그녀의 현장가방을 뒤져볼지도 몰랐다. 가방 바닥에 놓여 있는 열쇠고리와 훔친 파일들을 슬쩍 내려다보았다. 죄책감이 몰려왔다. 이어 공포심도 몰려왔다. 아이리스는 머리를 흔들어 그런 생각들을 떨쳐버렸다. **이건 문제가 되지 않아.** 그녀는 스스로를 달랬다. **넌 용의자가 아니란 말이야.** 이 열쇠가 파리 떼 밑에 파묻힌 사람을 죽인 것도 아니잖아. 열쇠는 그냥 바닥에 놓여 있을 뿐이라고. 아이리스는 그 열쇠를 현장가방 안으로 떨어뜨렸다. 그러고는 핸드백과 라이터를 집어 들고 하역장에 있는 형사에게로 갔다.

"좋아, 리타. 곧 돌아올게. 감식반이 올 때까지 아무도 그 방에 들이지 마." 형사는 그렇게 지시하고 아이리스를 하역장 밖으로 데리고 나갔다.

은행 뒷길은 경찰차들과 경광등 불빛으로 넘쳐났다. 아이리스는 도대체 언제 집으로 돌아갈 수 있을지 걱정되었다. 형사가 차로 데려다주기를 바랐지만, 그는 그냥 인도를 따라 걷기 시작했다.

"자, 갑시다. 멀지 않아요."

아이리스는 걸음을 멈추고 담배를 피워 물었다. 그녀는 썩어가는 벌레들과 아직도 목구멍에 걸려 있는 듯한 토사물 느낌을 잠시나마 이겨내기에 충분한 연기를 빨아들인 후에야 걸음을 옮겼다.

"정말 엿 같은 날이죠, 그렇죠?" 형사는 아이리스가 다시 담배를 빨아들이는 것을 지켜보며 말했다.

아이리스는 나이 든 경찰관이 욕설을 하는 것을 듣고 소스라치게 놀랐다. 그녀는 폐 가득히 들이마신 담배 연기를 내뿜었다. "내 기분이 얼마나 엿 같은지 절대 모르실 거예요."

두 사람은 세 블록을 걸어가 술집 문으로 들어섰다. 아이리스는 이 술집을 기억하고 있었다. 이곳은 엘라의 펍이었다. 토니는 문을 열며 소리쳤다. "카마이클! 여기 급하게 술이 필요한 응급상황이 발생했어요!"

주름이 자글자글한 늙은 요정이 카운터 뒤에서 툭 튀어 올라왔다. 그를 보자마자 아이리스는 미소를 지을 뻔했다.

"아, 토니로구먼! 이렇게 반가울 수가 있나?" 카마이클은 카운터 뒤에서 황급하게 달려 나와 형사와 악수를 했다. 그는 할아버지 같은 미소를 지어 보이고는 아이리스에게로 눈길을 돌렸다. "아, 아가씨로군요. 기억하고 있어요. 오래된 은행에서 일하는 분이잖아요! 오랜만에 들르셨네요. 자, 자, 안으로 들어오세요. 이리 와서 앉으시고요. 뭘 갖다 드릴까요?"

아이리스는 기네스 맥주를, 형사는 블랙커피를 주문했다. 아이리스는 그가 아직 근무 중이라 술을 마시지 않는 거라고 생각하며 담배를 껐다. 그녀는 맥주를 한 모금 길게 들이마시고 또 다른 담배에 불을 붙였다. 형사는 공책을 꺼냈다. 아이리스는 카운터의 스툴에 엉덩이를 붙이고 카마이클을 흘깃 쳐다보았다. 카마이클은 **귀신들의 잠을 깨우지 말라**고 경고했음을 상기시키는 듯한, 체념의 미소를 지어 보였다.

"자, 아이리스. 오늘 있었던 모든 일을 말해줘요."

아이리스는 반 잔이나 되는 맥주를 한 번에 들이켰다. 그러고는 그녀의 직업과 토요일 근무에 대해 말했다. 그리고 짜증이 나서 문을 걷어찼다는 것도. 닉과의 애처로운 로맨스와 금고실에서 가져온 열쇠고리에 대해서는 입 밖에 내지 않았다. 그랬다가는 그 열쇠고리를 어떻게 갖게 됐는지뿐만 아니라 은행 건물에 들어온 침입자, 수전과 나눈 대화, 그녀가 훔친 파일에 대해서도 설명해야 했기 때문이었다. 아, 그녀가 들었던 목소리도 있었다. 형사는 내가 미쳤다고 생각할 거야. 아이리스는 스스로를 정당화했다. 게다가 이 형사는 버려진 건물에서 없어진 물건들에 대해서는 관심이 없을 것이다. 수년 전에 누군가가 그녀의 차를 털었을 때, 경찰관은 잃어버린 카세트테이프와 레이더 감지기를 찾을 시간이 없다고 했었다. 이 형사가 무엇 때문에 20년 전에 잃어버린 물건에 관해 관심을 쏟겠는가? 아이리스는 자신의 모든 생각이 그럴듯하게 들렸다. 으스스한 공포로 배 속이 뒤틀릴 때마다 그런 변명을 되풀이해서 읊조렸다. 그녀는 건물에서 물건을 훔쳤다. 그걸 형사에게 털어놓으면 체포될 수밖에 없었다. 직장에서 해고될 수도 있었다. 파리 한 마리가 그녀의 팔을 기어올랐다. 아이리스는 흠칫 놀라며 자신의 팔을 찰싹 때렸다.

"괜찮아요?" 형사가 공책에서 얼굴을 들며 말했다.

아이리스는 고개를 저었다. 파리는 없었다.

아이리스는 맥주를 꿀꺽꿀꺽 마셨다. 한 잔 더 주문하고 싶은 생각이 간절했다. 하지만 얼마 후면, 거의 절반이나 쏟아져 나온 클리블랜드 경찰서 소속 경찰관들 앞에서 차를 몰고 집으로 가야 했다. 그녀는 카마이클에게 맥주 대신 물을 가져다 달라고 부탁하고는, 형사가 필기를 마칠 때까지 인내심을 발휘하며 기다렸다. 필기를 마친 형사의 표정이 이상했다. 그녀의 배가 바싹 조이고, 목구멍에서는 맥주가 역류할 것만 같았다. 거짓말을 했다는 것이 그녀의 얼굴에 몽땅 드러났던 것일까?

"난 그 건물로 다시 돌아가게 될 줄은 꿈에도 몰랐어요." 형사의 관자놀이와 텁수룩한 턱수염은 희끗희끗했지만, 연한 파란색 눈동자는 놀라울 정도로 젊어 보였다. 거의 소년의 눈동자 같았지만 왠지 슬퍼 보였다.

"형사님이 그곳에 가보신 적이 있다고요?" 아이리스가 가까스로 물었다.

"폐점할 즈음은 아니었어요. 난 그때 신참 형사였거든요. 그들이 수사할 단서를 줬는데……." 그의 말소리가 점점 작아졌다. 그는 손으로 자신의 입을 막고 머리를 저었다.

"어떤 수사요?" 아이리스는 형사의 눈길을 피했다. 그는 이야기하고 싶지 않은 기색이 역력했지만, 아이리스는 정말 알고 싶었다.

"미안해요. 그 건물이 아주…… 이상하게 느껴져서……."

"어떻게 이상하다는 건가요?" 그가 한쪽 눈썹을 치켜떴다.

"아, 잘 모르겠어요. 여러 책상 위에 여전히 이런저런 것들이 놓여 있었고요. 서류 캐비닛은 여전히 서류들로 가득했어요." 일단 말을 시작한 뒤에는 마치 압력경감 밸브를 열어놓은 것 같았다. 아이리스는 모든 것을 털어놓고 싶었다. 베아트리스의 여행가방과 메모에 대해, 그리고 자신의 도둑질에 관해 모두 자백하고 싶었다.

하지만 그녀는 입술을 깨물었다. "그 건물은 마치 1978년에 폭탄이 터지면서 사람들은 모두 기화하고 물건들만 그대로 남은 타임캡슐 같아요."

"아, 폭탄이 터진 것은 맞아요. 시청이 채무불이행을 선언하기까지 은행이 내버려두자, 시청의 고위층이 잔뜩 화가 나서 마침내 은행의 이사회에 대한 수사를 시작하게 했으니까요. 2주가 지나기도 전에 은행은 문을 닫고 사라져버렸죠."

"무슨 말인지 이해되지 않네요."

"은행 자산은 시외의 '콜럼버스 트러스트'라는 회사에 전량 매각됐고 연방요원들은 예금을 보호하기 위해 건물 전체를 봉쇄했죠. 우리는 몇 건을 먼저 기소했다는 것에 만족해야 했어요. 우린 부정직한 가문 하나를 쓰러뜨렸지만, 나머지는 빠져나가버렸죠. 몇몇 사람은 사라지기도 했고요. 당신이 그중 한 명을 발견한 것 같아요."

그는 샤워실 바닥에 있던 다 뜯어 먹힌 시신을 말한 것이었다. 아이리스는 침을 꿀꺽 삼켰다. 그러고는 지금도 머리카락과 옷가지에 들러붙어 있는 듯한 구토의 악취를 머릿속에서 몰아냈다. 담배를 최대한 코 가까이에 갖다 댔다. **2주란 말이지……**. 그녀는 생각했다. 그럼 시청은 12월 15일에 채무불이행을 선언했고, 은행은 12월 29일에 매각된 것이었다. 수전은 은행이 매각되기 전에 베아트리스가 실종되었다고 하지 않았던가? 잘 기억나지 않았다.

"형사님은 사라진 사람들 중에 아는 사람이 있나요?"

"여동생이 사라졌죠." 형사는 자신의 머그잔을 응시했다. 그는 얼굴에 아무런 표정도 드러내지 않으려고 했지만, 아이리스는 그가 지금도 마음 아파하는 것을 알아챘다.

"미안해요."

그는 손을 저었다. "아주 오래전 일이에요. 그런데도 난 여동생이 지금 당장 모습을 드러낼 거라고 항상 생각했어요. 맥스는 그런 사람이었으니까요."

맥스라는 이름이 번갯불처럼 아이리스를 후려갈겼다. 그녀는 그 이름을 책에서, 베아트리스의 책에서 봤었다. 아이리스가 파일 보관실에서 훔쳐다 자신의 아파트 어딘가에 놓아둔 속기법 뭉치도 있었다. 그리고 무슨 사연이 있는 듯한 여행가방도 있었다. 그 여행가방은 여성용이었다.

아이리스는 두 손에 얼굴을 파묻었다. "이제 집으로 가봐야겠어요."

50장

"아이리스, 찰스 휠러요. 무슨 일이 있었는지 들었어요. 충격에서 벗어나도록 돕고 싶어요. 다음 주에는 쭉 출근하지 않아도 좋아요······."

아이리스는 녹음된 메시지가 재생되는 동안, 주방으로 걸어가서 보드카 석 잔을 연달아 들이켰다. 일주일의 휴가는 작업 현장에서 시신을 발견한 포상처럼 보였다. 그녀는 상사가 그런 사실을 어떻게 그리 빨리 알게 됐는지 전혀 신경 쓰지 않았다.

"······프로젝트는 잠시 보류됐소. WRE는 경찰의 수사에 협조하려고 해요. 하지만 그 건물에 관한 스케치와 메모 등 모든 정보는 순전히 건물 소유자의 자산이기 때문에 우린 당신이 기밀을 지켜주기 바랍니다. 그럼, 다시 연락하겠소."

아이리스는 배 속이 알코올로 데워지는 것을 느끼며 침실로 비틀비틀 걸어갔다. 옷을 몽땅 벗어 이미 넘치고 있는 쓰레기통으로 던져 넣었다. 욕조 바닥에 주저앉아 온수가 얼굴로 쏟아지게 했다.

눈을 감을 때마다 파리 떼가 아른거렸다.

세 시간 후, 술을 석 잔 더 마시고, 담배 열다섯 개비를 더 피우고, 시트콤 재방송을 네 편이나 보고도 여전히 마음의 평정을 얻을 수 없었다. 손이 부들부들 떨렸다. 파리 떼에서 형사의 목소리로, 현장가방 안의 훔친 열쇠들로 생각이 두서없이 왔다 갔다 했다. 맥도넬 형사는 자신의 여동생이 실종되었다고 했다. 그녀가 바로 맥스였다.

아이리스는 보드카 병을 내려놓고 비틀비틀 주방에서 나왔다. 아직까지 풀지 못한 이삿짐 상자가 거실 바닥에 흩어져 있었다. 새로 얻은 아파트의 찬장과 서랍과 벽장은 텅 비어 있었다. 간신히 풀어놓은 짐이라고는 머그잔 하나와 숟가락 하나, 작은 술잔 하나가 전부였다. **처량하네.**

아이리스는 가장 가까이에 있는 상자 앞에 주저앉아 테이프를 뜯어냈다. 상자를 풀 때마다 접시와 유리그릇과 은 제품과 청소도구와 책들이 쏟아져 나왔다. 바닥이 보이지 않을 정도로 이런저런 것들이 무더기로 쌓였지만, 그것은 어디에도 없었다. 베아트리스의 파일이 사라져버렸다. 파일을 제대로 싸서 상자에 넣었는지 기억도 나지 않았다. 주위에 널린 것들이 빙빙 도는 것처럼 보였다. 얼른 이것들로부터 벗어나야 했다. 아이리스는 바닥에서 일어나 벽에 등을 기댄 채 침실로 갔다.

TV 재방송과 소파와 보드카와 크래커와 잠과 악몽의 연속이었다. 2~3일 동안 뭘 했는지 몽롱할 뿐이었다. 전화는 어머니에게 걸려온 한 통뿐이었지만, 그녀는 수화기를 집어 들지 않았다. 수화기를 들면 울음을 터뜨릴 것이 뻔했고, 그러면 어머니가 득달같이 달려왔을 테니까. 엘리 역시 전화를 하지 않았다. 사실 그녀는 한번도 전화를 한 적이 없었다. 엘리는 전화를 주고받는 친구가 아니었다. 닉도 전화를 하지 않았다. 무슨 일이 벌어졌는지 들었을 텐데도 월요일 아침이 지나가도록 전화를 하지 않았다. 아이리스는 집을 나서지 않았다. 파자마 차림으로 지내면서 화장실에 갈 때만 침대에서 일어났다. 술에 취해 정신이 몽롱한 가운데 끔찍한 생각이 머릿속을 떠나지 않아 배 속의 창자들이 꼬이는 것 같았다. 그녀는 지금도 열쇠들을 가지고 있었다. 누군가가 여전히 그녀를 찾고 있을지도 몰랐다. 아이리스는 열쇠에 대해 말하지 않아 결국 형사를 속인 셈이었다. 밤에 잠드는 유일한 방법은 술에 취해 곯아떨어지는 것뿐이었다.

화요일 아침, 아이리스가 눈을 뜨자 꽁초가 흘러넘치는 재떨이와 비어 있는 술병이 눈앞에 있었다. 바스락거리는 소리가 그녀를 깨웠다. 그런데 그 소리가 또다시 들렸다. 종이를 긁고 구기는 소리였다. 아이리스는 깜짝 놀라 소파에서 벌떡 일어나 앉았다. 방이 빙빙 도는 듯해서 그녀는 팔걸이를 거머쥐었다. 소리는 주방에서 들려왔다. 목구멍에 걸린 시큼한 뭔가를 꿀꺽 삼키고 소리가 들려오는 쪽으로 조심스럽게 다가갔다.

"누구세요?" 아이리스가 쉰 목소리로 물었다.

소리가 멈췄다. 모퉁이 너머 주방을 슬쩍 훔쳐볼 때는 심장이 미친 듯이 뛰었다. 그곳에는 아무도 없었다. **맙소사.** 상상력이 제멋대로 날뛰지 않게 하려면 술을 끊어야 했다. 아이리스는 이마를 벽에 대고 세게 눌렀다. 그동안 작은 갈색 쥐가 주방 바닥을 가로질러 자신에게로 급히 달려오는 것이 보였다. 그녀는 비명을 지르며 벽을 힘껏 밀치고는, 어떤 상자 위로 엉덩방아를 찧었다.

주방 조리대 위에는 종이접시와 쓰레기가 널려 있었다. 새삼스러운 일도 아니었다. 바닥은 여전히 풀지 않은 이삿짐 상자들로 뒤덮여 있었다. 금요일 밤에 섹스를 즐겼던 시트가 지금도 침대를 덮고 있었다. 그녀의 옷가지들은 침실 바닥에 엉망진창으로 쌓여 있었다. 사방의 벽들이 울렁거리기 시작했다. 그녀는 손으로 벽을 더듬으며 화장실로 들어가 토했다.

한 시간 후, 아이리스는 비틀비틀 침실로 들어가 시트를 침대에서 벗겨낸 다음 바닥에 펼쳐놓았다. 더러운 빨랫감들을 시트 가운데 쌓아놓고 시트를 잘 싸서 어깨에 걸쳤다. 25센트짜리 동전들을 손에 쥐고, 헐렁한 바지 차림으로 길모퉁이에 있는 '동전 셀프 빨래방'으로 갔다.

'위시 앤드 린스'에는 아무도 없었다. 아이리스는 세탁기 석 대를 자신의 빨랫감으로 가득 채웠다. 각각의 세탁기에 동전을 찔러 넣자 어깨를 내리누르던 짐이 약간 가벼워진 듯했다. 마침내 뭔가 옳은 일을 한 것 같았다. 그녀는 플라스틱 의자에 털썩 주저앉아 비눗물 속에서 뱅뱅 도는 옷가지들을 지켜보았다. 자신도 온몸을 저 안에 집어넣었다가 깨끗해진 상태로 나와 새 출발을 할 수 있으면 좋으련만……. 아이리스는 지끈거리는 머리를 양손에 파묻고 두 눈을 감았다.

파리 한 마리가 윙윙거리며 그녀의 귀를 스쳐 지나가더니 옆에 놓인 의자 팔걸이에 내려앉았다. 파리는 아이리스를 지켜보며 탐욕스러운 작은 다리를 연신 문질렀다.

아이리스는 파리로부터 몸을 피했다. 이 세상의 어느 누구도 그녀가 입었던 속옷을 갖고 싶지 않을 거라고 생각하며 세탁기 속의 옷가지를 그대로 두고 셀프 빨래방을 빠져나왔다.

아이리스는 자신의 아파트 문을 활짝 열어젖히고 한때는 반들거릴 정도로 새 집이었던 곳에 자신이 벌여놓은 난장판을 들여다보았다. 이곳은 그녀가 어른으로서 삶을 시작하는 첫 번째 아파트였다. 그런데 마치 부랑자가 이사 들어온 것처럼 보였다. 탑처럼 우뚝 솟은 낡은 은행 건물의 11층에 있는 노숙자 숙소와 달라 보이지 않았다.

쓰레기봉투를 네 개나 채우고, 소독도 하고, 종이 타월도 한 통이나 비운 후에야 아이리스는 이삿짐을 풀 준비가 됐다. 이삿짐 상자를 하나씩 풀어헤친 뒤 방 모서리에 쌓았다. 접시들이 찬장에 쌓이고, 책들이 선반에 자리를 잡고, 은 식기류가 서랍에 들어가자 카펫이 혼돈의 틈새를 밀치고 서서히 제 모습을 드러냈다. 아파트는 그제야 제 구실을 하는 어른이 살고 있는 것처럼 보였다.

아이리스는 홀의 수납장에 처박아두었던 마지막 상자를 꺼내 테이프를 뜯었다. 거기에는 그녀의 삶에서 제자리를 찾지 못했던 모든 것들이 들어 있었다. 그녀는 플래시 하나, 배터리 한 상자, 드라이버 하나, 껌, 반창고, 커터 칼 하나, 책 한 권을 차례로 꺼냈다.

책은 베아트리스의 속기법 교본이었다. 책 밑에서 베아트리스의 잃어버린 메모뿐만 아니라 외로이 버려진 여행가방에 들어 있던 파일들과 수전의 책상에서 가져온 열쇠를 찾았다. 547번 열쇠였다. 아이리스는 손가락으로 그 숫자를 어루만졌다. 이 열쇠가 베아트리스의 실종 동기일 수는 없어. 그녀는 속으로 그렇게 말하며, 그렇게 믿으려고 애썼다. 아이리스는 방 한가운데에 앉아 속기법 교본의 맨 뒷장을 펼쳤다. 맥스가 메모를 남겨놓은 곳이었다. 아이리스는 펜 글씨를 손끝으로 따라 그렸다. 맥스는 형사의 여동생이었다. 그녀는 은행이 문을 닫았을 때 실종되었다. 베아트리스처럼. 형사는 지금도 맥스를 찾고 있는 것 같았다. 과거의 은행은 아이리스를 쫓아다니며 괴롭히는 것처럼 형사도 괴롭히고 있었다.

그래, 맞아. 맥도넬 형사는 지금도 자신의 누이에게 무슨 일이 벌어졌는지 모르는 게 분명했다. 아이리스가 이 메모에서 그녀의 행방에 관한 어떤 실마리라도 찾아낸다면, 그는 모든 진실을 털어놓지 않은 그녀를 용서해줄지도 몰랐다. 은행 건물에서 몇 가지를 가져오긴 했지만 도둑은 아니라는 변명을 믿어줄지도 몰랐다. 그녀는 은행에 숨겨져 있는 뭔가를 탐냈던 것이 아니었다. 이런 일을 벌일 의도는 전혀 없었다. 어쩌면 이렇게 하는 게 이런 난장판을 벗어날 방법이었을지도 몰랐다.

아이리스는 1970년대에 속기법으로 통용됐던, 새들이 긁어놓은 듯한 자국을 해독하기 위해 교본을 집어 들었다. 베아트리스의 파일에 들어 있는 첫 번째 종이는 맨 위부터 맨 아래까지 끄적거린 글씨로 가득 채워져 있었다. 현장가방에서 연필을 꺼내 단어들을 해독하기 시작했다.

5분 후, 아이리스는 무의미한 문장들이 늘어선 종이를 멍하니

420

내려다보았다. 비밀을 해독하겠다는 열정이 점점 사그라졌다. "두더지 사냥 실패. 내부 조력자를 잃다?" 아이리스는 자신이 뭔가를 잘못했다고 생각했다.

아이리스는 여행가방에서 나온 다른 파일을 거머쥐었다. 첫 번째 종이를 해독하자 글자와 숫자가 뒤범벅되어 있는 문장들이 드러났다. "D에게 300, E에게 400……." 아래로 훑어가다가 마침내 의미가 통하는 무엇인가를 발견했다. "우리는 하느님을 믿노라."

아이리스는 그 문장들을 다시 읽어보고는 속기법 교본을 한쪽으로 던져버렸다. **우리는 하느님을 믿는다고?** 베아트리스는 광신도였단 말인가? 밖이 어두워지고 있었다. 저녁 식사를 할 시간이 지났다. **아, 이런!** 그녀는 세탁물을 까맣게 잊고 있었다.

아이리스는 옷을 찾기 위해 어둠 속으로 나갔다. 길 맞은편에 주차해 있던 회색 세단이 시동을 걸더니 그녀와 같은 방향으로 움직였다. 세단이 너무 천천히 따라왔기에 아이리스는 간신히 알아차렸다. 그녀가 뒤돌아보자 세단은 속력을 내서 사라져버렸다.

51장

　아이리스는 밤을 새우다시피 하며 베아트리스나 형사의 여동생 실종과 관련된 단서를 찾으려고 했지만, 그런 행운을 잡지는 못했다. 기껏 얻어낸 것이라고는 체계가 서지 않는 단어들의 집합뿐이었다. "우린 하느님을 믿노라. 열쇠는…… 내부 조력자를 잃다? ……두더지 사냥 실패…… 시장 놈아, 엿이나 먹어라……. 예금계좌들을 옮겨라……. 테디와 짐…… 휴가에서 돌아오지 말라고 맥스에게 말해라……. 은행은 기록이 있을 때만 좋다……. 마음이 온유한 사람들이 땅을 상속받을 것이다."

　결국, 바닥에 앉아 졸다가 꿈속에서 은행 건물로 되돌아가 있었다. 늦은 시각이었다. 아이리스는 또다시 초과 근무를 하고 있었다. 그녀는 인사부 안에 있는 린다의 의자에 앉아 키보드를 딸깍거리고 있었다. 평면도는 잘 조합되고 있었다. 그녀는 자신이 그린 스케치를 집어 들고는 조잡하게 적어놓은 자신의 글씨를 해석하기 위해 눈을 가늘게 떴다. 쩽그랑거리는 금속음과 함께 무엇인가가 키보드 옆으로 떨어졌다.

열쇠였다. 놋쇠 표면에 해골과 교차된 뼈다귀가 새겨져 있었다. 아이리스는 열쇠를 집어 들고 최면에 걸린 듯 멍하니 쳐다보았다. 죽음이 표시된 열쇠였다. 열쇠를 돌려보다가 비명을 질렀다. 손가락 끝에 피가 묻어 있었다. 열쇠가 피를 뚝뚝 흘리고 있었다.

아이리스는 감전된 듯 허리를 쭉 펴고 바닥에 앉았다. 심장이 두 방망이질하고, 진땀에 뒤덮인 그녀의 귓가에 파리 떼의 윙윙 소리가 들리는 듯했다. 눈에 보이지 않는 벌레를 확인하기 위해 팔과 목을 꼬집었다가 파리가 스멀거리는 것 같아 카펫에서 펄쩍 일어섰다.

"염병할, 미치겠네!" 아이리스는 쉭쉭거리며 불평을 토해냈다.

아이리스는 마음을 안정시킬 뭔가를 찾아 주방으로 들어갔다. 술은 마셔서는 안 되었다. 그녀의 간이 배겨낼 재간이 없었다. 냉장고를 열어 보니 우유가 남아 있었다. 우유를 데워서 마셔본 적은 없었지만, 그게 도움이 될 수도 있다고 판단했다. 유리잔이 전자레인지 안에서 빙빙 돌아가자 아이리스는 이마를 문질렀다. 여러 날 동안, 술을 너무 마셔대는 바람에 악몽이 제대로 기억나지 않았다. 꿈속에 나타났던 열쇠가 머릿속을 스쳤다. 그건 피로 물들어 있었다. 열쇠 표면에 해골인가 뭔가가 있었다. 문득 죽은 사람의 방에서 가져온 열쇠를 확인해야겠다는 생각이 들었다.

아이리스는 현장가방이 있는 곳으로 달려가 앞쪽 주머니에서 열쇠를 꺼냈다. 이걸 어디에서 찾아냈는지 기억을 떠올리며 싱크대로 가서 손이 화끈해질 때까지 뜨거운 물로 열쇠를 문질렀다. 비누

거품이 씻겨나가자, 아이리스는 열쇠를 신중하게 조사했다. 열쇠의 앞뒷면에는 아무것도 각인되어 있지 않았다. 해골도 없었지만, 무엇을 열 수 있는지를 암시하는 표시도 없었다. 뭔가 잘못된 것 같았다.

아이리스는 핸드백을 놓아둔 곳으로 가서 자신의 열쇠고리를 꺼냈다. 집 열쇠, 차 열쇠, 그리고 사무실 열쇠를 확인했다. 각각의 열쇠에는 일종의 각인이 새겨져 있었다. '슐라지', '마쓰다', '라슨' 같은 것들이. 그녀의 눈길이 조리대 위를 방황했다. 수전의 불가사의한 열쇠마저도 은행 이름과 대여금고 번호가 새겨져 있는데…….

브래드가 건네준 옛날 은행의 열쇠들은 모양과 크기가 각양각색이었지만, 그중 각인되어 있지 않은 열쇠는 없었다. 아이리스는 현장가방 바닥에서 누군가가 금고실에 내팽개쳐둔 열쇠고리를 꺼냈다. 누군가가 어떤 대여금고를 기를 쓰고 열려고 했었지. 그녀는 그때의 기억을 떠올렸다. 레이먼이 아닌, 적어도 레이먼 자신이 그렇게 주장하는 그 누군가가. 열쇠들에는 모두 문자와 은행 이름이 새겨져 있었다. 아이리스는 지금도 죽은 사람의 열쇠를 다른 손에 들고 있었다. 금고실 열쇠와 아무것도 새겨지지 않은 열쇠를 번갈아 쳐다보다가 둘이 아주 흡사하다는 사실을 깨달았다. 둘 다 놋쇠로 만들어졌고, 머리 쪽이 동그랬다. 아무것도 새겨지지 않은 열쇠를 'D'라고 표시된 열쇠에 대보았다. 아무것도 새겨지지 않은 열쇠가 좀 더 짧았다. 똑같지는 않았다.

전자레인지가 땡 하는 소리를 냈다. 아이리스는 열쇠들을 조리대 위에 내려놓고, 따뜻한 우유를 가지러 갔다. 유리잔을 의심스러운 눈길로 들여다보았다. 먹음직스러운 냄새가 나진 않았지만, 그래도 한 모금 들이켰다. 허연 더껑이로 덮인 역겹고 뜨듯한 액체가 목구멍 속으로 흘러들었다.

"윽!" 아이리스는 얼굴을 찌푸리고 우유를 싱크대 안에 부어버렸다. 냉장고에서 맥주를 꺼내 진하고 달콤한 우유 맛이 씻겨나갈 때까지 꿀꺽꿀꺽 삼켰다.

아이리스는 뱅뱅 도는 듯한 머리를 감싸 안고 원래의 자리로 돌아와 조리대 위에 흩어져 있는 열쇠들을 마주했다. 죽은 사람의 열쇠가 수전의 대여금고 열쇠 옆에 놓여 있었다. 아이리스는 눈을 가늘게 떴다. 열쇠 두 개를 집어 들어 다시 겹쳐보았다. 모양과 크기가 똑같았고, 톱니도 거의 들어맞았다. 이건 시신이 놓여 있던 방의 열쇠가 아니었다. 금고실의 열쇠였다. 거북한 느낌이 슬금슬금 배 속을 헤집어놓았다……. 아무것도 새겨져 있지 않다는 것이 말이 되지 않았다. 아이리스는 왠지 이 열쇠야말로 그가 죽은 이유일 거라는 느낌이 들었다. 그 느낌을 떨쳐버리기 위해 주방 안을 분주히 오갔다. 이 열쇠를 절대로 가져와서는 안 되는 것이었는데.

아이리스는 결국 새벽 5시에야 침대에 누웠다. 그녀 앞에 놓인 탁자 위에, 그리고 거기 펼쳐놓은 전화번호부 곁에 두 개의 열쇠를 내려놓은 채로.

다음 날 아침, 아이리스가 가장 먼저 한 일은 자신의 차로 비틀거리며 걸어간 것이었다. 어젯밤에는 자물쇠 수리공이나 열쇠 가게를 찾기 위해 한 시간 동안이나 전화번호부를 뒤적거렸다. 철물

점에서 일하는 여드름투성이의 십 대는 거의 도움이 되지 않을 테니까. 전문가가 필요했다.

아이리스는 가필드 하이츠에 있는 '록 앤드 키(자물쇠와 열쇠)'에 가보기로 했다. 고전적인 글씨체와 열쇠를 깎는 노인의 그림을 내세운 전화번호부의 광고가 눈길을 끌었다. 그 노인이야말로 그녀가 꼭 만나봐야 할 사람이었다.

터니 로드에서 아이리스는 좁고 어둑어둑한 가게를 발견했다. 그녀는 문을 밀고 작은 가게로 들어갔다. 사방의 벽이 고전적인 문손잡이와 초현대적인 문손잡이, 그리고 환상적으로 아름다운 문손잡이들로 뒤덮여 있었다. 그녀는 한눈팔지 않고 곧장 수리대로 걸어갔다. 금전등록기가 놓인 수리대 옆에는 낡아빠진 스툴이 있었다. 열린 문은 뒤쪽의 창고로 이어졌다. 아이리스는 수리대 위에 있는 작은 은종을 두드리고 기다렸다. 뒤쪽 벽에는 '열쇠를 잃어버리셨나요? 우리가 자물쇠를 열어드립니다'라고 적혀 있었다.

아이리스가 1분 넘게 기다리다가 다시 벨을 울리려는 순간, 젊고 예쁜 여자가 문간에 모습을 드러냈다. 아이리스의 얼굴이 실망으로 일그러졌다. 열쇠를 깎던 작은 노인은 어디에도 보이지 않았다.

"뭘 도와드릴까요?"

아이리스는 정말 도움을 받을 수 있을지 의심스러웠다. 하지만 차를 몰고 여기까지 왔으니 물어보는 편이 낫겠다고 생각했다.

"음…… 이런 걸 물어봐도 되는지 모르겠네요……. 이 열쇠들을 찾아냈는데, 어디에 맞는 건지 모르겠어요." 아이리스는 수전의 열쇠와 죽은 사내의 열쇠를 수리대 위에 올려놓았다.

"어디 보자……." 여자는 열쇠를 하나씩 들어 올리더니 이리저리 돌려보며 물었다. "어디에서 찾아냈어요?"

"할아버지의 낡은 책상에서요." 아이리스는 거짓말을 했다. 훔친 것이 아님을 강조하려고 한마디 덧붙였다. "할아버지는 작년에 돌아가셨어요."

여자는 그 이야기를 그대로 믿는 것처럼 고개를 끄덕였다. 그러고는 수전의 열쇠를 가리켰다. "음, 이건 대여금고의 열쇠예요."

"정말로요? 그걸 어떻게 알아볼 수 있죠?"

"은행 이름이 이곳에 있잖아요. 그리고 이건 대여금고의 번호일 거예요."

고맙다고 할 것도 없네. 아이리스는 속으로 비꼬았다. 그러고는 그곳을 나가야겠다고 생각하는 순간, 여자가 얼굴을 찌푸렸다. "할아버지께서 은행에서 일하셨나요?"

"음, 그건 잘 모르겠어요." 아이리스는 갑자기 신경이 곤두섰다. "할아버지는 오래전에 은퇴하셨거든요. 그건 왜 물어보세요?"

"음, 이 열쇠는 은행에서 일하는 특정한 사람만이 지닐 수 있으니까요." 여자가 아이리스를 찬찬히 살펴보며 대꾸했다.

"정말로요? 왜요?"

"마스터키거든요." 여자는 열쇠를 수리대에 내려놓았다. "이 열쇠에 맞는 자물쇠 핀뿐만 아니라 그것과 유사한 다른 자물쇠 핀들까지 다 열 수 있어요."

"무슨 말인지 잘 모르겠는데요……." 아이리스는 목을 타고 파리가 기어 올라오는 느낌에 속으로 욕설을 퍼부었다. 그러고는 목을 찰싹 때려 파리를 쫓아버렸다.

"음, 지금은 불법이지만, 예전에는 은행들이 마스터키를 가지고 있었어요. 대여금고의 주인이 열쇠를 잃어버릴 경우 드릴로 금고를 뚫으면 전체적인 틀이 망가지니까요. 대여금고들은 아주 단단히 보호되고 있거든요. 손님이 할아버지의 낡은 책상에서 이런 마스터키를 발견했다고 해서 충격을 먹었어요."

"이게 그런 종류의 열쇠라는 걸 어떻게 알았어요?" 아이리스는 방어적인 자세로 물었다. 이 아름다운 여자는 은행이 문을 닫았을 때 기껏 열 살밖에 되지 않았을 테니까.

"내가 하는 일이 열쇠에 관한 거니까요. 내가 열쇠에 관해 별로 아는 게 없어 보일지 몰라도, 최고의 고수에게 훈련을 받았다고요." 그녀는 금전등록기 옆에 있는, 노인의 사진을 가리켰다. "할아버지의 성함이 어떻게 되시죠, 손님?"

아이리스는 배 속이 쪼그라드는 느낌이었다. 이곳은 열쇠점이었다. 언제든 괴상한 주문을 받을 법도 했다. 심지어 불법적인 주문까지도. 클리블랜드에도 절도범이 없지 않았다. 수리대 뒤에 서 있는 여자는 경찰에 신고할 법적 의무가 있을 수도 있었다.

"난…… 미안해요. 모든 것이 혼란스럽네요. 난…… 이만 가봐야겠어요." 아이리스는 잽싸게 열쇠들을 낚아채서 주머니에 집어넣었다. "고마워요." 그녀는 감사하다는 말을 중얼거리고, 거의 달리다시피 문밖으로 나갔다.

52장

1978년 12월 13일 수요일

"커피, 블랙으로!" 랜디 할로란이 자신의 코트와 스카프를 베아 트리스의 책상에 내동댕이치며 말했다.

1분도 지나기 전에 베아트리스는 할로란의 옷가지들을 중역용 보관실에 걸어두고 돌아왔다. 문이 닫힌 사무실 안쪽에서 할로란 이 전화에 대고 고함을 지르고 있었다. 베아트리스는 노크도 하지 못한 채 젖빛 유리문 밖에서 마구 호통을 치며 오가는 그림자를 지 켜만 보았다.

"맙소사! 난 당신 일에는 관심 없어. 당장 열쇠공을 부르라니까! 스톤이 뭐라고 하든 신경 안 써. 해야 할 일이 있단 말이야!"

할로란이 수화기를 세게 내려놓는 소리가 들렸다.

베아트리스가 조그만 주먹으로 노크를 하려는 순간, 트위드 양 복 차림의 노인이 급하게 달려와 할로란의 문 앞에 섰다. 노인은 노크도 하지 않고 문을 열더니, 얼른 안으로 들어가 문을 닫아버렸 다. 젖빛 유리 안쪽에서 목소리를 낮춘 채 다투는 소리가 들렸다.

베아트리스는 지금 커피를 들고 들어가면 안 된다는 것을 알고 있었기 때문에 얼른 자신의 책상으로 돌아갔다.

"네 생각 따위에는 관심 없어." 쩌렁쩌렁한 목소리가 들렸다. "원래 하던 대로 하지 않으면 해고될 줄 알아!"

사무실 문이 열리고 노인이 폭풍우가 몰아치듯 밖으로 나왔다. 철회색의 머리카락에 감싸인 얼굴이 벌겋게 달아올라 있었다. 베아트리스는 할로란의 사무실을 슬쩍 돌아보았다. 사무실 문은 닫혀 있었다.

베아트리스는 5분 이상 기다렸다가 새로 끓인 커피를 들고 사무실 문을 조용히 두드렸다. "실례합니다, 할로란 씨."

천둥 같은 발소리가 다가오는 것을 듣고, 아이리스는 한 걸음 물러섰다. 문이 활짝 열렸다. 할로란은 무서운 얼굴로 그녀를 노려보았다. "오늘 아침에는 방해받고 싶지 않아."

베아트리스는 아무런 말도 하지 않고 커피 잔을 들어 올렸다. 할로란은 베아트리스의 손에서 머그잔을 잡아챘다가 신발과 바지에 커피를 쏟았다.

"정말 죄송해요!"

"빌어먹을! 베아트리스!" 할로란이 소리를 지르는 바람에 베아트리스는 펄쩍 뛰었다. "코트를 가져와."

할로란이 베아트리스 쪽으로 머그잔을 불쑥 내미는 바람에 뜨거운 커피가 베아트리스의 팔에 튀었다.

베아트리스는 사무실의 모든 사람이 자신의 등을 쏘아보고 있을 거라는 생각에 눈물을 글썽이며 허둥지둥 그곳을 벗어났다. 그녀는 커피를 싱크대에 부어버리고, 빨갛게 부어오른 피부를 찬물로 식혔다. 그러고는 캐시미어 코트와 가죽 의류들을 들고 할로란의 사무실로 달려갔다. 문간에서 발을 멈추고는 서류 더미 너머로 할로란을 슬쩍 훔쳐보았다.

"할로란 씨? 코트 가져왔어요."

"이리 가져와." 책상 뒤쪽의 개인 화장실에서 할로란의 목소리가 들렸다.

베아트리스는 잠시 주저하다가 조심스럽게 그곳을 향해 발걸음을 옮겼다. 화장실 안에는 절대 발을 들여놓지 않을 생각이었다. 지난번에 무슨 일이 벌어졌는지 너무나도 똑똑히 기억하고 있었다.

할로란은 금박으로 가장자리를 두른 거울 앞에 허리를 꼿꼿하게 펴고 서서 잘 다듬어진, 숱이 많은 머리카락을 손으로 쓸어넘기고 있었다. 그는 입술을 다물고 미소를 지은 채 베아트리스에게 돌아섰다. 그의 눈동자에 깃들어 있는 야릇한 뭔가에 베아트리스는 문 뒤로 물러섰다. 할로란은 그녀의 손에서 코트를 받아들었다.

"네가 뭘 꾸미고 있는지 내가 모를 줄 알아?"

"무슨 말씀인지?"

할로란은 베아트리스의 손목을 거머쥐었다. "멍청한 척하지 말라고. 너와 네 친구 맥신 말이야. 너희 둘은 뭔가를 꾸미고 있어. 열쇠라는 게 그냥 없어지는 게 아니거든. 내가 다 밝혀낼 거야. 그게 뭔지 밝혀지면 너는……." 할로란은 베아트리스가 얼굴을 찡그릴 때까지 그녀의 손목을 쥐어짰다. 그녀는 울먹일 생각도 하지 못한 채 고통에 몸을 움츠렸다. 할로란은 베아트리스의 팔을 놓아주고,

덜덜 떠는 그녀를 문가에 내버려둔 채 쏜살같이 사무실 밖으로 나가버렸다.

베아트리스는 심호흡을 했다. 맥스가 뭔가를 꾸몄다는 말은 옳았다. 맥스는 많은 열쇠를 가지고 있었다. 금고실에도 들어간 적이 있었다. 베아트리스는 떨리는 다리로 간신히 자신의 책상으로 돌아갔다. 맥스가 어떤 일을 꾸몄는지에 관해서는 자신이 할로란보다 많이 알고 있을 거라고 스스로를 달래면서. 할로란은 그저 약한 자를 괴롭히는 악당처럼 굴고 있었다. 그는 얼마 전에도 금고실에 갔었다. 그래서 열쇠를 찾지 못해 화가 난 것인지도 몰랐다.

베아트리스는 필기장을 꺼내서 속기로 더 많은 것을 기록해두었다. 할로란은 술을 좋아했다. 그는 점심 시간을 아주 오랫동안 즐겼다. 전화로 사람들에게 고함을 질렀다. 금고실에 갔다. 부잣집에서 태어나, 자신의 아버지가 일하는 곳에 직장을 잡았다. 그의 아버지는 테디였다. 할로란과 그의 아버지는 부자였고, 돈을 버는 것은 더러운 사업이었다. 베아트리스가 엿들었던, 랜디 할로란과 나이 든 사람의 논쟁이 그녀의 머릿속에서 재생되고 있는데, 전화벨이 울렸다.

"안녕하세요? 클리블랜드 퍼스트뱅크, 회계감사부입니다."

"베아트리스? 당신이에요?" 토니였다.

"네. 뭘 도와드릴까요?" 베아트리스는 토니가 은행 고객인 것처럼 대꾸했다. 감시받고 있다는 느낌이 서서히 등을 타고 올라왔다. 그녀는 필기장을 재빨리 서랍 안으로 밀어 넣었다.

"당신을 만나야겠어요. 오늘 밤에."

"오늘 밤에요?" 베아트리스가 속삭였다. 프랜신이나 누군가가 듣고 있을지도 몰랐다. 베아트리스는 목청을 가다듬고 소리를 높였다. "음, 당연히 되죠."

"6시에 만나요. 씨애트리컬 그릴에서요." 토니는 그 말만 하고 전화를 끊었다.

"좋은 하루 되세요." 베아트리스는 밝은 목소리로 말하고, 수화기를 내려놓았다. 그녀는 시내를 관통하는 지하 터널을 생각하며 침을 삼켰다. 핸드백을 확인하다가 지갑이 텅 비어 있는 걸 발견했다. 술집에서 '스타우퍼 인' 뒤쪽 골목길까지 택시를 타려면 돈이 필요했다.

점심 시간, 베아트리스는 현금을 인출하기 위해 은행창구로 걸어갔다. 천장이 높은 로비를 지나 아름다운 여자들이 창살 안쪽에서 고객을 기다리고 있는 길쭉한 방으로 들어갔다. 칸막이 창구를 쭉 훑어보다가 친숙한 얼굴을 찾아냈다.

"하이, 팸!" 베아트리스가 창구 안의 어떤 여자에게 미소를 지어보였다. 맥스가 옷을 사야 한다며 베아트리스를 끌고 가던 날, 직원 당좌계좌를 만들어주었던 여자였다.

"안녕?" 그녀는 잠시 베아트리스를 알아보지 못하고 당혹스러운 표정을 지었다. "아, 맥스의 친구군요, 그렇죠?"

"맞아요." 베아트리스는 억지로 미소를 지었다.

"우리 맥스는 어때요? 요즘 안 보이네요."

"멕시코로 휴가를 간 것 같아요." 그건 맥스가 꾸며낸 거짓말이었다.

"휴가요? 무슨 꼼수를 부려 그런 기회를 얻어냈을까?" 팸은 큰 소리로 웃다가 목소리를 낮추었다. "걔가 몇 개월 전부터 월급이 올랐다고 했어요."

베아트리스는 얼굴에 놀라는 표정이 떠오르지 않도록 조심했다.

"맥스가 그런 재주는 있어요!" 팸이 손을 흔들었다. "걔는 항상 막 나가곤 했죠. 손발이 저릿저릿해지는 이야기도 많던데⋯⋯. 참, 무엇을 도와드릴까?"

"예금을 인출하고 싶어요. 50달러만요." 베아트리스는 자신의 계좌번호가 적힌 종이를 창살 아래로 밀어 넣었다. 팸은 그 종이에 뭐라고 끄적거리더니 서랍에서 현금을 꺼냈다. 베아트리스는 지갑을 꺼내다가 핸드백 바닥에 놓여 있는 열쇠고리를 눈여겨보았다.

"저, 팸? 혹시 이곳의 대여금고에 관해 알아요?"

"대여금고는 아래층에 있어요. 엘리베이터를 지나 계단을 내려 가면 돼요." 팸은 창살 밑으로 현금을 밀었다. "맥스를 만나거든 내 부탁을 하나는 들어줘야 한다고 말해줘요. 알았죠?"

"알았어요. 고마워요."

맥스에게는 돈 문제가 있었다. 로비로 돌아오던 베아트리스가 이마를 찡그렸다. 아래층으로 이어지는 계단통이 모습을 드러냈 다. 대리석 계단을 내려가자 터널로 이어지는, 숨겨진 문이 있던 방이 나타났다. 한낮의 밝은 햇살을 받은 그곳은 위층의 로비만큼 이나 멋들어졌다. 접수 직원이 앉는 커다란 책상이 있고, 빨간색 벨벳 커튼이 줄지어 늘어서 있었다. 크리스털과 놋쇠로 만든 샹들 리에가 머리 위에 매달려 있고, 꽃과 리본으로 치장한 빨간 카펫이 깔려 있었다.

새카만 머리카락을 단단히 틀어 올린 여자가 책상에 앉아 있었다. 고양이 눈 같은 안경이 매끈한 코끝에 걸려 있었다. 접수 직원은 베아트리스가 헛기침을 할 때까지 그곳에 사람이 있다는 걸 알아차리지 못했다.

"뭘 도와드릴까요, 아가씨?" 접수 직원은 과학자가 병원균을 검사하듯 두꺼운 렌즈를 통해 베아트리스를 살폈다.

"이래도 되는지 모르겠어요. 이모가 많이 아프세요. 병원에 계신데, 뭔가를 좀 가져다 달라고 하셔서요."

베아트리스는 지갑 안에 손을 넣어 이모의 대여금고 열쇠를 꺼냈다. 그러고는 열쇠를 접수 직원에게 넘겨주었다.

"권한을 정식으로 위임받은 대리인인가요?" 접수 직원은 안경을 가느다란 코 아래로 밀어내리며 물었다.

"뭐라고요?"

"정식으로 위임받은 대리인이냐고요. 이모께서는 은행 직원이 입회한 가운데 대여금고에 접근해도 좋다는 위임장에 서명하셨나요?"

"음, 아니요." 베아트리스는 목소리를 낮추었다. "이모는 뇌졸중으로 쓰러지셨고, 난…… 내가 유일한 가족이거든요."

아주 슬픈 진실이었음에도, 책상 뒤쪽의 여자는 전혀 마음이 움직이지 않는 것처럼 보였다.

"병원의 영장이나 변호사가 서명한 사망증명서를 제출하지 않는 한, 아가씨가 대여금고에 접근하는 것은 법적으로 허용되지 않아요."

접수 직원은 카운터 위에 열쇠를 내려놓았다.

"이해할 수가 없어요." 베아트리스가 코를 훌쩍거렸다. "도리스 이모는 묵주를…… 가져다주기를 바랐을 뿐인데……."

선의의 거짓말이었다. 이제 베아트리스에게는 꾸며낼 말도 없었다. 눈물이 고이면서, 카운터 위의 열쇠가 부옇게 보였다.

"나는 기록만 확인해줄 수 있어요. 이모님 이름이 어떻게 되죠?"

접수 직원은 열쇠의 번호를 확인하고, 카운터 아래쪽의 파일 서랍을 열었다.

"도리스예요. 도리스 데이비스." 베아트리스는 시큰둥하게 대답했다.

이제 막다른 길이었다. 베아트리스에게 변호사의 서명 같은 것은 없었으니까. 카운터 반대쪽에서 오랫동안 침묵이 이어지는 바람에 베아트리스는 눈길을 들었다. 접수 직원이 그녀를 빤히 쳐다보고 있었다.

"아가씨가 도리스의 조카예요?"

"무슨 말씀인지?" 베아트리스는 불안감에 피부가 경직되는 것을 느꼈다.

"도리스 데이비스는 예전에 이곳에서 근무했어요."

"네, 저도 알고 있어요." 베아트리스는 재빨리 열쇠를 집어 들었다. 대여금고를 조사해보려고 했던 건 큰 실수였다.

"아니, 바로 여기에서 근무했었다고요." 접수 직원은 카운터를 가리켰다. 돌처럼 딱딱하던 얼굴이 서서히 펴졌다. "오래전에 날

훈련시켰어요. 도리스가 뇌졸중에 걸렸다고요?"

"네, 추수감사절에요……. 두 분은 친구였나요?"

"맞아요, 그랬어요." 접수 직원은 살짝 고개를 끄덕였다. 그녀의 눈에 슬픔이 떠올랐다. "도리스가 아프다니 유감이에요. 지금 어느 병원에 입원해 있죠?"

"대학병원이요. 중환자실에 있어요."

"뭔가 잘못됐다는 건 알고 있었어요. 내가 전화를 했어야 하는데…… 도리스는 매주 이곳을 찾았거든요." 접수 직원이 야윈 손으로 자신의 입을 틀어막았다. 그녀는 고개를 흔들더니 얼른 평정을 되찾았다. "이래서는 안 되지만, 날 따라와요."

대여금고 담당 직원은 책상을 돌아나와 베아트리스를 원형 문간 너머의 금고실로 안내했다. 무장 경비원이 차렷 자세로 서 있었다.

"안녕, 찰스? S_1 열쇠를 부탁해요."

무장 경비원은 목재 스탠드의 서랍에 채운 자물쇠를 열고는 2~3분 동안 뒤적거리다가 열쇠를 꺼냈다.

"고마워요." 접수 직원은 베아트리스에게 따라오라고 손짓하며 목소리를 낮추었다. "이 새로운 방식 때문에 미치겠어요!"

접수 직원은 금속으로 덮인 금고실 깊숙한 곳에서 번호를 줄줄이 살펴보았다. 수백 개의 직사각형이 바닥부터 천장까지 줄지어 있었다. 그 직사각형에는 각각 번호가 붙어 있었다.

"뭘 찾는 건가요?"

접수 직원은 올바른 번호가 적힌 대여금고를 찾아내더니 경비원이 건네준 열쇠를 구멍에 밀어 넣었다.

"경비원에게…… 윗사람들이 경비원에게 열쇠를 줬어요. 내 열쇠를요. 내가 10년간이나 열쇠고리를 보관했는데, 지난주에 윗사람들이 보안을 강화해야 한다면서 그걸 빼앗더군요. 우습지도 않지." 접수 직원은 베아트리스에게 돌아섰다. "아가씨의 열쇠를 꽂아야 해요."

베아트리스는 이모의 열쇠를 접수 직원이 가리키는, 첫 번째 열쇠 옆의 구멍에 밀어 넣었다. 문이 활짝 열리자 베아트리스는 깜짝 놀라 입을 벌렸다.

접수 직원이 자신의 열쇠를 뽑았고, 베아트리스도 열쇠를 뽑았다. 이어 접수 직원은 문 안쪽의 비좁은 공간에서 기다란 금속 상자를 잡아당겼다.

"날 따라와요." 접수 직원은 그 상자를 들고 지하실 로비로 걸음을 옮겼다.

"아, 셜리, 뭔가 잊어버린 것 같은데요?" 경비원이 말했다.

"아차, 내 정신 좀 봐." 셜리가 퉁명스럽게 대꾸하고, 경비원에게 열쇠를 건넸다.

베아트리스는 셜리를 따라 원형의 문간을 지나 빨간 커튼이 걸린 곳으로 갔다. 셜리가 커튼을 한쪽으로 밀쳤다. 작은 부스에는 탁자 하나, 의자 하나, 작은 탁상등 하나가 있었다. 셜리는 상자를 탁자 위에 내려놓았다.

"혼자 있을 시간을 줄게요." 그 말과 함께 셜리는 커튼을 닫았다.

금속 상자와 대면하게 된 베아트리스는 상자의 뚜껑을 응시하며 의자에 앉았다.

53장

베아트리스는 뚜껑이 덮인 상자를 두 손으로 들고 접수대로 돌아왔다. 그녀가 상자를 카운터에 내려놓자 셜리가 올려다보았다.

"필요한 걸 찾았어요, 아가씨?"

베아트리스는 어떤 대답을 해야 할지 몰라 그저 고개만 끄덕였다. 그녀는 상자 안에서 무엇이 나올지 전혀 예상하지 못했다. 그리고 이제는 자신이 발견한 것을 어떻게 판단해야 할지 전혀 알지 못했다. 대답보다는 의문이 더 많았기에 어깨가 무거웠다. 셜리도 베아트리스의 심정을 알아차린 게 분명했다.

"이모님이 얼른 낫기를 기원할게요." 그러더니 그녀가 베아트리스 쪽으로 몸을 내밀고 목소리를 낮추었다. "그 열쇠는 절대 잃어버리지 말아요."

"뭐라고요?"

"그 열쇠 말이에요. 절대로 잃어버리면 안 된다고요. 법원의 영장과 호위병 없이는 대여금고에 접근할 방법이 없어요. 예전에는 소유권을 표시한 서류만 제시하면 상자를 조심스럽게 열어볼 방법들이 있었어요. 하지만 이제는 그럴 수 없어요." 셜리는 바쁜 척하기 위해 카운터 위의 서류를 정리하기 시작했다.

"조심스럽게⋯⋯." 베아트리스는 셜리가 무슨 뜻으로 그 단어를 썼는지 확신하지 못하고 똑같은 말을 되풀이했다.

"'은밀히'라는 뜻이에요. 마스터키를 사용해서요. 때때로 그 안의 물건들이 사라졌죠. 특히나 사람들이 죽었을 때는요⋯⋯."

베아트리스는 도리스 이모를 생각하며 시선을 떨구었다.

셜리가 목청을 가다듬었다. "때로는 상자 안에 민감한 물건이 들어 있기도 해요."

"돈 같은 거요?" 베아트리스가 시큰둥하게 말했다. 그녀는 이모의 대여금고 깊숙이에서 100개씩 묶어놓은 25센트짜리 동전 뭉치들과 돌돌 말아놓은 지폐 뭉텅이 여러 개를 이미 보았기 때문이다.

"그럴 때도 있죠." 셜리는 더욱 가까이로 몸을 기울였다. "이모님은 뼈 빠지게 일하셨어요. 그녀가 악착같이 번 돈을 국세청이 날름 약탈해가는 꼴은 정말 보고 싶지 않았어요."

국세청, 경찰, 돈이라⋯⋯ 베아트리스는 점차 이해되기 시작했다. 이모는 매주 이곳을 찾아왔다. 셜리의 말은 그런 의미일 것이다. 도리스 이모는 식당에서 받은 팁을 안전하게 지키기 위해 매주 이곳에 와서 금고에 집어넣었던 것이다. 이모가 왜 다른 사람들처럼 커피 깡통이나 쿠키 단지를 이용하지 않았는지는 이해되지 않았지만. 어쨌든 이모는 자신이 받은 팁을 국세청의 촉수로부터 숨기고 있었다. 하지만 그건 베아트리스의 걱정거리가 못 되었다.

셜리는 이제 만족하는 것 같았다. 그녀는 상자를 집어 들고 카운터 뒤에서 나와 금고실로 걸어갔다. 베아트리스는 셜리를 따라가 강철 상자를 대여금고의 열린 문 안으로 밀어 넣는 것을 지켜보았다. 셜리는 문을 닫은 다음, 도리스의 열쇠로 문을 잠갔다. 푹신한 가죽 펌프스*를 신은 셜리는 재빨리 자신의 자리로 돌아왔다.

"아가씨와 도리스를 위해 열심히 기도할게요."

이제 가보라는 말이었다. 하지만 베아트리스는 머뭇거리며 셜리를 빤히 쳐다보았다. "마스터키는 어떻게 됐어요?"

셜리는 얼굴을 들고 입을 꽉 다물었다. "없어졌다고 들었어요." 그녀는 모퉁이에 서 있는 경비원 쪽을 슬쩍 쳐다보고, 다시 서류로 눈길을 돌렸다.

"언제요?"

"음, 내가 이 일을 시작하기 전에요. 난 잘 모르겠어요. 도리스가 그렇다고 말해줬어요. 내 인사를 꼭 좀 전해줘요. 도리스를 위해 기도할게요. 이제 난 일을 해야겠어요."

베아트리스는 미안해하는 표정을 지으며 고개를 끄덕였다. "도와주셔서 고마워요."

자신의 책상으로 돌아오는 동안, 베아트리스의 머릿속에는 도리스와 셜리의 생각이 가득했다. 셜리는 자신을 돕기 위해, 아니, 도리스 이모를 돕기 위해 규칙을 어겼다. 대여금고를 열어주기 위해 법률을 위반했는지도 모른다. 도리스가 셜리의 진정한 친구였던

---

* 끈 없는 가벼운 여성용 구두.

게 분명했다.

마스터키는 여러 해 전에 분실되었다. 톰슨은 대여금고를 털고 있었지만, 모든 대여금고에 맞는 열쇠를 가지고 있지 않을 가능성이 높았다. 톰슨은 마스터키를 가지고 있어야 했다. 그래야 모든 것이 논리적으로 설명되었다. 하지만 그녀의 머릿속에서는 더 많은 비밀이 있을 거라는 목소리가 끈질기게 들려왔다. 한밤중에 들었던, 공무원들에게 뇌물을 준다는 짐과 테디의 대화가 떠올랐다. 랜디는 어젯밤에 금고실에 있었다. 또한 베아트리스가 547번 대여금고에서 발견한 것도 있었다. 베아트리스는 이마를 문질렀다.

"머리가 아파요?"

베아트리스는 갑자기 들려오는 목소리에 깜짝 놀랐다. 말을 건넨 것은 프랜신이었다. 그녀는 며칠 만에 처음으로 옆 책상을 향해 고개를 돌렸다. 그녀는 몇 시간 동안이나 고개를 숙이고 일을 하기 때문에 마치 사무실의 일부 같은 사람이었다. 베아트리스는 프랜신을 비롯해서 비서실의 모든 사람이 오늘 아침 랜디가 소리 지르는 것을 들었을 거라 생각했다. 베아트리스의 얼굴이 벌게졌다.

"아주 힘든 날이라서요." 베아트리스가 순순히 인정했다.

"할로란 씨는 신경 쓰지 말아요. 아무도 그 사람에게 눈곱만큼도 신경 쓰지 않으니까요."

베아트리스는 프랜신의 솔직함에 깜짝 놀라며 희미하게 미소 지었다. 감사의 말을 하려고 했지만, 프랜신은 이미 자신의 타이프라이터를 두드리고 있었다. 비록 순식간이었지만, 직장에서 며칠 만에 처음으로 들어본 다정한 말이었다.

54장

　오후 5시 무렵, 베아트리스는 다른 직원들과 함께 우르르 건물을 빠져나갔다. 그러고는 씨애트리컬 그릴로 곧장 갔다. 문 안으로 들어서자 술집에는 '해피 아워'*를 즐기려는 사람이 가득했다. 눈에 익은 얼굴들이 있는지 걱정스러운 눈길로 훑어보았다. 다행히 그런 얼굴은 보이지 않았다. 그녀는 딱 하나 남아 있는 부스에 앉았다.

　4인조 밴드가 악기를 배열하고 있었다. 베아트리스는 젊은 남자들이 트럼펫을 닦고, 터무니없이 커다란 콘트라베이스를 조율하는 것을 지켜보며 기분이 좋아졌다. 그녀는 카마이클이 바짝 다가올 때까지 알아차리지 못했다.

　"미녀 아가씨! 오늘은 어때요?" 카마이클은 다른 테이블로 가져갈 술 쟁반을 들고 있었다. "곧 돌아올게요."

---

* 술집에서 정상가보다 싸게 술을 파는 시간. 보통 이른 저녁 시간대인 경우가 많다.

그는 물 한 잔을 가지고 금세 베아트리스에게 돌아왔다. "배고파요?"

그녀는 간절한 마음을 담아 고개를 끄덕였다.

"그거 잘됐네요! 미트로프를 추천할게요. 아가씨는 갈빗살을 좀 뜯어야 해요! 점점 수척해지고 있잖아요!"

베아트리스는 부끄러움에 얼굴을 붉혔지만, 카마이클과 논쟁을 벌일 수는 없었다. 여러 주 동안이나 제대로 식사를 하지 못해 옷이 헐렁헐렁했다. "좋아요."

"그런데 맥시는 어떻게 됐어요? 정말 오랫동안 보지 못했어요!"

"아직도 휴가 중인가 봐요? 맥시를 보면 이곳에 들르라고 할게요." 당분간은 이 정도 설명이면 충분할 듯했다. 그는 베아트리스의 주문을 받고 퇴장했다.

베아트리스는 다시 연주자들을 바라보며 맥도넬 형사가 오기 전에 생각을 정리했다. 이야기할 것이 정말 많았다. 여러 가지 비밀들을 정리하고 진실에서 거짓을 걸러내야 했다. 핸드백에 들어 있는 메모로 손을 뻗는 순간, 뒤쪽의 부스에서 웬 여자가 중얼거리는 소리가 들렸다.

"저 사람이 뭘 찾고 있는지 생각해봐요. 카마이클은 항상 맥시의 단물을 빨아먹었다고요."

베아트리스는 너무나 놀라서 뒤를 돌아보지도 못했다. 웬 이상한 여자가 자신과 바텐더의 대화를 엿듣고 있었다니…….

"정말 나를 짜증나게 하곤 했죠." 여자가 기침을 하더니, 목소리를 낮추었다. "실실거리는 저 사람 말에 속지 말아요. 그리고 맥신이 휴가 중이라면, 계속 그곳에 머무는 게 좋을 거예요. 수많은 사람이 그녀를 찾고 있으니까요. 맥신에게 그 말을 꼭 전해줘요!"

베아트리스는 얼굴을 찌푸리며 고개를 돌렸지만, 뒷자리는 텅비어 있었다. 테이블 위에는 빈 술잔과 2달러가 놓여 있었다. 베아트리스는 자리에서 일어서서 허스키한 목소리의 여자를 찾아 실내를 빙 둘러보았다. 술잔의 얼음이 짤랑거리는 밝은 소리를 내는 가운데 바에 빽빽이 들어선 사람들이 떠들썩하게 웃고 있었다. 하지만 자기 할 말만 하고 사라진 여자의 흔적은 어디에도 보이지 않았다. 다시 한번 실내를 둘러보자 진한 갈색 피부에 검은 머리카락을 부풀려 올리고, 반짝이는 황금색 야회복을 걸친 여자가 순식간에 문을 빠져나가는 모습이 눈에 들어왔다.

2분도 지나기 전에, 카마이클이 미트로프와 매시트포테이토를 들고 활짝 웃으며 돌아왔다. "더 필요한 건 없어요? 와인, 어때요?"

베아트리스는 아무 말도 하지 않고 고개만 끄덕였다.

그녀가 어떤 와인을 주문할지 고민하기도 전에 카마이클이 와인을 들고 왔다. 베아트리스는 와인이 곤두선 신경을 가라앉히기를 바라며 붉은색 액체를 조금씩 마셨다. 음식은 그녀를 진정시켰고, 와인은 그녀의 뇌를 제대로 돌아가게 했다. 여인의 목소리가 머릿속에서 재생되었다. 수많은 사람이 맥스를 찾고 있다고? 전혀 모르는 낯선 사람들이 자신보다 더 많은 비밀을 알고 있는 듯했다.

마침내 토니가 술집으로 들어왔다. 그는 몹시 수척해 보였다. 지난번보다 턱수염은 길게 자랐고, 눈 아래쪽은 무거워 보일 정도로 부풀어 있었다. 그는 빨간색 비닐 부스에 털썩 주저앉아 카마이클에게 손짓했다. 술집 주인은 커피 한 잔을 가져오고, 아무 말도 걸지 않았다. 한 번 쳐다보는 것만으로, 토니가 잡담을 나눌 기분이 아님을 알았던 것이다.

토니가 베아트리스에게로 얼굴을 돌렸다. "뭘 좀 찾아냈어요?"

"그런 것 같아요." 베아트리스가 목소리를 낮췄다. 사람들이 가득하고, 밴드가 연주를 하고 있음에도 누가 듣지 않을까 걱정이 되었다. "짐은 제임스 스톤일 가능성이 있어요. 부총재인 그가 매주 월요일 아침에 금고실의 번호를 바꾸는 것 같아요."

토니는 고개를 끄덕이고, 작은 메모장을 꺼냈다.

"시어도어 할로란이 테디일 가능성이 있어요. 그 사람도 어떤 부문의 부총재예요."

"다른 것은요?"

베아트리스는 무엇을 털어놓아야 할지 잠시 머뭇거렸다. 맥스는 병원에서 두 사람이 만난 것을 비밀로 하라고 했었다. "대여금고 주인이 열쇠를 잃어버리거나 죽었을 때 은행이 사용하곤 했던 마스터키가 있대요. 그런데 그 열쇠는 10여 년 전에 분실됐다고 해요."

토니가 얼굴을 들었다. "그렇게 해서 누군가가 대여금고에 접근하고 있는 거군요."

베아트리스가 고개를 끄덕였다.

"대여금고에 대해서는 법이 엄격히 규정하고 있어요. 대여금고를 드릴로 열려면 판사의 영장 같은 것이 있어야 하죠. 사람들은 온갖 것들을 그 안에 은닉할 수 있어요. 훔친 물건, 유죄의 증거, 현금 등등을요." 형사는 말을 멈추고 커피를 홀짝거렸다.

베아트리스는 양심의 가책을 느꼈다. 이모가 팁을 감추고 있었기 때문이었다.

형사의 말이 이어졌다. "누군가가 마스터키를 가지고 있다면, 그런 물품들을 다른 대여금고들로 옮길 수 있죠. 자신들이 연루되지 않도록 말이에요."

"다른 사람이 빌린 대여금고들로요." 베아트리스가 무심결에 말했다.

"그건 꽤나 위험한 행동이죠. 혹시 대여한 주인이 확인이라도 하는 날에는, 볼장 다 보는 것이니까요. 그런데 주인들은 대여금고를 자주 열어보지 않아요. 따라서 범인이 제대로만 하면, 큰 재산을 여러 해 동안 안전하게 감출 수도 있어요. 세금도 없고, 질문도 없이요. 세상에서 가장 안전한 돼지저금통인 셈이죠."

베아트리스는 가만히 앉아 있었다. 수전과 도리스 이모, 그리고 빌의 서랍에 있던 다섯 명의 여자들은 신만이 그 내용물을 알고 있는, 자신의 대여금고를 가지고 있었다. 그때 머릿속에서 누군가의 목소리가 끈질기게 들려왔다. 도리스 이모는 그들과 다르다고. 그녀는 자신의 열쇠를 가지고 있었다고. 그건 맥스의 목소리였다.

토니는 걱정스러운 표정으로 베아트리스를 쳐다보았다. "맥스가 이 일에 휘말려 있죠. 그렇죠?"

베아트리스는 그녀를 배신하고 싶지 않아 그저 고개만 끄덕였다. "뭔가 찾아냈어요?"

"두어 군데 전화를 해봤는데, 정말 이상하더군요. 이놈의 은행 이름만 대도 사람들이 전화를 끊어버리는 거예요. 결국 비상수단을 써서 간신히 대화를 나눌 연방요원을 찾아냈죠. FBI가 5년 동안이나 은행을 비밀리에 수사했는데 계속해서 장애물이 나타났다고 하더라고요."

"뭘 조사했대요?"

"사기, 갈취, 횡령, 돈세탁 등 온갖 범죄에 관해서요." 토니는 자신의 메모장을 활짝 펼치고 메모한 내용을 대충 훑어본 다음 다시 덮었다. "클리블랜드에서는 수십 년 동안 돈이 사라졌어요. 도시재개발 기금, 발전계획비, 학교 프로그램 개발비 등등이요. 클리블랜드의 산적한 문제를 해결하기 위해 시청, 주 정부, 심지어 연방정부까지 수년 동안 막대한 자금을 쏟아붓고 있어요. 그런데 그중 수백만 달러가 사라졌어요."

"FBI는 은행이 관련되어 있다고 생각하는군요?" 베아트리스는 자신이 엿들었던 대화를 기억해내려고 애썼다. 잃어버린 내부 조력자, 분실된 열쇠들, 이전해야 할 예금계좌들, 뇌물로 구워삶아야 할 경찰⋯⋯.

"클리블랜드의 나이 많은 부자들이 모두 은행 이사회에 포함되어 있어요. 클리블랜드에서는 은행의 누군가가 관여하지 않으면 그 어떤 프로젝트도 세워지지 않죠. 큰 손해를 입은 프로젝트에는 클리블랜드 퍼스트뱅크 이사회의 일원이 대표로 있었지만, FBI는 그게 하나의 범죄 사건임을 입증하지 못했어요. 시의회는 범죄를 입증할 만한 증인을 내놓지 않았죠. 판사들은 수색영장을 발부하지 않았고요." 토니는 잔뜩 화난 표정으로 고개를 가로저었다.

베아트리스는 레이먼의 말을 큰 소리로 되풀이했다. "그들이 시스템을 몽땅 장악하고 있는 거예요."

토니는 그녀를 힐끗 쳐다보는 것으로 그 말에 동의했다. "맥스는 새로운 증거를 가지고 FBI를 찾아갔다가 조롱만 당했다고 하더라고요. 아무도 비서 나부랭이의 말을 진지하게 받아들이지 않은 거죠. 게다가 FBI는 재빨리 맥스에 대해 조사해보고는 맥스가 증인으로서의 신뢰성을 갖추지 못했다고 판단했대요."

베아트리스는 몸이 경직됐다. "이해가 안 가는군요. 맥스는 은행에서, 그것도 회계감사부에서 여러 해 동안 근무했어요. 누군가가 비밀을 알고 있다면, 그건 맥스일 수밖에 없잖아요!"

"배심원들은 전과가 있는 미혼모를 곱게 보지 않거든요."

베아트리스는 숨을 들이쉬었다. "전과라고요?"

"당신이 생각하는 그런 것이 아니에요. '휴'에서 인종 폭동이 일어났어요. 경찰이 보기에 맥스는 잘못된 편에 서 있었던 거죠. 아버지는 너무 화가 나서 맥스가 경찰에 고발당하도록 내버려두었어요. 맥스는 고발을 취하해달라고 사정사정해서 법원에는 출두하지 않았지만, 경범죄 기록은 남게 되었어요." 토니가 두 손을 저었다. "그 기록을 없애기 위해 우리 가족은 2년 동안이나 싸워야 했어요. 이제 그 기록은 과거로 사라졌고요."

"아기는 어떻게 됐어요?" 베아트리스는 낮은 목소리로 물었다.

토니는 고통스러운 듯 이마를 찌푸렸다. "맥스는 너무나 어렸어요. 우린 가난한 가톨릭 교인이었고요. 해결 방법은 한 가지뿐이었어요. 바로 입양이었죠."

베아트리스는 그걸로 슬픈 이야기가 끝났을 거라고 단정하며 고개를 끄덕였다.

"아기가 유색인종으로 태어나는 바람에 입양 계획은 수포로 돌아갔죠. 부모님은 아기를 고아원에 보내게 했어요. 맥스는 그런 선택을 강요한 부모님을 결코 용서하지 않았을 거예요."

베아트리스는 정신이 아찔했다. "하지만…… 하지만 추수감사절에 가족들은 행복해 보였는데요!" 맥스 어머니의 친절한 미소에는 그런 무서운 배신의 흔적이 눈곱만큼도 보이지 않았었다.

"맥스는 도망쳤죠. 1년 넘게 나타나지 않았어요. 다시 돌아왔을 때는 아기에 관해서는 절대로 입을 열지 않았죠. 부모님은 맥스를 집으로 데려가 아무 일도 없었던 것처럼 행동하셨어요. 그게 거의 8년 전 일이네요. 그런데 맥스가 다시 사라졌어요." 토니는 마치 고백을 하는 것처럼 말을 이었다. "흠, 그런데 맥스가 2년 전에 아기의 행방을 추적해달라고 했어요. 가족들에게는 비밀로 해달라면서요."

"뭔가 알아냈어요?"

"아기는 여자애였고, 2년 전에 입양됐다고 맥스에게 말해줬죠. 기록은 봉인되었더라고요. 그게 다였어요. 그런 말을 맥스에게 전하는데 내 가슴이 찢어지더라고요. 맥스는 항상 자신만만했어요. 잘 아시겠지만, 배짱도 있고요."

토니의 눈에 물기가 피어올랐다. 2~3주 전에 베아트리스가 보았던, 여자들 꽁무니나 쫓아다닐 것 같던 남자의 모습은 전혀 보이지 않았다. 이렇게 괴로워하는 토니를 그냥 볼 수가 없었다.

"맥…… 맥스를 봤어요."

"뭐라고요?" 토니가 입을 다물지 못했다.

"며칠 전에 병원으로 찾아왔어요. 당신에게 말하지 말라고 했지만, 당신이 걱정하는 모습을 더는 보고 싶지 않아요."

"도대체 왜 내게 말하지 말라는 거죠? 난 여동생을 찾으려고 엉덩이 붙일 새도 없이 싸돌아다니고 있는데!" 토니가 고함을 질렀고, 베아트리스는 잔뜩 몸을 움츠렸다.

"맥스는 당신이 아무런 도움도 되지 않는다고 했어요." 베아트리스는 괜히 말을 꺼냈다고 후회하며 기어들어 가는 목소리로 말했다. "맥스는 괜찮아요. 숨어 있는 것 같았어요."

"혹시 어디에 숨어 있다고 말하던가요?"

"아니요." 베아트리스는 잔뜩 풀 죽은 모습으로 자신의 손을 내려다보았다. 적어도 열쇠에 관해서는 비밀을 지켰다. 맥스가 건넨 열쇠는 여전히 비밀이었다. 결국 모두 배신한 것은 아니었다. 아무것도 새겨져 있지 않은 열쇠의 모습이 그녀의 머릿속에 떠올랐다.

"맥스를 다시 만나거든, 내게 전화하라고 전해줘요. 알았죠?" 토니는 자리에서 일어나 혼잣말로 중얼거렸다. "일이 이렇게 되다니 믿을 수가 없군."

"알았어요."

토니는 베아트리스를 빤히 쳐다보았다. "은행 상황이 내가 생각하는 것만큼이나 악화되었다면 당장 빠져나와야 해요, 베아트리스. 당신은 너무 많은 것을 알고 있지만…… 아무도 당신 말을 믿지 않을 거예요."

55장
1998년 8월 26일 수요일

아이리스는 도로변으로 차를 붙이며, 마디가 하얗게 변한 손가락을 운전대에서 떼어냈다. 열쇠공에게 이름을 알려주지는 않았다. 열쇠 가게의 여자가 경찰에 신고할 방법은 없었다. 아이리스는 뻣뻣해진 손가락으로 눈두덩을 문질렀다. 폐업한 은행에서 가져온 열쇠가 보통 열쇠가 아니라니! 그녀가 눈을 들자, 그 열쇠가 운전대의 점화장치에 매달려 대롱거리고 있었다.

앞 유리를 내다보던 그녀는 애크런까지 차를 몰았음을 깨달았다. 77번 주간고속도로(I-77)에서 길을 잘못 든 게 분명했다. **맙소사!** 차를 세우고 생각을 정리해야 했다. 아이리스는 59번 도로에서 고속도로를 벗어나, 시내 어딘가에 있을 유료주차장을 찾아 나섰다.

눈에 보이는 가장 높은 건물은 아이리스를 미치기 직전까지 몰아가고 있는 버려진 은행과는 달리 돌과 벽돌로 지어진 아르데코*

---

* 1920~1930년대에 유행한 장식미술로, 대담한 윤곽, 유선 및 직선형, 플라스틱 등 신소재의 사용이 특징이다.

풍의 고층건물이었다. 건물 꼭대기에는 '캐피털 은행'이라는 글자가 새겨져 있었다. 그 표지판이 아이리스에게 영감을 주었다. 그녀는 차에서 내렸다.

놋쇠와 유리로 이루어진 회전문은 클리블랜드 퍼스트뱅크의 것과 거의 흡사했다. 아이리스는 그 문을 밀고 아담한 로비로 들어갔다. 한쪽 귀퉁이에 경비원의 책상이 있었다.

"으흠, 실례하겠습니다." 아이리스는 우스꽝스럽게 작은 스툴에 앉아 있는 뚱뚱한 경비원에게 말했다. "대여금고를 빌리려고 하는데요."

"계단을 내려가 오른쪽으로 가십시오." 경비원은 로비에서 내려가는 좁은 계단을 가리켰다.

계단 아래 오른쪽에 있는 문에 '대여금고'라고 적혀 있었다. 안으로 들어가자 자그마한 방이 나타났다. 몸집이 커다란 여자가 서류며 장부가 빽빽이 널린 책상 뒤에 몸을 구기고 앉아 있었다. 발그레한 뺨에 빠글빠글하게 파마한 여자는 아이리스의 어머니와 닮은 것 같았다.

"뭘 도와드릴까요?" 여자가 환하게 미소 지으며 아이리스를 올려다보았다.

"대여금고를 하나 빌리려고요." 아이리스가 그 여자 앞에 놓인 의자에 앉았다.

"이 양식을 작성해주세요."

은행원은 아이리스에게 클립보드를 건네주고는 다시 커다란 컴퓨터 모니터에 뭔가를 입력하기 시작했다. 아이리스는 클립보드에 꽂힌 서류를 훑어보았다. 서류에는 이름과 주소, 사회보장번호 같은 것들을 적게 되어 있었다.

"먼저 몇 가지 질문을 해도 될까요?"

"물론이죠." 은행원은 돋보기를 벗었다. 돋보기는 목에 두른 형광분홍색 끈에 매달려 있었다.

"대여금고는 어디에 있죠?"

"금고실에요. 그 문 뒤에 있어요." 은행원은 아이리스가 들어온 문 맞은편에 있는, 견고해 보이는 나무 문을 가리켰다.

"내 물건이 안전할지 어떻게 알 수 있죠?"

"금고실 내부를 보고 싶으신가요?"

아이리스는 열심히 고개를 끄덕였다.

은행원은 들릴 듯 말 듯 한숨을 내쉬며 인체공학 의자에서 거구를 들어 올렸다. 그녀는 포동포동한 손목에 감긴 늘어나는 나선형 띠에서 열쇠 하나를 골라내더니, 아이리스를 이끌고 좁은 복도를 걸어갔다. 그러고는 원형 출입구를 지나 보관함들이 가득한 방으로 들어섰다.

"여기가 대여금고실이에요." 은행원이 줄줄이 늘어선 철문들을 가리켰다. "금고실은 영업시간을 제외하고는 항상 잠겨 있죠. 보안 카메라로 24시간 감시하고요. 고객님의 귀중품을 그냥 가지고 있는 것보다 이곳에 보관하는 게 훨씬 더 안전할 거예요."

아이리스는 보안카메라가 있을 만한 사방의 모퉁이를 훑어보다가 천장에서 깜빡거리는 작고 붉은 불빛 세 개를 발견했다.

"대여금고는 어떻게 열죠?"

"고객님에게 열쇠 두 개를 줄 거예요. 그중 하나를 여기에 넣지요." 은행원은 작은 문짝에 있는 두 개의 열쇠구멍 중 하나를 가리켰다. "그러면 난 은행 열쇠를 여기에 넣어요. 열쇠 두 개를 동시에 돌려야 문이 열려요."

아이리스는 두 개의 열쇠구멍을 뚫어져라 쳐다보았다. "만약 누군가 내 열쇠를 훔쳐가면 어떻게 되죠?"

"걱정하지 말아요. 신분증을 제시하고 출입 일지에 서명해야 금고실에 들어올 수 있으니까요. 도둑은 고객님과 똑같이 생겨야 하고, 고객님의 사진이 들어간 신분증을 가지고 있어야 하고, 고객님의 서명을 위조할 수 있어야 하죠. 난 25년 동안 이곳에서 일했지만, 한 번도 그런 일은 없었어요." 은행원은 안심해도 좋다는듯 미소를 지었다. 그녀는 아이리스를 데리고 다시 자신의 사무실로 돌아간 다음 컴퓨터 모니터 앞에 앉았다.

아이리스는 클립보드를 집어 들었다가 다시 내려놓았다. "만약 내가 열쇠를 잃어버리면 어떻게 되나요?"

"열쇠를 둘 다 잃어버리면, 고객님이 비용을 내고 드릴로 대여금고를 뚫어 열게 되죠."

"그 비용이 얼마나 될까요?"

"흠…… 수백 달러일 거예요."

아이리스는 고개를 끄덕이고는 섬뜩한 질문을 던졌다. "만약 내가 죽으면요?"

"적절한 서류를 갖춘 가장 가까운 친척에게 대여금고에 대한 권한을 위임할 수 있어요. 그 양식을 보세요. 손실이 발생하지 않도록 고객님의 유서 복사본은 대여금고에 넣지 말라고 제안하는 바입니다."

"대여금고의 사용료를 깜빡하고 지불하지 않으면요?"

은행원의 얼굴에 성가신 기색이 피어올랐다. "법적으로 우리 은행에서 5년간 보관하도록 되어 있어요. 그 뒤에 고객님의 소유물은 오하이오주 정부로 이관되고요. 귀중품은 경매에 붙여지고, 경매대금은 고객님의 이름으로 주 정부의 금고에 보관되죠."

아이리스는 계속해서 밀어붙였다. "만약 은행의 누군가가 내 대여금고에서 무언가를 훔치려고 하면요? 나 몰래 은행의 누군가가 대여금고를 열 수 있나요?"

마치 은행이 어린아이의 돈을 갈취하고 있다는 말이라도 들은 것처럼 은행원의 입이 벌어졌다. "은행 열쇠는 은행 직원들이 안전하게 보관하고 있어요."

"그렇겠죠. 그런데 은행 열쇠가 몇 개나 되는데요?" 아이리스는 은행원의 팔목에 매달려 있는, 신축성이 있는 열쇠고리를 쳐다보았다.

"모든 금고실은 약간 다른 시스템을 갖추고 있어요. 우리 은행에는 대여금고를 열 수 있는 열쇠가 열다섯 개 있죠. 확실히 말하지만, 적절한 훈련을 거치고 기밀 취급 인가를 받은 사람만이 열쇠에 접근할 수 있다고요." 은행원은 서류 뭉치를 책상 위에 탁탁 내리치며 정리하는 것으로 마음속의 분노를 표출했다.

"음, 관리인 같은 사람이 당신의 열쇠를 음…… 화장실 같은 곳에서 찾아낸다면요? 그 사람도 대여금고를 열 수 있지 않을까요?"

"이것 봐요, 열쇠들은 특정한 대여금고만 열 수 있도록 암호화되어 있어요. 관리인은 어떤 열쇠가 어디에 맞는지 알 수가 없죠. 게다가 고객님의 열쇠가 없으면 아무도 고객님의 대여금고를 열 수 없다고요." 은행원은 한숨을 내쉬었다. "고객님은 우리 은행과의 거래에 심각한 우려를 가지고 있나 봅니다. 계좌를 열기 전에 좀 더 고민해보기를 권합니다."

"당신 말이 맞는 것 같아요." 아이리스는 클립보드에서 서류를 빼내어 핸드백에 넣었다. "좀 더 생각해보고 올게요."

은행원이 고개를 끄덕이고, 키보드를 요란하게 두드렸다.

아이리스는 그 자리에 서서 마침내 묻고 싶었던 질문을 했다. "저, 마스터키 같은 것이 있지 않나요? 은행들이 마스터키를 보관한다는 말을 들었거든요."

"어디서 그런 말을 들었어요?" 은행원은 한 손으로 책상을 내리쳤다. "이제 '데드키'는 없어요. 그건 연방예금보험공사FDIC의 정책에 위반되니까요."

"'데드키'라고요?"

"미안하지만, 이건 이 자리에 어울리는 이야기가 아닌 것 같군요." 은행원이 고개를 가로저었다.

"왜 데드키라고 부르는 거죠?" 아이리스가 끝까지 물었다.

"대여금고가 여러 해 동안 열리지 않고 잠겨 있으면, 우린 '죽었다'고 말해요. 대여금고가 죽으면, 그걸 비우고 다른 대여자를 받아야 하죠. 우린 데드키로 죽어버린 대여금고를 열고 자물쇠를 바꾸곤 했어요. 지금은 드릴로 틀에 구멍을 뚫고, 틀 전체를 몽땅 갈아치우지만. 짐작하겠지만, 금전적으로는 엄청난 낭비죠."

"대여금고가 자주 죽나요?"

"깜짝 놀랄 정도로 자주요."

56장

대여금고들은 죽었어. 아이리스는 애크런에서 집으로 차를 몰고 오는 내내 머릿속으로 그 말을 되풀이했다. 클리블랜드 퍼스트뱅크가 폐업하고 20년이 흘렀다. 자신의 물건을 간절히 찾고자 하는 사람이라면 벌써 서류작업을 마치고 드릴로 대여금고를 열었을 것이다.' 그런 일이 여러 번 있었다. 아이리스는 금고실에 처음 들어갔을 때, 열 개의 대여금고가 열린 것을 보았다. 레이먼은 10여 년 전에 마지막으로 대여금고가 열렸다고 했다. 열쇠들이 분실된 금고실은 그저 무덤에 지나지 않았다.

캐피털 은행 직원은 고객들의 귀중품이 5년간 보관되다가 경매에 붙여진다고 했다. 아이리스는 77번 주간고속도로로 올라가면서 애초에 무엇 때문에 귀중품을 이상한 금고에 집어넣었던 것인지 의문이 들었다. 그녀는 누군가가 숨기고 싶은 것을 대여금고에 넣었을 거라고 생각했다. 그녀는 고속도로를 벗어나 집이 있는 쪽으로 접어들었다. 어쩌면 사람들은 자신의 비밀을 묻어두고 싶어 하는 것일지도 몰랐다. 바로 그런 이유로 수많은 대여금고들이 죽었을 수도 있었다.

하지만 누군가는 그런 비밀을 되살리고 싶어 했다. 어쩌면 은행 건물을 구입하려는 군청의 계획이 누설되면서, 누군가가 이게 마지막 기회라고 판단했을지도 모른다. 아이리스의 기억 속에 금고실에서 재빨리 도망치는 푸른색 셔츠의 시커먼 형체가 떠올랐다가 사라졌다. 누군가가 그날, 그곳에 있었다. 그녀는 자신의 복층아파트 앞, 길가에 차를 세웠다. 핸드백 안으로 손을 집어넣자 어떤 대여금고 문짝에 매달려 있던 열쇠고리가 만져졌다. 열두 개의 열쇠가 있었다. 열쇠를 하나하나 손가락으로 튕기며, 이것들은 대여금고를 여는 은행의 열쇠가 틀림없다고 판단했다. 애크런의 은행원은 열쇠에 암호가 있다고 했다. 각각의 열쇠에는 무엇인가를 뜻하는 'N', 'D', 'E', 'O' 같은 문자가 새겨져 있었다. 열쇠들에 어떤 순서가 있는 것도 아니어서, 도둑은 열쇠를 하나하나 꽂아보는 수밖에 없었다. 열쇠는 열두 개뿐이었다. 그래도 시간이 꽤 걸릴 것이고, 그러다 체포당할 수도 있었다. 맞춰보아야 할 대여금고는 1천 개도 넘었다.

아이리스는 엔진을 끄고 차 키를 빼내고는 죽은 파리 떼가 가득했던 방에서 발견한 열쇠를 살펴보았다. 그녀의 악몽 속에서 그 열쇠는 피칠갑을 하고 있었다. 죽음의 표적이었다. 아무 표시도 없는 열쇠가 열쇠고리에서 대롱거렸다. 바로 그 순간, 오늘 아침에 들었던 것들이 머릿속에서 조합되었다. 열쇠들이 손에서 떨어져 내렸다.

아이리스는 데드키를 찾아냈던 것이다.

그녀는 손으로 입을 틀어막고, 무릎에 놓인 열쇠들을 마치 살인 흉기라도 되는 듯 노려보았다. 은행의 열쇠들과 데드키가 환한 대낮의 햇살을 받고 있었다. 이것들을 합치면, 금고실에 있는 모든 대여금고를 열 수 있을 것이다.

아이리스는 미친 듯이 열쇠들을 긁어모아 핸드백 안에 처넣었다. 그녀는 범죄현장에서 증거를 가지고 나온 셈이었다. 심지어 가필드 하이츠에 있는 열쇠점에서 마스터키를 내보일 정도로 멍청하기까지 했다. 경찰은 아이리스가 살고 있는 곳을 잘 알고 있었다. 신문의 1면에 실릴 기사 제목이 눈앞에 훤히 보이는 듯했다.

불만을 품은 건축기사, 현장에서 체포되다.

심리학자들이 TV에 나와 여러 주 동안 버려진 은행에서 홀로 작업하는 심리적 압박이 예전부터 불안했던 그녀의 정신을 뒤틀리게 했을 거라고 주장할 것이다. 레이먼은 그 심리학자들에게 아이리스가 환청을 들었다고 진술할 것이다. 엘리는 아이리스가 술만 마시면 심하게 떠들어댔다고 마지못해 진술할 것이고…… 닉은 아이리스가 도덕심도 없고 감정적으로 혼란스럽다는 사실을 입증할 증인으로 소환될 것이다. 아이리스의 아버지가 최근에 해고되었다는 사실조차 사태를 더 악화시킬 판이었다.

가슴이 조여왔다. 경찰이 뭔가가 없어졌다는 사실을 알아내면, 아이리스는 희생양이 될 가능성이 높았다. 그녀가 발견한 시신 위로 언론이 폭풍처럼 밀려들고 있을지도 몰랐다. 먼지로 뒤덮인 건물 모퉁이와 죽어버린 금고실에서 카메라의 플래시가 쉼 없이 터질 것이다. 상속자들이 잊고 있던 상속 재산을 찾으러 올지도 모른다. 숨이 가빠왔다. 아이리스는 건물 안의 물건들을 박살 낸 적이 있었다. 대여금고를 조사하기 위해 차를 몰고 돌아다니기도 했다. 열쇠들이 범죄의 증거처럼 핸드백 바닥에 놓여 있었다. 이것들을 얼른 없애버려야 했다.

차창을 두드리는 소리에 아이리스는 마치 수천 볼트 전기가 가슴을 관통한 것처럼 깜짝 놀랐다. 그녀는 비명을 지르며 펄쩍 뛰다가 머리를 천장에 부딪쳤다. 닉이었다. 그는 차 밖에서 차 안을 들여다보며 미소를 짓고 있었다.

"아, 이런, 깜짝 놀라게 해서 미안해!" 닉의 눈가에 몇 가닥의 주름이 잡혔다.

아이리스는 쓰러지듯 운전석에 몸을 기대었다. 심장이 멈출 것만 같았다. 그녀는 간신히 숨을 몰아쉬고는, 꽉 잠긴 목소리로 물었다. "무슨 일이야?"

"오후 내내 찾아 다녔어."

"뭣 때문에?" 아이리스는 핸드백을 꼭 껴안고 차에서 내렸다. "출근은 안 했어?"

"일감이 확 줄어들어서 하루 휴가를 냈어. 많은 직원들이 휴가를 신청했어." 닉이 어깨를 으쓱했다.

아이리스는 닉을 바라보며 눈을 깜빡거렸다. 혼란스러웠다. "일감이 줄어들다니?"

"프로젝트 두어 개가 깨졌어. 일들이 너무 느리게 진행되고 있고. 아, 무슨 일이 있었는지 들었어. 괜찮아?" 그의 눈에 어린 다정

함은 정말 그럴듯했다. 거의……. 하지만 닉이 정말 관심이 있었다면, 바로 전화를 했을 것이다.

"죽기야 하겠어? 원하는 게 뭐야?"

닉이 한쪽 눈썹을 치켜올렸다.

"날 놀리는 거야, 뭐야? 집어치워!" 아이리스는 닉을 밀치고 아파트 계단을 올라갔다. 자신은 온갖 일을 겪었는데, 닉은 그저 섹스를 하고 싶어 했다.

"아이리스? 아이리스, 난 자기와 순수한 마음으로 섹스를 했을 뿐이야. 지금은 그냥 이야기를 하고 싶어."

"어련하시겠어?"

닉은 아이리스를 따라 계단을 올라오더니 그녀의 팔꿈치를 잡았다. "무슨 문제라도 있어? 내게 이야기해봐."

"그렇게 대화를 하고 싶었다면 전화를 하지 그랬어?" 아이리스는 문 열쇠를 흙털개 위에 떨어뜨렸다. 짜증이 난 그녀는 문짝을 후려갈겼다.

"직접 왔잖아. 이게 더 낫지 않아?" 닉이 열쇠를 집어 아이리스에게 건네고, 손가락으로 그녀의 턱을 들어 올렸다. 그의 갈색 눈동자에는 다정하고, 동정적이며, 낙담하는 기색이 한꺼번에 떠올랐다. "아이리스, 난…… 난 우리가 뜨거운 시간을 보냈다고 생각했어."

"뜨거웠다……." 아이리스는 닉의 말을 되풀이했다. 그 단어가 공기 중에 떠돌았다. 아이리스는 시선을 떨구고 문을 열었다. 닉은 사랑이나 지속적인 관계를 찾는 것이 아니었다. 자신과 그저 즐기기를 원할 뿐이었다. 그건 아이리스가 입에 올리고 싶지 않은 최악의 두려움이었다. 어쩐지 그녀는 자신이 거짓말쟁이 같았다. 아이리스는 닉의 헝클어진 머리카락과 약간 고르지 않은 이를 지그시 쳐다보았다. 닉은 한번도 뭔가를 약속하거나 진정한 사랑을 이야기한 적이 없었다. **빌어먹을, 전화를 걸어준 적도 없었어.** 그녀야말로 닉을 침대로 끌어들여 유혹한 장본인이었다.

"물론이야, 닉. 그건 뜨거웠어. 난…… 지금은 뭐라고 말하지 못하겠어."

닉은 아이리스가 기를 쓰고 닫으려는 문을 붙잡았다. "그래, 잘 알겠어. 난 그저 사무실 상황이 이전 같지 않다는 말을 해주고 싶었을……."

"아, 그거 잘됐네." 아이리스는 닉의 말을 끊고, 문을 닫으려고 했다.

"아니, 내 말은 네가 그 시신을 발견한 뒤로 사무실 상황이 이전과는 딴판이 되었다는 거야. 벌써 여러 명의 직원이 해고됐어. 휠러 씨는 은행에 관해 이상한 질문을 해대고 있고. 난 그저 네가 걱정됐을 뿐이야."

닉의 눈동자를 보면 의심의 여지가 없었다. 아이리스는 곤경에 처해 있었다. 해고되거나 더 나빠질 가능성도 있었다. 닉이 정말로 그녀에게 관심을 가지고 있다는 사실은, 적어도 직접 그녀와 얼굴을 마주하고 말하고 있다는 사실은 별로 중요하지 않았다.

아이리스가 시선을 떨구며 핸드백 끈을 꽉 쥐었다. "으음, 고마워. 나도 내 자신에 관해 걱정을 해봐야겠어."

57장

아이리스는 닉의 코앞에서 문을 닫고는 모든 열쇠가 들어 있는 핸드백을 여전히 거머쥔 채 문에 기대었다.

"아이리스?" 닉이 문밖에서 말을 걸었다. "아, 왜 일이 이렇게 돌아가는 거야. 나와 이야기하고 싶다면 날 찾아와. 어디로 와야 할지는 알고 있지?"

아이리스는 핸드백을 떨어뜨리고 머리를 두 손에 파묻은 채, 닉이 완전히 사라지기를 기다렸다. 휠러가 질문을 해대고 있다고 했다. 일시해고도 있다고 했다. 아이리스는 지난주부터 사무실의 누구와도 이야기를 해본 적이 없었다. 그녀는 전화기로 달려가 브래드에게 전화를 걸었다.

"안녕하세요, 브래드? 아이리스예요."

"아이리스, 안녕! 어떻게 지내고 있어?" 브래드의 목소리에는 걱정하는 기색이 역력했다. 그의 목소리를 듣고는 시신을 발견한 이후 그와 이야기를 나눈 적이 없다는 사실을 깨달았다.

"아, 아직 좀 떨리기는 하지만, 아무 문제 없어요." 아이리스는 목소리에 초조함이 드러나지 않도록 조심했다. "얼른 일하고 싶어요. 프로젝트는 어떻게 되고 있어요?"

"불행히도 별로 좋지 않아. 경찰이 출입을 금지시켰거든. 군청이 거래를 그만두려 하고, 리모델링 계획도 연기되었다. 언론이 냄새라도 맡으면, 이 일은 수개월을 끌 수도 있어." 브래드는 목소리를 낮추었다. "사무실도 점차 긴박하게 돌아가고 있어. 휠러 씨가 이야기를 나누고 싶다고 금요일에 출근해달래."

그건 한 가지만을 의미했다. "날 해고하려는 거군요."

"확실하지는 않지만, 이미 두 사람이나 내보낸 뒤라서……." 브래드가 주저하며 덧붙였다. "당신에 대해서는 좋게 말을 해놓았어."

"고마워요. 만약 경찰이 건물에 대한 통제를 곧 푼다면, 내가 다시 일하게 될까요?"

"월요일에 통제가 풀린다면, 그렇겠지. 위에서는 당신이 하던 일을 마치게 해줄 거야. 하지만 아이리스, 그걸 무작정 기대하지는 마. 만약 이 일이 저녁뉴스에 언급되기라도 하는 날이면, 군청은 모든 일에서 깨끗이 손을 털어버릴 테니까."

아직 때도 타지 않은 깨끗한 베르베르 카펫과 새로 설치된 전기기구들, 트랙조명*이 수화기에 귀를 기울이고 있는 아이리스를 조롱했다. 해고되면 새로 장만한 이 아파트에서 얼마나 살 수 있을까? 은행에 2천 달러가 예치되어 있지만, 갚아야 할 학자금대출도

---

* 조명장치를 천장·벽 등의 레일에 달아 이동시키는 방식.

466

엄청나게 많았다.

"여러 모로 신경 써주셔서 고마워요. 금요일에 뵐게요."

아이리스는 수화기를 내려놓으며 전화하는 동안 참았던 울음을 터뜨렸다. 곧 해고될 처지였다. 이 일을 정말 싫어했다는 사실은 해고에 따르는 모든 역경을 고려하면 전혀 중요하지 않았다. 그녀는 예외적이거나, 똑똑하거나, 특별하거나, 반드시 필요한 사람이 아니었다. 언제든 쓰고 버릴 수 있는 사람이었다.

토목공학과에서 5년이나 공부하고 넉 달간 힘들게 일했다는 사실은 아무런 도움이 되지 않았다. 해고당했다. 실패했다. 실패……. 아이리스의 귓가에는 넌더리 나게 쫑알거리는 엄마의 목소리가 벌써 들려오는 듯했다. 아빠는 아무 말도 하지 않겠지만, 속으로는 실망할 것이다. 아이리스에게 워낙 기대가 컸으니…….

아이리스는 지저분한 소파에 털썩 주저앉아 담배를 피웠다. 그렇게 늦은 시간까지 일하고, 그렇게 시공도를 그려댔는데……. 그녀는 계속 담배 필터를 빨아들이다가 입술을 데일 뻔했다. 그녀의 인생이 이래서는 안 되었다. 대학을 최우등생으로 졸업했고, 스펙도 완벽했다. 그런데도 몸에 맞지 않는 꼴사나운 근무복을 걸쳐야 했다. 살랑살랑 꼬리치는 여자가 아니라 강한 여자로 보이기 위해, 완벽하게 악수하는 법을 배워야 했다. 이제는 그게 무엇을 뜻하는지조차 모르겠지만, 그녀는 '성공적인 건축기사'가 되었어야 했다. 돈이 많아야, 안전이 보장되어야, 권한이 많아져야, 명성이 높아져야 성공한 것일까? 그녀가 바라는 것은 그저 세상을 나아지게 하는 것뿐이었다. 하지만 이제는 교도소에 가지 않으면 운이 좋을 판이었다. 20년이나 묵은, 죽은 벌레 떼가 그녀의 인생을 망칠 판이었다. 아이리스는 담배를 재떨이에 비벼 끄고, 핸드백이 있는 곳으로 돌진했다. 핸드백의 내용물을 조리대에 쏟아놓고, 앤서니 맥도넬 형사의 명함이 나올 때까지 뒤적거렸다.

전화벨이 울리고 또 울렸다. 아이리스는 발을 동동 구르며 그가 전화를 받기를 기다렸다. 그녀는 월요일 아침에 은행 건물로 되돌아가야 했다. 모든 열쇠를 제자리에 가져다놓고 아무 일도 없는 것처럼 행동해야 했다.

마침내 맥도넬 형사가 전화를 받았다. "맥도넬 형사입니다."

"안녕하세요, 형사님? 아이리스 래치예요. 시신을 발견한 건축기사죠."

"아이리스, 안녕하세요?" 형사의 목소리는 따스했다.

"전 잘 지내요. 언제쯤 그 건물로 돌아가 작업할 수 있을지 궁금해서요."

"그곳은 범죄현장이라서요, 아이리스. 검시관과 감식반이 열심히 작업하고 있지만 시간이 좀 걸릴 거예요."

"이해가 안 가는데요. 이건 단순한 자살사건이잖아요? 제 말은……." 수백 마리의 굶주린 파리 떼가 원을 그리기 시작했다. 아이리스는 눈을 꼭 감았다. "올가미가 있었거든요, 맞죠?"

"음, 그것보다는 상황이 좀 더 복잡합니다."

"정말요?"

"음, 우선, 사망한 사람이 욕실 문 앞에 책장을 밀어놓을 수는 없잖아요. 자물쇠를 바꿀 수도 없고요. 누군가가 이미 벌어진 일을 감추려고 했던 거죠."

"하지만 수백 명이 그곳에서 일했어요. 이 일은 20년 전에 벌어진 거고요, 맞죠?" 아이리스는 자신이 푸념을 늘어놓는 것처럼 느껴졌지만, 말을 멈출 수 없었다. "출소기한법*이 있지 않나요?"

"살인사건에는 없습니다."

아이리스는 위가 뒤틀리는 느낌을 받았다. "그 사람이 살해됐다는 건가요?"

"난 그렇게 말하지 않았어요." 맥도넬 형사가 목소리를 가다듬었다. "수사가 진행 중인 사건에 대해서는 기밀을 유지해야 합니다. 우린 그 어떤 것도 언론에 흘러나가는 걸 원하지 않아요. 이게 정말로 살인사건이라면, 살인범은 지금도 저 밖을 돌아다니고 있을지 모릅니다."

푸른색 셔츠가 아이리스의 머릿속을 스쳐 지나갔다. 그녀는 침을 꿀꺽 삼켰다. "제가 월요일에 그 건물로 돌아가 작업할 수는 없나요?"

"미안하지만, 그럴 가능성은 거의 없습니다. 그 건물에서 수집할 증거가 산더미처럼 많으니까요. 범인에 관한 단서가 지금도 그 안에 숨어 있을 수 있거든요. 그것들을 모두 분류하는 데 몇 달이 걸릴지도 모릅니다."

"아주 신이 나셨네요." 아이리스가 긴 한숨을 내쉬었다. 두려움이 배 속을 쥐어짰다. 지금도 열쇠를 가지고 있기에……

---

* 소송 원인이 발생하고 일정 기간 안에 소송을 제기하게 하는 법률, 소멸시효 같은 역할을 한다.

"수년 동안 그 건물에 손을 대고 싶었으니까요." 형사가 순순히 인정했다. "어쩌면 정부가 수십 년 전에 시작했어야 할 수사를 이제라도 해야겠다고 결심할지도 몰라요. 살인사건을 카펫 아래로 쓸어 넣고 시치미를 뗄 수는 없는 법이니까요."

"그 와중에 난 직장을 잃을 것 같아요." 아이리스가 쉰 목소리로 말했다.

"아이리스, 유감이네요. 진심으로요."

아이리스는 열쇠를 은행 건물에 가져다놓을 방법을 찾아야 했다. 손바닥에 땀이 고이기 시작했다. 그녀는 형사에게 말해야 했다. 자신이 발견한 것에 대해. 신문 1면에 실릴 **'불만을 품은 건축기사, 현장에서 체포되다'**라는 기사 제목이 또다시 머릿속을 스치고 지나갔다. 그런데 입을 열 수 없었다. 이제 막 자신이 해고당했음을 인정한 참이었다. 아무리 머리를 굴려보아도 대화의 공백을 채울 방법이 없었다.

"아이리스, 내가 도와줄 건 없나요?"

"뭐라고요? 음…… 없어요……. 난 그저……" 아이리스는 말을 더듬었다. "그 건물에 관해 아는 것을 말씀드려야겠다고 생각했어요. 그게 도움이 될까요?"

"물론이죠. 뭘 알게 됐는데요?"

"음, 어디 보자……." 아이리스는 잠시 시간을 끌었다. 뭔가를 형사에게 말해야 했다. 자기가 형사의 편임을 믿게 만들어야 했다.

"4층에 있는 존 스미스의 사무실을 뒤져보세요. 이상한 서류들이 가득하더라고요. 9층에 있는 조지프 로스스타인의 사무실에는 기이한 메모가 좀 있었어요. 무엇인가에 관해 FBI에 신고한 것 같더라고요. 3층에 있는 인사서류에는 지금도 많은 정보가 남아 있고요. 또 11층의 청소도구실에서 여행가방을 발견했어요. 어떤 여자…… 것이더라고요." 아이리스는 '베아트리스'라는 이름을 밝힐 뻔했다. 하지만 사실 그녀의 것인지는 확실하지 않았다. 게다가 그 이름을 밝히면, 다른 질문들이 쏟아져 나올 가능성도 있었다. "아, 그리고 터널도 있어요. 터널도 빼먹지 말고 조사하세요. 그리고……."

열쇠가 있었다! 아이리스는 열쇠에 대해서도 말했어야 했다. 바로 지금이 기회였지만, 머릿속에서 들려오는 목소리가 그러지 말라고 했다. 이 사람은 경찰관이었다. 열쇠가 필요할 리 없었다. 이 사람에게는 배터링램*과 자물쇠 따개와 드릴이 있었다. 경찰은 금고실에 들어갈 다른 방법을 찾아낼 것이다. 그녀는 열쇠들을 없애버리고 다시는 입에 올리지 않는 것으로 충분했다. 강 같은 곳에 던져버리면 그만이었다. 그 열쇠들이 없어도 베아트리스는 발견될 것이다. 경찰이 그녀를 찾아낼 것이다. 형사가 이야기한 것처럼, 건물은 증거들로 가득하니까.

"터널이라고요?" 맥도넬 형사가 아이리스의 혼란스러운 생각에 끼어들었다.

"네, 오래된 증기관들이에요. 입구는 지하층 로비의 계단 아래쪽에 있고요."

---

* 성문이나 성벽을 부수는 데 쓰던 커다란 해머.

"아이리스, 정말 유용한 정보예요. 나중에 전화로 두어 가지 물어봐도 괜찮죠?"

"물론이죠." 아이리스에게는 아직 자백할 기회가 있었다. "형사님?"

"네, 아이리스."

잠시 전화선에 정적이 내려앉았다. 아이리스는 형사에게 말하고 싶었지만 그럴 수 없었다. 더 많은 심문을 받기 위해 경찰서로 호송되는 자신의 모습이 그려졌다. 그냥 열쇠들을 없애버리는 편이 나을 듯했다. "음, 제가 화장실에서 발견한 사람이 누구인지 알아내셨어요?"

"지갑에 들어 있던 신분증에 의하면, 윌리엄 톰슨이라는 사람이더군요. 그런데 그건 기밀사항입니다. 우리 둘만 알고 있는 것으로 해두었으면 합니다."

그 이름이 생각날 듯 말 듯했다. 잠시 생각을 집중하자, 결국 기억이 떠올랐다. "'지구상에서 가장 좋은 아빠' 머그잔! 그 사람의 사무실을 봤어요! 9층이었는데, 완전히 쓰레기장이더라고요."

"쓰레기장이요? 그게 무슨 뜻이죠?"

"누군가가 발칵 뒤집어놓은 것 같았어요." 아이리스는 가슴속에 모아두었던 공기를 내뿜었다. 어쩌면 자신이 말하지 않은 것을 보충하고도 남을 정도로 형사에게 도움이 되는 정보일지 몰랐다.

"아이리스, 일자리를 찾지 못하면, 내게 전화해요. 알았어요?" 형사가 웃음을 터뜨리며 말했다. "당신이 할 일이 있을지도 모르니까요."

58장
1978년 12월 13일 수요일

당장 빠져나와야 해요. 베아트리스를 태운 택시가 시내를 달리는 동안, 토니의 말이 그녀의 머릿속에서 계속 되풀이되었다. 베아트리스는 형사를 만난 뒤 택시에 올라타면서 택시기사에게 목적지를 알려주지 않았다. 어디로 가야 할지 몰랐기 때문이다. 용감하게 터널을 지난 다음 어두운 계단을 타고 11층까지 걸어 올라갈 엄두가 나지 않았다. "당장 빠져나와야 해요."라고 토니가 말했지만, 그녀에게는 막다른 길뿐이었다. 누군가가 이모의 아파트를 샅샅이 뒤졌다. 어쩌면 바로 그 순간에도 주방의 식탁에 앉아 베아트리스를 기다리고 있을지 모른다. 병원으로도 돌아갈 수 없었다. 맥스는 누군가가 병실을 감시하고 있다고 했다.

택시는 텅 빈 어두운 거리를 질주하면서 클리블랜드 퍼스트뱅크를 지나쳤다. 베아트리스는 머리 위로 거대한 모습을 드러낸 고층 건물을 멍하니 올려다보았다. 맨 위층의 창문 두 곳에서 불빛이 흘러나왔다. 저기에 있는 사람들이 누구인지는 모르지만, 아직 잠들지 않고 있었다.

누구였을까? 베아트리스는 궁금했다. 누가 도리스 이모의 아파트를 뒤집어놓았을까? 누가 이모의 병실을 감시하고 있을까? 빌 톰슨은 거짓말쟁이에다가 여자들을 후리는 파렴치한이고 과부들의 귀중품을 훔치는 도둑이었다. 이모부라고 속이고 도리스 이모의 병실을 방문했을지도 모른다. 하지만 그는 맨 꼭대기 층에서 근무하지 않았다. 맥스는 빌이 문제가 아니라고 했다. 은행의 문제는 그보다 훨씬 거대하다고 했었다.

두 번째로 랜디 할로란이 있었다. 그는 병원에 온 적이 있었다. 베아트리스는 병원의 방명록에서 그의 서명을 보았다. 오늘 아침에 보았던 그의 매서운 눈길이 떠오르자 또다시 온몸이 부르르 떨렸다. 손목을 쥐어짜던 그의 손길이 지금도 느껴졌다.

그런 것은 중요하지 않았다. 모든 지저분한 일들을 잊어버리고, 오늘 밤에 이 도시를 떠나면 그만이었다. 도리스 이모는 결코 회복되지 못할 것이다. 베아트리스는 아무리 기다려도 소용이 없다는 것을 알았다. 베아트리스는 조용히 사라져버릴 수 있었다. 경찰은 그녀를 찾아볼 생각조차 하지 않을 것이다. 그녀는 어느 날 불쑥 모습을 드러냈다가 한밤중에 사라져버린 또 한 명의 여자일 뿐이었다. 맥스의 쫓기는 듯한 눈길과 미소가 사라진 얼굴이 베아트리스의 머릿속으로 밀고 들어왔다. 그녀는 맥스에게 약속했었다. 떠나기 전에 맥스를 찾아야 했다.

고딕 양식의 버스 터미널 건물이 앞쪽에서 하늘을 찌르고 있었다. 이 건물의 앞면은 동화에 나오는 멋진 성城 같지만 베아트리스는 이 건물의 추악한 뒷면을, 지하로 연결되는 아무 표시가 없는 문짝을 이미 보고 말았다. 터널을 떠올리다가 좋은 생각이 났다.

"스타우퍼 인으로 가주세요." 베아트리스가 택시기사에게 말했다. 버스 터미널 바로 옆에 있는 호텔이었다. 그녀는 핸드백 속의 현금을 세며 택시요금이 모자라지 않기를 기원했다.

택시는 베아트리스를 호텔 차일에 매달린 태양등 아래에 내려주었다. 금색 징이 박힌 제복을 입고 있는 벨보이가 손가락을 모자에 갖다 대며 문을 열어주었다. 실내로 들어서니 나선형 석조계단이 위쪽의 로비로 연결되었다. 수많은 사람이 밟은, 호사스러운 붉은 카펫은 닳고 닳아서 무척이나 얇아져 있었다. 넓은 계단을 딛고 체크인하는 접수대로 올라가는 그녀의 머리 위로는 먼지가 내려앉은 크리스털 샹들리에가 걸려 있었다. 널따란 복도의 반대쪽 끝에 있는 대리석 분수가 파랗게 물들인 물을 뿜어냈다. 베아트리스는 접수대로 가서 빈 객실이 있는지 물었다.

키가 크고 호리호리한 갈색 머리의 여자가 베아트리스에게 카드를 건넸다. "대실료 목록입니다."

목록을 훑어보던 베아트리스는 가슴이 철렁 내려앉았다. 10달러가 모자랐다.

"음, 좀 더 싼 방은 없나요?" 베아트리스는 호텔의 뒤쪽에서 봤던 추악한 모습을 떠올렸다. "골목을 마주 보고 있는 쪽으로요."

호텔 직원이 대답을 하기도 전에 로비 맞은편에 있는 바의 문이 열렸다. 담배 연기가 자욱한 그곳에서 다소 술 취한 남녀가 비틀거리며 나오더니 접수대 쪽으로 다가왔다.

"우린 당장 방이 필요해!" 남자가 손바닥으로 카운터를 두들기며 큰 소리로 외쳤다.

베아트리스는 두 사람을 힐끗 쳐다보다가 즉시 손으로 얼굴을 가렸다. 아는 사람들이었다. 은행에서 본 적이 있었다.

"내가 평소에 사용하는 스위트로 줘."

"알겠습니다, 할로란 씨." 직원이 고개를 끄덕이고는 베아트리스에게 살짝 사과의 미소를 지어 보였다. "여기에 서명해주세요."

베아트리스는 '할로란'이라는 이름에 놀란 표정을 감추기 위해 급히 손으로 얼굴을 가렸다. 그녀는 손가락 사이로 할로란을 훔쳐보았다. 그의 손은 함께 온 여자의 엉덩이를 주무르고 있었다. 베아트리스는 얼른 시선을 돌렸지만, 번쩍번쩍 빛나는 금실로 마감한 치맛단이 눈가를 스쳤다.

"테디 베어, 당신은 정말 탐욕스러운 사람이에요." 여자가 낮고 허스키한 목소리로 낄낄 웃었다.

베아트리스가 분명히 들어본 목소리였다. 맥스에게 경고를 보냈던 바로 그 여자였다. 베아트리스는 그 여자를 힐끔거렸다. 여자는 굽 높이가 15센티미터나 되는 부츠를 신고 있었다. 까무잡잡한 허벅지까지 오는 레이스업 부츠였다. 금실과 은실로 수놓은 드레스는 엉덩이를 간신히 덮을 정도였고, 할로란의 손이 그 드레스 안쪽으로 미끄러져 들어가 있었다.

"여기 있습니다, 선생님. 즐거운 시간 되십시오." 호텔 직원이 밝은 목소리로 말했다.

그 말이 떨어지기 무섭게 할로란과 여자는 엘리베이터를 향해 비틀비틀 걸어갔다. 두 사람이 로비를 벗어난 후에야 베아트리스는 관자놀이에 대고 있던 손을 입으로 내렸다. 눈에 익은 철회색 머리카락과 양복으로 그가 누구인지 확실히 알게 되었다. 랜디의 사무실에서 소리를 질러댔던 바로 그 사람이었다. 그는 랜디의 아버지였다. 테디 할로란이 맥스를 알고 있는 여자와 함께 불과 1미터 떨어진 곳에 서 있었다.

"미안하게 됐어요. 일부 고객분들이⋯⋯." 아름다운 호텔 직원이 말을 잇지 못하고 엘리베이터 쪽으로 손을 흔들었다. "음, 이러면 안 되지만, 이미 밤이 늦었군요. 35달러면 되겠어요?" 그녀가 베아트리스에게 윙크를 하고, 열쇠를 건넸다.

"오, 정말요? 고마워요." 안도감이 베아트리스의 온몸을 감쌌다. 그녀는 열쇠를 꽉 움켜쥐었다. "정말⋯⋯ 말로 표현할 수 없을 만큼 고마워요." 베아트리스는 고개 숙여 인사하고, 엘리베이터로 달려갔다. 세 개 층을 올라간 그녀는 복도를 허겁지겁 걸어 객실에 도달했다. 데드볼트를 채우고, 문에 머리를 기댔다. 싸구려 객실은 수납장보다 별로 크지 않고 쓰레기통과 별반 다를 바가 없었지만, 그래도 침대가 있었다. 베아트리스는 침대에 털썩 쓰러져 눈을 감았다. 침대에서 잠을 자는 것은 몇 달 만이었다. 부드러운 시트와 풍성하게 부풀어 오른 베개가 요람처럼 그녀를 감싸 안았다. 장식술이 달린 매트리스에 몸이 가라앉을수록 목과 어깨를 짓누르고 있던 긴장이 아주 조금씩 줄어들었다. 몸이 서서히 풀어짐에 따라 위장을 꽉 동여맨 듯한 기분도 느슨해졌다.

왠지 눈에 눈물이 고이기 시작했다. 눈을 아무리 깜빡여도, 눈물이 멈추지 않았다. 두려움 속에서 홀로 딱딱한 바닥에 누워 너무나 많은 밤들을 보낸 탓이었을까? 베아트리스는 더는 참지 못하고 울음을 터뜨렸다. 사랑하던 사람에게 배신당한 이모를 위해 울었다. 맥스와 잃어버린 그녀의 아기를 위해 울었다. 여동생을 찾겠다는 희망이 좌절된 토니의 찌푸린 얼굴을 위해 울었다. 하지만 그녀의 눈물은 주로 그녀 자신을 위한 것이었다. 새로운 집과 삶을 찾아다녔고, 그 꿈을 거의 이룰 뻔했다. 행복의 문턱에 거의 도착했을 때, 모든 게 엉망이 되어버렸다.

베아트리스는 눈물이 말라버릴 때까지, 그리고 가슴속의 고통이 깨끗이 잊힐 때까지 흐느껴 울었다. 창문으로 들어온 흐느적거리는 기다란 그림자가 천장에서 흔들리는 모습을 퉁퉁 부은 눈으로 몇 시간이나 지켜보았다. 이해되지 않는 의문들에 대한 대답을 찾아 몰래 돌아다니는 동안 그녀의 머리카락과 피부와 뼈는 닳고 닳아 홀쭉하게 여위었다. 마침내 하룻밤이지만, 아무도 그녀를 찾지 못할 곳에서 안전한 휴식을 누리게 되었다. 숙박계에는 어머니의 이름을 적어놓았다. 이런 평화로운 순간이 오래 지속되도록 이곳을 떠나지 않고 영원히 숨어 있고 싶었다. 그런 생각에 저절로 미소가 떠올랐다. 베아트리스는 기지개를 켜고 침대에 일어나 앉았다. 맥스를 찾아내 열쇠를 돌려주자마자 이 도시를 떠나리라 마음먹었다.

그건 죽어가는 이모를 두고 떠난다는 의미였다. 눈물을 흘려줄 사람도 없이 무덤으로 들어갈 이모를 생각하자 가슴을 도려내는 듯했다. 그녀에게는 아무도 없었다. 베아트리스가 오기 전까지, 이모의 나날은 식당에서 일하는 것과 빌에 대한 기억을 떠올리는 일의 연속이었다. 그리고 매주 이모가 받은 팁을 547번 대여금고에 보관하기 위해 은행의 금고실을 방문한 것이 전부였다.

베아트리스는 핸드백을 쳐다보았다. 그녀는 대여금고에서 딱 한 가지만을 가지고 나왔다. 그건 다른 것들과 어울리지 않는 유일한 물건이었다. 그녀는 그걸 꺼내 다시 살펴보았다. 그건 장부였다. 그때 은행의 벨벳 커튼 안에서 장부에 표시된 것들을 이해해보려고 했지만 결국 포기하고 장부를 핸드백에 집어넣었다. 그녀는 가죽 장정을 다시 열어젖히고 첫 페이지를 들여다보았다.

그건 날짜와 기호와 숫자들로 이루어진 목록이었다. 첫 번째 날짜는 1962년 9월 5일이었다. 날짜 옆에 '545'와 '1만'이라는 두 개의 숫자가 적혀 있었다. 베아트리스는 숫자가 나열된 줄들을 건너뛰었다. 날짜는 시간 순서대로 되어 있었다. 1962가 1963으로 변하고, 다시 1964로 넘어가는 처음에는 기록이 드문드문 간헐적으로 남아 있었다. 페이지를 넘기자 뭔가 새로운 것이 눈길을 끌었다. '15 다이아몬드'라는 글자였다. 더 많은 것들이 그 뒤를 이었다. 금목걸이, 티파니 시계, 다이아몬드 반지. 베아트리스는 이 장부를 설명해줄 다른 뭔가를 찾기 위해 페이지를 빨리빨리 넘겼다. 날짜가 현재에 가까워질수록 기록의 횟수가 늘었다.

그러다가 여백에 적혀 있는 뭔가가 눈길을 끌었다. 빨간색 잉크로 쓰인 메모와 커다란 별이었다. 그건 다른 사람의 글씨였다. '론다 휘트모어!' 그 이름이 눈에 익었다.

베아트리스는 1974년 5월 22일이라는 날짜를 보고는 그 이름을 기억해냈다. 대여금고의 내용물이 사라졌다고 은행에 항의한 여자의 이름이었다. 맥스가 토니에게 수사를 종용했던 여자였다. 빌 톰슨과 얼굴을 붉히며 말다툼을 하고 나서 며칠 후에 차에 치였던 여자였다. 베아트리스는 그 줄을 다시 읽었다.

"74/5/22, 855, 5만 (b)."

형사의 말에 따르면 휘트모어 부인은 5만 달러 상당의 채권을 잃었다고 했다.

베아트리스는 장부를 신경질적으로 덮고, 침대 저쪽으로 던져버렸다. 당혹감에 두 손으로 입을 가렸다. 방금 대여금고 도둑질에 관한 완벽한 기록을 읽은 셈이었다. 그건 도둑의 일지였다. 바로 빌의 일지.

맥스는 토니에게 새로운 증거를 찾아냈다고 말했었다. 그 증거란 이 일지가 분명했다. 맥스는 대여금고에 대한 도둑질을 상세히 기록한 이 장부를 발견했던 것이다. 베아트리스는 여백에 적힌 메모를 다시 쳐다보았다. 붉은색 잉크는 맥스의 필체 같았다. 베아트리스는 손으로 적은 메모를 옮겨 쓰면서 맥스의 글씨를 많이 봤다. 무슨 수를 썼는지는 모르지만, 맥스는 빌에게서 이 장부를 가져온 게 분명했다. 그러고는 도리스 이모의 대여금고 안에 곱게 모셔놓은 것이다. **왜 그랬을까?** 그건 아주 위험한 행동이었다. 빌이 도리스 이모의 대여금고를 확인했으면 어쩌려고? 빌은 도리스를 잘 알고 있었다.

머릿속에서 다시 맥스의 목소리가 들렸다. "이모님은 달랐어. 자신의 열쇠를 가지고 계셨거든."

빌은 547번 대여금고의 열쇠를 가지고 있지 않았다. 맥스는 토니에게 그 열쇠를 베아트리스에게 돌려주라고 부탁했었다. 그건 오직 한 가지만을 의미했다. 맥스는 베아트리스가 이 장부를 찾아내기를 원했던 것이다.

베아트리스는 방 안을 왔다 갔다하면서 생각에 잠겼다. 맥스는 모든 범죄 증거를 베아트리스에게 남겨놓았다. 게다가 아무 표식도 없는 열쇠가 있었다. 맥스는 왜 자신의 오빠가 아닌 나를 믿었을까? 토니라면 이것으로 무엇을 할지 훨씬 잘 알 텐데…… 맥스는 그 열쇠를 안전하게 잘 숨겨두라고 했다. 그러고는 모든 일이 끝나면 베아트리스를 찾아오겠다고 했다. 하지만 이 일은 영원히 끝나지 않을 것 같았다. 토니의 말에 따르면 그랬다. 아무도 맥스의 말을 믿지 않을 것이고, 아무도 은행에 대한 수색을 허락하지 않을 거라면서…… 옴짝달싹할 수 없는 막다른 길이었다.

베아트리스는 침대에 누워 장부를 멍하니 바라보았다.

59장

다음 날 아침, 방으로 쏟아져 들어온 햇살이 베아트리스를 깊은 잠에서 깨웠다. 은행 건물에서 밤마다 선잠을 잤던 것이 문제였다. 그녀는 베개에서 머리를 간신히 들어 올렸다. 눈부신 햇살에 눈을 깜빡거리다가 퍼뜩 정신을 차리고는 벌떡 일어났다. 직장에 지각할 것 같았다. 옷을 입고 그대로 잔 데다 칫솔조차 없었다. 얼른 화장실로 달려가 입안을 헹구고 머리카락을 어루만졌다. 다리 밑에서 노숙이라도 한 것처럼 보였지만 어쩔 수 없었다. 코트의 단추를 채우는 둥 마는 둥 허겁지겁 방을 빠져나오다가 베개 밑에 숨겨둔 일지를 잊어버릴 뻔했다. 일지를 핸드백에 던져 넣고, 상쾌한 아침 공기 속으로 뛰쳐나왔다.

이제 크리스마스까지 열하루가 남았다. 거리는 붉은색과 녹색으로 꾸며지고, 인도에는 행복하게 웃고 떠들며 직장으로 향하는 사람들이 가득했다. 베아트리스는 한쪽에 쌓아둔 회색 눈 더미를 가로지르고 사람들을 헤치며 빠르게 걸어갔다. 마침내 유클리드 애

482

비뷰 1010번지에 도달했을 때는 20분 정도 지각하고 말았다. 시계를 저주하며 후다닥 엘리베이터로 갔다. 그녀는 회계감사부 내에서 절대 주목받고 싶지 않았다. 적어도 영원히 그곳을 떠날 때까지는.

엘리베이터에서 내린 베아트리스는 자신의 걱정이 기우에 불과했음을 깨달았다. 아무도 그녀에게 관심이 없었다. 모든 비서가 일을 팽개치고 한쪽 모퉁이에 옹기종기 모여서 낮은 목소리로 이야기를 나누고 있었다. 베아트리스는 영문을 모른 채 사무실 입구에 못 박힌 듯 서 있었다. 뭔가 큰일이 벌어진 것이다. 그것도 아주 큰 뭔가. 본능은 당장 도망치라고 말했다. 이곳을 빠져나가라고. 하지만 그녀는 아직 떠날 수 없었다. 그녀의 물건이 11층에 있었기 때문이다. 그것들을 모두 챙기려면 하루가 더 필요했다. 베아트리스는 여자들이 모여 있는 곳으로 조금씩 다가갔다.

"무슨 일이에요?" 베아트리스가 프랜신에게 속삭였다.

타이프라이터 위에 몸을 숙이고 있는 대신 이렇게 일어서 있는 프랜신의 모습이 뜬금없어 보였다. "모르고 있었어?" 프랜신이 뾰족한 코로 베아트리스를 내려다보았다.

베아트리스의 심장이 철렁 내려앉았다. "뭘요? 모르겠는데요."

"당신의 친구인 맥신이 우리가 생각했던 것보다 훨씬 나쁜 짓을 저지른 것 같아."

'친하게 지냈으니 너도 죄인이야'라는 말이 깊게 주름진 프랜신의 굳은 얼굴에 고스란히 드러나 있었다. 베아트리스는 뭔가 항의를 하고 질문도 하려고 했다. 하지만 그전에 커닝햄 부인이 나타나

비서들을 큰 소리로 야단쳤다.

"어이, 다들! 제발요!" 땅딸막한 여자가 고함을 질렀다. "얼른 자신의 책상으로 돌아가요. 여긴 바느질 봉사단이 아니라 클리블랜드 퍼스트뱅크라고요. 각자의 근무 시간에서 10분씩 뺄 테니까 알아서들 해요."

"전…… 전 무슨 말씀인지 모르겠어요." 베아트리스는 점점 신경이 곤두서는 것을 느끼며 목소리를 높였다.

"톰슨 씨가 지난 24시간 동안 벌어진 일들에 대해 논의하기 위해 오전 중에 여러분 모두와 면담을 진행할 거예요." 커닝햄 부인은 칼날처럼 날카로운 눈길로 베아트리스를 쳐다보았다. "당국에도 신고했으니, 다들 적극적으로 협조해주기 바랍니다."

베아트리스의 얼굴에서 핏기가 빠져나갔다. 그녀는 침착해 보이려고 아랫입술을 깨물었다. 토니와의 만남, 자신이 찾아낸 장부, 주머니 속의 열쇠들이 아무런 소용이 없었다. 너무 늦어버린 것이다. 맥스가 잡힌 것이 분명했다.

베아트리스는 톰슨의 사무실로 불려가기를 기다리며 고통스러운 시간을 보냈다. 뒤쪽에 앉아 있는 비서들의 이름이 차례로 불렸다. 그들은 톰슨의 사무실에서 질문을 받았다. 그러고는 어리둥절한 표정을 지으며 자리로 되돌아왔다. 비서들은 서로 이야기를 나누지는 않았다. 하지만 베아트리스는 그들이 뭔가를 아는 듯한 눈길을 주고받는 것을 알아차렸다. 심지어 '우울한 자매' 중 한 명은 고개를 돌려 베아트리스를 힐끔 훔쳐보고는 고개를 가로저으며 얼른 눈길을 돌려버렸다.

베아트리스는 도망치고 싶었다. 하지만 그녀가 문 쪽으로 한 발이라도 움직이면 당장 무장경비원들에게 저지당할 것만 같았다. 그들이 자신을 체포하려고 했으면 은행 건물로 들어서는 순간 끝냈을 텐데.

베아트리스는 커닝햄 부인이 자신의 이름을 부를 때까지 얌전히 기다렸다. 베아트리스가 멍한 표정으로 일어서서 톰슨의 사무실로 향하자 다른 비서들이 호기심을 주체하지 못하고 그녀를 빤히 지켜보았다. 베아트리스는 손이 떨리지 않게 주먹을 꽉 쥐었다. 마치 사형집행인에게로 걸어가는 듯했다.

베아트리스가 문을 열고 사무실로 들어갔을 때 톰슨은 책상 의자에 앉아 있었다. 그는 눈을 들어 베아트리스를 보며 따스한 미소를 지었다. 도둑질이나 불륜 등 이 사람에 관한 모든 것을 알고 있는데도 함께 미소를 지으려는 강박충동을 느끼는 것이 놀라웠다.

"문을 닫아요." 비난하는 기색이 전혀 없는 기분 좋은 말투였다.

베아트리스는 시키는 대로 했다.

"여기 앉아요." 톰슨이 의자를 가리켰다. "오늘 아침, 모든 것이 정상은 아니죠? 하지만 우리는 여전히 당신을 클리블랜드 퍼스트 뱅크의 가족으로 여기고 있어요. 우린 당신의 도움이 절실히 필요해요."

"이게 다 무슨 일이죠?" 베아트리스는 책상으로 머뭇머뭇 다가갔다.

"내게 모두 털어놔요." 그의 얼굴에는 도둑질이나 불륜 같은 것에 대한 죄책감이나 후회가 없었다.

베아트리스는 상황에 맞게 말하고 행동해야 했다. 그녀는 의자 끄트머리에 엉덩이를 걸치고 양손을 움켜쥔 채 허벅지에 올려놓았다. "죄송합니다만, 이사님. 저는 무슨 일이 벌어졌는지 전혀 모르고 있습니다."

톰슨은 베아트리스가 뭔가를 감추고 있지 않은지 신중하게 살펴보았다. 그는 베아트리스가 얼마나 알고 있는지를 전혀 몰랐다. 그는 베아트리스가 혼란스러워하는 모습에 만족하는 듯했다.

"어쩌면 당신은 모를 수도 있어요. 당신 친구인 맥신이 한밤중에 이곳을 무단침입한 것 같아요." 톰슨은 말을 멈추고 그녀의 반응을 살폈다.

베아트리스는 심장이 격렬하게 뛰고 입이 벌어졌다. 그녀의 얼굴에는 충격을 받은 기색이 역력했다.

"그녀가 밤에 여기서 잔다는 증거도 찾아냈어요."

"무슨 말씀인지……? 여기서 잔다고요?" 베아트리스는 시선을 피하지 않기 위해 안간힘을 썼다. 톰슨은 베아트리스의 공포를 충격으로 오해한 것이 분명했다.

"맞아요, 빈 사무실에서. 최근에 맥스를 본 적이 있나요?" 톰슨이 상체를 앞으로 내밀었다.

"아닙니다, 이사님. 그녀가 직장을 그만둔 뒤로는 본 적이 없습니다. 그녀의 오빠에게 물어봤더니 맥신은 장기 휴가를 갔다고 하더군요."

누군가가 베아트리스의 은신처를 찾아낸 것이다. 매일 아침, 그녀는 자신의 여행가방을 청소도구실에 감추어두곤 했다. 관리인이

가방에 걸려 넘어지기라도 했던 것일까? 베아트리스는 의심을 사지 않기 위해 시선을 떨구고는 11층에 어떤 물건을 남겨놓았는지 기억을 더듬어보았다. 여행가방 안에는 그녀의 이름이 적힌 것이 단 하나도 없었다. 그 점은 분명히 확인했었다. 옷가지들 외에는 맥스의 책상에서 가져온 파일들뿐이었다. 토니와의 만남을 속기로 기록한 메모와 맥스의 인사서류는 지금 핸드백 안에 들어 있었다. 열쇠들도 마찬가지였다. 맥스의 열쇠가 아직도 안전하다는 사실을 깨닫는 순간 급격하게 뛰던 심장박동이 조금 느려졌다.

베아트리스는 고속도로로 올라선 사슴 같은 절박한 눈길로 톰슨을 올려다보았다. 그가 다시 친절하게 미소 지었고, 베아트리스는 비밀을 들키지 않았음을 알았다.

"음, 그녀가 이 건물에 있었다는 증거를 가지고 있어요. 그녀는 은행을 사취詐取하려는 범죄집단과도 관련되어 있어요. 경찰과 FBI 에 신고했으니, 그들의 수사에 협조해주기 바랍니다."

베아트리스는 고개를 끄덕였다. 토니는 FBI가 이미 은행을 수사했지만, 수사를 계속할 단서를 확보하지 못했다고 했었다. 이제 FBI와 맥스가 비난을 뒤집어써야 했다. 톰슨은 맥스에게 도둑질 혐의를 씌우려고 했다. 맥스는 한때 열쇠들을 가지고 있었다. 그녀는 금고실에 들어간 적이 있었다. 또한 버려진 대여금고들도 조사했었다. 그러니 그녀에게 혐의를 씌우기는 쉬울 것이다.

"이사님 말씀을 믿을 수가 없어요!" 베아트리스는 극적인 효과를 위해 눈물을 글썽였다. 그렇지 않아도 아침 내내 울고 싶었다. "맥스는 도둑처럼 보이지 않았다고요!"

"아, 사람들이 무슨 짓을 저지르는지 안다면 무척이나 놀랄 거야." 톰슨이 베아트리스의 눈을 똑바로 쳐다보았고, 그녀는 혐오감에 몸을 떨지 않기 위해 안간힘을 썼다.

베아트리스는 마치 가슴이 아픈 듯 고개를 끄덕이며 시선을 떨궜다. 톰슨은 끔찍한 일들도 해치울 수 있는 사람이었다. 붉은색 잉크로 휘갈긴 '론다 휘트모어!'라는 글씨가 그녀의 머릿속을 스쳐 지나갔다. 이 사람은 살인도 저지를 수 있을까? 이 사람이 이미 맥스를 찾아낸 것일까?

"경찰이…… 그녀를 찾아냈나요?"

"아직은 아니지만 걱정하지 말아요, 베아트리스. 우리가 꼭 찾아낼 테니까."

톰슨과 면담한 지 여러 시간이 지났지만, '우리가 꼭 찾아낸다'는 말이 베아트리스의 머릿속에서 사라지지 않았다. 사무실의 모든 사람이 지켜보는 가운데 그녀는 자신의 책상에 앉아 자신도 다른 사람들과 마찬가지로 충격을 받았다는 표정을 지었다. 어떤 면에서 톰슨의 설명은 완벽했던 셈이다. 모든 직원의 경각심이 높아졌다. 그들은 맥스를 찾아내 은행을 구하고 싶어 했다. 베아트리스는 책상 한쪽에 놓인 탁상달력을 내려다보았다. 내일은 금요일이었다. 클리블랜드시가 채무불이행 선언을 하는 날이었다.

이제 다른 비서들은 베아트리스를 몰래 훔쳐보는 것에 질린 듯했다. 베아트리스는 핸드백을 들고 화장실로 갔다. 그러고는 칸막이 안으로 들어가 문을 잠갔다. 무릎 사이에 머리를 파묻고 멍하니 바닥의 타일을 내려다보며 잠시 몸을 앞뒤로 흔들었다. 토니는 맥스가 체포되도록 내버려두지 않을 거야. 하지만 장담할 수는 없었다. 토니가 자신의 여동생을 구할 정도로 충분한 힘을 가지고 있었다면, 맥스는 열쇠를 토니에게 주었을 것이다. 그런데 맥스는 열쇠를 오빠가 아닌 베아트리스에게 건넸다.

베아트리스는 결국 화장실에서 나와 엘리베이터를 타고 메인 로비로 내려갔다. 그리고 한쪽 모퉁이에 있는 공중전화로 가서 동전을 집어넣고 다이얼을 돌렸다. 최면을 거는 듯한 전화벨 소리를 들으며 두 눈을 감았다.

"여보세요?" 전화선 맞은편에서 목소리가 흘러나왔다.

"엄마예요? 저, 베아트리스예요. 전화, 끊지 말아요."

오랜 침묵 끝에 목소리가 들렸다. "내게 전화를 걸다니 간이 부은 모양이구나? 그동안 아무 연락도 하지 않다가…… 내게 원하는 게 도대체 뭐니?"

베아트리스는 엄마와 이모가 서로를 증오하기 전에 서로의 팔짱을 끼고 찍은 흑백사진을 떠올렸다. "도리스 이모 때문에요. 이모가 입원했어요."

"네가 줄곧 그곳에 있었나 보구나. 어떤 꼬락서니인지 상상이 간다. 내 말이 맞지?" 아이린이 수화기에 담배 연기를 내뿜었다.

"어떤 꼬락서니라니요?"

"후……." 베아트리스의 어머니가 낄낄 웃었다. "도리스가 오래전에 왜 고향을 등졌는지 아니? 아마 네게는 절대로 말해주지 않았을 거다."

이모는 베아트리스에게 아무 말도 하지 않았다. 베아트리스는 이모에게 꼬치꼬치 캐묻는 것이 너무나 두려웠다. 하지만 지금 그런 것은 전혀 중요하지 않았다. "이모가 죽어가고 있어요, 엄마. 엄마가 알고 있어야 한다고 생각했어요. 이모는 클리블랜드의 대학병원에 입원해 있어요."

베아트리스는 어머니가 또 다른 신랄한 말을 꺼내기 전에 전화를 끊었다. 어머니는 자신의 딸이 여전히 살아 있다는 것에 전혀 안도하지 않았다. 딸에 대한 다정함이나 관심도 없었다. 전화를 하지 말았어야 했는데……. 아이린은 도리스를 보러 오지 않을 것이다.

베아트리스는 자신의 자리로 돌아와 회계감사부에서 베아트리스 베이커의 흔적을 하나도 남김 없이 지우기 시작했다. 평소처럼 업무를 하는 척하면서. 책상을 하나씩 뒤져서 그녀임을 나타내는 사적인 것들을 깨끗이 비워냈다. 그런 것은 별로 많지 않았다. 폴더 몇 개가 마지막 서랍을 채우고 있었다. 랜디가 철해놓으라고 지시한 것들이었다. 민감한 파일들이라서 베아트리스에게 믿고 맡긴다고 했었다. 그녀는 그 이유를 알아보기로 했다.

베아트리스는 폴더들을 다시 정렬하는 것처럼 서랍에서 꺼냈다. 그러고는 각각의 페이지를 자세히 살펴보았다. 그동안 베아트리스가 정리해왔던 다른 회계기록들과는 표시하는 방법이 달랐다. 고객의 이름과 계좌번호 대신에 '$#$'과 같은 수많은 상징과 'LRHW'와 같은 뜻 모를 문자들만 적혀 있었다. 다양한 상징과 문자들을 하나도 이해할 수 없었다.

"뭘 읽고 있지?" 커닝햄 부인의 목소리가 바로 뒤에서 들렸다.

베아트리스가 벌떡 일어섰다.

"아…… 아무것도 아니에요." 베아트리스는 말을 더듬으며 손에 들고 있던 종이를 가까이에 놓인 폴더로 밀어 넣었다. "할로란 씨가 정리하라고 하셔서요. 전…… 순서대로 정리했는지 확인해보려고 했어요."

"당연히 그래야지. 계속 열심히 해줘요." 그러고는 커닝햄 부인이 사무실의 모든 사람에게 들리도록 목소리를 높였다. "서류 정리는 가볍게 보아서는 안 되는 중요한 일이에요. 기록이 제대로 되어 있을 때만이 좋은 은행이라고 할 수 있죠."

커닝햄 부인은 그 자리를 떠났다. 톰슨과의 면담 이후, 베아트리스에게 가장 절실히 다가온 말이었다. 어쩌면 모든 비서에게 해준 말일지도 모르지만, 어쩐지 베아트리스는 자신에게 해준 말 같았다.

베아트리스는 아무도 자신을 보지 않는다는 확신이 들자, 서류를 쑤셔 넣었던 폴더를 펼쳤다. 그 서류는 그 폴더에 들어 있어야 할 것이 아니었다. 그녀는 색인을 확인하고 서류를 순서대로 다시 정리하다가 손을 멈췄다. 베아트리스는 손에 들고 있는 회계기록을 노려보며 커닝햄 부인의 말을 떠올렸다. **기록이 제대로 되어 있을 때만이 좋은 은행이라고 할 수 있다…….**

베아트리스는 손가락 사이의 서류를 꽉 쥐었다. 자신이 은행과 빌 톰슨과 부자들에 관해 무슨 말을 하든 아무도 믿어주지 않을 것이다. 마찬가지로 자신의 손에 들린 회계기록에 무슨 일이 벌어지든 아무도 바로잡지 못할 것이다. 그녀는 각각의 서류들을 폴더에

491

제멋대로 섞기 시작했다. 그러고는 마음이 바뀌기 전에 폴더들을 할로란의 우편함에 쑤셔 넣었다. 이런다고 별로 달라질 것은 없을지 모르지만, 그래도 뭔가 의미는 있었다.

시계가 5시를 알렸다. 베아트리스 베이커는 다시는 은행에 돌아오지 않겠다고 결심하며 은행을 나섰다.

60장

베아트리스는 그곳에 도착할 때까지 어디로 가고 있는지 깨닫지 못했다. 리틀 이탈리아에서 버스를 내린 그녀는 어깨 너머로 뒤를 돌아보면서 머레이 힐을 세 블록 걸어 올라갔다. 마침내 그녀는 이모의 아파트로 이어지는, 눈 덮이고 어두컴컴한 계단 아래에 섰다. 불은 꺼져 있었다. 도로변에 주차된 의심스러운 차들도 없었다. 13일 전에 이곳을 떠났을 때와 완전히 똑같아 보였다.

숨을 죽이고 계단을 올라간 베아트리스는 발소리가 들리는지 귀를 기울였다. 아무 소리도 들리지 않았다. 문을 활짝 열고는 조심스럽게 춥고 어두운 실내로 들어갔다. 벽에 붙어 있는 스위치를 켜자 불빛이 계단통으로 쏟아져 내렸다. 방 안은 그녀가 떠났을 때와 마찬가지로 난장판이었다. 가구들이 온통 뒤엎어져 있었다. 헤집어진 종이와 주방기구들이 바닥에 널려 있었다. 베아트리스는 무참히 짓밟힌 도리스 이모의 삶의 조각들을 바라보며 침실로 향했다. 쓰레기처럼 쌓인 물건들을 뒤적거려 어머니와 이모가 함께 찍은 사진을 찾아냈다. 사진을 핸드백 안에 조심스럽게 넣었다. 언젠가는 이모의 무덤을 찾아가야지. 베아트리스는 맹세했다.

베아트리스는 이 도시를 벗어나는 길에 꼭 가지고 가야 할 것이 있는지 방 안을 쭉 훑어보았다. 밍크코트가 침대 옆에 놓여 있었다. 베아트리스는 입고 있던 모직코트를 벗어버리고 밍크코트를 어깨에 걸쳤다. 무릎까지 내려오는 모피가 몸에 거의 들어맞아 깜짝 놀랐다. 허리띠를 졸라맸다. 이모는 여러 해 동안 기름진 식당 음식을 먹어온 탓에 체중이 많이 불어났지만, 사진 속의 젊은 여자는 몸매가 전혀 달랐다. 이모는 한때 베아트리스만큼이나 몸매가 아담했었다. 베아트리스는 마치 도리스 이모를 대하듯 부드러운 코트를 껴안았다.

"이렇게 떠나고 싶지 않았어요." 베아트리스가 속삭였다.

하지만 머릿속의 시계가 유난히 똑딱거리며 서두르라고 경고했다. 베아트리스는 거실의 수납장으로 달려가 작은 여행가방을 움켜잡았다. 옷가지가 더 필요했다. 그녀가 호텔에 몸을 숨기고 있는 동안 은행에 숨겨두었던 소지품이 발각되고 말았다. 어젯밤 11층으로 돌아갔더라면 어떤 일이 벌어졌을지 생각만 해도 온몸이 떨렸다.

베아트리스는 라디에이터 아래에 놓아두었던 두어 가지 물건을 낚아챘다. 욕실로 달려가 칫솔과 다른 필수품들을 가방에 던져 넣었다. 거울을 살짝 올려다보다가 새된 소리를 질렀다.

거울에 뭔가가 적혀 있었다. 베아트리스는 그게 피인 줄 알았다. 하지만 좀 더 자세히 살펴보고는 피가 아니라 립스틱 자국이라는 걸 깨달았다. 그것은 속기로 적혀 있었다. 맥스의 글씨였다. 그녀는 지난 12일 사이에 이곳에 들렀던 게 분명했다. 베아트리스는 뭉개지고 번드르르한 표시를 천천히 살펴보았다. 심장이 미칠 듯이 폭주했다.

"얼른 빠져나와. 그들이 알고 있어."

나머지 글자는 희미해서 알아보기 어려웠다. 아마 재빨리 쓰느라 그런 것 같았다. 그중 유일하게 알아볼 수 있는 다른 단어는 '랜서 모텔'이었다.

베아트리스는 거울에서 물러섰다. 전등을 끄고 바닥에 놓인 여행가방을 집어 들었다. 문의 자물쇠를 굳이 채울 생각도 하지 않고 급히 아파트를 빠져나왔다. 계단 그림자에 몸을 숨긴 채 진입로를 슬쩍 훔쳐보고는 건물 뒤쪽으로 스며들었다. 거리를 피해 집들 사이로 달렸다. 한 블록을 달려 내려가 인도가 나타나자 사람들의 주의를 끌지 않기 위해 속도를 늦추어 걷기 시작했다. 서너 집 뒤쪽에서 자동차의 시동을 거는 소리가 들렸다. 그 차는 베아트리스 쪽으로 오고 있었다. 그녀는 메이필드 로드의 상점과 레스토랑들을 향해 달리기 시작했다.

이모가 일했던 오래된 식당의 간판이 베아트리스가 처음으로 본 불빛이었다. 문이 등 뒤에서 요란하게 닫히도록 내버려두고 쏜살같이 식당 안으로 달려 들어갔다. 유리문 안쪽에 들어선 후에야 뒤를 돌아볼 엄두가 났다. 차창을 새카맣게 선팅한 검은색 차가 식당을 천천히 스쳐 지나갔다. 베아트리스는 숨을 헐떡거렸다.

뒤쪽에서 목소리가 들려왔다. "베아트리스? 너니?" 베아트리스가 얼른 돌아섰다. 글래디스가 커피포트를 들고 다가오고 있었다.

"괜찮은 거니?"

"아무 일도 없어요." 베아트리스는 숨을 헐떡이면서도 억지로 어색한 미소를 지었다. "그냥…… 달리기를 하고 있었어요."

"달리기에는 춥지 않니?" 늙은 웨이트리스가 이마를 찌푸리며 베아트리스의 여행가방을 내려다보았다. "어딜 가는 거야?"

"저요? 어, 아니에요……. 이모의 물건들이에요. 이모가 좋아할지도 모르니까요." 베아트리스의 호흡이 거의 정상으로 돌아왔다.

"왜 그렇게 헐레벌떡 달려온 거야?"

"밖에 차 한 대가 있었는데…… 사람들이 뭐라고 소리를 지르더라고요. 겁이 났어요."

"야단칠 생각은 아니지만, 밤중에 혼자 돌아다녀서는 안 돼."

"알아요. 그래도 면회시간이 끝나기 전에 병원에 가야 해서요." 베아트리스는 도로 쪽을 슬쩍 돌아보았다. 그 차는 보이지 않았다. "이젠 정말 가봐야겠어요."

글래디스는 베아트리스의 여행가방을 또다시 내려다보았다. "그걸 보니 생각나는구나. 널 성가시게 하고 싶지는 않다만, 며칠 전에 믹이 도리스의 사물함을 치워달라고 하더구나. 불쌍해서 어쩌나. 도리스가 다시 일하러 나올 것 같지 않다면서……. 시간 좀 낼 수 있지?"

베아트리스는 반사적으로 고개를 끄덕이고는 글래디스를 따라 도리스 이모가 매일 출근 시간을 기록했을 종업원 구역으로 갔다.

"끔찍하도록 곤란한 일이기는 하지만, 이모의 물건들을 네게 건네주어도 되겠니?"

"아, 물론이죠. 당연히 그러셔야죠. 이모께 전해드릴게요." 베아
트리스는 병원에 갈 계획이 없었지만, 달리 할 말이 없었다.

"별로 많지는 않아. 도리스는 비상용품만 두어 가지 넣어두었거
든." 글래디스가 지퍼로 잠긴 핸드백 크기의 가방을 베아트리스에
게 건넸다. 글래디스는 베아트리스의 수척한 뺨을 가볍게 토닥였
다. "내가 널 다시 못 만나더라도 행운을 빌게."

61장
1998년 8월 28일 금요일

"아이리스."

아이리스는 15층 화장실에 몸을 숨기고 있었다. 손에 들고 있는 갈색 가죽 여행가방의 손잡이가 꽤 묵직했다. 전등은 모두 꺼졌고, 귀에 들리는 거라고는 자신의 숨소리뿐이었다. 목소리가 다시 "아이리스!"라고 속삭일 때까지는.

"이크, 뭐야!" 아이리스가 쉿 소리를 내며 대꾸했다.

목소리는 환풍구에서 흘러나왔다. 아이리스는 창살로 손을 뻗었다. 나사가 풀려 조금 흔들거렸다. 얼른 손을 뒤로 뺐지만, 너무 늦고 말았다. 영원히 울려 퍼질 듯한 요란한 소리와 함께 환풍구 창살이 벽에서 떨어졌다. 여러 개의 플래시 빛줄기가 어둠을 갈랐다. 홀에서 무거운 발소리가 들려왔다. 아이리스에게는 다른 선택지가 없었다. 여행가방을 놓고, 시커먼 동굴 속으로 손을 뻗어 무작정 더듬거렸다. 마침내 사다리가 만져졌다. 그녀는 사다리를 꼭 잡고 통풍관 안으로 몸을 끌어당겼다. 바로 옆 사무실에서 여러 명의 목소리가 들렸다. 아이리스는 사다리를 올라가기 시작했다.

기계 설비를 가린 얇은 금속판 벽에 플래시 불빛이 반사되었다. 아이리스는 사다리를 꼭 껴안고 어둠 속에 모습을 감추었다.

머리 위쪽에 작은 지붕창이 있었다. 손을 뻗으면 닿을 것처럼 밤하늘이 가늘게 갈라져 있었다. 뭔가가 목을 간지럽혔다. 윙윙 소리까지 냈다. 얼른 문질러 털어버렸다. 그러자 뒤를 이어 하나씩 모습을 드러낸 수백 마리의 파리가 목과 귀 안쪽으로까지 기어올랐다. 비명을 지르고 몸을 쥐어뜯다가 사다리를 놓아버렸다. 아이리스는 어둠 속으로 떨어졌다.

아이리스는 비명을 지르며 깨어났다. 그러고는 추락하는 느낌이 사라질 때까지 시트를 움켜쥐었다. 온몸을 떨며 얼굴을 두 손에 파묻었다. 통풍관 아래로 떨어지면서 지붕창으로 보았던, 도망치듯 멀어지던 밤하늘의 모습이 아직도 눈앞에 아른거렸다.

바닥에 놓인 시계가 '5:30'과 'am'이라는 표시를 밝히고 있었다. 완벽해. 해고되는 날, 아이리스는 새벽 일찍 잠을 깬 것이었다. 다시 잠을 청할까 하다가 파리 떼가 머릿속에 떠오르는 바람에 억지로 침대를 벗어나 주방으로 갔다.

담배를 피우고 하루 묵은 커피까지 마셨지만, 아직도 오전 6시밖에 되지 않았다. 소파에 웅크리고 앉아 나트륨 가로등이 깜빡거리다가 꺼질 때까지 점점 창백해지는 하늘을 쳐다보았다. 이제 두 시간만 지나면 해고될 판인데, 앞으로 무엇을 할 것인지 아무런 생각도 나지 않았다. 어쩌면 그저 조용히 사라져버릴 수도 있었다. 아무도 그런 그녀를 신경 쓰지 않을 것이다. 닉과 엘리는 약간 슬퍼할지 모르지만, 기껏해야 지금 당장 마실 맥주가 없을 때의 섭섭함 정도겠지. 그들은 그녀 없이도 삶을 이어나갈 것이다. 정말 신경 쓸 사람이 딱 한 명 있기는 했다.

아이리스는 담배를 피워 물고 수화기를 집어 들었다.

전화벨이 한 번 울리자마자 어머니가 바로 전화를 받았다. "여보세요?"

"엄마, 저예요. 아이리스예요." 어머니의 목소리를 듣는 순간, 아이리스의 눈에서 눈물이 흘렀다.

"아이리스니? 괜찮은 거지? 너무 이른 시간이라 좀 놀랐다."

"엄마가 일어나셨을 것 같아서요. 나쁜 꿈을 꾸었거든요."

"오, 이런, 그러면 안 되지. 꼭 안아주고 싶구나. 무슨 일이니?"

"전⋯⋯." 아이리스는 모든 걸 고백하고 싶었다. 시신, 열쇠, 목소리, 해고, 나쁜 음주 습관, 애처로울 정도로 진전이 없는 연애사, 외로움에 대해서⋯⋯. 어렸을 때처럼 엄마의 무릎 위로 기어 올라가 엄마가 달래주는 소리를 듣고 싶었다. 엄마는 아이리스의 기분이 좋아질 때까지 안아주었을 것이다. 하지만 아이리스는 엄마도 자신의 외로움이 있고, 그 외로움을 결코 떨쳐내지 못하리라는 사실을 알았다. 엄마는 아이리스에게 집으로 돌아오라고, 엄마가 아빠에 대해 끊임없이 불평을 늘어놓고 이웃사람들의 험담을 하고 최근에 시청한 TV 프로그램에 관해 떠들어대고 듣기 싫은 조언을 늘어놓고 아무것도 아닌 것에 관해 끝도 없이 조잘대는 집으로 돌아오라고 할 것이다. 아이리스는 그 생각만 해도 숨을 쉴 수 없었다. 울음을 꿀꺽 삼켜버렸다.

"모르겠어요. 그냥 좀 긴장했나 봐요. 아빠는요?"

"주무시는 모양이다." 어머니의 목소리가 실망감에 작아졌다. "보고 올게."

1분 후, 다른 수화기를 집어 드는 소리가 들렸다. 이번에도 어머니의 목소리가 들렸다. "아빠더러 조금 있다 전화하라고 할게."

"음, 알았어요."

하지만 아버지는 전화하지 않을 것이다. 아버지는 단 한 번도 전화하지 않았다. 아버지는 아이리스가 홀로서기를 기대했고, 전화로 훌쩍거리는 소리를 듣고 싶어 하지 않았다. 어차피 아버지가 무슨 말을 할지는 잘 알고 있었다. 경찰에 모두 실토하라고 할 게 뻔했다. 다른 직업들도 많다고 할 것이고.

직장에서의 마지막 날을 끝내기 전에 형사에게 전화를 해야 했다. 아이리스는 이를 악물고 마음을 다잡았다.

"네. 아무 일도 없으니까 제 걱정은 마세요. 사랑해요."

"나도 사랑해. 아무 때나 전화하렴."

아이리스는 샤워기 아래에서 얼굴에 뜨거운 물을 맞았다. 눈을 감았다. 그녀는 다시 통풍관으로 돌아가 있었다. 이마를 샤워실 벽에 댔다. 악몽을 끝내야 했다. 그 열쇠들을 없애야 했다.

"묘지에서 절대로 훔치지 마라. 귀신들의 잠을 깨울 수도 있으니까." 노인이 그렇게 말했다.

아이리스는 벌거벗은 채로 물을 뚝뚝 흘리며 수납장으로 걸어갔다. 그러다가 자동응답기의 깜빡거리는 불빛을 보고 걸음을 멈추었다. 샤워하는 동안, 누군가가 전화했던 것이다. 아이리스가 버튼을 눌렀다.

"아이리스, 맥도넬 형사예요. 당신에게 질문을 몇 가지 해야겠어요. 오늘 오후 2시에 은행에서 만납시다." 침묵이 길게 이어지다가 그가 덧붙였다. "수사나 은행에 관해서는 아무에게도, 심지어 당신 고용주에게도 말해서는 안 됩니다. 그리고 이런 말을 해서 정말 미안하지만 아이리스, 경찰관에게 증거를 제시하지 않고 숨기는 것은 중죄重罪입니다."

형사의 마지막 말이 마치 총알 같았다. 아이리스는 자동응답기에 녹음된 내용이 끝나고 아무런 소리도 들리지 않다가 삐 소리가 들려올 때까지 온몸이 뻣뻣하게 굳은 채 서 있었다. 형사는 아이리스가 뭔가를 숨기고 있다는 걸 알고 있었다. 그녀의 눈이 아파트 안을 정처 없이 더듬었다. 경찰이 영장을 가지고 있다면, 아이리스가 일하러 나간 사이에 언제든지 집 안으로 들어올 수 있었다. 그녀가 도둑질을 했다는 증거는 어디에나 널려 있었다. 아이리스는 은행에서 가져온 물건들을 급하게 긁어모았다. 열쇠들, 자신과 수전의 대화를 기록한 메모, 시의 채무불이행 선언을 다룬 기사, 그녀가 그린 현장 개략도, 베아트리스의 파일, 여행가방에서 빼내온 파일들, 심지어 속기법 교본까지 챙겼다. 아이리스는 그 모든 것을 현장가방에 쓸어넣고, 지퍼를 채웠다.

62장

아이리스는 토할 것 같았다. 증거를 숨기는 게 중죄라니…… 떨리는 손으로 담배에 불을 붙이며, 형사가 자신에게 또 다른 기회를 주는 거라고 속으로 말했다.

뒤에 따라붙은 차가 경적을 울리자 아이리스는 가속페달을 밟았다. 어쨌든 근무 중에 아무에게도 말하지 않고 형사를 만나야 할 상황이었다. 어떻게 중간에 나가지? 어쩌면 걱정할 필요가 없을지도 모른다. 어쩌면 아이리스는 출근하자마자 바로 해고당할지도 몰랐다. 어쩌면 이건 그리 큰일이 아닐 수도 있었다. 아니면 이 만남은 아이리스를 조용히 체포하려는 형사의 술수일 수도 있었다. 아이리스는 운전대에 이마를 누르며 신호등이 녹색으로 바뀌기를 기다렸다.

아이리스는 출근 시간보다 15분 일찍 사무실로 살금살금 들어섰다. 아무것도 변한 게 없는 것처럼 보였다. 은행과 시신은 그저 악몽이었던 것일까? 그녀는 자신의 자리로 걸어가 다시 이름도 없고, 얼굴도 없는 건축기사가 되고 싶었다. 책상은 황량했고, 컴퓨터는 꺼져 있었다. 마치 그녀는 존재한 적도 없었던 것처럼. 아이리스는 의자에 엉덩이를 걸치고 굳이 컴퓨터를 켜야 할까 고민하며 키보드를 멍하니 쳐다보았다. 할 일이 없었다.

아이리스는 수많은 책상을 훑어보며 친근한 얼굴을 찾았다. 닉은 어디에도 보이지 않았다. 그녀를 둘러싼 사무실들을 들여다보기 위해 유리창을 살폈다. 휠러는 자신의 책상 앞에 앉아 있는 누군가에게 일장연설을 늘어놓고 있었다. 앉아 있는 사람은 여자였다. 그녀가 양손을 흔들었다. 아만다가 의자에서 벌떡 일어나 사무실 밖으로 나오자 아이리스의 눈이 조금 커졌다. 다른 문들은 모두 닫혀 있었다.

브래드는 여느 때와 마찬가지로 자신의 자리에 앉아 있었다. 등밖에 보이지 않았지만, 머리를 양손에 파묻고 있었다. 아이리스는 이마를 찌푸린 채 꼬박 1분 동안 브래드를 지켜보았다. 그는 움직이지 않았다. 뭔가 잘못된 것이었다. 아이리스는 브래드의 책상으로 걸어갔다.

"안녕하세요, 선배?" 아이리스는 브래드의 정수리에다 낮은 목소리로 말했다.

브래드는 아이리스를 노려보았다. 머리카락이 헝클어지고, 눈이 뻘겠다. 머리카락 한 올도 제자리를 벗어나지 않았던 완벽한 1급 기사의 꼬락서니가 말이 아니었다. 그는 아무 말도 하지 않았다.

"무슨 일이에요?"

"난 잘렸어." 브래드는 컴퓨터를 내던지지 않으려고 안간힘을 쓰는 것처럼 말했다.

"선배를요? 다들 미쳤대요?" 아이리스는 숨을 거칠게 들이쉬었다.

브래드가 죽일 듯이 아이리스를 노려보았다.

아이리스는 목소리를 낮추었다. "도저히 이해가 안 되네요. 선배는 정말 열심히 일했어요. 오랫동안 근무했고요. 무슨 일이 있었던 건가요?"

브래드는 자신의 키보드를 노려보았다. "염병할! 나도 모르겠어."

"윗사람들이 뭐라고 했는데요?"

"아무 말도. 그들은 은행에 관해 몇 가지 질문을 하더니, 그 프로젝트는 폐기될 것이고, 따라서 '자원을 재배정'할 필요가 있다고 하더라고." 그는 서랍을 시끄럽게 닫았다.

"맙소사, 브래드, 정말 유감이네요. 뭐 그런 엿 같은 일이 있죠?" 아이리스는 카펫만 내려다보았다. 고통에 몸부림치는 브래드를 멍하니 바라보고 싶지 않았던 것이다.

"아이리스, 이야기 좀 해." 그녀의 뒤쪽에서 목소리가 들렸다.

아이리스가 움찔했다.

휠러였다. 간담이 서늘했다. 이제 무슨 일이 벌어질지 잘 알고 있는데도 아드레날린이 핏속으로 마구 쏟아져 들어왔다. 아이리스는 순한 양처럼 고개를 끄덕이고, 그의 사무실로 따라갔다. 혹시 동정적인 표정을 짓고 있는 얼굴이 있는지 칸막이 책상들을 슬쩍 훔쳐보았지만, 아무도 그녀를 쳐다보지 않았다.

사무실 문이 닫히고, 휠러가 자신의 책상에 앉았다.

"아이리스, 지금쯤이면 우리 WRE가 가혹한 현실에 직면했음을 알아차렸을 거야." 휠러가 입을 열었다.

아이리스는 고개를 끄덕이고, 물방울무늬 넥타이를 응시했다. 그는 최근의 직원 교체가 효율성을 극대화하기 위한 고육지책이라는, 말도 안 되는 헛소리를 했다. 아이리스는 그딴 소리는 집어치우고 얼른 본론으로 들어가 그녀는 해고됐다고 말해주기를 빌었다.

"따라서 잠시 동안 자네의 자리를 없애야 하네. 이런 소식을 전하게 되어 유감으로 생각하네."

결국 저 소리를 하는구나. 아이리스는 지금껏 어떤 일도 중도에 실패한 적이 없었다. 그녀는 죽은 생선처럼 널브러지지 않도록 등을 꼿꼿이 폈다.

"무슨 말씀인지 이해합니다. 이곳에서 일할 기회를 주셨던 것에 감사드립니다." 아이리스는 울지 않았다.

"괜찮다면 몇 가지 부탁을 하겠네. 자네가 무척 민감한 프로젝트에 참여했고, 그 프로젝트가 이렇게 끝났음을 감안하면……." 휠러의 목소리가 점점 잦아들었다.

"경찰의 수사를 비밀로 해달라는 말씀이죠?"

휠러는 눈을 움직이지 않고 입술로만 미소를 지었다. "범죄현장이 세세히 공개되면 회사뿐만 아니라 고객분들까지 몹시 난처해질 거야."

아이리스는 고개를 끄덕였다. "알겠습니다." 어쨌든 아이리스는 시신을 어떻게 발견했는지를 기자에게 설명해주고 싶은 마음이 없었다. 이 일이 아니더라도 이미 많은 문제가 있었다.

"또한 그 건물에 관해 자네가 기록한 것과 도면들, 그리고 거기서 가져온 것이 있으면 모두 제출해주기를 강력히 요구하는 바네." 휠러의 눈이 가늘어졌다. "만일 우리의 고객분들이 합법적으로 소유하고 있는 물건이나 자산을 자네가 소지하고 있다면, 우린 법적으로 자넬 고소할 수밖에 없네."

휠러의 마지막 말이 공중에 맴돌면서 아이리스를 옭아매는 것 같았다. 그녀는 얼굴에 빤히 드러나는 두려움을 들키지 않도록 시선을 바닥으로 떨어뜨렸다. 혼란스럽다는 듯 눈썹을 천천히 찌푸렸다. 혼란스러운 게 사실이었다. 휠러도, 형사도, 아이리스가 그 건물에서 무언가를 찾아냈다는 사실을 어떻게 아는 걸까?

문 옆의 유리를 가볍게 노크하는 소리가 들렸다. 돌아보니 이전에 복도에서 그녀를 불러 세웠던, 회색 머리의 음침한 공동 경영자가 보였다. 그는 아이리스를 똑바로 쳐다보며 씩 웃었다. 분명히 아이리스에게 윙크했다. 아이리스가 뭐라고 하기도 전에, 그는 유리창 밖에서 자신의 손목시계를 가리키며 휠러에게 손짓했다. 휠러는 고개를 끄덕이고, 손을 흔들어 그를 보냈다.

아이리스는 얼마 후에야 생각을 정리했다. 휠러는 아이리스가 은행에서 가져온 것이 있으면 모두 내놓기를 원했다. 그러지 않으면 고소하겠다고 했다.

"물론이죠." 아이리스는 차분하게 대답했다. "메모는 제게 필요하지 않고, 다른 것은 얼른 떠오르지 않네요."

"오늘 근무 시간이 끝날 때까지 책상을 깨끗이 비워줬으면 하네.

미안하지만, 그게 표준절차라서."

"알겠습니다." 아이리스는 입술을 세게 깨물었다. 겁을 먹었다기보다는 풀이 죽은 것처럼 보여야 했다.

휠러는 의자에서 일어났다. 그러고는 아무 영혼이 없는 악수를 하자고 손을 내밀었다. 아이리스는 그 손을 고분고분하게 잡았다.

"고마워요, 아이리스."

휠러는 그녀의 손을 오랫동안 붙잡고 있었다. 그는 불편할 정도로 가까이에서 그녀의 손을 꽉 쥐었다가 풀어주었다. "올바른 일을 할 거라고 믿네."

아이리스는 손이 풀리자마자 본능적으로 한 걸음 물러섰다. 휠러가 문을 열어주었고, 아이리스는 자신의 책상으로 돌아갔다. 내내 자신을 따라오는 휠러의 눈길을 느끼면서.

63장

아이리스는 그날 근무 시간이 끝날 때까지 은행 건물에서 가져온 모든 것을 제출해야 했다. 현장가방을 열고 안을 들여다보았다. 먼저, 현장 스케치들을 꺼내 책상 위에 깔끔하게 쌓아올렸다. 브래드에게 받았던 건물 열쇠들이 있었다. 레이먼에게 받았던 곁쇠와 엘리베이터 열쇠가 있었다. 그것들은 아무런 문제가 없었다.

그녀의 현장가방 밑바닥에는 베아트리스의 인사서류와 갈색 여행가방에 있던 파일들과 더불어 여러 개의 열쇠들이 있었다. 이것들을 휠러와 형사에게 내놓을 수는 없었다. 자신과 연결지을 수 없는 공공장소의 쓰레기통에 던져넣기로 했다. 아니, 그런 쓰레기통은 안 돼. 아이리스는 마음을 바꿨다. 은행에 있는, 악취를 풍기는 쓰레기통이어야 해. 그곳이야말로 이 열쇠들이 있었던 곳이고, 귀신들도 열쇠를 돌려받고 싶을 테니까.

아이리스는 고개를 설레설레 저었다. 정말 바보 같은 일들만 저지르고…….

아이리스는 바람을 쐬고 싶었다. 생각할 시간이 필요했다. 당장 칸막이 사육장을 벗어나야 했다. 아이리스는 별 의도가 없는 것처럼 어슬렁거리는 걸음으로 커다란 현장가방과 핸드백을 들고 여자 화장실로 갔다.

화장실은 텅 비어 있었다. 아이리스는 절망에 찬 자신의 얼굴을 거울로 힐끔 쳐다보았다. 그녀는 이제 스물세 살이고, 공식적으로는 백수였다. 이런 마당에 중죄인까지 될 수는 없었다. 맥도넬 형사에게 모든 걸 실토해야 했다. 열쇠들은 그 형사에게, 오로지 그 형사에게 주어야 했다.

아이리스는 허리를 숙이고 찬물을 얼굴에 끼얹었다. 그녀가 다시 허리를 폈을 때, 아만다가 걸어 들어왔다.

"아이리스, 방금 소식 들었어. 정말 안됐어."

"고마워." 아이리스는 더는 잡담을 하고 싶지 않았다. 그래서 칸막이 화장실로 들어가 문을 닫았다.

"일할 데는 많아." 아만다가 계속 떠들었다.

"그렇겠지." 아이리스는 오지랖 넓은 이 여자가 그냥 가주기를 바라며 변기에 주저앉았다.

"물론 추천서가 있어야 하지만…… 솔직히 말해서 네가 좋은 추천서를 받을지는 모르겠어."

아이리스는 아무 말도 하지 않았다. 아만다의 말에 아예 귀를 기울이지 않았다.

"흠, 너는 모범 사원은 아니었거든, 아이리스."

"뭐라고?"

"네가 계속 지각하는 걸 아무도 몰랐을 것 같아? 근무 시간 중에도 숙취로 고생하는 걸? 그리고 동료 사원과 불장난하는 걸?"

아이리스는 숨을 들이쉬었다. "뭐라고?" 그녀는 화장실 문을 발로 걸어차고 나왔다.

"좋은 추천서가 아니라 그냥 추천서라도 받으면 다행일 거야. 그리고 휠러 씨가 원하는 것도 내놓는 편이 좋을 걸? 그분이 아는 사람들이 전국에 깔려 있으니까."

"도대체 무슨 말인지 모르겠어." 아이리스는 고작 이렇게 대꾸했다. 아만다가 휠러의 사무실에서 조잘거린 것이 바로 이것이었나 보다. 휠러는 아만다에게 이렇게 하라고 부추겼고. 아이리스는 "엿이나 먹어"라고 욕설을 퍼붓고 싶었다. 하지만 모든 공기가 화장실 밖으로 빠져나간 것처럼 숨을 쉴 수 없었다.

"알아서 해." 아만다는 굽 높이가 7.5센티미터인 하이힐을 신고도 빙그르르 돌아서서 화장실을 나갔다.

아이리스는 화장실 문을 세게 닫고, 변기에 주저앉아 무릎 사이에 머리를 파묻었다. 회사의 간부들은 닉에 관해 알고 있었다. 아이리스가 아침에 지각한다는 것도 눈치채고 있었다. 휠러는 아이리스가 협조하지 않으면 그녀의 경력을 망쳐버릴 수도 있었다. 그러나 아이리스가 열쇠들을 휠러에게 넘겨준다고 해서 신고하지 않는다는 보장도 없었다.

아이리스는 현장가방을 다시 열었다. 금고실 열쇠들 곁에 마닐라 폴더가 들어 있었다. 이 파일이라면 휠러를 잠시 동안 진정시켜줄 것이다. 휠러가 이 메모들을 읽을 수 있을 것 같지는 않았지만

말이다. 아이리스는 폴더를 꺼내 자신이 번역한 내용을 다시 훑어
보았다.

"우린 하느님을 믿노라. 열쇠는…… 내부 조력자를 잃다? ……
두더지 사냥 실패…… 시장아, 엿이나 먹어라……. 예금계좌들을
옮겨라……. 테디와 짐…… 휴가에서 돌아오지 말라고 맥스에게
말해라……. 은행은 기록이 있을 때만이 좋다……. 마음이 온유한
사람들이 땅을 상속받을 것이다."

아무리 생각해봐도 이해되지 않는 문장이었다. 다음 페이지를
넘기자 또 다른 파일들을 번역한 내용이 나왔다. "엘리노어 핀치:
2만 5천. 론다 휘트모어: 5만."

마지막 파일은 분명히 영어로 적혀 있지만, 여전히 이해되지 않
았다. 대여금고 소유자들에 관한 문서인 것은 분명했지만 말이다.
사용료를 지불하지 않으면 소유물에 대한 권리를 포기한 것으로
보고 주 정부에 넘기겠다는 내용이었다.

아이리스는 그 서류들을 현장가방에 다시 쑤셔 넣었다. 자신의
스케치들과 함께 이 파일들을 제출해야겠다고 마음먹었다. 누군가
가 물어보면, 어질러진 책상에서 실수로 가져왔다고 말할 생각이
었다. 아이리스는 변기에서 일어서서 다림질하지 않은 바지의 주
름을 폈다. 아만다의 말이 맞았다. 아이리스는 정말 직원으로서는
빵점이었다. 해고당하는 것이 당연했다. 설상가상 베아트리스를
찾아내지 못한 데다, 위기를 벗어나기 위해 그녀를 추적할 마지막
단서까지 넘겨주려는 참이었다. 아이리스는 속이 뒤집히는 것 같
았다.

아이리스가 화장실에서 나왔을 때, 닉이 기다렸던 것처럼 복도에 서 있었다.

"얘기 들었어." 그의 얼굴에 어린 동정심을 보고 아이리스는 비명을 지르고 싶었다.

"난 괜찮아! 브래드가 해고됐다는 게 믿기지 않을 뿐이야." 브래드가 잘렸다면, 아이리스에게는 일말의 기회도 없을 게 뻔했다.

이미 브래드의 책상에는 종이 상자들이 당장 무너져 내릴 것처럼 잔뜩 쌓여 있었다. 다른 사람들은 전혀 모르는 듯이 깔끔하게 줄지어 있는 책상에 앉아 있었다. 아이리스는 처음부터 이 사무실에 소속된 적이 없었다. 가슴이 너무나 조여와 간신히 숨을 쉴 수 있었다.

"그건 맞아." 닉이 이마를 찌푸렸다. "내가 잘 몰랐다면, 이번 해고가 낡은 은행 건물과 관련이 있다고 생각했을 거야."

"무슨 뜻이야?"

"휠러 씨가 은행 건물에서 일했던 모든 사람을 닦달했거든. 도면 담당자들과 수습 기사들뿐만 아니라 나까지도. 그리고 그 프로젝트에 관련된 사람들만 해고한 것 같고."

"하지만 말이 안 되잖아? 그 프로젝트가 중지되었으니까."

"정말 그런지는 몰라. 그들은 상당히 기묘한 질문들을 해댔거든. 내 카메라도 몰수했고. 그리고 그게 전부가 아니야." 닉이 목소리를 낮추었다. "지난주에 서버에 올렸던 은행 사진들을 찾아봤는데, 오늘 아침에 싹 사라졌더라고."

아이리스가 이마를 찌푸리며 바닥을 내려다보았다. "휠러 씨는 나더러 그 건물에서 가지고 나온 것을 모두 내놓지 않으면 고소하겠다고 겁을 줬어. 도대체 무슨 소리인지 모르겠어."

"내게도 비슷한 말을 했어. '관련된 정보'를 몽땅 털어놓지 않으면 해고될 거라고. 내가 다음 차례인가 싶더라고."

"그는 뭘 알고 싶어 했는데?"

"우리가 친구인 걸 알고 있다면서, 네가 은행에 관해 뭔가 색다른 이야기를 하지 않았냐고 물었어."

아이리스가 닉을 노려보았다. "우리가 친구인 걸 그가 알고 있다고?"

"응. 우린 때때로 함께 점심을 먹으러 갔잖아. 다들 아는데."

"다들 그 이상을 알던데?" 아이리스는 닉을 계속 노려보았다.

닉은 이마를 찌푸리더니 이내 그녀의 말을 알아들었다. "뭘? 어떻게?"

"나도 모르겠어. 그냥 네가 우리 이야기를 했을 거라고 생각했어. 난 다른 사람에게 그런 말을 한 적이 없으니까."

"아이리스!" 닉이 스스로를 방어하듯 두 손을 들어 올렸다. "난 잃을 게 너보다 훨씬 많아. 직장 성추행으로 찍힐 수도 있고. 난 한마디도 하지 않았어."

아이리스는 그 말이 사실일지 모른다고 생각했다. "그래서 그에게 뭐라고 했어?"

"그 건물에는 이상한 파일과 서류들이 가득하다는 말을 들었다고 했지. 네가 그랬잖아."

"다른 말은?" 아이리스는 핸드백을 단단히 움켜쥐며 물었다.

"네가 지하실의 대여금고에 관해 비상한 호기심을 가지고 있다는 말밖에 하지 않았어." 닉은 팔꿈치로 아이리스의 어깨를 살짝 찌르며 웃었다. "뭔가에 홀린 것 같다고 했지."

"뭐라고?"

아이리스는 현장가방으로 닉의 머리를 후려갈기고 싶었다. 아이리스가 미친 도둑이나 되는 것처럼 떠벌렸으니……. 문제는 그녀가 정말로 살짝 맛이 간 도둑일 수도 있다는 점이었다.

아이리스는 엘리베이터를 향해 걸어갔다. "가야겠어. 다른 사람들에게는 내가 신경쇠약으로 울고불고 하더라고 전해줘. 알았지? 이제 할 일도 없잖아, 뭐."

"괜찮아?" 아이리스가 엘리베이터로 들어가자 닉이 걱정스럽게 눈썹을 찡그렸다. "내가 뭘 잘못 말했어?"

"아니, 너 때문이 아니야. 난 그저…… 그저 여기 있을 수 없어. 나중에 전화할게. 알았지? 내 편을 들어줘서 고마워."

엘리베이터 문이 스르르 닫혔다. 아이리스는 1층에서 엘리베이터 문이 열릴 때까지 그 안을 서성였다. 겨우 오전 10시였다. 형사와의 약속 시간은 아직 네 시간이나 남아 있었고, 그녀는 지금 당장 대답을 찾아야 했다. 유클리드 애비뉴 맞은편에서 버려진 은행이 그녀를 기다리고 있었다.

64장

1978년 12월 14일 목요일

식당 뒷문으로 빠져나온 베아트리스는 병원을 향해 골목길을 걸어갔다. 앞쪽의 리틀 이탈리아 끝부분에 오래된 성당이 있었다. 이 지역의 이탈리아 사람들은 이곳에서 미사에 참석하고 이곳에 부속된 학교에 아이들을 보냈다. 베아트리스가 '구원의 성당' 뒷문으로 다가가자 희미하게 음악 소리가 들렸다. 가까이 다가갈수록 음악 소리는 커졌다. 성당 뒷문이 약간 열려 있었다. 아이들의 노랫소리와 촛불이 베이트리스에게 들어오라고 손짓했다. 베아트리스가 아는 노래였다. 아주 어린 시절에 들었던 크리스마스 캐럴이었다. 그 노래에 이끌린 그녀는 돌 계단을 밟고 성당 안으로 들어섰다.

성가대가 연습을 하고 있었다. 성가대 아이들과 오르간 연주자, 그리고 지휘자를 제외하면 성당은 텅 비어 있었다. 아이들의 노랫소리가 아치형의 천장까지 솟아올랐다가 그녀가 서 있는 곳으로 떨어져 내렸다. 마치 천사들의 합창 소리 같았다. 베아트리스는 신도석으로 미끄러지듯 들어가 차가운 손을 비볐다. 그러면서 아이들 위에 걸린 예수 상을 올려다보았다. 거대한 나무로 조각한, 십자가에 못 박힌 예수였다. 베아트리스는 글래디스가 건네준 가방을 열지 않고 손만 녹였다.

식당에서 받은 가방은 무척 평범했지만, 다시는 보지 못할 도리스 이모의 마지막 자취였다. 베아트리스는 그 가방을 무릎 위에 올려놓고 꽉 움켜쥐었다. 가방 안에는 중환자실에 다시 찾아가야 할 만큼 가치 있는 것은 없을 것이다. 맥스의 경고가 아직도 세 블록 떨어진 거울 위에 남아 있었다. 베아트리스는 돌아갈 수 없었다. 무거운 한숨을 쉬며, 결국 지퍼를 열었다.

담배와 라이터, 감기약, 그리고 작은 화장품 가방이 들어 있었다. 베아트리스의 눈에는 금세 눈물이 고였다. 그녀는 그것들 하나하나를 어루만졌다. 이모 냄새가 났다. 화장품 가방에는 거의 다 사용한 챕스틱 튜브와 치실만 들어 있었다. 그런데 화장품 가방과 담배 밑에 뭔가가 있었다.

베아트리스는 자신을 향해 반짝거리는 것이 무엇인지 눈을 가늘게 뜨고 내려다보았다. 그리고 담뱃가루 사이에 있는 그것을 두 손가락으로 집어 올렸다. 다이아몬드 목걸이였다. **뭐지?** 베아트리스는 숨을 들이쉬었다. 그러고는 차례로 모습을 드러내는 다이아몬드 목걸이와 다이아몬드 반지와 다이아몬드 귀걸이를 믿기지 않는다는 듯 멍하니 바라보았다. 그것들은 어두컴컴한 신도석에서 크리스마스 전등처럼 빛났다. 베아트리스가 입을 벌리고 손에 든 보석을 보는 동안, 성가대가 다른 성가를 부르기 시작했다.

베아트리스는 이것들을 설명해줄 뭔가를 찾기 위해 가방 안을 샅샅이 뒤졌지만, 아무것도 나오지 않았다. 그러다가 이모의 대여금고에서 찾아낸 일지를 떠올리고, 미친 듯이 핸드백을 뒤졌다. 그녀는 일지의 마지막 페이지를 펼쳤다. "78/11/22, 889, 다이아몬드 반지, 목걸이, 귀걸이."

베아트리스는 그 단어들을 다시 읽고는, 일지를 바로 옆의 의자에 떨어뜨렸다. 정형외과용 신발과 헤어네트* 차림의 도리스 이모가 매주 금고실에서 셜리와 잡담을 나누는 모습을 그려보았다. 도리스 이모가 식당에 대해 불평을 털어놓는 동안, 셜리는 이모에게 동정 어린 미소를 지었을 것이다. 두 사람은 친구였다. 셜리가 직접 그렇게 말했었다. 셜리는 금고실의 경비원과 열쇠들에 대한 보안장치를 불쾌하게 여겼었다. 그 열쇠들은 한때 셜리의 것이었다. 그리고 한때 도리스 이모의 것이기도 했다. 베아트리스는 무릎에 쌓인 다이아몬드들을 멍하니 바라보았다.

도리스는 다른 사람들의 대여금고를 마음대로 열 수 없었다. 절차가 있었기 때문이다. 베아트리스는 547번 대여금고를 열던 날, 그 절차에 대해 알게 되었다. 그녀는 보석을 보면서 그날 셜리가 이모의 이름을 듣자마자 어떻게 규칙을 교묘하게 위반했는지도 떠올렸다. 무릎 위에서 반짝이는 다이아몬드들이 부정할 수 없는 진실을 드러내고 있었다. 무슨 수를 썼는지는 모르지만, 도리스 이모가 이 일을 해낸 것이다. 이모는 매주 금고실에 들어가 대여금고들

---

* 머리가 헝클어지는 것을 방지하는 망.

을 열었던 것이다. 하지만 그건 쉬운 일이 아니었다. 셜리가 살짝 눈을 감아주거나 자리를 비우거나 도리스 이모에게 그냥 열쇠를 준다고 하더라도 이모는 무슨 수로 모든 대여금고들을 열었을까?

오, 맙소사! 맥스의 열쇠. 베아트리스의 얼굴에서 핏기가 사라졌다. 바닥에서 핸드백을 집어 들어 그 열쇠가 나올 때까지 들쑤셨다. 셜리는 한때 마스터키가 있었지만, 도난당했다고 말했었다. 그게 지금 그녀의 손바닥에 놓여 있었다.

도리스의 서랍 속에 빌의 감상적인 연애편지와 함께 들어 있던 소유권 환수 통지문들이 이해되기 시작했다. 그들은 사용료를 지불하지 않는 은행 고객들에게 편지를 보냈다. 맥스는 통지문에 대해 조사하다가 주 정부가 환수한 물건에 관한 어떠한 기록도 가지고 있지 않다는 걸 알게 되었다. 빌은 사용료가 체납된 대여금고의 내용물들을 주 정부에 하나도 보내지 않았던 것이다. 이로써 오직 한 가지 결론만 남을 뿐이었다.

도리스 이모가 모든 것을 훔쳤던 것이다. 이모야말로 내부 조력자였다.

열쇠가 베아트리스의 무릎으로 떨어졌다. 가쁜 숨소리를 틀어막으려고 두 손으로 입을 감쌌다. 다이아몬드들, 현금, 저축채권······ 베아트리스는 믿고 싶지 않았지만, 기록은 거짓말을 하지 않았다. 도리스 이모는 여러 해 동안 다른 사람들의 귀중품들을 훔치고 있었다. 결국 베아트리스의 눈에서 눈물이 흘러 넘쳤다.

베아트리스는 일지를 움켜쥐었다. 첫 번째 도둑질은 이미 16년 전에 벌어졌다. **왜 도리스 이모였을까?** 그녀는 페이지를 획획 넘겼다. 모든 기록의 필체가 도리스 이모의 것이었다. 그렇게 페이지를 넘기자 론다 휘트모어라는 이름이 튀어나왔다. 그녀는 대여금고의 물건이 사라진 것을 알고 은행을 찾았다가 며칠 뒤에 차에 치였다.

아니야. 베아트리스는 목이 메도록 흐느껴 울었다. 이모가 론다의 죽음과 관계 있을 리 없었다. 이모는 빈민가의 허름한 아파트에서 살았다. 이모에게는 돈이 없었다. 베아트리스의 시선이 자신의 어깨를 감싸고 있는 이모의 밍크코트로 향했다. 이 코트는 여러해 동안 입은 적이 없었다. 도리스 이모는 탈취한 물건들로 무엇을했을까? 빌은 지금도 함께 열대 지방으로 도망가자는 말을 속삭이고 있을까? 이모는 왜 훔친 것들을 쓰지 않았을까? 이 도시를 영원히 떠날 때를 대비해서 모든 걸 저장해놓은 것일까? 무릎에 놓인다이아몬드들이 무거웠다. 저기 메이필드 로드에서는 병상에 누운도리스 이모가 생명을 잃어가고 있었다. 이것만 있으면 의사들이이모를 제대로 치료해줄 텐데…….

베아트리스는 떨리는 손으로 증거들을 긁어모아 다시 가방 안에쑤셔 넣었다. 그녀는 씁쓸히 눈물을 닦았다. 도리스 이모는 가엾은사람들의 물건을 훔쳤다. 이모는 도둑이자 사기꾼이었다. 어머니는 몇 년 전부터 이모를 믿지 말라고 누누이 말했지만, 베아트리스는 그 말을 믿지 않았다. 지금도 어머니의 말을 믿고 싶지 않았다.이모는 베아트리스를 받아주었다. 베아트리스에게 살 곳을 마련해주고, 직장을 잡을 수 있게 도와주었다.

그녀의 생각이 서서히 멈추었다. 도리스 이모는 베아트리스를 은행에 있는 빌에게로 보냈다. 이모는 두 사람이 벌이는 더러운 게임에서 베아트리스가 어떤 역할을 하기를 바랐던 것일까? 그래서 맥스에게도 보냈던 것일까? 맥스는 마스터키를 가지고 있었다. 그건 맥스가 처음부터 도둑질을 알고 있었다는 뜻일까? 베아트리스는 손가락 마디가 하얗게 변할 때까지 이모의 가방을 꽉 쥐었다. 심장이 가슴에 걸린 것처럼 답답했다.

얼른 빠져나와. 그들이 알고 있어! 그 말이 머릿속에서 되풀이되었다. 베아트리스는 엄청나지는 않지만, 그래도 꽤 많은 재산을 손에 쥐고 있었다. 이 다이아몬드들을 팔면, 적어도 1천 달러는 손에 쥘 것이다. 이 도시를 떠나 새 출발을 하기에는 충분한 돈이었다.

누군가 그녀의 어깨에 가볍게 손을 올렸다. 베아트리스는 비명을 질렀다. 성가대가 노래를 멈추었다.

"아, 놀라게 해서 미안해요." 등 뒤에서 늙은 신부가 껄껄 웃었다. 그는 지휘자에게 손을 흔들었다. 아이들이 다시 노래를 부르기 시작했다. 신부는 몸을 숙이고 부드러운 목소리로 물었다. "어디 아픈 건 아닌가요?"

베아트리스는 뺨으로 흘러내린 마스카라를 닦아내며 고개를 저었다.

"많은 사람들에게는 크리스마스가 1년 중 가장 어려운 시기죠." 신부가 베아트리스의 어깨를 다독거렸다. "하지만 리허설을 하는 동안에는 성당에 외부인들이 출입할 수 없어요. 내일 저녁에 오세요."

베아트리스는 억지로 미소를 지었다. "죄송합니다, 신부님."

베아트리스는 신부의 뒤를 따라 성당의 뒷문으로 갔다. 부끄러웠다. 이모는 미망인과 아이들의 물건을 훔쳤고 베아트리스도 도둑질을 하려는 참이었다. 훔친 다이아몬드를 판다면 이모와 다를 바가 없었다.

베아트리스는 뒷문에 멈춰 서서, 작은 빨간색 양초가 가득한 커다란 테이블을 보았다. 테이블 위에 '기부'라는 글씨가 새겨진 상자가 있었다. "죄송합니다만, 신부님?"

"네, 무슨 일이죠?"

"왜 이렇게 많은 양초가 있는 건가요?" 그녀는 빨간색 봉헌물을 가리켰다.

"이것들은 우리 곁을 떠난 사람들과 우리가 지켜주고 싶은 사람들을 기억하기 위한 겁니다." 신부는 성당 안쪽에 안치된 작은 제단을 가리켰다. 세 개의 커다란 촛대가 말라붙은 붉은색 눈물 같은 촛농으로 뒤덮여 있었다. "오늘 밤 누군가를 기억하고 싶다면, 편안하게 기부하세요."

신부는 양초와 기부함 옆에 베아트리스를 홀로 남겨두고 갔다. 잠기지 않은, 낡은 맹꽁이자물쇠가 상자에 매달려 있었다. 그 누구도 거부하지 않고 세상의 모든 사람들을 신뢰하며 환영한다는 듯이 팔을 벌리고 있었다. 베아트리스는 열려 있는 자물쇠를 만지작거렸다. **세상이 항상 이런 식으로 나아간다면 얼마나 좋을까?** 베아트리스는 양초 하나를 들고 성가를 부르는 아이들을 돌아보았다. 작은 종이쪽지가 바닥에 붙어 있었다. 기도문이었다.

마음이 온유한 사람은 복이 있다.

그들이 땅을 상속받을 것이다.

베아트리스는 그 말을 뚫어지게 바라보았다. **어떻게? 눈물을 참기 위해 계속 눈을 깜빡거리며 회의에 잠겼다. 마음이 온유한 사람들이 어떻게 단 한 가지라도 상속받을 수 있단 말인가?** 은행을 지배하고 있는 자들이 은행 시스템을 장악하고 있는데……. 맥스와 자신이 무슨 말을 하든 아무도 믿지 않을 것이고, 돈 있는 작자들은 살인을 저지르고도 무사히 빠져나갈 것이다. 맥스가 모습을 감추지 않았더라면, 결국 교도소에 수감되었을 것이다. 베아트리스는 이 도시를 떠날 생각이었다. 도리스 이모는 곧 죽을 것이고…… 이들이 마음이 온유한 사람들이었을까? 하느님은 이들을 구원하실까? 베아트리스의 눈이 지퍼가 채워진 도리스 이모의 가방으로 향했다. **우린 구원받을 가치가 있을까?**

베아트리스는 가방을 열었다.

"죄송해요." 그녀는 기다란 목걸이를 가방에서 꺼내며 한 번도 만난 적이 없는 사람에게 이렇게 속삭였다. 그러고는 목걸이를 기부함에 집어넣었다. 귀걸이가 다음 차례였다. 그녀는 떨리는 손으로 핸드백에서 반지를 들어 올렸다. 약혼반지였다. 이 반지는 밝은 미래에 대한 누군가의 꿈을 간직했을 것이다.

베아트리스는 기부함 위로 반지를 들고 있다가 안으로 떨어뜨렸다. "용서해주세요."

잠시 후, 베아트리스는 서둘러 밤의 어둠 속으로 나왔다. 잠깐

걸음을 멈추고 창문에서 펄럭이는 세 개의 촛불을 돌아보고는 북쪽의 유클리드 애비뉴를 향해 부지런히 발길을 옮겼다.

65장

택시가 '랜서 모텔'이라고 적힌 커다란 파란색 간판 밑에 베아트리스를 내려주었다. 그녀는 쯧빛 유리문을 열고 안으로 들어갔다. 이쪽 끝에서 저쪽 끝까지 라운지가 들어차 있었다. 넘치듯 흘러나오는 피아노 소리와 웃고 떠드는 목소리들, 그리고 짙은 담배 연기가 그녀의 귀와 폐에 밀어닥쳤다. 베아트리스는 바다처럼 이곳을 메운 사람들의 얼굴 사이로 섞여 들고 싶었지만, 그녀의 창백한 안색과 머리카락이 희미한 불빛 속에서 밝은 빛을 던지는 등대 같았다. 그녀는 머리를 숙이고는 벽을 따라 바 쪽으로 조금씩 나아갔다.

"맥스 봤어요?" 베아트리스가 생맥주통 앞에 서 있는 사람에게 소리를 질렀다.

"누구요?" 그가 작은 시가를 질겅질겅 씹으며 고함쳤다.

"맥신 맥도넬이요. 여기 있어요?"

"무슨 말인지 전혀 모르겠어요. 거기 계속 있을 거면 주문을 해요."

"스팅어 주세요." 베아트리스는 큰 소리로 말하고, 단 하나 남아
있던 스툴에 앉았다.

검은색 가죽모자를 쓴 낯선 남자가 베아트리스에게로 돌아앉으
며 씩 웃었다. 그의 흐리멍덩한 눈이 베아트리스의 몸을 위아래로
훑어보고 이모의 밍크코트에 오랫동안 머물렀다. "누굴 찾나 보지,
아가씨?"

"네, 그래요. 맥스? 맥신 맥도넬이라고 들어봤어요?" 베아트리스
가 새된 소리로 말했다.

"이 도시를 떠났다고 하던데?" 그가 손을 뻗어 그녀의 모피를 쓰
다듬었다.

베아트리스는 카운터에 등을 대고 몸을 움츠렸다. "어떻게 맥시
를 알고 있지?"

"내 친구니까요." 베아트리스가 그곳을 나오려는데, 그가 코트를
잡았다.

"어딜 가시려고, 아가씨? 이야기도 안 끝났는데."

"그만 손을 놓지, 샘. 그녀는 나와 함께 왔어." 베아트리스의 뒤
쪽에서 굵고 쉰 목소리가 들렸다.

레이먼이었다. 그가 옆으로 다가오자 베아트리스는 놀랍기도 하
고 진정으로 안심이 되기도 해서 숨을 몰아쉬었다.

"이야, 레이. 넌 안 싸돌아다니는 곳이 없구나." 모자를 쓴 남자
가 베아트리스를 가리켰다. 그는 시가 연기를 레이먼의 얼굴에 내
뿜고, 금니를 드러내 보였다.

레이먼이 어깨를 펴고, 베아트리스에게 손을 내밀었다. 그녀는 레이먼의 손을 잡고 카운터에서 빠져나왔다. 모자를 쓴 남자는 레이먼을 노려보며 코트를 놓아주었다.

레이먼은 베아트리스를 어두운 골목으로 데려갔다. 그러고는 그녀의 손을 뿌리치고 양쪽 어깨를 움켜잡았다. "대체 그곳에서 뭘 하고 있는 거예요? 아가씨랑 이야기한 사람이 누군지 알아요? 하마터면 창녀라는 새로운 직업을 가질 뻔했다고요!"

베아트리스는 골목의 벽돌 담에 등을 기대고 고개를 천천히 저었다. "맥…… 맥스가 메모를 남겼어요."

"맥스가요?" 레이먼이 그녀의 어깨를 놓아주었다. "뭐라고 적었는데요? 괜찮대요?"

"나도 모르겠어요. 이모 집에 메모를 남겼더라고요. 얼른 빠져나오라면서 랜서에 관해 뭐라고 써뒀는데……" 레이먼이 불쑥 나타나지 않았더라면 무슨 일을 당했을지 모른다는 생각에 베아트리스는 말을 잇지 못했다.

"그년이 아주 미쳤구먼!" 레이먼이 별이 뜨지 않은 밤하늘을 향해 소리를 질렀다. "걔가 도대체 무슨 생각을 하는지 모르겠어! 이놈의 일이 너무 멀리 갔다니까!"

"무슨 일이 너무 멀리 갔다는 건가요? 맥스가 무슨 일을 하고 있었는데요?" 베아트리스도 함께 소리를 질렀다. "은행 사람들 말로는 맥스가 은행 건물에서 몰래 자고 간대요. 그들이 내 물건을 발견한 것은 틀림없지만, 어떻게 발견했는지는 모르겠어요. 맥스가 도둑질을 하고 있다고도 하고요. FBI에 신고했대요! 맥스의 오빠는 그랬어요. 자신은 맥스를 도울 수 없고 아무도 그녀를 믿지 않을 거라고."

레이먼은 말없이 베아트리스를 노려보았다. 그래서 그녀는 더욱 짜증이 났다.

"난 맥스와 내가 친구인 줄 알았어요. 그런데 날 이곳으로 보내서 공격을 받게 해요? 포주에게? 아까 그 사람이 그거라면서요? 포주? 그런데 그가 맥스를 어떻게 알고 있는 거죠? 그가 당신은 어떻게 알고요? 당신도 포주인가요?" 베아트리스는 레이먼의 기분에는 신경 쓰지 않았다. 레이먼이 불쑥 나타났다는 것은 단순한 우연이라고 보기에는 지나친 행운이었다.

"이봐요, 전혀 모르고 있는 거죠? 아마도 그래서 맥스가 아가씨를 택했을 수도 있어요."

베아트리스의 입이 벌어졌다. 그녀는 질문들이 끊임없이 쏟아져 나오기 전에 입을 다물었다. 차디차게 얼어붙은 두 손을 주머니에 넣고 금고실의 마스터키를 꽉 움켜쥐었다. 맥스는 베아트리스에게 대답을 찾지 말라고 말했었다. 모든 일이 끝나면 열쇠를 찾으러 오겠다고도 했다. 그러고는 다급하게 휘갈긴 메모를 남겨 베아트리스를 랜서로 보냈다. 뭔가가 잘못된 것이다. 아니면, 베아트리스가 세상 물정에 어둡다는 것을 생각하지 못했거나.

"당신은 왜 여기에 있냐고요!" 베아트리스가 대답을 재촉했다.

레이먼은 담배에 불을 붙이고, 뒤쪽의 술집을 가리켰다. "이곳이 과거에 우리가 만났던 곳이에요. 일이 고약하게 돌아갈 때마다 맥스는 이곳으로 달려와 날 찾곤 했죠. 맥스는 항상 어떤 문제에 처해 있었어요. 이런 곳이나 들락거리니까 그랬을 거예요. 난 맥스가 이곳에 다시 나타날 거라고 항상 생각하고 있었어요."

"정말 나타났어요?"

"아직까지는요. 하지만 맥스는 무슨 이유 때문에 아가씨를 이곳에 보냈어요. 우리 둘이 이야기를 해야 한다고 생각했는지도 모르죠. 아가씨는 내가 생각했던 것보다 훨씬 더 맥스와 닮았어요. 이런 곳에 홀로 당당히 걸어 들어온 백인 아가씨는 맥스를 제외하고는 아가씨뿐이거든요."

베아트리스는 그 말이 칭찬인지 욕인지 분간할 수 없었다. "맥스는 우리 둘이 무엇을 상의하기를 바랐을까요?"

레이먼은 골목에 접한 텅 빈 건물을 바라보며 담배를 빨아들였다. "나도 그게 뭔지 알았으면 좋겠네요. 맥스가 그것에 관해 자세히 말하지 않고 사라졌거든요. 눈을 똑바로 뜨고 있으라는 말만 남기고요. 그래서 계속 지켜보고 있지만, 염병할 일들이 당최 이해되지 않는단 말이에요. 새로운 보안 절차가 도입됐죠. 경비원들을 두 배로 늘렸지만, 야간에는 아무도 은행에 남아 있지 않아요. 새롭고 경이로운 감시카메라를 설치했지만, 염병할 것들이 하루의 절반은 꺼져 있는 상태고요. 금고실은 이상한 시간에 활짝 열려 있는 셈이죠. 마치 그들이 도둑맞기를 원하는 것 같아요."

"은행이 도둑을 맞았어요? 맥스가 은행으로 되돌아온 적은 없어요?"

"열심히 살펴보고 있어요. 맥스를 붙잡기만 하면, 아예 요절을 낼까 생각 중이라고요. 맥스는 너무 깊이 파고들다가 염병할 놈의 세계에 묻혀버렸다니까요. 내 말을 들었어야 했는데⋯⋯." 레이먼이 화난 표정으로 담배를 내던졌다. "내가 맥스를 만나지 못하는건⋯⋯."

맥스는 토니와 레이먼을 피하고 있었다. 그들이 이 일에 엮이는 것을 원하지 않았다. 베아트리스는 침을 꿀꺽 삼켰다. 맥스가 건넨 열쇠, 난장판이 된 이모의 아파트, 감시당하는 병원, 거기에 FBI까지⋯⋯ 이제 너무 늦어버렸다.

"그들이 어떻게 내 여행가방을 발견했을까요?" 베아트리스는 자신의 모든 흔적이 담긴 가방에 자물쇠를 채워서 11층의 청소도구실에 숨겨두었다.

"그들은 찾아내지 못했을 거예요."

"하지만 증거를 찾아냈다고 했단 말이에요."

"증거란 수많은 것들을 의미할 수 있어요. 특히 백인이 그런 말을 할 때는요. 내가 보기에, 그들은 필사적이에요."

베아트리스는 레이먼이 자신을 지켜보았을 거라고 생각했다. 어쩌면 리틀 이탈리아로 돌아가는 그녀를 미행했을 수도 있었다. 베아트리스를 랜서까지 미행했을 수도 있고. 베아트리스가 맥스에게로 데려다주기를 바랐을지도 모른다. 레이먼이 포주들이나 깡패들과 알고 지낸다는 것과 은행에서 경비원으로 일한다는 사실 외에 베아트리스는 그에 대해 무엇을 알고 있는 걸까? 베아트리스는 레이먼이나 맥스를 믿을 수 없었다. 더 이상은⋯⋯.

"난⋯⋯ 가봐야 해요. 지금까지 도와줘서 고마워요, 레이먼. 만약 맥스를 다시 보면⋯⋯ 작별인사를 전해주세요."

"어디로 가려고요? 여기서 집까지 걸어갈 수는 없다고요. 여기가 어딘지 알기나 해요?"

베아트리스가 입술을 깨물었다. "아, 근처에 버스정류장이 있다는 건 확실히 알아요."

"말도 안 되는 소리! 택시를 불러줄게요. 알았죠?" 레이먼이 베아트리스의 팔을 잡고, 술집으로 돌아가려고 했다.

"저곳에 다시 들어갈 수는 없어요!" 베아트리스는 팔을 비틀어 빼내면서, 텅 빈 거리를 둘러보았다.

"나랑 함께 가요."

"아니요! 그냥 여기 있을게요. 남의 눈에 띄지 않도록 골목 안에 있을게요. 약속해요!"

레이먼은 베아트리스의 팔을 놓아주고, 머리를 절레절레 저으며 골목 입구로 걸어갔다. "까딱하다간 얼어 죽을 거예요."

베아트리스는 레이먼이 모퉁이를 돌아 사라질 때까지 기다렸다. 쿵쾅거리는 심장 소리를 들으면서 레이먼과 랜서 모텔로부터 멀어지기 위해 골목의 그림자 속으로 달려갔다.

66장

열한 블록을 달린 후에야 베아트리스는 멈춰 서서 숨을 몰아쉬
었다. 그녀는 은행으로부터 동쪽으로 스물다섯 블록 떨어진 체스
터 애비뉴에 서 있었다. 얼어붙을 듯한 공기 때문에 폐가 타는 듯
했다. 손과 발이 바늘에 찔리는 듯이 아팠지만, 택시는 보이지 않
았다. 그녀는 노란 가로등 불빛들 사이에 몸을 숨기고, 버스나 택
시가 있는지 도로를 살폈다. 그러나 그녀 뒤쪽으로는 다른 사람의
기척이 전혀 없었다.

베아트리스는 여행가방을 들고 계속 움직였다.

굵은 철사를 다이아몬드 모양으로 엮은 울타리들과 텅 빈 건물
들이 인도와 접해 있었다. 앞문이 움푹 들어간 상점 앞을 급히 지
나쳤다. 유리 조각이 상점 안쪽 바닥에 흩어져 있었다. 이곳에는
아직까지 영업하는 상점도, 레스토랑도 없었고, 차도 전혀 보이지
않았다. 창과 문에 판자를 댄 건물들이 거리를 따라 줄지어 있었
다. 베아트리스는 폭격 맞은 듯한 꼴로 늘어선 연립주택 앞에서 걸

음을 멈추고 몸을 부르르 떨었다.

'퍼블릭 스퀘어'로 다가가며, 베아트리스는 택시나 추위를 녹일 장소가 나오기를 바랐다. 스타우퍼 인의 로비와 골목이 내려다보이던 큼지막하고 푹신했던 침대가 그리워졌다.

그러다가 갑자기 정신이 번쩍 들었다. 이제는 그곳에 들어갈 방법이 없었다. 어젯밤에 호텔 객실료를 내고, 이제 수중에는 현금 5달러도 남아 있지 않았다. 베아트리스의 돈은 은행의 당좌계좌에 처박혀 있었다. 공포에 질려 은행 건물을 뛰쳐나오느라 예금 인출을 깜빡 잊고 말았다. 어쩌면 이렇게 멍청할 수가 있지?

텅 빈 거리를 휩쓸고 몰려온 차가운 바람이 코트 속으로 파고들었다. 높은 건물들을 향해 체스터 애비뉴를 걷는 동안 그녀의 다리에 여행가방이 계속 부딪혔다.

다시 스무 블록을 걸어갔다. 얼어붙은 손은 마치 톱날에 긁혀 피부가 벗겨지는 듯했다. 발가락에 감각이 전혀 없어 간신히 걷고 있었다. 얼얼한 맨손에 간신히 매달려 있던 여행가방이 마침내 땅바닥으로 떨어졌다. 베아트리스는 허리를 굽히고 조금이라도 몸을 따뜻하게 해보려고 했다. 하느님이 그녀를 벌주고 계셨다. 도망치지 말았어야 했는데……. 레이먼이 주먹을 휘두르며 쫓아오는 모습이 보고 싶었지만, 이제는 북쪽으로 너무나 멀리 와 있었다. 레이먼이 그녀를 찾아낼 것 같지 않았고, 거리에는 어떤 차도 보이지 않았다.

베아트리스는 멍한 눈길로 거리를 훑어보았다. 건물들은 더 높이 솟아올랐다. 클리블랜드 퍼스트뱅크는 불과 여섯 블록 떨어진 곳에 있었다. 그곳으로는 정말 가고 싶지 않았지만, 달리 갈 곳이 없었다. 불이 꺼진 간판이 머리 위에 매달려 있었다. 필라멘트가 나간 전구들이 '스테이트 시어터'라는 글자를 그리고 있었다. 베아트리스는 터널 벽에서 이런 이름을 읽었던 기억이 났다.

건물 왼쪽에 골목이 있었다. 베아트리스는 건물들 사이의 좁은 길로 여행가방을 끌면서, 출입구건 맨홀 뚜껑이건 추위로부터 벗어나게 해줄 무엇이라도 나타나길 바랐다. 이를 딱딱 부딪히면서, 눈에 덮인 대형 쓰레기통 사이의 골목으로 깊숙이 걸어 들어갔다. 쓰레기통에 들어가 바람을 피하려다가, 골목 뒤쪽에서 그걸 보았다. 급수탑 곁에 작은 창고가 있었다. 문에 아무런 표시도 없는 창고였다. 스타우퍼 인 뒤쪽에 있던 헛간과 놀라울 정도로 흡사해 보였다. 베아트리스는 주머니에 손을 넣어 맥스의 열쇠들을 꺼냈다. 빳빳이 굳은 손가락으로 간신히 붙잡고 있던 얼음 같은 금속이 발앞의 눈 속으로 떨어져버렸다.

베아트리스는 쭈그리고 앉아 진창이 된 눈 속에서 열쇠를 꺼내려고 면도날 같은 얼음을 헤집었다. 언뜻 뭔가 움직이는 것이 보였다. 그녀 뒤쪽으로 오십 걸음쯤 떨어진 인도에 후드가 달린 재킷을 입은 커다란 그림자가 비틀거리며 멈춰 섰다. 그 그림자가 베아트리스 쪽으로 돌아섰다. 베아트리스는 숨을 들이쉬고는 재빨리 눈더미에서 열쇠를 낚아챘다. 열쇠 하나를 자물쇠에 밀어 넣기 위해 안간힘을 썼다. 그 바람에 떨리는 손 안에서 열쇠들이 요란하게 짤랑거렸다. 열쇠는 맞지 않았다. 다른 열쇠를 골라내려 했지만 얼어붙은 열쇠들이 축축이 젖은 피부에 달라붙었다. 그림자가 다가오고 있었다.

베아트리스는 터져 나오려는 비명을 억누르면서 얼어붙어 따끔거리는 두 손으로 열쇠를 억지로 구멍에 밀어 넣었다. 다행히도 문이 활짝 열렸고, 베아트리스는 창고 안으로 몸을 날렸다.

안쪽은 칠흑처럼 시커멨다. 베아트리스는 문을 닫고는 그대로 문에 등을 기대었다. 창고 안의 온기로 인해 얼어붙었던 손가락과 발가락이 심하게 아렸다. 두 손에 입김을 불었다. 뭔가가 문짝에 쾅 하고 부딪쳤다. 베아트리스는 비명을 지르며 안으로 뛰어 들어갔다. 그녀가 커다란 금속 상자 같은 것에 걸려 그 위로 넘어지면서 핸드백이 바닥에 떨어졌다. 문손잡이가 덜커덕거리며 좌우로 돌아갔다.

"저리 가요." 베아트리스가 울먹이는 목소리로 말했다.

철컥, 철컥. 그러다가 소음이 멈췄다.

베아트리스는 그가 가버린 것이 확실해질 때까지 귀를 기울이며 숨을 참았다. 금속 상자에서 서서히 몸을 일으키고는 핸드백을 찾기 위해 끈적끈적한 주변을 손으로 더듬었다. 그러다가 여행가방이 문밖의 눈 더미 위에 놓여 있음을 깨달았다.

"맙소사, 안 돼!" 베아트리스는 문 쪽으로 급히 돌아섰다. 문을 다시 열고 밖을 내다볼 수도 없었다. 그가 가방을 훔쳐갔을 가능성이 높았다.

문틈 사이로 가느다란 빛줄기가 새어들었다. 눈이 어둠에 적응하면서 바닥에 놓인 금속 상자가 제대로 보였다. 해치였다. 베아트리스는 손을 더듬어 손잡이를 찾았다. 해치의 뚜껑이 활짝 열렸다.

이미 그녀는 그 아래에 무엇이 있는지 알고 있었다. 사다리였다.

베아트리스는 어둠 속에서 터널 아래로 내려갔다. 어둠이 그녀의 몸을 삼켜버렸다. 문 틈으로 새어 들어온 희미한 빛마저도 바닥에 서 있는 베아트리스에게 도달하지 못했다. 그녀에게는 플래시나 성냥 같은 것이 없었다. 하지만 상관없었다. 위에 펼쳐진 세상을 피해 따뜻한 그곳에 몸을 숨길 수 있었으니까. 그녀는 편안하게 눕고 싶었다. 이제는 자신이 어디에 있는지 신경 쓰지 않았다. 바닥을 만져보기 위해 쭈그리고 앉았다가 흠칫 몸을 움츠렸다. 축축했다. 멀리서 물 한 방울이 떨어졌다. 또 한 방울이 떨어졌다. 그녀는 두 손을 앞으로 뻗은 채 물소리가 들리는 곳으로 천천히 기어갔다.

터널 안을 조금씩 나아가는 동안 손가락과 발가락에서 느껴졌던 통증이 서서히 줄어들었다. 어둠 속에 들어온 지 5분 만에 눈을 뜨고 있는지 감고 있는지도 구분되지 않았다. 끝없는 어둠 속에서 숨소리가 점차 천둥소리처럼 커졌다. 물소리를 따라가니 갈림길이 나왔다. 오른쪽 길을 선택한 베아트리스는 또 하나의 좁은 통로를 지나갔다. 잠을 잘 만한 마른땅을 찾아 어둠 속을 계속 더듬어가다 보니, 이제는 얼마나 깊이 들어왔는지 알 길이 없었다.

신경이 곤두서기 시작했다. 자신이 어디에 있는지 알 수 없었다. 바로 눈앞도 보이지 않았다. 점점 방향 감각이 사라지면서 밖으로 나가는 길을 결코 찾을 수 없을 것만 같았다. 머리가 아찔할 정도로 맥박이 빠르게 뛰었다. 호흡이 더욱 가빠지며 목이 콱 잠겼다. 미친 듯이 공기를 들이마시며, 터져 나오려는 비명을 억눌렀다. 시커먼 바다에 빠져 죽어가고 있었다. 산 채로 파묻히고 있었다. 얼굴을 보호하기 위해 두 팔을 더는 내뻗지도 못하고, 무작정 앞으로 비틀거리며 나아갔다. 나가야 해. 베아트리스는 밖으로 나가야만 했다.

베아트리스는 거의 달리다시피 걷다가 무언가를 밟았다. 그녀는 무릎을 꿇으며 비명을 질렀다. 악취를 풍기는 물이 스타킹으로 스며들었다. 꽉 막힌 공기는 썩어가는 낙엽처럼 퀴퀴한 냄새를 풍겼다. 떨어진 핸드백을 손으로 더듬으며 질퍽질퍽한 콘크리트 바닥을 기어갔다. 모든 것이 차갑고 축축했다. 그러다가 뭔가 따스하고 부드러운 게 손에 잡혔다. 누군가의 손이었다.

67장

1998년 8월 28일 금요일

아이리스는 작은 소리로 욕설을 퍼부으며 클리블랜드 퍼스트뱅크로 내달렸다. 그녀가 대여금고에 사로잡혀 있다고 닉이 직장에서 나불댔다. 아이리스는 열쇠들에 대해 어느 누구에게도 말한 적이 없었지만, 이전의 직장 상사나 경찰은 그녀가 열쇠들을 가지고 있음을 이미 아는 듯했다. 그녀가 열쇠들을 보여준 사람은 가필드 하이츠의 열쇠공뿐이었는데, 그녀는 아이리스의 이름조차 몰랐다. 하지만 경찰이 어떻게든 알아낸 모양이었다.

증거를 숨기는 것은 중죄이긴 했다. 하지만 휠러가 원하는 것을 넘겨주지 않으면 아예 그녀를 고소해서 경력을 망쳐버릴 게 뻔했다. 전과 기록이 남으면 추천서가 아무리 좋아도 아무런 쓸모가 없었다. 물론 지금 당장은 또 다른 건축기사 자리를 얻을 수 있느냐 없느냐는 걱정거리 축에 들지도 못하지만. 아이리스는 어떻게든 은행으로 들어가 열쇠들을 어두컴컴한 한쪽 구석에 던져두어야 했다. 이 열쇠들은 그런 곳에 있었으니까.

아이리스는 건물의 뒷문으로 달려가 인터폰의 호출 버튼을 눌렀다. 아무런 반응이 없었다. 다시 버튼을 누르고 기다렸다. **빌어먹을!** 창문으로 레이먼이 있는지 들여다보기 위해 건물 앞쪽으로 달려갔다.

메인 로비는 비어 있었다. 유리에 이마를 갖다 댔다. 어쩌면 문 밑으로 열쇠를 밀어 넣을 수 있을지도 몰랐다. 어떻게 할지 머리를 굴리던 그녀는 멍한 눈으로 은행 임원들의 이름이 나열된, 로비의 검은색 벨벳 간판을 보았다. 글자들이 서서히 선명하게 보이기 시작했다. 'C. 휠러, 이사회 연락관.' 명단의 맨 밑에 그 이름이 있었다. 코를 유리에 처박고 그 이름을 한번 더 확인했다. 찰스 휠러는 클리블랜드 퍼스트뱅크에 근무했었다.

아이리스는 WRE가 9층에 자리 잡고 있는, 거리 맞은편의 건물을 돌아보았다. 휠러는 20년 전에 은행에서 근무했었고, 지금은 은행과 겨우 60미터밖에 떨어지지 않은 곳에서 근무하고 있었다. 바로 이 순간에도 자신의 사무실에서 아이리스를 내려다볼지 모른다.

"아, 염병할!"

아이리스는 유클리드 애비뉴에서 도망쳤다. 휠러가 은행에서 근무했다면, 죽은 사람을 알고 있었을 수도 있었다. 누가 그 사람을 죽였는지 알고 있을지도 몰랐다. 모든 것을 다 알고 있을 수도 있었다. 아이리스는 모퉁이를 돌아섰다. 검은색 대형 트럭이 은행의 하역장을 빠져나오고 있었다. 그녀는 건물 옆쪽으로 몸을 숨겼다. 숨을 세 번 들이쉰 후에 고개를 살짝 내밀고 멀어지는 트럭을 지켜보았다. 트럭에는 아무런 표시가 없었다. 심지어 번호판도 없었다.

트럭은 동쪽으로 향했고, 차고 문은 다시 내려왔다.

이건 말이 되지 않았다. 경찰은 어디에 있는 거지? 범죄현장을 표시하는 테이프는? 레이먼은?

누군가 아이리스의 팔을 잡았다. 그녀는 작게 비명을 질렀다.

맥도넬 형사가 손바닥으로 아이리스의 입을 살짝 때렸다. "날 따라와요." 그는 도로변에 세워둔 아무런 표시가 없는 경찰차로 그녀를 데려갔다.

빌어먹을! 맥이 빠진 아이리스는 증거물이 가득한 핸드백과 현장가방을 질질 끌고 갔다. 형사가 차 뒷문이 아니라 조수석 문을 열자 약간 안심이 되었다. 지금까지 그녀는 경찰차를 한 번도 타본 적이 없었다. 차 문이 쾅 소리를 내며 닫히자 형사는 기어를 넣고 차를 출발시켰다. 아이리스는 자신이 체포된 건지 궁금했지만, 감히 물어볼 수 없었다.

형사는 아무 말도 하지 않고 유클리드 애비뉴를 지나 슈피리어로 접어들더니 터미널 타워로 차를 몰았다. 아이리스는 억지로라도 숨을 쉬려고 했다. 히스테리 발작을 일으키지 않기 위해 계기판을 똑바로 쳐다보았다. 그곳에 젊은 여자의 사진이 붙어 있었다. 아이리스는 그녀의 사진을 본 적이 있었다. 차가 서너 번쯤 커브를 돌고 마침내 어떤 골목에 멈추는 동안 그녀는 계속 사진을 봤다. 아이리스를 차 안으로 밀어 넣은 후 처음으로 형사가 고개를 돌려 그녀를 똑바로 쳐다보았다.

"내 여동생이에요." 형사가 색이 바랜 사진을 가리켰다. "정말 미인이었죠."

아이리스는 사진에서 눈을 떼지 않고 고개를 끄덕였다. "저분을 본 적이 있어요."

"내 여동생을 봤다고요?"

아이리스는 이마를 찡그린 채 어디서 그녀를 봤는지 기억을 더듬어보았다. 색상이 좀 더 밝았는데……. 그 사진은 햇빛이 미치지 않는 곳에 있었다. **레이먼!**

"레이먼의 방에서 봤어요. 어머니 사진 옆에 저분의 사진을 두었더라고요."

"그 경비원이……? 별로 놀랄 일은 아니네요. 맥스는 어디서든 친구를 만들었으니까요." 형사는 그쯤에서 이야기를 끝내려 했다. 하지만 찡그린 그의 눈썹을 보면 더 많은 이야기가 있을 듯했다. "지금은 직장에 있어야 하잖아요?"

"오늘 잘렸어요. 일시 해고라나 뭐라나……. 상황이 아주 묘해서 회사를 나와야 했어요."

"어떻게 묘했는데요?" 형사가 아이리스를 쳐다보았다.

"잘 모르겠어요. 회사의 윗사람들이 엄청나게 많은 질문을 해대고 있나 봐요. 오늘 아침에 형사님의 메시지를 받고…… 겁이 났어요. 무슨 일이 벌어지고 있는 거죠? 지금은 왜 경찰이 건물 안에 없는 건가요?" 아이리스는 자신이 중죄로 고발당했는지 대놓고 물어볼 수 없었다.

"경찰이 수사를 중지했어요. 검시관이 자살로 판정했거든요."

"책장과 자물쇠는 어떡하고요?" 아이리스가 물었다. 휠러라는 이름이 그녀의 머릿속에 흰 글씨로 아로새겨졌다. 뭔가 잘못됐다고 느껴졌다.

"정황증거일 뿐이죠. 그걸로는 영장을 받기에 충분하지 않아요."

"아······." 아이리스는 이마를 찌푸리며 애써 자신의 현장가방을 외면했다. "이 일이 나랑 무슨 관련이 있는 거죠?"

형사는 아이리스를 빤히 쳐다보다가 말했다. "당신이 그 건물에 관해 이런저런 이야기를 해줬잖아요? 당신이 살펴보라고 했던 파일들을 찾아봤는데, 싹 다 사라졌더라고요."

아이리스는 입이 다물어지지 않았다. "사라졌다고요?"

"처음에는 당신이 날 놀리려고 한 말일지도 모른다고 생각했어요. 그런데 카펫에 캐비닛을 끈 듯한 흔적이 남아 있더군요. 바닥의 먼지에 바퀴자국도 남아 있었고요. 누군가가 그 캐비닛들을 옮긴 겁니다. 최근에요."

"검은색 트럭을 봤어요."

"나도 봤어요. 누군가가 은행 건물을 깨끗이 비우고 있는 겁니다. 주 정부는 제대로 답변해주지 않고, 건물주는 전화를 받지 않아요. 내 상관은 수사를 그만두라고 하고요. 다들 내가 폐점한 은행과 여동생에 사로잡혀 있다고 생각하죠." 형사는 눈을 문질렀다. "빌어먹을, 애초에 내게 사건을 맡긴 것이 놀라울 따름이에요."

뭔가 정말 잘못되어 있었다. 형사의 말은 그가 왜 아이리스에게 전화했는지, 왜 증거를 제출하지 않았다고 위협했는지, 왜 아이리스를 경찰차에 태웠는지를 설명하지 못했다. 설상가상 아무도 이 형사의 말에 귀를 기울이지 않는 듯했다. "이 일이 저와 무슨 관련이 있는지 지금도 모르겠어요."

"누군가 당신 집을 감시하고 있어요. 누군가 당신을 미행하고 있고요."

아이리스의 피가 차갑게 식어버렸다. "뭐라고요?"

"누구인지는 확실하지 않아요. 내게는 당신이야말로 유일한 단서이기 때문에 지난주부터 당신을 미행했어요. 당신 말이 뭔가 들어맞지 않는 것처럼 들렸거든요."

"제 말이요?" 아이리스의 목소리가 갈라졌다.

"내게 모든 걸 말하지 않았다는 생각이 들더군요." 형사는 솔직히 말했다. "당신이 위험할 수도 있겠다고 생각했죠. 주 정부에 있는 누군가는 이 수사가 진전되지 않기를 바라고 있어요. 누군가는 건물 밖으로 증거를 옮기고 있고요. 누군가는 당신을 미행하고 있죠. 이제 당신은 내게 그 이유를 말해주거나, 아니면 모든 것을 운에 맡기고 집으로 돌아가야 해요."

아이리스는 입을 열었지만, 목구멍으로는 아무런 소리도 나오지 않았다. 아이리스는 방금 들었던 말을 곰곰이 생각했고 형사는 그 모습을 신중하게 지켜보았다. 휠러는 아이리스가 닉과 불장난을 하고 있다는 것도, 그녀의 음주 습관과 지각 습관도 알고 있었다. 열쇠들에 관해서도 아는 듯했다. 악수하는 순간 그녀의 손을 조였던 휠러의 손이 이번에는 그녀의 목을 조르고 있었다.

아이리스는 차 바닥으로 손을 뻗어 현장가방과 핸드백을 움켜쥐었다. 떨리는 손으로 담배를 찾아 불을 붙였다. 형사가 창문을 열어주었다. 아이리스는 하늘거리는 담배 연기를 창밖으로 뿜어내며 열쇠들을 꺼냈다.

68장

　맥도넬 형사는 아이리스의 진술을 모두 메모했다. 아이리스가 수전의 서랍에서, 금고실에서, 그리고 마지막으로 시체가 썩어가는 화장실 바닥에서 열쇠들을 훔쳤다고 자백하는 동안 형사는 연신 고개를 끄덕였다. 그러다가 그녀가 마지막 자백을 하는 순간, 형사는 메모하는 손을 멈췄다. 그의 눈에 불신이 차오르다가 이내 분노로 바뀌었다.

　"범죄현장에서 뭔가를 가져갔다는 겁니까? 당신, 그렇게 멍청해요?" 형사는 아이리스가 제정신인지 의심스러운 듯 그녀의 얼굴을 들여다보았다. "그건 중범죄예요. 알고 있어요? 당신은 증인으로서의 신뢰성을 잃은 거라고요. 당신이 넘긴 증거들을 하나도 사용할 수 없게 되었어요! 사건 수사가 재개되어도 내겐 증거가 하나도 없는 셈이죠. 빌어먹을!"

　형사는 손으로 계기판을 내려치고, 차창 쪽으로 얼굴을 돌렸다. 아이리스의 눈에 눈물이 맺히며, 떨리는 입술에서 불 붙은 담배가 떨어졌다.

"전 충격을 먹은 상태였어요." 아이리스는 허벅지에서 담배 불똥을 털며 항변했다. "일시적인 정신 이상 같은 걸로 변호할 수 없을까요? 시신은 처음 봤거든요. 전 화장실에서 이 열쇠를 집어 들었어요. 그러다가 파리 떼와 뼈다귀를 발견하고 토했고요. 문득 정신을 차려 보니 화장실에 경찰관들이 가득하더군요. 제 차로 내려올 때까지 이 열쇠를 손에 쥐고 있는 것조차 깨닫지 못했어요. 그리고 그때는…… 이미 늦었고요. 겁이 덜컥 났어요. 제가 미쳐가는 게 아닌가 하는 생각이 들 정도였어요. 환청이 귀에 들리곤 했어요. 어떡해야 이 일을 바로잡을 수 있을까요?"

형사가 아이리스를 노려봤다. 그녀는 교도소 철창이 자신의 주위로 떨어져 내리는 것을 느꼈다. 아이리스는 울음소리가 나지 않도록 입술을 꽉 깨물었다.

형사의 눈길이 부드러워졌다. "그렇게 열쇠들을 발견했다는 거죠? 그러면 당신은 왜 미행당하는 거죠, 아이리스?"

아이리스가 침을 꿀꺽 삼켰다. "그것들은 그저 그런 열쇠가 아니에요. 제가 돌아다니며 확인했거든요. 이것들은 금고실로 들어가는 은행 열쇠예요. 그리고 이건……." 아이리스는 떨리는 손으로 아무런 표시가 없는 열쇠를 움켜잡았다. "이건 마스터키예요. 은행 사람들이 '데드키'라고 부르는 거죠. 이것들이 합쳐지면 금고실에 있는 어떤 대여금고라도 열 수 있어요."

"당신이 돌아다니며 확인했다고요?" 형사는 위를 올려다보며 눈알을 굴리다가 천둥처럼 고함을 질렀다. "사람들은 도대체 왜 그렇게 형사 놀이를 하고 싶어 하는 겁니까? 당신도 내 여동생처럼 이 염병할 일에 미친 듯이 달려들었군요! 내 여동생이 그 금고실을 들쑤시고 다니다가 어떻게 되었는지 알아요? 사라졌어요! 아무리 생각해봐도 여동생은 살해당한 뒤 이 도시 어딘가에 묻혀 있을 것 같아요. 당신도 그렇게 되고 싶어요?"

아이리스는 잔뜩 몸을 움츠렸다. 형사는 위축된 그녀를 보고는 손가락으로 자신의 머리카락을 쓸어 넘겼다. 은행이 빼앗아간 시간이 형사의 이마에 주름으로 각인되어 있었다.

형사는 심호흡을 하고 차분하게 말했다. "미안해요, 아이리스. 당신이 감당하기에는 너무나 큰일이라서 그래요. 이해하죠?"

아이리스가 살짝 고개를 끄덕였다.

"그렇다면 이 열쇠들 때문에 누군가가 당신을 미행하는 거군요. 혹시 짐작가는 사람이 있나요?"

아이리스는 이성적으로 생각해보려고 했지만, 신경질적인 비명이 가득한 머리로는 제대로 생각하기 힘들었다. "음, 내가 금고실에 들어갔을 때 누군가가 대여금고를 열려고 했어요. 그는 나를 보고 놀라서 이 열쇠들을 자물쇠에 그대로 꽂아두고 도망쳤죠."

"그래서 당신이 그것들을 가져왔어요?" 형사는 아이리스가 세상에서 가장 멍청한 여자라도 되는 것처럼 물었다.

"저는 그가 레이먼이라고 생각했어요. 그래서 그에게 열쇠들을 돌려주려고 했죠. 어떻게 이것들을 손에 넣었는지 설명도 듣고 싶었고요. 이것들은 20년 전에 분실된 것으로 소문 나 있었고, 저도 이것들을 찾고 있었거든요. 하지만 도망친 사람은 레이먼이 아니었어요. 저는 이것들을 제자리에 가져다 두려고 했어요. 제가 가질 생각은 꿈에도 하지 않았다고요……. 미친 소리처럼 들리죠? 그렇죠?"

"네, 그렇네요." 형사가 쌀쌀맞게 말했다. "당신은 자신이 어떤 사람들을 상대하는지 잘 모르고 있어요."

"휠러 씨 같은 사람들 말인가요?" 아이리스가 형사의 얼굴을 쳐다봤다. "오늘 그가 절 위협하더군요. 그가 과거에 클리블랜드 퍼스트뱅크에서 일했다는 것은 알고 있나요?"

"휠러 씨가요?"

"찰스 휠러는 WRE의 최고 동업자예요. 그리고 은행에서 이사인가 뭔가를 했었고요. 저더러 은행에서 가져간 것이 있으면 몽땅 내놓으라고 했어요. 그러지 않으면 고발하겠다고 위협하더군요. 악수를 할 때는 제 손가락을 부러뜨릴 뻔했고요."

"휠러라……." 형사는 닳아빠진 메모장을 넘기기 시작했다. "그는 1979년 은행이 매각됐을 당시 그 건물을 낙찰받은 부동산 투자회사의 이사였어요. 클리블랜드 부동산 지주회사였죠."

아이리스는 이런 사실들을 꿰맞춰 보면서 고개를 끄덕였다. 휠러는 은행 건물을 낙찰받은 회사에서 일했다. 또한 은행에서 일했고……. "휠러 씨가 절 미행하는 걸까요?"

"휠러가요? 그가 직접 하지는 않겠죠. 다른 사람을 시켰을 수는 있지만요. 그는 이 일과 관련된 여러 사람들 중 한 명일 뿐입니다. 클리블랜드에서 가장 힘센 사람들이 은행과 관련이 있었죠. 은행 임원이었던 제임스 스톤은 몇 년 전에 군郡 행정위원회 위원으로 선출됐어요. 지금은 하원의원에 출마했죠. 너무나도 많은 유력 인사들이 진실을 묻어두고 싶어 해요. 만약 당신이 뭔가를 들추어냈다고 판단되면, 당신도 파묻어버리고 싶어 할 거예요."

"하지만 전 아무것도 모른다고요!" 아이리스가 말했다. 머리가 빙빙 돌았다. 휠러를 대신해서 누군가가 그녀를 미행하고 있었다. 어찌된 영문인지 아만다와 휠러는 닉과 그녀의 애정 행각을 알고 있었다. **닉이구나!** 닉은 항상 폐점한 은행이나 아이리스의 차창 밖에 불쑥 모습을 드러내곤 했다. 그녀의 아파트에도 와본 적이 있었다. 아이리스의 온몸에 소름이 돋았다. 아니, 닉은 쾌락을 좇는 남자일 뿐이었다. 그가 이런 괴상한 음모에 휘말릴 리 없었다. 형사는 공포심을 숨기려는 아이리스를 찬찬히 관찰했다. 아이리스는 닉에 관해 말하고 싶지 않았다.

"뭔가를 알고 있군요, 아이리스."

"제가 뭘 알고 있다고요? 이상한 파일들과 암호로 적힌 메모들을 보기는 했어요. 열쇠들도 찾아냈고요. 죽어 있는 파리 떼도 발견했고, 지금도 밤마다 악몽을 꾸고 있죠. 그래도 그것들이 이해되는 것은 아니에요. 물론 이해하려고 애쓰기는 했죠. 괴상한 언어를 해독하려고 날밤을 새웠지만, 전혀 이해되지 않았어요. 제가 아는 것이라고는 대여금고에 관해 뭔가를 알고 있던 비서가 실종되었다는 것뿐이에요. 그녀는 누군가가 발견해주기를 바라며 메모를 남겨두었어요."

"메모를요?"

아이리스는 목소리를 한 옥타브 올리며 눈물을 글썽거렸다. "그래요! 그 비서의 옷가지들이 가득한 여행가방을 봤어요. 그녀는 은행 안에서 죽은 것 같은데, 아무도 신경조차 쓰지 않았죠. 이제 형사님은 누군가가 나를 미행하고 있다고 하셨죠……. 제가 다음 차례인가요?"

"잠깐만요. 여자 옷을 발견했다고요? 어디에서요?" 형사가 물었다.

"청소도구실에서요. 내가 미쳐간다는 생각이 드네요. 귀신에게 쫓기고 있다는 생각도 들고요. 누군가 건물 안에서 절 쫓아다닌다는 느낌이 들었어요. 그리고 그 누군가는 먼지를 털어내고, 물건들을 가져가고, 제 이름을 속삭이기도 했죠. ……정신이 멀쩡한 건지 정말 모르겠어요. 제정신이기를 바라지만, 모르겠어요."

형사는 아이리스의 존재를 잊은 것처럼 여동생의 사진을 멍하니 응시했다.

"형사님은 알고 있나요?" 아이리스는 화를 내며 눈물을 닦았다. "은행이 문을 닫았을 때, 실제로 무슨 일이 있었던 건가요?"

"내가 아는 거라고는 시청이 채무불이행을 선언하면서, 비난할 누군가를 열심히 찾았다는 겁니다. 시의회가 부자들이 일반 시민들에게 사기를 쳤다고 주장하면서 전면적인 수사가 시작되었죠. 처음에는 은행이 협조했어요. 파일들과 불법 계정들에 경찰이 접근하게 해주었어요. 우린 거물 한 명을 기소했지요."

형사는 자신의 메모장을 보며 이름을 읽었다. "재정 담당 부총재인 시어도어 할로란이군요. 그는 더할 나위 없이 지저분했죠. 우린 그를 횡령과 갈취 혐의로 체포했어요. 그는 1970년대 초반에 도시

개발계획을 세우는 시市 자문위원회의 위원으로 있었어요. 자문위원들은 황폐해진 부동산을 사들여 재개발을 해야 한다면서 연방정부에 자금 지원을 청원했죠. 그들은 그걸 '도시재개발'이라고 불렀어요. '수용권'*도 도입했고요. 그런데 수백만 달러가 하룻밤 사이에 사라졌어요. 엄밀히 말하면, 그 돈은 사라진 게 아니라 그저 '관리가 잘못된' 것이었어요."

"그게 무슨 뜻인가요?"

"전부 사기였다는 말입니다. 할로란 일당은 시청이 사들이려는 부동산을 이미 대부분 소유하고 있었어요. 그들은 비영리법인 같은 앞잡이 단체와 '뉴 클리블랜드 리그' 같은 부동산 투자회사들을 통해 클리블랜드의 절반 이상을 사들였어요. 그러고는 엄청난 이익을 남기고 시청에 팔아치웠지요. 그러고도 그는 시청을 위해 일하는 척했죠. 그가 신경이나 썼겠어요? 어차피 연방정부의 돈인데. 그 돈은 바로 은행 금고로 들어갔고, 다시는 세상에 나오지 않았어요."

화물트럭이 하역장으로 굴러 들어갔다. 아이리스는 조금 전에 봤던 검은색 트럭을 떠올렸다. 클리블랜드 부동산 지주회사는 전직 은행 임원들이 소유하고 운영하는 앞잡이 조직이었다. 휠러도 그중 한 명이었다. 은행 건물의 소유주인 그들은 증거를 인멸하고 있었다. 수전은 이렇게 말했었다. "당시의 거물 은행가들이 여전히 주변에 남아 있는 것을 알면 당신도 놀랄 거예요." 그녀가 옳았다.

---

* 정부가 공공의 사용을 위하여 보상을 대가로 사유재산을 수용하는 권리.

그들은 다른 이름의 회사 뒤에 숨어 있지만, 결국은 같은 사람들이었다.

형사는 여전히 말하고 있었다. "표적으로 찍힌 구역은 건물들이 철거되고, 이내 완전히 버려졌죠. '휴' 같은 구역은 철거민들로 넘쳐났고요. 임대료가 천정부지로 뛰면서 모든 곳이 지옥처럼 변해버렸죠. 시청이 사들인 땅을 재개발할 때가 되자 어떤 부동산 개발업자도 관심을 보이지 않았어요. 그런데 정말 놀라운 것은 애초에 연방정부에 개발계획을 들이대며 로비를 벌여서 자금을 받아낸 것이 바로 그 개발업자들이었다는 거죠."

형사가 웃었다. "맙소사, 내가 꼭 맥스처럼 말하고 있군요."

"그래서 어떻게 됐는데요?" 형사의 말은 아이리스의 곤두선 신경을 안정시켜주지 못했다.

"FBI는 할로란의 자산을 압수했어요. 그들은 할로란이 클리블랜드 퍼스트뱅크에 임대한 대여금고에서 30만 달러어치가 넘는 금괴를 찾아냈어요. 그도 수사에 협조하겠다고 했었어요. 그런데 그는 은행 이사회를 위해 버티기 작전으로 나가려다가 다른 방법을 찾아낸 모양이더라고요. 자살 말이에요. 적어도 검시관은 그렇게 판정했죠."

아이리스는 샅샅이 뒤진 흔적이 남아 있던 할로란의 사무실을 떠올렸다. 누군가가 그곳을 휘저어놓은 것이었다.

"사람들이 파리 떼처럼 떨어지기 시작했어요. 머서는 자동차 사고로 죽었어요. 우린 계속 막다른 골목으로 달려드는 꼴이었고요. 클리블랜드 경찰청이 은행에 대한 수색영장을 발부받았을 때는 이미 은행이 매각된 뒤였죠. 은행의 모든 자산이 한밤중에 '콜럼버스 트러스트'라는 회사로 이전됐더군요. 그 회사는 유클리드 1010번지의 건물을 사용하지 않는, 타지의 회사였죠. 아침에는 벌써 건물의 문과 창문이 모두 폐쇄되고 열쇠가 채워졌어요. 그 건물은 몇 주 후에 경매를 통해 매각됐어요. 그걸로 수사는 종결되고 말았죠."

"이해가 안 되는데요, 왜 그렇게 급하게 매각했죠?"

"FBI는 수사보다는 은행 매각에 관심이 있었어요."

아이리스가 어리둥절해하자 형사가 열심히 설명했다. "예금에 관한 연방예금보험공사의 보증액이 무려 30억 달러가 넘었거든요. 만일 매각 중에 어떤 추문이라도 터지면, 예금인출 사태가 벌어질 수 있죠. 은행이 매각된다는 말이 돌면 사람들은 예금을 인출하러 은행으로 달려갈 겁니다. '대공황' 같은 일이 벌어지는 거죠. 난 관료적 형식주의에 맞서 수사를 해보려고 했지만, 수사에서 배제되고 말았어요. 내가 은행과의 개인적인 연관성이 있기 때문에 더는 공정하게 행동하지 못할 거라고 하더군요."

"형사님의 여동생 때문에요." 아이리스는 속삭이듯 말하고, 계기판에 붙은 맥스의 사진을 보았다. 그때 맥스는 온갖 일에 휘말려 있었다. 지금의 아이리스처럼. "형사님의 여동생이 남긴 메모를 봤어요. 제가 찾아낸 책 속에 있더라고요."

형사는 눈을 들었다. "뭐라고요?"

"그녀가 베아트리스 베이커에게 이 메모를 남겼더라고요." 아이리스가 가방에서 속기법 교본을 꺼내 형사에게 건넸다. "베아트리스의 인사서류에서 이 이상한 메모들을 발견했고, 이 책에서 형사님 여동생의 이름을 보게 되었어요. 이 메모를 해독하면, 맥스의 행적에 대한 실마리가 나오지 않을까요……." 아이리스는 형사가 친절하게 암호를 해독해주기를 바랐다.

"뭔가 알아낸 게 있어요?"

형사가 양쪽 눈썹을 치켜올리며 물었다.

"아무것도 이해되지 않았어요. 성경 구절만 잔뜩 나오고, 이름 몇 개만 알아보겠더라고요."

형사는 여동생의 사진을 보며 손끝으로 사진 주위의 테이프를 만졌다. "난 맥스가 빌 톰슨과 불륜을 저질렀다고 생각하고 있어요."

그 이름이 신경을 건드렸다. "설마 그……?"

"당신이 발견한 시신, 맞아요." 형사가 고개를 끄덕였다. "난 그런 생각을 아무에게도 말하지 않았어요. 맥스는 그가 좀도둑질과 관련이 있다고 했어요. 그가 주인이 나타나지 않는 대여금고들을 털고 있고, 맥스도 이런저런 이유로 그 일에 가담했다고 했어요. 난 맥스를 도와줄 수가 없었어요. 베아트리스도 도와줄 수 없었고요. 난 베아트리스가 무사히 이 도시를 떠나기만을 바랐죠."

"형사님이 베아트리스를 알았다고요?" 아이리스의 눈이 휘둥그레졌다.

"베아트리스는 이 모든 일 때문에 아주 힘겨워하고 있었어요. 아직 어린애였거든요."

아이리스는 현장가방을 뒤지기 시작했다. "베아트리스는 은행이 문을 닫기 직전에 수전이라는 이름의 비서에게 전화했어요. 그녀는 수전의 이름으로 되어 있는 대여금고에 관해 물었다더군요. 전수전의 책상에서 대여금고 열쇠를 발견했고, 그녀의 소재를 탐색했어요."

형사는 조금 전과 똑같은 반응을 보였다. "뭐라고요?"

"이야기하자면 아주 길어요." 아이리스는 그 열쇠를 가방에서 간신히 꺼냈다. "547이라는 번호는 메모 곳곳에서 튀어나와요. 뭔가 의미가 있는 것 같아요."

"베아트리스가 어떤 여자에게 전화해서 대여금고에 관해 물어봤다고요?" 형사는 과거의 대화를 떠올리려는 듯 이마를 찡그렸다.

형사는 아이리스의 손에 들린 열쇠를 쳐다보았다. 그녀가 열쇠를 건넸다. 형사는 열쇠를 살펴보지 않았다. 그저 기대 어린 눈길로 아이리스를 쳐다보기만 했다. 그녀는 형사가 뭘 원하는지 알 수 없어 잠시 몸을 꼼지락거렸다. 형사는 결국 아이리스의 무릎에 놓인 열쇠 다발로 눈길을 옮겼다가 이내 눈썹을 치켜올리고는 그녀의 얼굴을 쳐다봤다. 아이리스는 어색하게 고개를 끄덕이면서 모든 은행 열쇠들을 형사에게 넘겼다.

형사가 한숨을 쉬었다. "영장을 발부받는 데는 여러 달이 걸릴 거예요. 심지어 내게 영장을 발부해줄지도 의심스럽고요."

자신이 아닌 형사의 손에 들린 열쇠를 보고도 아이리스는 진정되지 않았다. 아이리스는 마침내 모든 걸 털어놓았지만, 누군가는 여전히 그녀를 미행하고 있었다. 그 누군가는 아이리스가 무엇인가를 알고 있다고 생각했다. 사람들이 실종되거나 죽었다. 쓸쓸해 보이는 갈색 여행가방은 여전히 옷으로 채워진 채, 건물 안에 숨겨져 있었다. 가방이 거기에 있는 것이 당연하게 느껴졌다. 눈물이 아이리스의 뺨을 타고 흘러내렸다.

"휠러 씨와 관련된 모든 사람들이 왜 여전히 은행에 신경을 쓰는 거죠? 그들이 왜 저를 미행하는 거죠?" 아이리스는 그 대답을 간절히 바랐다.

"테디 할로란의 대여금고에서 발견된 금괴에 어떤 특이점이 있었는지 아나요?"

아이리스가 고개를 가로저었다.

"우린 30만 달러어치밖에 찾아내지 못했어요. 내가 수년간 조사해본 결과, 인플레이션까지 고려하면 1960년부터 은행이 폐업한 1978년까지 5천만 달러가 넘는 막대한 공적 자금이 잘못 관리된 것으로 나옵니다."

"그래서요?"

"테디가 자살했을 때, 우린 너무나 빨리 수사를 종결했어요. FBI 의 개입으로, 사람들이 긴장했던 거죠. 은행 이사회는 모든 기록과 보유자산을 연방예금보험공사의 보호 아래 두기 위해 매각의 방아쇠를 당겼어요. 그러다가 심각한 문제가 발생했을 거예요. 그들에게는 돈을 몽땅 빼낼 시간이 없었을 수도 있죠."

"무슨 말씀이세요? 그 돈이 여전히 은행 어딘가에 있다는 건가요?"

69장

아이리스는 못 믿겠다는 듯 고개를 설레설레 저었다. 5천만 달러가 어떻게 그냥 사라진단 말인가? 그렇게 많은 돈은 소파 쿠션 속에 숨겨지는 게 아니었다. 아이리스는 건물 안을 헤집고 다녔지만 돈 가방은 본 적이 없었다. 그러다가 갑자기 어떤 생각이 떠올랐다. 금고실이었다.

"그들이 열쇠를 분실했잖아!" 아이리스는 신경질적으로 웃음을 터뜨렸다. 이건 그녀의 습관이었다. "대여금고들은 지금도 돈으로 채워져 있는데, 그자들은 빌어먹을 열쇠를 잃어버린 거라고요!"

"아니면, 누군가가 열쇠들을 감추었던가."

아이리스는 웃음을 멈추었다. 훔친 5천만 달러에 접근하게 해줄 열쇠들이 그녀의 핸드백에 얌전히 들어 있었던 것이다. 아이리스는 숨이 막혔다. 그런 것을 가지고 있었다니, 죽여 달라는 것과 다를 바가 없었다.

"하지만 말이 되지 않잖아요." 아이리스는 히스테리 발작이 일어나기 직전이었다. "그들이 왜 열쇠를 필요로 하는 거죠? 대여금고를 그냥 드릴로 뚫거나 폭파해도 되잖아요?"

"모르겠어요. 진상이 파악될 때까지 내게 딱 붙어 있어야 합니다." 형사가 아이리스의 손을 꽉 쥐었다. "당신도 사라지게 버려두지는 않을 거예요. 알겠죠? 당신이 전적으로 협조해준다면, 난 이 열쇠들이 어디에서 나왔는지를 싹 잊어버릴 생각입니다. 됐죠?"

아이리스는 토할 것만 같았다.

"지난 20년간 경찰교본을 그대로 따랐는데도 아무런 성과가 나지 않았어요. 맥스는 목숨까지 바쳤는지도 모르고요. 다시는 그런 일이 벌어지도록 내버려두지 않을 겁니다."

그 말을 한 후 형사가 차에서 내렸다.

아이리스는 몸이 뻣뻣이 굳은 채 앉아 있었다. 그때 형사가 조수석 차창을 두드리며 차에서 내리라고 손짓했다. 터미널 타워가 두 사람의 머리 위로 거대한 모습을 드러냈다.

"어디로 가는 거죠?"

"내게 그 금고실을 보여줘요." 형사는 그렇게 말하고, 골목 주위를 두리번거렸다. "당신이 말했던 증기 터널들을 조사해봤어요. 그중 하나가 바로 이곳에서 끝났더라고요."

형사는 작은 창고로 걸어가 문손잡이를 돌렸다. 잠겨 있었다. 형사는 바지 뒷주머니에서 한 쌍의 자물쇠 따개를 꺼낸 다음, 무릎을 꿇고 앉았다. 아이리스는 불안한 눈길로 골목 어귀를 힐끔 쳐다보았다. 벌건 대낮이었지만 거리는 텅 비어 있었다. 그녀를 제외한 모든 사람이 직장에 있었다. 현장가방을 어깨에 멘 아이리스는 도망치고 싶은 충동을 간신히 눌렀다. 2~3초가 지나기도 전에 형사가 자물쇠를 땄고 문이 활짝 열렸다.

두 사람이 창고로 들어간 뒤 형사가 조심스럽게 문을 닫고 플래시를 켰다. 두 사람 사이에 거대한 해치가 있었다. 맥도넬 형사는 아이리스의 뒤를 따라 좁은 사다리를 내려갔고, 작은 통로로 들어섰다. 아이리스는 현장가방에서 매그넘 플래시를 꺼냈다. 그리고 형사와 함께 축축한 터널을 걸어가는 동안 목숨줄처럼 플래시를 움켜잡았다.

두 사람은 수 킬로미터를 걸은 듯했다. 마침내 벽돌이 늘어선 아치형의 공간이 나타났다. 아이리스는 이곳에 와본 적이 있기에, 그녀가 앞장서서 좁은 통로를 걸어갔다. 그 길의 끝에서 가파른 철제 계단이 나타났다. 머리 위의 표지판에는 '클리블랜드 퍼스트뱅크'라고 적혀 있었다. 첫 번째 계단을 밟는 순간 요란하게 소리가 나는 바람에, 아이리스는 심장이 내려앉을 뻔했다. 그녀는 꼼짝 않고 귀를 기울이다가 다시 계단을 올라가기 시작했다. 계단을 끝까지 오른 그녀는 플래시를 끄고 문손잡이를 돌렸다. 잠겨 있지 않았다.

계단으로 흘러내려온 햇살이 간신히 길을 찾을 수 있을 만큼 어둠을 몰아내주었다. 빨간색 카펫이 두 사람의 발소리를 지워준 덕분에 완전한 정적 속에서 금고실로 향할 수 있었다. 아이리스는 손톱이 손바닥에 파고들 정도로 손을 꽉 쥐었다. 이건 아니야. 그녀는 생각했다. 이건 또 다른 악몽이었다. 경찰관이 은행에 침입하다니. 이건 아니잖아? 하지만 두 사람은 바로 그런 짓을 하고 있었다.

아이리스에게는 달리 방법이 없었다. 그녀는 위험에 처해 있었다. 누군가가 열쇠들에 관해 알고 있었다. 누군가가 그녀를 감시하고 있었다. 형사는 그녀의 도움이 필요했고, 그녀는 형사의 도움이 필요했다. 아이리스는 무슨 수를 써서라도 좋은 방법을 찾아야 했다. 그냥 이 도시를 떠나버릴 수도 있었다. 버려진 갈색 여행가방이 그녀의 머릿속에 여전히 숨어 있었다. 베아트리스도 이 도시를 떠나려고 했다.

지하실 로비와 금고실 복도 사이의 원형 출입구가 열려 있었다. 아이리스가 느끼기에 두 사람은 거대한 짐승의 아가리 속으로 걸어 들어가고 있었다.

대여금고 열람실의 붉은색 벨벳 커튼은 하나만 제외하고 모두 활짝 젖혀 있었다. 아이리스는 빨간 커튼이 샤워실 커튼 같다고 생각했다. 그녀는 걸음을 멈추고는 미친 사람이 자신의 이름을 부르지는 않는지 귀를 기울였다. 맥도넬 형사가 아이리스를 팔꿈치로 슬쩍 찔렀다. 계속 앞으로 걸어가야 했다.

원형의 출입구를 통과하자 칠흑 같은 어둠이 두 사람을 반겼다. 아이리스는 금고실을 향해 더듬더듬 대리석 복도를 나아갔다. 그곳에는 1천 개도 넘는 대여금고들이 각자의 작은 비밀들을 품고 있었다.

아이리스는 뭔가 잘못되었다는 느낌이 들었다. 예전에는 형광등이 윙윙 소리를 냈고, 레이먼이 복도를 돌아다니고 있었다. 형사는 자신의 플래시를 켜고 작은 문들을 살폈다. 그러고는 아이리스에게 건네받은 열쇠들을 꺼내고, 수전의 대여금고를 찾기 시작했다.

적막이 아이리스의 주변을 감쌌다. 그녀는 누군가가 지켜보고 있다는 느낌을 떨쳐버릴 수 없었다. 환청이 그녀의 귀에 속삭였다. 아이리스는 그곳에 누군가가 있다면 그건 레이먼일 거라고 스스로를 설득했다. 하지만 레이먼은 인터폰 호출에 응답하지 않았다. 어쩌면 레이먼도 사라졌는지 몰랐다.

맥도넬 형사가 547번 대여금고를 찾아냈다. "자, 이게 어떻게 작동된다고요?"

"음." 아이리스는 목청을 가다듬고 말했다. "수전의 열쇠가 이곳에 들어가야 하고, 은행 열쇠는 좀 더 큰 이쪽 구멍에 들어가야 해요."

"그럼 이것들이 은행 열쇠인가요?" 형사는 아이리스가 이곳 금고실에서 발견한 열쇠고리를 들어 보였다. "이 열쇠 중에 어떤 것을 사용해야 하죠?"

"그냥 모두 찔러봐도 되잖아요?" 열쇠는 열두 개뿐이었고, 표면에 자신만의 비밀스러운 문자를 새기고 있었다.

"자물쇠가 망가질지도 몰라요. 맞지 않는 열쇠를 강제로 밀어 넣으면 핀들이 부러지도록 설계되었을 수도 있어요."

아이리스가 눈썹을 치켜세우자, 형사가 등을 꼿꼿이 폈다.

"이봐요, 당신만 형사 같은 일을 했다고 생각하는 건가요? 이 표식들은 말이 되지 않아요. 각각의 열쇠에는 문자가 새겨져 있는데, 대여금고는 숫자로 되어 있다고요."

형사가 열쇠들을 아이리스에게 건네자, 그녀가 빠르게 살펴보았다. U, I, N, D, E₁, O, S₁, P, E₂, R, A, M이라는 문자가 각각의 열쇠에 새겨져 있었다. 처음 발견했을 때부터 아이리스도 똑같은 의

문을 품었었다. 그중 몇 개에는 작은 번호가 적혀 있지만, 다 그런 건 아니었다. 아이리스는 겹치는 문자들에만 번호가 붙어 있다는 걸 깨달았다.

"오온 데이-오 스퍼-암." 아이리스는 열쇠들을 앞뒤로 돌려보며 그 문자들을 큰 소리로 읽었다.

"음, '데오Deo'는 라틴어로 '하느님'이라는 뜻이에요."

"뭐라고요?" 아이리스는 형사를 바라보며 이마를 찌푸렸다.

"라틴어라고요. 가톨릭 학교를 12년이나 다녔으니까요." 형사는 어깨를 으쓱했다. "하지만 그런 걸 누가 신경이나 쓰겠어요? 아무도 하느님을 생각하며 열쇠들을 만들지는 않았을 거예요."

"하느님 안에서 우리가 믿는 건 열쇠다!" 아이리스는 소리를 지르려다가 손으로 자신의 입을 틀어막았다. 그녀는 낮은 목소리로 설명했다. "바로 이거예요! 이게 어떤 파일에 적혀 있었다고요. '하느님 안에서 우리가 믿는 건'이라는 문구는 달러 지폐에 모두 적혀 있잖아요, 그렇죠?"

아이리스는 현장가방을 내려놓았던 금고실 복도로 허겁지겁 되돌아가 파일을 꺼냈다. "보세요! 바로 여기 이렇게 '하느님 안에서 우리가 믿는 건 열쇠다'라고 적혀 있잖아요. 잠깐만요, 또 있어요."

아이리스는 여행가방에서 발견했던 파일에서 또 다른 종이를 끄집어냈다. "이건 암호 같은 거라고요." 아이리스는 메모들을 가지고 금고실 바닥에 앉아 천천히 번역했다.

"이것들은 다 뭡니까?" 형사는 플래시로 체크 표시와 새발자국 같은 걸로 채워진 페이지를 가리켰다. "모두 어디에서 얻은 겁니까?"

"이 메모 뭉치는 베아트리스의 인사서류에 들어 있었어요. 좀 괴상해서 제가 가져왔죠. 그리고 이런 것들은……." 아이리스는 다른 종이 뭉치를 들어 보였다. "11층에 있던 여행가방에서 나왔고요. 보고 싶어요?"

형사의 얼굴이 돌처럼 굳어졌다. "가장 중요한 일부터 합시다. 이걸 읽을 수 있어요?"

"이건 속기예요. 전 이 책을 찾아내 여러 주 동안 해독해봤어요." 아이리스는 연필을 꺼내 해독한 내용을 책 여백에 적었다. "'인 데오 스페라무스IN DEO SPERAMUS, 한 번에 100개.'"

"인 데오 스페라무스는 '하느님 안에서 우리가 믿는 건'이라는 뜻입니다." 형사가 해석이 옳다는 사실을 조용히 확인해주었다.

"첫 번째 대여금고의 번호가 어떻게 되죠?"

형사는 금고실로 더 깊숙이 들어가 가장 작은 숫자를 찾아낼 때까지 양쪽 면을 살폈다. "001이요." 그는 아이리스에게 돌아오면서 말했다. 그러다가 걸음을 멈추고 덧붙였다. "마지막 숫자는 1299고요."

"좋아요, 그럼 1,300개의 대여금고가 있는 거로군요. 각각의 열쇠가 100개의 대여금고를 담당한다면 열세 개의 열쇠가 있어야 하는데, 열두 개밖에 없군요." 아이리스는 열쇠들을 바닥에 내려놓고 플래시를 비추었다. 그러고는 열쇠들을 'I, N, D, E₁, O, S₁, P, E₂, R, A, M, U'의 순서로 배열했다. 아이리스는 열쇠들을 발견했던 곳을 비추어 보았다. 아직도 그곳에 박혀 있는 열쇠에는 'S₂'라고 표기되어 있었다. 열세 번째 열쇠였다. 파란색 셔츠의 사내는 엉뚱한 금고에 열쇠를 강제로 쑤셔 넣었던 것이다. 열쇠는 꽉 박힌 채 옴 짝달싹하지 않았다.

"그렇다면, 어떤 열쇠가 547번 대여금고에 맞을까요?"

"만약 I가 000이고, N이 100이고, 이어 D, E₁, O 순서라면…….." 아이리스는 숫자를 세면서 열쇠고리를 돌렸다. "S₁은 500이지 않 겠어요?"

"당신이 나보다 훨씬 더 낫군요." 형사가 아이리스의 손에서 열 쇠들을 집어 들었다. "그걸 확인할 방법은 한 가지밖에 없겠어요."

형사는 일어서서 S₁ 열쇠를 열쇠구멍 속으로 밀어 넣었다. 그는 이마를 조금 찌푸리더니 열쇠를 조심스럽게 돌렸다. 열쇠가 순순 히 돌아갔다. 아이리스가 다른 쪽 구멍에 수전의 열쇠를 넣고 돌 리자 문이 활짝 열렸다. 아이리스는 팔짝팔짝 뛰었다. 드디어 해낸 것이다.

"토목공학과는 멍청이들이 입학하는 곳은 아닌가 보네요?" 형사 가 씩 웃었다.

아이리스는 의기양양하게 미소를 지었다. 마침내 뭔가를 제대로 해낸 것이다. 이제는 일이 술술 풀려갈 것이다. 이럭저럭.

맥도넬 형사는 금고 안으로 손을 뻗어 기다란 은색 상자를 꺼냈 다. 아이리스에게 그 상자는 관처럼 보였다. 형사는 상자를 금고실 밖의 카운터로 조심스럽게 옮겼다. 형사가 뚜껑을 들어 올렸고, 두 사람은 상자 안을 들여다보았다.

70장
1978년 12월 14일 목요일

그녀의 목에서 비명이 터져 나왔다. 베아트리스는 컴컴한 터널에서 가느다란 손가락을 벗어나려고 몸을 움찔거렸다. 그녀는 비틀거리며 물러서다가 그 손과 연결된 누군가의 몸에 안겨버렸다. 그 몸은 움직이고 있었다.

베아트리스는 도망치기 위해 벌떡 일어났다가 증기 파이프에 머리를 세게 부딪치고 말았다. 고통과 함께 그녀의 머릿속에서 사진기의 플래시전구 같은 것이 번쩍거렸다. 무릎을 꿇고 주저앉았다. 베아트리스는 날카로운 비명을 지르며 허리를 굽혔다. 플래시가 딸깍 켜지더니, 소이탄처럼 터널 안을 밝혔다. 베아트리스는 비명을 억누르며 불빛을 들고 있는 사람으로부터 멀어지기 위해 허겁지겁 손발을 움직였다.

"베아트리스?" 귀에 익은 쉰 목소리가 뒤쪽에서 들려왔다. "너야? 어떻게? 네가 어떻게……?"

"맥스?" 베아트리스는 눈을 가늘게 뜨고 쏟아지는 불빛을 응시했다.

바닥에 웅크리고 있는 건 맥스였다. 마치 납 파이프로 얻어맞은 것 같았다. 한쪽 눈이 부풀어 올라 앞을 보지 못했고, 얼굴의 반쪽이 뭉개져서 피를 흘리는 것처럼 보였다.

"오, 이런 맙소사! 맥스! 무슨 일이 있었던 거야?" 베아트리스는 숨을 헐떡이며 얼른 맥스의 곁으로 돌아갔다.

베아트리스는 두 손으로 친구의 머리를 더러운 콘크리트 바닥에서 들어 올렸다. 지혈할 만한 것이 있는지 주변에 고여 있는 더러운 물웅덩이를 두리번거렸다.

"그들이 날 찾아냈어." 맥스가 기침을 했다. 폐에 피가 스며들었는지 가르랑거리는 소리가 났다.

"누가 찾아냈다는 거야? 도대체 무슨 일이 있었던 거야?"

맥스는 고개를 저으며 미소 지었다. 이 하나가 빠져나가고 없었다. 그 모습을 지켜보는 베아트리스는 위가 뒤틀렸다. "그들은 너무 늦었어. 난…… 난 그들을 잡았어."

베아트리스는 눈이 불빛에 적응되자 맥스가 얼마나 다쳤는지를 확인할 수 있었다. "병원에 가야겠어."

맥스가 고개를 설레설레 흔들었다. "그들이 날 찾아낼 거야."

"그런데 어떻게 여기로 내려왔어?" 베아트리스가 난감한 심정으로 물었다. 베아트리스는 친구를 업고 터널 밖으로 옮길 수 없었다. 그렇게 힘이 세지 못했다.

"난 통풍관을 통해 도망쳤어……. 그들이 말다툼을 벌이는 틈을 타서."

"어떤 통풍관을 말하는 거야? 무슨 말이냐고!"

"은행 안의 통풍관. 난 통풍관을 이용해서 돌아다녔거든. 창살문의 나사는 풀려 있어." 맥스가 다시 기침을 했다.

"도움을 청해야겠어. 레이먼이나 네 오빠를 찾아볼게."

"안 돼……! 안 된다고. 두 사람을 끌어들이지 마. 그들이 나섰다가는 살해당할 거야. 난 곧 괜찮아질 거야. 부러진 데는 많지 않은 것 같아." 맥스는 간신히 일어나 앉아 터널 벽에 등을 기댔다.

"맥스, 정말 안 좋아 보여. 도움을 청해야겠어. 넌 당장 죽을 것 같은 몰골이라고!"

"이 일에 끼어들지 마, 베아트리스. 그냥 조용히 떠나. 모든 걸 잊고 이 도시를 떠나라고. 알았지?"

"끼어들지 말라고? 내가 어떻게 그래? 난 옷도, 돈도 없어……. 네가 랜서에 가라고 했지? 난 거기서 공격당할 뻔했어. 내게 끼어들지 말라면서 왜…… 이 멍청한 열쇠를 준 거지?" 베아트리스는 핸드백에서 열쇠를 꺼내 맥스의 눈앞에서 흔들었다.

"오, 하느님 감사합니다. 네가 그걸 아직도 갖고 있다니!" 맥스가 숨을 몰아쉬었다. "내가 가지고 다닐 수가 없었어. 그 열쇠가 그자들 손에 들어가는 것을 어떻게든 막아야 해. 그럼 모든 게 망쳐질 테니까."

베아트리스는 그 열쇠를 맥스의 맨 손바닥에 탁 소리가 나도록 내려놓았다. "이딴 걸 원하는 게 아니야. 내가 원하는 건 직장뿐이라고. 평범한 삶이랑. 난 훔친 보석이나 사라진 돈, 그리고 또 뭐가 있는지는 모르겠지만, 그딴 걸 원하는 게 아냐. 이제 끝이야. 이제는 상관없다고!"

"그래도 그게 아니잖아?"

"그게 무슨 말이야?" 베아트리스가 소리를 질렀다.

"네 이름으로 된 대여금고도 있잖아." 맥스가 잠깐 일그러진 미소를 지었다.

"뭐라고?" 베아트리스가 새된 소리를 질렀다. "빌은 내 이름조차 모른단 말이야!"

"그건 16년 전에 열렸어. 256번 대여금고였지. 몰랐어?"

베아트리스는 벽에 등을 기대고 맥스 곁에 주저앉았다. 그러고는 고개를 저었다. 256번 대여금고라고? 도리스 이모가 무슨 짓을 한 거지?

"걱정하지 마. 내가 열쇠를 가지고 있으니까. 이것들이 마지막 열쇠인 것 같아." 맥스는 주머니에서 한 줌의 열쇠를 꺼내면서 얼굴을 찌푸렸다.

맥스의 맨다리에 말라붙은 핏자국이 있었다. 베아트리스는 몸을 떨었다. "열쇠들을 더…… 어떻게……?"

맥스가 기침을 했다. "내겐 친구들이 있거든."

"레이먼 말이지."

"그래, 레이먼뿐만 아니라 리키, 자말도 있지. 경비원 절반은 예전부터 이웃사촌이었어. 나머지 절반은 전직 경찰관이고, 몇몇은 우리 아버지와 함께 근무하기도 했지."

"빌의 말이 맞는 거야? 네가 이곳저곳을 몰래 훔쳐보고 다니며 물건들을 훔친다면서?"

"사돈 남 말 하고 있네." 맥스가 피를 바닥에 뱉었다. "그곳에 살고 있는 건 내가 아니잖아."

"난…… 난 갈 데가 없어. 누군가가 이모 아파트를……."

"나도 알고 있어. 그자들이 저지른 짓을 봤으니까. 하지만 그자들은 원하는 걸 찾지 못했고, 앞으로도 찾지 못하겠지." 맥스는 손에 든 열쇠들을 짤랑거렸다. 그녀의 눈이 감겼다.

"맥스? 맥스!" 베아트리스가 맥스의 어깨를 거칠게 흔들었다.

"으응?" 맥스는 눈을 뜨지 않았다.

"왜 이러는 거야? 이게 무슨 장난인 줄 알아? 당장 의사에게 가야 해! 피가 철철 흐른다고! 넌 어떻게 웃을 수 있는 거지?" 베아트리스는 맥스의 손에 들린 열쇠들을 낚아채서 터널 저쪽으로 던져버렸다.

축축한 콘크리트를 때리는 열쇠 소리 덕분에 맥스의 정신이 되돌아왔다. 맥스는 퉁퉁 부은 눈을 깜빡이다가 간신히 떴다. "넌 이게 어떤 일인지 모르지? 너무 천진난만하면 안 돼, 베아트리스! 이건 돈이 걸린 문제라고. 서류를 어떻게 작성하느냐에 따라 누군가는 굶주리고 누군가는 굶주리지 않게 돼. 누군가는 좋은 집에 살고, 누군가는 허름한 집에서 살아야 하지. 누군가는 푹신한 침대에서 자고, 누군가는 살아남기 위해 더러운 늙은이와 잠을 자야 한단 말이야. 이건 누가 무엇을 가지고 있는지, 누가 누구의 목줄을 쥐고 있는지, 누가 이 모든 것의 열쇠를 가지고 있는지의 문제라고. 그런데 내가 이 빌어먹을 열쇠들을 갖게 되었어. 그자들은 이것들을 절대로 되찾지 못할 거야!" 맥스의 얼굴에 있는 핏자국을 따라 눈물이 흔적을 남기고 있었다.

"어떤 모든 것의 열쇠라는 거지." 베아트리스가 소리를 질렀다. "다이아몬드 목걸이? 다른 사람들의 보석? 그걸 원하는 거야?"

"내가 네 이모 같은 줄 알아?" 맥스가 베아트리스를 비난하는 눈으로 노려보았다.

베아트리스는 입을 다물고 얼굴을 돌렸다.

"난 빌과 테디와 짐과 그 망할 자식들이 모든 사람들에게 저지른 일에 대한 대가를 치르게 하고 싶었어." 맥스가 식식거렸다. "자신들의 주머니를 채우기 위해 주민들의 집을 빼앗고, 지역을 망치고, 이 도시를 찢어발긴 놈들 말이야. 그들이 사기꾼이라는 걸 사람들에게 폭로하고 싶었어."

"어떻게? 열쇠를 훔치는 것으로는 안 될 텐데? 자물쇠는 교체될 수 있으니까."

"하! 고객들에게 알리지 않고는 대여금고의 자물쇠를 바꿀 수 없어. 그런데 살아 있는 대여금고가 700개가 넘는다고. 이 도시에서 가장 부유한 700명에게 그들의 가장 귀중한 물건이 보관된 곳의 열쇠를 은행이 분실했다는 말을 해줘야 한다고."

맥스는 눈을 감고 미소 지었다. "그럼 그자들은 망하는 거지. 은행은 끝장나는 거라고."

베아트리스가 이마를 찌푸렸다. "빌은 어떡하고? 그 사람은 모든 사람들에게 네가 도둑이라고 했어. 모두 네가 저지른 짓이라고 했다고."

"그래서 그 말을 믿는 거야?"

"당연히 아니지! 난 그저…… 이제는 뭘 믿어야 할지 모르겠어."

"나도 마찬가지야. 난 네가 친구라고 생각했어. 그랬는데 그저께 밤에 파일들을 훑어보다가 네 대여금고를 찾아냈어. 넌 이것에 관해 아무것도 모른다고 해줘. 당장 빌에게 달려가지 않을 거라고도 말해주고." 맥스는 그렇게 말을 하고는 열쇠들을 향해 기어가기 시작했다.

"난 빌을 증오해." 베아트리스가 맥스의 뒤에서 소리를 질렀다. "도리스 이모도 과거에 저지른 짓 때문에 증오해. 하지만…… 이모는 단 한 명뿐인 친척이고, 날 도와주었단 말이야. 이건 옳은 일이 아니야. 옳지 않다고."

"옳다는 것이 뭔데? 응? 베아트리스, 넌 무슨 천사라도 되는 거야? 우리 모두를 구원하기 위해 빌어먹을 천국에서 날아왔냐고!" 맥스는 터널이 떠나가도록 소리를 질렀다. "너와 난 별로 다른 게 없어. 그렇지 않아, 베아? 넌 왜 가출했어, 응? 왜 집 주소는 식당이고, 사회보장번호는 남의 것이지? 네가 뭔데, 내게 옳은 것이 뭔지를 가르치냐고!"

베아트리스는 한 대 얻어맞은 표정으로 플래시의 희미한 불빛 속에 앉아 있었다. 손으로 눈물을 닦아내고, 간신히 입을 열었다. "네가 열쇠를 주었고, 난 그걸 안전하게 지켰어. 며칠 전에 빌에게 그걸 내줄 수도 있었어. 그거면 되잖아? 내게 뭘 더 원하는 거야?"

"진실을 원해. 네가 도리스를 도와 금고실을 터는 것이 아니라면, 도대체 여기에서 뭘 하고 있는 거지? 내 열쇠들을 훔친 이유는 뭐야? 응?"

"네 열쇠들?" 베아트리스는 터널 벽에 힘겹게 등을 기댔다. 그녀는 맥스의 비밀 장소에서 서른 개가 넘는 열쇠를 꺼내온 적이 있었다. "그건 미안해. 난 네가 이모에게서 가져간 열쇠를 찾으려고 했을 뿐이야."

"그게 왜 그렇게 중요한데? 응? 그리고 한밤중에 이 터널 안에서 뭘 하고 있던 거지?" 맥스는 플래시로 베아트리스의 눈을 비추었다.

"난…… 너무 추웠어. 따뜻한 곳이 필요했어."

"헛소리하지 마, 베아트리스. 갈 곳이 없다는 말은 사실이야?"

"그래, 없어." 이제는 눈물이 멈추지 않았다. 베아트리스는 얼굴을 타고 줄줄 흐르는 눈물을 닦지 않았다. "난…… 이제 열여섯 살이야. 가출했어. 그런데 도리스 이모가 쓰러졌고, 이제는…… 집에 돌아갈 수 없어."

맥스는 플래시를 내리고, 베아트리스의 곁으로 기어갔다. "왜 가출한 거지, 베아트리스?"

"어떤 남자 때문이야. 엄마랑 살던 남자, 그가…… 날……." 베아트리스는 말을 잇지 못하고 두 손에 얼굴을 파묻었다. "내가 임신하자, 그가 날…… 그래서 애를 지웠어."

맥스는 한 팔로 베아트리스를 감싸 안았다. "이봐, 괜찮아. 괜찮다고, 우리 귀염둥이. 난 전혀 몰랐어. 미안해."

"아니, 괜찮지 않아……. 내가 괜찮지 않다고……. 난 앞으로 결혼도 못할 거고……." 베아트리스는 너무 서럽게 우느라 '가정'이라는 단어를 말할 수 없었다.

베아트리스는 이런 사실을 아무에게도, 심지어 도리스 이모에게 도 말하지 않았다. 모두 자신의 잘못이라고 여기며. 도리스 이모는 한 번도 만난 적이 없는 조카를 아무런 질문도 하지 않고 받아주었다. 베아트리스가 이모를 찾아올 수 있었던 것은 그해 받았던 생일 카드에 적힌 반송주소 덕분이었다. 도리스는 베아트리스의 생일에 항상 카드를 보내주었다.

베아트리스가 어깨를 들썩이며 훌쩍거렸다.

"내가 생각했던 것보다 우린 더 닮은꼴이구나." 맥스가 베아트 리스의 정수리에 키스했다.

베아트리스는 울음을 멈추려고 안간힘을 썼다. 맥스의 눈을 똑 바로 볼 수 없었다.

"나도 아기를 잃었어." 맥스가 턱에 묻은 피를 닦았다.

"토니가 말해주었어. 정말 안됐어, 맥스."

"토니가?" 맥스는 고개를 가로젓고 목소리를 가다듬었다. "난 갈 곳이 없었어. 다리 밑과 버스정류장에서 잠을 잤지. 그러다가 그를 만난 거야. 처음에는, 정말로 날 도와줄 사람을 만났다고 생각했어. 거리에서 생활하지 않게 해주었거든. 직장도 구해주고. 난 집으로 돌아가서 부모님의 얼굴을 볼 수 있었어. 그는 심지어 내 딸을 찾 아주겠다고까지 했어. 호텔에서 며칠 밤을, 사무실에서 며칠 밤을, 그의 친구와 며칠 밤을 지내는 것만으로 말이야. 하지만 그걸로 충 분하지 않았나 봐. 얼마 뒤에는, 메리에 관해 이야기하지 않더라고. 결국 내게 말도 걸지 않게 됐지. 2년 뒤에는 나랑 자는 것도 그만 두었고."

"빌이?"

"아니, 테디 할로란이." 맥스는 고통으로 얼굴을 찌푸리고, 기침을 참았다. "난 매춘을 하다가 그를 만났어. 항상 씨애트리컬 그릴에 있더라고. 처음에는 그를 갱이라고 생각했어. 코벨리 집안사람들이 그곳에서 음악을 듣고 여자들을 만나는 것 같았어. 그는 그들을 다 아는 것 같았고. 그는 자기가 이 거대하고 멋진 은행에서 일한다고 했어. 날 자신의 웅장하고 멋스러운 집으로 데려갔지. 맙소사, 그 자식은 정말 밥맛 떨어지는 놈이었어. 그래도 내게 직장을 잡아주긴 했지."

베아트리스는 반대쪽 벽을 멍하니 바라보았다. 맥스가 창녀였다니……. 그녀는 가출해서 그 일을 했던 것이다. 그래서 금술로 장식한 이상한 옷을 걸친 여자가 맥스를 알았던 것이다. "2~3년 전에 테디와의 관계가 끝나자, 난 술을 한잔하자며 빌을 끌어냈어. 아무 여자나 주물럭대는 망할 자식의 돈과 인맥이라면 메리를 찾을 수 있을 거라고 생각했거든. 그런데 그 자식은 테디랑 똑같더라고. 아니, 오히려 더했지. 그래서 변호사를 고용했어. 내 돈을 몽땅 쏟아부어서." 맥스는 피눈물을 거칠게 닦았다. "난 메리가 입양됐을 거라고 생각했어." 맥스가 속삭였다. "그것들이 그렇다고 했거든. 하지만 난 그 말을 완전히 믿지는 않았어. 6년 후, 세인트 빈센트 병원에서 그 애를 찾아냈지. 출생기록은 봉인되어 있어서, 그걸 열어보려면 법적 비용이 엄청 비싸더라고. 내 전과 기록과 지금의 이런 난장판 같은 상황 때문에 그 애를 다시 데리고 오려면 많은 돈이 들어갈 거야."

베아트리스와 맥스는 등을 벽돌담에 대고 말없이 앉아 있었다. 터널 안쪽 어디에선가 떨어지는 물방울 소리만 들려왔다. 그건 마치 시계 소리 같았다. 두 사람에게는 시간이 많지 않았다. 두 사람 다 곤란한 상황에 처해 있었다. 맥스는 열쇠들을 가지고 있었다. 토니의 말에 의하면 영장을 받아 대여금고를 드릴로 뚫지 않는 한, 그것들은 그대로 닫혀 있을 수밖에 없었다. 도리스의 일지가 없으면, 어느 누구도 대여금고에 무슨 일이 생겼는지 혹은 어떤 금고에 무엇이 들어 있었는지 알아낼 방법이 없을 것이다. 모두 잘될 거라고, 베아트리스는 스스로를 다독거렸다. 하지만 정말로 그렇게 믿지는 않았다. 빌은 지금도 맥스와 도리스, 그리고 다른 여자들에게 죄를 뒤집어씌울 수 있는 파일을 가지고 있기 때문이었다. 그들의 이름으로 임대된 대여금고가 지금도 있기 때문이었다.

"아무 표시도 없는 열쇠는 어디에 사용하는 거지?" 베아트리스는 그 대답을 이미 알고 있으면서도 다시 한번 물어보았다.

"그건 마스터키야. 금고실의 모든 금고를 열 수 있는."

"어디에서 찾아냈어?"

"어디일 것 같아?" 맥스가 시커멓게 멍든 눈으로 베아트리스를 보았다.

"도리스 이모의 대여금고겠지. 맞지?" 베아트리스에게는 대답이 필요치 않았다. 도리스 이모가 내부 조력자였던 것이다. 아무 표시도 없는 이 열쇠야말로 모든 대여금고를 여는 방법이었던 것이다. "FBI를 찾아갔었어?"

"그래. 심지어 금괴 하나를 갖다주기까지 했어. 그런데 내 말을 듣지 않더라고. 대신 마치 내가 도둑인 것처럼 24시간 동안 가두어 놓았고, 금괴는 그냥 꿀꺽해버렸지. 속이 훤히 보이지 않아? 염병할 FBI도 믿을 수 없다는 거지."

베아트리스는 아무도 자신의 말을 믿지 않을 것임을 잘 알고 있었다. "그날 밤 내게 왜 이 열쇠를 준 거야? 왜 줬냐고!"

"네가 도와줄 줄 알았어. 친구니까. 게다가 아무도 너를 의심하지 않을 테니까. 너는 그 사무실에서 거의 보이지 않는 존재였어. 유령처럼. 사람들은 우리 같은 여자들을 과소평가하거든."

빌의 사무실에 있던 파일들이 여전히 베아트리스의 머릿속에 맴돌았다. "맥스, 그들이 대여금고를 추적해도 빌의 여자 친구들과 너, 그리고 내가 노출되지 않는 거지, 그렇지?"

맥스는 열쇠들을 내려다보았다. "그들이 나는 찾아내겠지만, 상관없어. 아니, 조금은 상관있지. 엄마가 상심할 거고, 토니도……가엾은 토니."

베아트리스는 친구의 손을 잡았다. 맥스를 이곳에서 내보내야 했다.

"난 메리를 되찾아 조용히 사라져야 해. 내가 한 일 때문에 그들은 절대로 날 포기하지 않을 거야. 내가 본 것 때문에라도. 테디는 오늘 밤 날 죽이려고 했어."

원래 모습을 알아볼 수조차 없을 정도로 폭행을 당한 맥스를 보면서, 베아트리스는 자신의 미래를 보는 듯했다. 자신의 나이에 직장을 구하고 살 곳을 찾을 확률은 극히 낮았다. 경찰은 그녀를 집으로 돌려보낼 것이다. 베아트리스는 맥스처럼 아름다운 도둑이나 창녀로 변한 자신의 모습을 머릿속으로 그렸다. 자신이나 맥스, 어쩌면 도리스 이모 같은 여자에게는 아무런 희망이 없었다.

마음이 온유한 사람은 복이 있다. 그들이 땅을 상속받을 것이다. 베아트리스는 생각했다. 또다시 눈물이 뺨을 타고 흘러내렸다. 그녀는 얼른 눈물을 닦았다. 언젠가는 그렇게 될지 모르지만, 그때까지 기다릴 수 없었다. 베아트리스는 마음이 온유한 사람이 될 생각이 없었다. 다시는 그러고 싶지 않았다.

"네 대여금고와 내 대여금고에 무엇이 들어 있든 간에 그걸 다 꺼내야 해. 열쇠들을 가지고 있는 것만으로는 부족해. 그들은 금고실을 현대화한다는 등의 이야기를 꾸며내서 새로운 열쇠들을 만들어버릴 거야." 베아트리스가 자신의 생각을 큰 소리로 말했다.

베아트리스는 테디나 빌이 저지른 짓을 맥스나 다른 사람이 뒤집어쓰도록 내버려둘 생각이 없었다. 그걸 확실하게 할 방법이 있어야 했다. 그 순간, 커닝햄 부인의 말이 번뜩 떠올랐다. "기록이 제대로 되어 있을 때만이 좋은 은행이라고 할 수 있죠.' 바로 그거야!" 그녀의 목소리가 터널을 타고 울려 퍼졌다. "대여금고의 기록을 분실한다면, 투자자들은 잔뜩 화를 낼 거야. 그럼 은행은 망하는 거고."

베아트리스는 도리스 이모가 훔쳤던 3캐럿짜리 다이아몬드 반지를 주머니에서 꺼냈다. 성당의 기부함에 이것까지 집어넣을 수는 없었다. 이 도시를 빠져나가 새롭게 인생을 시작할 최후의 희망이었으니까.

"내가 돌아오지 못하면, 이걸 가져가. 이게 메리를 찾는 데 도움

이 되었으면 해. 진심이야." 베아트리스는 맥스의 퉁퉁 부은 손에
반지를 쥐여주었다. "이제 대여금고를 어떻게 여는지 내게 말해줘,
맥스. 열쇠들도 주고."

71장

베아트리스는 까치발로 지하층 로비의 붉은색 카펫을 지나 금고실로 갔다. 그녀는 경비원석을 살펴보았다. 모니터들이 꺼져 있었다. 오늘 밤에는 아무도 감시하고 있지 않았다. 그녀는 어깨에 걸친 커다란 핸드백을 단단히 붙들고, 손에는 무거운 열쇠고리를 쥐고 있었다. 열쇠들은 맥스의 피로 물들어 있었다. 그 때문에 베아트리스의 손에 분노한 듯한 빨간색 각인이 남았다. 베아트리스는 두려움에 정신을 잃을 지경이었다.

금고실 복도에서 사람들의 목소리가 들렸다. 베아트리스는 그자리에 얼어붙었다.

"난 그딴 것은 신경 쓰지 않아요, 테디!" 어떤 남자가 고함을 질렀다. "그년이 도망쳤잖아요."

목소리들이 점점 커졌다. 베아트리스는 얼른 몸을 돌리고 카펫 위를 종종걸음 치며 목소리들로부터 조용히 멀어졌다.

"그년을 찾아낼 걸세. 그리 멀리 도망가지는 못했을 거야. 그러니까 지금은 이 일에나 집중하자고. 알았나?"

베아트리스는 붉은색 벨벳 커튼을 스치듯 지나쳤다. 목소리들이 지하층 로비로 내려오자, 그녀는 얼른 커튼 뒤로 몸을 숨겼다.

"당신이 우릴 난장판으로 끌어들였어요. 알아요? 시청은 이미 내게 딱 달라붙어 사사건건 시비를 걸고 있고, FBI는 영장을 청구하고 있다고요. 세 시간 전에 클리블랜드시가 파산했고, 우린 공적 公敵 1호가 됐단 말입니다. 조간신문이 거리에 깔리기 전에 예금을 빼내야 해요!"

"너무 서두르지 마."

베아트리스는 몸을 잔뜩 움츠리고 접힌 커튼 속으로 파고들었다. 그녀는 숨을 거의 멈춘 채 귀를 기울였다.

"난 할 일을 다 했어요, 테디. 열쇠들을 내놓으세요."

"멍청한 소리 하지 말게! 내게 없다고."

"그게 무슨 말이죠?"

"내가 그 열쇠들을 주머니에 넣고 다닐 거라고 생각하는 건가? 날 도대체 어떻게 보고 하는 소리야?"

"당신이 그 열쇠들을 똥구멍에 숨기고 다니든 말든 난 상관없어요. 오늘 밤에 돈을 옮겨야 한다고요. 앞으로 곡소리가 나도록 수사가 진행될 거라고요! 금고실은 폐쇄될 거고요. 그렇게 되면 투자자들에게 뭐라고 말할 겁니까? 우리가 기발한 자산 보유 전략을 창안했다고 말할 건가요? 그런 말은 씨알도 먹히지 않을 거라고요. 마스터키는 어디에 있죠?"

"이렇게 대여금고의 물품을 옮기는 건 불법이야."

"우린 당신을 배제하기로 했어요, 테드. 이사회에서 나가줘요."

"나가 달라고? 어디로? 그들은 어디로 가려는 거지? 대여금고는 면세인 데다 안전하지. 여기 말고 어디에 자산을 보관할 건데? 어디, 매트리스 속에?"

"이제 당신이 신경 쓸 바가 아니에요."

"내가 신경 쓰지 않으면 잘도 하겠다! 자넨 내가 없으면 예금계정들조차 분류하지 못할걸? 내가 수천만 달러나 되는 돈을 컬리씨나 자네나 내 이름으로 넣어두었을 것 같은가? 그러면 영장을 소지한 어떠한 경찰관이라도 금세 찾아낼 텐데? 돈은 잘게 쪼개 분산시켜 두었단 말일세."

"그럼, 그 돈을 가명으로 보관해 두었다는 뜻인가요? 그러면 정말로 FBI가 모를 거라고 생각하는 겁니까? 수많은 가명들을?"

"누가 그 이름들이 가짜라고 하던가?"

"그럼 아직도 거래가 있는 고객의 이름을 썼다고요? 맙소사, 배짱이 아주 끝내주네요, 테디! 그럼 고객이 예금을 인출하려고 하면 어떻게 막을 건데요? 예? 어떤 할머니가 수집해둔 동전들을 보러 은행에 오기라도 하면, 우린 엿 되는 겁니다!"

"침착하라고! 그들 대부분은 죽었거나 자신에게 대여금고가 있다는 사실조차 몰라. 그 멍청한 톰슨이 주인이 나타나지 않는 대여금고의 활용법을 알려준 셈이지. 대신 그 녀석이 저지른 지각 없는 행동은 눈감아주었지."

"지각 없는 행동이요? 요즘은 살인을 그렇게 부르는 모양이죠?"

"자넨 신문도 보지 않았나? 그건 뺑소니 사고였고, 무려 4년 전에 벌어진 일이란 말일세. 이미 지나간 과거의 일이라고."

베아트리스의 눈이 휘둥그레졌다. 론다 휘트모어는 살해된 것이었다.

커다란 한숨 소리가 들렸다. "모든 계획이 딱 당신을 닮았어요, 테디. 너무 위험하다고요! 쉬울 거라고 그랬죠? 당신은 이 도시에서 가장 힘센 가문들을 합법적이고 고수익이 보장되는 투자에 끌어들였어요. 아, 물론, 그들도 그 투자가 사실이라고 믿기 힘들 만큼, 그리고 합법적이라고 믿기 힘들 만큼 고수익이라는 점에 맹목적으로 달려들었죠. 하지만 그들이 당신을 따라 진흙탕으로 들어올 것 같아요? 그 돈은 위험을 무릅쓸 가치가 없다고요."

"조금의 위험도 무릅쓰지 않고 어떻게 돈이 들어오나? 이건 더러운 사업이라고, 짐!"

"음, 너무나 더러워져서 문제죠. 이제 당신의 창녀, 맥신이 문제를 일으키고 있어요. 당신의 주정뱅이 아들은 지난주에 금고실에서 잡혔고요. 그러니 그 돈은 안전한 게 아니죠."

"랜디는 빼주게. 내가 처리할 테니."

"당신이 투자를 처리했던 것처럼요?"

"빌어먹을! 우리의 이익을 지키려고 그런 거야! FBI가 들이닥쳤을 때, 손을 써야 했어."

"누가 그걸 허락했는데요?"

"금시장이 열리면, 우리도 참여해야 하네. 자네도 알다시피, 닉슨이 돈을 찍어내면서 우리 모두에게 엿을 먹이지 않았나? 이러한 인플레이션에 대비해 우리의 현금자산을 줄여가야 해. 유용한 물품은 늘리고." 시간이 지날수록 테디의 목소리는 더 커지고, 더 변덕스러워졌다.

"당신은 정말 아무도 모르게 금을 비축할 수 있다고 생각하는 겁니까?" 짐이 물었다. "시청에 있는 정보원이 그러더군요. FBI가 지금도 은행에 누군가를 심어두었다고."

"그 자식들은 사건화하지도 못할 거야! 이 일은 워낙 단단히 단속되고 있어 FBI는 영장도 받아내지 못할 거라고."

"FBI는 빌을 감시하고 있어요. 녀석은 곧 거래에 나설 겁니다."

"빌 문제는 처리할 수 있네." 테디는 더는 말할 필요가 없다는 듯이 대꾸했다.

"음, 강에 한 사람 더 던져넣을 자리가 있다고 생각하는 건가요? 그런데 테드, 당신도 강에 들어가야 할지 모르겠네요. 지금 내 인내심이 점점 바닥나고 있으니까요. 자, 이제 열쇠들을 주시죠."

"안 주면 어떡할 건가? 자네의 만년필로 날 죽도록 때릴 텐가? 분명히 말하지만, 내겐 열쇠들이 없어."

"그럼 누가 가지고 있다는 겁니까?"

6미터도 떨어져 있지 않은 베아트리스가 침을 꿀꺽 삼켰다.

"네, 제발 말해주시죠, 테디. 누가 가지고 있나요?" 다른 사람의 목소리였다. 이상하게도 귀에 익은 목소리였다.

"카마이클, 왜 이렇게 오래 걸렸나?"

베아트리스가 헉 하고 숨을 들이쉬었다. 그건 씨애트리컬 그릴에서 자주 들었던 목소리였다. 맥스에게 특별한 관심을 지닌 친절한 바텐더의 목소리. 그녀는 도저히 믿기지 않아 커튼 틈새로 슬쩍 내다보았다.

"코벨리 집안을 끌어들인 건가, 짐? 우리끼리 해결할 수 있는 데?" 테디가 내키지 않는 듯이 웃음을 터뜨렸다.

코벨리 집안은 지금도 시칠리아와 연결되어 있다고 토니가 말했었다. 맥스는 그자들을 갱단이라고 불렀었다. 카마이클이 갱단임을 알아차린 베아트리스는 헉 하는 숨소리가 들리지 않도록 손으로 입을 틀어막았다.

"코벨리 집안은 은행에 가장 큰 이해관계를 가지고 있는 집안 중 하나죠, 테디. 그리고 당신도 알잖아요." 짐은 한숨을 쉬었다. "당신은 곤경에 처해 있어요. 우린 당신이 FBI와 이야기했다는 걸 알고 있어요. 당신이 협조해주기를 바랍니다."

카마이클이 권총을 꺼냈다. 그가 테디를 향해 공이치기를 당기자 권총이 철컥 하는 소리를 냈다.

"진정해, 카마이클! 짐, 우린 20년 동안이나 친구였네. 설마 진심으로 이러는 건 아니겠지! 이체 기록은 암호로 되어 있어. 내가 없으면 어디에서부터 시작해야 할지도 모를 걸세!"

"이제 이 문제는 내 손을 벗어났어요. 당신이 협조한다면 당신의 가족은 최선을 다해 보호해줄게요."

"날 붙잡고 이렇게 시간을 허비할 것이 아니라 그년을 뒤쫓아야 한단 말일세!" 테디가 소리를 질렀다.

"지금 그년이 왜 중요한데요?"

"이제는 그년만이 빌어먹을 열쇠들의 작동 방법을 알고 있으니까. 금고실 자물쇠에는 일종의 시스템이 있단 말일세."

"누구 때문에 그렇게 되었는데요?" 짐이 강압적으로 물었다. "당신의 주정뱅이 아들이 나대지 않았다면, 셰리인지 뭔지 하는 직원은 협조했을 거라고요."

"자넨 랜디가 그 일과 관련이 있다는 걸 증명하지 못할 걸세." 테디가 말했다. "셜리는 잠시 이 도시를 떠난 것일 수도 있어. 월요일에 출근할지도 모른단 말일세."

베아트리스의 가슴이 철렁 내려앉았다. 대여금고 담당 직원이자 도리스 이모의 친구인 셜리가 행방불명되었거나 죽은 모양이었다. 랜디가 그녀를 죽였을지도 몰랐다. 베아트리스는 커튼에서 물러나 무릎을 꿇었다.

"내가 이야기해볼게요! 당신이 금고실에 5천만 달러가 넘는 돈을 숨겨두었다는 거죠? 그런데 이제는 당신조차 그걸 여는 방법을 모르고." 카마이클이 껄껄 웃었다. "빌어먹을 은행가들 같으니. 스스로 하는 일이 하나도 없다니까. 누군가의 도움을 구해야겠다는 생각은 해본 적도 없나?"

"됐어, 카마이클." 짐이 바텐더에게 한 손을 들었다. "비서 따위가 알아냈다면 우리도 알아낼 수 있을 거야. 우리에게 달리 해줄 말이 있어요, 테디?"

"내가 무슨 말을 하면 저 방아쇠를 당기지 못하게 해줄 텐가, 응? 난 알리스테어와 이야기하고 싶네."

"누가 우릴 보냈을 것 같아요?" 짐이 한숨을 쉬었다. "카마이클, 해주겠나?"

목이 졸린 듯한 비명이 터져 나왔고, 퍽퍽 때리는 소리가 여러 번 들렸다. 그러더니 아무 소리도 나지 않았다.

베아트리스는 어둠 속을 멍하니 바라보며 커튼 뒤에 쪼그리고 있었다. 은행가들은 이 도시의 가장 부유한 집안을 위해 금고실에 금을 숨겨두었다. 대여자가 사라진 대여금고에. 분명히 도리스와 빌이 훔친 대여금고였을 것이다.

도리스의 일지에 론다 휘트모어의 이름이 등장한 이후, 대여금고를 환수하는 일이 점점 잦아졌다. 맥스에 따르면 론다가 은행에 찾아왔을 때 빌은 마치 유령을 마주한 사람 같았다고 한다. 빌은 현장에서 잡혔다. 테디는 빌과 도리스를 경찰에 넘기는 대신 이걸 기회라고 보았던 것이다.

베아트리스는 랜디가 맡긴 서류에 적혀 있던 기괴하기 짝이 없는 암호들이 갑자기 이해되었다. 그것들은 은행이 숨겨놓은 수백만 달러의 위치였던 것이다. 짐과 코벨리 집안은 그 돈을 꺼내고 싶어 했다. 어떤 이유에서인지 갱단이 은행의 거래에 개입했고, 카마이클은 갱단을 위해 일했다. 바텐더는 위장이었을 뿐이다. 베아트리스는 카마이클을 전혀 몰랐다. 하지만 토니와 맥스는 그를 잘 알고 있었다. 토니는 형사였다. 처음 코벨리 집안에 관해 그녀에게 말해준 것도 토니였다. 토니는 이런 내막을 알고 있었던 게 분명했다. 바에서 카마이클이 엿들었을 수도 있는 모든 단어가 베아트리스의 머릿속에서 되풀이되었다. 내용물이 사라진 대여금고, 분실된 마스터키…… 어쩌면 토니는 카마이클이 이런 대화를 엿듣기를 원했을 수도 있었다. 베아트리스의 머릿속에서 카마이클이 테디에게 총을 겨누고 있었다. 경찰이 실패하면, 코벨리 집안이 은행을 말아먹을 수도 있을 것이다.

아무도, 심지어 토니조차도 베아트리스와 맥스가 도망치는 것 외에 뭔가를 해낼 수 있으리라고 생각하지 않았다. 맥스의 말이 맞았다. 그들은 맥스와 베아트리스 같은 여자들을 과소평가했다.

베아트리스는 손에 열쇠를 들고 커튼 뒤에서 걸어 나와 금고실을 향해 살금살금 걸어갔다.

72장
1998년 8월 28일 금요일

형사가 플래시로 547번 대여금고 상자 안을 비췄다. 흑백사진 속에서 미소 짓는 두 여자가 그들을 올려다보고 있었다. 은으로 된 액자의 유리는 깨져 있었다. 아이리스는 액자를 들어 맥도넬 형사에게 건넸다. 액자 밑에 갈색 가죽 책과 양초가 놓여 있었다. 그게 다였다.

"이게 도대체 뭐예요?" 아이리스가 큰 소리로 말했다.

1978년에 베아트리스가 이 사진 때문에 수진 페플린스키에게 전화를 걸었다고? 아이리스는 믿을 수가 없었다. 자신이 이 사진 때문에 은행에 침입했다는 것도 믿을 수가 없었다. 이까짓 사진이 아이리스의 문제를 조금이라도 해결해줄 것 같지 않았다.

"책에는 뭐가 있죠?" 형사가 사진을 상자 안에 다시 넣으며 속삭였다.

아이리스는 책을 활짝 펼쳤다. 숫자로 가득 채워져 있었다. 페이지를 넘겨도 파란색과 검은색 잉크로 적힌 숫자들만 나왔다. 그러다 빨간색으로 적힌 뭔가가 눈길을 끌었다.

"론다 휘트모어가 누구예요?" 아이리스가 그 이름이 적힌 페이지를 형사에게 보여주었다.

"농담하는 거예요? 맥스가 1974년에 살해당했다고 주장했던 여자예요." 형사는 책을 낚아채 페이지를 획획 넘겼다. "금융거래 기록 같은데요."

"금융거래요?" 아이리스는 대여금고 상자에서 양초를 집어 들었다. 한 번도 불을 붙인 적이 없는, 싸구려 봉헌초였다.

"아니면 대여금고를 도둑질한 기록일 거예요. 여기 855라고 적혀 있죠? 론다의 대여금고 번호였을 거예요. 여기 적힌 5만 달러는 그 안에 들어 있던 내용물일 거고요." 형사가 손가락으로 짚으며 설명했다. 하지만 아이리스는 형사의 말에 집중할 수 없었다.

종이 한 장이 양초 밑에서 떨어져 내렸다. 아이리스가 그걸 집어 들고 큰 소리로 읽었다. "세상을 떠난 모든 신도들을 하느님의 자비 안에서 평화로이 쉬게 하여 주시옵소서. 아멘."

형사가 책에서 눈을 들고 플래시로 아이리스를 비추었다. "뭐라고요?"

"양초 밑에 있던 거예요." 아이리스가 작은 종이쪽지를 형사에게 건넸다.

형사는 그걸 살펴보다가 뒤집었다. "리틀 이탈리아에 있는 '구원의 성당'에서 사용하는 종이로군요."

"무슨 말인지 모르겠어요."

"이건 봉헌초예요. 내가 다니는 성당에도 있죠. 세상을 떠났거나

기도를 필요로 하는 누군가를 위해 이 양초를 켜는 거죠."

"그런데 누가 이런 걸 넣어뒀을까요?"

"그거 정말 좋은 질문이군." 두 사람의 뒤쪽에서 굵고 낮은 목소리가 들렸다.

맥도넬 형사가 코트 안으로 손을 집어넣으며 재빨리 돌아섰다. 커다란 폭발음이 아이리스의 귀 옆에서 터져 나왔고, 형사의 플래시가 공중으로 날아올랐다. 플래시가 바닥에서 박살 났다. 불빛이 깜빡이더니 완전히 나가버렸다.

아이리스의 코에 연기 냄새가 몰려왔다. 무엇인가 무거운 것이 그녀 옆으로 쿵 하고 쓰러졌다. 아이리스의 귀에서 계속 소리가 났다. 정신이 멍해졌다. 쓰러질 것 같았다.

"아, 당신은 쓰러지면 안 되지." 아이리스를 붙잡아 세우며 그 목소리가 말했다.

형사의 플래시가 없어지면서 사방이 어두워졌다. 아이리스는 누가 말하고 있는지 알아볼 수 없었다. 아이리스는 아무것도 보고 싶지 않았다. 그녀의 울리는 귀에는 심장이 피를 열심히 펌프질하는 소리만 들렸고, 폐는 숨쉬기를 거부했다. 눈앞의 세상이 초점을 잃고 빙빙 돌았다.

머리 위의 전등이 갑자기 켜지면서 아이리스는 눈이 부셨다. 빨간 양초는 여전히 대여금고 안에 놓여 있었다. 아이리스는 뒤쪽의 남자를 쳐다보지 않고 양초에만 눈길을 주었다. 그녀는 자신의 어깨를 만지는 남자의 손길을 피하다가 바닥에서 움직이지 않는 커다란 뭔가에 발이 걸려 비틀거렸다. 맥도넬 형사였다. 아이리스는 대여금고 상자 안에 토하고 말았다.

남자가 뒤쪽에서 웃었다. 소리를 죽인 웃음소리는 멀리서 들리는 듯했다.

"그게 딱 맞는 질문 같지 않아? 이 모든 일에 관해 나도 그렇게 느꼈거든."

차분히 흘러나오는 웃음소리에 아이리스는 또다시 토하고 말았다. 목소리가 조금도 낯설지 않았다.

"돌아서, 아이리스." 남자가 명령했다.

자신의 이름을 부르는 목소리에 귀를 울리던 소리가 조용해졌다. 아이리스는 고개를 저었다. 그의 얼굴을 보고 싶지 않았다.

"돌아서라니까!" 그가 소리를 질렀다.

커다란 손이 아이리스의 어깨를 잡고 그녀의 몸을 비틀어 돌렸다. 아이리스는 그의 얼굴을 알아보지 못했지만, 인상은 기억에 남아 있었다. 튀어나온 턱, 매서운 눈초리, 번들거리는 치아가 선명해졌다가 흐릿해지기를 반복했다.

"이런 깜짝 등장에 대해 사과를 해야겠군. 하지만 형사 녀석이 총을 꺼내려는 바람에 어쩔 도리가 없었지. 이건 정당방위라고. 당신도 봤잖아?" 남자가 총구로 아이리스의 미간을 눌렀다. 총신이 지금도 뜨거웠다.

아이리스는 숨을 멈추고 고개를 끄덕였다.

"당신은 내가 누군지 전혀 모르나 봐?"

아이리스는 이 남자를 본 적이 있었다. 이제 아이리스는 그렇게 확신했지만 계속 고개를 가로저었다.

"흠, 난 당신을 알고 있어, 아이리스. 아침에 지각한다는 것, 술을 퍼마신다는 것, 일을 따분해한다는 것 등등 당신에 관한 모든 것을. 여러 달 동안 내 책상에 앉아 당신을 지켜보았거든. 아직도 생각나지 않나?" 남자가 다시 껄껄 웃었다. "내 사무실은 찰스 휠러의 사무실에서 세 번째 문이야. 진정한 프로라면 그 정도는 알아차렸겠지. 하지만 아이리스, 당신은 진정한 프로가 아닌가 봐? 반항심이나 품고, 파일 서랍이나 뒤지고, 여기저기 기웃거리기나 하고 말이야." 남자는 말을 멈추고, 손등으로 그녀의 뺨을 쓰다듬었다.

아이리스가 펄쩍 뛰며 뒤로 물러서려고 했지만 카운터에 가로막히고 말았다.

남자의 말이 이어졌다. "나도 한때는 당신과 무척 닮았었지. 인생의 막다른 길에서 뭔가 더 나은 걸 찾고 있었다는 면에서. 그곳을 빠져나올 방법을 찾고 있었지. 흠, 당신도 그런 걸 찾은 것 아닌가?"

아이리스가 남자의 손길을 피하려면 뭔가를 말해야 했다. "당신…… 당신이 날 미행했었나요?" 남자의 눈을 쳐다보지도 못하고 속삭였다.

"나만이 아니지. 아이리스, 당신 때문에 여러 사람의 꼭지가 돌았거든. 아무도 그 자식이 햇빛을 보는 걸 원하지 않았단 말이야."

"그…… 그 사람을 알아요?"

"뭐, 그렇다고 말할 수도 있지. 내가 빌을 마지막으로 보았을 때는 그렇게…… 뜯어 먹히지 않았는데." 남자가 아이리스를 바라보며 사악하게 웃었다. 그녀의 위가 다시 뒤틀렸다.

"원하는 게 뭐예요?" 아이리스가 울먹이며 물었다.

"모든 남자들이 원하는 게 뭐지?" 그가 강압적으로 물었다. "당신은 아마도 그게 돈이라고 생각하겠지? 맞지?"

겁에 질린 아이리스는 말을 하지 못하고, 남자 뒤쪽에 있는 금고실만 빤히 쳐다보았다.

"틀렸어, 아이리스! 틀렸다고!" 남자가 카운터를 내려치는 바람에 대여금고 상자가 튀어 올랐다.

아이리스는 뺨을 얻어맞은 기분이었다.

"돈은 목표를 달성하는 수단에 불과해. 난 돈보다 훨씬 더 귀중한 걸 원한다고. 존경심 말이야. 난 항상 존경을 받고 싶었어. 그리고 수많은 세월이 흐른 지금, 마침내 그걸 가질 수 있게 되었어. 언젠가 당신에게도 그런 기회가 오길 바라. 직장에서 잘린다는 건 쉬운 일이 아니지, 그렇지?"

아이리스는 권총을 지켜보며 고개를 저었다.

"자, 이제 당신이 늙다리 휠러를 혼내줄 좋은 기회가 왔어. 녀석은 그냥 받아들일 수밖에 없을 거고. 20년 동안 퇴직연금만 바라보며 열나게 달려왔는데, 눈 깜빡할 사이에 연금이 사라질 판이니." 남자는 그 말을 강조하는 것처럼 권총을 옆으로 흔들었다가 다시 아이리스의 얼굴로 향하게 했다.

아이리스는 반사적으로 두 손을 들어 올렸다. 이제는 그가 누구인지 알게 되었다. 그녀가 오늘 아침 해고당할 때 윙크를 보냈던 끔직한 회색 머리의 남자였다. 몇 주 전에 지각해서 허둥지둥 달려오다가 마주친 적도 있었다. 그때도 그의 눈동자에 어린 뭔가가 아이리스를 불편하게 했었다. 손에 권총을 들고 있는 그를 보면서 갑자기 그게 무엇인지 명확해졌다. 바로 광기. 그는 미쳐 있었다.

"당신…… 당신은 누구세요?"

"나? 아, 지금은 별 볼 일 없는 사람이지. 3류 건축회사의 수석 재정 담당자니까. 그놈들은 내 입을 막으려고 그런 곳에 처박아둔 거야. 당신은 내 이름조차 모르잖아." 남자가 한숨을 쉬었다. "나도 한때는 잘나갔었지. 이 애처로운 도시를 진심으로 아끼기도 했고. 그런데 모든 게 무너져 내리더라고. 당신 같은 쪼그만 창녀 둘이 여기저기를 기웃대고, 열쇠들을 훔치더니 모든 게 무너져 내리더군. 우린 모든 걸 잃었어! 우리 아버지는 여자들에게 정신이 팔려서 가족 기업을 무능하기 짝이 없는 빌 톰슨 같은 병신에게 맡겨버렸고. 내가 아닌! 하찮은 웨이트리스가 금고실에서 일하며 수백만 달러를 만지게 했어. 아들인 나는 팽개쳐두고!"

남자가 아이리스의 얼굴에다 소리를 지르자 시큼한 위스키 냄새가 코를 찔렀다. 아이리스는 얼굴을 찌푸렸다.

그가 말을 멈추고 씩 웃었다. "뭐야, 내 말이 귀에 거슬렸어? 당신은 당신이 창녀라고 생각하지 않는 거야? 하! 난 자기가 애송이 친구 녀석과 뭘 했는지 다 봤다고."

그는 아이리스가 닉과 함께하는 것을 보았던 것이다. 남자의 치아가 형광등 불빛에 번들거렸다. 치아의 가장자리가 커피 때문에 변색되어 있었다. 남자는 아이리스가 덜덜 떠는 모습을 즐기는 듯했다.

"오, 맙소사, 닉! 으응! 좋아, 좋아!" 남자는 아이리스의 목소리를 흉내 내며 큰 소리로 외쳤다. "당신도 알겠지만, 섹스에서 원하는 걸 얻으려면 좀 더 격렬해져야 한다고."

피가 발 쪽으로 몰리면서 아이리스의 온몸이 후들거렸다. 방이 빙글빙글 도는 바람에 그녀는 카운터를 움켜쥐었다. "당신이었군요. 당신이 날 미행했어요."

"이것 봐, 아이리스, 너 같은 사람들은 지루한 일이 어떤 결과를 가져오는지 잘 알고 있을 거야." 그가 아이리스에게 윙크했다. "어이, 수석 졸업생, 매일 아침 직장에 지각해서 허둥지둥 달려오던 당신 눈동자에는 지루함이 어려 있었어. 그건 당신이 이런 쓰레기 같은 건물 주위를 이리저리 기웃거릴 정도로 절망적이라는 사실을 알려주었지. 그리고 내 생각이 옳았고. 휠러는 여느 신참 건축기사가 그렇듯 당신도 지시받은 대로 고분고분 일만 할 줄 알았나 봐. 그건 아주 영리한 행동이었어, 아이리스. 그건 인정하라고."

아이리스는 비명을 억누르는 데에만 신경을 곤두세우고 있었기 때문에 자신도 모르게 고개를 끄덕였다. 아이리스가 직장 동료와 그렇고 그런 관계를 맺고 있다고 회사에 떠벌린 것은 어쩌면 이 남자일지도 몰랐다. 어쩌면 닉은 회사 내의 소문과는 아무런 관련이 없을 수도 있었다. 그녀의 머릿속은 뭔가 말할 거리를 찾느라 분주했다.

"그날 금고실에 있었던 건 당신이었죠? 열쇠들은 왜 두고 갔어요?" 아이리스가 물었다.

"열쇠를 두고 갔다고? 내가 그렇게 멍청하다고 생각하는 거야? 정말 그래?" 남자가 총구로 그녀의 가슴을 밀었다.

"아니요." 아이리스가 훌쩍거렸다.

"당신은 그저 운이 좋았던 거야. 그리고 지금 당신은 자신이 암호를 깼다고 속으로 우쭐대고 있겠지? 나도 풀었을 거야. 내가 풀지 못했을 거라고는 생각하지 마. 그 양반은 할 수 없었지만, 난 할 수 있었다고. 빌어먹을!"

남자의 손가락이 방아쇠 위에서 움찔거렸다. 계속 말을 시켜야 했다. "그 양반이요? 누구를 말하는 건가요? 당신…… 당신 아버지요? 그가 누구냐고요?"

"그 염병할 부총재 나리지 누구겠어? 그 양반은 죽었어. 그자들이 죽었다고." 남자는 말을 멈추고 맥도넬 형사가 들고 있던 갈색 가죽 책을 집어 들었다. 아이리스는 움직이는 총을 따라 아래를 내려다보다가 바닥에 고인 핏자국을 보았다. 울음을 삼키며 눈을 꼭 감았다. 하느님, 도와주세요.

"그 양반은 자신이 아주 머리가 좋다고 생각했지. 알아? 중역실에서 왕 노릇을 했어! 그 많은 돈에 접근할 열쇠들을 잃어버리고는 함께 골프를 치던 친구들이 이해해주지 않을 거라는 생각을 하지 못했어. 그게 말이 돼?" 사내는 그 말을 하고 총으로 금고실을 가리켰다. "저 안으로 들어가."

아이리스는 남자의 말에 따라 피가 고인 웅덩이에서 허둥지둥 물러섰다.

"경찰은 자살이라고 했어. 하지만 자신의 뇌수를 날려버리기 전에 자신의 손가락부터 몽땅 부러뜨리는 자살자가 얼마나 되겠어? 그자들은 FBI에 던져줄 희생양이 필요했던 거지……. 그자들은 우리 자산을 동결시켰어. 우리 부동산을 경매에 부쳤고. 그자들은 내게 아무것도 남겨주지 않고, 휠러의 별 볼 일 없는 회사에 처박아두었지. 그자들은 날 무능한 아들로만 생각했던 거지. 내가 어떤 사람인지 전혀 파악하지 못하고. 어쨌든 그건 엄청난 실수였어."

남자는 말을 하는 동안 점점 흥분했고, 아이리스는 금고실 뒤편으로 눈에 띄지 않을 만큼 조금씩 물러섰다. 남자가 성큼 다가섰다. "그러다 그자들이 이곳에 숨겨둔 더러운 돈에 대해 듣게 됐어. 빌은 비서들과 놀아나느라 서류작업이 어떻게 이루어졌는지에는 신경도 쓰지 않았어. 난 그 서류들을 읽어 보았지. 난 그 늙은이를 내가 원하는 곳으로 보내버렸고, 창녀 두 년도 그 뒤를 따르게 했어."

"누구를요?" 아이리스가 숨을 헐떡거렸다.

"닥쳐!" 그는 아이리스의 얼굴에 총을 겨누고 반대편 벽까지 몰아붙였다. 그녀의 등에 벽이 닿았다. "너 같은 창녀들은 항상 묻지 말아야 할 것들을 묻고, 가져가지 말아야 할 것들을 가져간단 말이야."

그가 그녀의 얼굴을 세게 때렸다. 그녀는 눈에서 불이 번쩍 나도록 고통을 느끼며 벽으로 처박혔다.

"네가 여기저기 기웃대다가 다 뜯어 먹힌 빌의 시체를 발견했어. 그 때문에 모든 걸 망칠 뻔했지. FBI가 이 은행 건물의 문을 박차고 뛰어들려고 했지만, 아버지의 오랜 친구들이 그냥 두지 않았어. 결국 네가 내게 좋은 기회를 준 셈이야. 안 그래?"

그는 금고실 밖으로 쏜살같이 달려가 꼼짝도 하지 않는 형사에게 갔다. 그러고는 발로 형사의 몸을 돌려놓았다. 생기를 잃은 형사의 눈이 멍하니 허공을 바라보았다. 아이리스는 울음을 터뜨리며 무릎을 꿇었다. 형사는 정말 죽은 것이다. 이제 그녀의 생명을 구할 방법이 없었다. 권총과 플래시와 수갑과 열쇠 하나가 카운터 위에 내동댕이쳐졌다. 금속성의 쨍그랑 소리가 금고실을 따라 크게 울려 퍼졌다.

"내가 너 같은 년도 쓸모 있게 만들어주지." 그가 데드키 하나를 아이리스에게 던졌다. 열쇠는 그녀의 목에 맞고 쨍그랑 소리를 내며 바닥에 떨어졌다. "일하러 가자고."

73장

한 시간 동안, 남자는 547번 대여금고에 숨겨져 있던 작은 갈색 책을 보며 대여금고의 번호를 불렀고, 아이리스는 총구에 찔리며 문을 열었다. 첫 번째 대여금고를 꺼내던 아이리스는 45킬로그램의 무게를 이기지 못하고 바닥에 처박히고 말았다. 남자는 금고실로 뛰어 들어와 아이리스의 가슴을 짓누른 대여금고를 들어냈다. 그는 금고 뚜껑을 열어보고 낮은 소리로 웃었다. 번쩍거리는 금괴 네 개가 금고 안에 얌전히 놓여 있었다.

그는 금괴 하나를 들고 키스했다. "상품 거래가 성공한 것에 건배하자고요, 아버지."

기쁨에 들뜬 그는 그 금괴를 들고 금고실 밖으로 나갔다. 그러고는 복도를 가로질러 다른 금고실 문이 있는 곳으로 갔다. "굿딜리버리 바* 하나가 요즘 시세로 얼마인지 알고 있나?"

---

* Good Delivery Bar, 국제적으로 통용되는 인증된 금괴.

아이리스는 남자가 커다란 철제 카트를 끌고 오는 것을 멍하니 바라보았다. 카트 위에 대형 서류 캐비닛 세 개가 쌓여 있었다. **도망쳐.** 아이리스의 머릿속에서 누군가의 목소리가 외쳤다. 하지만 그녀가 간신히 일어섰을 때는 카트가 금고실 입구를 막고 있었다.

"네가 옮겨준다면, 이 귀여운 것들은 하나에 11만 7천 달러는 받을 수 있어."

남자는 아이리스에게 다른 금괴들을 운반하라고 손짓했다. 금괴 하나의 무게는 9킬로그램이 넘었다. 아이리스는 아무 말도 하지 않고 한 번에 하나씩 금괴를 옮겨 파일 서랍에 넣었다.

"난 당신이 저기에서 생각에 잠긴 걸 봤어, 아이리스. 왜 여러 해 전에 대여금고를 드릴로 뚫지 않았는지 그 이유가 궁금했지? 황금의 인기가 치솟았던 1980년대에 왜 금괴를 썩혀두었을까 하고 말이야." 남자는 총으로 그녀를 겨누었다. "맞지?"

아이리스는 몸이 바싹 얼어붙었다가 순순히 고개를 끄덕였다.

"한 어항에 들어 있는 피라냐는 왜 서로를 물어뜯지 않는 걸까? 응? 서로 잡아먹는 어종인데 말이야. 전략적인 이유 때문이지, 이 바보야." 그는 자신의 대답이 만족스러운지 씩 웃었다. "기록이 뒤죽박죽되었거든. '가족들' 중 어느 누구라도 드릴에 손을 대면, 나머지 사람들이 그자를 산 채로 먹어치웠을 거야. 20년간 데탕트*였단 말이야. 그들은 서로 죽기를 기다렸어. 그자들이 모두 헛고생이었다는 걸 깨달으면 어떤 표정일까? 정말 보고 싶기는 하네."

---

* Détente. 적대 관계이던 두 진영 사이에 지속되던 긴장이 풀려 화해 분위기가 조성되는 상태.

남자가 말하는 동안 아이리스의 팔은 움직임이 느려졌다. 그녀는 그의 말에서 극히 일부분만 이해되었다.

그때 남자가 다시 아이리스를 총으로 겨누었다. "357번 대여금고."

아이리스가 대여금고의 문을 열 때마다, 금괴가 네 개씩 늘어났다. 그는 45킬로그램의 무게가 그녀 위로 떨어지는 것을 즐기는 듯했다. 세 번째 상자가 아이리스의 발을 부러뜨릴 뻔한 것을 보고는 거의 울부짖다시피 했다.

이제 아이리스는 상자들을 잡아 빼면서 발을 멀찍이 피했다. 상자들은 총소리처럼 요란한 소리를 내며 바닥에 떨어졌다. 그때마다 그녀는 움찔거렸다. 몇몇 상자는 현금과 보석들로 채워져 있었지만, 대부분은 지독하게 무거운 금괴들로 채워져 있었다. 아이리스는 몇 번이고 금괴를 들어 올려 자신을 포로로 삼은 사람에게 걸어갔다. 두 팔에서 점점 감각이 사라졌다.

남자는 한쪽 구석에 있던 아이리스의 현장가방을 낚아채서 내용물을 몽땅 쏟아버렸다. 줄자와 클립보드와 함께 베아트리스의 메모가 대리석 바닥으로 내동댕이쳐졌다. 남자는 그것들에 눈길 한 번 주지 않고, 현금과 보석을 가방 안에 쏟아부으라고 했다.

아홉 번째 상자에는 또 하나의 붉은색 봉헌초만 들어 있을 뿐 다른 것은 들어 있지 않았다. 남자는 그 상자를 달라고 손짓했다. 아이리스는 남자의 손이 자신의 손을 스치자 손을 뒤로 뺐다.

"'내가 음산한 죽음의 골짜기를 지나가게 된다 하더라도, 나는 겁나지 않습니다.'" 남자는 글귀를 읽더니 히죽히죽 웃었다.

"네게는 좋은 충고로군, 아이리스. 어디 보자, 몇 번이지……? 아, 885번."

아이리스는 얼마나 많은 돈이, 얼마나 많은 다이아몬드가, 그리고 얼마나 많은 황금이 자신의 손을 거쳐 갔는지 기억도 나지 않았다. 그녀의 눈길은 끝없이 이어지는 대여금고들 사이에서 방황했다. 대여금고를 모두 열기 전에 누군가가 그들을 발견할 것이다. 하지만 남자에게는 아무 계획이 없는 것 같았다. 남자는 책을 보며 또 다른 번호를 불렀다. 그는 장부에 기록된 대여금고를 확인하느라 정신이 없었다.

아이리스는 정신을 잃지 않기 위해 머릿속으로 숫자를 계산했다. 하나의 금괴 가격이 11만 7천 달러라면, 금괴가 몇 개 있어야 100만 달러가 되는 거지? 총구가 등 뒤를 겨누고 있는 상태에서는 열쇠를 몇 개나 사용했는지 기억하기 어려웠지만, 그녀는 포기하지 않고 금괴의 가치를 계산했다.

금괴가 보관된 대여금고를 두 개 더 열고 나서야 계산이 끝났다. 금괴가 8.5개만 있으면 100만 달러였다. 40개 이상의 금괴가 서류 캐비닛에 차곡차곡 쌓였지만, 형사는 5천만 달러 이상이 사라졌다고 했었다. 그건 금괴로 400개가 넘었다. 그 숫자는 늘어날 수도 있었다. 그녀는 1970년대 금값을 전혀 모르니까.

"어떡할 거예요? 이것들을 어떻게 밖으로 운반할 건가요?" 아이리스가 아픈 팔을 문지르며 물었다. 카트는 1톤 정도 나갈 것 같았다.

"건축기사다운 질문이군, 아이리스? 걱정하지 마. 트럭은 적어도 한 시간 후에 올 테니까. 하지만 서류 캐비닛들을 포장해서 옮기려면 이젠 움직이는 게 좋겠지." 남자가 아이리스를 쳐다보며 씩 웃었다.

아이리스는 그가 어떻게 이곳을 빠져나갈 생각인지를 알아차렸다. 금괴를 서류 캐비닛에 숨겨두었다가 또 다른 검은색 트럭으로 몰래 실어가려는 것이다. 남자는 속이 빈 대여금고들의 문을 다시 잠그도록 지시했다. 아무도 그들이 이곳에 다녀간 것을 눈치채지 못할 것이다.

남자가 256번 대여금고를 열게 했다. 아이리스가 금고를 잡아빼는 순간 금고 상자가 그녀의 어깨를 때리고 바닥에 떨어졌다. 아이리스는 무릎이 후들거려 바닥에 주저앉았다.

남자가 신나게 웃었다. "당장 일어나 뚜껑을 열어!"

상자 안에는 수백 개의 열쇠와 또 다른 붉은 양초가 들어 있었다. 아이리스는 그것들을 손으로 어루만졌다. 이것들은 사라진 열쇠들이었다. 열쇠들은 분실된 것이 아니었다. 형사가 말했던 대로 누군가 숨긴 게 분명했다. 봉헌초 바닥에서 종이쪽지가 떨어져 내렸고, 아이리스가 그걸 집어 들었다. 또 다른 기도문이었다.

남자는 아이리스가 눈길을 들어 올릴 때까지 권총으로 벽을 두들겼다. "뭐라고 적혀 있나?"

"'마음이 온유한 사람은 복이 있다. 그들이 땅을 상속받을 것이다.'" 아이리스가 작은 목소리로 읽었다.

"하! 나라면 그런 말을 믿지 않을 거야. 다른 건 없어?"

대여금고를 여는 은행 열쇠 두 벌이 들어 있었다. 그 두 개의 열쇠고리들 밑에 노랗게 변한 양피지 조각 같은 것이 있었다. 출생증명서의 일부였다. 절반으로 찢어진 출생증명서의 나머지 반쪽은 그 아래에 엎어져 있었다. 아이리스의 눈이 맨 위에 타이핑되어 있는 '베아트리스 마—'라는 이름에 꽂혔다. **베아트리스?** 아이리스는 위험을 무릅쓰고 다시 출생증명서를 살펴보았다. 생년월일이 1962년 6월 12일이었다. 출생증명서는 쿠야호가 카운티에서 발부된 것이었다.

"뭐가 들어 있어?" 남자가 물었다.

"아무것도요. 그냥 잡동사니뿐인데요."

베아트리스. 아이리스는 그 이름을 보는 순간 아드레날린이 솟구쳤다. 이건 일종의 메시지였다.

"이봐, 쉬는 시간이 아니라고. 933번 대여금고!" 남자가 크게 소리쳤다.

아이리스는 열심히 머리를 굴리며 일어섰다. '마음이 온유한 사람들이 땅을 상속받을 것이다.' 베아트리스의 인사 서류에 그렇게 끄적거려져 있었다. 베아트리스가 적어놓은 게 분명했다. 그녀는 붉은색 양초를 남겼다. 베아트리스는 금고실에 온 적이 있었다. 256번 대여금고에 들어 있는 건 그녀의 출생증명서였다. 그녀는 256번 금고에 모든 열쇠들을 넣고 잠가버렸다. 547번 열쇠는 수전의 책상에 남겨두고. 베아트리스는 대여금고에 관해 말하려고 수전에게 전화했었다. 베아트리스는 대여금고의 내용물이 발견되기를 원했던 것이다.

"베아트리스." 아이리스가 속삭였다.

"뭐라고?" 남자가 물었다.

"아, 아무것도요. 그저…… 기도를 했어요."

"여기는 빌어먹을 교회가 아니야! 우린 해야 할 일이 있단 말이
야, 래치 양! 이제 다시 일을 하자고." 남자가 붉은색 양초를 아이
리스에게 던졌다.

양초가 팔을 세게 때렸지만, 그녀는 알아차리지 못했다. 금고가
잠긴 것은 베아트리스 때문이었다. 그녀가 열쇠들을 감추었던 것
이다. 하찮은 비서 한 명이 이 도시에서 가장 힘센 남자들을 물리
쳤던 것이다. 베아트리스가 은행을 무너뜨린 셈이었다.

남자가 아이리스 옆으로 쓰레기통을 던져주었다. 아이리스는 찢
어진 출생증명서와 열쇠들을 쓰레기통에 쓸어넣으면서도 노랗게
변색된 종이에서 눈을 떼지 못했다. 베아트리스는 1962년에 태어
났다. 잃어버린 여행가방 속에 들어 있던 자그마한 옷들이 머릿속
을 스쳐 지나갔다. 베아트리스는 실종 당시 불과 열여섯 살이었다.
아니면, 살해 당시.

살해……. 망연자실했던 아이리스는 퍼뜩 정신이 들었다. 입구
를 막고 있는 카트 위의 서류 캐비닛들이 황금으로 가득 채워지면,
그녀는 살해당할 가능성이 높았다. 쓰러져 있는 형사처럼. 그 생각
이 총알처럼 아이리스의 머리에 박혔다.

"빌어먹을, 아이리스! 우린 시간이 없어. 933번을 열어."

아니. 아이리스는 생각했다. 그녀는 256번 대여금고를 닫고 다
음 대여금고로 비틀비틀 다가가며 이를 악물었다. 이렇게 내버려
둘 수는 없었다. 아이리스는 조급하게 발을 구르는 남자를 슬쩍 훔

쳐보았다. 이자가 베아트리스를 살해했을지도 몰랐다.

그러다가 아이리스는 그걸 보았다. 아래로 여섯 번째 대여금고에 아직도 열쇠 하나가 박혀 있었다. 맥도넬 형사는 맞지 않는 열쇠를 억지로 쑤셔넣으면 핀들이 부러지도록 설정되었을 거라고 했었다. 파란색 셔츠를 입은 남자도 그래서 열쇠들을 잃어버렸을 것이다. 아이리스는 총을 든 남자를 바라보며, 깨달았다. 저 남자가 바로 그 멍청이였다는 걸.

아이리스는 933번 대여금고에 맞는 열쇠 대신 엉뚱한 열쇠를 집어 들었다. 열쇠를 열쇠구멍 안으로 힘껏 밀어 넣는 순간 뭔가가 부러지는 소리가 작게 들렸다. 그러더니 자물쇠의 실린더가 옴짝달싹하지 않았다. 아이리스는 열쇠가 완전히 구부러졌다는 확신이 들 때까지 열쇠를 계속 비틀었다. 그러고는 문짝을 쾅 하고 두들겼다.

"아, 염병할!"

"뭐야? 뭐가 잘못된 거야?"

"열쇠가 박혀버렸어요!" 아이리스는 열쇠를 흔들어 좀 더 구부렸다. 그러고는 열쇠를 가볍게 잡아당겼다. 그녀는 맥박이 빨라지자 입술을 깨물었다.

"열쇠를 빼!" 남자가 고함을 질렀다.

"안 돼요!" 아이리스도 고함을 지르며, 열쇠를 빼는 시늉을 했다.

"빌어먹을! 이런 염병할 일에 허비할 시간이 없어!" 남자가 권총으로 카운터를 내리치며, 카트를 옆으로 치웠다. 아이리스는 금고실 벽에 몸을 붙였다. 아이리스 곁을 서둘러 지나친 남자가 작은 열쇠를 잡아당겼다. 그가 그렇게 씨름하는 동안, 아이리스는 조용히 금고실을 빠져나갔다.

아이리스는 지하 로비를 지나 엘리베이터들 뒤쪽에서 쏟아져 내리고 있는 햇빛을 향해 달려갔다. 모퉁이를 돌자 대리석 계단통이 모습을 드러냈다. 아이리스는 한 번에 두 계단씩 뛰어오르며 은행의 메인 출입구로 내달렸다. 홀 저쪽의 유리를 통해 거리가 보였고, 그녀는 햇빛을 향해 줄달음질 쳤다.

문은 쇠사슬로 잠겨 있었다. 아이리스는 누군가가 들어주길 바라며 비명을 지르고 유리를 두들겼다. 문에 몸을 부딪치며 미친 듯이 문손잡이를 잡아당겼다. 폐점한 은행 앞을 지나가는 차량들에 한낮의 태양이 눈부신 햇살을 쏟아붓고 있었다. 10미터도 떨어지지 않은 곳에서 한 남자가 손에 커피를 들고 유유히 유클리드 애비뉴를 거닐고 있었다.

"도와줘요!" 아이리스는 유리를 마구 두들기며 소리를 질렀다. 그러나 그는 움찔하지도 않았다.

"갈 곳은 없어, 아이리스!" 남자가 계단을 올라오며 고함을 질렀다. 아이리스는 또 다른 문으로 달렸다.

74장
1978년 12월 14일 목요일

베아트리스는 544번 대여금고를 금고실 바닥에 내려놓았다. 탁하는 둔탁한 소리가 작게 울려 퍼졌다. 그건 맥스의 이름으로 대여된 금고였고, 그 안에는 맥스에게 불리한 증거들, 그러니까 다이아몬드들과 수천 달러의 현금이 들어 있었다. 현금은 성모마리아께 헌금해야겠군. 베아트리스는 자신의 커다란 핸드백을 비우며 생각했다. 맥스가 훔쳤던 모든 열쇠들, 그녀의 파일들, 가죽 장정된 책한 권, 액자가 깨진 사진 한 장, 붉은 양초 세 개가 놋쇠 바닥으로 굴러떨어졌다. 특히 양초는 해야 할 옳은 일이 있음을 잊지 않기위해 성당에서 가져온 것이었다.

훔친 보석과 현금을 핸드백에 쑤셔 넣는 동안, 베아트리스의 가슴에는 의문이 가득 찼다. 이 상자를 비워버리면, 맥스가 도둑질했다고 아무도 비난할 수 없을 것이다. 맥스는 자신의 딸을 되찾을 수 있을 것이고. 하지만 이런 큰 재산을 자신이 그냥 가져가버리면 도리스 이모처럼 도둑이 될 것이다. 베아트리스는 붉은 양초 하나를 금고 안에 넣고 금고를 제자리에 넣은 다음 자물쇠를 채웠다. **하느님, 만약 이 일이 옳지 않더라도 제발 용서해주세요.**

베아트리스는 547번 대여금고로 갔다. 경찰이 금고실을 급습한다면, 당연히 도리스 이모의 대여금고를 확인할 것이다. 토니는 도리스 이모가 도둑질에 관여했음을 알고 있었다. 또한 이모가 일했던 식당에서 베아트리스와 만났을 때 547번 열쇠를 돌려주기도 했었다. 토니가 경찰 병력을 이곳으로 데려올 것이다. 547번 금고 안에는 며칠 전에 봤던 지폐 뭉치들과 25센트짜리 동전 묶음이 들어 있었다. 도리스 이모는 웨이트리스로 받은 팁을 넣어둔다는 핑계로 매주 금고실을 찾았다. 그동안 이모의 친구인 셜리는 다른 곳을 보고 있었지만. 이건 훔친 돈이 아니기 때문에 베아트리스가 이 도시를 빠져나갈 버스표를 사도 괜찮을 것 같았다. 이모는 이해해줄 것이다. 베아트리스는 현금을 꺼낸 다음 이모의 모든 범죄가 기록된 갈색 가죽 책을 금고 안에 넣었다. 형사가 찾아낼 수 있도록.

"죄송해요, 이모." 베아트리스가 속삭였다.

그녀는 이모와 엄마가 함께 찍은 사진을 금고 안에 고이 넣었다. 도리스 이모의 흔적을 보는 것은 이번이 마지막일 것이다. 베아트리스는 조용히 기도문을 읊조리고는 사진과 함께 양초 하나를 금고 안에 넣은 후 금고의 문을 잠갔다.

256번 대여금고는 베아트리스의 이름으로 되어 있었다. 그녀는 상자 안에 무엇이 들어 있는지 몰랐다. 무엇이 들었는지, 알고 싶은 건지도 확실하지 않았다. 그래도 금고를 열었다. 훔친 보석들로 가득한 금고를 보면서 베아트리스의 가슴이 덜컥 내려앉았다. 토니나 다른 누군가가 이걸 발견한다면, 베아트리스는 꼼짝없이 교도소행이었다. **왜 그랬어요, 이모.** 베아트리스는 금고에서 보석들을 한 줌 한 줌 덜어내 핸드백에 넣었다. **내가 이 일을 바로잡을 수 있을까?**

노랗게 변한 종이가 보석 더미 아래쪽에서 모습을 드러냈다. 베아트리스는 그걸 집어 들었다가 종이 맨 위에 타이핑되어 있는 이름을 보고 숨을 멈췄다. '**베아트리스 마리 데이비스. 출생: 1962년 6월 12일. 어머니: 도리스 에스텔 데이비스. 아버지: 미상**未詳.'

베아트리스는 금쪽같은 시간이 흘러가는데도 그곳에 멍하니 앉아 있었다. 그녀의 떨리는 손에 들려 있는 출생증명서에 의하면, 그녀가 자신의 인생에 관하여 알고 있는 모든 것이 거짓이었다. 아이린은 어머니가 아니었다. 아버지는 베아트리스가 세 살이 되던 해에 집을 나간 게 아니었다. 도리스는 베아트리스에게 찾아오는 수고는 절대로 하지 않으면서 생일 축하 카드만 달랑 보내던, 쌀쌀한 표정의 이모가 아니었다. 도리스는 그것보다 훨씬 더 나쁜 존재였다.

금고 바닥에 아기의 사진이 있었다. 핑크빛 뺨과 파란 눈의 조그마한 얼굴이 작고 노란 나비넥타이를 매고는 차가운 회색 금속상자 속에서 밖을 내다보고 있었다. **이게…… 나야?** 베아트리스는 자신의 어린 시절 사진을 아이린의 집에서나 도리스의 아파트에서 본 적이 없었다. 그녀는 사진을 돌려보았다. 사진 뒤쪽에는 몇 줄의 문장들과 함께 '베아트리스'라고 휘갈겨 쓴 글씨가 있었다. 글씨는 흐르는 눈물 때문에 부옇게 보였다. 도리스는 그 사진을 금고

609

실에 남겨놓았다. 그녀는 베아트리스를 홀로 남겨두었다.

도리스와 빌과 은행에 대한 증오심이 끓어올랐다. 베아트리스는 출생증명서를 반으로 찢어 다시 금고 안에 던져버렸다. 그녀는 도리스 데이비스의 일부가 되고 싶지 않았다. 자신의 이름도 싫었다. 도리스와 아무것도 나누고 싶지 않았다. **영원히 세상과 격리되는 게 더 나을 것 같아.** 베아트리스는 생각했다. 그녀의 모든 삶이 다 실수이자 거짓이었다.

그러나 눈물이나 흘리고 있을 시간이 없었다. 투자자들이 곧 돌아올 것이다. 베아트리스는 맥스가 훔쳤던 모든 대여금고의 열쇠들을 쓸어 모아 찢어진 서류 위에 던져넣었다. 나쁜 놈들은 모든 대여금고를 드릴로 뚫어야 할 것이다. 베아트리스는 바닥에서 마지막 양초를 집어 들고 세게 움켜쥐었다. 손바닥이 아프도록.

"하느님, 도와주세요." 베아트리스는 아기 사진을 가슴에 대고 속삭였다. 이 일을 바로잡을 방법이 없었다. **이제 그건 중요하지 않아.** 베아트리스는 그렇게 생각하며 쌓여 있는 열쇠들 위로 양초를 떨어뜨렸다. 베아트리스 베이커는 죽었다. 처음부터 생존한 적이 없었다. 그녀는 금고상자의 뚜껑을 탕 소리가 나게 닫고 대여금고 속으로 밀어 넣었다.

256번 대여금고에서 두 개의 열쇠를 뽑는 순간, 복도에서 발소리가 들렸다. 베아트리스는 마지막 열쇠고리를 핸드백에 집어넣고 자신의 파일들을 거머쥐며 서둘러 금고실 밖으로 나갔다.

"베서니? 여기서 뭘 하고 있는 건가?" 빌이었다. 그가 문간에서 베아트리스를 멈춰 세웠다.

"아! 톰슨 씨!" 베아트리스는 무거운 핸드백을 겨드랑이에 끼고, 소매로 재빨리 얼굴을 닦았다. 빌을 똑바로 바라볼 수가 없어서 바닥을 쳐다봤다. "깜짝 놀랐잖아요."

"자네는 여기 와서는 안 돼. 누가 이 일을 시킨 건가? 랜디인가?" 마치 랜디가 이곳에 있기라도 하듯 빌은 불안한 눈길로 주변을 두리번거렸다.

"음, 맞습니다. 할로란 씨는 제가 열쇠 문제에 도움이 될지도 모른다고 생각하셨습니다."

"열쇠 문제라고?" 빌이 눈을 가늘게 뜨고 베아트리스를 쳐다보았다.

"그분은 제가…… 열쇠 시스템에 관한 셜리의 메모를 해독할 수 있을지도 모른다고 생각하셨나 봐요. 최근에 셜리가 은행을 그만두었다면서요……."

베아트리스는 자신이 셜리의 실종에 관해 알고 있다는 것을 빌이 이상하게 생각하지 않기를 빌었다. 빌이 터질 듯 부풀어 오른 핸드백을 알아차리지 못하게 자신이 들고 있는 파일들을 손가락으로 가리켰다. "전…… 전 지금까지 그녀의 속기를 읽어봤습니다. 그런데 정말…… 엉망이더라고요."

"그건 그렇고, 도대체 여기서 뭘 하고 있는 건가?" 빌이 베아트리스의 팔을 잡고 금고실 밖으로 끌고 나왔다.

베아트리스는 계속 말을 이어갔다. "정말, 멍청한 짓이었어요."

"당연히 멍청한 짓이었지. 지금 무슨 짓을 저질렀는지 모르는 모양이군."

611

"전…… 전 그냥 노력해보고 싶었어요. 할로란 씨께 못 한다고 말씀드리고 싶지 않았거든요……. 제가 정말 멍청했어요."

"멍청했다고? 베서니, 자넨 지금 범죄를 저질렀다고! 자넨 이곳에 들어올 권한이 없어. 내게 그 열쇠들을 넘겨주고 모두 털어놓지 않으면 경찰에 넘길 거야."

겁먹고 놀란 베아트리스의 머릿속이 빙빙 돌고 입이 딱 벌어지며 눈이 동그래졌다. 빌은 도리스 이모에게 그런 짓들을 저질러놓고도 베아트리스의 이름조차 모르고 있었다. '아버지: 미상'이라는 글귀가 지금도 그녀의 눈앞에 아른거렸다. 임신한 도리스가 직장에서 해고되는 모습이 훤히 그려졌다. 그 이야기가 어떻게 끝났을지는 몰라도 빌이 더 많이 비난받아야 했다. 거짓말과 교묘한 책략으로 도리스 이모를 꾀어 더러운 일에 끌어들였기 때문이었다.

베아트리스는 지금도 손바닥에 숨겨져 있는 마스터키를 꽉 움켜쥐면서 이 건물 어딘가에 있을 카마이클과 짐을 생각했다. 누가 이 열쇠를 갖든 그는 자신의 머리에 사형집행 영장을 붙이고 있는 셈이었다. 마스터키는 다른 열쇠들이 없으면 아무 소용이 없었다. 그리고 자신의 핸드백에 들어 있는 마지막 열쇠 세트를 제외하면 모든 열쇠가 256번 대여금고에 들어 있었다. 베아트리스는 빌의 작은 눈을 똑바로 쳐다보았다.

베아트리스는 당황한 표정으로 이마를 찡그리며 손에 들고 있던 열쇠를 내밀었다. "열쇠들이라니요? 제게는 이것뿐이에요. 할로란 씨는 이걸로 금고실의 모든 대여금고를 열 수 있다고 하셨어요. 하지만 하나도 열리지 않던데요."

빌의 눈이 휘둥그레졌다. 그는 베아트리스의 손에서 열쇠를 낚아챘다.

"랜디가 줬다고?"

베아트리스가 고개를 끄덕였다.

"그 빌어먹을 자식이!" 빌이 작은 목소리로 투덜거렸다. "베서니, 따라와."

빌은 베아트리스의 팔을 끌고 지하 로비를 지나 엘리베이터 쪽으로 갔다. 그녀는 터널 문을 힐끗 쳐다보고는, 그곳까지 갈 수 없으리라는 걸 깨달았다. 뭔가 방법을 찾아야 했다.

"아, 톰슨 씨, 다른 파일을 깜빡했어요! 절대 두고 오면 안 되는 건데!" 베아트리스는 팔을 잡아 빼고 금고실 쪽으로 걸어갔다. 핸드백에서 짤랑거리는 소리가 나지 않도록 조심하면서.

"무슨 파일인데?" 톰슨이 잠시 비틀거리다가, 재빨리 균형을 찾고 그녀를 따라오기 시작했다. "베서니! 이리 와."

"1초면 돼요." 베아트리스는 그렇게 대꾸하고 달리기 시작했다. 빌이 훨씬 뒤에서 무거운 걸음으로 쫓아오는 가운데 어두운 금고실 복도를 쏜살같이 지나 직원용 계단으로 갔다.

"베서니! 거기 서!"

베아트리스는 스타킹만 신은 발로 계단을 날듯이 올라갔다. 금고실의 전등들이 켜지면서 뒤쪽의 문 틈이 밝아졌다. 베아트리스는 하역장으로 달려 들어갔다. 콘크리트 벽들을 둘러보다가 하역장의 입구가 덜거덕 열리자 1.5미터 떨어진, 아무런 표시가 없는 문으로 달렸다. 베아트리스는 안으로 들어가 철문을 닫고 등으로 밀었다. 무거운 핸드백이 철문과 부딪혀 쨍그랑 소리를 냈다. 그녀는 지금 비상계단에 들어와 있었다.

계단이 나선형으로 높이 솟아 있었다. 베아트리스는 달리기 시작했다. 계단을 올라가며 머릿속으로는 분주히 출구를 찾았다. 두어 시간이 지나면, 직원들이 로비로 몰려들 것이다. 금요일 아침이니 새벽까지만 숨어 있으면 안전해질 것이다.

계단이 시작되는 세 개 층 아래쪽 문이 쾅 하는 소리와 함께 열렸다. 베아트리스는 비명을 지르며 벽에 달라붙었다. 3층 출입구까지 남아 있는 계단 세 개를 올라갔다. 문을 억지로 열자 경첩이 항의하듯 끽끽 소리를 냈다. 간신히 문을 빠져나가자 등 뒤에서 철컥 소리와 함께 문이 닫혔다. 가슴속에서 심장이 요동쳤다. 베아트리스는 몸이 빳빳하게 굳은 채 귀를 기울였다. 3층은 조용했다.

베아트리스는 돌아서서 홀 쪽으로 도망치며 문손잡이들을 돌려보았다. 다들 잠겨 있었다. 모퉁이를 돌아서면서 핸드백을 뒤적거렸다. 맥스가 숨겨두었던 문 열쇠들을 찾는 동안 그녀의 머릿속에서 공포심이 점점 부풀어 올랐다. 복도에서는 오랫동안 몸을 숨길 수 없었다. 또 하나의 모퉁이를 돌아섰을 때, 핸드백에서 간신히 열쇠들을 꺼냈다. 인사부 사무실이 바로 앞에 있었다. 불은 꺼져 있었다. 발소리나 목소리는 들리지 않았다. 베아트리스는 텅 빈 복도를 힐끔거리며 자물쇠에 맞는 열쇠를 더듬어 찾았다. 딱 맞는 열쇠가 자물쇠 구멍으로 들어갔고, 살그머니 안으로 들어간 그녀는 등 뒤의 문을 잠갔다. 그러고는 숨을 헐떡이며 구겨지듯 주저앉았다.

75장
1998년 8월 28일 금요일

"빌어먹을, 아이리스!" 남자의 목소리가 출입구로부터 예적금실 끝까지 울려 퍼졌다. "난 널 죽일 생각이 없었어."

그의 윙팁 구두*가 은행 창구 사이의 복도를 따라 천둥 같은 소리를 냈다. 아이리스는 창구 뒤쪽을 따라 출입구 쪽으로 살금살금 기어갔다. 그 발소리가 반대쪽 끝에 다다랐다. 그녀는 그 소리가 직원용 출구 밖으로 이어져 탈출할 기회가 생길지도 모른다는 희망을 아주 잠시 동안 품었다. 하지만 그런 희망과 달리 그가 뒤로 돌아서는 소리가 들렸다. 아이리스는 창구 부스로 들어가 좁은 카운터 밑으로 몸을 숨겼다.

"난 거래를 제안하려고 했는데. 너처럼 쉽게 몸을 대주는 창녀가 절대 거절하지 못할 거래 말이야. 모든 일을 잊는 대가로 5만 달러를 주고 네 엄마에게 돌려보내려고 했는데. 아이리스, 네 말은 아

---

* 앞쪽에 날개를 펼친 듯한 W 형태의 재봉선을 낸 구두.

무도 믿지 않을 테니까. 불평불만이 가득한 도둑년인 데다 알코올 중독자잖아. 누가 네 말을 믿겠어. 하지만 이젠…… 이제는 너를 죽여버릴 거야."

창구 부스 문을 차례로 여는 소란한 소리가 벽을 따라 천둥소리처럼 퍼져 나갔다. 남자는 창구 직원이 근무하던 창구 부스 쪽으로 들어왔다. 그는 아이리스가 숨어 있는 곳으로 점점 다가왔다. 근처의 부스 문이 쾅 하는 소리와 함께 열렸다. 제 발로 함정에 뛰어든 꼴이었다. 아이리스는 좁은 구석에 등을 붙이며 눈을 꼭 감았다.

"그만하게, 랜디." 귀에 익은 목소리가 출입구 쪽에서 들려왔다.

아이리스는 눈을 번쩍 떴다. 휠러의 목소리였다.

"찰스! 여기에서 뭘 하고 있는 겁니까?" 랜디는 아이리스가 숨어 있는 부스 밖에서 걸음을 멈추었다. 부스 문 아래로 랜디의 그림자가 보였다.

"나도 자네에게 똑같은 질문을 하고 싶네."

랜디가 헛기침을 했다. "우리의 신입 기사 한 명이 근무 시간에 무단 이탈을 했더군요. 그러고는 금고실에서 퇴직연금을 챙기더라고요. 지금 당신께 전화할 참이었어요."

"자넨 당연히 그랬겠지."

아이리스는 부스의 문틈으로 랜디가 권총을 움켜쥐는 걸 보았다. 휠러에게 걸어가는 랜디의 발소리는 조금 전보다 훨씬 조용했다.

"당신은 회사에 대한 나의 충성심을 의심하는군요, 찰스. 이렇게 오랜 세월이 흘렀는데도."

"자넨 회사의 일원이었던 적이 단 한 번도 없었네, 랜디. 우린 자네 아버지를 존경하는 의미로 그 오랜 세월 동안 자넬 묵인해주었을 뿐이지. 이제 그 빚을 다 갚은 것 같군. 자넨 끝났네."

"내가 왜 끝나! 할로란 집안은 지금도 대주주로서 클리블랜드 퍼스트뱅크의 지분을 가지고 있는데. 피로 대가를 지불하고 말이야. 염병할!"

아이리스는 움직여야 했다. 지금이 유일한 기회일 수도 있었다. 저려서 감각이 없어진 손과 무릎으로 창구 부스를 빠져나와 뒷문 쪽으로 조금씩 기어가기 시작했다.

"자네의 주식은 이미 다 사들였네." 휠러가 단호하게 말했다.

"'사들였다'니 그게 무슨 뜻이죠? 누가요?"

"금고실이 망가졌을 때, 이사회는 자산을 차입하는 옵션을 행사할 수밖에 없었네. 자네도 그게 어떻게 진행되는지는 알겠지?"

"도대체 무슨 말을 하는 겁니까?"

아이리스가 뒷문에 거의 도착했을 무렵, 끼익 소리와 함께 문이 열렸다. 그녀는 맨 마지막 창구 부스로 허둥지둥 기어들어 갔다. 잠시 후 검은색 교정용 구두가 안으로 걸어 들어왔다.

"내 말을 알아들을지는 모르겠지만, 우리 자산은 너무 단단히 묶여버렸네." 휠러가 차갑게 웃으며 말했다. "FBI가 금시장을 지켜보고 있는 데다, 우리의 귀중한 고객들에게 프라이버시를 지켜주겠다고 약속했기 때문에 대여금고를 그냥 드릴로 뚫어버릴 수는 없었지. 적어도 10년 동안은 그럴 수가 없었네. 금을 팔아치울 수가 없었던 걸세, 랜디. 다행히도 마침 그때, 금을 장기간 보유해도 상관없다는 투자자가 나타났지."

"안녕, 랜디?" 이탈리아 억양이 강한 목소리였다.

"카마이클! 여기는 웬일이죠?"

"지금 이 시간부터 이곳은 내 소유야. 나와 우리 집안이 이 은행에 수년간 투자했거든. 어떻게 투자하지 않겠나? 세금도 없고, 질문도 하지 않는다는데. 아주 싼 가격으로 황금을 손에 넣을 절호의 기회이기도 했고."

아이리스는 한쪽 귀퉁이로 슬쩍 훔쳐보았다. 그는 그녀에게 그렇게 친절했던 '엘라의 펍' 바텐더였다. 그는 손에 커다란 권총을 들고 있었다. 권총은 랜디를 겨누고 있었다.

"뭐라고요?" 랜디는 언짢은 웃음을 흘렸다. 그의 권총이 텅 하는 금속성을 내며 바닥에 떨어졌다. 랜디는 두 손을 들고 한 걸음 뒤로 물러섰다. "카마이클, 난 그런 사실을 전혀……."

"아, 난 여러 해 전에 짐에게 자네를 처리하자고 했지. 그는 자네가 쓸모 있을지도 모른다면서 그냥 두라고 하더군. 누구 생각이 맞았던 거지?" 카마이클은 마치 삼촌이나 되는 것처럼 껄껄 웃었다. "아, 난 자네가 뚱뚱한 십 대였을 때 골프 코스에서 자네 아빠를 졸졸 따라다녔던 걸 기억하고 있어. 적어도 그때의 자네는 예의를 차릴 줄 아는 녀석이었지. 그때는 지금보다 머리가 좋았었나 봐."

"카마이클, 난…… 난 무례를 저지를 의도가 없었어요."

"무례라고? 아하, 그건 아니지. 분명히 아니라고."

"이건 오해예요." 랜디가 변명했다. "그년이요. 그년이 열쇠를 몽땅 훔쳤다고요. 그년이 빌어먹을 형사를 이곳으로 끌어들였고요."

"그런 불행한 일이 있나." 카마이클은 그렇게 말하고, 랜디의 가슴을 향해 권총을 발사했다. 천둥소리가 벽을 뒤흔들었다.

움찔한 아이리스는 터져 나오려는 비명을 간신히 틀어막았다.

랜디가 쿵 소리를 내며 바닥에 쓰러졌다.

"이것 보이나, 랜디? 용감한 형사가 여기에 있는 자신의 권총으로 도둑질하는 자네를 제지한 거야. 곧바로 자네는 흉탄을 발사한 거고." 휠러는 마치 이사회를 주재하듯 맞은편에서 말했다.

랜디는 피를 토하며 숨이 넘어가는 소리만 냈다.

휠러의 발소리가 가까이 다가왔다. "마침내 클리블랜드 시청은 할로란 집안이 여러 해 전에 빼돌렸던 자금 일부를 환수하게 되는 거지. 맥도넬 형사는 진실을 밝히기 위해 끈질기게 수사한 공로를 인정받아 훈장을 받을 거야. 그는 영웅이 되겠지. 우리의 사랑스러운 부총재인 짐 스톤도 마찬가지일 거고. 선거철에 딱 맞추어서 말이야. 랜디, 자네도 보다시피 모든 게 가장 좋은 방향으로 흘러갈 거야."

랜디가 마지막 숨을 놓아버린 뒤 아이리스는 덜덜 떨며 몸을 둥글게 웅크렸다. 부스가 그녀 주위로 오므라드는 것 같았다. 숨을 쉴 수 없었다.

값비싼 가죽 구두가 찰칵 소리를 내며 가까이 다가오더니 아이리스가 숨어 있는 부스 앞에 멈춰 섰다. "자네가 이 일을 해치울 건가?" 휠러가 카마이클에게 물었다.

"네, 아무 문제 없습니다. 브루노가 오고 있고요. 우리가 이곳을 아무 일도 없었던 것처럼 깨끗이 치울 겁니다. 경찰이 오기 전에 15분 정도의 여유만 있으면 충분합니다."

아이리스는 훌쩍거리는 소리가 크게 흘러나오지 않도록 한 손으로 입을 틀어막았다. 이 다정한 노인이 이제 아이리스를 총으로 쏠 모양이었다.

"카트에 200~300만 달러쯤 남겨두게. 나머지는 나중에 정리하면 되니까. 여자애는 어떡할 작정인가?" 휠러가 아이리스 머리 위쪽의 나무 상판을 손가락으로 두드리며 물었다.

아이리스의 목구멍에서 나지막한 흐느낌이 새어 나왔다.

"너무 많은 피를 흘렸어요." 카마이클이 말했다. "괜히 맥도널 형사의 영웅적인 행동에 흠집을 남기고 싶지 않습니다. 동의하시죠? 그런 문제가 있으면, 의문만 많아질 테니까요. 이 여자는 사라질 겁니다. 아시겠어요? 내가 보증합니다."

"일을 확실히 끝내게. 이 여자애는 보기보다 멍청하지 않으니까." 휠러는 그렇게 말하고, 방 밖으로 걸어 나갔다.

문이 쾅 하고 닫히고 1분이 지나기도 전에 뒷문이 열렸다. 묵직한 작업화를 신은 두 사람이 안으로 들어왔다. 아이리스는 눈을 꼭 감고, 구석으로 몸을 움츠렸다. 그들이 그녀를 이곳에서 끌어낼 것이다.

"브루노, 현장을 깨끗이 청소해야 해. 이 도둑놈은 금고실로 옮기고. 그래야 우리 형사가 총으로 쏜 것이 되겠지." 카마이클이 지시했다. "레이먼, 내가 가져오라는 건?"

굵고 쉰 목소리가 대답했다. "가방을 가져오긴 했어요. 하지만 나더러 이걸로 뭘 하라는 거죠."

"자네가 하고 싶은 것을 하면 되네." 카마이클의 말소리가 끊겼다. 그리고 누군가의 등을 두드리는 소리가 났다. "자네가 이곳에서 20년 동안이나 나의 눈과 귀가 되어준 대가라고 생각하게."

"당신을 위해 있었던 것은 아니에요." 레이먼이 투덜거렸다.

"나도 알아. 자네는 나의 맥시를 위해 이곳에 있었잖아. 이건 그녀를 위한 것이기도 하네. 이건 이 빌어먹을 은행가들을 거꾸러뜨린 모든 여자들을 위한 것이기도 하고. 여기에 있는 아이리스까지 포함해서 말일세. 만약 아이리스가 시신을 발견하지 못했다면, 이 나쁜 놈들은 군청에 건물을 팔아치웠을 테고, 우리 빚을 갚지 않고 몰래 금괴를 빼돌렸을 테니까. 아이리스 덕분에 그 작자들이 속셈을 드러냈어. 난 빚은 갚는 사람이라네."

쨍그랑 하는 맑은 소리와 함께 뭔가가 바닥에 떨어졌다.

"이제 이걸로 뭘 할지 봐야겠어요." 레이먼이 말했다.

"자네들 둘은 사라져야 하네. 영원히. 이 경고는 오직 한 번만 하는 걸세. 자네들이 확실히 이해했길 바라네. 아이리스에게는 내가 미안해하더라고 말해주게. 하지만 난 이미 그녀에게 귀신들의 단잠을 깨우지 말라고 경고했었네."

2분 후, 레이먼은 멍하니 비틀거리는 아이리스를 끌고 하역장을 지나 인도로 나갔다.

"움직여야 해요. 머릴 숙여요, 아이리스."

아이리스는 서너 블록을 지나는 동안 머리를 들지 않았다. 지난 두 시간 동안 보고 들은 모든 것…… 생명을 잃은 맥도널 형사의 눈동자, 붉은 양초, 금괴, 열쇠들, 기도문, 보석, 액자가 깨진 사진,

출생증명서, 랜디의 몸이 바닥에 쓰러지는 소리 등이 콘크리트 포장도로의 갈라진 틈과 함께 스쳐 지나갔다.

아이리스의 현장가방이 레이먼의 어깨에 매달려 무겁게 흔들리고 있었다. 금고실에서 아이리스는 총구에 떠밀려 가방을 현금과 보석으로 채웠었다. 모두 대여금고에서 훔친 것들이었다. 이제 그건 카마이클이 레이먼과 아이리스에게 주는 보상이었다. 침묵의 대가였다.

레이먼은 프로스펙트 애비뉴에서 걸음을 멈추고, 신호등이 바뀌기를 기다렸다. 아이리스는 어깨 너머로 뒤돌아보았다. 네 블록 뒤쪽에 버려진 클리블랜드 퍼스트뱅크가 어둠 속에서 하늘로 치솟아 있었다. 아주 잠깐 동안, 아이리스는 창문에서 자신을 내려다보는 여자를 보았다. 맹세해도 좋을 만큼 확실했다.

"베아트리스야." 아이리스가 속삭였다.

"얼른 갑시다." 레이먼이 아이리스의 팔을 잡아끌었다.

아이리스가 고개를 돌렸을 때, 여자는 사라지고 없었다.

76장

1978년 12월 14일 목요일

베아트리스는 유리창에 얼굴을 대고 유클리드 애비뉴를 내려다보았다. 아래쪽 거리는 흐릿한 가로등 불빛과 공장에서 뿜어내는 스모그만 자욱할 뿐, 텅 비어 있었다. 약한 가로등 불빛이 그녀가 서 있는 어두운 방까지 간신히 손을 뻗고 있었다. 지난번에도 베아트리스는 인사부 사무실에 갇혀 있었다. 그때는 빌이 수전을 유혹해 섹스를 하는 동안 인사부의 서류보관실에 갇혀 있었다. 베아트리스는 마지못해 수전의 책상으로 걸어가 무거운 핸드백을 내려놓고 주저앉았다.

베아트리스는 핸드백에서 아기 사진을 꺼내고는 희미한 불빛 속에서 찬찬히 살펴보았다. 이 사진을 금고실에 그대로 내버려둘 수는 없었다. 사진에서 자신을 똑바로 쳐다보고 있는 자신의 파란 눈을 보면서 또다시 가슴이 찢어질 듯했다. 사진 뒤쪽에 '베아트리스'라는 이름이 휘갈겨 적혀 있었다. 이름 아래에는 어둠 속에서 거의 알아보기 힘든 메모가 있었다.

자장자장, 울지 마라

우리 아기 잘도 잔다

자고 나면, 넌 작고 예쁜 말들을 다 가질 수 있단다

베아트리스는 자신이 평생 알았던 자장가를 콧노래로 부르며 눈물을 흘렸다. 도리스는 베아트리스의 기억이 형성되기 전에, 베아트리스를 매리에타에 남겨두고 떠나기 전에 분명히 이 자장가를 불러주었을 것이다. **작고 예쁜 말들이** 그녀의 핸드백 속에 들어 있는 보석들을 내려다보고 있다고 베아트리스는 생각했다.

베아트리스는 머릿속으로 도리스의 장부에 적힌 내용들을 떠올렸다. 대여금고들은 자신이 태어난 해부터 사라지기 시작했다. 그녀의 출생증명서에는 '아버지: 미상'이라고 적혀 있었다.

빌이 탐욕스럽게 열쇠를 낚아채던 순간 그의 손톱이 베아트리스의 손바닥을 긁어대던 느낌이 지금도 느껴졌다. **정말 못된 놈이야.** 빌도 맥스를 때렸을지 모른다. 터널에서 피를 흘리고 있을 친구를 생각하니 목이 메었다. 베아트리스는 수화기를 들고 번호를 눌렀다.

"911입니다. 어떤 응급상황인가요?" 목소리는 멀리서 들려왔다.

베아트리스는 얼른 수화기를 내려놓았다. 아무에게도 전화하지 말라던 맥스의 말이 떠올랐다. 베아트리스는 수화기를 노려보았다. 수전의 키폰 전화기 버튼에 한 단어가 적혀 있고, 그 위에 테이프가 붙어 있었다. '집.' 베아트리스는 미안한 마음으로 그 버튼을 눌렀다. 전화를 걸기에는 너무 늦은 시간이었지만, 그래도 수화기를 집어 들었다.

"여보세요?"

"안녕하세요? 전화 받으신 분이 수전이신가요?" 베아트리스가 전화기에 속삭였다.

"나예요."

"밤늦게 전화 드려 죄송합니다만……." 베아트리스는 알아봐야 할 게 너무나 많았다. "혹시 전에 은행에서 일했던 도리스 데이비스라는 직원을 아시나요?"

"그쪽은 누군가요?"

"저요? 전…… 베아트리스라고 합니다." 거짓말을 하기에는 이미 늦어버렸다. "전 9층에서 일하는데, 그분의 물건을 찾아낸 것 같아서요. 어떤 사람이…… 당신이라면 도리스 데이비스라는 분을 알고 있을지도 모른다고 해서요."

"맙소사, 여러 해 동안 도리스의 소식을 듣지 못했어요. 적어도 10년은 된 것 같은데? 내가 처음 은행에 들어왔을 때 그녀는 위층의 회계감사부에서 일하고 있었지요. 아주 멋진 여자였는데, 뭔가 곤란에 빠진 것 같았어요."

"곤란이요?" 베아트리스의 목소리가 갈라졌다.

"남의 일을 떠들고 싶진 않지만, 그녀는 임신으로 해고당했다고 들어서. 그런 일은 늘 있었어요. 가엾은 여자애들이 나쁜 남자에게 속아 넘어가곤 하거든요. 그걸 털어놓고 이야기할 사람이 하나도 없으면, 뭐…… 그런데 뭘 찾아냈다는 거죠?"

"아, 그냥 오래된 서류예요. 별거 아닌 것 같아요."

도리스는 해고되었다. 그녀는 베아트리스를 매리에타에 내팽개쳐두고, 금고실에서 도둑질을 하기 시작했다. 아니면 반대였을 수도 있었다. 어느 쪽이든 도리스는 훔친 보석들을 모두 256번 대여금고에 챙겨 넣고, 그 대여금고를 딸의 이름으로 등록해두었다. 도리스 이모는 날 위해 돈을 마련해둔 것일까, 아니면 그저 자신의 꼬리를 감추려던 것일까?

베아트리스는 목청을 가다듬었다. "우리 부서는 대여금고를 회계감사하고 있었어요. 당신 이름으로 된 대여금고가 하나 있던데요……"

"내 이름으로? 아니, 없어요."

"이상하네요. 여기에는 당신 이름으로 하나가 있거든요. 한번 살펴보세요. 좋은 밤 되세요." 전화를 끊는 베아트리스의 맥박이 빨라졌다.

베아트리스는 수전에게 전화를 걸거나 자신의 이름을 알려줄 생각이 전혀 없었다. 하지만 누군가와 이야기를 해야 했다. 모든 것이 잘못되어 이제는 뭘 해야 할지도 몰랐기 때문이다. 그녀는 주머니에서 도리스 이모의 열쇠를 꺼냈다. 547이라는 번호가 창문으로 들어온 희미한 노란 불빛에 어렴풋이 빛났다. 도리스 이모가 그런 일을 벌인 데에는 여러 가지 이유가 있겠지만, 베아트리스는 그딴 것에 관심이 없었다. 이유가 있다고 해서 옳은 일이 되는 것은 아니었다. 도리스 이모가 베아트리스를 매리에타의 아이린에게 내팽개쳐두는 바람에 그녀는 그곳에서 끔찍한 일들을 겪어야 했다.

베아트리스 베이커는 절대로 태어나서는 안 되는 아이였다. 그녀는 열쇠를 책상 위에 세게 내려놓고, 서류보관실로 뛰어 들어가 전등 스위치를 켰다. 자신의 인사서류가 들어 있는 서랍을 열고, 서류를 거칠게 떼어냈다. 그녀의 사진, 이력서, 봉급명세표…… 베아트리스는 그것들을 모두 핸드백의 현금과 보석 옆에 쑤셔 넣었다. 핸드백에서 짐과 테디의 대화를 기록한 속기법 메모와 분실된 대여금고를 기록한 메모를 꺼내 서류 서랍에 쑤셔 넣었다. 그것들을 없앨 수 있어 무척이나 기뻤다. 어쩌면 누군가가 이것들의 내용을 알아볼지도 몰랐다. 토니가 이것들을 찾아냈으면 하는 바람도 있었다.

베아트리스는 수전의 책상으로 돌아와 무너지듯 의자에 주저앉았다. 수전과 하느님은 얼마나 많은 가엾은 여자들이 지금도 여전히 빌과 얽혀 있는지 알고 있을 것이다. 수전에게는 진실을 알 권리가 있었다.

베아트리스는 핸드백을 샅샅이 뒤졌다. 맥스의 마지막 열쇠고리를 한쪽으로 치우고, 보석들을 뒤적거렸다. 그리고 수전의 책상 서랍을 열고 팔찌 하나를 넣고는 이마를 찌푸렸다. 수전이 이 다이아몬드의 의미를 모를 것 같아서였다. 심지어 빌이 이 팔찌를 선물한 것으로 여길 수도 있었다. 도리스 이모의 열쇠가 여전히 책상 위에 놓여 있었다. 베아트리스는 그 열쇠를 집어 들어 서랍 속의 팔찌 옆에 놓았다. 이 열쇠가 있고 전화도 받았으니, 수전은 여기저기에 알아볼 것이다.

벽에 걸린 괘종시계가 큰 소리로 똑딱거렸다. 베아트리스에게는 해야 할 일이 남아 있었다. 빌과 은행 관계자들을 영원히 막으려면, 테디의 암호화된 기록을 손에 넣어야 했다.

베아트리스가 수전의 서랍을 닫는 순간, 사람들의 목소리가 홀을 따라 울려 퍼졌다. 베아트리스는 숨이 멎는 듯했다. 그녀가 귀퉁이에 있는 린다의 사무실로 달려가는 동안, 목소리들이 빠르게 다가왔다. 인사부 문이 활짝 열렸다.

"그 여자애를 놓치다니 정말로 믿을 수가 없군요." 웬 사내가 큰 소리로 외쳤다.

랜디 할로란이었다. 베아트리스는 어둠 속에서 살금살금 책상을 돌아 화장실로 들어간 다음 화장실 문을 조용히 닫았다.

"어째서 그 여자애가 이곳에 있을 거라고 생각한 건가?" 빌의 목소리였다.

"콜센터에서 이곳의 불이 켜졌다고 했잖아요. 그리고 봐요. 누군가가 서류보관실에 있었어요. 그곳에 서 있지만 말고 얼른 들어가서 없어진 게 있는지 알아봐요."

"그만하면 됐어, 랜디. 내가 자네 상사라는 걸 잊지 말라고."

"모든 증거가 그 반대란 말이야, 빌. 이곳에서 무슨 일이 벌어지고 있는지 전혀 모르겠나? 은행은 끝장났다고! 이제 회계감사부 같은 건 없어! 어서 방법을 찾으란 말이야!"

베아트리스는 좀 더 안쪽으로 물러섰다. 뭔가 날카로운 것에 찔리는 바람에 욕이 튀어나올 뻔했다.

"맙소사! 자네, 정신이 나간 건가?"

"정신이 나갔냐고? 그래, 정신이 나갔다!" 랜디가 소리를 질렀다. "시청은 한 시간 안에 채무불이행을 선포할 예정이고, FBI는 당장이라도 쳐들어올 기세고, 당신은 금고실의 모든 열쇠를 잃어버렸고…… 빨리 뭔가 해답을 내놓지 못하면, 우린 둘 다 고기밥이 될 판이라고. 당장 빌어먹을 파일들을 확인해보라고!"

벽을 따라가던 베아트리스는 조금 전에 부딪혔던 뾰족한 금속이 통풍구 창살의 한쪽 귀퉁이라는 것을 알게 되었다. 그게 벽에서 튀어나와 있었다. 신선한 공기가 베아트리스를 그곳으로 이끌었고, 커다란 창살이 느슨해져 있었다. 통풍관에 관한 맥스의 말을 떠올린 베아트리스는 창살의 가장자리를 잡아당겼다.

"수백 개의 파일이 있다고, 랜디. 여기에 어울리지 않는 엉뚱한 것은 전혀 없어. 게다가 베서니는 내게 마스터키를 넘겨주었단 말이야."

"뭐라고?"

베아트리스는 조심스럽게 창살을 흔들었다. 창살이 벽에서 약간 떨어져 나오며 끽 하는 작은 소리를 내는 바람에 베아트리스는 움찔했다. 그러고는 온 힘을 다해 창살을 잡아당겼다. 결국 창살은 쨍그랑 하는 작은 소리를 내며 화장실 바닥에 떨어졌다.

"자네가 그 여자애에게 주었다면서." 빌이 잘못을 따지듯 말했다.

"베서니라고? 난 베서니라는 사람을 몰라. 그리고 난 그 여자애에게 빌어먹을 열쇠를 준 적이 없다고. 그것 줘봐!"

"자넬 위해 일하는 자그마한 금발을 모른다고? 자네가 이걸 줬다던데?"

린다의 사무실 문이 요란하게 열리며, 벽이 부르르 떨렸다.

"그런다고 그 여자애 말을 믿었다고? 당신, 바보야? 이 열쇠는 아무런 가치가 없어. 아무런 표시가 없잖아. 그 여자애의 체육관 사물함이나 빌어먹을 일기장을 여는 열쇠일 수도 있단 말이야."

베아트리스가 숨어 있는 화장실 문에 열쇠가 부딪히며 쨍그랑 하는 금속성이 울려 퍼졌다. 베아트리스는 나지막하게 헐떡거리며 통풍관 안으로 들어섰다. 눈먼 사람처럼 더듬거리며 조금씩 어둠 속으로 나아갔다. 마침내 차가운 철제 사다리가 손에 잡혔다. 무거운 핸드백을 팔에 걸고 조심스럽게 사다리 위로 몸을 끌어올렸다. 그러다가 갑자기 어떤 생각이 떠올랐다. 두 사람이 말다툼을 벌이고 있는 바로 그곳에 있는 수전의 책상에 열쇠고리를 두고 왔다는 생각이…… 심장이 덜컥 내려앉았다. 베아트리스는 화장실로 되돌아갈 뻔했다. 다른 사무실 문이 쾅 소리를 내며 열렸다. 곧이어 또 다른 사무실 문이 열렸다.

"이제 그만하면 됐어." 빌이 떨리는 목소리로 말했다. "분명히 그 여자애는 여기 어딘가에 있을 거야."

빌의 목소리가 점점 커졌다. 베아트리스는 떨리는 손으로 사다리를 놓고 창살문을 잡아당겨 닫았다. 화장실 문이 벌컥 열리면서 통풍관으로 불빛이 쏟아져 들어왔다. 베아트리스는 어둠 속으로 몸을 움츠렸다.

"그래, 그 여자애가 어디 있는데?" 랜디가 샤워 커튼을 거칠게 열며 대답을 강요했다.

"걱정하지 말게. 멀리 도망가지 못했을 테니까. 곧 찾아낼 수 있을 거야." 빌은 바닥에 떨어진 아무런 표식도 없는 열쇠를 집어 들어 다시 찬찬히 살폈다.

"곧 찾아낼 거라고? 그러지 못하면 어쩔 건데, 응?" 랜디가 소리를 지르며, 빌의 얼굴을 후려갈겼다. 예기치 못한 주먹질에 빌은 무릎을 꿇었다. "누가 우릴 찾고 있는지 알고 있나? 한 시간 전에 카마이클 코벨리가 이곳으로 경쾌하게 걸어 들어오는 모습을 봤다고. 우린 엿 된 거야, 빌!"

"이봐, 왜 때려!" 빌이 바닥에 대고 악을 썼다. "우리는 거래를 한 것 아니었어?"

"맞아, 거래가 제대로 지속되는 동안에는 멋진 사기 수법이었지. 하지만 다들 네가 FBI에 떠들어댔다는 걸 알고 있어. 네가 누굴 팔아치웠을까? 응? 난 아니겠지!" 랜디가 빌의 갈비뼈를 걷어찼다. "네가 날 진창에 처박게 내버려두지 않을 거야. 고작 15퍼센트를 받고 그런 위험까지 무릅쓸 순 없지!"

빌이 소리를 지르며 랜디를 세면대에 처박았다. "모든 사람들이 한몫 챙기려고 하고 있어, 랜디. 난 네 녀석의 협박과 허풍에 말려들어 거래를 했단 말이야! 이 염병할 기생충 같은 인간아!"

"내가 기생충 같다고?" 랜디가 소리를 지르며 빌을 밀어냈다. 빌의 배를 세게 때렸다. 그리고 빌이 몸을 숙이자 그의 목덜미를 내리쳤다. 빌은 쿵 소리가 나도록 머리로 변기를 들이받고, 바닥에 뻗어버렸다.

베아트리스는 자신이 숨어 있는 통풍관에서 1미터 정도밖에 떨어져 있지 않은 곳에 누워 있는 빌을 멍하니 쳐다보았다. 대리석 타일에 피가 고이고 있었다.

랜디는 발로 빌의 몸을 쿡쿡 찌르며 중얼거렸다. "빌어먹을!"

랜디는 손으로 얼굴을 문지르며 미동도 하지 않는 빌 옆에 20초 정도 가만히 서 있었다. 그러다가 결국 화장실 밖으로 나가 문을 닫았다.

문을 세게 닫는 바람에 통풍관이 부르르 떨렸다. 베아트리스는 바닥에 쓰러진 빌의 모습이 보이지 않는 곳으로 허겁지겁 사다리를 타고 올라갔다. 화장실 문이 부서질 듯한 소리와 함께 다시 열린 탓에 베아트리스의 발이 미끄러졌다. 그녀는 숨을 헐떡이며 사다리를 붙들었다. 잔뜩 녹이 슨 쇠가 그녀의 손바닥을 갈아댔다.

"이렇게 끝나서 유감일세, 친구." 랜디는 베아트리스가 숨은 곳으로부터 1.5미터 아래에서 투덜댔다. 희미하게 질질 끌고 가는 소리가 들렸다. "걱정하지 말게. 다들 이해할 테니까. 투자가 악화되고, 거래도 악화되는 판이니…… 때로는 달리 빠져나갈 방법이 없을 수도 있지."

힘을 쓰며 가쁘게 숨을 몰아쉬는 소리와 뭔가를 긁어대는 소리가 가느다란 철제 난간에 서 있는 그녀에게까지 들려왔다. 하지만 그녀는 입을 틀어막은 채 아래쪽에서 무슨 일이 벌어지는지 상상하지 않으려 했다.

"조금만 참아. 알았지?" 랜디가 불쾌한 웃음을 터뜨렸다. "이제 모든 게 잘 풀릴 테니까. 자네도 곧 보게 될 거야. 내가 우리의 투자를 돌려받고…… 그리고 덤까지 얻어내는 걸."

베아트리스는 허공에서 열쇠고리를 흔들어대는 소리를 듣고 아래쪽을 내려다보았다. 랜디가 열쇠고리를 찾아낸 것이다.

1초 후, 아래쪽의 불이 꺼졌다. 그러고는 조용했다. 베아트리스는 작은 소리로 비명을 토하며 통풍관 안의 어둠 속에서 사다리를 껴안았다. 사다리가 너무 차가워서 팔이 덜덜 떨렸다. 그녀는 사다리를 그냥 놓아버리고 싶다는 충동을 간신히 억눌렀다.

베아트리스는 이제 아무것도 느끼고 싶지 않고, 아무것도 듣고 싶지 않고, 아무것도 알고 싶지 않았다. 그녀 아래쪽에는 죽음 같은 어둠뿐이었다. 이 건물 밖에서 그녀는 이름도 집도 어머니도 아버지도 삶도 없었다. 어깨를 파고드는 무거운 핸드백이 베아트리스를 아래쪽으로 끌어당겼다. 랜디가 열쇠들을 찾아냈다. 그녀는 실패하고 말았다. 맥스와 도리스와 베아트리스 자신을 실망시켰다. 손가락이 미끄러지기 시작했다.

베아트리스는 팔로 사다리에 매달려 두 눈을 감았다. 열쇠를 가지고 금고실로 향하는 랜디를 머릿속으로 그렸다. **안 돼!** 그 자식이 그걸 가져서는 안 된다. 부자들이 모든 것에 접근할 수 있는 열쇠들을 갖도록 내버려둘 수는 없었다. 지금도 그걸 막을 시간이 있었다.

베아트리스는 도리스 이모가 금고실에서 훔친 모든 것이 들어 있는 핸드백을 팔에 걸고 천천히 사다리를 내려왔다. 쇠에 돌기처럼 돋아 있는 꺼끌꺼끌한 것이 손바닥으로 파고들자 베아트리스는 사다리에서 얼른 손을 떼어냈다. 갑작스러운 움직임으로 인해 그녀의 몸이 사다리 한쪽으로 기울어지고, 무거운 핸드백이 어깨에서 대롱거렸다. 그러다가 핸드백이 팔목으로 흘러내리고, 그녀의 발이 사다리에서 미끄러졌다.

베아트리스는 사다리에 한 손으로 매달린 채 비명을 질렀다. 사다리를 잡기 위해 손을 뻗는 순간, 핸드백이 팔에서 떨어져 나갔다. 핸드백은 네 개 층을 수직으로 떨어진 끝에 쾅 하는 희미한 소리를 내며 저 아래쪽에 주저앉았다.

"무슨 소리야?" 멀리서 목소리가 들려왔다.

베아트리스는 발 디딜 곳을 찾았다. 그녀는 또 다른 소리를 내지 않도록 입술을 깨물었다. 플래시 불빛이 그녀로부터 6미터 위쪽에 있는 통풍관을 휘저었다.

"그냥 바람 소리였을 거야. 우린 여기 있어서는 안 돼, 커닝햄. 우리에겐 영장이 없단 말이야."

베아트리스는 사다리에서 몸을 안정시키고, 플래시 불빛이 비치는 위쪽을 빤히 올려다보았다. **커닝햄이라고?**

"그 여자애는 아직 여기 있어." 베아트리스의 상사인 커닝햄 부인이 말했다.

"이건 클리블랜드 경찰청에 맡기자고. 우리 FBI는 비서에게는 관심을 갖지 않잖아. 우린 수사에만 집중해야 해."

"무슨 수사? 내가 확보한 최고의 증인이 지금 병상에 혼수상태로 누워 있는데!" 커닝햄이 소리를 질렀다. 그녀는 도리스 이모에 관해 말하고 있었다. 베아트리스는 FBI가 은행에 누군가를 심어두었다는 이야기를 엿들었었다. **커닝햄 부인이 두더지였을까?** 베아트리스는 사다리를 움켜쥐었다.

"빌은 어떡하고? 우리가 얼른 찾아내지 못하면 오늘 밤을 버티지 못할 거야."

그 사람은 죽었어요. 베아트리스는 소리치고 싶었지만, 목소리가 나오지 않았다.

이곳저곳을 살피던 플래시가 딸깍 하며 꺼졌다. "난 도리스에게 그녀의 딸을 보살펴주겠다고 약속했어. 베아트리스가 사무실로 걸어 들어오는 순간, 내 책임이 된 거지. 그녀는 생명의 위험을 무릅쓰고 내게 증언해준 거고, 난 그녀에게 빚을 지고 있는 셈이란 말이야."

"이미 일어난 일을 되돌릴 순 없잖아."

"그 여자애는 틀렸어. 클리블랜드 경찰청은 그 애를 무기한 구류하거나 더 나쁜 상황으로 몰아갈 거야."

"우리가 어떻게 해줄 방법이 없을까? 그 애는 아직 청소년이란 말이야. 어떡하냐고……."

"이곳 경찰은 썩었어. 그 애에게는 안전한 집이 필요해!" 커닝햄이 목소리를 높였다.

"물론 그래야지. 당신이 그 애를 데리고 있을 거야? 그자들이 당신에게 앙심을 품은 것은 당신도 잘 알지? 그 애가 영리하다면 그냥 모습을 감춰버리겠지."

두 사람의 목소리가 멀어졌다.

어둠 속에서 눈물이 베아트리스의 얼굴 위로 흘러내렸다. 도리스 이모는 FBI에 자수했다. 모든 것을 털어놓고, 잘못을 바로잡으려고 했다. 베아트리스에게 은행에서 일하라고 제안한 것은 그녀를 늑대들에게 던져준 것이 아니었다. 도리스 이모는 베아트리스를 커닝햄 부인에게 보냈던 것이다. 베아트리스가 안전하도록. 어머니는 딸이 안전하기를 바랐던 것이다. 베아트리스는 철제 사다리를 껴안고 울음을 터뜨렸다.

베아트리스는 이곳에서 빠져나가야 했다. 퉁퉁 부어오른 눈이 어둠에 적응되었다. 베아트리스는 아직도 빌이 죽어 있는 방 위에 있었다. 멀리 떨어진 창문으로 흘러들어온 희미한 빛줄기 속에서 화장실이 있는 층으로 나가기만 하면 되었다. 빌의 시신은 보이지 않았지만, 바닥 타일에 시커먼 핏자국이 남아 있었다. 눈물을 떨쳐 버리기 위해 눈을 계속 깜빡거리다가 환풍구에서 그리 멀지 않은 바닥에서 뭔가를 발견했다. 열쇠였다. 표면에 아무런 표시도 없었지만, 베아트리스는 그게 무엇인지 알고 있었다.

열쇠는 시커먼 피 웅덩이가 제자리인 듯 놓여 있었다. 이걸로 무엇을 할 수 있는지 아무도 모를 것이다. 이게 바닥에 있다는 것조차 모를 것이다. 오히려 이 열쇠는 경찰의 증거물이 될 가능성이 높았다. 이건 안전했다.

은행가들은 열쇠들을 찾아내고 자신들의 범죄 증거를 없애기 위해 이 건물 어딘가를 돌아다니겠지만, 그것만으로는 그동안 저지른 죄를 덮지 못할 것이다. 커닝햄 부인과 FBI는 사건을 꿰맞추고 있었다. 경찰이 쳐들어와 금고실을 탈탈 털어낼 것이다. 토니가 547번 대여금고에서 범죄 기록을 찾아낼 것이다. 금도 찾아낼 것이고. 은행가들은 법의 심판대 앞에 서게 될 것이다. 모든 게 잘될 거라고 베아트리스는 스스로에게 말했다. 꼭 그렇게 되어야 했다.

베아트리스는 어둠에 잠긴 자신의 발밑을 슬쩍 훔쳐보았다. 이 사다리를 끝까지 내려가면 터널로 이어질 것이다. 맥스도 이렇게 탈출했을 것이다. 베아트리스는 친구가 지금도 그 아래쪽에서 기다리기를 조용히 기도했다. 도리스 이모가 훔쳤던 모든 보석들도 그 아래쪽에 있었다. 도리스는 베아트리스를 위해 그 모든 것을 모아두었다. 도리스 이모는 끔찍한 일을 저질렀지만, 그걸 바로잡으려고 애썼을지도 몰랐다. 어쩌면 어머니는 딸을 사랑했을 수도 있었다. 어쩌면…….

베아트리스는 머리 위의 저 높은 곳에 열려 있는 지붕창으로 목을 뺐다. 하지만 희미한 불빛만을 간신히 볼 수 있었다.

1998년 8월 28일 금요일

　레이먼은 아이리스의 등을 밀면서 그레이하운드* 터미널로 들어섰다. 그곳은 퀴퀴한 담배 연기와 하루 묵은 커피 냄새로 가득 차 있었다. 노랗게 변색된 천장 타일이 머리 위에 붙어 있었다. 비닐 쿠션이 터진 플라스틱 의자들이 매표소 맞은편에 줄지어 있었다. 터미널의 풍경은 1970년대 이래로 달라진 것이 없었다. 이건 마치 은행의 버려진 사무실로 뒷걸음치는 것과 다를 바가 없었다. 갈라진 리놀륨이 아이리스의 발밑에서 이리저리 움직였다. 아이리스는 비틀비틀 의자로 다가가 주저앉았다.

　레이먼은 담배를 물고는, 매표소 위쪽에 붙어 있는 버스운행표를 살폈다. 도시 이름과 출발 시각이 벽 위에 뒤섞여 있었다.

　신시내티 오후 6시

---

* 미국의 고속버스, 시외버스 회사.

찰스턴 오후 6시 30분

시카고 오후 8시

두 사람은 몇 분 뒤면 예정에도 없던 어떤 도시로 가고 있을 것이다. 아이리스의 목구멍에 걸린 뭔가가 점점 부풀어 올랐다. 차는 어떡하지? 옷은? 아파트는? 레이먼의 눈동자에 어린 냉혹한 기운이 아이리스가 알고 싶어 하지 않는 모든 것을 말해주었다. 이미 사라진 것이다. 모든 게 다.

아이리스의 핸드백은 호텔 뒷골목에 버려진 경찰차 안에 있었다. 경찰관이 죽었다. 카마이클과 브루노가 먼저 손을 쓰지 않는다면, 두어 시간 내에 그녀의 아파트는 경찰관들로 바글거릴 것이다. 어느 쪽이든, 이제 아이리스는 실종자였다. 카마이클은 말을 돌려서 하지 않았다. 두 사람은 사라져야 했다.

"음, 어디로 갈 거예요?" 레이먼이 자신의 구겨진 담뱃갑에서 필터가 없는 담배를 꺼내 아이리스에게 권했다. 그는 아이리스와 함께 가는 게 아니었다.

아이리스는 떨리는 손으로 담배를 받아들었다. 레이먼이 종이 성냥으로 불을 붙여주자 아이리스는 담배를 힘껏 빨아들였다. 목구멍 속까지 뜨거운 기운이 전해졌다. 그녀는 좀 더 아프기를 바랐다. 적어도 고통을 느낀다는 것은 아직 감각이 살아 있다는 뜻이니까…….

레이먼은 무거운 더플백을 그녀 옆에 내려놓았다. 더플백이 동전 자루처럼 쩽그랑 소리를 냈다. 아이리스는 잡지를 읽고 있는,

매표원을 얼른 쳐다봤다. 그녀는 더플백이 내는 소리에 눈도 깜빡이지 않았다.

아이리스는 다시 담배를 길게 빨아들이고, 무릎의 긁힌 자국을 만지작거렸다. 바지가 찢어져 있었다. 그녀의 셔츠는 검댕과 거뭇거뭇한 작은 점들로 뒤덮여 있었다. 피였다. 맥도넬 형사의 피. 핏자국이 자신을 노려보는 것 같아 아이리스는 레이먼의 말을 거의 듣지 못했다.

"찰스턴은 이맘때 아주 좋아요."

아이리스는 억지로 희미하게 미소 지었다. "당신은 어디로 갈 건데요?"

"그건 중요하지 않아요. 아무도 날 찾지 않을 거니까요."

"이건 어떡할 건가요?" 아이리스가 더플백을 가리켰다.

"그건 아가씨가 가져가야죠."

"당신은요?" 아이리스는 랜디가 대여금고로부터 훔친 보석과 현금이 상당히 많을 거라고 생각했다.

"난 괜찮아요. 여기저기에서 두어 가지를 손에 넣었으니까요. 앞으로 돈에 쪼들릴 일은 없을 겁니다." 레이먼이 아이리스에게 윙크했다. "게다가 부자들을 지켜본 결과 난 그런 사람들이 되고 싶지 않더라고요. 돈이 너무 많아도 좋은 게 아니라고요."

아이리스가 고개를 끄덕였다. "난 이걸 받을 수 없어요."

"왜 안 받아요? 아가씨는 어디에선가 새로운 삶을 시작해야 해요. 그럼 돈이 든다고요."

"하지만 이건 제 것이 아니잖아요. 이건…… 훔친 거라고요." 아이리스가 매표원을 몰래 쳐다보며 속삭였다.

"누구에게서 훔쳐요? 이제 이것들은 누구 것인지도 모른다고요."

"그래도 이것들을 모두 관계기관에 제출해야 하는 것 아닐까요?" 맥도넬 형사라면 이렇게 하기를 원했을 거야. 아이리스는 핏자국을 노려보며 생각했다. 형사는 정의를 원할 것이다.

"그럼 아가씨는 정확히 누가 관계기관이라고 생각합니까? 금괴를 감춰둔 사람들이 지금 시청에 앉아 있는 사람들과 같은 사람들일 거라고는 생각해본 적이 없나요? 아가씨가 경찰서에 출두해 증언하도록 그들이 내버려둘 것 같아요?" 레이먼이 아이리스를 똑바로 쳐다보았다. 그녀는 그의 말이 옳다는 걸 알고 있었다.

맥도넬 형사는 내가 살기를 원했을 거야. 아이리스는 혼잣말을 했다. 하지만 정말 그랬다면 날 금고실로 끌고 가지 말았어야지. 하지만 그렇게 말하는 것은 공정하지 않았다. 애초에 은행에서 뭔가를 찾아 돌아다닌 것은 아이리스 자신이었다. 그녀가 열쇠들을 훔쳤고, 그녀가 귀신들의 잠을 깨웠던 것이다. 시신을 발견한 것도 그녀였고. 아이리스는 무엇을 발견하고 싶었을까? 그녀는 의문이 들었다. 돈은 아니었다. 그녀는 랜디의 피 묻은 돈을 원하지 않았다. 그 돈은 누군가의 것이었다. 눈에서 눈물이 솟구쳐 올랐다. 탑 같은 고층 은행 건물의 창문으로 내려다보던 여자는 지금도 건물 내의 어딘가에 갇혀 있을 수도 있었다. 베아트리스가……

베아트리스는 대여금고들을 열었고, 열쇠들과 암호화된 메모와 양초들을 남겼다. 그냥 양초들만이 아니었다. 기도문도 함께였다.

641

베아트리스도 죄의식을 느꼈을지 몰랐다. 아이리스는 자신이 앉아 있는 좌석 옆의 찢어진 좌석을 내려다보았다. 그 좌석이 완전히 새 것이었을 20년 전에는 어떤 모습이었을지 상상해 보면서. 베아트리스가 바로 거기에 앉았을 수도 있다. 그녀가 어떻게든 살아서 그 건물을 빠져나왔다면…….

"베아트리스에게 무슨 일이 일어난 건가요, 레이먼? 그녀는 그곳을 빠져나왔나요?"

"시간이 없어요, 아이리스." 레이먼이 매표원의 머리 위에 걸린 시계를 가리켰다.

"말해주세요. 꼭 알아야겠어요."

"왜 귀신을 뒤쫓는 겁니까? 이런 일이 지긋지긋하지도 않아요?"

"제발요. 난 그녀가 괜찮은지 알아야 해요." 아이리스는 뺨으로 흘러내리는 눈물을 닦았다.

"왜요?" 레이먼은 아이리스를 노려보다가 포기했다. "사실은 나도 몰라요. 그녀가 실종됐을 때 나와 맥스의 오빠인 토니를 제외하고는 아무도 떠들어대지 않았어요. 토니는 베아트리스를 찾아내면 맥스도 찾을 수 있다고 생각했나 봐요. 우린 우리가 생각해낼 수 있는 모든 곳을 뒤지고 또 뒤졌죠. 그는 한 달 동안 '레이크뷰 공동묘지'에서 밤을 새우기도 했어요."

"공동묘지요? 하지만 베아트리스가 죽었다면, 맥도넬 형사는 먼저 확인해봤어야 하지 않나요? 그……."

'영안실'이라는 단어가 튀어나오기 전에 아이리스의 목소리가 잦아들었다.

레이먼은 아이리스의 말을 알아듣고 고개를 끄덕였다. "우린 그곳도 확인했어요. 공동묘지는 좀 엉뚱한 곳이긴 했지만, 토니는 그들이 그곳에 모습을 드러낼 거라고 생각했어요. 토니는 때때로 공동묘지를 확인하곤 했어요……. 적어도 토니는 그랬어요."

"왜요?"

"은행이 폐업하고 두어 주 후에 베아트리스와 맥스가 아는 사람이 죽었거든요. 가족인가 친척이라고 하던데……. 하지만 토니의 예상대로 잘 풀리지 않았어요."

"두 사람이 공동묘지에 전혀 오지 않은 건가요?"

"토니는 장례식을 치르는 동안 숲속에 한 명이 숨어 있는 걸 본 것 같다고 했어요. 한참 동안 두 사람의 행방을 추적했죠. 토니가 정신이 나간 게 아닐까 하는 생각까지 들더라고요. 그 당시 토니는 정말 미칠 뻔했죠. 거리의 여자들이 모두 맥스처럼 보였다니 말해 무엇하겠어요?" 레이먼이 허공을 멍하니 쳐다보며 말을 끊었다. "그래도 난 토니가 옳았다고 생각하고 싶네요."

아이리스는 맥도넬 형사의 여동생 사진이 지금도 레이먼의 액자 한 귀퉁이에 꽂혀 있지 않을까 생각했다. "그녀에게 무슨 일이 있었는지 알아낸 게 있나요? 맥스 말이에요. 그녀는…… 죽었나요?"

"난 오랫동안 그렇게 생각했어요. 어떤 날에는 날 저버린 맥스가 죽었기를 바라기도 했죠. 하지만 2년 전에 이걸 우편으로 받았어요. 메시지도, 반송주소도 없이 오직 이것뿐이었죠. 소인消印은 멕시코시티였고요." 레이먼은 작은 사진 한 장을 지갑에서 꺼냈다. 갈색 피부와 파란 눈을 가진 십 대 소녀의 사진이었다.

"누구인가요?"

"이 애를 한 번도 만난 적은 없어요. 하지만 이 미소는 잘 알고 있죠."

레이먼은 한참 동안 사진을 들여다보다가, 다시 지갑에 넣고 일어섰다. 그는 아이리스의 손을 잡고 일으켜 세웠다.

"난 가봐야겠어요, 아이리스. 당신도 그래야 하고. 이 염병할 일을 이해하려면 평생이 걸릴 겁니다. 몸조심해요."

레이먼은 이제 정말로 그녀를 떠날 참이었다. 아이리스는 울음이 터져 나오지 않도록 입술을 깨물었다. "당신도요."

레이먼은 그녀의 어깨를 두들기고 문 쪽으로 걸어갔다.

"이봐요, 레이먼?"

레이먼이 돌아서서 아이리스를 쳐다보았다.

"그게 누구였나요? 공동묘지에 묻힌 사람 말이에요."

"알려고 들지 말아요, 아이리스. 그쪽은 막다른 길이니까요."

"그럴 생각 없어요. 그냥 알고 싶은 거예요."

레이먼은 잠시 주저하다가 결국 고개를 저었다. "도리스…… 도리스 데이비스였어요."

10분 후, 아이리스는 터미널 뒤편에 세워진 버스 뒤쪽에 앉아 손톱을 물어뜯고 있었다. 찰스턴행 그레이하운드는 문을 열어놓고 엔진을 공회전시키며 승객들을 기다렸다. 간간이 승객들이 버스에 올라탔다. 아이리스는 열린 문밖으로 차들이 지나가는 걸, 자신의 평생이 차들과 함께 번개처럼 지나가는 걸 지켜보았다. 모든 게 끝났다.

레이먼은 가버렸다. 엘리, 닉, 브래드는 다시는 보지 못할 것이다. 어머니는 오늘이나 내일 전화를 받을 것이다. **따님으로부터 연락 온 적 있습니까? 댁의 따님이 실종됐습니다. 따님으로부터 연락이 오자마자 아무개에게 알려주십시오.** 가엾은 엄마는 뇌졸중에 걸릴지도 모른다. 어머니는 당장 아버지에게로 달려갈 것이다. **아이리스가 실종됐대요! 우린 어떡해요?** 마치 아버지가 그런 질문에 대한 답을 갖고 있기라도 하듯이. 어째서인지, 아이리스와 어머니는 아버지가 모든 문제에 대한 답을 갖고 있을 거라고 항상 생각했었다. 아버지는 아무런 말도 하지 못할 것이고, 아이리스는 처음으로 아버지를 비난하지 않을 것이다. 아버지가 무슨 말이나 행동을 할 수 있을 것인가? 아버지는 그저 갈색 의자에 앉아서 외동딸을 잃어버린 슬픈 노인이 될 수밖에 없을 것이다. 아이리스가 성공한 건축기사였는지 아니었는지는 중요하지 않을 것이다. 그녀가 사라져버린 마당에……. 아이리스는 터져 나오는 울음을 억눌러 참았다. 그녀는 이제 모든 걸 잃어버렸다.

버스는 5분이 지나도록 출발하지 않았다. 아이리스는 현장가방을 들고 버스에서 내려 담배를 피워 물었다. 아이리스 래치는 죽었다. 어쩌면 그녀는 죽고 싶었을지도 몰랐다. 모든 게 지루했고, 목표도 없었으며…… 생활은 비참했다. 그래서 낡은 은행 건물에서 귀신들을 찾아다녔는지도 몰랐다. 베아트리스는 그 건물 어디엔가 영원히 갇혔고, 이제 아이리스도 같은 처지였다.

"엿이나 먹어라." 아이리스가 속삭였다. 그녀는 베아트리스가 탈출했는지를 알아야 했다. 아이리스는 현장가방을 어깨에 둘러메고 버스에서 멀어져 갔다. 레이먼은 그녀더러 미쳤다고 할 것이다. 그의 말이 옳을 수도 있었다.

아이리스는 유클리드와 동쪽 123번 스트리트의 교차점에서 택시를 내렸다. 그리고 진입로를 따라 레이크뷰 공동묘지로 걸어 들어갔다. 동상과 무덤들로 이루어진 미로 같은 길은 수 제곱킬로미터의 면적을 누비며 꼬불꼬불 이어졌다.

아이리스는 주 도로를 따라 묘지 깊숙이 들어갔다. 말을 탄 여전사의 동상이 있었다. 그녀는 아이리스가 아래로 지나갈 때 아이리스가 지나온 자취 위로 칼을 휘둘렀다. 죽은 자들 사이에서 혼자 걷는 이곳이 이상하게 그녀의 취향에 맞았다. 아이리스는 검댕과 산성비로 줄무늬가 생긴, 천사들과 기도하는 성모마리아의 동상을 둘러보았다.

대부분의 지하묘지와 오벨리스크는 거의 100년이 되었다. 아이리스는 최근에 생긴 구역을 비교적 쉽게 찾았다. 지난 20년간 만들어진 무덤들은 쉽게 눈에 띄었다. 높게 솟아올랐던 기념비들은 세월이 흐름에 따라 바닥에 납작하게 파묻힌 자그마한 석판으로 줄어들었다. 아이리스는 비석들 사이의 좁은 길을 따라 걸으며 묘비의 년도들을 두리번거렸다. 은행은 1978년 12월에 폐쇄되었다. 도리스가 두어 주 후에 세상을 떠났다면, 1979년이었을 것이다. 아이리스가 폭신한 잔디를 밟는 동안, 빵빵거리며 지나가는 차도, 불쑥 거대한 모습을 드러내는 건물도, 감시하는 눈도 없었다. 따스한 햇살이 나무들 사이로 흘러들어서, 아이리스는 며칠 만에 처음으로 숨을 쉴 수 있었다. 등과 어깨에 뭉쳐 있던 긴장이 풀리기 시작했다. 그런 일들이 벌어졌음에도 세상은 끝나지 않았다. 그녀의 어깨 위로 떨어지는 햇살이 그녀가 있든 없든, 그녀의 손에 들린 무거운 가방이 있든 없든 간에 삶은 이어질 거라고 확신시켜 주었다.

그날 베아트리스는 이 묘지에 오지 않았을 거야. 아이리스는 혼잣말을 했다. 20년 된 무덤이 나왔지만, 아이리스는 계속 걸었다. 아이리스가 물어야 하고 베아트리스만이 대답할 수 있는 질문이 수없이 많았다. **넌 어디로 갔어? 넌 뭘 했던 거야? 맥스를 찾아내기는 했어? 훔친 재산을 가지고 탈출했던 거야? 그걸 제자리에 돌려놓으려고 애썼어? 은행의 귀신들이 이제 쫓아오지 않아? 그 귀신들이 나를 놓아줄까?**

묘비의 년도들이 1979년을 가리켰다. 아이리스는 걸음을 늦추고 묘비에 새겨진 이름들을 하나하나 읽기 시작했다. 걸음을 옮기면서 아이리스는 자신이 점점 어리석게 느껴졌다. 베아트리스가 이곳에 나타나 아이리스의 질문에 대답해준다고 해도 무슨 의미가 있을까? 그 대답들이 맥도넬 형사를 되살려내지도, 부패한 정부를 전복시키지도, 훔친 보석들을 정당한 소유자들에게 돌려주지도 못할 텐데……. 베아트리스를 찾아낸다고 해도 아무것도 해결하지 못할 수도 있었다.

다른 줄로 돌아서다가 아이리스는 멈춰 섰다. 커다란 떡갈나무 아래의 잔디 잎들 사이에 작고 빨간 무엇인가가 놓여 있었다. 심장이 가슴에서 뛰쳐나갈 듯했다. 아이리스는 가방을 내려놓고 그곳으로 달려갔다.

붉은 봉헌초가 화강암 석판 위에 놓여 있었다. 아이리스는 그 양초를 석판에서 낚아챘다. 양초 밑의 비문은 촛농에 가려졌지만, 아이리스는 '도리스 에스텔 데이비스, 1934~1979'라는 글귀를 읽을 수 있었다.

아이리스는 떨리는 손으로 양초를 이리저리 돌려보았다. 양초 표면에 새겨진 흠집들로 미루어 보아 여러 주 동안 비와 햇살을 맞으며 이곳에 놓여 있었던 것 같았다. 어쩌면 그보다 오랜 기간일 수도 있었다. 하지만 이게 이곳에 있었다. 그녀의 얼굴로 눈물이 흘러내렸다. 베아트리스가 이곳에 왔던 것이다. 건물을 빠져나올 방법을 찾아낸 것이었다. 아이리스는 무릎을 꿇었다. 베아트리스는 괜찮았다. 어쩌면 아이리스도 괜찮을 것이다.

양초 밑바닥에 색이 바랜 글귀가 붙어 있었다.

오, 주여. 저희가 하는 여행의 시작부터 끝까지
저희를 인도하고 보호해주소서.
천국 같은 집으로 저희를 인도하소서.

감사의 말

만약 『데드키』가 2014년 아마존의 '브레이크스루Breakthrough' 상을 수상하지 못했더라면, 매년 나오는 수많은 책들 사이에서 자취를 감추었을 것이다. 한 번도 책을 출간한 적이 없는 작가에게 기회를 준 아마존에 감사드린다. 콘테스트 기간 중에 바쁜 시간을 쪼개 이 소설을 세심히 읽어보고 지지표를 던져주신 모든 분들께 감사드린다. 큰 꿈을 품고 콘테스트에 참여할 용기를 냈던 모든 경쟁자들께 감사드린다.

작가는 하룻밤 사이에 구조 공학자에서 작가로 불가사의하게 변신한 게 아니었다. 이 소설을 쓰는 5년 동안 수많은 시행착오를 겪었고 그때마다 많은 분들이 지지해주었다. 나의 북클럽 회원인 어떤 멋진 여성분은 『데드키』의 두 번째 초고를 읽고 과감하게 비판해주었다. 나의 어머니와 시어머님, 여동생들, 그리고 친구들은 원고를 읽고 계속 쓰라고 격려해주었다. 카라 키슬링은 처음 원고 편집을 해줬고, 내가 길을 찾도록 도와주었다. 애덤 캐츠는 철저하고

통찰력 있는 비판으로 이 책을 올바른 길로 이끌어주었다. 도리스 마이클스는 슬기로운 조언과 가르침을 아끼지 않았다. 토머스 앤 드 머서의 편집자들, 특히 안드레아 허스트는 이 소설의 어두운 구 석에 빛을 밝혀주었고, 애매한 부분들을 명확히 해주었다.

『데드키』는 나의 가족들이 없었다면 집필될 수 없었을 것이다. 어린 두 아들은 내가 직장을 그만둘 용기를 주었다. 아이들은 엄마 가 집필실에 틀어박혀 글을 쓰고 있는 동안, 더할 나위 없이 사이 좋게 놀아주었다. 말로 표현하기 어려울 정도로 멋진 남편은 모든 초고와 모든 교열본과 내가 쓴 모든 역겨운 단어를 읽어주었고, 지 금도 가장 든든한 팬으로 남아 있다. 뭐라고 감사의 말을 전해야 할지 모르겠다.

.

데드키

초판 1쇄 인쇄 2018년 12월 5일
초판 1쇄 발행 2018년 12월 10일

지은이 D. M 풀리
옮긴이 하현길

발행인 이재진 **단행본사업본부장** 김정현 **편집주간** 신동해
책임편집 김은영 **표지디자인** 박진범 **본문디자인** 조영아 **교정교열** 윤정숙
마케팅 이현은 문혜원 **홍보** 박현아 최새롬
국제업무 최아림 박나리 **제작** 류정옥

브랜드 노블마인 **주소** 경기도 파주시 회동길 20
주문전화 02-3670-1595 **팩스** 031-949-0817
문의전화 031-956-7358(편집) 02-3670-1024(마케팅)
홈페이지 www.wjbooks.co.kr
페이스북 www.facebook.com/wjbook
포스트 post.naver.com/wj_booking

발행처 ㈜웅진씽크빅
출판신고 1980년 3월 29일 제406-2007-000046호
한국어판 출판권 ⓒ 웅진씽크빅, 2018
ISBN 978-89-01-22856-3 (03840)

※ 도서의 국립중앙도서관 출판시도서목록은 서지정보유통지원시스템 홈페이지(http://www.seoji.
nl.go.kr)와 국가자료공동목록시스템(http://www.nl.go.kr)에서 이용하실 수 있습니다.
(CIP제어번호 : CIP2018038796)

• 책값은 뒤표지에 있습니다.
• 잘못된 책은 구입하신 곳에서 바꿔드립니다.